SILVANA GIACOBINI

SCHLIESS DIE AUGEN

Silvana Giacobini, studierte Juristin, war Mitbegründerin und langjährige Leiterin mehrerer Hochglanzmagazine. Heute moderiert sie verschiedene Talksendungen und schreibt Romane und Sachbücher.

»Schließ die Augen«, der erste Roman einer Serie um Fernsehjournalistin Chiara Bonelli und Kommissarin Silvia Giorgini, erhielt in Italien mehrere Auszeichnungen, darunter den Publikums-Preis »Un libro per l'estate« – ein Buch für den Sommer.

»Rette sie!«, hatte die Gestalt in dem alten Palazzo Chiara Bonelli zugerufen. Nur wen? Sie hat den Vorfall schon so gut wie vergessen, als ihre Kollegin Maria sie um Hilfe bittet: Seit Wochen ist ihr Sohn Marco, der, wie sie fürchtet, in die Fänge einer satanistischen Sekte geraten ist, spurlos verschwunden. Doch Chiara kann ihre Visionen nicht steuern. Immerhin ist sie Fernsehjournalistin, keine Wahrsagerin. Also beschließt sie, einen Beitrag über den Satanskult bei Jugendlichen zu drehen. Bewaffnet mit Kamera und Presseausweis, folgt sie der Spur obskurer E-Mails, wummernder Bässe und in Latex gezwängter Tabledancer, um schließlich – unterstützt von Kommissarin Silvia Giorgini und einigen hilfreichen Visionen – ein sehr reales Verbrechen aufzudecken.

SILVANA GIACOBINI

SCHLIESS DIE AUGEN

THRILLER

Aus dem Italienischen
von Ingrid Ickler

aufbau taschenbuch

Titel der Originalausgabe
Chiudi gli occhi

Das vorliegende Werk ist Frucht der Phantasie, alle Ähnlichkeiten mit wirklich existierenden Namen, Personen oder Ereignissen sind rein zufällig. Die Geschichte der Livia Colonna della Rovere hingegen hat sich wirklich zugetragen. Lediglich in ihrer Darstellung habe ich mir einige schriftstellerische Freiheiten erlaubt.

ISBN 978-3-7466-2514-0

Aufbau Taschenbuch ist eine Marke der Aufbau Verlag GmbH & Co. KG

1. Auflage 2009

Umschlaggestaltung capa, Anke Fesel,
unter Verwendung eines Fotos von Chris Keller/bobsairport
Druck und Binden C. H. Beck, Nördlingen
Printed in Germany

www.aufbau-verlag.de

Für Livia
Du warst wirklich da. Ich habe dich gesehen.

PROLOG

Palestrina, 1535

Der Frühling war ins Land gezogen. Livia spürte, wie der Boden unter ihren Füßen bei jedem Schritt vibrierte. Tief sog sie den würzigen Duft der Natur ein, die nach dem langen Winter wieder zu neuem Leben erwachte.

Livia liebte diese Spaziergänge über alles. Inmitten wilder Rosen, Margeriten und Kamelien, deren Knospen gerade aufzubrechen begannen. Dabei träumte sie von der Zukunft. Sie war jetzt dreizehn Jahre alt, und ihre beste Freundin Augustina, noch ein Jahr jünger als sie, war bereits mit Jacopo di Sezze verheiratet.

Sie beugte sich hinab, um eine Blume zu pflücken, und seufzte. Bald würde sie an der Reihe sein. Der Gedanke an Fürst Marzio Colonna zauberte ein Lächeln auf ihr Gesicht. Als sie sich bei der Hochzeit ihrer Freundin vorgestellt worden waren, hatte er ihr einen vielsagenden Blick geschenkt. Sollte er ihr Märchenprinz werden?

»Wir dürfen nicht zu weit gehen«, mahnte ihre Amme, die hinter ihr her keuchte. Wie jeden Nachmittag, wenn es das Wetter erlaubte, war sie auch heute mit ihrem Schützling unterwegs. Und wie jeden Tag achtete sie darauf, dass sie sich nicht zu weit vom Schloss entfernten.

Livia wandte sich zu ihr um und neckte: »Hast du etwa Angst, wir könnten einem Oger begegnen?«

»Ich befolge nur die Anweisungen deiner Mutter«, gab die Amme zurück.

Doch das Mädchen ging gar nicht darauf ein und lief nur noch schneller über die Wiese. Sie jauchzte und drehte sich im Kreis: »Sieh doch, wie ich tanze, sieh doch, wie ich tanze ...«

Da verwandelte sich der verärgerte Gesichtsausdruck der Amme unversehens in blankes Entsetzen. »Livia«, schrie sie, »Hüte dich!«

Zu spät. Zwei starke Arme umklammerten Livias Schultern, während weitere Männer hinter den Büschen hervorsprangen. Eine Falle!

Die Amme wollte ihrem Schützling zu Hilfe eilen, doch eine Klinge durchbohrte ihre Brust. Der Angreifer ließ ein zufriedenes Grunzen hören. Livia wehrte sich verzweifelt und schrie aus Leibeskräften. Aber nicht lange, dann legte sich eine eiserne Hand auf ihr Gesicht, so dass sie nichts mehr sehen konnte. Sie wurde gepackt und auf den Rücken eines Pferdes geworfen. Dann war der Spuk vorbei. Die Entführer verschwanden, ihre Beute im Gepäck.

Pineta di Fregene, 1985

Sie war ihnen ausgeliefert. Hundert Hände drückten sie auf den Boden, umklammerten ihre Knöchel und Handgelenke, rissen ihr die Beine auseinander.

Eine kräftige Hand presste sich auf ihren Mund. »Du Miststück!«, fauchte eine raue Stimme, als sie versuchte, den Angreifer zu beißen. Dann ein Schlag, ein dumpfer Schmerz in den Schläfen. Einen Augenblick lang wurde ihr schwarz vor Augen. Ihr entfuhr ein Schrei. Ein Schrei, in dem nicht nur Schmerz und Angst, sondern auch nackte Verzweiflung lag. Aber wer sollte sie hier schon hören?

Schon hatten gierige Hände den Reißverschluss der Jeans geöffnet und die Hose heruntergezerrt. Auf ihren Beinen blieben blutige Striemen zurück. Die gleichen Hände rissen ihr die Bluse auf, dass die Knöpfe nach allen Seiten spritzten. Instinktiv versuchte sie, die Arme schützend über ihre entblößten Brüste zu legen, aber sie war zu schwach, um sich aus dem Klammergriff zu befreien. Wie Blut aus einer klaffenden Wunde strömten die Tränen aus ihren Augen, während sie mit zitternden Lippen wieder und wieder bettelte: »Nein, bitte nicht. Nicht, ich flehe dich an …«

Dann plötzlich war einer der Männer über ihr, größer und kräftiger als die anderen. Er drang in sie ein und begann sich in rhythmischen Stößen immer schneller zu bewegen. Mit vor Erregung heiserer Stimme flüsterte er ihr Obszönitäten ins Ohr. Die anderen lachten und schrien durcheinander, um ihn anzufeuern. Ihr Körper war ein einziger Schmerz. Sie blickte gen Himmel, suchte nach dem Mond, den Sternen, nach irgendetwas, das sie von hier wegbringen würde, und sei es nur für einen kurzen Augenblick. Aber der Himmel blieb schwarz, glanzlos, unbarmherzig. Unbarmherzig wie die Kerle über ihr.

Sie hatten sie belogen. Unter dem Vorwand, eine Spritztour zu machen, hatten sie sie in die Falle gelockt. Einige von ihnen kannte sie sogar mit Namen. Jungs, die gerne in die Disko gingen und Spaß haben wollten. Genau wie sie selbst.

Gierige Zähne gruben sich in ihre Brustwarze, sie schrie vor Schmerz.

»Los, komm endlich, du Schlampe!« Ein sich aufbäumendes Röcheln dicht an ihrem Ohr. Sie kannte diese Stimme, hatte sie auch schon sanfter und schmeichelnder gehört. Das ekelhaft süße Aftershave ihres Peinigers stieg ihr in die Nase. Es würgte sie.

Und noch ehe sie ohnmächtig wurde, fragte sie sich: Warum musste ausgerechnet dieser Junge ihr das antun? In ihn hätte sie sich verlieben können.

1

Rom, 2007

»Verflixt!«

Chiara Aquilina Bagazzoli schüttelte das Fläschchen mit der Grundierung in der Hoffnung, ihr doch noch einen letzten Tropfen zu entlocken. Nichts zu machen. Zu allem Unglück war sie spät dran. Wie üblich. Aber es war nicht ihre Schuld, tröstete sie sich. Bei dem Leben, das sie führte, war das einfach nicht zu vermeiden. Ihr Job beim Fernsehen war Stress pur. Vor allem bei einem Sender wie Telestella. Dort moderierte sie als Chiara Bonelli das Boulevardmagazin *Stars' Boulevard*. Bei Telestella hieß es immer, für Friseure oder Visagisten reiche das Budget nicht.

Noch einen Tupfer Puder auf die Nase, ein letzter kritischer Blick in den Spiegel: perfekt. Ein Profi hätte es nicht besser machen können. Die dunklen Augen waren in warmen Erdfarben geschminkt, Rouge betonte die hohen Wangenknochen, was ihrem Gesicht etwas Orientalisches verlieh. Ein Hauch Lipgloss unterstrich die schön geschwungenen, vollen Lippen. Ihre einzige Sorge waren die mit honigfarbenen Strähnchen durchzogenen goldblonden Haare: Kaum wurde es feucht, begannen sie sich zu kräuseln.

»Hoffen wir das Beste«, sagte sie sich und packte den Lockenstab in ihr Beautycase.

Einen Augenblick später hastete sie aus dem Haus. Im Vorbeigehen grüßte sie den Portier, dann sprang sie in ihren Micra.

Ihr Ziel: Ein Filmset. Drehort: Zagarolo.

Ihre Sorge war unbegründet, sie war sogar zu früh.

Das Team von *Onore* machte gerade Pause. Der Tontechniker und Gianni, der Kameramann, der sie stets bei Interviews begleitete, hatten bereits alles vorbereitet. Schauplatz des Interviews sollte ein mit Fresken bemalter Salon des Palazzo Rospigliosi aus dem 16. Jahrhundert sein.

»Chiara, du hast Pech heute. Wir müssen leider noch eine Stunde warten!«, kündigte Gianni bedauernd an.

»Eine Stunde?«

Obwohl selbst die Unpünktlichkeit in Person, hasste es Chiara zu warten.

»Und warum, um alles in der Welt?«

»Deine Interviewpartnerin lässt durch ihren Assistenten ausrichten, dass sie vorher noch einen Massagetermin in ihrem Wohnmobil hat.«

Chiara verdrehte die Augen. Das hätte sie sich denken können. Es war nicht das erste Mal, dass Manuela Marra sie versetzte oder bei einem Interview Zicken machte.

»Starallüren!«, giftete sie, bemühte sich aber, gelassen zu bleiben. Den Termin mit der Filmdiva hatte sie ihrem Chef Ermanno Forte zu verdanken. Er vergötterte die Marra. Natürlich wegen ihres begnadeten Talents, falls man zwei üppige Silikonbrüste als Talent bezeichnen konnte.

»Bist du sauer?«, fragte Gianni lächelnd.

»Seit zwei Wochen verspreche ich meiner Mutter, sie zum Friseur zu begleiten. Das klappt jetzt wieder nicht«, maulte Chiara.

Das Wort »Friseur« ließ die Alarmglocken läuten. Im Salon des altehrwürdigen Palazzo war es feucht. Ein Alptraum: Ihre Locken würden sich bis in die Haarwurzeln kräuseln. Ein Glück, dass sie ihr Beautycase dabeihatte.

»Wo sind die Toiletten?« Sie würde die Wartezeit nutzen, um sich frisch zu machen.

»Die Treppen runter.«

Ein Stockwerk tiefer fand sich Chiara in einem langen Korridor, an dessen Ende eine Tür nach links und eine Tür nach rechts abgingen. Nach kurzem Zögern entschied sie sich für die linke Seite. Sie fand sich in einem schlichten Büroraum wieder. Von den feuchten Wänden bröckelte der Putz auf den Terrakottaboden. An der Decke leuchtete eine grelle Neonröhre. Am Schreibtisch saßen zwei Frauen. Die eine war um die sechzig. Schlichtes Kleid, rotblond gefärbte Haare, Dauerwelle, die Lippen eine Spur zu grell geschminkt. Die hübsche, jüngere Frau arbeitete am PC. Ihre Finger flogen über die Tastatur. Die ältere Frau bemerkte Chiara als Erste. Sie hob den Kopf:

»Kann ich Ihnen helfen?«

»Entschuldigen Sie, ich habe mich in der Tür geirrt.« Chiara wandte sich schon zum Gehen, als die Frau unvermittelt fragte: »Sagen Sie mal, sind Sie nicht die vom Fernsehen, die Promis interviewt?«

Es kam nicht gerade häufig vor, dass man Chiara erkannte, deshalb antwortete sie geschmeichelt:

»Richtig, die bin ich.«

»Wissen Sie, ich schlafe schlecht, deshalb schaue ich mir oft Ihre Sendung an.« Die Frau hatte inzwischen ihren Platz hinter dem Schreibtisch verlassen und war auf sie zugegangen. Ihre Kollegin lächelte Chiara höflich zu und verließ das Zimmer.

»Gestatten Sie, Nives Gerini.«

»Sehr erfreut«, Chiara streckte ihr die Hand entgegen, »mein Name ist …«

»Ich weiß, wer Sie sind«, unterbrach sie die Frau lächelnd und entblößte ihre vom Lippenstift verschmierten Zähne. Sie drückte Chiaras Hand und fragte in vertraulichem Ton:

»Sagen Sie mal, meine Liebe, wie ist Lorenzo De Lollis denn so im wirklichen Leben? Ich lasse mir keine Folge entgehen … Ein wunderbarer Mann.«

»Ohne seinen kleinen Schönheitsfehler wäre er perfekt. Aber ganz unter uns: Er hat künstliche Zähne.« Der enttäuschte Gesichtsausdruck der Frau amüsierte sie.

»Und ich dachte, seine strahlend weißen Zähne wären echt …«

Die Sekretärin schmollte wie ein Kind, dem man sein Lieblingsspielzeug weggenommen hatte.

Lorenzo De Lollis hatte gar kein künstliches Gebiss, aber so war Chiara eben. Sie machte sich einen Spaß daraus, die Stars vor ihren Fans lächerlich zu machen.

»Entschuldigen Sie mich, ich muss los. Arrivederci.« Sie wandte sich zur Tür, um die Toilette aufzusuchen. Kurz vor der Schwelle hielt sie plötzlich inne. Um sie herum wurde es schwarz, als hätte jemand das Licht ausgeknipst. Wie eine Blinde tastete sie nach einem Halt. Plötzlich ein grelles Licht unter ihren Füßen. Statt aus Terrakottafliesen schien der Boden auf einmal aus Glas zu sein. Ihr wurde schwindlig. Voller Panik presste sie die Lider zusammen. *Schließ die Augen! Schließ die Augen!*, befahl sie sich. Sie war überzeugt: Wenn sie die Augen wieder öffnete, wäre alles wieder wie vorher. Die Sekretärin, der Schreibtisch, der Terrakottafußboden, das Neonlicht.

Doch sie irrte sich. Unter ihr tat sich ein Labyrinth von Zimmern und Gängen auf. Chiara spürte, wie sie in einem Strudel aus Licht und Luft in diese unterirdische Welt gesogen wurde. Eine Ewigkeit schien sie dicht über dem Boden durch eine Vielzahl von geheimen Gängen zu schweben, bis sie schließlich draußen im Hof landete.

Eine besorgte Stimme brachte sie wieder in die Realität zurück. »Signorina Bonelli, Signorina Bonelli! Alles in Ordnung mit Ihnen?«

Sie spürte etwas Warmes. Es war die Hand von Nives, die ihr den Puls fühlte. Chiara drehte sich zu ihr, jetzt konnte sie die Sekretärin wieder deutlich erkennen. »Ja, schon gut. Glaube ich wenigstens. Wahrscheinlich ein Schwächeanfall.«

»Setzen Sie sich doch einen Augenblick. Ich hole ein Glas Limonade, Sie brauchen jetzt Zucker.«

»Nein, danke, es geht schon wieder. Ich fühle mich schon viel besser.« Chiara schüttelte den Kopf und versuchte wieder in die Realität zurückzufinden.

»Entschuldigen Sie«, sagte sie nach einer Weile, »wissen Sie zufällig, ob es unter uns noch ein Stockwerk gibt, mit mehreren Räumen und einem Gang, der nach draußen führt?«

»Sie meinen einen Geheimgang?« Die Frau war verblüfft.

»Ja.«

»Nun ja, den gibt es in der Tat. Aber er befindet sich in einem Seitenflügel des Palazzo, der seit fünfzig Jahren der Öffentlichkeit nicht mehr zugänglich ist. Wie kommen Sie darauf?«

Immer das Gleiche: Sie sah Dinge, die anderen verborgen blieben. Aber wie sollte sie das einer Fremden erklären?

Sie war acht Jahre alt. Auf ihrem Weg zur Schule kam sie wie jeden Morgen am Gittertor einer Jugendstilvilla vorbei, die den Eindruck machte, als sei sie seit Jahren unbewohnt. Unter dem Torbogen saß ein alter Mann.

»Ciao, Principessa.«

»Ciao, Sigismondo.«

Als sie eines Tages mit ihrer Mutter vorbeikam, hatte Sigismondo die Pfeife aus dem Mund genommen und ihr zugenickt. Wie immer erwiderte Chiara seinen Gruß.

»Mit wem sprichst du denn da, Chiara?«

»Das ist Sigismondo, Mama.«

»Sigismondo?« Ihre Mutter blieb am Gittertor stehen und sah sich suchend um.

»Chiara, ich bitte dich, hier ist doch überhaupt niemand …«

»Aber natürlich. Jetzt ist er weg, aber eben war er noch da.«

Ihre Mutter sah sie verblüfft an.

»Und wer soll dieser Sigismondo sein?«

»Weiß ich nicht. Unterhalten haben wir uns noch nicht, aber wir grüßen uns immer.«

»Und woher kennst du dann seinen Namen?«

»Ich kenne ihn eben!«, antwortete Chiara mit typisch kindlicher Bestimmtheit.

Dabei konnte nicht einmal sie selbst sich erklären, woher sie von Personen und Ereignissen wusste, die längst Vergangenheit waren. Der Ausdruck in der Stimme ihrer Mutter duldete keinen Widerspruch: »Ist jetzt endlich Schluss mit diesen Hirngespinsten? Für einen Freund, der nur in deiner Phantasie existiert, bist du inzwischen zu alt!«

Seit diesem Tag hatte Chiara beschlossen, mit niemand mehr über das zu sprechen, was nur sie sehen konnte. Sie hatte alles versucht, um sich von diesen »Visionen« zu befreien, aber vergebens. Sie waren nicht unter Kontrolle zu bringen. Plötzlich waren sie da, unvermittelt, wie ein Fieberkrampf. Doch anders als bei echtem Fieber fühlte sie sich nicht schlapp und benommen, sondern sie konnte Dinge wahrnehmen, die anderen verborgen blieben. Nachdem Chiara ihrer Mutter ihr Geheimnis anvertraut hatte, fragte sie: »Was soll ich nur machen, wenn ich wieder diese Bilder sehe?«

»Schließ einfach die Augen, Chiara, dann verschwinden sie.«

Erst viele Jahre später hatte sie sich wieder einem Menschen anvertraut. Er hatte sie nicht für verrückt erklärt. Sie hatte das Zweite Gesicht. Und sie war nicht die Einzige mit dieser Gabe.

Am folgenden Tag war der Palazzo Rospigliosi nicht mehr wiederzuerkennen. Das Fernsehteam war verschwunden, Ruhe und Beschaulichkeit waren unter den farblosen, feuchtigkeitsschwangeren Himmel zurückgekehrt. Der Palazzo lag wieder im Dornröschenschlaf. War es eine gute Idee gewesen, noch einmal zurückzukommen? Chiara war sich nicht sicher. Im Traum war sie in den Fluren des Palazzo unterwegs gewesen, war durch die Gänge geschwebt und dabei einem hellen, flackernden Licht gefolgt, das immer wieder unvermittelt hinter einer Ecke verschwunden war.

Selbst im Traum war ihr klar, dass sie dieses Licht niemals erreichen würde, dass sie nichts anderes tun konnte, als ihm auf der Spur zu bleiben. Als würde sie einem unausgesprochenen Befehl folgen. Alles nur ein Traum, hatte sie sich beim Aufstehen gesagt. Einen Kaffee. Ein schneller Blick in die Zeitung. Eine kalte Dusche. Dann der Anruf ihres Chefs. Was hatte sie sich nur dabei gedacht, das Interview mit der Marra platzen zu lassen? Forte hatte keinerlei Entschuldigung gelten lassen. Chiara musste noch am gleichen Tag nach Zagarolo zurückkehren. Die Dreharbeiten für den Spielfilm *Onore* würden aber erst am frühen Nachmittag weitergehen, so dass sie genug Zeit hatte, sich vorzubereiten. Gianni würde sie direkt am Set treffen.

Die Entscheidung, vor allen anderen dort zu sein, hatte sie unbewusst getroffen. Sie hatte sich ein T-Shirt, Baumwollhosen und Tennisschuhe angezogen und war schnurstracks nach Zagarolo gefahren. Erst bei ihrer Ankunft hatte sie bemerkt, dass sie eine gute halbe Stunde zu früh war.

Sie hatte den Palazzo betreten, den mit Fresken bemalten Saal durchquert und war die Treppen hinuntergegangen. Dann den Korridor entlang, bis zur Tür auf der linken Seite. Sie erschauderte. Hinter der Tür war das monotone Klappern einer Tastatur zu hören. Chiara klopfte.

»Buongiorno«, grüßte sie und betrat den Raum.

Nives trug das schlichte Kleid vom Tag zuvor. Auch der Lippenstift war der gleiche.

»Ah, Sie sind es! Was für eine angenehme Überraschung«, grüßte Nives freundlich zurück.

»Danke. Ähm, Ines, hören Sie …«

»Nives«, verbesserte sie die Sekretärin lächelnd, »was kann ich für Sie tun?«

Chiara lächelte ein wenig verlegen und zeigte auf den Fußboden. »Sagen Sie, könnte ich mir das Stockwerk hier drunter einmal ansehen?«

Die Frau schüttelte bedauernd den Kopf. »Das geht leider nicht, Signorina Bonelli. Niemand außer den Verantwortlichen für die Bauarbeiten darf das Kellergeschoss betreten. Es ist nicht ungefährlich dort unten, die Mauern sind baufällig, von der Decke bröckelt der Putz, und der Boden …«

Das Telefon auf dem Schreibtisch begann zu klingeln.

»Entschuldigen Sie.« Nives griff nach dem Hörer. Chiara nutzte die Gunst der Stunde: An einem Haken neben der Tür sah sie einen großen rostigen Schlüssel, instinktiv griff sie danach und ließ ihn in die Tasche gleiten.

»Pronto? Wer ist da? Sehr witzig!« Genervt knallte Nives den Hörer auf. Dann wandte sie sich wieder an Chiara: »Es tut mir wirklich leid, aber ich kann Ihnen nicht helfen.«

»Nicht so wichtig. Trotzdem vielen Dank.«

Chiara verließ den Raum und schloss die Tür hinter sich. Als sie nach dem Schlüssel griff, merkte sie, wie das Blut in ihren Schläfen pochte. Eine bisher nie gespürte Kraft trieb sie die Kellertreppe hinunter bis zu einer schmalen Tür. Chiara steckte den Schlüssel ins Schloss und drehte ihn zweimal. Die Tür öffnete sich mit einem leisen Quietschen. Dahinter befand sich ein hoher Gewölbekeller von gewaltigen Ausmaßen. Der Boden war mit Dreck und abgebröckeltem Putz übersät, weshalb Chiara mit äußerster Vorsicht einen Fuß vor den anderen setzte. Sie zuckte jedes Mal zusammen, wenn es unter ihren Füßen knirschte. In der linken Ecke des Kellers konnte sie einen dunklen Gang erahnen.

Je weiter sie ging, desto deutlicher konnte sie ein seltsames Geräusch vernehmen. Anfangs klang es wie ein unterdrücktes Weinen, dann wie leiser Gesang und schließlich wie ein flehentliches Wimmern. Chiara geriet in Panik, machte auf dem Absatz kehrt und stürzte Hals über Kopf aus dem Gewölbekeller. Dabei vergaß sie, den Schlüssel aus dem Schloss zu ziehen. Sie hastete die Treppe hoch, immer zwei Stufen auf einmal. Ihr Herz klopfte zum Zerspringen. Plötzlich befand sie sich in einem wahren Labyrinth unterirdischer Gänge. Da sie nicht wusste, welche Richtung sie einschlagen sollte, blieb sie erst einmal stehen, um wieder zu Atem zu kommen. Ein Rascheln hinter ihr ließ sie herumfahren. Ein Schatten, der Umriss eines Menschen im Gegenlicht. Sie erahnte blondes Haar, ein Stück karmesinroten Brokats. Chiara schloss die Augen. Als sie sie wieder öffnete, war der Schatten am Ende des Ganges verschwunden. Sie beschloss, ihm zu folgen. Als sie um die Ecke bog, fand sie sich in einem noch engeren, noch düstereren Gang wieder. An der Wand gegenüber zeichnete sich schemenhaft das Bild einer Frau ab, die ein altertümliches Kleid trug.

Dann berührte sie jemand an der Schulter.

Sie schrie auf und fuhr herum.

»Chiara! Was ist los? Wo hast du dich versteckt? Ich habe dich überall gesucht. «

Chiara hatte Mühe, Giannis Gesicht zu erkennen.

»Wie spät ist es?«

»Halb drei. Manuela Marra hat genau fünf Minuten auf dich gewartet und ist dann zum Set gegangen, diese blöde Ziege. Ermanno wird dir den Kopf abreißen. Jetzt fahren wir schon zum zweiten Mal ohne ein Interview mit seinem Liebling nach Rom zurück.« Gianni klopfte ihr tröstend auf die Schulter. »Na ja, wird schon wieder. Bis dann!«

Chiara nickte nur. Sie brauchte dringend eine Erfrischung. Sie ging ins Bad und ließ sich eiskaltes Wasser über die Handgelenke laufen. Danach ging es ihr besser. Sie sah sich um. Alles war sauber und ordentlich. Während sie sich die Hände abtrocknete, betrachtete sie sich im Spiegel. Sie war leichenblass. Was war nur passiert?

Schon öfter hatte sie seltsame Dinge gesehen, aber noch nie etwas so Gespenstisches wie das Bild an der Wand. Sie versuchte sich das Antlitz der Frau wieder ins Gedächtnis zu rufen. Da fiel plötzlich ein Sonnenstrahl auf den Spiegel, und sie spürte einen warmen Hauch im Gesicht. Auf einmal stand das Fenster zum Hof offen. Merkwürdig, es war doch gar nicht windig. Sie sah nach draußen. Obwohl schon Herbst, standen die an der Mauer emporrankenden Wildrosen noch in voller Blüte. Auch die Wiese auf der anderen Seite war mit Margeriten und Kamelien übersät: ein Traum in Weiß.

Chiara blickte in die Ferne. Am Ende der Wiese stand eine junge Frau in einem karmesinroten Brokatkleid und lächelte ihr zu. Das honigblonde Haar fiel ihr bis über die Schultern. Dann plötzlich ein Windstoß: Auf einen Schlag waren die Rosen und all die anderen Blumen verblüht, als hätte eine Zeitmaschine Tage, Stunden, Minuten und Sekunden beschleunigt und schlagartig den Winter gebracht. In diesem Augenblick sah Chiara, wie die Frau die Hände vors Gesicht schlug und in Tränen ausbrach.

»Warum weinst du?«, flüsterte Chiara. Einen Augenblick später war die Frau ganz nah. Unter Tränen antwortete sie: »Er wird mich töten.«

»Signorina Bonelli!« Chiara zuckte zusammen und fuhr herum. Hinter ihr stand Nives Gerini.

»Sie hätten mich ernsthaft in Schwierigkeiten bringen können, ist Ihnen das klar? Dafür könnte ich Sie anzeigen!«, schimpfte die Sekretärin und hielt ihr mit einer theatralischen Geste den Schlüssel entgegen.

»Ich weiß, ich weiß. Es tut mir leid.«

»Ich hätte meinen Job verlieren können!«

»Es tut mir wirklich leid. Wie kann ich das nur wiedergutmachen?«

Nives überlegte einen Augenblick: »Das Mindeste wäre ein Foto mit Autogramm von Lorenzo De Lollis.«

»Natürlich, kein Problem«, Chiara war erleichtert. Nives schien wieder versöhnt zu sein.

»Und jetzt folgen Sie mir bitte. Wer sich hier unten nicht auskennt, verläuft sich leicht.«

Während sie gemeinsam den Gang entlanggingen, fragte Chiara die Frau, ob sie Näheres über den Palazzo wisse.

»Was für eine Frage! Ich habe sogar an einem Buch über seine Geschichte mitgewirkt.«

»Nein, wirklich? Können Sie mir sagen, ob in diesen Mauern einmal ein Verbrechen verübt wurde?«

»Hier?«

»Ja.«

»Nicht, dass ich wüsste.«

»Sind Sie ganz sicher?«

»Niemand kennt die Geschichte dieses Palazzo besser als ich. Ich bin mir hundertprozentig sicher. Genauso sicher, wie ich mich bei Telestella beschweren werde, wenn ich meine Autogrammkarte nicht bekomme.«

Chiara spielte das Spiel mit. »Nur das nicht! Dann könnte ich meinen Job verlieren.«

Ermanno Fortes Büro bei Telestella quoll über vor alten Zeitschriften, Videokassetten und CDs. Über allem lag eine dicke Staubschicht, und es stank nach kaltem Rauch.

»Der Boss«, wie er im Sender genannt wurde, thronte hinter seinem Schreibtisch und kaute auf einem stinkenden Zigarrenstummel herum. Einmal mehr hatte er seinen Entschluss verkündet, mit dem Rauchen aufzuhören. Seine Mitarbeiter jedoch wünschten sich sehnlichst, dass er schnell wieder damit anfangen möge. Denn wenn er nicht rauchte, war er noch unausstehlicher als sonst.

Chiara betrat den Raum und versuchte möglichst unbeteiligt auszusehen. Der Boss fixierte sie mit sarkastischer Miene. Noch bevor sie etwas sagen konnte, blaffte er: »Da haben wir ja unsere Meisterreporterin, die berühmte Chiara Bonelli, die es sich leisten kann, sich einen echten Knüller durch die Lappen gehen zu lassen. Manuela Marra hat ja bekanntlich nichts Besseres zu tun, als auf ein Interview mit uns zu warten.«

Dir geht es doch um etwas ganz anderes, dachte Chiara, versuchte aber, ihn zu besänftigen: »Ich mache das wieder gut. Das Interview mit Raoul Bova …«

»Nichts da! Du gehst nach Torpignattara!«

»Torpignattara? Und das Interview mit Raoul Bova?«

»Das macht die Cuomo. Im Liceo Parini in Torpignattara

gibt es einen dieser bescheuerten Schülerstreiks. Ich will die richtige Atmo: Protestierende Schüler mit Piercings und Tattoos, besorgte Mütter, frustrierte Lehrer … Du weißt schon.«

Chiara nickte seufzend. Sie war enttäuscht und zeigte das auch. In letzter Zeit ging alles schief. Am allerschlimmsten aber war Fortes selbstgefälliges Grinsen. Mit der Sensibilität einer Planierraupe hatte er ihr das Interview mit Raoul Bova entzogen.

Das Wetter passte zu ihrer Laune. Der Nieselregen war Gift für ihre Frisur. Chiara griff sich prüfend ins Haar. Nichts mehr zu machen. Sie ging auf das Schulgebäude zu, dessen ursprünglicher Anstrich unter Graffiti-Schmierereien verschwunden war. Vor der Treppe stand eine Gruppe wild gestikulierender Schüler. Die Mädchen in tief sitzenden Hüfthosen, hie und da blitzte ein Bauchnabel-Piercing hervor. Die Jungs gaben den coolen Rapper, Hosenboden in den Kniekehlen, Turnschuhe mit offenen Schnürsenkeln.

Soweit nichts Ungewöhnliches, dachte Chiara, während sie Gianni bat, einige Aufnahmen zu machen. Als Erstes befragte sie einen Jungen mit gepiercter Zunge, dann eine Schülerin. Beide sagten mehr oder weniger das Gleiche: Keine Macht der Welt, weder Eltern noch Lehrer, Politiker oder irgendwer sonst, könnte ihnen »das Recht auf Selbstbestimmung nehmen«. Chiara bemerkte, wie einige Lehrer das Gebäude verließen. Sie gab Gianni ein Zeichen. »Gut. Mal sehen, ob sie mir etwas über die Beweggründe dieses Streiks erzählen werden.«

Ihr war eine zierliche Lehrerin aufgefallen, unscheinbar, aber durchaus hübsch. Das blasse Gesicht wirkte müde und abgespannt. Mit ihr wollte sie anfangen. Plötzlich wurde ihr schwindlig. Gianni sah sie verwundert an und fragte: »Bonelli, was ist los? Gehst du jetzt rüber oder nicht?«

Chiara nickte. Wahrscheinlich der Kreislauf, dachte sie und versuchte sich zusammenzureißen. Dann stand sie der Lehrerin gegenüber. Gianni filmte.

»Entschuldigen Sie, dürfte ich Ihnen einige Fragen stellen?«

Die Frau stutzte, aber bevor sie reagieren konnte, hatte Chiara ihr schon das Mikro unter die Nase gehalten.

»Fangen wir mit Ihrem Namen an.«

»Lucetta Felisi.«

»Und Sie unterrichten?«

»Philosophie.«

»Können Sie unseren Zuschauern sagen, was hier vorgeht?«

Die Frau räusperte sich, vielleicht um ihre Verlegenheit zu überspielen. Dann wandte sie sich an Chiara. Die Kamera ignorierte sie. Etwas in ihrem Blick hatte sich verändert. Der resignierte Gesichtsausdruck war verschwunden, sie wirkte wie verwandelt, jünger und lebhafter. Ihre Stimme kam plötzlich von ganz weit her, als würde sie nicht zu ihr gehören. Die Frau schrie ihr zu: »Du musst ihr helfen!« Wie eine Klammer legten sich ihre eiskalten Finger um Chiaras Handgelenk. Dann wieder: »Du musst ihr helfen!«

Chiaras Herz raste, sie glaubte ohnmächtig zu werden. Erschüttert ließ sie das Mikro fallen. Schließ die Augen! Schließ die Augen!, befahl sie sich stumm.

»Alles in Ordnung?« Erneut Lucettas Stimme, diesmal ganz nah und deutlich. Noch immer umfasste sie Chiaras Handgelenk, aber der Druck hatte nachgelassen. »Ja, alles in Ordnung«, log sie, ganz benommen. Sie fühlte, wie ihr die Tränen kamen, unaufhaltsam, ganz tief aus ihrem Inneren. Doch der Schmerz schien nicht zu ihr zu gehören. Es war, als würde sie stellvertretend für jemand anderen leiden.

»Es tut mir unendlich leid«, stammelte Chiara schluchzend. Die Worte kamen ohne ihr Zutun, strömten unaufhaltsam aus ihrem Mund wie die Tränen aus ihren Augen. »Was sie Ihnen angetan haben, tut mir in der Seele weh.« Sie streckte die Hände nach Lucetta aus und zog sie an sich. Als wollte sie ihr Gegenüber schützen. Als wolle sie verhindern, dass die Knöpfe von Lucettas Bluse absprängen und sie mit entblößten Brüsten dastünde.

»Was tun Sie da?«, fragte Lucetta verstört und versuchte sich aus Chiaras Griff zu befreien.

»Sie haben die Bluse zerrissen, diese Schweine!« Chiara versuchte Lucetta erneut an sich zu ziehen.

Die Lehrerin schrie: »Sind Sie verrückt geworden? Lassen Sie mich los!«

Ihre Schreie brachten Chiara in die Realität zurück. Das Weinen ebbte ab. Nein, sie war nicht verrückt. Aber wie sollte sie erklären, was sie gerade erlebt hatte? Gianni starrte sie entgeistert an. In seinen Augen hatte sie tatsächlich den Verstand verloren.

»Es tut mir leid«, wiederholte Chiara noch einmal. Mehr konnte sie nicht sagen. Sie rannte zur Straße, sprang in ihr Auto und raste davon. Lucetta und Gianni starrten ihr fassungslos hinterher, zu überrascht, um sie aufzuhalten.

Eine Stunde lang fuhr sie ziellos herum. Sie hatte das Radio voll aufgedreht, um damit die quälende Stimme in ihrem Inneren zu übertönen, aber es gelang nicht. Die Stimme war stärker. »*Mare di inverno*« von Loredana Bertè. Chiara kannte den Text und sang lauthals mit, aber die innere Stimme war stärker. Stärker als die Stimme der Bertè, stärker als ihre eigene. Seit sie im Auto saß, hämmerte sie ihr immer wieder ein: »Du musst etwas vollenden, das vor langer Zeit geschehen ist. Du bist auserwählt, dem kannst du nicht entfliehen.«

Einen Moment nach Chiaras überstürzter Flucht war ein stattlicher Mann um die fünfzig neben Lucetta getreten und hatte ihr fürsorglich einen Arm um die Schultern gelegt. »Ich bin Professor Dini«, hatte er sich dem Kameramann vorgestellt. Gianni hatte sich kurze Zeit später von den beiden verabschiedet, zu drehen gab es heute nichts mehr.

»Nun, meine Liebe, wenn die jungen Leute alle so sind, dann halte dich besser an ein Fossil wie mich«, hatte Dini die Szene lächelnd kommentiert. Doch seine Kollegin nahm ihn gar nicht richtig wahr, noch ganz benommen von dem, was gerade geschehen war.

Chiara stand vor ihrer Haustür und bekam das Schloss nicht auf. Sie stutzte. Hatte sie den falschen Schlüssel benutzt? Sie betrachtete ihn genauer. Es war ihr Haustürschlüssel, da gab es keinen Zweifel. Also versuchte sie es wieder, dieses Mal mit Gewalt. Die Tür öffnete sich. »Zu wenig Kraft in den Händen ...«, sagte sie zu sich selbst und seufzte erleichtert. Endlich zu Hause. Die letzten Stunden hatten sie erschöpft. Zu kochen hatte sie jetzt keine Lust mehr. Sie wusste auch gar nicht, ob sie überhaupt noch etwas Essbares im Haus hatte. Sie kaufte immer nur dann ein, wenn ihr gerade danach war, und in letzter Zeit war das nur selten der Fall gewesen.

Sie öffnete den Kühlschrank. Eine angebrochene Flasche Sekt, ein Rest Parmesan, einige Eier und ein einsamer Joghurtbecher. Mehr nicht. Trostlos. Sie entschied sich für den Joghurt. Hatte sie nicht irgendwo noch eine Packung Reiswaffeln? Beim Suchen entdeckte sie außerdem eine Dose Thunfisch. So blieb sie wenigstens schlank, auf dem Bildschirm sah man ohnehin dicker aus, als man tatsächlich war. Sie musste lächeln. Das Fernsehen: der Traumjob seit ihrer Kindheit, auch wenn sich ihre Karriere nicht ganz so entwickelt hatte wie gewünscht. Ein Ermanno Forte war in ihren Träumen allerdings nie vorgekommen. Sie schwärmte für seriösen Journalismus mit in mühevoller Kleinarbeit gut recherchierten Storys. Doch im Laufe der Jahre hatte sie ihre Ideale mehr und mehr der Realität opfern müssen, bis sie schließlich im trivialen Trash-TV von Ermanno Forte gelandet war. Sie musste Interviews mit B-Prominenz führen oder über die Besetzung einer Schule berichten, die doch nur zum Ziel hatte, dass möglichst viel Unterricht ausfiel. Sicher, manchmal gab es auch bei Telestella Lichtblicke, das Interview mit Manuela Marra zum Beispiel wäre ein solcher gewesen. Ach, wenn sie nur … was eigentlich? Wenn sie nur mehr Glück gehabt hätte? Hin und wieder hing Chiara solchen Gedanken nach und versuchte sich damit zu trösten, dass sie nur deshalb keine Karriere gemacht hatte, weil sie nicht so charakterlos war wie viele ihrer Kolleginnen.

Eigentlich war sie immer gegen den Strom geschwommen. Schon in der Schule und auch später im Beruf. Eine Kämpferin, allein gegen alle, selbst wenn die Situation aussichtslos schien. Angefangen hatte es mit der Trennung der Eltern. Ihr Vater Clemente hatte wieder geheiratet und noch ein Kind bekommen, auch ein Mädchen. Damals war Chiara gerade mal vierzehn gewesen. Ihre Mutter Sabina hatte sich einige Jahre später in ein bescheidenes Häuschen in Pieve Santo Stefano zurückgezogen und ihr Leben ganz der Kirche und dem Gemeindeleben gewidmet. Sie selbst hatte ihre Ausbildung beendet, sich mehr schlecht als recht mit kleinen Gelegenheitsjobs durchgeschlagen, um schließlich bei Telestella zu landen. Den Kontakt zu ihrer Mutter hatte sie gehalten. Manchmal trafen sie sich in Rom, manchmal in Pieve Santo Stefano. Sie genossen die gemeinsame Zeit in der Gewissheit, dass keine von der anderen verlangen würde, ihre persönliche Freiheit aufzugeben.

Während sie mit einer Reiswaffel den restlichen Thunfisch

vom Teller wischte, sah sich Chiara zufrieden um. Diese Wohnung war ihr Reich, hier konnte sie tun und lassen, was sie wollte. Eine Zweizimmerwohnung mitten im Stadtzentrum von Rom. In einem hochherrschaftlichen Palazzo, erbaut auf antiken Grundmauern. Und das unter den wachsamen Augen der Denkmalbehörde, wie so viele andere Gebäude in Rom auch. Die Möbel hatte sie beim Trödler gekauft und in mühevoller Arbeit selbst restauriert. Ergänzt wurde die Einrichtung durch zwei Stücke, die sie von ihrem Vater geschenkt bekommen hatte: ebenso wertvoll wie restaurierungsbedürftig. Zum einen eine barocke braune Kommode, an der leider zwei Originalgriffe fehlten. Chiara nannte die Kommode zärtlich »alter Zausel«. Zum anderen ein Gemälde aus dem späten 16. Jahrhundert, dessen Rahmen teilweise beschädigt war. Auf einem kleinen Messingschildchen war zu lesen: »J. Jordaens. Ecole 1593–1678«. Ein Trinkgelage mit schmachtenden Nymphen, mitten im Wald. Vor allem der Baum im Vordergrund stach ins Auge. Jedes Mal, wenn sie den Baum betrachtete, meinte sie zwischen seinen Ästen ein silbernes Leuchten zu erkennen, wie bei Mondschein. Doch auf dem Bild war kein Mond zu sehen. Ihr Vater hatte ihr das Bild nicht freiwillig überlassen. Sabina hatte darauf bestanden, sie wollte verhindern, dass es in den Besitz ihrer Nachfolgerin überging. Chiara hatte erst Jahre später davon erfahren und sich danach geschworen: Was ihre Mutter erlebt hatte, würde ihr nicht passieren. Sie würde nie heiraten.

Sie öffnete den Joghurt. Nuss, mal was Neues. Sehr cremig und angenehm süß. Sie entspannte sich. Zucker wirkte auf sie wie eine Droge und machte sie schläfrig. Ein Homöopath hatte ihr einmal erklärt, dass dieses Phänomen auf ihre Glukose-Intoleranz zurückzuführen sei. Droge oder Glukose-Intoleranz, das war ihr im Moment egal. Sie überließ sich dem angenehmen Gefühl und griff nach der Zeitung. Ein kleiner Artikel auf der Regionalseite erregte ihre Aufmerksamkeit. »Chiavenna. Fremdverschulden ausgeschlossen. Adriana Mori und Giovanni Scalera nahmen sich während eines geheimnisvollen Rituals das Leben.« Chiara hatte den Fall am Rande verfolgt. Sie erinnerte sich nur noch daran, dass man in der Nähe von Viterbo ein etwa zwanzigjähriges Pärchen tot aufgefunden hatte. In inniger Umarmung und mit einem Strick aneinandergebunden. Beide hatten eine Leidenschaft für Horrorthriller und Heavy-Metal-Musik. Außerdem hatten die Zeitungen berichtet, dass Adriana jeden Tag ein bekanntes römisches Fitnesscenter besuchte. Chiara hatte genug von schlechten Nachrichten und legte die Zeitung beiseite. Stattdessen nahm sie ein Buch zur Hand. Eine romantische Liebesgeschichte, die sie schon vor vier Wochen angefangen hatte. Ob sie es je schaffen würde, den Roman zu Ende zu lesen?

»Du verlangst Unmögliches von mir!«, sagte die Heldin, und kurz danach fielen Chiara die Augen zu.

Der Garten vor dem Haus war kahl. Unablässig blies der Wind und fegte die Blätter von den Bäumen. Sie saß auf der Bank, das offene Buch auf den Knien, und blickte sich um. Keine Menschenseele. Sie war allein. Und unsäglich müde, viel zu müde, um aufzustehen. Wenn Forte morgen anrief, würde sie sich krankmelden. Eine Bö trieb ein Blatt vor sich her. Die flammenden Farben des Herbstes. Das Blatt landete vor ihren Füßen. Ein leises Rascheln. Chiara bückte sich, um das Blatt aufzuheben und es zwischen die Seiten des Buches zu stecken. Doch als sie die Hand danach ausstreckte, wirbelte es wieder hoch, schwebte einen Augenblick in der Luft und fiel einige Meter entfernt wieder zu Boden. Sie ging ihm nach, doch wieder flog das Blatt davon, als würde es an einem unsichtbaren Faden von ihr weggezogen. Ein ihr wohlbekanntes Gefühl. Wie oft rannte sie hinter etwas her, ohne es je erreichen zu können. Auch in jüngster Zeit, wenngleich sie sich im Augenblick nicht an eine konkrete Situation erinnern konnte. Sie folgte dem vor ihr hertanzenden Blatt. Hin und wieder hielt es inne, gerade so lange, bis sie es fast erreicht hatte, dann flog es weiter. Als würde es mit ihr spielen. Sie überquerte den Kiesweg. Merkwürdig, an diesen Weg konnte sie sich gar nicht erinnern. Das Blatt führte sie hinter eine Hecke, bis ans Ufer eines kleinen Teiches, der von dicht an dicht stehenden Bäumen umgeben war. Sie waren so hoch, dass man meinen konnte, sie wüchsen um die Wette.

»Chiara, Chiara!« Sie fuhr herum. Das Blatt war in den Händen einer jungen Frau gelandet, die sie lächelnd ansah. Die Dame aus Zagarolo. Chiara ging auf sie zu. Angst hatte sie keine. »Wer bist du? Was willst du mir sagen?« Der Schatten der Frau verschwand hinter den Bäumen. »Folge mir, rasch. Wir haben nicht viel Zeit.«

Chiara ging hinter ihr. Die Straße war menschenleer. »Hier lang«, der Schatten zeigte auf eine Bushaltestelle. Dort wartete eine Frau in einem schlechtsitzenden grauen Regenmantel. Auch sie sah müde aus.

»Du kennst sie, oder?«

»Ja«, antwortete Chiara, »was soll ich tun?«

»Rette sie!«

Das Telefon klingelte. Chiara schreckte hoch, dabei fiel das Buch zu Boden. Bis sie sich aufgerappelt hatte, um den Hörer abzunehmen, hatte das Klingeln aufgehört. Sie ließ sich wieder auf das Sofa fallen. Ein Traum. Nichts als ein lächerlicher Traum. Sie versuchte sich an das Gesicht der Frau im Regenmantel zu erinnern, aber es gelang ihr nicht. Dann hob sie das Buch vom Boden auf. Es war noch auf der Seite aufgeschlagen, die sie zuletzt gelesen hatte.

»›Du verlangst Unmögliches von mir!‹, sagte die Frau.

›Nein‹, antwortete der Mann mit fester Stimme.

›In Ordnung. Dann sage mir, was ich tun soll.‹

›Rette sie.‹«

Erschrocken schlug Chiara das Buch zu.

2

Rieti, 1553

Der Hochzeitszug, der die Ländereien von Don Camillo Colonna durchquerte, bot einen prächtigen Anblick. Von überall her waren Neugierige zusammengeströmt, um die Adligen und ihre Hofdamen zu bewundern, die von bewaffneten Reitern und zahlreichen Dienern begleitet wurden. Die üppige Aussteuer von Donna Orinzia, der zwölfjährigen Tochter von Donna Livia Colonna und dem früh verstorbenen Don Marzio, war auf mehrere Wagen verteilt: erlesene Stoffe und allerlei kostbare Gegenstände aus reinstem Gold und Silber. Orinzia war Pompeo versprochen, dem machtbesessenen Sohn Don Camillos. Obwohl schon an die vierzig, galt Pompeo immer noch als gefürchteter, waghalsiger Kämpfer. Außerdem stand er im Ruf, ein leidenschaftlicher Liebhaber zu sein, allerdings mit einer Vorliebe für außergewöhnliche Praktiken.

Die Zuschauer waren tief beeindruckt von all der Pracht, die sich ihnen darbot. Jeder, der in Fondi und Umgebung Rang und Namen hatte, war der Einladung gefolgt. Vorneweg die Ritter in vollem Ornat, stolz und kampferprobt. Ihre blitzenden Schwerter und verzierten Schilde wetteiferten mit dem Glanz der Sonne.

Die adligen Gäste waren überwiegend schwarz gekleidet, getreu dem sittenstrengen Gebot der spanischen Mode. Einige jedoch, vor allem junge Damen, zeigten sich nach deutschem Vorbild wesentlich freizügiger. Offenbar waren die rigorosen Regeln von Lorenzo Giustiniani längst in Vergessenheit geraten. Der Patriarch von Venedig hatte vor nicht einmal hundert Jahren offenherzige Ausschnitte, prunkvollen Schmuck sowie blonde Perücken strikt verboten. Auch an Girolamo Savonarola schien sich keiner mehr zu erinnern. Dieser fanatische Dominikanermönch war gegen jede Form von Eitelkeit zu Felde gezogen und hatte als selbsternannter Hüter von Zucht und Moral 1496 auf der Piazza della Signoria in Florenz sogar Kleider, Puder, Spiegel und anderes »Teufelszeug« öffentlich verbrannt. Als Ketzer, Schismatiker und Gegner des Heiligen Stuhls wurde der Mönch zunächst gehängt und dann auf dem Scheiterhaufen verbrannt. Die aufgeputschte Menge hätte seinen Körper am liebsten in Stücke gerissen, ein Schicksal, das schon Francesco de Pazzi und seine Komplizen ereilte, die das Attentat auf Guiliano de' Medici verübt hatten.

Die Hochzeitszeremonie begann leicht verspätet. Die Gebete der Priester wechselten sich ab mit den Gesängen des Chores. Weihrauchgeruch stieg aus den Rauchfässern hinauf bis zur hohen Kuppel des Doms. Der Geruch war so durchdringend, dass es den Damen in ihren engen Korsetten fast den Atem raubte. Aber was nahm man nicht alles in Kauf, um an der Hochzeit des Jahres teilnehmen zu können. Diese Gelegenheit zum Lästern wollte sich niemand entgehen lassen. Einige der jungen Frauen, die seitlich im Kirchenschiff standen, flüsterten: »Eine so liebreizende Braut …«

»Kein Wunder, mit diesem Kleid und dieser Kette …«

»Und der Bräutigam? Diesen groben Klotz wollte ich nicht in meiner Nähe haben. Ein Kuss von ihm, und ich müsste ersticken.«

»Bist du toll? Der strotzt vor Gold, da würde ich mich sogar zweimal ersticken lassen.«

»Sieh nur, Don Marcantonio!«

»Wer ist denn das?«

»Das weißt du nicht? Er ist der Bruder des Bräutigams. Ein stattlicher Mann, und dieser schwarze Bart …«

»Aber die Schönste von allen ist und bleibt Donna Livia. Sie überstrahlt selbst die Braut.«

»Donna Livia? Aber die ist doch alt …«

»Gewiss. So alt, dass unsere Dichter von Antonio Francesco Rainieri bis Bernardo Cappello nichts anderes tun, als ihre Schönheit zu besingen. Ich wünschte, ich wäre *so* alt wie sie!«

»Ich möchte lieber so jung bleiben, wie ich bin«, sagte Donna Esmeralda großspurig. Sie war die jüngste Tochter des Conte di Sant'Angelo und galt als berüchtigte Klatschbase und Giftspritze.

»Ruhe! Ruhe jetzt, ihr Klatschbasen, sonst lasse ich euch aus dem Dom werfen! Donna Livia ist überhaupt nicht alt, sie ist noch zehn Jahre jünger als ich!«, schimpfte Sestia, die Amme von Donna Esmeralda.

»Dennoch ist sie schon fast dreißig!«

»Uralt.«

»Ihr seid ja nur neidisch, Ihr dummen Gänse.«

Die Mädchen amüsierten sich köstlich und tuschelten weiter, bis der Priester mit der Zeremonie begann.

In ihrem schweren weißen Damastkleid mit den goldenen Stickereien wirkte Orinzia schutzlos und zerbrechlich, während Pompeo neben ihr noch älter und imposanter erschien. Der Priester stellte dem Hochzeitspaar die üblichen Fragen. Als Orinzia an der Reihe war, schwanden Donna Livia in der ersten Reihe fast die Sinne. In den vergangenen Tagen war sie bemüht gewesen, sich in das Unvermeidliche zu schicken. Es lag nicht in ihrer Macht, die Hochzeit zwischen ihrer Tochter und Pompeo zu verhindern, dem Mann, den sie so abgrundtief verachtete. Sie war derart verzweifelt, dass sie nicht einmal mehr weinen konnte. Es war wie ein klaffender Schlund, in den sie Stück für Stück abzurutschen drohte. Sie fühlte, wie ihre Knie nachgaben. Der betäubende Weihrauchgeruch und das schwere Festgewand raubten ihr den Atem, die goldenen Ohrgehänge und die massive Edelsteinkette gruben sich in ihre zarte Haut. Am liebsten hätte sie die Flucht ergriffen. Wie damals, als sie in kindlichem Übermut über eine Wiese gerannt war und bewaffnete Männer hinter den Büschen hervorsprangen. Der gellende Schrei der Amme, die blutige Klinge. Unbekannte Hände, die sie packten und verschleppten. Ins Dunkel. Ins Ungewisse. In die Hölle. Niemand, der davon wusste, hatte je ein Wort darüber verloren. Ein düsteres, abscheuliches Geheimnis. Darüber zu sprechen hatte keinen Sinn.

Danach hatte Livia für kurze Zeit das Sehvermögen verloren. Später dann, als sie erneut frei und in Sicherheit war, konnte sie zwar wieder sehen, doch die Blindheit hatte sich in ihrem Körper eingenistet. Lauerte wie ein Raubtier, das sich von Angst und Panik nährte, jederzeit bereit, wieder ans Licht zu kommen und anzugreifen, wenn heftige Gefühle sie übermannten. So wie einige Jahre später, als ihr ein Bote die Nachricht überbracht hatte, dass ihr Gemahl Marzio Colonna während der Belagerung Mailands zu Tode gekommen sei. Er, der tapfere Soldat, der sie zur Frau genommen hatte und seitdem ihr schreckliches Geheimnis kannte. Einige Stunden nach der Ankunft des Boten war Donna Livia vom Pferd gestürzt. Alle im Schloss nahmen an, ihre plötzliche Erblindung sei auf diesen Sturz zurückzuführen, und befürchteten schon das Schlimmste. Aber Livia und ihre treue Dienerin Cornelia wussten, dass die Verzweiflung über Marzios Tod der Grund war und dass die Sehkraft nach einer gewissen Zeit zurückkehren würde.

Hier in der Kirche spürte sie wieder die Gefahr. Das Bild von Orinzias zarter Jungmädchenhand in der Pranke ihres Bräutigams hatte das schlafende Raubtier in ihr wieder aufgeweckt. Als Pompeos Blick sie in der Menge suchte und mit seinem Hochmut fast durchbohrte, wurde Livia schwarz vor Augen. Instinktiv griff sie sich an den Hals. Ein adliger Herr, dem ihr Zustand nicht verborgen geblieben war, flüsterte: »Geht es Ihnen gut, meine Dame?«

Sein markantes Gesicht schmückte ein elegantes braunes Spitzbärtchen, die hellen Augen ließen aufrichtige Besorgnis erkennen. Doch Livia reagierte nicht, atmete tief durch und rückte züchtig ein Stückchen von ihm ab.

Der vornehme Herr zog sich schweren Herzens zurück. Eine wunderschöne Frau, dachte er, ihre edle Erscheinung, der üppige Busen, der die schmale Taille besonders gut zur Geltung brachte. Und das Haar … honigfarbene Wellen, die ein perfekt geformtes Gesicht umrahmten, als wäre es das Werk eines Künstlers. Keine andere Frau hier kam ihr an Schönheit gleich. Während seine Gedanken noch bei Donna Livia weilten, hörte er, wie hinter ihm zwei Männer miteinander flüsterten.

»Die Witwe Colonna wäre natürlich eine gute Partie. Wer sie heiratet, verbindet das Angenehme mit dem Nützlichen«, sagte der eine mit verschwörerischem Unterton.

»Ich würde sogar sagen, in ihrem Fall überwiegt das Angenehme das Nützliche bei weitem«, betonte der andere. »Aber sieh mal, wen haben wir denn da!« Er hatte sich wieder nach vorne gewandt und den Herrn vor sich entdeckt. »Ein räudiger Hund mitten in unserer Kirche.«

»Genau«, pflichtete ihm sein Nachbar voller Sarkasmus bei, »wenn das nicht der Bastard des Fürsten ist. Welche Unverfrorenheit!«

»Eine Beleidigung! Pompeo wird ihn an den Schweif seines eigenen Pferdes binden und rund um die Schlossmauern schleifen, genau wie Achilles den Hektor.«

Diese harschen Worte ließen den Edelmann herumfahren. Nur ein kurzer Blick, und die beiden schwiegen. Ihre Gesichter waren aschfahl, als hätten sie gerade dem Tod selbst ins Auge gesehen.

3

Lucetta hatte Stefano Dinis Angebot, sie nach Hause zu fahren, abgelehnt. Sie war ganz und gar nicht in der Stimmung für Small Talk, und so nahm sie lieber den überfüllten Bus, obwohl sie den Körperkontakt mit fremden Menschen kaum ertragen konnte. Es gelang ihr nur mit Mühe, sich nach hinten durchzudrängeln. Ein Junge stand auf und bot ihr einen Platz an. Die ganze Fahrt über versuchte sie sich gegen die aufkeimenden Gedanken zu wehren, die sie in den letzten Jahren immer wieder gequält hatten. Diese Journalistin hatte die in den hintersten Winkel ihres Gedächtnisses verbannten Bilder wieder hervorgelockt. Wie war das nur möglich? Hatte sie etwa hellseherische Fähigkeiten? Aber nein, so etwas gab es in Wirklichkeit nicht.

Als sie aus dem Bus stieg, hatte sie kein gutes Gefühl. Wahrscheinlich war um diese Zeit noch niemand zu Hause, sie würde ganz allein sein. Sie öffnete die Tür und wäre fast über einen Turnschuh gestolpert, der mitten im Weg lag, so als hätte man ihn dort ausgezogen und einfach liegen gelassen. »Anna Maria«, knurrte sie und hob den Schuh auf, zusammen mit der Socke, die direkt daneben lag. Sie wusste genau, was sie im Zimmer ihrer Tochter erwartete, auch wenn sie einen Augenblick lang auf ein Wunder hoffte. Vielleicht war aus Anna Maria mit einem Schlag ein ordentlicher Mensch geworden? Wohl kaum. Dieser verdammte Schuh im Flur bewies das Gegenteil. Und in der Tat: Anna Marias Zimmer glich einer Müllhalde. Das Bett ungemacht, auf dem Boden ein wüstes Durcheinander aus Schuhen, T-Shirts und Bücherstapeln. Aus den zerwühlten Laken lugte Artemus hervor, eine Holzkatze, die Nonno Amerigo ihr zum achten Geburtstag geschenkt hatte. Ihr Großvater, ein geschickter Schreiner und Restaurator, hatte Artemus bis ins kleinste Detail der Siamkatze seiner Enkelin nachempfunden, die sie verschenken musste, als sie eine Katzenhaarallergie bekam. Während sie das Tier aus den zerknäulten Laken befreite, erinnerte sich Lucetta an die Szene wenige Stunden zuvor. Wie eine Furie war Anna Maria ohne erkennbaren Grund aus dem Haus gerannt, ohne zu sagen, wohin. Wie so häufig in letzter Zeit. Mit den Worten: »Ich bin spät dran, ich muss mich beeilen!«, hatte sie die Tür hinter sich zugeworfen. Vergeblich hatte ihr Lucetta hinterhergeschrien: »Wann bequemst du dich endlich, dein Zimmer aufzuräumen? Mit einundzwanzig bist du schließlich kein Kind mehr.« Der letzte Satz versetzte ihr einen Stich. Selbst nach so langer Zeit war der tiefe Schmerz immer noch da. Aber dafür konnte Anna Maria nun wirklich nichts. Insgesamt konnte Lucetta mit ihrer Tochter durchaus zufrieden sein, auch wenn sie in letzter Zeit nervös wirkte, stiller war als sonst und öfter plötzlich verschwand. Anna Maria war einfach ein tolles Mädchen, auch ohne Vater. Sie hatte sich an der Universität La Sapienza für Archäologie eingeschrieben, in der Hoffnung, der weibliche Schliemann des 21. Jahrhunderts zu werden. Jedes Mal, wenn Lucetta an sie dachte, musste sie lächeln. Auch sie war schließlich einmal jung gewesen, hatte Pläne gehabt und Träume. Während sie eine Dockers-Jeans vom Boden aufhob, warf sie einen flüchtigen Blick in den Spiegel auf der Kommode. Eine Unbekannte. Lieblos gekleidet, ungepflegt, schulterlanges strähniges Haar, traurig blickende Augen. »Was ist nur aus mir geworden?«, fragte sie sich. In diesem Moment klingelte das Telefon und riss sie aus ihren Gedanken.

»Ciao, Lucetta.«

»Ciao, Papa.«

»Was gibt's zu essen? Hoffentlich was Vernünftiges!«

Der heitere Ton ihres Vaters entlockte ihr ein Lächeln. Obwohl schon über siebzig, war Amerigo noch immer voller Lebenslust und Energie. Jeden Tag ging er in seine Werkstatt. »Die Stunde der Rente hat für mich noch nicht geschlagen.« Das war sein Motto. Er sei doch keiner dieser alten Trottel, die vor dem Fernseher auf ihren Tod warteten.

»Aber sicher. Ich mache Hackbraten mit Erbsen. Aber erst, wenn ich das Chaos deiner Enkelin beseitigt und die Klassenarbeiten korrigiert habe.«

»Das mit den Arbeiten erzählst du seit zwei Wochen ...«, protestierte Amerigo.

»Du hast ja recht. Gestern habe ich endlich angefangen, sie durchzusehen, aber es war eine einzige Qual. Ich habe noch keine einzige gute Arbeit gelesen.«

»Aber wie ich dich kenne, bekommen sie am Ende doch alle mindestens ein ›Ausreichend‹.«

»Papa, bitte ...«

»Wie schon das Sprichwort sagt: Der mitfühlende Arzt macht die Wunde zum Geschwür.«

»Ja, ja, schon gut. Wir essen um halb neun.«

Lucetta schmiss den Hörer auf die Gabel. Ihr Vater kannte sie: Sie schaffte es einfach nicht, ihren Schülern eine schlechte Note zu geben, selbst wenn sie es verdient hatten. Als ob sie allein für deren Leistungen verantwortlich wäre. Hatte sie den Lehrstoff nicht verständlich genug erklärt? Hatte sie ihn nicht oft genug wiederholt? Sie machte sich jedes Mal Vorwürfe. Aber das kannte sie schon. Schuldgefühle waren ihre stetigen

Begleiter. Wie ein Krebsgeschwür hatten sie sich in ihr festgefressen.

Sie setzte sich an den Schreibtisch, den Rotstift in der Hand, doch über die erste Zeile kam sie nicht hinaus. Wie gebannt starrte sie auf den silbernen Bilderrahmen vor sich. Das Foto eines jungen Mannes mit gewinnendem Lächeln. Federico. Zwanzig Jahre zuvor hatte sie sich in dieses Lächeln verliebt, als sie das Bild im Schaufenster eines Fotogeschäfts entdeckt hatte. Der Inhaber ließ sich überzeugen, ihr das Bild des Unbekannten zu schenken, indem sie vorgab, einer Freundin damit einen Streich spielen zu wollen. Sie hatte ihn zu Anna Marias Vater gemacht. Jahre später hatte sie ihrer Tochter erzählt, ihr Vater sei mit dem Auto tödlich verunglückt. »Dein Vater war ein wunderbarer Mann. Auch wenn er bei diesem Unfall ums Leben gekommen ist: Er ist immer noch bei uns, er ist dein Schutzengel, Anna Maria, ich spüre es ganz deutlich …«

Und ihre Tochter hatte ihren schönen Worten geglaubt. Die Wahrheit kannten nur Amerigo und sie selbst.

Es tut mir leid, es tut mir unendlich leid, was sie dir angetan haben. Die Worte der Journalistin hatten die alten Ängste wieder geweckt.

4

Fondi, 1553

Die Gasse war eng und finster. Livia sah an den abgeblätterten Fassaden der Häuser empor und konnte gerade noch einem Schwall übelriechender Flüssigkeit ausweichen, die aus einem der Fenster geschüttet wurde. Sie verbarg die Nase in ihrer Kapuze, um sich vor dem Gestank zu schützen. Der Schleier, der ihr Gesicht verhüllte, genügte nicht. Sie hatte die Nacht noch nie gemocht, die Dunkelheit machte ihr Angst. Heute aber fühlte sie sich sicher. Sie war in Begleitung eines bewaffneten Dieners, der ihr in gebührendem Abstand folgte. Auch der Dolch, den sie in einem Futteral aus Wildschweinleder am Gürtel trug, gab ihr Sicherheit.

Die Gasse wurde jetzt etwas breiter, aus den Ritzen einer Tür drang schwacher Lichtschein. Livia klopfte, und einen Augenblick später wurde ihr aufgetan. Während der Diener draußen Wache hielt, trat Livia in die Küche, die auch als Schlafzimmer diente. In einem rußgeschwärzten Kupferkessel köchelte ein stinkender Sud über einem schwachen Kaminfeuer. Ansonsten spendete nur die zitternde Flamme einer Kerze auf einem grobgezimmerten Holztisch ein wenig Licht.

»Ich komme wegen des Pulvers«, sagte Livia.

»Es ist alles vorbereitet, Herrin.«

»Du weißt, dass man es nicht schmecken darf und dass es schnell wirken muss?«

»Seid unbesorgt. Ihr wisst doch, auf Cecca könnt Ihr Euch verlassen.«

Livia war sicher gewesen, dass außer ihr und der zahnlosen Alten niemand im Zimmer war. Doch plötzlich hörte sie ein Geräusch, das sie ängstlich zusammenfahren ließ. In einer dunklen Ecke kauerte eine hochschwangere junge Frau.

»Außer dir sollte niemand hier sein, Cecca.«

»Verzeiht, Herrin, aber meine Schwiegertochter wird bald ein Kind bekommen. Sie ist in großer Gefahr.«

»Gefahr?«

»Ja, der Mönch lässt alle Frauen, deren Niederkunft bevorsteht, entführen. Er braucht sie als Opfer. Erst letzte Woche sind zwei Schwangere verschwunden.«

Livias Kehle war wie zugeschnürt. Sie hatte von den Gerüchten gehört. Es hieß, der Mönch sei ein Zauberer, der in Pompeo Colonnas Diensten stehe. Man munkelte sogar, dass Fürst Colonna dem Mönch inzwischen hörig sei. Ohne dessen Zaubertränke könne er seine Gier nach Sex und Macht nicht mehr befriedigen.

Die schwangere Frau warf sich vor Livia auf die Knie, die Augen flehend auf sie gerichtet. »Erbarmen, habt Erbarmen. Wenn sie herausbekommen, dass ich mich hier bei Cecca verstecke, dann hacken sie mich und mein Kind in Stücke. Erbarmen!«

Livia half der jungen Frau, sich wieder zu erheben.

»Ich habe dich nicht gesehen. Aber wehe dir, wenn du nur einer Menschenseele erzählst, dass ich hier gewesen bin. Und jetzt das Pulver, Hexe. Hier, dein Lohn.«

Livia zog einen kleinen Lederbeutel unter ihrem Mantel hervor und nahm drei Silber-Scudi heraus. Sie ließ die Münzen unter den gierigen Blicken der Alten auf den Tisch fallen. Aus einem anderen Lederbeutelchen zog sie einen Ring mit einem wuchtigen roten Stein. Hob man den Stein an, war auf der Unterseite eine kleine Vertiefung zu erkennen. Sie reichte den

Ring der Alten, die ein wenig graues Pulver aus einer Glasampulle in die Vertiefung füllte. Dann verschloss sie den Ring wieder und gab ihn Livia zurück.

»Vielen Dank, Herrin«, sagte die Alte unterwürfig, während sie die Scudi in ihrer Schürzentasche verschwinden ließ. »Man kann das Pulver unbemerkt unter Speisen oder in den Wein mischen. Wer es zu sich nimmt, schwitzt Blut und stirbt rasch. Aber seid vorsichtig«, unvermittelt packte sie Livias Handgelenk und richtete ihre blutunterlaufenen Augen auf sie. »Hütet Euch vor der Teufelsfrau!«, fügte sie mit einer Stimme hinzu, die mit einem Mal dumpf und bedrohlich klang.

Livia spürte, wie es ihr eiskalt den Rücken herunterlief. Sie hüllte sich in ihren Mantel, bedeckte das Gesicht mit dem Schleier und ging. Der Diener wartete bereits. Raschen Schrittes kehrten sie zu dem Ort zurück, an dem sie die Pferde abgestellt hatten. Sie hatten ihr Ziel fast erreicht, als sich aus dem Dunkel ein Schatten löste. Ein blinder Bettler schleppte sich, auf einen Stecken gestützt, vorwärts, den deformierten Körper in stinkende Lumpen gehüllt, und griff nach einem Zipfel von Livias Mantel. Sofort zückte ihr Diener das Schwert, doch Livia gebot ihm Einhalt.

»Du bist ebenso blind wie ich ...«, sagte der Alte und streckte seine verkrüppelte Hand nach ihr aus. Livia erschauderte.

»Herrin, habt Mitleid.«

Sie reichte ihm ein Geldstück. Nur weg von dieser Kreatur! Doch sie zog ihre Hand nicht schnell genug zurück, und der Mann packte unerwartet kräftig zu.

»Diese Hand wird das erste Opfer sein, das dein Feind von dir fordert. Fliehe, solange du noch Zeit dazu hast.«

Voller Entsetzen versuchte Livia die Klaue des Blinden abzuschütteln. In dieser Nacht schienen sich alle Wahrsager verabredet zu haben, um sie mit ihren düsteren Prophezeiungen zu ängstigen.

»Rasch, lass uns gehen«, befahl sie dem Diener.

Zum Glück waren die Pferde nicht weit. Livia stieg in den Sattel und tastete nach dem Dolch an ihrem Gürtel. Auf dem silbernen Griff waren die beiden Familienwappen eingraviert: das der Colonna und das Wappen der della Rovere. Livia ahnte, dass sie ihren Schutz bald nötig haben würde.

5

Die Nacht war stockfinster, kein Stern zeigte sich am Himmel. Nur aus der Eingangshalle der Villa mit dem eisernen Gittertor drang schwaches Licht. Das verwischte Echo einer Kakophonie hämmernder Rhythmen wehte herüber. House Music. Auf der Lichtung vor dem Haus parkten mehrere Kleinbusse, selbes Fabrikat, selbe Farbe. Auch die Fahrer glichen sich aufs Haar: Untersetzt, Mütze auf dem Kopf, tätowierte Oberarme.

»Schau mal, da ist sie ja, die aus der Disko.« Luca Soavi war aufgeregt. In der Diskothek hatte er einen Caipiroska zu viel getrunken, mit Ecstasy eine teuflische Kombination. Luca schwitzte stark, das schwarze Hemd im Military-Look und die Latexhose klebten ihm am Körper. An diesem Nachmittag hatte er sein letztes Examen bestanden: Logik. Grund genug, es mit seinem Freund Andrea Monti so richtig krachen zu lassen. Andrea stand auf Dark Fetish und Gothic. Er hatte ihm auch von dieser Fete erzählt. Andrea wusste es von einem anderen Freund, der es wiederum von einem Kumpel … »Heute Nacht hast du den phantastischsten Sex deines Lebens!«, hatte ihm Andrea vorgeschwärmt und war in den schwarzen Kleinbus gestiegen, der vor dem Xilos gestanden hatte, einer Disko in den Albaner Bergen, außerhalb Roms. Für Luca, den strebsamen Studenten, war es das erste wirkliche Abenteuer seines Lebens.

Gemeinsam mit ihnen saßen noch etwa zehn weitere Diskobesucher im Bus. Der Fahrer, ein schweigsamer Typ mit einer tätowierten Schlange auf dem Oberarm, hatte die Bars in der Umgebung abgeklappert und weitere Leute aufgelesen. Als sie an der Einfahrt zur Villa ausgestiegen waren, hatte Luca Andrea am Arm gepackt: »Schau mal, da ist sie.« Dabei zeigte er auf eine junge Frau, die am Eingang stand und jeden neuen Gast persönlich begrüßte. Sie hatte dichtes dunkles Haar und trug einen nietenbesetzten Latexminirock und ein Schnürmieder aus Satin mit Spitzeneinsätzen an den Seiten. Andrea schüttelte belustigt den Kopf. »Wie willst du die denn erkennen? Die trägt doch eine Maske vor dem Gesicht.«

»Gesicht, Gesicht … ich merke mir eben die entscheidenden Details.«

»Wie konnte ich das vergessen: Für Titten und Ärsche hast du ein phänomenales Gedächtnis.«

»Komm schon, Andrea, lass uns reingehen. Ich will wissen, ob ich recht habe.«

Während sie auf das Gittertor zugingen, schlossen zwei junge Frauen zu ihnen auf. Ein seltsames Gespann: eine lang und dürr, die andere klein und pummelig. Luca und Andrea mussten grinsen und dachten sich sofort einen Spitznamen für das Pärchen aus: »der Wal und sein Zahnstocher«. Der »Zahnstocher« trug ein dunkles T-Shirt und eine schwarze Lederhose, der »Wal« ein weinrotes Stretch-Top mit der Aufschrift »I killed my boyfriend« über einem waffenscheinpflichtigen Minirock. Beide hatten das gleiche Make-up: Puder, schwarzer Lidschatten, dunkellila Lippenstift. »Hallo Jungs, hier geht's zur Party«, sagte der Zahnstocher, die noch die Hübschere von beiden war.

»Scheint so …«, Andrea gab sich betont lässig. Sie waren

jetzt nah genug, um die maskierte Frau mit den endlos langen Beinen deutlich erkennen zu können.

»Das ist doch die Tänzerin aus dem Xilos«, sagte der Wal.

Lucas Augen begannen zu leuchten. »Siehst du, Andrea, ich hatte recht. Sie ist es wirklich.«

»Aber hatte die Tänzerin aus dem Xilos nicht ein Rosen-Tattoo? Bei der hier sehe ich nur einen tätowierten Schmetterling«, warf der Zahnstocher ein.

»Frauen«, schnaubte Andrea, »immer müssen sie sich mit diesen lächerlichen Kleinigkeiten aufhalten.«

»Die machen eben den Unterschied, mein Lieber«, entgegnete der Zahnstocher schnippisch, »aber wieso war sie eigentlich vor uns da? Im Bus war sie jedenfalls nicht, da bin ich sicher.«

»Wahrscheinlich geflogen«, spottete Andrea.

»Ach was, sie ist auf einem Besen geritten! Zu allen Schandtaten bereit ... Ich kann es kaum erwarten.« Luca brannte darauf, endlich hineinzugehen. Ein Mann kam auf die vier zu: schwarzes Seidenhemd, bordeauxrote Hose, am Handgelenk eine chromglänzende Rolex. »Seid ihr neu hier?«, fragte er. »Nein«, antworteten sie im Chor. Der Mann sah sich vorsichtig um, dann fügte er hinzu: »Hier soll ja alles ganz diskret ablaufen, hat man mir jedenfalls erzählt.«

»Keine Sorge. Ein Typ im Xilos hat mir geschworen, dass das Fest hier ultrageheim ist und nur handverlesene Gäste teilnehmen dürfen«, Andrea gab sich souverän.

»Man munkelt, es sei eine Art Schneeballsystem«, schaltete sich der Wal ein, »wer einen neuen Gast mitbringt, bekommt eine Prämie, einen Anteil am Eintritt, oder so.«

»Wen interessiert das schon, Hauptsache, man hat Spaß«, brachte Luca es auf den Punkt.

»Hallo ihr vier, kommt rein.« Die dunkelhaarige Schönheit

gab Luca und seinen Begleitern ein Zeichen. Der erste Eindruck war überwältigend. Ein hochherrschaftlicher Salon mit freskengeschmückter Decke, massive Sitzmöbel mit feinsten, blutroten Brokatbezügen, an den langen Wänden eine bizarre Mischung aus antiken Gemälden und geschwärzten Spiegeln. Die Fenster waren mit schweren amarantroten Samtvorhängen verhüllt, die ganze Szenerie in gespenstisches Dämmerlicht getaucht. »Willkommen auf Schloss Dracula«, murmelte der Wal.

Die Dunkelhaarige brachte sie zu einer reliefverzierten Holztür. »Tretet ein.« Sie kamen in ein schmales Zimmer, dezent beleuchtet von einem schmiedeeisernen Kerzenleuchter, der wie eine riesige Spinne von der Decke herabhing. Die schwarzen Wände harmonierten perfekt mit dem Marmorfußboden, der wie ein Schachbrett mit schwarzen und elfenbeingelben Fliesen ausgelegt war. »Wow, das sieht aus wie in diesem Film von Gregg Araki, *The Doom Generation*«, bemerkte Andrea. Die anderen sahen ihn verwirrt an.

Sie wurden schon erwartet. Eine blonde junge Frau stand vor ihnen. Bis auf seltsam ineinander verschlungene Silberketten war sie nackt. Auch sie hatte eine weiße Maske vor dem Gesicht. »Hierhin bitte.« Sie zeigte auf ein schwarzes Quadrat in der Mitte des Zimmers. Die vier sahen sich verblüfft an. Wie ging es jetzt weiter? Als sie auf der markierten Stelle standen, drückte die Frau einen Knopf. Wie von Zauberhand öffnete sich eine Falltür und verschluckte sie. Auf einer Art Hebebühne rasten sie einem schwarzen Abgrund entgegen. Die Frauen klammerten sich aneinander, voll panischer Angst, am Ende der Höllenfahrt am Boden zu zerschellen. Es dauerte nur wenige Augenblicke, die ihnen jedoch wie eine Ewigkeit vorkamen. Unten angekommen, brachen Luca und Andrea in erleichtertes Gelächter aus. Sie befanden sich in einem feuchten Keller.

»Du meine Scheiße, das ist besser als Geisterbahn fahren«, seufzte Andrea erleichtert. Plötzlich legte sich eine Hand auf seine Schulter. Er schrie wie von Sinnen, auch die anderen wichen entsetzt zurück. »Keine Panik«, besänftigte sie der Mann, der Andrea berührt hatte. Auch er war nackt, bis auf eine Latexkapuze und einen mit einer Metallkette befestigten Lendenschurz. »Folgt mir!«, forderte er die vier auf und schob sie in Richtung eines seltsamen Gefährts, das entfernt an ein Golf-Cart erinnerte. »Los, steigt ein!« Die Stimme duldete keinen Widerspruch.

Das Fahrzeug durchquerte mit rasender Geschwindigkeit ein Labyrinth finsterer Gänge. »Wenn wir nicht gleich da sind, muss ich kotzen«, lamentierte der Zahnstocher, während sie in der Dunkelheit nach der Hand ihrer Freundin tastete. »Hör schon auf, das ist doch geil. Wie in einem Horrorfilm.«

»Endstation.« Der Mann bremste vor einer Ziegelmauer.

»Mir ist ganz schwindlig«, meldete sich der Zahnstocher wieder zu Wort, als sie ausstiegen.

»Wart's ab«, witzelte ihre Freundin und zwinkerte Andrea und Luca verschwörerisch zu. Aber die beiden Jungs reagierten nicht. Sie starrten wie gebannt auf einen Mann, der scheinbar aus dem Nichts aufgetaucht war. Auch er war nackt, das Gesicht mit einer schwarzen Maske bedeckt, eine Lederpeitsche in der Hand. »Willkommen in der Unterwelt.« Er deutete auf einen gleißend hellen Gang. Von dort ging es weiter in einen rot beleuchteten Gang, von dem mehrere schummrige Räume abzweigten. »Runter mit den Klamotten. Zieht euch das an«, befahl er und griff in eine Kiste mit weißen Masken. Zögernd gehorchten sie. »Ihr drei da lang!« Der Mann zeigte auf Luca, den Wal und den Zahnstocher und dann auf eine violett gestrichene Tür. »Los doch«, brüllte er und stieß Luca unsanft nach vorne. Die Frauen sahen sich unschlüssig an, folgten dann aber.

»Du kommst mit mir!« Der Mann packte Andrea am Arm und zog ihn zu einer amarantroten Tür. »Entschuldigen Sie, aber wo sind …« Noch bevor Andrea die Frage vollenden konnte, fand er sich in einem roten Salon wieder, in dessen Zentrum ein fünfzackiger, von einem Kreis umschlossener Stern auf den Boden gemalt war. Der Kreis hatte einen Durchmesser von etwa drei Metern. Ein mächtiger Altar, über dem ein nach unten gerichtetes Eisenkreuz hing, beherrschte den Raum. Auf dem Altar standen ein Bronzekelch und eine Wanne, ebenfalls aus Bronze. Daneben lagen eine Sichel, Messer, Skalpelle und einige Stöcke, deren Griffe Teufelsfratzen darstellten. Auf dem mit Arabesken und kabbalistischen Symbolen verzierten und mit Kissen ausgelegten Boden wand sich ein Knäuel nackter Menschen, wollüstig stöhnend, in den unglaublichsten Positionen. Gierig beäugt von Voyeuren, die sich dabei selbst befriedigten.

Eine nackte Frau in roten Lederstiefeln stand hoch erhobenen Hauptes auf dem Altar und schien die orgiastische Szenerie zu überwachen. Ihr Gesicht war hinter einer roten Maske verborgen, durch deren Augenschlitze man ein raubtierhaftes Leuchten erkennen konnte. Neben ihr stand ein muskulöser Mann in einem schwarzen Talar. Das Gesicht von einer Kapuze verdeckt, die düsteren Augen ließen sich nur erahnen.

»*Rocky Horror Picture Show*, was?«, versuchte Andrea die Situation herunterzuspielen. Der Mann im Talar beugte sich zu seiner Nachbarin und verkündete feierlich: »Hohepriesterin Ahishtar, die Adepten wünschen das Reinigungsritual zu beginnen.« Andrea wurde von gierigen Händen zum Altar gezerrt. Hände, die ihn so fest packten, als ob sie ihm die Haut von den Knochen reißen wollten. Das war kein Sex, das war Menschenjagd. Er versuchte sich loszureißen, doch es gab kein Entrinnen. Er schrie gellend auf. Ein fast unmenschlicher

Schrei, der von den Wänden widerhallte. Ein Messer blitzte auf und schlitzte ihm den Brustkorb auf, ein stechender Schmerz fuhr ihm durch den Körper. Überall war Blut. Eine Hand griff in die klaffende Wunde, mitten in das zuckende Fleisch und riss ihm das Herz heraus.

Der Blick des Mannes im Talar war dabei unverwandt an die Zimmerdecke gerichtet, dorthin, wo versteckt in einer Ecke eine Videokamera installiert war.

Nummer 12 schreckte hoch. Schon wieder ein Alptraum. Der Sturz in den Brunnenschacht. Das Licht verblasste in der Dämmerung des zu Ende gehenden Tages. Finsternis. Tod. Verwesung. Er blickte auf die flackernde Neonröhre an der Zimmerdecke. Der ausgetauschte Generator schien wieder etwas Normalität in den Bunker zu bringen. Und tatsächlich, nach einer Weile hörte das Flackern auf.

Er hatte sich daran gewöhnt, im grellen Neonlicht zu schlafen. Das Licht zu löschen war streng verboten. Nur die schummrige rote Beleuchtung des Darkrooms durfte ausgeschaltet werden. Er blickte sich um. Drei auf zwei Meter. Ein Loch unter der Erde. Modrige, schalldichte Wände. Die Feuchtigkeit kroch unter die Haut und ließ sie runzlig werden. Dann kroch sie weiter bis in die Knochen, die nach und nach zerfielen. So würden sie alle einmal enden.

Das gleichmäßige Atemgeräusch aus dem Bett unter ihm verriet, dass Nummer 3 noch schlief. In dieser Nacht hatte sich das Reinigungsritual länger als üblich hingezogen, trotzdem konnte sich Nummer 12 an nichts mehr erinnern. Ihm war hundeelend. Diese Gedächtnislücken zeigten sich jetzt immer häufiger. Wie spät mochte es sein?, fragte er sich. Bei ständig brennendem Neonlicht und ohne Uhr verlor man zwangsläufig irgendwann jegliches Zeitgefühl. Er blickte zu dem schmalen Spalt an der Decke, wo er am Tag zuvor eine Spinne hatte verschwinden sehen. Er träumte davon, selbst in die Ritze zu schlüpfen, durch sie hindurch ans Tageslicht zu gelangen und endlich frei zu sein. Einmal hatte er versucht zu fliehen, aber die Strafe hatte ihn davon überzeugt, es nie wieder zu tun. »Du hattest Glück, dass sie dich schon an der Falltür geschnappt haben«, hatte ein Kamerad zu ihm gesagt. Er hatte recht. Wenn er es bis in den Park geschafft hätte, wäre er gnadenlos von der Schwarzen Garde gejagt und von ihren Pitbulls zerfleischt worden. Die Reste des Massakers, besonders die Oberschenkelknochen, hätte man als Kerzenständer für den Heiligen Ritus verwendet.

Ich muss etwas tun, sagte er sich, als er aus dem Etagenbett kletterte. Er schlüpfte in die weiße Kutte, auf der das Schild mit der Nummer 12 befestigt war, wusch sich und spülte den Mund aus. Der kleine Spiegel über dem Waschbecken zeigte ein fahles Gesicht voller Bartstoppeln und mit tiefen schwarzen Augenringen. Den stets gut gelaunten und neugierig in die Welt blickenden jungen Mann, der er noch bis vor kurzem gewesen war, gab es nicht mehr. Hastig trocknete er sich ab. Neben dem Spiegel grüßte ein entstellter Dantekopf mit Dornenkranz und Haifischzähnen. Nummer 3 hatte ihn mit blutroter Farbe an die Wand gemalt, seine Art, die sadomasochistischen Schübe auszuleben. Auch die Wände der anderen vier Adeptenzimmer waren mit Graffiti oder diabolischen Motiven »geschmückt«. Die meisten Adepten waren mit Drogen vollgepumpt und schliefen noch.

Nummer 12 ging an den Räumen der Priester vorbei und zum großen Korridor. Dieser nicht enden wollende, weiß gestrichene Gang, hinter dem der Darkroom lag. Dort befand sich auch die schalldichte Zelle, in die man ihn nach seinem gescheiterten Fluchtversuch geschleift hatte. An den Füßen.

Die Erinnerung an das, was er dort erlebt hatte, ließ ihn erneut würgen. Er hätte sich die Seele aus dem Leib schreien können, gehört hätte ihn niemand.

Er dachte an den Tag, als er den Bunker zum ersten Mal betreten hatte. Die Wahnsinnsfahrt im geheimen Fahrstuhl, der Weg durch das unterirdische Labyrinth bis in die Unterwelt. Die Hölle, die er in seiner ganzen Naivität zuerst für das Paradies gehalten hatte. Bis zu diesem bitteren Erwachen war der Satanskult für ihn nur das Deckmäntelchen, um ein bisschen über die Stränge schlagen und harten Sex mit seiner Traumfrau haben zu können, die ihn eines Donnerstags abgeschleppt hatte. Am Anfang hatte sie ihm Gras angeboten, dann Ecstasy und schließlich noch härteres Zeug. »In der Disko bekomme ich das immer geschenkt«, hatte sie ihm erzählt. Als sie ihn schließlich in den Bunker gelockt hatte, war aus der versprochenen Sexorgie ein regelrechter Alptraum geworden: Sie hatten ihn in die Enge getrieben, unter Drogen gesetzt und vergewaltigt. Als Sexsklave der Bruderschaft musste er jeden Donnerstag bei den Schwarzen Messen Dienst tun. Den Hohepriestern Speculum und Ahishtar zu dienen, hatte er am Anfang noch als aufregend empfunden. Dann hatten sie ihn in einem komplizierten Ritual zum Adepten erhoben. Erst später hatte er begriffen, dass diese Beförderung alles andere als ein Privileg war. Als Adept war er völlig rechtlos, schon einen eigenen Namen zu tragen galt als Blasphemie. Deshalb hieß er jetzt Nummer 12.

Auf seinem Weg kam Nummer 12 am Generator vorbei. Er befand sich gerade auf Höhe der Waschräume, als ihn eine Wache einholte. »Ich habe schon geduscht«, sagte er mit gesenktem Blick, in der Hoffnung, dass der Mann weitergehen würde. »Dann ab zur Arbeit. Los, in die Küche!« Nummer 12 betrat die Speisekammer, ein schmaler Raum mit rot gestrichenen Wänden. Er schlängelte sich an diversen Metallregalen und dem großen Kühlschrank vorbei in die Küche.

»Heute ist der Tag der Hohepriesterin. Alles muss blitzblank sein«, teilte ihm Nummer 18 mit, eine blasse junge Frau, die gerade den Tisch abwischte. Ihre Augenlid-Piercings sahen aus wie glitzernde Metalläuglein. »Beeil dich, Nummer 12, sonst sind wir dran«, forderte sie ihn auf, ohne ihn anzusehen. »Leck mich«, gab er zurück. Nummer 18 ignorierte seine schroffe Antwort und schrubbte jetzt das Waschbecken. »Die Vorräte gehen zu Ende, die Wächter müssen bald zum Supermarkt.«

Nummer 12 blieb stumm. Morgen oder übermorgen bräuchten sie Helfer für die Einkäufe. Vielleicht ihn. Draußen. Er nahm den Putzlappen und begann den Boden zu wischen.

6

Das Prasseln des Regens drang durch die Schlossmauern, immer wieder unterbrochen von grollendem Donner. Zwischen zwei Donnerschlägen erleuchtete ein gleißend heller Blitz den Gang. Er war so grell, dass man deutlich die Gestalt einer Frau erkennen konnte, deren Gesicht jedoch unter der Kapuze ihres Mantels verborgen blieb. Die Frau bewegte sich mit äußerster Vorsicht. Sie presste einen silbernen Kelch an die Brust, in den zwei ineinander verschlungene Schlangen eingraviert waren. Plötzlich erregte ein Geräusch am Ende des Ganges ihre Aufmerksamkeit. Während sie herumfuhr, glitt ihr die Kapuze vom Kopf und enthüllte ein feingeschnittenes Gesicht mit hohen Wangenknochen und vollen Lippen.

Die Frau war Astrellina, die Hofdame in Diensten des Fürsten Pompeo Colonna. Ihre Augen waren smaragdgrün und glichen denen einer Eidechse. Ihr Blick war eiskalt. Wer mutig genug war, ihr direkt in die Augen zu schauen, den überlief ein Schauer. Selbst ihr Lächeln hatte etwas Raubtierhaftes. Es enthüllte eine Reihe messerscharfer Zähne, die eher zum Reißen von Beute geeignet schienen.

Sie ging auf das Schlafzimmer des Fürsten zu. Der Wächter lag zusammengekauert auf dem Boden und schlief tief und fest. Astrellina schlich auf Zehenspitzen zur Tür und presste ein Ohr an die massive Eichenholztür. Doch was sie hörte, gefiel ihr gar nicht. Aus dem Zimmer drang eine tiefe Stimme, in die sich helles Frauenlachen mischte. Ohne anzuklopfen, riss sie die Tür auf. Der Fürst lag nackt auf dem Himmelbett. Neben ihm räkelten sich zwei junge Frauen, die sich glichen wie ein Ei dem anderen.

Niemand schien Notiz von ihr zu nehmen. Astrellina zögerte und blickte sich um. Die Holzscheite im ausladenden Kamin glühten noch. An der Wand daneben lehnte eine Lanze mit gebogener Klinge. Die schweren Samtvorhänge des Baldachins über dem Bett waren aufgezogen und an den Bettpfosten befestigt. Davor zwei geschnitzte Truhen, zwei schwere Stühle und zwei einander gegenüberstehende Rundspiegel. Fast alles im Raum war doppelt und symmetrisch angeordnet. Der Prinz trug zwei identische Silberringe, einen am rechten, einen am linken Ringfinger: wieder die beiden ineinander verschlungenen Schlangen. Es war wie ein Zwang. Seine Obsession trieb ihn sogar dazu, sich im Bett mit Zwillingen zu vergnügen. Auch die beiden Wandteppiche über dem Bett versinnbildlichten seine Besessenheit: Nymphen bei einem wüsten Trinkgelage im Wald. Zwischen den Bäumen lugte in beiden Darstellungen ein leuchtender Mond hervor.

»Komm her, Astrellina.« Pompeo Colonna winkte sie mit einer lässigen Geste zu sich heran. Sie gehorchte. Inzwischen war die Wache draußen aus dem Schlaf geschreckt und blickte neugierig durch den Türspalt ins Zimmer. Sie sah, wie Astrellina den Mantel zu Boden gleiten ließ, unter dem ein enganliegendes rotes Kleid zum Vorschein kam, das ihre üppigen Brüste freiließ. Bei diesem Anblick überlief den Wächter ein lustvoller Schauer. Die Frau murmelte unverständliche Worte, mit denen sie geheimnisvolle Geister beschwor. »Sie ruft die Teufel an«, dachte er und zuckte zurück. Er war blass geworden. Aber seine Neugier war noch größer als die Angst. Kurze Zeit später lugte er wieder durch den Spalt ins Zimmer, um nichts zu verpassen.

Astrellina reichte Pompeo den silbernen Kelch. Der Fürst begann gierig zu trinken. Die beiden jungen Frauen betrachteten ihn erwartungsvoll, dabei liebkosten sie sich gegenseitig. Danach nahm Astrellina den Kelch wieder an sich, griff nach dem Mantel, verhüllte ihre Brüste und knickste. Dann verließ sie den Raum. Der Wächter ließ sich zu Boden sinken und stellte sich schlafend. Aus dem Augenwinkel beobachtete er, wie Astrellina im düsteren Korridor verschwand.

Wieder allein mit seinen Gespielinnen, wischte sich Pompeo mit dem Handrücken über den Mund. Astrellinas Zaubertrank hatte ihn gestärkt. Im gleichen Augenblick ertönte ein gewaltiger Donnerschlag, passende Untermalung seiner unersättlichen Begierde. »Ein Gewitter … Orsina, komm her, und du auch, Rubina! Habt Ihr diesen Donner gehört?« Sein raues Lachen klang fordernd. Als er seine Erregung spürte, nahm er den Kopf des einen Mädchens und drückte ihn mit Gewalt zwischen seine Beine. Er hielt sie mit beiden Händen fest und gab den Rhythmus vor. Dabei triumphierte er: »Die Donnerschläge sind wie Musik, wie die Trommelschläge, die zum Krieg rufen. Und was jetzt kommt, ist Krieg, und ich will ihn bis zum Letzten ausfechten.«

Als Orinzia tränenüberströmt erwachte, war es finstere Nacht. Das Bett neben ihr war leer, wie lange schon, wusste sie nicht. Der Regen hatte nicht nachgelassen, noch immer trommelte er gegen das Fenster des Schlafzimmers. Aber das war ihr egal. Ihr zartes Gesicht war schweißüberströmt, der von der Schwangerschaft gewölbte Bauch bäumte sich bei jedem Schluchzen krampfartig auf. Ihr Weinen hatte jetzt auch Daria geweckt, ihre Amme, die im Zimmer nebenan schlief.

»Orinzia, mein liebes Kind, was ist los?« Die Amme näherte sich dem Kopfende des Bettes und fühlte Orinzias Stirn.

»Aber Ihr glüht ja«, rief sie erschrocken, »wartet einen Augenblick.« Sie verließ das Zimmer und kehrte wenige Minuten später mit einer Waschschüssel und einigen linnenen Tüchern wieder zurück. »Damit wird es besser.« Sie legte der jungen Frau einen wassergetränkten Lappen auf die Stirn. Auch Nase und Lippen betupfte sie vorsichtig. Doch trotz aller Fürsorge konnte sie Orinzia nicht beruhigen. Mit jedem Donnerschlag steigerte sich ihre Panik. »Mutter, Mutter, verlasst mich nicht. Wenn Ihr mich wirklich liebt, dann kommt und rettet mich!«, flehte sie, die Hände auf den Bauch gepresst, als ob sie ihn auseinanderreißen wollte.

»Habt keine Angst! Das schadet dem Kind, das Ihr in Euch tragt. Und wer außer Euch soll es schützen?« Daria zog Orinzia an ihre Brust und wiegte sie sanft, so wie sie es getan hatte, als ihr Zögling noch ein kleines Kind gewesen war. Besorgt betrachtete sie die kindlichen Züge der jungen Frau, die sie zärtlich liebte. Daria wusste, wie verletzlich ihr zarter Körper, aber mehr noch ihre empfindliche Seele war: Sie war ja noch so jung. Während sie Orinzia streichelte, verfluchte sie die Tradition, blutjunge Mädchen zu Beginn ihrer Pubertät mit erwachsenen Männern zu verheiraten. Männern wie dem brutalen Fürsten Pompeo. »Nur Mut, mein Kind, bald geht es Euch besser. Alles geht vorüber. Habt keine Angst, ich bin bei Euch.«

Die sanften Worte und die zarten Berührungen der Amme beruhigten Orinzia. Sie zitterte nicht mehr. Sie wollte gerade einschlafen, als ein gewaltiger Blitz das Zimmer taghell erleuchtete. An Orinzias Schmerzensschrei und an ihre schreckgeweiteten Augen würde sich die Amme bis zu ihrem letzten Atemzug erinnern. Augen, in denen das nackte Grauen lag, Augen, die die gleiche Farbe hatten wie der Blitz. Sie versuchte ihren Bauch zu schützen und wimmerte: »Mutter, Mutter.« Dann klammerte sie sich an Daria und flehte sie inständig an, sofort nach ihrer Mutter zu schicken. Als ginge es um Leben und Tod.

Am nächsten Tag hatte der Regen aufgehört, doch die Wucht, mit der das Unwetter Zagarolo heimgesucht hatte, hinterließ auch in den Köpfen der Frauen des Dorfes seine Spuren. Angst und Schrecken standen ihnen ins Gesicht geschrieben. Wann immer sie an einem entwurzelten Baum oder einem zerstörten Haus vorüberkamen, bekreuzigten sie sich, um sich des göttlichen Beistands gegen die Dämonen zu versichern. Es hieß, ein großer Teil dieser bösen Geister hause im Schloss des Fürsten Colonna. Die Bewohner der umliegenden Dörfer, egal ob Würdenträger, Diener oder Bauer, wussten, dass Pompeo zusammen mit Astrellina den Mönch aufgesucht hatte. Jedes Mal, wenn die Frauen der Favoritin des Fürsten über den Weg liefen, schlugen sie das Kreuzzeichen. Über Astrellina zerrissen sich auch die Schankmädchen die Mäuler, die aus dem Wirtshaus gekommen waren, um sich an den wenigen Sonnenstrahlen zu erfreuen, die es geschafft hatten, die dunklen Wolken zu durchbrechen.

»Diese Hexe! Alles Unheil kommt von ihr. Ihr werdet schon sehen, sie wird noch das ganze Land ins Verderben stürzen«, giftete eine.

»Ihr erstes Opfer wird die arme Prinzessin Orinzia sein«, ergänzte eine andere, und alle nickten zustimmend.

Die Schankmädchen waren so sehr ins Gespräch vertieft, dass sie nicht auf den stattlichen jungen Mann mit dem eleganten braunen Spitzbärtchen achteten, der, von zwei Männern eskortiert, auf sie zuritt. Nachdem sie ihre Pferde festgemacht hatten, gingen die Begleiter ins Wirtshaus, während der junge Mann in einen Feldweg einbog. Festen Schrittes eilte er voran, ohne sich um den aufspritzenden Schlamm zu kümmern, der bald Hosen und Stiefel bedeckte. Schon sein forscher Schritt verriet dem wachsamen Beobachter etwas über den Charakter des Mannes. Adalberto Ascanio, genannt der Bastard, war ein kühner Kämpfer. Er ging keiner Auseinandersetzung aus dem Weg, weder im Alltag noch im Krieg. Er war der uneheliche Sohn Pompeo Colonnas, den der Fürst mit Gelsomina gezeugt hatte, einer Dienerin, die vor einigen Jahren an Schwindsucht gestorben war. Sein Großvater, Fürst Camillo, hatte Adalberto aufgezogen und ihn bereits mit neun Jahren in die Kunst der Kriegsführung und des Kämpfens eingeführt. Es war äußerst unwahrscheinlich, dass Adalberto Pompeos einziger unehelicher Sohn war: Vor ihm war keine Frau sicher. Aber er war der einzige, den Don Camillo Colonna unter seine Fittiche genommen hatte. Pompeos Vater hatte schon immer eine Schwäche für Gelsomina gehabt. Don Camillo hatte dem Jungen sogar ein kleines Vermögen vermacht. Trotzdem hatte sich Adalberto nie damit gebrüstet. Im Gegenteil: Er war bescheiden und gab sich eher wie ein Küchenjunge oder ein Stallbursche. Wenn man ihn nach seiner Herkunft fragte, hatte er stets geantwortet, er sei der Sohn einer Jungfrau. So lange, bis ihn der Diakon einen Gotteslästerer schalt und mit dem Stock verprügelte.

Für Adalberto war Don Camillo immer nur ein Herr gewesen, der ihn mit dem gleichen Wohlwollen behandelte, das er auch seinen Pferden entgegenbrachte. Er mochte diesen Vergleich. Wer ein Pferd gut behandelt, der hat seinen Vorteil davon. Ein wohlgenährtes Pferd bringt mehr Gewinn als ein alter Klepper. Und so war er in den Ställen und in der Küche des Schlosses aufgewachsen, gehungert hatte er nie. Ganz im Gegensatz zu anderen unehelichen Kindern des Fürsten, die sich die Reste aus der Futterraufe der Pferde stehlen mussten, um satt zu werden. In der Gegend um Zagarolo kannte ihn jeder. Sei es wegen der Unerschrockenheit, mit der er sich im Kampf seinen Feinden entgegenwarf, sei es wegen der Geschicklichkeit, mit der er Schwert, Armbrust und Pistole zu führen wusste.

Sein Weg durch die Felder führte ihn schließlich zur Hütte von Antonio, einem alten Mann, mit dem er als Kind mit der Schleuder auf Fledermausjagd gegangen war. Immer wenn er ihn besuchte, musste er daran denken, wie sie eines Tages eine junge Fledermaus gefangen hatten. Adalberto hatte sie großgezogen, indem er mit unendlicher Geduld seinen Finger in Milch tauchte und das Tier daran saugen ließ. Er hatte die Fledermaus in einem Sack versteckt, sie dann freigelassen und die anderen Kinder erschreckt. Noch heute mussten die beiden so unterschiedlichen Männer herzhaft lachen, wenn sie sich daran erinnerten. Auch wenn sie heute keine Fledermäuse mehr jagten und Adalberto ein stolzer Herr war, waren sie noch immer die besten Freunde. Antonio war es auch, der weibliche Gesellschaft für Adalberto besorgte.

Er trat ein, ohne anzuklopfen. Die Luft, die ihm entgegenschlug, war geschwängert von Schweiß und Moder. Antonio saß am Tisch und trank ein Glas Wein. Als er mit dem einen Auge, das ihm noch geblieben war, den Freund erkannte, leuchtete sein Gesicht auf.

»Adalberto, endlich! Setz dich und trink ein Glas mit.«

»Danke, Antonio, heute nicht.«

»Wie du willst. Was kann ich für dich tun?«

»Ich will Checchina sehen, die Küchenmagd.«

»Wen?«

Antonio war nicht nur halb blind, sondern auch schwerhörig. Adalberto brüllte ihm ins Ohr: »Die Küchenmagd, Antonio, die mit den dicken Brüsten.«

Der Alte verzog den zahnlosen Mund zu einem Grinsen.

»Warum schreist du denn so? Ich bin doch nicht taub. So, so, die Checca. Du willst ein bisschen Spaß haben, was? Kein Problem. Madonna oder Magd, egal, Huren sind sie doch alle.« Er zwinkerte mit seinem heilen Auge. »Und du hast Geschmack, Checchina ist die Beste.« Er hob das Glas, als ob er ihm zuprosten wollte, und leerte es in einem Zug.

Was Frauen betraf, hatte es Adalberto ebenso gehalten wie Antonio. Doch seit er auf der Hochzeit seines Vaters Donna Livia getroffen hatte, war er nachdenklich geworden. Vielleicht gab es zwei Arten von Frauen: die fürs Bett und die für die Liebe. Checchina und Donna Beatrice, seine zweite Geliebte, gehörten mit Sicherheit zur ersten Kategorie. Aber neben ihrer ungehemmten Sinnenfreude gab es noch einen anderen Grund, weshalb er gerne mit den beiden zusammen war: Sie waren bestens über alles informiert, was am Fürstenhof vor sich ging. Durch sie wusste er über jeden Schritt Pompeos Bescheid: seines Vaters und größten Feindes.

7

Im Schneideraum, in dem seit Stunden sämtliche Geräte liefen, herrschte drückende Hitze. Zusammen mit der Cutterin Maria Lunieri begutachtete Chiara die Aufnahmen aus dem Liceo Parini. Obwohl es erst drei Uhr nachmittags war, fielen ihr fast die Augen zu. Eine weitere schlaflose Nacht hatte sie mürbe gemacht. Und als ob das nicht genug wäre, hatte sie jedes Mal, wenn sie die Lider schloss, das Bild der Frau aus Zagarolo vor Augen. Ich will nicht schlafen. Ich darf nicht schlafen, ermahnte sie sich immer wieder, während auf dem Bildschirm vor ihr ein zusammenhangloses Gewirr aus Bildern ablief. Ihr blieb nichts anderes übrig, als sich auf Marias Fingerfertigkeit zu verlassen. Maria Lunieri hatte ihr Handwerk in Cinecittà gelernt, und selbst Chiaras weniger gelungene Interviews wurden dank ihrem Geschick zu vorzeigbaren Beiträgen. Aber auch Maria schien heute nicht ganz bei der Sache zu sein. Chiara vermutete, dass das mit ihrem Sohn Marco zusammenhing.

»Sieht doch gut aus, oder?«, fragte sie und zeigte auf den Bildschirm.

»Aber nein, schau mal, das Bild ist verwackelt, und außerdem fehlt der Kontrast.«

Chiara fuhr sich mit der Hand über die Augen. »Komm, lass uns einen Kaffee trinken gehen. Ich sehe schon alles doppelt.«

Maria lächelte: »Mit dieser Torpignattara-Geschichte hat dir Ermanno ganz schön was eingebrockt.«

»Das kannst du laut sagen. Der Beitrag muss heute unbedingt fertig werden, und ich falle um vor Müdigkeit.«

Maria blickte sie wohlwollend an. Sie war zweiundfünfzig und betonte bei jeder Gelegenheit, wie gerne sie eine Tochter wie Chiara gehabt hätte.

»Das kriegen wir schon hin, keine Angst. Bisher haben wir es immer geschafft, oder?«

»Wollen wir nicht alles stehen- und liegenlassen und ins Kino gehen? Zur Hölle mit diesem Ausbeuter, der uns hier im Akkord schuften lässt.«

»Du weißt doch, dass ich abends am liebsten zu Hause bleibe.«

»Komm schon, Maria, spring über deinen Schatten. Hinterher geht's dir bestimmt besser, glaub mir.«

»Versteh mich doch. Was ist, wenn Marco ausgerechnet heute Abend anruft, und ich bin nicht zu Hause? Wenn er mir sagen will, wo er steckt?«

Chiara blickte in das Gesicht der Kollegin, das von der Sorge um ihren Sohn gezeichnet war. Rote Äderchen malten Spinnennetze unter die blasse, dünne Haut ihrer Wangen. Die trockenen Hände waren aufgesprungen. Für den Friseur hatte sie weder Zeit noch Geld. Chiara wusste, unter welchen Entbehrungen Maria ihren einzigen Sohn alleine aufgezogen hatte und wie sehr sie an ihm hing. Doch seit etwa einem Monat war Marco spurlos verschwunden, genau zwei Tage vor seinem 18. Geburtstag. Einige Tage zuvor hatte Maria bemerkt, dass Geld fehlte, der Notgroschen, den sie in einem alten Schuhkarton aufbewahrte. Achtundvierzig Stunden später hatte sie ihren Sohn als vermisst gemeldet. Sie hatte sogar an eine dieser Suchsendungen im Fernsehen geschrieben. Ohne Erfolg. Voller Verzweiflung hatte sie sich schließlich Chiara anvertraut. Sie konnte doch sehen, was andere nicht sahen!

Aber Chiara sah in die Vergangenheit, nicht in die Zukunft. Sie hatte Visionen, das war nicht zu leugnen, aber steuern konnte sie sie nicht. Maria sollte sich lieber auf die Polizei verlassen oder einen Privatdetektiv engagieren, als auf ihre Visionen zu hoffen. Aber die Polizei fand keine Spur. Maria verbot sich den Gedanken, dass Marco etwas Schlimmes zugestoßen sein könnte. Eines Tages würde er einfach wieder auftauchen, klammheimlich, wie er verschwunden war. Wie vor einiger Zeit, als er sich mit diesem Mädchen aus der Disko getroffen hatte. Er war immer wieder nach Hause gekommen. Das würde auch diesmal so sein, ganz bestimmt. Ein paar Wochen weg von zu Hause, eine Flucht aus Liebe vielleicht, mit diesem Mädchen, das ihr noch nie gefallen hatte. Maria klammerte sich an diesen Gedanken. Schließlich hatte sie sogar Chiara davon überzeugen können. Jeden Tag eilte sie von der Arbeit nach Hause und wartete auf ihren Marco. Die Anzeige hatte sie zurückgezogen.

»Schon gut, wenn du nicht willst«, lenkte Chiara ein. Maria musterte sie eindringlich.

»Chiara, was ist los? Stimmt etwas nicht? Angefangene Arbeit einfach liegenzulassen, das sieht dir ganz und gar nicht ähnlich. Du wolltest doch diese Scharte mit der Marra bei Ermanno wieder auswetzen.«

»Erwähne den Namen bloß nicht. Diese blöde Ziege. Wegen so einer will ich mir bestimmt keinen Ärger einhandeln!«

»Was ist es dann?«

»Gar nichts. Tut mir leid. Ich bin nur ein bisschen nervös, habe wenig geschlafen. Aber wie geht es dir eigentlich? Ich mache mir Sorgen ...«

Maria stand auf. »Wir holen uns einen Kaffee, den können wir jetzt brauchen.«

»In Ordnung, aber lenk nicht vom Thema ab.«

Vor dem Kaffeeautomaten schwiegen sie eine Weile. Dann sagte Maria: »Ich habe Angst, dass Marco da in eine schlimme Sache hineingeraten ist …« Sie bemühte sich, nicht die Beherrschung zu verlieren.

»Was meinst du damit?«

Maria zuckte zusammen, einige Spritzer heißen Kaffees landeten auf ihrer Hand.

»Die Flucht, das Geld, sein Schweigen … In den letzten Tagen benahm er sich seltsam, er war nervös und geistesabwesend. Ich dachte, er nimmt vielleicht Drogen, ich habe sogar seine Sachen durchsucht, aber da war nichts. Alles hat mit dieser Frau angefangen. Sie war älter als er. Marco sagte, sie sei wunderschön, wie eine Göttin. Erst gingen sie nur samstags aus, dann auch jeden Freitag. Zum Tanzen in eine dieser Dark-Diskos in den Albaner Bergen …«

»Kannst du dich an ihren Namen erinnern?«

»Monica, glaube ich.«

»Und die Disko?«

Maria schüttelte den Kopf. Sie machte sich Vorwürfe, ihren Sohn nie danach gefragt zu haben. Sie dachte an die letzten Tage, die sie mit ihm verbracht hatte, und meinte dann: »Marcos Lehrer hatte mich angesprochen, weil er freitags regelmäßig die Schule schwänzte. Und manchmal kam er nachts nach Hause und hatte so einen komischen Gesichtsausdruck. Als ob er Drogen nehmen würde.«

»Und, nahm er was?«

»Wie gesagt, gefunden habe ich nichts, aber ich glaube schon. Dieser seltsame Blick …«

Chiara streichelte ihr über die Hand. Sie hätte sie gerne in den Arm genommen und getröstet, ihr Mut gemacht oder am besten gleich geholfen, Marco zu finden. Aber das Einzige, was sie tun konnte, war zuzuhören.

Erregt fuhr Maria fort: »Das Geld aus dem Schuhkarton ... Nur er kannte das Versteck. Auch die Ohrringe meiner Mutter waren dabei, nichts Wertvolles, aber für mich unersetzlich. Ich habe mir extra Ohrlöcher stechen lassen, um ihr näher zu sein.«

Die Erinnerungen überwältigten sie, ihre Augen füllten sich mit Tränen. »Dieses Flittchen ist schuld, wer weiß, wo sie ihn mit hineingezogen hat. Marco ist ein guter Junge. Wenn ich die in die Finger kriege ...«

Maria zitterte und schluchzte erneut auf. Chiara nahm sie in den Arm.

»Da ist noch etwas«, fuhr Maria fort und schob Chiara sanft von sich.

»Was?«

»Du darfst es niemandem sagen, versprichst du mir das?«

»Ich verspreche es dir.«

»Eine Woche bevor Marco verschwunden ist, hatte sich einer seiner Klassenkameraden erhängt, am Geländer der Schultreppe. Er war noch keine achtzehn, kannst du dir das vorstellen? Am Abend zuvor hatten sich die beiden stundenlang in Marcos Zimmer eingeschlossen und diese Teufelsmusik gehört. Ich glaube, es war Marilyn Manson. Und dann ...«

Chiara legte ihr tröstend den Arm um die Schulter. »Beruhige dich, hier, trink einen Schluck Wasser.«

»Nein«, sie befreite sich aus der Umarmung, »erst musst du alles wissen.«

»Ist gut, aber versuche dich zu beruhigen.«

»In einer seiner Schubladen, zwischen der Unterwäsche, da war eine, eine ...«

»Eine was?«

»Eine Schachtel ... mit einem Ring mit Totenkopf, einem

schwarzen Kerzenstummel und etwas, das aussah wie ein Knochen … Dieses Satanszeug, verstehst du?«

Chiara lief es eiskalt den Rücken herunter. Aber vielleicht war es gar nichts Ernstes. Nur die Fetische eines Gothic-Fans. Das war doch heute fast normal, in gewissen Kreisen zumindest. Aber sie wusste, dass sie sich etwas vormachte.

»Chiara, kannst du nicht Kontakt zu ihm aufnehmen? Ich will doch nur wissen, ob er noch lebt.«

Kontakt aufnehmen. Wie stellte sie sich das vor? Chiara bekam eine Gänsehaut. Sie hasste es, wenn Menschen, die ihr nahestanden, sie baten, ihre Gabe einzusetzen, um bestehende Ängste zu zerstreuen oder zu bestätigen. Eine Verantwortung, die sie nicht übernehmen wollte.

»Hast du das auch der Polizei erzählt?«

»Nein. Wenn Marco etwas mit diesen Satanisten zu tun hätte, würden sie ihn vielleicht verhaften. Deshalb habe ich der Polizei nicht alles erzählt, verstehst du? Finde meinen Sohn, Chiara, ich flehe dich an, finde ihn.«

»Beruhige dich. Ich werde dir helfen. Wie, weiß ich noch nicht, aber ich werde dir helfen. Wir werden ihn finden.«

Die Luft im Zimmer war unerträglich. »Räucherkammer« nannten es die Kollegen bei Telestella wegen des dichten Zigarrenqualms, der einem fast den Atem nahm. Doch die Atemnot war immer noch tausendmal erträglicher als die gefürchteten Wutausbrüche ihres Chefs, wenn er mal wieder aufgehört hatte zu rauchen. Ermanno Forte wurde immer wieder schwach. Wenn er dann in seinem Büro thronte, eine stinkende Zigarre im Mund, war die Welt wieder in Ordnung. Man sah ihm an, wenn er gutgelaunt war, auch wenn es ihm nicht wirklich gelang, seine Umgebung an dieser Stimmung teilhaben zu lassen. Wenn er lächelte, wirkte es eher wie höhnisches Grinsen, mal arrogant, mal sarkastisch. Egal wie, er schaffte es immer, seine Gesprächspartner zu verunsichern.

Kaum hatte sie das Büro betreten, konnte Chiara dem Augenzwinkern ihrer Kollegen entnehmen, dass der Chef heute guter Stimmung war. Besser so, dachte sie, denn sie wollte ihm eine brisante Story schmackhaft machen. Das erste Mal überhaupt, dass sie die Initiative übernahm. Jahrelang hatte sie sich mit Nullachtfünfzehn-Geschichten abspeisen lassen und dann halbherzig protestiert. Schüchterne Versuche, die natürlich postwendend abgeschmettert wurden. Für Forte war es eine heimliche Genugtuung, seine Mitarbeiter nach seiner Pfeife tanzen zu lassen. Chiara spielte seine Spielchen wohl oder übel mit und hütete sich davor, ihn ernsthaft zu reizen. Sie erweckte vielmehr den Eindruck, als ginge sie selbst die banalste Aufgabe mit Freude an, eine Taktik, die meistens aufging. Forte konnte man nur mit seinen eigenen Waffen schlagen. Aber heute stand ihr der Sinn nicht nach Psychospielchen. Marias Angst hatte sie aufgewühlt. Sie musste ihr unbedingt helfen. Und das Einzige, was sie tun konnte, war, nach Spuren zu suchen.

Sie klopfte und trat sofort ein.

»Ah, Bonelli, wie geht's?«

»Bestens«, Chiara musste husten, der beißende Rauch nahm ihr den Atem.

»Kann es sein, dass ihr hier alle Probleme mit den Bronchien habt? Die Jugend von heute ist ja so was von empfindlich! Schau dir das mal an«, er reichte Chiara ein Foto über den Schreibtisch.

Chiara tat interessiert. Nackte Mädchen hatte sie im Laufe ihrer Zusammenarbeit mit Forte schon Hunderte gesehen.

»Was meinst du?«

»Nicht schlecht«, Chiara gab das Foto zurück.

»Sie heißt Katrina Logos. Klingt schon nach Star, was?«

»Wenn Sie das sagen ...«

Ermanno Forte brach in vulgäres Lachen aus. Chiara hasste das zutiefst. Sie kannte seine miesen Tricks. Dieses Lachen gehörte zu den kleinen Grausamkeiten, die dazu dienten, seine Mitarbeiter zu demütigen. Erst hielt er ihnen das Foto eines nackten Starlets unter die Nase, um ihnen dann ein Interview mit diesen hirnlosen Geschöpfen aufs Auge zu drücken. Dieses Mal jedoch wollte sie ihm zuvorkommen. »Ich bin an einer wirklich heißen Sache dran«, begann sie. Ihre Stimme klang resolut, was sie selbst überraschte. Auch Forte war erstaunt von Chiaras Vorstoß und schwieg. Das Nacktfoto schien vergessen.

»Vermisste Schüler. Satanismus. Aber nicht der übliche Kinderkram«, fuhr Chiara fort. Sie hatte nicht die geringste Ahnung, wovon sie da schwafelte. Außer dem verschwundenen Sohn einer Freundin hatte sie nichts Konkretes in der Hand.

»Klingt nicht übel. Aber wirklich nur, wenn es eine Topstory ist. Ich will Blut, und ich will Sex, viel Sex«, sagte Forte und zog gierig an seiner Zigarre.

Chiara versprach ihm das Blaue vom Himmel und verließ mit klopfendem Herzen das Zimmer. Sie war aufgeregt. Warum eigentlich? Weil sie ihrem Chef ein Schnippchen geschlagen hatte? Aus Angst? Egal. Vielleicht konnte sie mit den Recherchen für die Story auch Maria helfen und so das Angenehme mit dem Nützlichen verbinden. Auch wenn es in diesem Fall kaum etwas Angenehmes geben würde, da war sie sich sicher. Jetzt musste sie nur noch anfangen. Aber wo?

Während sie das Büro verließ, kam ihr Paolo De Felice in den Sinn, ein Anwalt, mit dem sie befreundet war. Unter

Umständen könnte er ihr weiterhelfen, auch wenn es vielleicht keine besonders gute Idee war, sich gerade an ihn zu wenden. Paolo war ein attraktiver Mann, der wusste, was er wollte. Ein Mann zum Verlieben. Und genau aus diesem Grund hatte sich Chiaras Kontakt zu ihm bisher auf ein Minimum beschränkt.

8

Orinzia betrachtete sich im Spiegel, den Daria ihr vorhielt. Das polierte Glas warf ihr ein Bild zurück, das ihr fremd vorkam: Sie sah blass aus, unter ihren Augen lagen dunkle Ringe. Die weiche Rundung der Wangen, die sie von ihrer Mutter Livia geerbt hatte, verriet jedoch ihr jugendliches Alter. Ein noch nicht ganz ausgereiftes Gesicht mit ebenmäßigen Zügen, das, einmal erblüht, eine strahlende Schönheit zu werden versprach. Aber Orinzia erkannte diese Schönheit nicht. Wenn sie sich mit ihrer Mutter verglich, fühlte sie sich wie ein hässliches Entlein. Und heute, nach der heftigen Blutung der vergangenen Nacht, schien auch noch der letzte Vorteil gegenüber ihrer Mutter, ihre Jugend, wie weggewischt.

Sie ließ sich kraftlos auf den Stuhl neben dem Bett fallen und fragte sich, ob die Knospe, die sie unter ihrem Herzen trug, ihr die Jugend zurückgeben oder auf ewig rauben würde.

»Ihr seid wunderschön, mein Kind. Dieses Scheusal hat Euch nicht verdient«, Daria strich ihr zärtlich übers Haar.

Orinzia schüttelte den Kopf und blickte auf ihr Gewand. Es war so eng, dass sie kaum atmen konnte. »Dieses Kleid ist schwerer als ein Mühlstein, Daria. Ich fühle mich wie im Gefängnis.« Mit traurigem Blick sah sie sich im Brautgemach um. Es war der prachtvollste Raum des ganzen Schlosses. An den Wänden hingen kostbare Gobelins, der Boden war mit Schaffellen ausgelegt. Beherrscht wurde das Zimmer von dem Himmelbett, in dem sie den brutalen Übergriffen Don Pompeos ausgesetzt war. Jede körperliche Vereinigung mit ihrem Gatten war eine Qual, noch gesteigert durch die Gewissheit, dass auch er keinerlei Vergnügen dabei empfand. Es ging einzig und allein um die Zeugung eines Stammhalters.

»Er ist im Bett nicht anders als im Krieg«, hatte Orinzia der Amme eines Tages anvertraut, »wie ein wildes Tier.« Daria wusste darauf keine Antwort. Don Pompeos Grausamkeit war allgemein bekannt. Viele, die ihn an der Seite seines Vaters Don Camillo hatten kämpfen sehen, schworen, dass sich unter seiner Rüstung der Teufel persönlich verbarg. Es hieß, er sei noch schlimmer als der Kardinal Pompeo, der Bruder seines Großvaters Pier Francesco, nach dem man ihn benannt hatte. Man munkelte auch, dass er Zagarolo zu einem mächtigen Fürstentum machen wolle. Das dazu nötige Geld erhoffte er sich vom einflussreichsten römischen Bankhaus, dessen Besitzer Bindo Altoviti im Jahr 1546 zum Senator gewählt worden war.

Mit seinem Krummschwert metzelte Pompeo alles nieder, was sich ihm in den Weg stellte. Immer vorneweg, wenn er mit seinen Männern plündernd und brandschatzend die Dörfer heimsuchte. Mit sadistischer Freude schändete und quälte er Männer wie Frauen. Doch den Todesstoß versetzte er ihnen stets mit einem Dolch mit goldenem Griff, den Astrellina durch den Mönch hatte weihen lassen.

Während Orinzia voller Entsetzen an ihren Gatten im Großen Saal dachte, der sie womöglich schon ungeduldig erwartete, versuchte sie fieberhaft, ihre Ketten und Ringe anzulegen. »Daria, hilf mir mit der Halskette, ich bin heute zu schwach, um die Arme zu heben.«

Daria nahm ein mit Samt ausgelegtes und mit silbernen Intarsien verziertes Schmuckkästchen aus dem Sekretär. Die Kette des Fürsten. Ein Meisterwerk der Goldschmiedekunst, mit achtzehn Diamanten, drei wunderschönen Perlen und einem streng symmetrischen Dekor von Blumen und Vögeln. Am auffälligsten jedoch waren die beiden Schlangenköpfe im Zentrum des Geschmeides, zwischen deren aufgesperrten Kiefern der größte Diamant prangte. Der Fürst war davon überzeugt, dass ihm die Schlangen am zarten Hals seiner jungen Ehefrau ganz besonderes Glück brachten, weshalb Orinzia die Kette immer tragen musste, wenn wichtige Herren zu Gast waren. »Ich bitte Euch, macht nicht so ein trauriges Gesicht, meine Prinzessin«, versuchte Daria sie aufzumuntern, während sie sich mit dem Verschluss des kostbaren Schmuckstückes abmühte. An diesem Nachmittag empfing der Fürst einen seiner engsten Verbündeten, Girolamo da Varano, Graf von Tuscolo. Und Orinzia war auferlegt, bei diesem Treffen anwesend zu sein, mit der Kette um den Hals natürlich.

»Kommt, meine Teuerste, immer lasst Ihr uns warten!« Mit einer ungeduldigen Geste winkte Pompeo seine Frau heran. Ein untersetzter Mann mit grauem Bart und schwarzen Augenbrauen küsste Orinzia die Hand. »Gnädigste Fürstin.« Pompeo stellte den Grafen vor: »Erinnert Ihr Euch? Er war Gast bei unserer Hochzeit.« Orinzia, die diesen schrecklichen Tag aus ihrem Gedächtnis verbannen wollte, hatte nur noch die lächelnden Gesichter ihrer Mutter und ihrer Amme vor Augen. Sie heuchelte jedoch Wiedererkennen und lauschte geduldig dem Anliegen des Besuchers. Der Graf erhoffte sich Unterstützung von Pompeo. In seinem Herrschaftsgebiet war ein Bauernaufstand ausgebrochen, dessen Anführer beiden wohlbekannt war. »An der Spitze dieses Haufens steht ein auch von Euch geringgeschätzter Mann.« Girolamo warf Pompeo einen vielsagenden Blick zu. Der Fürst begriff sofort:

Es war Adalberto Ascanio. Der Bastard, der dreist behauptete, sein illegitimer Sohn zu sein.

»Dieser feige Verräter, dieser niederträchtige Sohn einer räudigen Hündin wird dafür bezahlen, dass er das Bauernpack gegen Euch aufgewiegelt hat. Ich schwöre, ich werde ihn mit einem Giftpfeil durchbohren oder mit meinen eigenen Händen erwürgen. Und wenn ich ihn wirklich mit irgendeiner Magd gezeugt haben sollte, wie er sich brüstet, dann möchte ich keine weiteren Söhne haben, nur damit sie sich nicht seine Brüder nennen müssen.« Der abgrundtiefe Hass, der Pompeos Züge verzerrte, traf Orinzia wie ein Peitschenhieb. Pompeo weidete sich an ihrem Schrecken und wandte sich anzüglich grinsend an den Grafen: »Solange uns die Fürstinnen nur nichtsnutzige Mädchen gebären, gehen wir doch lieber zu den Huren, da macht es wenigstens Spaß.«

Es folgte eine peinliche Stille. Just in diesem Moment betrat der Hofzwerg Bagatella an der Seite Astrellinas den Saal, um dem Fürsten eine Nachricht zu überbringen. »Wie kannst du es wagen, mich in einer Besprechung zu stören, du Missgeburt?« Pompeo versetzte Bagatella einen Fußtritt. Der Zwerg rollte zur Seite, als wäre er ein Ball. Aber das reichte Pompeo nicht. Wütend trat er weiter auf sein Opfer ein, angestachelt durch Astrellinas wölfisches Lächeln. Erst als sich der Körper des Zwergs zusammenkrümmte wie eine sterbende Küchenschabe, ließ er von ihm ab.

»Ihr könnt auf meine Unterstützung zählen, Graf«, sagte er zu Girolamo gewandt, der die Szene mit undurchdringlicher Miene verfolgt hatte.

9

Zu Hause angekommen, streifte Chiara als Erstes die hochhackigen Schuhe ab. In letzter Minute war sie für eine Kollegin eingesprungen. Ein Interview mit Ilaria Schiavo, dem aufsteigenden Stern der Soap *High Society*. In Sachen Unpünktlichkeit übertraf sie selbst die Marra noch. Chiara hatte sich für die High Heels entschieden, weil sie nach der Aufzeichnung noch bei Paolo De Felice vorbeischauen wollte. Doch das Interview hatte sich länger hingezogen als geplant, und nun hatte Chiara furchtbare Kopfschmerzen, und die Füße taten ihr auch noch weh. In diesem Zustand wollte sie dem Rechtsanwalt lieber nicht gegenübertreten. Oder besser gesagt, sie hatte nicht den Mut dazu, wie sie sich in einem Anflug von Ehrlichkeit eingestehen musste. Schluss damit.

Seit ihrem letzten Treffen mit Maria Lunieri war bereits eine Woche vergangen, und sie hatte noch immer keine Idee, wo sie mit ihren Recherchen über den Satanismus in Rom und Umgebung ansetzen sollte. Sie blickte sich um. Einen Moment lang hatte sie den Eindruck, in einer fremden Wohnung zu sein. Selbst die wertvollen antiken Möbel, die sie umgaben, kamen ihr völlig unbekannt vor. Sie schüttelte den Kopf und schalt sich eine überspannte Ziege. Schließlich ging sie in die Küche, goss sich ein Glas Wasser ein und leerte es in einem Zug. Eigentlich hätte sie noch etwas essen und sich abschminken müssen. Doch selbst dafür war sie zu müde. Sie putzte sich die Zähne, zog sich aus und legte sich ins Bett. Dann knipste sie die Nachttischlampe aus.

Im Hinüberdämmern glaubte sie einen scharfen Geruch wahrzunehmen. Sie schnüffelte, der Geruch kam ihr seltsam vertraut vor. Wie konnte sie ihn in Worte fassen? Beißend? Nicht wirklich. Würzig? Ja, irgendwie erdig, moosig. Auf dem Schrank neben dem Fenster stand ein Blumenstrauß. Weiße Blumen, deren Namen sie nicht kannte. Wahrscheinlich waren sie es, die so intensiv rochen, versuchte Chiara sich zu beruhigen. Morgen werfe ich sie weg, dachte sie, als sie sich erneut in den Schlaf gleiten ließ. Wohlig und geborgen. So wie sie sich als Kind gefühlt hatte, als sie Sigismondo begrüßte, der auf der Treppe der verlassenen Jugendstilvilla saß.

Plötzlich, eine Bewegung. Ein Dolch durchschnitt die Luft. Wo er traf, konnte Chiara nicht erkennen. Ein einziger Stoß, brutal, mit höchster Präzision. Ein blutrotes Feuerwerk explodierte. Ging nieder auf den Kleiderschrank gegenüber dem Bett, auf die Decke, die Wände. Jetzt konnte Chiara deutlich die bluttriefende Klinge sehen. Dunkles Blut, fast schwarz. Blut, das aus der Schlagader spritzte.

Sie presste sich die Hand auf den Mund, konnte den Schrei aber nicht zurückhalten. Sie knipste das Licht an und brach in unkontrolliertes Lachen aus. Nur ein Traum. Speichel geriet ihr in die Luftröhre, ein Hustenanfall schüttelte sie so sehr, dass sie sich am Bett festklammern musste und feuerrot anlief. Die Stimmen in ihrem Kopf überschlugen sich, wurden immer schriller. *Er hat mich umgebracht. Er hat mich umgebracht. Rette sie. Finde meinen Sohn, Chiara. Finde meinen Sohn.* Plötzlich wusste sie, woher der beißende, erdige Geruch kam. Das waren keine Blumen. Wie hatte sie das verwechseln können. Was sie roch und auf der Zunge schmeckte, war Blut. Blut, das ihr von der rechten Hand tropfte, wie sie jetzt bemerkte. Nur von der rechten Hand. Dann hörte der Husten plötzlich auf. Als sie sich gefasst hatte, ging sie ins Badezimmer, knipste das Neonlicht an und schaute in den Spiegel. Die Wimperntusche war verschmiert und hatte seltsame Muster um ihre Augen hinterlassen. Sie betrachtete ihre Lippen. Da war keine Verletzung zu sehen. Sie streckte die Zunge heraus. Auch nichts. Dann riss sie den Mund weit auf, wie beim Zahnarzt. Ebenfalls nichts. Alles war in Ordnung, bis auf das Blut, das ihr noch immer von der rechten Hand tropfte. Chiara hielt die Hand unter kaltes Wasser und tupfte sie dann mit einem Handtuch trocken. Sie hatte aufgehört zu bluten. Nach einer Wunde suchte sie jedoch vergeblich.

Paolo De Felice wunderte sich über Chiaras Anruf, hatte sie doch eine ganze Weile nichts von sich hören lassen, von einigen SMS einmal abgesehen. Paolo schätzte die professionelle Neugier der Journalistin, deren Alltag wohl noch hektischer verlief als seiner, falls das überhaupt möglich war. Paolo hatte seine Heimatstadt Crotone verlassen, um in Rom Jura zu studieren. Nach dem Tod der Mutter war er in der Hauptstadt geblieben und hatte in der Kanzlei Foggia als Anwalt angefangen. Der Chef der Kanzlei, Rechtsanwalt Marini, stammte ebenfalls aus Crotone und war ein guter Freund seines Vaters Venanzio, genannt Venzy.

Auch wenn er beruflich stark eingespannt war, versuchte Paolo so viel Zeit wie möglich auf dem Land zu verbringen. Sein Vater hatte in der Nähe von Crotone ein kleines Landgut, wo er auch einige Zimmer vermietete. Mit seinen fünfundfünfzig Jahren strotzte Venzy vor Tatkraft, ja er schien noch besser in Form zu sein als zu seiner Zeit als Fallschirmspringer. Von ihm hatte Paolo, neben seiner Liebe zur Natur und zu Tieren, auch Bescheidenheit und ein Faible für komplizierte Fälle geerbt. Wie sein Vater war er stets bestrebt, Menschen zu helfen, die in Schwierigkeiten steckten. Auch für diese Großherzigkeit schätzte ihn Chiara und ließ sich manchmal sogar zu Träumereien hinreißen. Die sie sich allerdings schnell wieder verbot.

Auf dem Weg in die Kanzlei ertappte sich Chiara einmal mehr beim Phantasieren. Paolo war um die dreißig und noch immer Junggeselle. Die imposante Erscheinung hatte er von seinen normannischen Vorfahren geerbt, wie er immer sagte. Das markante, freundliche Gesicht wurde von einer großen Nase beherrscht, die er schon immer gehasst hatte. Chiara fand sie eher sexy. Sie fragte sich, ob Paolo wohl ahnte, wie attraktiv er auf Frauen wirkte. Bisweilen machte er den Eindruck, dass er sich dessen nicht bewusst war, so schüchtern trat er auf. Doch das machte ihn nur noch begehrenswerter.

Chiara blickte erleichtert auf die geschlossene Tür des Sitzungsraums. Paolo saß neben ihr und sah sie mitfühlend an. Sie hatte ihm von Marcos Verschwinden erzählt und auch auf den Verdacht der Mutter hingewiesen, dass es eine Verbindung zu einer geheimnisvollen Schönen aus einer Disko in den Albaner Bergen geben könnte, mit der Marco in letzter Zeit Kontakt gehabt hatte. Nur bruchstückhafte Informationen, denn mehr wusste Chiara selbst nicht. Vor vier Wochen hätte ihn die Sache kaum beunruhigt, doch jetzt hörte Paolo aufmerksam zu. Nachdem ihm Silvia Giorgini, eine befreundete Kriminalkommissarin, von dem mysteriösen Verschwinden mehrerer Jugendlicher berichtet hatte, befürchtete er das Schlimmste. Die Vorfälle standen mit Grabschändungen und Schwarzen Messen in der Nähe von Viterbo in Verbindung. Auch Chiara machte ihm Sorgen.

»Du siehst blass aus.«

»Ach ja?«

Paolo wollte seine Hand auf die ihre legen, zog sie aber sofort zurück.

»Was ist passiert?«

Chiara sah den großen blauen Fleck auf ihrem Handrücken. Da er nicht schmerzte, hatte sie ihn vergessen, oder besser, sie hatte versucht, ihn zu vergessen.

»Nichts«, antwortete sie beschwichtigend, »letzte Nacht muss ich mich irgendwo gestoßen haben. Ich hatte mich verschluckt und musste furchtbar husten, dabei ist es wohl passiert.«

»Tut es weh?«

»Nein, überhaupt nicht.«

»Trotzdem, du wirkst abgespannt, bist du dünner geworden?«

Chiara zuckte mit den Schultern und wich Paolos Blick aus. »Ich schlafe im Augenblick schlecht.« Sie versuchte die Nervosität in ihrer Stimme zu überspielen.

»Wie kommt's?« Paolo legte ihr sanft die Hand auf den Arm und sah sie aufmerksam an.

»Alpträume«, antwortete Chiara ausweichend und fuhr sich durchs Haar, um Paolos Hand abzuschütteln.

»Was für Alpträume?« Paolo fiel auf, dass Chiaras Stirn schweißnass war. Irgendetwas stimmte nicht. »Chiara, sag mir die Wahrheit. Dich beschäftigt doch etwas.«

»Maria Lunieri ist eine gute Kollegin und eine meiner besten Freundinnen«, Chiara hielt den Blick immer noch gesenkt.

»Da steckt doch noch mehr dahinter! Du wirst nicht etwa bedroht?«

Chiara musste lachen und sah ihn zum ersten Mal direkt an. »Ich bin doch nicht Francesco Contini«, scherzte sie und spielte dabei auf den bekannten Fernsehmoderator an, der sich im vergangenen Jahr hilfesuchend an Paolo gewandt hatte. Bereits nach einer Woche war ihm der psychisch kranke Erpresser in die Falle gegangen.

»Paolo, ich bin nur eine unbedeutende Journalistin bei Telestella, wer sollte schon etwas von mir wollen?«

In ihren Worten lag eine Spur Bitterkeit.

»Du bist eine *gute* Journalistin. Hör auf, dich schlechter zu machen, als du bist. Wann schießt du diesen Widerling Forte endlich in den Wind? Dann kannst du dir und der Welt beweisen, was wirklich in dir steckt!«

Sein Vertrauen tat ihr gut. »Das ist lieb von dir.«

Paolo nutzte die Gelegenheit und setzte nach: »Chiara, ich kenne dich, etwas macht dir Angst. Glaub bloß nicht, du könntest mir etwas vormachen.«

Chiara sah im direkt in die Augen, zögerte kurz und flüsterte dann: »Na gut. Sie sind wieder da.«

»Sie?«

»Die Visionen«, ihre Stimme zitterte. Paolo legte ein zweites Mal seine Hand auf ihren Arm, und dieses Mal ließ Chiara es geschehen.

10

Das Treffen fand in Pozzo Bianco statt, einem verrufenen römischen Viertel, Zufluchtsort für allerlei übles Gesindel. »So was gibt's nicht einmal in Pozzo Bianco«, hieß es, wenn irgendwo eine besonders schändliche Tat verübt worden war. Hier befanden sich, neben einer Vielzahl von kleinen Schneidereien, auch die meisten Bordelle der Stadt. Männer und Frauen badeten gemeinsam in den Thermen, feierten wüste Trinkgelage, um sich dann zügellos einander hinzugeben. Pompeo hatte sich schon in jungen Jahren in Pozzo Bianco herumgetrieben und wichtige Kontakte geknüpft. Hier hatte er auch Pierluigi Farnese kennengelernt, den Sohn von Papst Paul III., der erst Gonfaloniere der Heiligen Katholischen Kirche und später Herzog von Parma und Piacenza wurde.

Pompeo und Farnese verstanden sich von Anfang an. Geeint in ihrer Gier nach Macht und Fleischeslust, hatten sie die wüstesten Schandtaten ausgeheckt, darunter jene eine, die den Fürsten bis heute in seinen Träumen heimsuchte. Pompeo war Stammgast in den Dampfbädern und den Bordellen, suchte aber auch den Rat der Astrologin Antonia, einer Quacksalberin, die außerdem den Ruf hatte, Gedanken lesen zu können. Antonia konnte die Syphilis heilen, und zwar mit einem Gebräu aus einem Pfund Guajakholz und sechs Litern Wasser. Dieses Teufelszeug musste der Kranke fünfzig Tage lang trinken. Das Bordell war während dieser Zeit tabu. Pompeo nutzte die Intimität des Dampfbads auch für seine Geschäfte, denn im Palast in Zagarolo hatten die Wände Ohren. Auch heute hatte er einen solchen Termin, deshalb war sein treuer Diener Giannino an seiner Seite.

Pompeo drückte Giannino einen Scudo in die Hand und entließ ihn in die Taverne gegenüber. Dann begab sich Pompeo in den Garten hinter dem Dampfbad, wo er von einer in die Jahre gekommenen Dirne empfangen wurde, deren Gesicht von Eitergeschwüren entstellt war, untrügliches Zeichen einer wütenden Syphilis. Sie begrüßte ihn untertänig und fragte, ob er weibliche Gesellschaft, ein Bad oder eine Weissagung Antonias wünsche. Angewidert stieß Pompeo die Kurtisane zur Seite und eilte in den ersten Stock des Hauses, wo sich die Räume für Massagen und Schröpfkuren befanden.

Hier traf er sich mit Bindo Altoviti. Mindestens einmal im Monat ließ sich der Bankier Schröpfköpfe aufsetzen. Darum und um die Massagen kümmerte sich Serafina, eine junge Frau mit hagerem Gesicht und großen traurigen Augen. Für ihre Dienste wurde sie von Altoviti großzügig entlohnt, der sie auch vor Kupplern und allzu aufdringlichen Kunden schützte.

Auch Pompeo profitierte hin und wieder von Altovitis Unterstützung. So war es dem Bankier zu verdanken, dass Pompeo den von Adalberto geführten Aufstand der Bauern des Cicolano niederschlagen konnte, einer Bergregion, die seine Ehefrau Orinzia von ihrem Vater geerbt hatte. Die Bauern von Gamagna, Poggiopoponesco und Mareri mussten für ihre Rebellion teuer bezahlen. Pompeo ließ ihre Ställe abbrennen und alle Schafe samt Hirten niedermetzeln. Doch diese Schmach, da war sich Pompeo sicher, heizte Adalbertos Hass nur noch mehr an.

Für den mächtigen Altoviti war es leicht, Pompeo zu unterstützen. Als Sohn der Nichte von Papst Innozenz VIII. hatte er Narrenfreiheit, genoss er doch den Schutz des päpstlichen Hofes. Wenngleich der Besitz seiner florentinischen Ehefrau Fiammetta Soderini wegen deren Unterstützung der Republikaner konfisziert worden war, galt der Bankier immer noch als einer der reichsten Männer Italiens. Auch als Förderer der Künste war er hochgeschätzt. In seiner Jugend hatte er mit seiner athletischen Gestalt und dem nordischen Profil Bildhauer und Maler inspiriert, sogar den berühmten Raffael. Davon war wenig geblieben, wie Pompeo feststellen konnte, als er seinen Freund nackt vor sich liegen sah und hörte, wie Serafinas feingliedrige, aber kräftige Hände ihm entspannte Seufzer entlockten. Heute ähnelte er eher einem Bierfass. Das bärtige Gesicht jedoch zeigte noch immer den stolzen Ausdruck von damals. Auch der Blick aus den gletscherblauen Augen war noch ebenso kühl und trügerisch wie eh und je.

Als er den Fürsten eintreten sah, schickte Bindo die Kurtisane fort, nicht ohne sie zuvor großzügig zu entlohnen. »Setzt Euch, mein Freund«, begrüßte er Pompeo und klopfte mit der Hand auf die Bank, auf der er gelegen hatte. Mit der anderen Hand griff er nach einer Karaffe Wein. »Euer Gesichtsausdruck gefällt mir gar nicht«, stellte Altoviti mit grimmigem Gesicht fest und goss etwas Wein in einen Kelch.

Pompeo nahm einen tiefen Schluck. »Diese Frau«, zischte er, nahm einen weiteren Schluck und wiederholte wütend: »Diese Frau.«

Bindo lachte: »Der Hass auf diese Frau wird Euch eher ins Grab bringen als die Syphilis oder Antonias teuflisches Gebräu.«

»Ihr könnt das nicht verstehen …« Pompeo drehte sich abrupt zu ihm um. Das Lächeln auf Bindos Gesicht war verschwunden: »Ich verstehe nur eins: Jetzt ist die Gelegenheit da, Euer Herrschaftsgebiet und Eure Macht auszudehnen, mein Freund. Den ersten Schritt habt Ihr getan, als Ihr Marzio

Colonnas Tochter zur Frau nahmt. Und nun könnt Ihr den nächsten, noch größeren Schritt in Angriff nehmen ...« Bindo erhob sein Glas und prostete Pompeo zu. »Überlegt es Euch«, er leerte den Kelch in einem Zug. »Überlegt es Euch.«

Pompeo überließ seinen Freund wieder Serafinas begnadeten Händen und betrat Antonias Zimmer. Er wollte wissen, ob die Sterne für seine Pläne günstig standen. Antonia war gerade dabei, einen entstellenden blauen Fleck auf dem Gesicht einer Prostituierten zu überschminken. Sie verstand es meisterhaft, Spuren von Gewalt und Krankheit verschwinden zu lassen.

»Nur einen Augenblick, Herr, und ich bin ganz für Euch da«, wandte sie sich an Pompeo. Er hatte es nicht eilig, obwohl er wegen der anstehenden Entscheidungen äußerst angespannt war.

Chiara konnte es immer noch nicht glauben. Wie hatte sie sich nur so aufführen können? Wütend knallte sie die Wohnungstür zu. Sie hatte sich Paolo anvertraut, ihre Visionen offenbart, hatte ihm von der Frau in Zagarolo und ihren Erlebnissen mit Lucetta erzählt, um schließlich wie eine überspannte Göre in seinen Armen in Tränen auszubrechen. Und auf einmal waren seine Lippen den ihren ganz nahe gewesen ... Just in diesem Moment war seine Sekretärin hereingeplatzt, um ihm mitzuteilen, dass sein Chef ihn dringend sprechen wolle, bevor er ins Gericht ging.

Der Zauber war verflogen, zurück blieb nur ein Häufchen Elend, verwirrt und beschämt. Paolo hatte sich wie ein Gentleman benommen, wie immer. Nachdem die Sekretärin wieder gegangen war, hatte er versucht, Chiara zu beruhigen. Was gerade zwischen ihnen geschehen war, erwähnte er mit keiner Silbe. Er hatte alles in seiner Macht Stehende getan, sie wieder auf den Boden der Realität zurückzuholen. Er wollte unbedingt verhindern, dass sie sich mit Selbstzweifeln quälte. Trotz seiner eher rationalen und agnostischen Denkweise schloss Paolo die Existenz übernatürlicher Phänomene nicht kategorisch aus. Er gab sich zwar als Mensch, der nur das glaubte, was er mit seinen eigenen Augen sah, im Innersten war er aber auch dem Unbekannten gegenüber aufgeschlossen.

»Du musst dich nicht schämen und brauchst keine Angst zu haben, dass man dich für verrückt hält«, hatte er sie getröstet. »Ich glaube dir, Chiara, und ich weiß, dass du weder leichtgläubig noch überspannt bist. Folge deinem Instinkt und achte darauf, wohin er dich führt. Gehe deinen Weg, gib nicht auf!« Augenzwinkernd hatte er hinzugefügt: »Dann kann deine Phantasie nachts nicht mehr mit dir durchgehen.« Bei jedem anderen hätte Chiara dieser Satz wütend gemacht, bei Paolo entlockte er ihr ein Lächeln. Er zog eine Visitenkarte aus der Brieftasche. »Steck sie ein. Piergiorgio Sperelli. Ein hochintelligenter Philosophiestudent, ruf ihn an, er kann dir bei deinen Recherchen helfen.« Er gab ihr auch die Nummer von Silvia Giorgini, einer ausgewiesenen Expertin für Satanismus. »Sie ist ziemlich verschlossen und manchmal etwas schroff, aber sie ist eine hervorragende Polizistin. Eine bessere Unterstützung gibt es nicht.«

Chiara griff nach dem Handy, um die Kommissarin anzurufen, wählte aber ganz automatisch Piergiorgio Sperellis Nummer.

»Wartet noch, Herr, bis der Mond in Euer Sonnenzeichen eintritt. Jetzt stehen noch zu viele Planeten in Opposition, sie könnten Euch behindern.« Antonia hatte auch die Karten befragt, da Pompeo dem Horoskop nicht hatte glauben wollen. Und die Tarotkarten bestätigten die Deutung der Sterne. Der

Fürst vertraute auf Antonias Künste. Vor vielen Jahren hatte die Astrologin ihm und seinem Freund Pierluigi Farnese den richtigen Zeitpunkt genannt, um einen langgehegten Plan in die Tat umzusetzen: die Entführung einer Jungfrau. Aber nicht irgendeine Jungfrau aus dem Volk. Das Opfer sollte eine Adlige sein, reich und von hohem Stand. Nur so war das Wagnis groß genug, um wirklich erregend zu sein. Dies war der Alptraum, der den Fürsten bis heute verfolgte.

11

Lucetta Felisi betrat das Liceo Parini. Sie bemühte sich krampfhaft, die Graffiti rechts und links zu ignorieren. Die Schmierereien an den Wänden ekelten sie an, und am liebsten hätte sie sie auf der Stelle beseitigt. Das gleiche Gefühl, das sie schon als junge Frau gequält hatte. Auch damals sah sie in bestimmten Stresssituationen überall Dreck und Unrat, den andere nicht wahrnahmen. Egal wo sie sich gerade befand: Dreck, nichts als Dreck. Ständig musste sie sich die Hände waschen, ihre Kleidung waschen, die Dinge, die sie benutzte, sauberschrubben. Zwei Jahre lang hatte sie unter diesem Waschzwang gelitten. Die Hölle. Schließlich war es einem Arzt gelungen, ihre Krankheit mit einer Kombination aus Psychotherapie und Medikamenten in den Griff zu bekommen. Doch gab es immer wieder Phasen, in denen Lucetta den übermächtigen Drang verspürte, alles porentief zu reinigen, und auch jetzt gelang es ihr nur mit großer Mühe, sich zusammenzureißen.

Die Uhr über dem Zimmer des Direktors zeigte zwanzig vor neun. Genug Zeit für eine Brioche und einen Cappuccino im Lehrerzimmer, bevor die erste Stunde begann. Ihr war gar nicht aufgefallen, dass es noch so früh war. Sie war aus dem Haus gegangen und hatte während der ganzen Busfahrt zur Schule nur an zwei Menschen gedacht: an die Journalistin und an Anna Maria. Anna Maria. Was steckte wohl hinter ihren mysteriösen Ausflügen? Traf sie sich mit einem jungen Mann?

Aber warum dann diese Geheimniskrämerei? Im Grunde hatten sie doch immer ein gutes Verhältnis gehabt. Bei jedem neuen Freund ihrer Tochter war Lucetta zwar anfangs zurückhaltend, doch das legte sich mit der Zeit, und manchmal schloss sie die Jungen mehr ins Herz als Anna Maria selbst, die meist nach kurzer Zeit wieder Schluss machte.

»Buongiorno, Lucetta.«

Sie fuhr herum. »Oh, du bist es.«

»Ich wollte dich nicht erschrecken«, Stefano Dini setzte sich neben sie und stellte seinen dampfenden Kaffee auf den Tisch.

»Ich habe dich gar nicht kommen sehen, ich war in Gedanken.«

»Das habe ich gemerkt.«

Lucetta lächelte. Ein gezwungenes Lächeln, was auch ihrem Kollegen nicht verborgen blieb. »Raus damit, was ist los?«

Stefano Dini sah sie wohlwollend an, wie ein großer Bruder, und Lucetta war kurz davor, ihm alles zu erzählen. Stefano war der einzige ihrer männlichen Kollegen, vielleicht sogar der einzige Mann überhaupt, von ihrem Vater einmal abgesehen, bei dem sie sich geborgen fühlte und keine Angst hatte, nur Sexobjekt zu sein. Sie schätzte seine Intelligenz und seine mitfühlende Art. Bei ihm wäre ihr Geheimnis in besten Händen. Er würde sie bestimmt nicht verurteilen, denn er konnte sie verstehen. Auch er hatte seine Geheimnisse. Er würde sich auch nicht über sie lustig machen, wenn sie ihm von der Begegnung mit der Journalistin erzählen würde. Wie in Trance hatte Chiara Bonelli einen Blick in ihre Seele geworfen und dort ein Geheimnis entdeckt, das Lucetta seit Jahren verborgen hielt. Nach kurzem Zögern gewannen aber Angst und Scham wieder die Oberhand.

»Ich mache mir Sorgen um Anna Maria«, antwortete sie ausweichend.

»Um Anna Maria?«

»Ja, ich bin sicher, sie hat sich in einen Mann verliebt, der sie unglücklich machen wird.«

»Ist das sonst nicht immer umgekehrt?«

»Schon, aber dieses Mal bin ich sicher, dass es der Falsche ist.«

»Hört, hört, wer da über uns Männer urteilt. Du hast doch schon ewig keinen Mann mehr in deine Nähe gelassen. Außerdem sagst du das jedes Mal, wenn Anna Maria einen neuen Freund mit nach Hause bringt. Nie ist es der Richtige, und nach wenigen Tagen hast du ihn dann ins Herz geschlossen.«

»Dieses Mal ist es anders«, Lucetta zerkrümelte nervös ihre Brioche. Plötzlich hatte sie keinen Hunger mehr. Dini sah sie mitfühlend an und sagte schließlich: »Du täuschst dich, Lucetta. Ich kenne deine Tochter gut. Die weiß, was sie will. Du bist überängstlich, wie eine Glucke, die ihr Küken nicht aus den Augen lässt.«

»Hör auf, Stefano, ich finde das gar nicht witzig.«

»Das sehe ich. Deine arme Brioche kann auch nichts dafür. Hör zu, Lucetta, du musst endlich begreifen, dass Anna Maria eine erwachsene Frau ist, die ihre eigenen Erfahrungen machen muss. Meinst du nicht?«

»Erfahrungen? Wenn ich an die Erfahrungen denke, die du meinst, läuft es mir eiskalt den Rücken runter«, sagte Lucetta mit gespielter Strenge.

Dini gab sich zerknirscht. Tatsächlich wusste er genau, dass Lucetta die Letzte war, die seinen Lebenswandel verurteilte. Lucetta blickte voller Sympathie auf ihren Kollegen, der jetzt eine Grimasse zog, um sie aufzuheitern. Professor Dini war eine imposante Erscheinung: um die fünfzig, groß und mit einem ordentlichen Bauch, der jedoch nicht wabbelig war, sondern fest wie eine Trommel. Trotz seiner mächtigen Statur flößte er eher Vertrauen ein als Furcht, was vielleicht auch an der Koketterie lag, die er manchmal an den Tag legte, und den rötlichen Haaren, die er offensichtlich selbst gefärbt hatte.

»Schau mich an, komm schon, mach nicht so ein Gesicht!«

Lucetta schenkte ihm ein verhaltenes Lächeln, das aber sofort wieder verschwand, als sie weitersprach.

»Stefano, bitte glaub mir. Anna Maria ist meine Tochter, ich spüre sofort, wenn etwas nicht stimmt. Wenn sie früher einen neuen Verehrer hatte, war sie guter Dinge, vertraute sich mir an, doch jetzt kapselt sie sich völlig ab. Manchmal schließt sie sich sogar in ihrem Zimmer ein. Sie hat mich komplett aus ihrem Leben verbannt, und mir kommt sie auch schon völlig fremd vor. Und dann verschwindet sie plötzlich, ohne ein Wort zu sagen.«

»Lucetta, Lucetta, denk doch mal nach! So bist du doch auch einmal gewesen, auch wenn du es heute nicht mehr wahrhaben willst. Wenn man Liebeskummer hat, ist man nun mal nachdenklich und verschlossen. Das geht bestimmt vorüber, du wirst sehen.«

Lucetta sah auf die Uhr. »Ach du meine Güte, schon so spät. Ich muss in den Unterricht.«

»In den nächsten Tagen gehe ich mit dir und Anna Maria eine Pizza essen. Dann nehme ich sie mal unter die Lupe. Ich lade auch noch ein paar Freunde ein.« Als Dini den gequälten Gesichtsausdruck seiner Kollegin sah, fügte er hinzu: »Freunde, die dir gefallen werden, keine Sorge.«

Normalerweise war es in Giorgios Bar im Viale Regina Margherita um diese Zeit ziemlich ruhig, aber heute war die Hölle los. Chiara hatte den Eindruck, ganz Rom wollte hier seinen Aperitif trinken. So würde sie Piergiorgio Sperelli nie finden, zumal sie keine Ahnung hatte, wie er überhaupt aussah. Am

Telefon hatte seine Stimme recht jung und ein bisschen schüchtern geklungen. Sie blickte sich suchend um, vielleicht fand sie ja in der Menge jemanden, auf den diese Beschreibung passen könnte?

»Chiara Bonelli?«

Als sie sich umdrehte, sah sie sich einem gutaussehenden jungen Mann gegenüber, auf dessen feingeschnittenem Gesicht ein sympathisches Lächeln lag.

»Die bin ich«, antwortete sie schnell, »und du bist Piergiorgio?«

»Genau der.« Er reichte ihr die Hand.

»Ciao. Wie hast du mich erkannt?«

»Keine Ahnung, aber du strahlst so etwas aus ... Frag mich nicht. Wahrscheinlich Intuition.«

»Ich halte sehr viel von Intuition«, gab Chiara zurück, die ihn auf Anhieb sympathisch fand.

»Dann sind wir schon zu zweit. Glaubst du, wir finden ein Plätzchen?«

»Sicher. Warte hier.«

Chiara ging in Richtung Kasse. Der Kassierer begrüßte sie wie eine alte Bekannte und drückte ihr einen Schlüssel in die Hand. Chiara gab Piergiorgio ein Zeichen. Nebeneinander stiegen sie die Treppe am Ende der Bar hinauf.

»Hier oben ist ein kleiner Saal für besondere Anlässe«, erklärte Chiara, als sie die Tür aufschloss, »manchmal mache ich hier Interviews. Du wirst es nicht glauben, aber der Barbesitzer ist ein Fan von mir – ich kann kommen, wann immer ich will.«

»Der Vorteil, wenn man berühmt ist.«

»Quatsch, das ist reiner Zufall. So berühmt bin ich nicht. Du zum Beispiel hast mich auch nicht gekannt.«

»Dem Namen nach schon.«

Der Raum war nicht groß, er bot gerade mal Platz für vier Tische. Aber es war hell und gemütlich. Nachdem sie sich gesetzt hatten, betrachtete Chiara ihren Gesprächspartner genauer. Ein wirklich gut aussehender Mann, besonders die Nase faszinierte sie. Dieses Profil kam ihr irgendwie bekannt vor. Das entging auch Piergiorgio nicht. »Gefällt sie dir?«, fragte er lächelnd.

Chiara errötete. Ihr war gar nicht bewusst gewesen, dass sie ihn angestarrt hatte. »Nun ja, eigentlich schon. Deine Nase ist …«

»Perfekt?«

»Ja, genau, perfekt ist das treffende Wort.« Seine Nase erinnerte Chiara an eine ehemalige Kollegin, die sich beim Schönheitschirurgen ihre Nase hatte korrigieren lassen.

»Meine Eltern haben mir die OP zum Abitur geschenkt. Ich hatte Probleme mit der Nasenscheidewand und bekam nachts nur schwer Luft. Außerdem gefalle ich mir jetzt besser, das muss ich zugeben.«

Seine Antwort imponierte Chiara. Auch sie hielt es für besser, sich von einem Komplex zu befreien, als das ganze Leben darunter zu leiden. Dem großen Charles Aznavour war es ähnlich gegangen: Zu Beginn seiner Karriere litt er unter seiner imposanten Nase und ließ sie korrigieren, um fotogener zu sein.

Ein Kellner brachte ihnen die Karte. Beide entschieden sich für einen Erdbeercocktail ohne Alkohol. Obwohl sie sich erst kurze Zeit kannten, waren Chiara bereits drei Gemeinsamkeiten aufgefallen: ihr Faible für Intuition und Erdbeeren und die Einstellung zur Schönheitschirurgie. Auch Piergiorgio war das nicht verborgen geblieben. Chiara hatte ihm sofort gefallen. Es war ihm wichtig, von Anfang an aufrichtig zu ihr zu sein. Als der Kellner ihre Cocktails gebracht hatte, kam er nochmals auf das Thema Schönheitsoperationen zurück. »Ich habe kein Problem damit, zuzugeben, wie wichtig mir gutes Aussehen ist; genauso wenig, wie mich als schwul zu outen.« Piergiorgio hielt inne und beobachtete Chiaras Reaktion. Sie schien unbeeindruckt. »Ich akzeptiere mich so, wie ich bin«, fuhr er fort. »Ich verabscheue Exhibitionismus, aber noch viel mehr hasse ich Scheinheiligkeit. Seitdem ich zu meinem Anderssein stehe, bin ich anderen Menschen gegenüber viel aufgeschlossener.«

Chiara lächelte verständnisvoll. Das Geständnis des jungen Mannes wunderte sie nicht im Geringsten. Sie war daran gewöhnt, dass man sich ihr gegenüber offenbarte.

»Hut ab für deine Geradlinigkeit.«

Piergiorgio erzählte weiter. Er hatte die Regelstudienzeit für Philosophie schon überschritten, aber noch keinen Abschluss. Sein Wunschtraum war eine journalistische Ausbildung.

»Jetzt bist aber du dran«, schloss er und lächelte.

»Oh, da gibt's nicht viel zu erzählen. Ich bin einer Geschichte auf der Spur, die sich im 16. Jahrhundert im Palazzo Rospigliosi in Zagarolo zugetragen hat. Ich glaube, dabei geht es um ein Verbrechen.«

»Du glaubst?«

Chiaras rechte Hand hatte angefangen zu zittern. Piergiorgio bemerkte es, sagte aber nichts. Chiara versuchte, ihre Hand zu verstecken, und fuhr mit ruhiger und fester Stimme fort: »Nun ja, Beweise habe ich keine.«

»Intuition?«, hakte Piergiorgio nach.

»Nennen wir es Intuition. Aber ich brauche Beweise, und deshalb habe ich mich an dich gewandt. Ich war schon mehrere Male in Zagarolo, allzu viel herausgefunden habe ich leider nicht. Paolo meinte, du wärst unschlagbar in Sachen Archivrecherche.«

Piergiorgio zögerte nicht lange. Chiara war ihm sympathisch, und Nachforschungen über ein mögliches Verbrechen aus dem 16. Jahrhundert waren eine verlockende Herausforderung. Er würde seinen Freund Stefano hinzuziehen. Chiara wäre bestimmt begeistert von ihm.

12

Das in dunklen Stoff eingebundene Große Buch lag aufgeschlagen auf dem schmiedeeisernen Pult. Die Kate hatte zwei Fenster, eins nach Westen, eins nach Osten, so wie es in den Heiligen Schriften stand. Die Decke und die Wände waren mit schwarzen Tüchern verhängt. Die Ordensbrüder hielten brennende Kerzen in den Händen, anderes Licht gab es nicht. Auf dem Boden prangte ein fünfzackiger Drudenfuß, in dessen Mitte der Mönch stand. Ein beeindruckender Anblick in der weißen Leinentunika und der schwarzen Kopfbedeckung mit aufgestickten aramäischen Symbolen. An seiner Seite Astrellina, die einen Kelch mit zwei ineinander verschlungenen Schlangen in die Höhe hielt, deren furchterregende Leiber an zuckende Blitze erinnerten.

Als das Murmeln der Umstehenden in einen monotonen Singsang übergegangen war, begann der Mönch aus dem Großen Buch vorzulesen: »O allmächtiger Gebieter, der Du herrschst in alle Ewigkeit, schenke mir Deine Gnade. Dafür opfere ich Dir das Blut dieses unschuldigen Wesens. Ich rufe Euch an, Ihr Himmlischen Geister: Delathon, Arcabis, Achetos, Siberium, Istah, Karion, Ammelis. Erleuchtet mich mit der Wahrheit, die kein Mensch sonst schauen darf.«

Dann schritt der Mönch auf den Altar zu, wo zwei weiß gekleidete Frauen ein Neugeborenes in den Händen hielten. Es schrie und strampelte, das Gesichtchen war feuerrot. Der Mönch hielt den Drudenfuß über das Opfer, einen fünfzackigen Stern mit eingravierten magischen Symbolen, und machte das Hakenkreuzzeichen. Auch wenn die Frauen nicht zum ersten Mal an diesem Ritual teilnahmen, konnten sie ihr Entsetzen nicht verbergen, als der Mönch ihnen das Zeichen gab, ihm das Messer mit dem Widderhorngriff zu reichen, das zuvor in Katzenblut und Bibernellensaft getränkt worden war. Das Wimmern hallte noch im Raum wider, als das Messer niedersauste und den Kopf des Säuglings sauber vom Rumpf trennte.

Auf einen Schlag war es still geworden. Astrellina hielt sofort den Schlangenkelch unter die klaffende Wunde, um das herausströmende Blut aufzufangen. Als Erster trank der Mönch, dann folgten die Ordensbrüder, einer nach dem anderen. Der Kelch kreiste gegen den Uhrzeigersinn, dabei wurden die sieben Dämonen angerufen. Am Schluss kehrte der Kelch zu Astrellina zurück. Bevor auch sie trank, bat sie den Herrscher der Finsternis, Pompeo ewige Männlichkeit zu schenken und sie selbst Orinzias Platz an seiner Seite einnehmen zu lassen. Danach streckte sie begierig die Hand nach der Ampulle mit dem Zaubertrank aus, die der Mönch in der Hand hielt. Ein Schluck davon würde den Fürsten für immer an sie binden.

Checchina hatte sich aus dem Palast geschlichen wie eine Katze, die ein Stück Fleisch vom Tisch des Herrn gestohlen hat. In ihrer Schürzentasche verbarg sie das weiße Stofftaschentuch, das ihr Sabino heimlich zugesteckt hatte, als sie gerade die Hühner fütterte. Der Stallbursche hatte kein Wort gesagt. Erst als er sich vergewissert hatte, dass ihn niemand beobachtete, hatte er die Hand in Checchinas Schürzentasche gesteckt und dabei in ihre dralle Hüfte gekniffen.

»Warte nur …«, hatte er gelacht und sie rasch an sich gezogen. Doch bevor sie reagieren konnte, war Sabino wieder im Stall verschwunden. Zurück blieb nur der strenge Geruch nach Schweiß und Pferd. Checchina hielt das Taschentuch umklammert, das prickelnde Gefühl in ihrem Unterleib ließ ihr Herz schneller schlagen und ihre Wangen erröten. Lange würde es nicht mehr dauern, dann würde sie sich mit Adalberto im Heu wälzen. Das Taschentuch, das ihr Sabino zugesteckt hatte, hütete sie wie einen Augapfel, denn es war das Zeichen, dass ihr Geliebter nach ihr verlangte.

Während sie sich schnellen Schrittes vom Schloss entfernte, überlegte sie, was sie ihm alles sagen musste. Sie machte sich in Gedanken eine Liste, damit sie bestimmt nichts vergaß. Angst hatte sie keine, kein Risiko war ihr zu groß. Für eine Stunde mit ihm, ja selbst nur für einen Kuss würde sie alles tun, würde sie jeden verraten.

Nachdem sie ihre Liste nochmals durchgegangen war, tauchte schon Antonios Hütte vor ihr auf. Checchina klopfte. Sie wunderte sich, wie aufgeregt sie war. Es war doch nicht das erste Mal, dass sie mit ihrem Liebhaber zusammen war. Sie hörte, wie jemand sich näherte, dann wurde die Tür geöffnet, und Antonios entstelltes, rot geädertes Gesicht lugte heraus. Er betrachtete sie wohlgefällig und seufzte: »Wenn ich nur ein bisschen jünger wäre, dann hättest du Adalberto ganz schnell vergessen.«

»Hört auf, Antonio, Ihr macht mich ja ganz verlegen«, Checchina lächelte und zog instinktiv den Mantel über ihren Brüsten zusammen, auch wenn sie wusste, dass der viele billige Fusel, den Antonio schon in sich hineingeschüttet hatte, ihn blind für ihre Reize machte. »Wo ist der gnädige Herr?«, fragte sie ungeduldig. Der Alte wich wortlos zur Seite.

Adalberto stand direkt vor ihr. Checchina kam sich vor wie im Märchen. Sie musste nur seinen Namen nennen, und schon erschien ihr Prinz, wie aus dem Nichts. »Adalberto«, hauchte sie und warf sich in seine starken Arme. Die ungehemmte Leidenschaft der Küchenmagd verblüffte Adalberto jedes Mal aufs Neue. Wenn sich ihre Körper vereinten, wurde sie zum Vulkan. Antonio beobachtete die Szene, in Gedanken schien auch er eine Rolle dabei zu spielen. Dann aber zog es ihn wieder zur Flasche zurück, die ihn auf dem Tisch erwartete. »In den Stall«, drängte Adalberto. Antonio schaute den beiden wehmütig hinterher: »Die Erinnerungen, diese verdammten Erinnerungen«, sinnierte er und setzte die Flasche an. »Mit ihnen lasst ihr mich jetzt allein.«

»Halt still!« Vorsichtig zog Adalberto einen Strohhalm aus Checchinas verwuschelten Haaren. »Die können dich verletzen, wenn du nicht aufpasst.« Dabei fuhr er sich mit dem Halm über die Handfläche. Ein wenig Blut tropfte aus dem Schnitt. Checchina, die sich wohlig an ihn gekuschelt hatte, griff nach seiner Hand und leckte ihm das Blut von der Haut. Sie hatten sich leidenschaftlich geliebt, sich nicht einmal die Mühe gemacht, die Kleider auszuziehen. Aber Checchina hatte noch immer nicht genug. Ihre Zunge arbeitete sich forschend hoch zu Adalbertos Hals und von dort in sein Ohr. Der Geliebte schüttelte sie sanft, aber mit Nachdruck, ab. »Erzähl mir von *ihm*«, forderte er. Checchina war verwirrt. Noch nie hatte Adalberto sie abgewiesen. »Von *ihm*?«, fragte sie, als ob sie nicht verstünde. Adalberto starrte sie an. Der eben noch zärtliche Glanz seiner Augen war Angriffslust und Kampfbereitschaft gewichen. Sie begann zu erzählen: »Donna Orinzia ist fast verblutet«, Checchina hielt den Blick gesenkt, »ich glaube, das Kind ist abgegangen.« Sie spürte, wie Adalberto zusammenzuckte, wagte es aber nicht, ihm in die Augen zu sehen. Sie hatte Angst vor dem Gesichtsausdruck ihres Geliebten, wenn sie von den Ereignissen in Zagarolo berichtete.

»Wie geht es ihr jetzt?«

»Sie ist auf dem Weg der Besserung, aber ...«

»Aber?«, Adalberto legte seine Hand unter ihr Kinn und hob ihren Kopf leicht an, so dass er ihr in die Augen sehen konnte.

»Der Herr ist ein Teufel. Er schmiedet Pläne gegen die arme Donna Livia. Jeder am Hof weiß, dass er es auf ihren Palazzo in Rom abgesehen hat. Die Zwillinge haben es mir erzählt.«

Gedankenverloren murmelte Adalberto: »Donna Livia ist in Gefahr.« Checchina verabscheute den Klang seiner Stimme, wenn er von dieser Frau sprach, genau wie das sehnsüchtige Leuchten in seinen Augen. Mit einem entschlossenen Griff zwischen seine Beine versuchte sie, Adalbertos Aufmerksamkeit zurückzugewinnen, aber wieder wies er sie ab. Er stand auf und zog Checchina mit hoch.

»Ich muss gehen.«

»Nein, warte«, Checchina griff nach seinem Arm, um ihn noch ein bisschen für sich zu haben. »Don Pompeo hat wegen Donna Orinzias Zustand nach Donna Livia schicken lassen. Aber ich glaube, das ist nur ein Vorwand, er wird sie nicht wieder aus seinen Fängen lassen ...« Sie umklammerte seine Hand.

Adalberto schwieg. Checchina, die sein Verhalten inzwischen zu deuten wusste, ahnte, dass es hier nicht nur um Pompeo ging. Sie war zutiefst verletzt. Auch wenn sie sich schon tausendmal gesagt hatte, dass sie nicht erwarten konnte, die einzige Frau in Adalbertos Leben zu sein, hatte sie die Hoffnung noch immer nicht aufgegeben.

13

Cesare Persella trommelte nervös mit den Fingern auf seinen Mahagonischreibtisch. Er hatte die Vorhänge ein wenig zugezogen, denn anders als sonst störte ihn heute die gleißende Nachmittagssonne, die durch die großen Fenster in sein Büro im obersten Stockwerk eines altehrwürdigen Gebäudes in der Via Sicilia flutete. Im Dämmerlicht wirkten die wuchtigen Bilder an den Wänden besonders düster. Alles Originale, die er bei Sotheby's ersteigert hatte. Als das Lämpchen der Telefonanlage zu blinken begann, trommelte er noch immer. Noch vor dem ersten Klingelton nahm er den Hörer ab.

»Mister Lee«, hörte er seine Sekretärin sagen.

»Es wurde auch Zeit. Verbinden Sie mich.« Das Warten hatte ein Ende. »Pronto, Mister Lee?«, er bemühte sich ruhig zu wirken.

»Ja«, die Stimme klang kalt.

»Ich möchte nur gute Nachrichten hören. Mit dem Baby alles klar?«

»Ja.«

»Wann kommt es zur Welt?«

»In sechzehn Tagen«, der ausländische Akzent war kaum herauszuhören.

»Ich kann also weitermachen wie bisher?«

»Ja.«

»Gut, ich werde Sie in den nächsten Tagen anrufen. Ich verlasse mich auf Sie.«

»Machen Sie sich keine Sorgen, wir haben alles unter Kontrolle.«

Als er den Hörer wieder auflegte, konnte sich Cesare Persella ein selbstgefälliges Lächeln nicht verkneifen. Er atmete befreit auf, dabei sprang ein Knopf seiner Weste ab. Sein Lächeln erstarb. Caraceni war mit Sicherheit der beste Schneider Roms, vielleicht sogar ganz Italiens, aber auch er war kein Magier, der seinen Bauch einfach wegzaubern konnte. Er fuhr sich durch die schwarzen Haare, die sich langsam zu lichten begannen, was sein steigendes Interesse an Haartransplantationen in den letzten Monaten erklärte. Wie üblich schienen sie in den USA auch auf diesem Gebiet am weitesten zu sein. »Wenn nötig, fliege ich zu Dottor Milton nach Boston«, dachte er und warf einen Blick auf seine Audemars Piguet: 16:15 Uhr. Es klopfte kurz an der Tür.

»Herein«, sagte Persella, nachdem er den Knopf unter dem Schreibtisch aufgehoben hatte.

»Herr Generaldirektor, ich komme wegen der Unterschriften«, die Stimme hatte einen leichten englischen Akzent. In der Tür stand eine schmächtige junge Frau in einem beigefarbenen Kostüm. Wie ein gehorsamer Soldat wartete sie auf Befehle.

»Um 16:23 Uhr sind Sie wieder hier, Barbara. Und zwar auf die Minute pünktlich!«

Cesare Persella hatte das »auf die Minute« mit Absicht besonders betont. Es bereitete ihm ein geradezu sadistisches Vergnügen, seinen Angestellten punktgenaue Termine zu setzen, die sie unbedingt einzuhalten hatten. Damit testete er ihre bedingungslose Loyalität. Und wenn sie nur einen Wimpernschlag zu spät waren, hatte er einen Grund für eine Standpauke und weidete sich lustvoll an ihren ängstlichen Mienen. In der Tat hatte er an diesem Nachmittag nichts Wichtigeres zu tun, als über die »Operation Baby« nachzudenken. Das war sein Codewort für den Bau des Tiger Sun Village in Burundi, an dem auch eine Kapitalgesellschaft in Hongkong beteiligt war. Das hochkomplizierte Konstrukt lief unter dem Deckmantel einer gemeinnützigen Organisation, was der Persella-Holding eine massive Steuerersparnis ermöglichte und einen immensen Gewinn in die Kassen spülte. Er hatte es geschafft. Mit fünfundvierzig Jahren war er ein mächtiger Wirtschaftsmagnat. Und das dank seiner ersten Frau Anna, der Tochter eines schwerreichen römischen Bauunternehmers. Nach der Scheidung hatte er das Ex-Model Maité geheiratet, die schönste Frau der Welt. Das behaupteten jedenfalls die Werbespots, die sie in ihrer Glanzzeit gedreht hatte. Damals stand sie wegen zahlloser Affären mit schillernden Persönlichkeiten beiderlei Geschlechts im Fokus der Regenbogenpresse, heute eher wegen ihrer Wohltätigkeitsarbeit. Cesare war stolz auf sie, auch wenn es ihn ein Vermögen kostete, sie bei Laune zu halten. Maité war verrückt nach Schmuck und schönen Kleidern. Die Begeisterung für ihren Ehemann hielt sich dagegen in Grenzen, aber das war nicht so wichtig. Von Anfang an waren die Rollen klar verteilt: Maité öffnete ihm die Türen zur High Society, die Chance für den Baulöwen, selbst ins Rampenlicht zu treten. Im Gegenzug las er ihr jeden Wunsch von den Augen ab. Egal ob Kleidung, Schmuck oder andere Extravaganzen: Geld spielte keine Rolle.

Die wenigen Versuche Cesares, die Ehe auch im Bett zu vollziehen, waren allerdings kläglich gescheitert. Die sexuellen Vorlieben meiner Frau sind zu extravagant, um von einem normalen Mann befriedigt zu werden, dachte er mit einer Mischung aus Ärger und Resignation, während er auf die Uhr schaute, um die Pünktlichkeit seiner Sekretärin zu kontrollieren. Es war 16:22 Uhr, und er konnte Barbaras hechelnden Atem hinter der Tür förmlich spüren.

Silvia Giorgini war noch keine vierzig, sah aber wesentlich älter aus. Ihre ruppige Art, die klassisch-nüchternen Hosenanzüge, die raspelkurzen Haare, aber vor allem der durchdringende Blick und die unverblümte Redeweise hatten ihr unter Kollegen den Spitznamen »Mannweib« eingetragen. Die Kettenraucherin wusste zwar davon, hatte aber weder Zeit noch Lust, sich darüber aufzuregen. Klatsch und Tratsch und alles andere, was von der Arbeit ablenkte, verbannte sie rigoros aus ihrem Leben. In ihrer Konsequenz und ihrem Pflichtbewusstsein ähnelte sie einem Mönch oder einem Soldaten. Silvia war Einzelgängerin. Sie hatte die Gabe, sich auf den Punkt konzentrieren und alles andere ausblenden zu können. Dieser Tunnelblick war das Geheimnis ihres Erfolgs und brachte ihr den Neid manches Kollegen ein. Gelernt hatte sie diese Konzentration auf das Wesentliche beim Aikido. »Das Wichtigste ist die Konzentration, vergiss das nie«, hatte ihr Meister immer gesagt. Dass diese Gabe ihre Kollegen einschüchterte und man ihr vorwarf, ihre Weiblichkeit käme zu kurz, brachte sie nicht im Mindesten aus dem Konzept. Nur ein schwerer Schock vor etwa zehn Jahren hatte sie ernsthaft ins Wanken gebracht. Damals hatte sie mit dem Gedanken gespielt, den Polizeidienst zu quittieren. Alles vergessen. Irgendwohin flüchten, wo die schmerzlichen Erinnerungen sie nicht mehr heimsuchen konnten. Vielleicht sogar eine Familie gründen. Doch sie hatte sich wieder in die Arbeit gestürzt, um anderen Menschen zu helfen. Ein Schritt, den sie nie bereut hatte.

Als ihr Freund Paolo sie telefonisch vorwarnte, dass eine gewisse Chiara Bonelli sich bei ihr melden würde, hatte sie die Nase gerümpft. Klatschreporter und Paparazzi gehörten nicht gerade zu ihren bevorzugten Gesprächspartnern. Doch von Chiara war sie angenehm überrascht. Bei ihrem Telefonat hatte sie überhaupt nicht wie eine eiskalte Schlagzeilenjägerin gewirkt. Silvia hatte ihrem Bauchgefühl vertraut und sich noch am gleichen Nachmittag mit ihr verabredet.

»Commissario Giorgini?«

Chiara war auf der Schwelle stehen geblieben. Das kleine Büro war vollgestopft mit Aktenordnern, und Silvia Giorgini saß hinter dem Schreibtisch. Sie hob den Kopf und fragte: »Ja?« Dann legte sie die gerade angezündete Zigarette auf den Rand des überquellenden Aschenbechers.

»Ich bin Chiara Bonelli.«

Silvia stand auf. »Nehmen Sie bitte Platz«, sie wies auf einen Plastikstuhl vor dem Schreibtisch. Der Zigarettenqualm war unerträglich, Chiara musste husten. »Entschuldigen Sie.« Silvia drückte rasch die Zigarette aus und öffnete das Fenster. »Eigentlich ist auf diesem Stockwerk das Rauchen verboten, aber die Realität sieht anders aus. Wir rauchen fast alle.«

»Kein Problem. Bei uns in der Redaktion ist es genauso. Erinnern Sie sich an den Film *The Fog, Nebel des Grauens*?«

Silvia lächelte. Aber nur kurz, dann wurde ihr Gesicht wieder ernst. »Gut. Wie kann ich Ihnen helfen?«

»Ich arbeite an einem Bericht über Satanismus, vor allem in Rom und Umgebung«, begann Chiara. Nach kurzem Zögern fügte sie hinzu: »Ich möchte unbedingt mehr über dieses Thema wissen.«

Chiaras Blick fiel auf eine Reihe von Fotos, die wahllos auf dem Schreibtisch verteilt waren. Sie zeigten geschändete Gräber. Halb unter den Bildern vergraben entdeckte sie einen Zeitungsartikel, der ihr irgendwie bekannt vorkam. Sie las: »Chiavenna. Fremdverschulden ausgeschlossen. Adriana Mori und Giovanni Scalera nahmen sich während eines geheimnisvollen Rituals das Leben.«

Obwohl ihr Chiaras aufkeimende Unruhe nicht verborgen

blieb, begann Silvia zu erzählen: »Es gibt verschiedene Formen von satanistischen Geheimbünden. Satanismus im biblischen Sinn ist in Italien sehr selten. Über religiöse Bewegungen dieser Art gibt es keinerlei verlässliche Informationen, vom Luziferkult in Turin einmal abgesehen. Strafrechtlich kann man diese Sekten nicht verfolgen, da sie nicht gegen das Gesetz verstoßen. Man vermutet, dass es eine zentrale Organisation gibt, so etwas wie eine satanistische Internationale, an dessen Spitze ein schwarzer Antipapst steht. Weit komplexer wird es allerdings, wenn wir vom kriminellen Satanismus sprechen.«

Silvia zog den Zeitungsartikel unter den Fotos hervor und reichte ihn Chiara hinüber. »Und das heißt, von Gruppierungen, die sich pseudosatanistischer Rituale bedienen, wie zum Beispiel Grab- und Leichenschändungen, Anstiftung zum Selbstmord oder sexuelle Übergriffe auf Minderjährige, um damit kriminelle Machenschaften zu decken: Erpressung, Betrug, Vorteilsnahme oder Zuhälterei. Nicht zu vergessen Psychoterror und Missbrauch hilfloser Personen, was bis zum Mord gehen kann. Manchmal wurde unter dem Deckmantel des Satanismus auch versucht, polizeiliche Ermittlungen in die Irre zu führen.«

»Wie bei Giovanni Scalera und Adriana Mori?«, fragte Chiara.

»Das ist nur eine der möglichen Erklärungen. Vielleicht waren die beiden auch Einzelgänger, die sich dem Satanskult nach eigenen Regeln verschrieben hatten. Auch in diesem Fall gibt es verschiedene Zuordnungsmöglichkeiten: Radikale Satanisten oder Süchtige mit einem Hang zum Okkultismus, die mit Hilfe von Drogen versuchen, mit dem Teufel Kontakt aufzunehmen. In diese Kategorie gehört zum Beispiel eine Sekte namens »Bestie di Satana«. Es gibt aber auch Menschen mit psychischen Defekten oder Persönlichkeitsstörungen, die sich für das Übersinnliche interessieren. Oder sexuell orientierte Satanisten, die Orgien feiern und sich, inspiriert von Aleister Crowley, sadomasochistischen Riten hingeben. Oder auch traditionelle Satanisten, Scharlatane und Betrüger, die auf die Gutgläubigkeit der einfachen Leute bauen und ihnen vorspiegeln, mit Magie alle Probleme lösen zu können.«

Noch während die Polizistin sprach, fühlte sich Chiara plötzlich in eine andere Welt versetzt: ein Zimmer mit vergitterten Fenstern. Ein bitterlich weinendes Mädchen, das die Beine eines Jungen umklammerte, der sich an einer Deckenleuchte erhängt hatte. Das Mädchen hatte lange kastanienbraune Haare, die ihr ins Gesicht fielen.

»Chiara, alles in Ordnung?«, hörte sie Silvias besorgte Stimme fragen.

»Ja, alles okay«, Chiara riss sich zusammen, die Vision war wie weggewischt. »Danke für die Informationen, Sie haben mir sehr geholfen.«

»Wollen Sie sich das hier noch anschauen?« Silvia zog ein Buch aus dem Regal.

»*Il Cappello del Mago*?«

»Ja, dieses Buch stammt von Massimo Introvigne, einem führenden Satanismusexperten. Ich habe noch einige andere interessante Titel hier, die Ihnen vielleicht weiterhelfen können.«

Silvia nahm ein weiteres Buch aus dem Regal. »Ah, hier ist es ja. *Il Drago Rosso*. Die moderne Fassung des *Großen Buchs der Magie*, eines mittelalterlichen Textes über Zauberei und die Schwarze Kunst. Irgendwo muss ich auch ein Buch von Cyprianus haben.« Sie stieg auf den Schreibtischstuhl, um auf dem obersten Regalbrett nachzusehen. Chiara eilte hinzu, um den Stuhl festzuhalten. »Vorsicht!«

»Da ist es. Ich wusste, ich hatte es hier irgendwo.« Silvia präsentierte ein Buch mit einer Teufelsfigur auf dem Einband, die das Messbuch des heiligen Wolfgang in die Höhe hielt. »Im Jahre 1001 soll der Mönch Giona Sufurino dieses Buch von Luzifer selbst überreicht bekommen haben. Davor war es im Besitz des Cyprianus von Antiochia. Kennen Sie Cyprianus?«

Chiara betrachtete das Buch. »Nein.«

»Ich wusste vorher auch nichts über ihn. Cyprianus von Antiochia war ein Magier, der einige Zeit in Konstantinopel gelebt hat. In seinem Buch *Über die Hexerei* beschreibt er den Apollo-Kult und all die anderen magisch-religiösen Riten Griechenlands und des Mittleren Orients. Danach traf er die christliche Jungfrau Giustina und ist aus Liebe konvertiert. Wenige Jahre später wurde er zum Bischof von Karthago geweiht und starb schließlich im Jahre 258 nach Christus als Märtyrer. Im Jahre 1001 erklärte nun der Mönch Giona Sufurino, der Teufel selbst habe ihm das Hexenbuch des Cyprianus gegeben. Das hier ist nur ein Auszug. Der Legende nach befindet sich das Original an einem unbekannten Ort. Es soll nahezu unzerstörbar sein, die einzelnen Seiten des Buches können weder verbrannt noch zerrissen werden. Ich weiß nicht, ob das für Sie von Interesse ist …«

»Doch sehr, danke«, Chiara griff nach beiden Büchern, wobei ihr das zweite interessanter erschien, auch wenn es weniger mit den Ermittlungen zu tun hatte, die sie anstellen wollte.

»Wenn ich noch etwas für Sie tun kann …«

»Ich bin an vermissten Personen interessiert, die mit Sekten in Verbindung standen. Gibt es darüber aktuelle Informationen?«

Silvia runzelte die Stirn. »Ich kann Ihnen einiges zusammenstellen, aber dafür müssen Sie mir etwas Zeit geben.«

»Aber sicher.« Chiara lächelte sie an, bedankte sich nochmals und richtete ihr die Grüße von Paolo De Felice aus. Das hätte sie beinahe vergessen.

Wieder schaute Anna Maria auf die Uhr. Sie wartete nicht gerne auf der Straße, auch wenn gerade Happy Hour war und sich auf der Piazza Euclide viele junge Leute tummelten. In diesem Gedränge fiel sie nicht weiter auf. Außerdem war der Treffpunkt weit genug von ihrer Wohnung entfernt, so dass kaum Gefahr bestand, Bekannte zu treffen.

Normalerweise ließ er sie nicht warten, meist war er sogar vor ihr da. Federico war ein Gentleman, so ganz anders als die verwöhnten Muttersöhnchen, mit denen ihre beiden besten Freundinnen Francesca und Alessia ausgingen. Anna Maria zog sich ihren Rock zurecht. Bei jeder Bewegung neigte das Stretchgewebe dazu, nach oben zu rutschen und hässliche Falten zu ziehen. Ärgerlich zupfte Anna Maria weiter an dem Rock herum und schimpfte auf den Straßenhändler, der ihr vorgegaukelt hatte, sie hätte ein echtes Schnäppchen ergattert. Da fiel ihr Blick auf die Armani-Boutique neben der Tropicana-Bar, wo sie sich mit Federico verabredet hatte. In einem Kleid von Armani würde sie locker all die Showsternchen ausstechen, die sich im Fernsehen aufreizend zur Schau stellten.

Gertenschlanke Figur, leicht gebräunte Haut, samtschwarz glänzende Augen, das zu einem Pferdeschwanz zusammengebundene kastanienbraune Haar: Anna Maria war eine schöne Frau, nach der sich die Männer umdrehten. Doch sie war äußerst wählerisch. Federico war der erste richtige Mann in ihrem Leben. Für ihn war sie zu allem bereit. Anders als ihre Mutter, für die das Kapitel Männer offensichtlich abgeschlossen war. Die »Heilige«, wie Anna Maria immer sagte. Sie starrte fasziniert auf das Schaufenster, in dem ein enggeschnittenes schwarzes Seidenkleid hing. Eines Tages würde alles anders sein, ganz bestimmt. Sie würde in den teuersten Boutiquen einkaufen, ihrer Mutter ein schickes Auto schenken und in alle Städte dieser Erde reisen, in denen Federico schon gewesen war: Moskau, Prag, New York, Hongkong, Madrid. Bis jetzt war sie mit den sündhaft teuren Geschenken zufrieden, die ihr Federico gemacht hatte, zuletzt eine Abendtasche von Fendi.

Wieder sah sie auf die Uhr. Schon nach sieben. Sie waren um halb sieben verabredet gewesen. Auch wenn Federico sie gebeten hatte, nicht anzurufen: jetzt musste es sein.

»Ihr Gesprächspartner ist im Augenblick nicht erreichbar. Bitte versuchen Sie es später noch einmal.«

»Mist!«, schimpfte sie. Sie musste um acht zum Abendessen zu Hause sein. Es war schon das zweite Mal, dass Federico sie versetzte. Das erste Mal hatte er immerhin im letzten Moment angerufen. Sie hatten sich vor vier Wochen im Fitnessstudio Il Delfino kennengelernt, als sie gleichzeitig einen Karottensaft bestellten. Dieser kurze Moment hatte genügt. Es war Liebe auf den ersten Blick. Vom ersten Augenblick an hatte Anna Maria das Gefühl gehabt, Federico schon ewig zu kennen, und das nicht nur wegen seiner Vorliebe für Karottensaft. Es war einfach perfekt. Manchmal hatte sie den Eindruck, er könne in ihr lesen wie in einem offenen Buch. Und: Er hatte den gleichen Vornamen wie ihr Vater, Federico. Für Anna Maria ein Wink des Schicksals. Endlich bekam sie das zurück, was man ihr als Kind geraubt hatte. Der Altersunterschied war für sie kein Problem. Auch Francescas Einwand beeindruckte sie nicht: Ein Mann, der mit fünfundvierzig Jahren immer noch Junggeselle war, mit dem musste etwas nicht stimmen.

Hatte ihre Freundin am Ende vielleicht doch recht? In den

letzten Tagen war Federico anders gewesen als sonst. Berufliche Probleme, behauptete er wenigstens. Wenn sie dann zusammen waren, war er aber ganz der Alte. Er war so leidenschaftlich, konnte einfach nicht von ihr lassen. Sex war die Basis ihrer Beziehung. Federico schien unersättlich, weshalb sie sich manchmal fragte, ob er ihr treu war oder ob es da noch andere Frauen gab. Als sie sich noch nicht näher kannten, hatte sie in der Umkleide des Fitnessstudios ein Gespräch belauscht. Der »schöne Federico« – so nannten sie ihn im Delfino – sei ein unverbesserlicher Schürzenjäger, der es nur auf die attraktivsten Kundinnen des Studios abgesehen hatte, darunter auch Adriana Mori, die junge Frau, die erst vermisst und schließlich in Chiavenna tot aufgefunden worden war, zusammen mit ihrem Verlobten Giovanni Scalera. Anna Maria hatte ihn später gefragt, was an diesen Gerüchten dran sei. Federico hatte alles abgestritten. Aber: Er sei schließlich ein Mann und dem schönen Geschlecht natürlich nicht abgeneigt. Mit einer Frau aus dem Fitnessstudio habe er aber noch nie etwas gehabt. Nichts als Lügen. Adriana und Giovanni habe er natürlich gekannt. Sie waren wie Bruder und Schwester. Die bildhübsche, aber äußerst sensible junge Frau war ihrem Freund regelrecht hörig gewesen. Ein fanatischer Gothic. Federico hatte alles versucht, sie aus dem negativen Umfeld zu befreien, aber offensichtlich ohne Erfolg. Mehr als Freundschaft war zwischen ihm und Adriana aber nie gewesen. Das habe er auch der Polizei erzählt, die ihn nach dem Verschwinden der beiden befragt hatte. Die einzige Frau, für die er sich wirklich interessierte, sei sie. Anna Maria hatte seinen Treueschwüren geglaubt. Kein Wunder, wenn man so verliebt ist. Seine strahlenden Augen, seine leidenschaftlichen Küsse, seine Liebkosungen, wenn er ungestüm und doch voller Zärtlichkeit in sie eindrang. Sie würde alles für ihn tun.

Sie wollte gerade die Wahlwiederholungstaste drücken, als am anderen Ende der Straße der blaue BMW auftauchte. Wie immer, wenn sie sein Auto sah, überlief sie ein Schauer: Federico. Nur mittelgroß, aber von athletischer Gestalt, markante Nase, strahlend blaue Augen; er war ein Bild von einem Mann. Sein Alter sah man ihm nicht an. Forschen Schrittes ging er auf sie zu, wie immer ein Lächeln auf den Lippen. Aber Anna Maria merkte gleich, dass er angespannt war.

»Warum kommst du so spät? Du weißt doch, dass ich zum Abendessen zu Hause sein muss!« Mehr brachte Anna Maria nicht heraus, denn Federicos leidenschaftliche Küsse nahmen ihr den Atem. »Es tut mir leid, ich war noch bei einem Kunden«, er presste sie an sich.

»Um diese Zeit?«

»Liebes, ich habe dir doch gesagt, dass ich im Augenblick wirklich viel um die Ohren habe. Wollen wir?« Federico nahm sie bei der Hand und hielt ihr die Beifahrertür auf. Von Anfang an war der BMW ihr Liebesnest. Anna Maria wollte nicht mit in seine Wohnung, die er mit einem Kollegen teilte, es war ihr peinlich. Auch ein Motel kam nicht in Frage. Bis jetzt. Sie ahnte ja nicht, dass ihr Liebhaber etwas zu beichten hatte.

Lucetta stellte das Brot auf den Tisch. Immer vergaß sie etwas. Amerigo lächelte. »Setz dich hin und versuch dich zu entspannen. Sie wird schon kommen.«

»Es ist halb neun, Papa, und sie hat noch immer nicht angerufen. Fang an, sonst wird das Essen kalt. Ich versteh das nicht, das hat sie noch nie gemacht«, Lucetta goss sich etwas zu trinken ein.

»Jetzt übertreibst du aber. In ihrem Alter sind frisch Verliebte eben öfter mal ein bisschen durcheinander, das ist halb so schlimm.« Gerade als Lucetta antworten wollte, klingelte das Telefon.

»Siehst du?«, Amerigo ahnte, dass es seine Enkelin war.

Als Lucetta zurückkam, war ihr Gesicht zornesrot. »Sie hat gesagt, sie bliebe bei Alessia, um zu lernen.«

»Anna Maria mutet sich wirklich zu viel zu, sie ist ja nur noch ein Strich in der Landschaft«, setzte Amerigo an, während er sich Trenette mit Tomatensoße auf den Teller lud, »sie sollte mehr und vor allem regelmäßiger essen.«

Lucetta ging nicht darauf ein und nahm sich eine kleine Portion.

»Auch du hast abgenommen, Lucetta, das steht dir nicht, weißt du das? Dieser Diätwahn der Frauen von heute. Zu meiner Zeit waren die Frauen stolz auf ihre Rundungen.«

»Schluss damit, hier ist niemand auf Diät.«

»Und warum hast du fast nichts auf deinem Teller?«

»Hörst du jetzt endlich auf?«, schnappte Lucetta. Im gleichen Moment schämte sie sich für ihren aggressiven Ton. Dieser Mann, der sie noch immer umsorgte, als sei sie ein kleines Kind, war ihr einziger Halt. Sie wollte ihn nicht kränken oder ihm Kummer bereiten. »Entschuldige, Papa. Was Anna Maria angeht, hast du schon recht. Manchmal mache ich mir einfach zu viele Sorgen«, sie sah ihn zärtlich an.

Ob sie wollte oder nicht: Sie musste endlich einsehen, dass Anna Maria kein Kind mehr war. Was war schon dabei, wenn sie später als verabredet nach Hause kam? Besser, mit ihren Freunden Spaß haben als mit zwei griesgrämigen Alten zu Hause sitzen und sich langweilen.

Als Anna Maria gegen ein Uhr nachts nach Hause kam, überkam sie unendliche Trauer. Bis zu diesem Moment hatte rasende Wut ihren Seelenschmerz unterdrückt. Vorsichtig steckte sie den Schlüssel ins Schloss. In der Wohnung war es dunkel, bis auf ein kleines Licht über der Tür zum Badezimmer, das ihre Mutter immer brennen ließ. Sie zog sich die Schuhe aus, damit sie niemand hörte. Auf Zehenspitzen schlich sie in ihr Zimmer. Erst als sie die Tür hinter sich geschlossen hatte, warf sie sich aufs Bett, presste ihr Gesicht in das Kopfkissen und brach in Tränen aus.

Wie hatte sie nur so naiv sein können? Selbst Francesca und Alessia hatten sie immer wieder gewarnt. Warum hatte sie nicht bemerkt, dass die Kundentermine nichts als Ausreden waren? Welcher Steuerberater arbeitete schon nachts und manchmal sogar am Wochenende, wie Federico ihr immer vorgemacht hatte?

Verheiratet! Eine ganz logische Erklärung. Aber die einzige, auf die sie nicht gekommen wäre, wenn er es ihr nicht direkt ins Gesicht gesagt hätte. »Es stimmt, Anna Maria, ich bin verheiratet. Seit zwanzig Jahren. Aber meine Ehe ist am Ende. Eine einzige Quälerei, du kannst dir nicht vorstellen, wie mich meine Frau anödet. Auch wenn wir noch unter einem Dach wohnen, seit zwei Jahren ist Funkstille. Auch im Bett.« Anna Maria war wie vor den Kopf geschlagen.

»Für wie blöd hältst du mich eigentlich?«, hatte sie ihn angebrüllt, »wach endlich auf, Federico! Deine Lügen kannst du dir sparen! Ich bin kein dummes kleines Mädchen! Glaubst du, ich bin von gestern? Ich bin einundzwanzig Jahre alt!« Sie wollte ihn leiden sehen. »Hättest du gesagt, dass du keine Lust mehr hast, mit deiner Frau zu schlafen, seitdem wir uns kennen, hätte mir das vielleicht sogar geschmeichelt. Aber erzähl mir bitte nichts von Funkstille und gescheiterter Beziehung.«

Federico versuchte sich zu rechtfertigen: »Anna Maria, auch wenn du mir nicht glaubst, ich sage die Wahrheit. Ich habe den Ehering nicht abgelegt, um dir etwas vorzumachen, ich trage ihn schon lange nicht mehr. In den letzten Jahren habe ich nichts anbrennen lassen, das gebe ich ja zu: Models, frustrierte Ehefrauen, Karrierefrauen, die zu allem bereit sind. Aber seit es dich gibt, ist alles anders. Du bist die Frau, von der ich immer geträumt habe. Du bist mein Engel. Für dich fühle ich … aber das weißt du ja.«

Anna Maria hatte ihn ausgelacht, dabei rannen ihr die Tränen übers Gesicht.

»Lach nicht. Mit deiner Unschuld hast du mein Herz erobert.« Aber sie hatte seinen Beteuerungen einfach nicht glauben können und ihm entgegengeschleudert: »Wie ist sie denn, deine Frau? Eine Matrone, bei deren Anblick dir die Lust vergeht?«

»Nein, so ist es nicht. Aber der Reiz ist verflogen. Nichts weiter. Ich liebe dich, dich und keine andere.«

Dann hatte Federico sie eindringlich angesehen und mit ernster Stimme hinzugefügt: »Ich werde es dir beweisen.«

An diese Worte musste Anna Maria jetzt denken. An diesen Liebesbeweis – und an seinen Preis. Und je länger sie darüber sinnierte, umso sinnloser und grausamer erschien ihr dieser Beweis. Und doch: Sie liebte Francesco mehr als alles auf der Welt.

14

Zurück bei Telestella, begann Chiara im Internet zu recherchieren. Es war kurz nach eins, und die meisten ihrer Kollegen machten gerade Mittagspause. Ermanno Forte hingegen war in seinem Büro, er hatte Besuch von einem *High-Society*-Sternchen. Die Tür war geschlossen, so schnell würde er bestimmt nicht wieder herauskommen. Chiara starrte auf den flackernden Bildschirm. Wie schnell konnte man sich im Internet verlieren, wenn man von einem Link zum anderen klickte. Sie hatte es bei Google probiert. Suchbegriffe wie »Satanismus + vermisste Personen«. Das Informationsangebot war überwältigend. Schon nach der dritten Website war sie völlig erschöpft. Doch es war alles nur wirres Zeug, das ihr nicht wirklich weiterhalf.

Vielleicht sollte sie sich auf den vagen Hinweis von Maria Lunieri konzentrieren: die Diskothek in den Albaner Bergen. Bei Google hatte sie sechs entsprechende Einträge gefunden, aber nur eines der in Frage kommenden Etablissements bot donnerstags eine Dark-Night an: das Xilos. Sie notierte sich die Adresse und griff nach ihrem Handy, um Paolo anzurufen. Sie wollte ihn auf einen Aperitif einladen, um ihm von ihrem Treffen mit Commissario Giorgini zu berichten. Irgendetwas an dieser Frau hatte sie tief beeindruckt. Gerade als sie Paolos Nummer eingab, vibrierte das Handy und auf dem Display leuchtete der Name »Giorgini« auf. Chiara zögerte. Ein Phänomen: Manchmal dachte sie an jemand, und kurz danach trat eben diese Person mit ihr in Verbindung.

»Chiara Bonelli?«

»Ja.«

»Hier Silvia Giorgini.«

»Buongiorno, Commissario.«

»Ich habe etwas für Sie. Wenn Sie Zeit haben, kommen Sie doch bitte bei mir im Büro vorbei.«

Lucetta kam früher nach Hause als üblich. Sie hatte ihre letzte Stunde an eine Kollegin abgegeben, die zusätzliche Zeit für eine Englischarbeit benötigte. Heute Morgen war Anna Maria überstürzt aus der Wohnung gestürmt, ohne Frühstück natürlich. Sie würde das in der Uni nachholen, hatte sie gesagt. Aber anders als sonst waren ihre Kleidungsstücke nicht wahllos auf dem Boden verstreut, sondern lagen ordentlich gefaltet auf ihrem Bett. Lucetta nahm den Kleiderstapel, um ihn in den Schrank zu räumen. Als sie die Schranktür öffnete, fiel ihr ein gelber Stoffbeutel vor die Füße. Sie wollte ihn an seinen Platz zurücklegen, doch ihre Neugier war stärker, und sie öffnete den Beutel. Darin war eine perlenbestickte Abendtasche von Fendi. Lucetta runzelte die Stirn. Woher hatte ihre Tochter dieses sündhaft teure Stück? Nachdem sie das Etikett geprüft hatte, um sicherzugehen, dass es kein Plagiat war, steckte sie die Tasche wieder in den Beutel zurück und verstaute ihn im Schrank.

Später rief Anna Maria an. Auch heute würde sie zum Abendessen nicht nach Hause kommen. Sie müsse eine Hausarbeit in Geschichte abschließen und wolle bei Francesca bleiben.

Chiara hatte Silvia Giorgini gesagt, sie wäre in etwa einer Stunde bei ihr. Doch als sie gerade die Redaktion verlassen wollte, kam Ermanno Forte aus seinem Büro, Rossana Venturi, das dumme Blondchen aus *High Society*, im Schlepptau. »Hier haben wir ja unsere Starjournalistin! Du wirst jetzt ein *tolles* Interview mit Rossana machen, nicht wahr, Schätzchen?«

Chiara schenkte der Venturi ihr strahlendstes Lächeln. Nein zu sagen hätte sie den Job gekostet.

Als sie zwei Stunden später im Kommissariat eintraf, war Silvia Giorgini schon gegangen. Aber sie hatte beim Pförtner einen Umschlag für sie hinterlegt. Sobald Chiara zu Hause war, riss sie ihn auf. Zuerst fiel ihr ein Kärtchen in die Hände. »Ich hoffe, das hilft Ihnen weiter. Herzliche Grüße, Silvia.« Wie nett, dachte Chiara und zog einen Stapel Blätter aus dem Umschlag. Der Bericht über vermisste Personen, um den sie gebeten hatte.

Nein, diese Geschichte nahm sie ihr nicht ab. Francesca konnte Lucetta nicht überzeugen. Anna Maria sei zum Lernen bei ihr gewesen und gerade gegangen. Ob sie direkt nach Hause oder noch mit Freunden in die Kneipe gegangen war, wisse sie nicht. Ihr Handy habe Anna Maria ausgeschaltet, weil der Akku fast leer war.

Lucetta wusste, dass Francesca log, aber sie hatte nicht nachgebohrt. Lieber wollte sie die Wahrheit aus Anna Marias eigenem Mund hören. Sie wartete.

Als sie den Schlüssel im Schloss hörte, zeigten die Leuchtziffern des Weckers neben ihrem Bett drei Uhr morgens. Zu spät für eine Aussprache. Sie nahm sich vor, ihre Tochter nach dem Frühstück zur Rede zu stellen. Soweit sie wusste, hatte Anna Maria an diesem Morgen keine Vorlesung. Sie wartete, bis sie aufstand, dann frühstückten sie zusammen. Anna Maria sagte kaum ein Wort. Beim Abräumen entdeckte Lucetta ein schmales glitzerndes Armband am Handgelenk ihrer Tochter und beschloss, dort anzusetzen. »Schick! Neu?«

»Ja, ist aber nur Modeschmuck«, versuchte Anna Maria abzuwiegeln. Als sie sah, dass ihre Mutter die Stirn runzelte, fügte sie hinzu: »Es sieht zwar täuschend echt aus, aber es war ganz billig. Ich habe es aus der Parfümerie von Francescas Mutter.«

»Hat sie dir erzählt, dass ich angerufen habe?«

»Wer?«

»Francesca. Hat sie dir erzählt, dass ich sie angerufen habe?«

»Wann?« Fast hätte Anna Maria einen Unterteller fallen lassen.

»Pass bitte auf, das gute Service.«

»Weißt du, Francesca vergisst im Moment einfach alles. Wir haben an der Uni so viel um die Ohren, dass wir nicht mehr wissen, wo uns der Kopf steht.«

Lucetta wollte nachhaken, aber Anna Maria blockte ab: »Entschuldige bitte, Mama, aber ich muss los.«

»Donnerstags hast du doch keine Vorlesung, oder?«

»Ja, aber ich habe ein neues Seminar belegt«, antwortete sie und verschwand in ihrem Zimmer. Wenige Minuten später klappte die Tür. Anna Maria verließ die Wohnung – ohne Bücher.

Mit Chiaras dürftigen Informationen über die Dame aus Zagarolo konnte Piergiorgio wenig anfangen. Auch sein Besuch im Palazzo Rospigliosi hatte ihn nicht weitergebracht. Signora Nives hatte sich zugeknöpft gegeben. »Die historischen Dokumente über den Palazzo sind für die Öffentlichkeit nicht zugänglich.« Soweit sie wisse – und sie wisse so ziemlich alles –, gebe es nichts, was einen Schatten auf dieses Haus werfen könnte, das im 16. Jahrhundert seine Glanzzeit erlebt habe. Er und diese Journalistin sollten endlich mit der Schnüffelei aufhören und ihr nicht die Zeit stehlen.

Trotzdem gab Piergiorgio nicht auf. Nach ihrem ersten Treffen in der Bar hatten sie sich noch einmal gesehen. Chiara hatte ihn von der Uni abgeholt und zu einem Kaffee eingeladen. Piergiorgio fühlte, wie sehr ihr die Geschichte der Dame aus Zagarolo am Herzen lag. Hinter seinem Bemühen steckten aber auch persönliche Gründe: Vielleicht könnten ihn die Nachforschungen von seinem Liebeskummer ablenken. Von flüchtigen Affären hatte er endgültig genug. Und schließlich reizte ihn die Vorstellung, ein Geheimnis zu lüften, das der Welt bisher verborgen geblieben war. Von Kindesbeinen an mit blühender Phantasie gesegnet, war diese Geschichte eine einmalige Chance, der Langeweile des Alltags zu entfliehen, der darin bestand, die Archive der Behörden nach Belanglosigkeiten zu durchkämmen. Endlich konnte er in die Fußstapfen seines großen Vorbilds treten: Doktor Robert Langdon, dem Helden aus Dan Browns Roman *Das Sakrileg*.

Und wer weiß, vielleicht gab es außer der Entschlüsselung eines Rätsels sogar einen echten Mord aufzuklären? Irgendetwas an dieser Geschichte stimmte nicht. Vorsicht vor impulsiven Schnellschüssen!, ermahnte er sich selbst und beschloss, seinen ältesten und vor allem klügsten Freund zu Rate zu ziehen: Stefano Dini. Er lud ihn auf einen Kaffee zu sich nach Hause ein.

Stefano war wie ein Vater für ihn. Beide teilten dasselbe Schicksal, auch wenn Dini seinen »Makel« selbst vor ihm zu verstecken suchte, wie Piergiorgio manchmal mit Bedauern feststellte. Immer wenn ihre Gespräche nur in die Nähe dieses Themas kamen, war es vorbei mit seiner Offenheit. Stefano versuchte abzulenken und versank in Selbstmitleid, dass er die wahre Liebe nie finden würde. Das war seine einzige Achillesferse, ansonsten strahlte er Stärke und Souveränität aus.

Nachdem Dini sich die Zagarolo-Geschichte angehört hatte, schlug er vor, sich an eine kleine Klosterbibliothek nahe Vicovaro zu wenden. Im Laufe der Jahrhunderte hatten hier wertvolle Folianten und Handschriften, zum großen Teil Schenkungen reicher Familien, einen würdevollen Platz gefunden, den nur die wenigsten kannten. »Natürlich nicht zu vergleichen mit der berühmten Benediktinerbibliothek bei Subiaco. Außerdem gibt es noch ein kleines Problem …«

»Und zwar?«

»Auf dem Kloster liegt ein Fluch. Kennst du die Geschichte des *frate pazzo*, des verrückten Mönchs?«

»Jetzt komm schon, Stefano, das ist doch lächerlich«, versuchte Piergiorgio seine aufkommende Unsicherheit zu überspielen. In Wirklichkeit fürchtete er sich nämlich vor Gespenstern und Gruselgeschichten, was natürlich niemand wissen durfte. In seinem Alter! Schuld daran war seine Großmutter, die ihm in seiner Kindheit Schauermärchen von Menschenfressern, Monstern und Dämonen erzählt hatte, die ihn holen kämen, wenn er nicht brav wäre. Einmal hatte sie ihn sogar in den Besenschrank gesperrt, in dem es so finster war, dass Piergiorgio in Ohnmacht gefallen war. Als ihn die Großmutter später wieder aus seinem Gefängnis befreien wollte, fand sie ihn leblos im Schrank liegend. Seitdem hatte sie ihm keine Gruselgeschichten mehr erzählt, aber Piergiorgios Angst vor Dunkelheit und den Kreaturen, die sie bevölkerten, war geblieben. Noch heute konnte er nicht einschlafen, wenn nicht mindestens ein Licht in der Wohnung brannte.

»Jetzt erzähl schon!«

»Der Frate Pazzo war ein Adliger. Seine große Liebe ertrank in einem See, und er war darüber so verzweifelt, dass er nachts Schwarze Messen abhielt, um sie wieder zum Leben zu erwecken. Doch es half nichts, und so erhängte er sich im

Kreuzgang des Klosters. Seit dieser Zeit, sagt die Legende, spukt sein Geist dort herum und verschreckt die Besucher.«

»Mein lieber Dini, spar dir solche Schauermärchen für deine Schüler auf, die kaufen sie dir vielleicht ab. Sag mir lieber, wo genau ich diese Bibliothek finde.«

Stefano lachte und notierte die Adresse auf einen Zettel.

Ein schmaler Schotterweg wand sich zum Kloster den Berg hinauf. Das letzte Stück war so steil, dass man besser zu Fuß ging, es sei denn, man hatte Allradantrieb. Piergiorgio ließ deshalb schweren Herzens seinen Ford Ka auf einem Hotelparkplatz stehen und machte sich an den Aufstieg. Oben angekommen, musste er feststellen, dass die Klosterpforte geschlossen war. Erschöpft lehnte er sich an die Mauer, um wieder zu Atem zu kommen. Die frische Luft tat gut. Piergiorgio entdeckte unter einer Linde eine schattige Bank. Er wollte sich gerade setzen, als sich im Erdgeschoss ein Fensterchen öffnete, aus dem ein alter Mönch herausschaute.

»Das Kloster ist geschlossen.«

»Ich bin nicht hier, um das Kloster zu besichtigen, ich möchte gerne einen Blick in die Bibliothek werfen. Ich studiere Geschichte und Philosophie. Ich habe mich auf das Latium im 16. Jahrhundert spezialisiert und stelle gerade Nachforschungen über die damaligen Sitten und Gebräuche bei Hofe an. Vor allem interessiert mich die Erziehung der Damen an den Fürstenhöfen.« Der Mönch hatte einen wachsweißen Teint und einen auffälligen roten Fleck am Hals. »Ich weiß, dass es schon spät ist, Padre, aber ich habe in einigen Tagen eine wichtige Prüfung und …«

Nachdem der Mönch begriffen hatte, dass er es nicht mit einem neugierigen Touristen zu tun hatte, schien er beruhigt. Kurze Zeit später hörte Piergiorgio, wie das Schloss der schweren Eisentür geöffnet wurde. »Kommen Sie nur herein«, sagte der Mönch und winkte ihn zu sich, »wissen Sie, in letzter Zeit kommen viele Touristen. Gestern zum Beispiel war eine Gruppe Spanier hier, die vor der Klosterpforte gepicknickt haben. Ihren Müll haben sie natürlich liegen lassen. Studenten sind anders. Ich hätte auch gerne Philosophie studiert, aber dann ...« Er brach ab und fasste sich an den Hals.

»Aber dann?« Piergiorgio starrte wie gebannt auf den roten Fleck.

»Ach, das ist eine lange Geschichte.« Piergiorgio folgte dem Mönch durch einen engen Korridor, an dessen Ende sich eine Tür aus dunklem Holz befand. Der Mönch zog einen kunstvoll gearbeiteten Schlüssel aus seiner Kutte und öffnete. Der Anblick war überwältigend: Diese Bibliothek war wirklich einzigartig. Die Wände waren mit Fresken geschmückt, die hohe Kassettendecke mit aufwendigen Intarsien versehen. In den hölzernen Regalen akkurat aufgereiht Buch an Buch, ein wahres Labyrinth. Vor jeder Regalreihe ein Computer. »Sie können sich gerne in unser Archivsystem einloggen. Ob Sie alphabetisch, themenbezogen oder nach einzelnen Regionen suchen wollen, entscheiden Sie. Das Filemaker-Programm ist einfach zu bedienen. Wenn es Ihnen zu dunkel ist, knipsen Sie einfach das Licht an. Hier ist der Schalter«, fügte der Mönch hinzu und ging.

»Danke.« Piergiorgio hatte wahrhaftig keine Lust im, Dunkeln zu sitzen, dafür sorgte schon die Legende des Frate Pazzo. Zunächst recherchierte er im Italienischen Biographischen Lexikon und im Werk *Die ersten Colonna und ihre Schlösser*, verfasst von einem gewissen Costa. Doch nichts wies darauf hin, dass in dieser Zeit in Zagarolo ein Verbrechen verübt worden war. Dann durchsuchte er den Katalog nach berühmten Persönlichkeiten des späten 16. Jahrhunderts, wie

Johanna von Aragon, Girolama Orsini Farnese und Kardinal Marcantonio. In einem in digitaler Form vorliegenden Brief des Kardinals an einen Verwandten fand er den Namen Camillo Colonna, aber auch das war nicht mehr als ein Zitat. In der Liste der möglicherweise interessanten Titel, die er sich notiert hatte, tauchte auch das Werk eines gewissen Tomassetti auf. Mal sehen, ob mich das weiterbringt, dachte er gerade, als er plötzlich einen stechenden Schmerz im Kopf spürte. Bereits nach kurzer Zeit hatte die Arbeit am Computer bei ihm eine heftige Migräneattacke ausgelöst.

Als er schließlich vom Bildschirm aufsah, war es draußen dunkel geworden. Das flackernde bläuliche Licht des Monitors schien den ausgewählten Texten Leben einzuhauchen. Gespenstisch. Außer dem Surren des PCs war kein Geräusch zu hören. Piergiorgio war wie erstarrt. Er versuchte sich damit zu beruhigen, dass der Lichtschalter ganz in seiner Nähe war. »Du musst nur das Licht anknipsen!«, sagte er laut, um sich Mut zu machen. Aber in Wirklichkeit stand ihm der Schweiß auf der Stirn. Seine Rettung war keine zwei Meter entfernt, der bläuliche Schimmer des Monitors wies ihm den Weg. Er hastete zum Schalter und drückte ihn herunter. Nichts. Kein Licht. Im gleichen Augenblick wurde auch der Monitor schwarz. Piergiorgio entfuhr ein Schreckensschrei, als Deckenlicht und Bildschirm gleichzeitig aufblitzten. Dann wurde es wieder dunkel, dann wieder ein Flackern, begleitet von elektrostatischem Knistern. Sein Herz raste wie wild, aber er versuchte, die aufsteigende Panik niederzuringen. Plötzlich, wie von Zauberhand, war der Spuk verflogen. Das Licht brannte, der Computer arbeitete wieder. »Die Leitungen hier sind marode, und manchmal fällt ohne erkennbaren Grund die Stromspannung ab«, erklärte der alte Mönch, der wie aus dem Nichts aufgetaucht war. »Haben Sie etwas Interessantes gefunden?«

Piergiorgio warf einen Blick auf den Bildschirm, auf dem er zuvor den Briefwechsel von Kardinal Marcantonio mit einem Verwandten eingesehen hatte. Er wollte gerade verneinen, als sich die Tomassetti-Seite öffnete. Er konnte sich gar nicht daran erinnern, sie angeklickt zu haben. Verwirrt schaute er auf den Monitor. In der Mitte der Seite erregte ein Satz seine Aufmerksamkeit, dessen Verb im Präsens stand:

1554. Livia Colonna stirbt durch die Hand des Fürsten.

Der Mönch meinte: »Vielleicht könnte Ihnen ein Werk von Teodini von Nutzen sein. Es heißt *Von der Würde und der Schönheit der Frauen*, soweit ich mich erinnere. Teodini war Arzt, aber auch Soziologe, er starb um 1579. Leider haben wir das Buch nicht im Bestand.«

Als sich Piergiorgio umwandte, war der Mönch bereits gegangen.

»Entschuldigen Sie, Padre ...«, rief er ihm hinterher.

»Ja?« Der Geistliche drehte sich zu ihm um.

»Wissen Sie, wo ich das Buch einsehen kann?«

»Versuchen Sie es in der Bibliothek des Benediktinerklosters Santa Scolastica in Subiaco«, antwortete er und war verschwunden.

Am nächsten Morgen suchte Piergiorgio die Bibliothek in Subiaco auf. Sie erschien ihm zwar nicht ganz so prächtig, dafür aber weniger beängstigend als die Klosterbibliothek in Vicovaro. Außerdem war der junge Bibliothekar sehr hilfsbereit. Dem starken Akzent nach stammte er aus der Ciociaria. »Das Buch von Bartolomeo Teodini haben wir leider nicht in unserem Bestand. Aber etwas anderes in dieser Richtung, einen Moment.« Seine Finger flogen über die Tastatur. »Aha, hier ist es. Das Werk eines gewissen Dominichi, nein, Lodovico Domenichi, mit dem Titel *Die Würde der Frauen*. Ich schaue mal …«

Piergiorgio wartete gespannt.

»Es tut mir leid«, sagte der Bibliothekar kopfschüttelnd, »der Hinweis stammt aus einer Chronik aus dem 16. Jahrhundert, aber außer dieser einen Zeile gibt es nichts mehr. Das Buch selbst ist seit mehreren Jahrhunderten verschwunden.«

Einige Stunden später rief Piergiorgio Chiara an, um sie zum Essen einzuladen. Dabei wollte er ihr von seinen Recherchen berichten. Stefano Dini würde auch mit von der Partie sein. Im Grunde hatte Dini, der es gar nicht erwarten konnte, die Journalistin kennenzulernen, dieses gemeinsame Treffen vorgeschlagen. Außerdem hatte er noch seine Kollegin Lucetta Felisi eingeladen, die er endlich einmal wieder unter Leute bringen wollte. »Eine sensible, gebildete Frau, ich bin sicher, sie wird dir gefallen. Und wer weiß, vielleicht kann sie dir sogar bei deinen Ermittlungen helfen«, hatte er Piergiorgio gesagt.

Tatsächlich musste Dini all seine Überredungskünste aufbieten, damit Lucetta seine Einladung annahm. Schließlich hatte er sie mit einem Überraschungsgast geködert: einem Fernsehstar. Welche bessere Gelegenheit konnte es geben, auch Amerigo und Anna Maria mitzunehmen? Lucetta hatte schließlich zugestimmt, aber Anna Maria zu überzeugen, hatte sich als genauso schwierig erwiesen. Sie kam nur unter einer Bedingung mit: »Wenn mir die Fernsehtante auf die Nerven geht, verschwinde ich!« Lucetta wusste genau, dass das nur ein Vorwand war, um den Abend anderweitig zu verbringen. Trotzdem gab sie sich ahnungslos. Ein kleiner Schritt nach vorne war besser als nichts.

Chiara hatte beschlossen, auch Maria Lunieri einzuladen, um sie auf andere Gedanken zu bringen. Ein bisschen Abwechslung würde ihnen beiden guttun.

Sie hatten sich in der Pizzeria Matta in Parioli verabredet, berühmt für ihre extravaganten Pizza-Kreationen mit Blütenblättern oder Schokolade. Als Piergiorgio und Stefano eintrafen, war das Lokal bereits gut besetzt. Eine Gruppe von etwa fünfzehn Jugendlichen bestellte ihre zweite Runde Bier. Dini registrierte mit Besorgnis, dass sie alle schon ziemlich angeheitert waren. »Die haben nur ein bisschen Spaß, Stefano«, flüsterte ihm Piergiorgio zu, »sie tun dir schon nichts.« Er sah sich nach einem Kellner um. »Entschuldigen Sie«, sagte er mit einem Seitenblick auf den immer noch nervösen Freund, »wir hatten einen ruhigen Tisch auf den Namen Sperelli bestellt.« Der Kellner prüfte die Reservierungen und winkte sie in den hinteren Teil des Lokals, wo man sich in normaler Lautstärke unterhalten konnte.

Kurze Zeit später kamen Chiara und Maria. Als er sie sah, erhob sich Stefano von seinem Stuhl. »Ich muss Ihnen ein Kompliment machen, Signora Bonelli. In Wirklichkeit sehen Sie noch besser aus als im Fernsehen.« Er reichte ihr die Hand. »Ich bin Stefano Dini, sehr erfreut.« Chiara bedankte sich und stellte ihrerseits Maria Lunieri vor. Das Kompliment, sie sähe in natura besser aus als im Fernsehen, hing ihr zum Hals heraus. Sah sie auf dem Bildschirm etwa aus wie eine alte Vettel? Natürlich wusste sie, dass es Dini so nicht gemeint hatte, und bot ihm sofort das Du an. Während sie auf die anderen warteten, berichtete Piergiorgio von seinen Ermittlungen.

»Hier habe ich alles festgehalten.« Er reichte ihr eine Plastikhülle mit einigen engbeschriebenen Blättern und einer CD-ROM. Chiara begann zu lesen. Der markierte Satz aus dem Tomassetti erregte sofort ihre Aufmerksamkeit. Sie hatte sich nicht geirrt. Die Dame aus Zagarolo gab es wirklich, oder besser gesagt, es hatte sie gegeben, bis man sie umgebracht hatte. Endlich kannte sie ihren Namen. Livia. Jetzt musste sie nur noch den Namen ihres Mörders und das Motiv für die Tat in Erfahrung bringen.

»Schau mal, das hier ist der Titel eines Buches aus dem Jahr 1549, in dem auch etwas über Livia Colonna steht. Verfasser ist ein gewisser Domenichi. Es würde uns bestimmt weiterhelfen, war aber nicht aufzutreiben. Aber ich gebe noch nicht auf«, setzte Piergiorgio rasch nach. Chiara wollte gerade etwas sagen, als Anna Maria und ihr Großvater hereinkamen. Anna Maria entspannte sich sofort, als sie Chiara und Piergiorgio am Tisch bemerkte. Also nicht nur ältere Semester. Und als sie bei genauerem Hinsehen Chiara Bonelli erkannte, freute sie sich riesig.

»Ich habe dich schon oft in *Stars' Boulevard* gesehen. Ich bin ein großer Fan von dir«, sie reichte Chiara die Hand. Die Journalistin war gerührt. Amerigo schwärmte: »Wissen Sie, dass Sie in Wirklichkeit noch viel hübscher sind als im Fernsehen? Wenn ich nur ein bisschen jünger wäre …« Alle lachten.

»Und Lucetta?«, fragte Dini.

Amerigo schien seine Tochter völlig vergessen zu haben. »Oh, natürlich. Lucetta kommt sofort nach, sie sucht noch einen Parkplatz.«

Dini schlug vor, schon einmal zu bestellen.

»Meine Mutter ist ein Gewohnheitstier, sie nimmt bestimmt eine Margherita.« Anna Maria bedauerte es ganz und gar nicht mehr, mitgekommen zu sein. Sie versuchte alles, um Chiara zu gefallen. Wie oft schon hatte ihre Mutter ihr vorgeworfen, sich bei anderen einzuschmeicheln. »Du bist genau wie dein Vater.« Aber im Grunde war Lucetta glücklich, dass ihre Tochter überall beliebt war und es im Gegensatz zu ihr schaffte, mit den unterschiedlichsten Leuten zurechtzukommen.

»Du hast einen so spannenden Beruf, Chiara. Wenn ich nach meinem Studium auch einen Job beim Fernsehen finden würde, das wäre echt das Größte.« Anna Maria schaute verstohlen zu ihrem Großvater und hoffte auf seine Unterstützung, die auch prompt kam.

»O ja. Meine Enkelin hat nicht nur ein hübsches, sondern auch ein helles Köpfchen.«

»Das kann ich nur bestätigen.« Chiara schmunzelte.

Das Eis war gebrochen. Auch Maria Lunieri fühlte sich wohl in dieser netten Runde. Für kurze Zeit vergaß sie die Sorge um ihren Sohn. Amerigo führte das große Wort. Mit der enthusiastischen Beschreibung seiner Arbeit als Restaurator zog er alle in seinen Bann. Chiara kamen die barocke Truhe und das Jordaens-Gemälde in den Sinn. Gerade als sie Amerigo bitten wollte, sich die beiden Objekte in ihrer Wohnung einmal anzusehen, stand plötzlich Lucetta vor ihr. Beide stutzten. Nur Dini hatte ihren Blickkontakt bemerkt, konnte sich jedoch keinen Reim darauf machen. Doch dann erinnerte er sich, dass Chiara seine Kollegin anlässlich der Schülerproteste im Liceo Parini interviewt hatte. Lucetta nahm Platz. Die bestellte Margherita ginge in Ordnung, sagte sie beiläufig. Dann entschuldigte sie sich und verschwand in Richtung Toilette.

Chiara folgte ihr. Nebeneinander vor dem Spiegel stehend, sahen sich die beiden Frauen schweigend an. Chiara versuchte sich abzuwenden, aber sie war wie gelähmt. Vor ihrem inneren Auge jagten Bilder vorbei, sie schwankte und suchte am Rand des Waschbeckens Halt. Plötzlich erkannte sie Lucetta. Tränenüberströmt, die Bluse zerrissen, die Beine zerkratzt. Chiara schrie auf.

Erschrocken packte Lucetta ihre Handgelenke. »Chiara, geht es Ihnen gut?«

»Die Bluse«, murmelte Chiara, und dann schrie sie: »Fassen Sie mich nicht an!« Aber Lucetta hielt sie weiter fest, vor Schreck wie versteinert. Jetzt sah Chiara einen kräftigen jungen Mann, der gewaltsam in Lucetta eindrang, während die anderen lachend zusahen und ihn anfeuerten.

»Er hat Sie vergewaltigt«, flüsterte sie.

Lucetta ließ sie sofort los. Sie war leichenblass. »Was erzählen Sie denn da? Ich wollte das schon damals vor der Schule klarstellen. Mir hat niemand die Bluse zerrissen. Haben Sie schon einmal mit einem Arzt gesprochen?« Ihre Stimme war kalt und schneidend, aber sie musste sich abwenden, denn ihr Blick hätte ihre wahren Gefühle verraten. Sie musste ihre Angst unbedingt in den Griff bekommen! Sie versuchte sich Anna Marias Kindergesicht vorzustellen, als sie ihr zum ersten Mal von ihrem Vater Federico erzählt hatte. Lucetta würde das glückselige Lächeln ihrer Tochter nie vergessen. Immer wenn sie sich diesen Augenblick ins Gedächtnis zurückrief, fühlte sie sich in ihrer Devise bestätigt: Nur nach vorne schauen! Es gibt immer einen Weg!

Inzwischen schien sich Chiara wieder gefangen zu haben. Die Bilder waren verschwunden, ihr Atem ging ruhig und gleichmäßig. Lucettas Reaktion überraschte sie nicht. Fast immer versuchten die Menschen, deren Gedanken sie lesen konnte, zunächst alles zu leugnen. Doch nach einer Weile siegte die Neugier. Unter einem Vorwand riefen sie an und gestanden, dass Chiara die Wahrheit »gesehen« hatte. Für die einen ein Befreiungsschlag, für die anderen ein schmerzvoller Ausbruch verdrängter Gefühle. Chiara hatte ein feines Gespür, bei wem sie nachhaken und wen sie lieber in Frieden lassen sollte. Bei Lucetta musste sie sehr behutsam sein, das war vollkommen klar.

»Entschuldigen Sie, ich wollte Sie nicht erschrecken.«

Lucetta betrachtete sie voller Misstrauen. Sie betonte jede einzelne Silbe, als sie sagte: »Ich glaube, Sie brauchen dringend Hilfe.«

Chiara wechselte das Thema: »Lassen Sie uns wieder reingehen, unsere Pizzen werden noch kalt.«

Lucetta nickte, lehnte Chiaras angebotenen Arm jedoch freundlich ab.

»Wo ist Anna Maria?«, fragte sie Amerigo, als sie den Tisch erreichten.

»Sie lässt sich entschuldigen. Eine Freundin hat angerufen, ein Notfall.« Amerigo lächelte Chiara zu. »Würden Sie mir Ihre Handynummer geben? Meine Enkelin würde sich freuen, Sie einmal wiederzusehen.«

Während Chiara die Nummer notierte, behielt sie Lucetta im Blick. Die Situation blieb angespannt. Erst Piergiorgio gelang es schließlich, das Eis zu brechen, indem er unter großem Gelächter die Geschichte des Gespenstermönchs zum Besten gab.

Lucetta blieb in sich gekehrt und versuchte, Haltung zu bewahren. Doch Chiara wusste, was sich hinter ihrer lächelnden Fassade verbarg.

15

Ermanno Forte hatte Chiara einen Tag freigegeben. Eine gute Gelegenheit, ihre Ermittlungen zu vertiefen. Sie frühstückte zeitig und widmete sich dann Piergiorgios Rechercheergebnissen. Danach machte sie es sich auf dem Sofa bequem und vertiefte sich in den Bericht von Commissario Giorgini über Fälle von Vermissten, die mit Sekten in Verbindung gebracht wurden. Erschüttert stellte sie fest, dass sich laut einer kürzlich in der Tageszeitung *La Stampa* veröffentlichten Studie die Zahl der in Italien verschwundenen Jugendlichen und – vor allem – kleinen Kinder seit 1990 vervierfacht hatte. Ganz oben auf der Liste potentieller Täter standen pädophile Satanisten. Besonders erschütternd war der Lodigiano-Fall: Dort hatte man im Jahr 2001 verstümmelte Kinderleichen gefunden.

Commissario Giorgini hatte auch die aufwühlende Aussage zweier Jugendlicher beigefügt, die aus den Fängen einer Sekte entkommen waren. Sie schilderten Opferzeremonien, bei denen sogenannte Priester Jungfrauen vergewaltigten. Im Falle einer Schwangerschaft wurden die meist blutjungen Mädchen zur Abtreibung gezwungen, der Fötus wurde zur »inneren Reinigung« der Sektenmitglieder geopfert. Die Unterlagen enthielten auch den Polizeibericht zu Giovanni Scalera und Adriana Mori sowie eine Liste mit in Frage kommenden Interviewpartnern. Chiara legte das Dossier beiseite und konzentrierte sich auf die Zeugenaussage eines Jugendlichen, der über seine blutigen Erfahrungen mit einem satanistischen

Geheimbund, über Kannibalismus und magische Riten berichtete. Noch bevor sie zu Ende gelesen hatte, wurde ihr speiübel. Sie rannte ins Badezimmer und übergab sich.

Dann schleppte sie sich ins Wohnzimmer zurück. Plötzlich begannen sich die Wände zu bewegen. Sie appellierte an ihre Vernunft und zwang sich zu ruhigen und tiefen Atemzügen. Diese Technik hatte ihr eine ehemalige Kollegin beigebracht, die mit Selbsthypnose aufkommende Panikattacken bekämpfte. Chiara wusste, dass ihr Unwohlsein keine organische Ursache hatte, sondern eine Vision ankündigte. Und wirklich, vor ihrem geistigen Auge tauchte plötzlich Silvia Giorgini auf. Nur jünger, die Haare länger, mit einer dunklen Sonnenbrille im Gesicht. Sie kniete vor einem offenen Sarg. Chiara wollte in den Sarg hineinblicken, doch es gelang ihr nicht. Sie konnte nur das sehen, was sie sehen sollte. Ein eindringliches, nicht enden wollendes Geräusch brachte sie in die Realität zurück. Ihr Handy. Doch zu spät. Sie war wie gelähmt. Auf dem Display wurde ein entgangener Anruf angezeigt: Silvia Giorgini. Doch sie musste erst einmal raus an die frische Luft, um wieder einen klaren Kopf zu bekommen. Dann würde sie zurückrufen.

So sehr sie sich auch bemühte, es gelang ihr nicht, sich abzulenken. Rastlos lief sie die Via Ripetta rauf und runter und betrachtete die Auslagen der Schaufenster. Vielleicht konnte das sie auf andere Gedanken bringen. Ein exotischer Ring oder eine schicke Tasche? Das Angebot war verlockend, die Preise meist erschwinglich. Sie blieb vor einem Schaufenster mit maghrebinischem und afghanischem Schmuck stehen und bewunderte gerade eine kunstvolle Kette, als ihr plötzlich schwindlig wurde. Wahrscheinlich Unterzuckerung oder Mineralstoffmangel, weil sie sich übergeben hatte. Sie musste unbedingt etwas essen. Um die nächste Ecke gab es zahlreiche

Bars, doch in ihrem Zustand war selbst das zu weit. Sie klammerte sich an den Türrahmen eines heruntergekommenen, kleinen Ladens.

»Wenn Sie ausgefallene Bücher suchen, Signorina, dann sind Sie hier genau richtig.« Ein mageres Männchen mit dicken Brillengläsern war im Eingang aufgetaucht. »Kommen Sie rein und schauen Sie sich ruhig um«, fügte es hinzu und ließ sie vorbei. Neugierig betrat Chiara das Geschäft. Sofort fiel ihr Blick auf ein Regal voller alter Bücher, die teils in erstaunlich gutem Zustand, teils ziemlich zerfleddert waren. Sie ließ ihre Augen über die Buchrücken schweifen, bis sie an einigen goldenen Lettern haftenblieben. Sie zog das Buch heraus und schlug es auf. *»Die Würde der Frauen* von M. Lodovico Domenichi«, las sie auf dem Frontispiz. Ein Titel aus Piergiorgios Liste! Darunter stand: »Aus meinem Tod wird ewiges Leben. Gabriel Gioito De Ferrari, Venezia.« Sie suchte nach der Jahreszahl. MDXLIX. »1549«, sagte sie laut. Plötzlich stand der Besitzer des Ladens neben ihr.

Chiara schlug das Buch an einer beliebigen Stelle auf. Ihr Blick fiel auf die drittletzte Zeile der Seite 246: »Ich werde nach Rom gerufen, einst Herrin der Welt, heute Mutter der Schönheit und Tugendhaftigkeit. Dort werde ich Signora Livia Colonna vorgestellt, Tochter von Signor Marco Antonio Colonna und Witwe des verdienstvollen Signor Martio Colonna. Ihr Witwenkleid trägt sie mit Würde, und in ihrer Reinheit kommt sie einer schneeweißen Taube gleich, die ihre Flügel ausbreitet und gen Himmel fliegt, um ihrem Schöpfer nahe zu sein.«

»Es hat sie gerufen, nicht wahr?«, fragte der Mann mit schelmischem Lächeln.

Chiara sah ihn verblüfft an.

»Jetzt schauen Sie nicht so. Meine Bücher haben magische Kräfte. Wer ihre Stimmen hören kann, den rufen sie … *Hören*

Sie, Signorina!« Er wies auf das Buch: »Hundertachtzig Euro, ein guter Preis. Aber ich würde es Ihnen gerne schenken.«

»Danke, aber ich verstehe nicht, warum …«

»Ich bestehe darauf. Auch ich höre die Stimmen meiner Bücher und würde mich niemals einem ihrer Befehle widersetzen. Das Buch gehört Ihnen!« Sein Ton duldete keinen Widerspruch.

Lucetta betrat die Wohnung. Niemand da. Der Tag hatte kein Ende nehmen wollen. Sie hatte letzte Nacht kein Auge zugetan und war jetzt todmüde. Der Unterricht war eine Tortur gewesen, kein Wunder bei diesem Thema: die Monadenlehre nach Leibniz. Zum Glück waren ihre Schüler aufmerksam gewesen, sie hatte nur selten etwas wiederholen müssen.

Rastlos tigerte sie durch die Wohnung. Trotz der beruhigenden Worte von Amerigo und Stefano Dini fürchtete sie immer noch, Anna Maria habe sich in ein gefährliches Liebesabenteuer gestürzt. Plötzlich kam ihre eigene Angst zurück. Der Pinienhain von Fregene. Über ihr ein junger Mann. Über ihr, in ihr. Er hörte nicht auf, genoss seine Macht, angestachelt von den Anfeuerungsrufen der anderen. Qualvolle Erinnerungen. Sie ließ sich auf die Knie sinken und brach in Tränen aus, als hätte sie das Grauen gerade erst durchlitten. Sie schluchzte so heftig, dass sie weder das Klappen der Tür noch die Schritte im Flur hörte.

»Mama, was ist los?« Anna Maria eilte auf sie zu. »Warum weinst du? Was ist passiert?« Sie nahm sie in den Arm. »Mama, sag doch was, mach mir keine Angst. Was ist passiert?« Sie versuchte ihrer Mutter auf die Beine zu helfen. Lucetta leistete keinen Widerstand. Sie war noch immer wie betäubt. Mit Anna Marias Hilfe schaffte sie es ins Schlafzimmer, wo sie sich aufs Bett fallen ließ.

»Du bist mit einem Mann zusammen, der dich nicht verdient, Anna Maria«, Lucetta griff nach ihrer Hand »Er überhäuft dich mit Geschenken, aber er will dich nur kaufen, merkst du das nicht?«

»Was redest du denn da?«

»Was ist mit der Tasche?«

»Welcher Tasche?«

»Der von Fendi, in deinem Schrank.«

»Die gehört Francesca.«

»Hör auf, mich zu belügen. Wie kannst du mir das antun? Nach allem, was ich für dich getan habe?«

Anna Maria befreite sich aus ihrem Griff. »Bist du verrückt geworden? Wie kannst du nur so über ihn reden? Du hast doch überhaupt keine Ahnung! Er liebt mich und ist sogar bereit, mir das zu beweisen!«

Bei diesen Worten blitzte es in Lucettas Augen auf. »Dann ist es also wahr!«

»Was soll wahr sein? Er ist kein schlechter Mensch, auch wenn er verheiratet ist, das kannst du mir glauben.«

»Verheiratet? Siehst du? Dieser Kerl nutzt dich doch nur aus. Er nimmt alles, aber er gibt nichts. Männer sind alle gleich. Du bist ja so naiv!«

»Und du bist völlig durchgedreht. Halt dich gefälligst raus aus meinem Leben! Was ich mache und mit wem, geht dich nichts an!«

»Du bist fies, genauso fies wie dein Vater.«

Dieser Satz traf Anna Maria wie ein Keulenschlag. Bis zu diesem Augenblick hatte Lucetta ihren Vater immer als sanften, wunderbaren Menschen beschrieben.

Lucetta wusste, dass sie es bereuen würde, aber sie konnte nicht anders: »Was weißt du schon über mein Leben? Du hast doch keine Ahnung, unter welchen Schmerzen ich dich geboren habe, wie schwer es war, dich alleine großzuziehen. Du weißt nichts darüber, wie du gezeugt worden bist, und du weißt rein gar nichts über deinen Vater.«

»Was redest du denn da? Ich weiß ganz genau, wie sehr du dich aufgeopfert hast, aber das musst du mir nicht immer wieder vorhalten. Und was soll das heißen, ich hätte keine Ahnung über die Umstände meiner Zeugung, meiner Geburt und über meinen Vater? Ich weiß alles über meinen Vater. Er ist tot, er war deine große Liebe.«

»Von wegen tot«, Lucettas Stimme zitterte, aber sie war wild entschlossen, endlich die Karten auf den Tisch zu legen. »O nein, er ist nicht tot. Er lebt.«

»Was?« Anna Maria musste sich setzen. »Was willst du damit sagen?«

»Er war nie tot, er war nie ein wunderbarer Mensch, und er war nie die Liebe meines Lebens. Ich habe ihn gehasst.«

»Du sprichst von dem Mann, der dich angebetet hat! Willst du ihn ein zweites Mal umbringen?«

»Diesen Mann hat es nie gegeben! Verstehst du nicht? Nie!«

»Wie, es hat ihn nie gegeben?«

»Ich habe ihn erfunden.«

Anna Maria war wie vor den Kopf geschlagen.

»Er hat mich brutal vergewaltigt, verstehst du, vergewaltigt!« Lucetta brach in Tränen aus.

Anna Maria schüttelte den Kopf. »Das kann nicht sein. Und Amerigo? Er hätte es mir erzählt.«

»Willst du denn immer noch nicht verstehen? Ich war siebzehn und wurde vergewaltigt! Als ich gemerkt habe, dass ich schwanger war, habe ich mich für dich entschieden. Abtreiben wollte ich nicht.«

Für Anna Maria brach eine Welt zusammen. »Ich hasse dich! Ich hasse euch alle!«

Anna Marias Stimme war jetzt eiskalt. Lucetta zitterte. Sie sah ihrer Tochter in die Augen und begriff, dass sie zu weit gegangen war. »Mein Schätzchen. Ich habe dich immer geliebt, von Anfang an! Du bist mein Leben!« Sie wollte Anna Maria in den Arm nehmen.

»Verzeih mir, mein Schatz, verzeih mir.« Aber Anna Maria stieß sie zurück.

»Sag mir, wer es ist!« Anna Marias Ton war noch schärfer geworden.

»Ich wollte nur das Beste für dich. Immer. Ich habe ihn nicht angezeigt, um dich zu schützen. Du solltest nicht genauso leiden, wie ich gelitten habe. Ich habe ihn angefleht, aber er hat nur gelacht, hat mich beleidigt. Verachte mich nicht, bitte. Wenn ich einen Fehler gemacht habe, dann nur aus Liebe zu dir. Ich würde alles für dich geben, sogar mein eigenes Leben.«

»Dein Leben interessiert mich nicht. Ich will die Wahrheit wissen. Sag mir, wer es ist.«

»Cesare Persella.« Noch während Lucetta diesen Namen aussprach, wusste sie, dass es nun kein Zurück mehr gab.

Chiara kam gegen 21:30 Uhr in die Redaktion. Ermanno Forte war nicht mehr da. Sie grüßte zwei Kollegen, die gerade im Aufbruch begriffen waren, und ging zu ihrem Schreibtisch. Um elf war sie mit Gianni verabredet, sie hatten vor, ins Xilos zu fahren, die Diskothek in den Albaner Bergen. Donnerstags war Fetisch-Abend. Sie wollten sich ein Bild von der Atmosphäre machen und ein paar Gäste interviewen, wenn möglich auch den einen oder anderen Mitarbeiter.

Während sie darauf wartete, dass ihr Computer hochfuhr, zog sie ein Foto von Marco aus der Brieftasche. Maria Lunieri hatte es ihr vor einigen Tagen gegeben. Ein gutaussehender Junge. Die hohe Stirn, die wachen Augen unter dichten

Augenbrauen verliehen ihm den Anstrich eines Intellektuellen und wollten so gar nicht zum Klischee des Gothic- und Dark-Fetisch-Anhängers passen. Hatte sich ihre Kollegin das alles vielleicht nur ausgedacht? Quatsch. Solche Mut machenden Fragen sollten doch nur von der schmerzhaften Realität ablenken. Chiara strich mit den Fingerspitzen sacht über das Foto, vielleicht würde sie etwas spüren. Doch nichts geschah. Außer dass Silvia Giorgini für einen kurzen Moment vor ihrem geistigen Auge aufgetaucht war, hatte sie in den letzten Tagen keine Vision mehr gehabt.

Sie zog Lodovico Domenichis Buch aus der Tasche, schlug die Seite 246 auf und klickte gleichzeitig auf den Internet-Explorer. Als die Google-Seite auf dem Bildschirm erschien, gab sie »Marcantonio Colonna« und »Livia Colonna« als Suchbegriffe ein. Nichts. Nur die Nachricht: »Die Seite kann nicht angezeigt werden.« Sie versuchte es noch mal. Wieder nichts. War die Leitung überlastet? Sie rief ihr E-Mail-Postfach auf. Eine Flut von Pressemitteilungen und Spam-Mails. Dazwischen eine Überraschung, die ihr Herz Purzelbäume schlagen ließ: »Ciao Chiara, wie geht es mit deiner Recherche voran? Schreib bitte zurück. Liebe Grüße, Paolo.«

Chiara klickte spontan auf »Antworten«: »Im Augenblick sehe ich noch kein Land.« Sie löschte den Satz dann aber wieder und schrieb: »Vielleicht habe ich etwas. Was hältst du von einem Abendessen in den nächsten …« Sie beendete den Satz nicht und drückte auf »Entfernen«, bis die Seite wieder weiß war. Während sie über einen neuen Text nachdachte, hörte sie Schritte auf dem Gang. Kraftvoll, fast militärisch. Wahrscheinlich der Wachmann, der jeden Abend seine Runde drehte, kein Grund zur Sorge. Doch als sie eine Stimme hinter sich hörte, fiel ihr vor Schreck das Buch herunter, das auf ihren Knien gelegen hatte.

»Buonasera, Chiara«, sagte Silvia Giorgini und hob das Buch auf, »es tut mir leid, wenn ich Sie erschreckt habe.«

»Kein Problem, ich habe nur niemanden erwartet.«

»Ich weiß. Ich habe mehrmals versucht, Sie telefonisch zu erreichen, aber Ihr Handy war immer ausgeschaltet. Deshalb beschloss ich, persönlich vorbeizukommen. Der Portier sagte mir, Sie seien noch in der Redaktion.«

Silvia wirkte wie immer hochkonzentriert. Unter ihrem offenen Mantel sah man einen dunkelblauen Hosenanzug. In der rechten Hand hielt sie einen abgegriffenen Aktenkoffer. Chiara beobachtete, wie sie den Koffer auf den Tisch legte und die Verschlüsse aufschnappen ließ. Die Kommissarin sah müde aus, wirkte aber nicht minder entschlossen als bei ihrem ersten Zusammentreffen.

»Bei dem Material, das ich Ihnen gegeben habe, fehlte dieser Fall hier. Die Person wird erst seit kurzem vermisst.« Silvia zog eine Klarsichthülle heraus, in der einige bedruckte Seiten steckten. Sie reichte Chiara die Hülle über den Tisch, dabei streiften sich ihre Finger. Nur für den Bruchteil einer Sekunde.

Die Klarsichthülle segelte zu Boden. Chiara kam es vor, als schwebte sie endlos lang in der Luft. Silvia beugte sich nach unten, um die herausgerutschten Blätter wieder aufzuheben. Alles passierte wie in Zeitlupe: Bewegungen, Geräusche, sogar das Licht des PC-Monitors pulsierte unendlich langsam. Chiara überlief ein Schauer, sie begann am ganzen Körper zu zittern. Sie sah, wie sich Silvias Gesicht Muskel für Muskel zu einer angsterfüllten Grimasse verzog. Die Kommissarin sagte etwas, aber ihre Stimme klang verzerrt, und Chiara konnte sie nicht verstehen. Sie war wie gelähmt, hatte das Gefühl, auf einem Geröllfeld zu stehen und in den Abgrund zu rutschen. Sie wusste genau, dass sie es nicht verhindern konnte.

Widerstand war zwecklos. Sie konnte nur warten, bis die Botschaft ihres Unterbewusstseins klarer wurde: Im Sarg lag ein gutaussehender junger Mann von etwa zwanzig Jahren. Er schien zu schlafen. Sein ebenmäßiges blasses Gesicht war völlig entspannt. Auf seinen Lippen lag der Hauch eines Lächelns. Mit seinen kurzen dunklen Haaren erinnerte er an Silvia. Gerade als ihr klar wurde, wer der junge Mann war, brach die Vision ab.

»Ihr Bruder«, hauchte Chiara, Blut tropfte ihr aus der Nase. Silvia wurde leichenblass und wich einige Schritte zurück. Chiara streckte die Hand nach ihr aus. »Es tut mir leid, Silvia.«

»Sie bluten«, die Kommissarin hielt ihr mit zitternder Hand ein Taschentuch hin.

»Sie müssen keine Angst haben, Silvia.«

»Ich habe keine Angst. Setzen Sie sich, halten Sie sich das Taschentuch vor die Nase und beugen Sie den Kopf nach hinten.«

»Ich glaube, es hört auf«, sagte Chiara betont gelassen. Aber in Wirklichkeit war sie erschüttert: Das war nun schon das zweite Mal, dass sie während einer Vision blutete.

Im Auto war Gianni ungewöhnlich still. Chiara war dankbar dafür. Sie hatte furchtbare Kopfschmerzen, die bei jedem Brems- und Anfahrmanöver noch stärker wurden. Es herrschte dichter Verkehr, und sie kamen nur mühsam voran. Chiara starrte aus dem Fenster und versuchte zu verdrängen, was eben in der Redaktion geschehen war. Vergebens. Das Einzige, was sie vor Augen hatte, war die weinende Silvia Giorgini, als sie von ihrem Bruder Raffaele erzählte, der sich vor zehn Jahren erhängt hatte. Nach zweijährigem Martyrium einer psychischen Erkrankung. Kurz vor Ausbruch der

Krankheit hatte sich Raffaele einer satanistischen Sekte angeschlossen, angeworben von einem ehemaligen Philosophielehrer am Gymnasium. Ein charismatischer und faszinierender Mann, wenn man von seinen finsteren Augen einmal absah. Sein durchdringender Blick hatte Silvia bis ins Mark getroffen, als sie sich einmal zufällig begegnet waren. Und genau diesen Blick hatte sie später auch bei Raffaele bemerkt. Niemand, weder der Pfarrer noch der behandelnde Psychiater, hatte Silvia davon überzeugen können, dass es die Krankheit war, die ihren Bruder in den Selbstmord getrieben hatte. »An jenem Tag habe ich mir geschworen, dass ich diese verfluchten Satanisten zur Strecke bringen werde«, schloss Silvia kalt. Ihre Trauer war schon lange kompromissloser Entschlossenheit gewichen.

Der Parkplatz vor der Diskothek war brechend voll. Chiara war in ihrem Element. Das Durcheinander erinnerte sie an ähnliche Situationen aus ihrer Kindheit: »Auf geht's Chiara, finde einen Parkplatz!«, hatte ihre Mutter immer scherzhaft gesagt, wenn sie am Samstagnachmittag ins Einkaufszentrum gefahren waren. Sie konzentrierte sich. Es war nur ein Spiel, aber manchmal funktionierte es.

»Wir sind da. Mein Gott, was für ein Chaos!« Gianni schaltete herunter. »Bis wir hier einen Parkplatz finden, ist die Fete vorbei.« Unschlüssig blickte er nach rechts, während hinter ihm gerade ein Polo ausparkte. »Ein Wunder! Was haben wir für ein Glück!« Gianni legte den Rückwärtsgang ein, um in die Lücke zu huschen. Chiara lächelte.

Ohrenbetäubender Lärm brandete ihnen entgegen. Chiara hatte das Gefühl, als drückten sich die Bässe mitten durch ihren Körper. Sie hatte Diskotheken nie gemocht, aber dieses Inferno übertraf alles, was sie bisher erlebt hatte. Das war keine Musik, das war einfach nur Krach. Die Tanzfläche war noch relativ leer, aber die wenigen Tänzer schienen ziemlich durchgeknallt. Alle waren komplett schwarz gekleidet und mit metallenen Accessoires behängt. Einige trugen Kapuzenmäntel, die sie wie Inquisitoren aus dem 17. Jahrhundert aussehen ließen. Andere erinnerten an Wasserleichen: Sie hatten weiß geschminkte Gesichter mit blassgrünen Schattierungen und schwarz umrandeten Augen, die Haare provokant nach oben gegelt. Chiara konnte gerade noch ausweichen, als sich ein Mädchen mit waffenscheinpflichtigen Stiefeln rücksichtslos ihren Weg durch die Menge bahnte, um zu ihren Gothic-Freunden zu gelangen.

In der uniformen Masse gab es auch einige ziemlich hübsche Mädchen. Eine zum Beispiel tanzte ekstatisch auf einem Würfel am Rande der Tanzfläche. Und wer stand neben ihr? Gianni. Chiara lächelte verblüfft. Nie hätte sie gedacht, dass ihr Kollege auf diesen Typ Frau stehen könnte.

»Hey, das ist hier nicht erlaubt!« Ein bulliger Türsteher in schwarzer Kluft, der Chiara an einen Typen aus einem Tarantino-Film erinnerte, hielt seine Hand vor das Objektiv von Giannis Kamera.

»Wir haben eine Genehmigung!«, schrie Chiara. Während sie in ihrer Tasche nach dem Presseausweis und der Dreherlaubnis suchte, die ihnen der Besitzer der Diskothek gestern erteilt hatte, starrte der Rausschmeißer Gianni misstrauisch an. »Hier«, Chiara hielt ihm die Dokumente unter die Nase.

»Telestella? Nie gehört!«, grunzte der Mann und fügte hinzu: »Na gut, aber nicht mehr als eine halbe Stunde und unauffällig, wenn's geht.« Chiara fand es ziemlich dreist, in einem solchen Chaos von unauffällig zu sprechen. Aber sie sagte nichts, sondern tauschte lediglich einen Blick mit Gianni. Sie wollte den Rausschmeißer noch etwas fragen, aber der war bereits in der Menge verschwunden. Chiara blickte sich suchend um und entdeckte ihn neben dem Eingang, wo er einen aufgebrachten jungen Mann zu beruhigen versuchte. Ihm dorthin zu folgen war ihr zu mühsam. Darauf konnte sie gerne verzichten. Sie winkte Gianni zu und ging an die Bar.

»Nie gesehen. Zumindest erinnere ich mich nicht mehr an ihn, tut mir leid.« Der Barkeeper gab Chiara Marcos Foto zurück, dabei wich er ihrem Blick aus. Sie hakte nach: »Sind Sie sicher? Er war Stammgast!«

Der Barkeeper wurde ungeduldig. »Hören Sie mal, junge Frau, achtzig Prozent der Leute, die donnerstags kommen, sind Stammgäste. Diese geschminkten Gesichter sehen für mich alle gleich aus, klar? Und jetzt, wenn Sie nichts dagegen haben ...«

»Einen doppelten Wodka«, grölte ein junger Mann, der sich rabiat an den Tresen gedrängelt hatte. Wieder konnte Chiara gerade noch ausweichen. Sie hatte furchtbare Angst, dass ihr jemand auf die Füße treten könnte.

»Er hatte immer ein bildhübsches Mädchen dabei«, versuchte sie es noch einmal.

»Mädchen interessieren mich nicht«, gab der Barkeeper zurück und warf Gianni einen vielsagenden Blick zu. Chiara gab auf. Gianni machte noch einige Aufnahmen, stets bemüht, dabei nicht angerempelt zu werden. Chiara wühlte sich zu einem Grüppchen junger Leute am Rand der Tanzfläche durch, die nicht ganz so durchgeknallt wirkten. Sie zeigte ihnen Marcos Bild. Wieder Fehlanzeige. Niemand erkannte ihn. Jetzt war die Stimmung auf dem Siedepunkt, ein dröhnendes Inferno, ein Knäuel ekstatisch zuckender Körper. Chiara schnappte nach Luft. Die wummernden Bässe, das ekelerregende Gemisch aus Schweiß und Alkoholfahnen: das war zu viel! Auch Gianni hatte das Filmen aufgegeben, er hielt die Kamera hoch über dem Kopf, um ja niemanden zu verletzen. Sie drängelten sich hintereinander zum Ausgang, Chiara hatte sich an seinem Hemd festgekrallt, um nicht zu Boden gerissen zu werden. Wenige Meter vor der Tür sah Chiara den Rausschmeißer wieder. Sie ließ Giannis Hemd los und versuchte sich gegen den Strom einen Weg zu ihm zu bahnen. Keine Chance. Sie wurde von der wogenden Menge hin und her geschoben, dabei hatte sie das Gefühl, zerquetscht zu werden. Plötzlich spürte sie einen Ruck. Vielleicht hatte sich ihre Tasche in der Gürtelschnalle eines Gothic-Jüngers verhakt. Sie zog und zerrte, kam frei und wurde nach vorne gegen einen kräftigen jungen Mann in Latexkluft geschleudert, der ihr seinerseits den Ellbogen in die Seite rammte. Zum Glück konnte sie das Gleichgewicht nicht verlieren, dazu war kein Platz. Gianni war in der Menschenmasse verschwunden. Während Chiara nach ihm Ausschau hielt, spürte sie plötzlich, wie sie den Boden unter den Füßen verlor. Sie schrie aus Leibeskräften. Zwei starke Arme hatten sie umfasst und hochgehoben. »Keine Angst, ich bringe Sie hier raus.«

Chiara versuchte sich aus dem Griff zu befreien. Diese unfreiwillige Umarmung behagte ihr gar nicht. Aber wie sollte sie sonst heil aus dem Gewühl herauskommen? »Meine Tasche!«, schrie sie. »Die habe ich hier, machen Sie sich keine Sorgen.« Erst draußen, in der feuchten Nachtluft vor dem Xilos, erkannte sie ihren Retter: Es war der Türsteher.

»Danke«, sagte sie und zog sich die Kleider zurecht. Der Mann deutete ein verlegenes Lächeln an. »Ich hatte Angst, dass Sie mir da drinnen umkippen.« Chiara blickte sich suchend um. Wo war Gianni? »Ihr Freund ist noch drin«, informierte sie der Türsteher, der offensichtlich viel sympathischer war, als sein martialisches Aussehen vermuten ließ. Chiara nutzte die Gunst der Stunde und zeigte ihm Marcos Foto. Nach eingehender Betrachtung schüttelte er den Kopf: »Tut mir leid. Kenne ich nicht.« Chiara wollte das Bild gerade wieder in die Tasche stecken, als sie erneut ins Straucheln geriet. Einige junge Leute, die aus der Disko gestürmt kamen, hätten sie fast über den Haufen gerannt. Fürsorglich griff der Türsteher nach ihrem Arm. »Idioten!«, rief er den Typen hinterher, die zu einem grauen Range Rover eilten. Bei dem Zusammenstoß hatte Chiara ihre Tasche verloren, und der Inhalt war auf den Boden gefallen. Der Rausschmeißer half ihre Habseligkeiten wieder aufzulesen. Dabei erregte ein Blatt Papier in einer Klarsichthülle sein Interesse.

»Vielen Dank.« Chiara streckte die Hand nach den Unterlagen aus, doch der Mann starrte noch immer auf das Blatt.

»Moment mal ... den da habe ich schon gesehen«, er deutete auf das Foto eines Jungen in Silvia Giorginis Bericht. »Es ist etwa einen Monat her. Ich erinnere mich noch gut, denn an diesem Abend war hier einiges los ...«

Chiara spürte, wie das Blut in ihren Schläfen pochte. Sie war auf der richtigen Spur.

Anna Maria konnte sich nicht auf die Ausführungen des Professors konzentrieren. Geistesabwesend starrte sie auf die griechischen Tempel, die vom Diaprojektor an die Wand hinter dem Pult geworfen wurden, ohne sie wahrzunehmen. Sie registrierte nur das Klicken beim Wechseln der Dias. Dabei dachte sie an ihren Vater Federico, der gar nicht ihr Vater war, sondern nur ein Haufen Lügen. Sie dachte an sich selbst, an ihre Gesichtszüge, an ihre dunklen Augen, von denen sie immer angenommen hatte, sie hätte sie von ihm geerbt. Ein schier unerträglicher Gedanke: Irgendwo gab es einen Mann mit ähnlichem Charakter, ähnlichen Gesichtszügen, ähnlichen Augen. Und dieser Mann war nicht Federico, nicht der Vater, den ihre Mutter erfunden hatte. Den Namen ihres richtigen

Vaters hatte sie sofort gegoogelt, jedes Dokument ausgedruckt. Jede Seite über ihn und über seine schöne Frau, das Ex-Model Maité. Es waren vor allem die Wirtschaftsteile der großen Zeitungen, die über Cesare Persella berichteten. Über seinen aufsehenerregenden Aufstieg als Unternehmer und über seine Bauprojekte, die jedes freie Fleckchen in Rom und Umgebung zugepflastert hatten. Breiten Raum nahm auch die Beziehung seines Konzerns zur BILCA ein, der Banca Interregionale di Lavoro, deren Gesellschafter Persella war. Nicht zu vergessen natürlich die Klatschpresse: Cesare und Maité auf der Piazza in Siena, bei Opernpremieren in der Scala, im Hafen von Monte Carlo. Seine 50-Meter-Yacht konnte durchaus mit den schwimmenden Palästen von Flavio Briatore oder Ivana Trump mithalten, man traf sich in Sardinien, Capri, Ibiza oder Pantelleria. Auf dem Cap Ferrat besaß das Paar eine Luxusvilla, wo glanzvolle Feste gefeiert wurden. Die Persellas waren großzügige Förderer sozialer Projekte, wobei sich Maité als Wohltäterin besonders hervortat.

Anna Maria hatte die Artikel regelrecht verschlungen, dann aber wütend zerrissen. In einem Anflug von Verzweiflung, gepaart mit Neugier und Wunschdenken, hatte sie die Informationen erneut heruntergeladen. Wenn ihre Mutter nur früher etwas gesagt hätte: Sie hätte Kontakt zu ihm aufnehmen, ihn davon überzeugen können, sie als leibliche Tochter anzuerkennen. Dann wäre ihr Leben mit Sicherheit anders verlaufen. Ohnmächtige Wut wallte in ihr auf. Sie musste hier raus. Egal, wenn sie einen Stuhl umwarf und ihre Bücher zu Boden fielen, egal, wenn die anderen gafften und der Professor seinen Vortrag unterbrach: nur raus hier!

Erst als sie sich auf die Toilette geflüchtet und die Tür hinter sich geschlossen hatte, löste sich die Spannung, und sie begann hemmungslos zu weinen. Niemals würde sie ihrer Mutter und Amerigo verzeihen können. Dass ihr Vater ihre Mutter vergewaltigt hatte, war nicht ihr Problem, das ging sie nichts an. Der Schmerz ihrer Mutter existierte für sie nicht. Nur ihre eigene Verzweiflung zählte. Während sie von Weinkrämpfen geschüttelt wurde, dachte sie an Federico, an das erregte Pochen seiner Halsschlagader, das wilde Zucken seines Kehlkopfs, wenn er in sie eindrang. Wohlige Wärme stieg in ihr auf, keine Begierde, sondern das Bedürfnis nach Zärtlichkeit. Der Verzicht, den Federico als Beweis seiner Liebe angeboten hatte, war wirklich grausam. Grausam für sie. Was für eine perverse Idee.

Sie erinnerte sich an jede Einzelheit ihres Gesprächs.

»Ich bin bereit, enthaltsam zu sein. Du bist dieses Opfer wert. Und wir werden uns eine Weile nicht sehen.«

»Was soll das, Federico?«

»Wie soll ich dir sonst beweisen, dass ich dich wirklich liebe und es mir nicht nur um Sex geht? Und du weißt genau, wie schwer mir das fällt!«

»Wie lange soll dieser ›Liebesbeweis‹ denn dauern?«

»Ein paar Tage, ein oder zwei Monate. Das überlasse ich dir, mein Engel. Für unsere Liebe ist mir kein Opfer zu groß. Und egal, ob wir uns sehen oder nicht: Ich liebe dich so sehr, wie ich noch keine andere Frau geliebt habe.«

Wieder konnte Anna Maria die Tränen nicht zurückhalten.

»Sei nicht traurig, mein Schatz. Du wirst sehen, unsere Liebe wird stärker sein als alles andere. Selbst stärker als die Angst vor deiner Familie.«

»Welche Familie?«, schrie Anna Maria auf und trommelte mit beiden Fäusten auf das Waschbecken. Der körperliche Schmerz beruhigte sie ein wenig, machte ihren Kopf frei. Vielleicht hatte Federico recht, vielleicht brauchte sie wirklich einen Beweis. Denn seit sie wusste, dass er sie belogen hatte, vertraute sie ihm nicht mehr. Aber die räumliche Distanz würde sie nicht trennen können. Federico hatte sie besänftigt: »Ich stehe zu dir und zu unserer Liebe. Meinen Nichten habe ich alles erzählt. Sie sind in deinem Alter. Ihrer Meinung nach bist du die Frau meines Lebens, auch wenn sie dich nur vom Hörensagen kennen. Du musst sie unbedingt kennenlernen. Ihr werdet euch bestimmt gut verstehen.«

Anna Maria wusch sich das Gesicht mit kaltem Wasser. Das Weinen hatte gutgetan. Sie zog einen Zettel aus der Hosentasche und starrte auf die Telefonnummern, die darauf standen.

»Ich gebe dir einfach Monys und Terrys Nummern, ruf sie doch einfach mal an«, hatte Federico ihr noch gesagt, bevor er sie innig küsste. Der letzte Kuss für lange Zeit. Für immer?

16

In Silvia Giorginis Bericht war weder vom Xilos noch von einer anderen Diskothek die Rede. Chiara betrachtete zum x-ten Mal das Foto von Andrea Monti, der nunmehr seit einem Monat vermisst wurde. Er erinnerte sie an Marco Lunieri und an viele andere junge Männer in diesem Alter: offenes Gesicht, breites Kinn, gerade Nase, freundlich lächelnde Augen. Nichts deutete auf perverse Vorlieben oder eine Neigung zum Fetischkult hin. Aber der Schein konnte trügen. Ohne Schminke und Latexklamotten sahen auch die Gothic-Freaks aus dem Xilos aus wie ganz normale junge Leute.

Chiara schüttelte den Kopf. Sie hatte noch nie verstanden, warum Menschen ein Doppelleben führten. Sie las den Polizeibericht ein zweites Mal und versuchte sich die wenigen Details einzuprägen, die Silvia über Andrea zusammengetragen hatte. Sechsundzwanzig. Einzelkind. Späte Eltern, der Vater Postbeamter im Ruhestand, die Mutter Hausfrau. Aufgewachsen in Monteverde, einem römischen Kleinbürgerviertel. Fachhochschulabschluss als Techniker. Ruhiger Typ, Einzelgänger. Gutes Verhältnis zu den Eltern. Keine erkennbaren Ambitionen, zu Hause auszuziehen und auf eigenen Füßen zu stehen. Hin und wieder hatte Andrea die Absicht geäußert, nach Dublin zu gehen, wo es einfacher sei, einen Job zu finden.

Zusammen mit Luca Soavi, einem seiner wenigen Freunde, hatte er an einem Donnerstag vor etwa einem Monat das Xilos besucht. Der Rausschmeißer erinnerte sich gut an sie, weil er eine Schlägerei schlichten musste, in die sie verwickelt waren.

»Der Streit begann auf der Tanzfläche. Es ging um eine junge Frau, die von einigen Typen übel angemacht wurde. Erst beschimpften sie sich, dann kam es zur Schlägerei. Dieser da …«, er zeigte auf Andreas Foto, »ist auf einen der Typen losgegangen, ich habe sie trennen müssen. Dann wollte ich sie vor die Tür setzen, aber sein Freund sagte, er würde für den Rest des Abends alle Getränke übernehmen, und die Sache war geklärt. Am Ende hatte er eine Rechnung von vierhundert Euro. Er hat mit einem Scheck bezahlt und eine Fotokopie seines Führerscheins und seines Personalausweises dagelassen. Alles schien okay. Und war es eigentlich auch …«

Chiara hatte sich für die Auskünfte bedankt und dabei freundlich das Angebot zurückgewiesen, doch einmal zusammen essen zu gehen. Als sie daran dachte, musste sie lächeln. Wenn so ein junger Typ sie anbaggerte, sah sie wohl noch einigermaßen knackig aus. »Ab dreißig wird es kritisch. Du bist noch nicht alt genug, um dich liften zu lassen, aber nicht mehr jung genug, um dich mit den Zwanzigjährigen zu messen«, hatte ihr ein abgehalftertes TV-Sternchen einmal anvertraut. Diesen Satz hatte Chiara nicht vergessen. Nachdem sie die Unterlagen über Andrea Monti in die Klarsichthülle zurückgesteckt hatte, rief sie Silvia Giorgini an. Die Kommissarin war nicht da, und so hinterließ Chiara ihr eine Nachricht auf dem Anrufbeantworter, in der sie um Rückruf bat.

Das Gebäude befand sich in der Via Mondello, nahe der Universität. Ein in die Jahre gekommenes Mehrfamilienhaus ohne Aufzug, die Holzläden verrottet, die Wände mit Graffiti beschmiert. Chiara stieg die Treppe hinauf. Im ersten Stock angekommen, musste sie kurz Luft holen. Ein penetranter Gestank nach altem Essen und Moder nahm ihr den Atem. Auch hier hatten Sprayer ihre Spuren hinterlassen, einige Graffiti waren sogar recht originell. Sie hatte überlegt, sich bei Luca als Journalistin vorzustellen, hatte den Gedanken aber sofort wieder verworfen. Auf keinen Fall wollte sie den jungen Mann verunsichern und damit ihre Chance verspielen, mehr über ihn zu erfahren. Seine Adresse hatte sie von Silvia.

Endlich eine heiße Spur, davon war Chiara fest überzeugt. Um möglichst wenig aufzufallen, hatte Chiara Jackett, Rock und Mokassins im Schrank gelassen und die schwarzen Leggings angezogen, mit denen sie sonst zum Aerobic ging. Wenn sie ging. Über den Leggings ein schwarzes Muskelshirt und eine schwarze Lederweste. Die Haare straff nach hinten gegelt und zu einem Zopf zusammengebunden. Schwarze Wimperntusche, reichlich Kajal, dunkellila Lippenstift, falscher Brilli auf dem rechten Nasenflügel. Komplettiert wurde das Gothic-Outfit durch hohe schwarze Stiefel, von denen sie nicht einmal mehr wusste, wann und zu welchem Zweck sie sie überhaupt gekauft und ob sie sie je getragen hatte. Ein Blick in den Spiegel bewies: die perfekte Gothic-Braut. Fehlte nur noch das Augenbrauen-Piercing. Doch es gab Grenzen. Als sie endlich im dritten Stock ankam, war sie so außer Atem, dass sie sich schwor, doch öfter ins Fitnesscenter zu gehen.

Das Licht im Flur flackerte, reichte aber gerade, um das Namensschild über der Klingel zu entziffern. Sabelli. Das Licht erlosch. »Mist!«, fluchte sie. Es war jetzt zu dunkel, um die anderen Türschilder zu lesen. Sie nahm ihr Handy aus der Tasche, löste die Tastensperre und versuchte, mit Hilfe der Displaybeleuchtung das handgeschriebene Namensschild an der zweiten Tür zu lesen. Zu viele Buchstaben für Soavi, aber vielleicht wohnte Luca ja mit anderen Leuten zusammen. Sie stand noch immer vornübergebeugt davor, als ein Schlüssel im Schloss gedreht wurde und die Tür aufging. Chiara schrak zurück.

»Hey, was machst du denn da?« Ein junger Mann mit

Dreadlocks, die eher einem Vogelnest als einer Frisur ähnelten, blickte von der Höhe seiner eins neunzig auf sie herab. Seine Gitarre hielt er nach vorne gestreckt wie ein Gewehr.

»Ich suche Luca Soavi«, Chiara gab sich betont lässig. Der seltsame Typ musterte sie von oben bis unten und sagte dann: »Wieder kein Licht in diesem verfluchten Stockwerk.« Krachend knallte er die Tür zu, und die Deckenlampe brannte wieder. »Das wär's.« Die Szene erinnerte Chiara an einen Film, in dem ein Junge gegen eine Jukebox trat, um sie wieder zum Laufen zu bringen. »Luca wohnt da«, der Typ zeigte auf die gegenüberliegende Tür, die einzige ohne Namensschild. Dann ging er pfeifend die Treppe hinunter. Chiara atmete ein paar Mal tief durch, dann drückte sie den Klingelknopf.

Ein Mädchen öffnete. Mit ihren wild zerzausten Haaren sah sie aus, als käme sie gerade aus dem Bett. Jeans, Pulli, Nikes. Chiara strömte ein süßlich-herber Geruch entgegen, der ihr irgendwie bekannt vorkam, den sie aber im Augenblick nicht zuordnen konnte.

»Ciao.« Die gelangweilte Stimme des Mädchens verriet völliges Desinteresse.

»Ich bin Chiara. Ich will zu Luca.«

Das Mädchen musterte sie kurz und trat dann zur Seite. »Komm rein, da geht's lang.«

Im Wohnzimmer standen Ikea-Möbel. Eigentlich ganz nett, wenn es aufgeräumt gewesen wäre. Überall Bücher, sogar auf dem Boden. Chiara wäre fast über einen dicken Wälzer gestolpert: *Geschichte der Philosophie*, Band zwei. Daneben ein Aschenbecher, in dem ein Joint glimmte. Wieder dieser Geruch. Chiara kam jetzt in einen Flur, von dem drei Türen abgingen, alle geschlossen.

»Die erste links«, rief ihr das Mädchen nach. Chiara klopfte. Aus dem Zimmer drang leise Musik. »Herein«, rief eine männliche Stimme. Chiara versuchte die Tür zu öffnen, aber irgendetwas klemmte. Sie drückte fester und schob damit das Sitzkissen, das die Tür blockiert hatte, nach vorne.

Luca Soavi lag angezogen auf dem Bett. In der Hand eine Zigarette, auf dem Bauch ein aufgeschlagenes Buch. So hatte Chiara sich ihn nicht vorgestellt. Nicht zu vergleichen mit den netten, fast ein bisschen naiven Jungs Andrea Monti und Marco Lunieri, aber erst recht nicht mit den düsteren Gothic-Typen aus dem Xilos oder dem Freak, den sie eben auf der Treppe getroffen hatte. Mit seiner Nickelbrille sah der spindeldürre Luca Soavi aus wie der typische Streber. Sein stechender Blick war schwer zu deuten. Misstrauen? Schüchternheit? Chiara wusste es nicht.

Luca schreckte hoch. »Wer bist du?«

»Ich bin Chiara, eine Freundin von Andrea.« Sie machte eine Pause. Wie würde er reagieren? Während sie ihn beobachtete, hörte sie den Song, der aus den PC-Boxen drang. *Smells like Teen Spirit* von Kurt Cobain, die Grunge-Hymne der neunziger Jahre, der Song einer ganzen Generation. Auch sie hatte sich in dieser Musik wiedergefunden, damals, auf der Suche nach sich selbst.

Luca stand auf. Chiara war nicht entgangen, dass ihre Frage ihn in Alarmbereitschaft versetzt hatte. »Keine Ahnung, wo er steckt. Ich habe ihn schon eine ganze Weile nicht gesehen«, behauptete er. Fast schon ein Rausschmiss. Chiara ging in die Offensive. »Hilf mir, Luca. Andrea braucht dich.« Luca drückte auf eine Taste, und Kurt Cobains Stimme erfüllte den Raum.

Hello, hello, hello, how low?
I'm worse at what I do best
And for this gift I feel blessed
Our little tribe has always been
And always will until the end.

Luca sah sie schweigend an, dann antwortete er mit einem mühsam unterdrückten Beben in der Stimme: »Ich habe dir doch gesagt, dass ich ihn schon länger nicht gesehen habe. Entschuldige, aber ich muss jetzt lernen, morgen habe ich meine letzte Prüfung.« Er machte die Musik leiser und drückte seine Zigarette aus. Chiara gab nicht auf: »Sag mir wenigstens, warum er verschwunden ist. Andrea hat mir da Sachen erzählt … Luca, dir kann ich vertrauen, das weiß ich.« Sie ging auf ihn zu und breitete die Arme aus, um ihm zu zeigen, dass sie mit offenen Karten spielte. Aber Lucas Misstrauen saß tief, Chiara blieb gar nichts anderes übrig, als die Rolle der verzweifelten Freundin weiterzuspielen. »Jetzt hör mal gut zu«, sagte sie mit schneidender Stimme, »was du machst, interessiert mich einen Scheiß. Es geht um Andrea. Er ist verschwunden, kapierst du das nicht? Ver-schwun-den!«

Das hatte Luca nicht erwartet. Er schien zu schwanken. Chiara setzte noch einen drauf: »Und wenn ihm was passiert ist? Das ist eine Sekte, Luca. Andrea ist in höchster Gefahr! Ich fühle es …«

Luca wich zurück. Seine Angst war mit Händen zu greifen. »Ich habe ihn seit damals in der Villa nicht mehr gesehen«, seine Stimme war kaum mehr als ein Flüstern. Chiara lief es kalt den Rücken herunter. Sie bluffte weiter: »Ich wusste es. Ich hätte es wissen müssen …«

Luca zuckte zusammen. »Bist du auch dort gewesen?« Einen kurzen Moment lang konnte Chiara Hoffnung in seinen Augen aufblitzen sehen und die flehentliche Bitte um Hilfe. Chiara widerstand der Versuchung. Ja zu sagen wäre ein zu großes Wagnis gewesen.

»Bist du auch dort gewesen?«, wiederholte Luca, sein Ton war jetzt drängender. Etwas in ihm schien blockiert. Chiara konnte es fast körperlich spüren. Sie hätte ihn gerne getröstet, denn sie fühlte seine Angst, seine Einsamkeit, und sie wusste genau, wie schlimm es war, solchen Gefühlen ausgeliefert zu sein. »Erzähl mir, wie Andrea verschwunden ist«, bat sie sanft. Luca verschränkte seine knochigen Finger ineinander. Dann begann er zu sprechen, vermied aber, Chiara in die Augen zu sehen. Seine Stimme klang brüchig.

»Wir waren im Xilos und wollten meinen Abschluss feiern. Andrea hatte mir einen spektakulären Abend versprochen, die ultimative Wahnsinnsfete. Wir hatten zwei Mädels im Schlepptau, eine schlanke und eine mollige. Die haben sich uns richtig aufgedrängt …« Chiara hing an seinen Lippen. »Dann sind wir in eine Villa in der Nähe gefahren, glaube ich jedenfalls, wo sie genau ist, weiß ich nicht. Es war stockfinster, und ich war schon ziemlich hinüber nach zwei Tequilla und einem Cuba Libre. Außerdem hatte der Bus dunkel getönte Fensterscheiben.«

»Der Bus?«

»Ja, ich glaube, das haben alles die von der Villa organisiert. Sie haben uns alle zusammen dort hingebracht.«

»Wohin genau, Luca?«

Luca begann hysterisch zu lachen. »Was weiß denn ich? Ich hab doch schon gesagt, es war dunkel, die Scheiben waren dunkel …«

»Und was ist in der Villa passiert?«

»Es gab da eine Art Falltür, durch die ging es hinunter in einen großen Raum. Dort haben sie uns getrennt. Danach habe ich sie nicht mehr wiedergesehen … die beiden Mädels und Andrea. Ich habe sie nicht mehr gesehen, nur lauter fremde Leute.«

»Und dann?«

»Wir haben was getrunken, vielleicht haben sie uns was in die Gläser geschüttet, denn ich kann mich an nichts mehr erinnern.«

Chiara fiel auf, dass er rot geworden war.

»Ich habe überhaupt nichts mehr mitbekommen.«

»Und wie kamst du wieder raus?«

»Jemand muss mich vor dem Xilos abgeladen haben. Als ich wieder wach wurde, war es schon helllichter Tag.«

Während Luca sprach, tauchten vor Chiaras geistigem Auge Bildfetzen auf. Ein langer weißer Korridor. Blendendes Licht. Ineinander verschlungene Körper. Eine rote Lampe in einem dunklen Zimmer. Dann nichts mehr. Luca wollte nichts mehr sagen, das spürte sie. Bevor sie ging, zeigte sie ihm Marcos Foto. »Und der? War der auch im Xilos?«

Luca schüttelte den Kopf. »Nein, und jetzt muss ich wirklich lernen.« Bevor sie ging, drückte ihm Chiara einen Zettel in die Hand, auf den sie ihre Telefonnummer gekritzelt hatte. »Ruf mich an, Luca, wenn dir noch was einfällt.«

»Okay.« Erst als er hörte, dass die Wohnungstür hinter ihr zufiel, warf er sich aufs Bett, das Buch schleuderte er auf den Boden.

Die Tänzerin aus dem Xilos hatte ihm unmissverständlich klargemacht: »Andrea hat sich entschlossen, der Bruderschaft beizutreten. Und solange er noch nicht aufgenommen ist, darf er keinen Kontakt zur Außenwelt aufnehmen. Versuche also nicht, ihn zu finden, es ist sinnlos. Es geht ihm gut.« Dann hatte sie mit allen Mitteln versucht, auch ihn anzuwerben. Fast wäre Luca schwach geworden. »Wenn du auch nur ein Sterbenswörtchen darüber verlierst, dann werden es dich die Brüder büßen lassen«, hatte sie ihn gewarnt, während sie sich wieder anzog. Dreimal hatten sie Sex gehabt. In ihrem Audi, neben einer stillgelegten Müllhalde in den Albaner Bergen. Es war phantastisch gewesen, Luca war wie betäubt. Die tätowierte Rose auf ihrer linken Schulter ging ihm nicht mehr aus dem Kopf. Komisch nur, dass ihm die Rose manchmal wie ein Schmetterling vorkam. Egal. Er war noch nie mit einer so faszinierenden Frau zusammen gewesen. Nie hätte er sich träumen lassen, dass er bei der begehrtesten Tänzerin des Xilos auch nur den Hauch einer Chance hätte. »Luca, versprich mir, dass du mit niemandem darüber redest!« Für eine weitere Liebesnacht hätte er alles versprochen. Doch das war jetzt fünf Tage her. Und Tes, wie sich die Tänzerin genannt hatte, war wie vom Erdboden verschluckt. Ins Xilos kam sie auch nicht mehr. Was, wenn diese Chiara die Wahrheit sagte? Wenn es wirklich eine Sekte war, vielleicht so ähnlich wie die »Kinder des Satans«, von denen in den Zeitungen so oft die Rede war? Wenn Tes nicht bald wieder auftauchte, würde er nicht länger schweigen.

Der Besuch bei Luca hatte Chiara aufgewühlt. Sie hatte sogar eine halbe Tavor genommen, damit sie überhaupt schlafen konnte. Um drei Uhr wachte sie wieder auf. Noch fünf Stunden, bis der Wecker klingeln würde. Sie war schweißgebadet, aber zu erschöpft, um sich umzuziehen, deshalb ging sie nur ins Bad und dann zurück ins Bett. Nichts. Trotz der halben Beruhigungstablette wollte der Schlaf nicht wiederkommen. In ihrem Kopf tauchten Gedanken, Bilder, Geräusche auf und verschwanden wieder. Signale ihres Unterbewussten. Ihr bewusstes Ich würde diese Gedanken nicht zulassen, diese Bilder nicht sehen, die Geräusche nicht hören können. Ein unaufhaltsamer Strom, der in ihren Kopf eindrang. Je mehr sie sich dagegen wehrte, desto mächtiger wurde er. Chiara erinnerte sich an ein ähnliches Erlebnis vor einigen Jahren in Positano, in einem hochherrschaftlichen Hotel aus dem 18. Jahrhundert. Ihr geräumiges Zimmer hatte eine hohe Gewölbedecke, so hoch, dass einem beim Nach-oben-Schauen schwindlig werden konnte. Auch damals hatte Chiara keinen

Schlaf gefunden. Hatte jede Faser ihres Körpers gespürt, jeden Atemzug registriert, jede Reaktion ihrer Sinne wahrgenommen. Aber sie konnte nicht eingreifen. Ihr Körper verweigerte den Gehorsam. Und plötzlich der Blitz. Sie war durch die Luft gewirbelt worden, bis unter das Deckengewölbe. Irgendjemand oder irgendetwas schien Spaß daran zu haben, sie zu manipulieren. »Energie, die Energie der Toten«, hatte ihr Danka später erklärt. Danka war ihr Medium, die Mittlerin zur Kommunikation mit Geisterwesen. Im Lauf der Zeit waren sie Freundinnen geworden. Und in der Tat: Am nächsten Morgen hatte Chiara vom Hoteldirektor erfahren, dass das Gebäude auf einem ehemaligen Friedhof errichtet worden war, einem Friedhof, auf dem Mönche beigesetzt wurden.

»Die Energie der Toten?«, hatte sie Danka gefragt, »was meinst du damit?«

»Handlungen und Gefühle erzeugen Energie. Je intensiver die Aktion, je stärker die Reaktion, desto mehr Energie wird freigesetzt. Energie, die irgendwo haftenbleibt. Jeder Mensch hat seine eigene unverwechselbare Energie, unverwechselbar wie ein Fingerabdruck. Menschen wie du und ich können diese Energien spüren, können mit dem inneren Auge sehen, woher sie stammen und wohin sie fließen, nur eben in einer anderen Form.«

Der Schlaf wollte und wollte nicht kommen. Plötzlich fand sich Chiara auf einer Theaterbühne vor einem schwarzen Hintergrund wieder. In der Ferne tauchte eine Lichtgestalt auf, die sich auf der Bühne als Stefano Dini entpuppte. Er war verkleidet. Der mächtige Körper steckte in einem geblümten Hemd, das locker über eine dunkle Jerseyhose fiel. Die Haare wirkten röter als in Wirklichkeit, auch anders frisiert, wie toupiert. Statt Augenbrauen hatte er zwei unnatürlich schmale

Möwenflügel. Sein Blick war seltsam. Chiara musste genauer hinsehen. Stefanos Augen waren schwarz umrändert, ein schmaler Schatten, der nach außen breiter wurde und fächerförmig auslief. Auf den Lippen ein Hauch rosa Lippenstift. Unter anderen Umständen hätte Chiara gelächelt, wenn sie Dini so gesehen hätte. Aber jetzt war so gar nichts Komisches an diesem Mann, der mitten auf der Bühne stand und darauf zu warten schien, von einem Publikum beurteilt zu werden, das es gar nicht gab.

Stefano Dinis Geheimnis. Wie ein Adler seine Beute hatte Chiara in diesem Moment sein Inneres ausgespäht. Sie hatte gar nicht lange suchen müssen. Die Energie einer einzigen Erinnerung überstrahlte alles andere in seinem Leben. Chiara wurde gegen ihren Willen Zeugin eines Geschehens, das sich im Schlafsaal eines Internats abspielte. Stefano schien nicht älter als achtzehn zu sein, auch wenn sein Körper bereits Ansätze zur Fülligkeit zeigte. Er lag nackt und hilflos in den Armen eines älteren, ebenfalls nackten Mannes, der genau zu wissen schien, wie er ihn demütigen konnte. Chiara versuchte alles, nichts sehen und das Keuchen der beiden nicht hören zu müssen. Eine Träne rann seine Wange hinunter. Stefano Dini weinte. Und Chiara weinte mit ihm, bis der Wecker klingelte.

Der Traum hatte sie erschöpft. Nie zuvor waren die Bilder so eindeutig gewesen wie heute Nacht. Sonst hatte sie eher Momentaufnahmen gesehen. Puzzleteile, die sich nie zu einem Ganzen zusammenfügen ließen und sich beim ersten vernünftigen Gedanken in nichts aufgelöst hatten. Doch diesmal blieben die Visionen auch im Bewusstsein, wie ein roter Faden zogen sie sich bis in die Gegenwart, in der sie lebte. Es war Zeit, zu Danka zu gehen. Das letzte Mal hatte sie ihr Medium vor zwei Jahren getroffen. Beim Surfen im Internet hatte sie ihren

Namen entdeckt und sofort einen Termin vereinbart. Unwillkürlich hatte sie sich Danka als eine mit Schmuck und wallenden Gewändern behängte TV-Wahrsagerin vorgestellt, die mit magnetischem Blick die Zuschauer einseifte. Doch in Wirklichkeit war sie ganz anders: eine vollkommen normale Frau, ungeschminkt, mit blondem Pagenkopf und dunkelblauem Kostüm. Sie hätte ebenso gut bei einer Bank oder in irgendeinem Büro arbeiten können.

Ihre erste Begegnung ähnelte einer Sitzung beim Psychotherapeuten. Keine Spur von Übersinnlichkeit oder Magie. Danka hatte zunächst ein paar persönliche Informationen abgefragt und dann den Grund ihres Besuchs wissen wollen. Chiara hatte von ihren Visionen erzählt, von Sigismondo, von den Blitzen. Zum ersten Mal im Leben fühlte sie sich verstanden, und was noch wichtiger war: Danka glaubte ihr jedes Wort. Chiara hatte in ihr das gefunden, was die meisten Leute von einem Medium am wenigsten erwarten: einen ganz normalen, mitfühlenden Menschen, der es verstand zuzuhören. Und genau das hatte Chiara damals bewogen, sie eine Woche später noch einmal zu besuchen und in der folgenden Woche wieder.

Bei Danka ging niemand ans Telefon. Chiara hinterließ eine Nachricht auf dem Anrufbeantworter. Kurz darauf rief Danka zurück. Sie könne sofort vorbeikommen.

Das Medium wohnte in einem hübschen Häuschen mit Garten, das Chiara an ein Puppenhaus erinnerte. An den kleinen Fenstern hingen bunte Vorhänge, der rustikale Natursteinkamin strahlte wohlige Wärme aus, und auf dem gemütlichen Sofa lagen weiche Kissen. Die Besucher wurden von einem rot getigerten Kater empfangen, der bisweilen sogar auf den Schreibtisch sprang, um Dankas Kugelschreiber zu stibitzen.

»Ciao Maharajah«, begrüßte ihn Chiara und streichelte sein

dichtes Fell. Der Kater hatte sich gleich in der Diele schnurrend auf ihren Füßen zusammengerollt und machte keine Anstalten, sich von dort wieder wegzubewegen. Danka nahm Maharajah auf den Arm. »Er braucht heute Streicheleinheiten … genau wie du.«

Sie nahmen im Büro Platz. Chiara erzählte von Lucetta Felisi, Marco Lunieri, Luca Soavi und von ihrem Traum mit Stefano Dini. Und natürlich erwähnte sie auch die Dame aus Zagarolo, deren Hilfeschrei behielt sie allerdings für sich. Die Worte sprudelten nur so aus ihr heraus, die Chronologie der Ereignisse spielte keine Rolle. Sie wollte auch von Paolo erzählen, ihren Gefühlen, als sie ihn wiedergesehen hatte, tat es aber nicht. Deswegen war sie nicht gekommen. Sätze wie: »Versuche alle Sorgen abzuschütteln, genieße das Leben und lasse deine Gefühle zu. Sei gut zu dir, du hast es verdient«, wollte sie nicht hören. Nein, sie war hier, weil ein Mensch in Gefahr war, den niemand außer ihr retten konnte. Danka hörte zu, ohne sie zu unterbrechen. Dann nahm sie Chiaras Hand. »Du bist ja ganz kalt! Kein Wunder, du hast in letzter Zeit eine Menge Energie verbraucht …«

Chiara nickte. »Danka?«

»Ja.«

»Glaubst du an Schicksal?«

»Eine schwere Frage, Chiara …« Danka seufzte und lehnte sich im Sessel zurück. Einen Augenblick lang schien sie weit weg zu sein. »Ich glaube, es gibt Dinge, die einfach geschehen müssen, weil sie vorherbestimmt sind. Aber ich glaube nicht, dass es das ›Buch des Lebens‹ gibt, in dem alles exakt festgelegt ist, von der Geburt bis zum Tod. Ich glaube an parallele Universen. An einen Bereich von Raum und Zeit, der sich unserer Wahrnehmung entzieht. Sonst gäbe es keine Entscheidungsfreiheit.«

Chiara sah sie verwirrt an.

»Schau, Chiara, das Universum stellt uns verschiedene Möglichkeiten zur Wahl. Jede davon beinhaltet ein potentielles Leben. Triffst du eine Wahl, tauchst du in ein bestimmtes Leben ein. Doch unsere Lebenswege gabeln sich immer wieder.«

Chiara dachte einen Moment lang nach. Du triffst eine Wahl und tauchst in ein bestimmtes Leben ein. Gut, das mochte auf die Lebenden zutreffen, aber nicht auf die Toten.

»Danka, ist es möglich, dass ein Verstorbener in die Zukunft sehen und sie verändern kann?«

»Nein, die Toten können in dieser Welt nichts mehr sehen oder tun. Aber die Energie, die sie zurücklassen, ist manchmal so stark, dass sie uns Informationen übermitteln kann. Üblicherweise geschieht das bei besonders sensiblen und intensiven Menschen, vor allem, wenn ihr Leben vor der Zeit gewaltsam beendet wurde.«

Chiara nickte. Sie fühlte sich schon viel entspannter und war bereit für die eigentliche Sitzung.

»Also dann, Chiara«, Danka lächelte und legte die Karten auf den Tisch, »was ist heute unser Thema?«

17

Der Mann wand sich am Boden, das Gesicht lodernd wie eine Fackel. Seine unmenschlichen Schreie vermischten sich mit dem herzzerreißenden Weinen der Frauen und Kinder. Die wenigen Überlebenden des Gemetzels suchten ihr Heil in der Flucht, während die Soldaten sich einen Spaß daraus machten, sie wie Hasen zu jagen. Der Leichnam eines jungen Mannes lag in einer dunklen Blutlache. Von Don Pompeos Schergen vergewaltigt und zerstückelt. Und der Fürst blickte verzückt auf das grausame Schauspiel, als bewunderte er ein kostbares Gemälde.

Der Hügel von Rascino glich einem Feuermeer, das den Abendhimmel glutrot färbte. Ein leichter Wind trug den Geruch nach verbranntem Menschenfleisch und geronnenem Blut davon. Als Pompeo die inmitten von Tierkadavern verendenden Hirten sah, steigerte sich seine Erregung noch. Er hatte immer noch nicht genug. Schweiß lief ihm über das Gesicht. Unvermittelt überfiel ihn Todesangst, sein gellender Schrei durchschnitt die Luft.

»Herr, wacht auf!« Bagatella kauerte vor dem riesigen Bett. Der Zwerg wagte nicht, Pompeo zu berühren, aber seine Stimme reichte aus, den Fürsten aus seinem Alptraum zu wecken.

Die blutige Niederschlagung der Aufstände in Cicolano, Gamagna, Poggiopoponesco und Mareri stand ihm so deutlich vor Augen, als sei es gestern gewesen. Er fuhr sich über das Gesicht. Das war kein Schweiß, sein Gesicht war nass vor

Tränen. Doch Pompeo empfand nicht Schmerz noch Bedauern. Vielmehr loderte die Erregung, die er im Traum gespürt hatte, noch immer in ihm. »Die Hexe und die Zwillinge, schnell!« Der Zwerg verneigte sich und eilte davon, um den Auftrag seines Herrn auszuführen.

Kurze Zeit später betrat Astrellina das Zimmer. Unter dem Mantel trug sie nur ein Wolfsfell, das den vollen Busen unbedeckt ließ. Den silbernen Kelch mit den ineinander verschlungenen Schlangen hielt sie eng an sich gepresst. Astrellina kannte die Gier des Fürsten und wusste sie zu stillen. Sie goss eine rötliche Flüssigkeit in den Kelch. Vom Zaubertrank des Mönchs hing das Schicksal des Fürsten ab und damit auch das ihre. Sie fletschte ihr Raubtiergebiss und reichte Don Pompeo, der sie voller Verlangen anstarrte, den randvollen Kelch. »Hier bin ich, mein Gebieter«, gurrte sie lasziv und machte eine tiefe Verbeugung. Der Mantel glitt zu Boden. Dabei enthüllte sie ihre Brüste, die sie mit einer Mischung aus Heu und Gelée Royale üppig und straff hielt.

Unterdessen waren auch die Zwillinge gekommen. Die Konturen ihrer grazilen Körper zeichneten sich deutlich unter den luftigen Nachthemden ab. Als Pompeos Blick sie streifte, konnte er seine Begierde kaum noch zurückhalten. Sie schlüpften in sein Bett und fielen wie Hyänen über ihn her, als wollten sie ihn zerfleischen. Unter ihren kundigen Händen begann Pompeo lustvoll zu stöhnen. Er wollte den Höhepunkt so lange wie möglich herauszögern. Deshalb griff er nach dem Kelch, leerte ihn gierig und wartete, bis ihm ein Kribbeln signalisierte, dass das Elixier in seiner Blutbahn angekommen war. Die Ouvertüre zu einem wahren Feuerwerk der Empfindungen. Von den Fingerspitzen kroch es unter der Haut in jede Faser seines Körpers. Jetzt war er sicher, dass seine Erektion noch geraume Zeit stabil bleiben würde, und überließ sich ganz der Lust. Astrellina streifte sich die wie Wolfstatzen geformten Handschuhe über, an deren Spitzen jeweils fünf silberne Krallen befestigt waren. Eine Bestie in Menschengestalt, dachte Pompeo, ein Raubtier, das sich seinem Herrn unterwarf, um seine abartigsten Lüste zu befriedigen. Und erst jetzt kam er zum Orgasmus.

Donna Annetta betrachtete sich im Spiegel. Sie blickte in ein feingeschnittenes, mit Sommersprossen übersätes Gesicht. Sie lächelte, um zu prüfen, ob die Salbeiblätter ihre Zähne auch wirklich gut gereinigt hatten. Die Eitelkeit war ihr Schwachpunkt, und Astrellina wusste nur zu gut, ihren Vorteil daraus zu ziehen.

Annetta tauchte den Elfenbeinkamm in ein kleines Bronzegefäß und zog ihn behutsam durch ihr rotes Haar. Dann betrachtete sie ihn voller Sorge. Wie viele Haare waren heute ausgegangen? Keines. Sie seufzte erleichtert. Wieder tauchte sie den Kamm ein und fuhr sich durchs Haar, diesmal etwas kräftiger. Verflucht: jetzt hingen Haare darin, und nicht zu wenige. Annetta rang in panischer Angst die Hände. Die Hexe hatte es ihr angedroht: Wenn sie nicht alle Geheimnisse des Fürstenhofs preisgäbe, würde sie alle Haare verlieren.

Jeder im Schloss wusste von Astrellinas Macht, jeder fürchtete sie. Die Hexe konnte Menschen krank machen, ihnen Bauchkrämpfe und Übelkeit anhängen, sie hinken lassen. Ein einziger Blick ihrer Eidechsenaugen genügte. Vor einigen Tagen hatte Astrellina in einem der dunklen Gänge des Schlosses Donna Annettas Arm gepackt und ihr ins Ohr gezischt: »Wer steckt hinter dem Komplott gegen den Fürsten? Entweder du berichtest mir alles, was die Hofdamen tuscheln, oder dir werden nach und nach sämtliche Haare ausfallen.«

Ich muss unbedingt etwas tun, sagte sich Annetta. Nachdem

sie ihr blasses Gesicht geschminkt hatte, ging sie zu den anderen Hofdamen hinüber, die sich im großen, mit wertvollen Gobelins geschmückten Saal versammelt hatten. Hier wurde gestickt und gesponnen und die neuesten Gerüchte ausgetauscht. Mit Klatsch und Tratsch vertrieben sie sich die Zeit, bis die Herren von der Jagd zurückkehrten.

»Habt ihr bemerkt, wie glücklich Donna Beatrice in letzter Zeit aussieht?«, spöttelte Donna Cornelia, die größte Klatschbase am Hof.

»Oder wie traurig und gelangweilt sie wirkt, wenn sie hier sein muss?«, schaltete sich Giulietta ein.

»Ja, ja, die Arme ist nur dann glücklich, wenn sie gerade von ihren Ausflügen zurückgekehrt ist …«

Donna Annetta spitzte die Ohren. Das könnte die Hexe vielleicht interessieren. »Was meint ihr damit? Sagt schon! Ich weiß von nichts.«

Donna Cornelia ließ sich nicht lange bitten. »Beatrice nutzt jede Gelegenheit, um ihr Gesicht mit dem Schal ihrer Dienerin zu verhüllen und sich aus dem Schloss zu stehlen. Ich habe es mit meinen eigenen Augen gesehen. Und ich weiß …«, Donna Cornelia sprach jetzt ganz leise, während die anderen an ihren Lippen hingen, »ich weiß, dass der Bastard nach Zagarolo zurückgekehrt ist und sie sich heimlich mit ihm trifft.«

»Das kann nicht sein! Der Bastard und der Fürst sind Todfeinde.« Entsetzen machte sich breit. »Und sie erzählt niemandem, warum sie zu ihm geht?«

Die Damen lachten. »Du Dummerchen, rate mal, warum …«

»Es heißt, er sei ein zärtlicher und ausdauernder Liebhaber«, warf Giulietta ein, »aber wehe, der Fürst erfährt davon!«

»Allerdings, denn«, Cornelia machte eine Pause. Das Gemurmel verstummte schlagartig.

»Denn?« Annetta ließ nicht locker.

»Denn die Rache des Fürsten wäre fürchterlich, wenn er erführe, was Beatrice mir unter dem Siegel der Verschwiegenheit anvertraut hat.«

»Was ist es, sag schon!«

»Adalberto hat geschworen, Pompeo für seine Gräueltaten büßen zu lassen!«

»Oooh!« Einige Hofdamen hielten sich erschrocken die Hand vor den Mund, als ob bereits das kleinste Wort zu diesem Thema eine Todsünde wäre.

»Sie ist eine Verräterin«, flüsterte Annetta.

»In der Tat, Donna Beatrice ist eine Verräterin.« Cornelias Urteil stand fest.

»Schluss jetzt mit dem Geschwatze!« Eine herrische Stimme, begleitet von resolutem Händeklatschen. Donna Annunziata war aufgetaucht, die älteste Hofdame und die einzige, die alle anderen mit ihrer Autorität zum Schweigen bringen konnte. Annetta seufzte erleichtert, als sie sich mit den Fingern durch die Haare fuhr. Jetzt hatte sie wirklich interessante Neuigkeiten für Astrellina.

Am folgenden Tag herrschten im Schloss Trauer und blankes Entsetzen. Donna Beatrice war getötet worden. Annetta hatte ihre Leiche nackt in einer Lache aus Blut und Schlamm in der Nähe der Stallungen gefunden. Die schreckliche Nachricht hatte sich wie ein Lauffeuer verbreitet. Was das höfische Gefolge und die Dienerschaft bis ins Mark erschütterte, war nicht Beatrices Tod. Es waren auch nicht ihre schreckgeweiteten Augen, nicht das verzerrte, lila unterlaufene und mit grünem Schaum bedeckte Gesicht – eindeutiger Beweis für einen Giftmord. Nein! Es waren die klaffenden Wunden auf Beatrices Brust, die das Blut in den Adern der Menschen gefrieren ließen. Stammten sie von den Krallen eines wilden Tieres?

Aber wie konnte eine solche Bestie ins Innere des Schlosses gelangen?

Das fragte sich auch Giacomino, der panische Angst vor Wölfen hatte. Geschickt wie eine Wildkatze kletterte er eine Eiche empor. Die harte Rinde schürfte die Haut an seinen nackten Beinen auf, aber das kümmerte ihn nicht. Er war es gewöhnt. Er liebte es einfach, bis in die Krone zu klettern, sich auf einen Ast zu setzen und die Welt von oben zu betrachten. Während sein Blick über die Landschaft schweifte, sog er tief den würzigen Duft der Eichenblätter und der Eicheln ein. Bis hier oben kamen die Wölfe nicht, hier war er sicher. Dass er Don Adalbertos Kundschafter sein durfte, erfüllte ihn mit Stolz. Gemeinsam mit den anderen Spähern war es ihm bis jetzt noch immer gelungen, den Bastard rechtzeitig zu warnen, wenn Don Pompeos Schergen nahten.

Am Horizont war eine Staubwolke aufgetaucht. Giacomino kniff die Augen zusammen und erkannte drei Kutschen, die von berittenen Soldaten eskortiert wurden. Sofort gab er das Signal, das Krächzen eines Raben. Der Späher in der Nähe des Lagers kletterte eilends von seinem Ausguck herunter, um Adalberto zu verständigen. Aber sein Herr wusste bereits, dass Donna Livia Colonna nach Zagarolo unterwegs war, und hatte einen Boten losgeschickt, der sie um ein Treffen bitten sollte. Adalberto musste Donna Livia vor ihrem Schwiegersohn warnen, dafür war ihm kein Risiko zu hoch. Der Tod Beatrices hatte ihn tief getroffen. Schuldgefühle quälten ihn, weil er wusste, dass sie wegen ihm hatte sterben müssen. Und er kannte seinen Vater: Dieser blutrünstige Tyrann schreckte vor nichts zurück.

Donna Livia hatte Adalbertos Botschaft empfangen und dem Treffen nach kurzem Zögern zugestimmt. Begleitet von drei Soldaten und zwei Hofdamen, erschien sie an der großen

Eiche. Sie trug einen blauen Wollmantel, der unter dem Kinn mit einer goldenen Brosche verschlossen war. Darunter ein Samtkleid in der gleichen Farbe und lederne Reitstiefel. Der Gedanke, sofort ihr Pferd besteigen zu können, wenn Gefahr im Verzug wäre, gab ihr Sicherheit. Eine Haarsträhne war ihr in die Stirn gefallen, die Wangen waren leicht gerötet: Die strapaziöse Reise forderte ihren Tribut. Trotzdem fand Adalberto sie wunderschön. Züchtig blickte sie zu ihm auf. Die hellen Augen des Mannes strahlten, ein gewinnendes Lächeln umspielte seine Lippen. Eine stattliche Erscheinung, fand auch Donna Livia. An Orinzias Hochzeit waren sie sich zum ersten Mal begegnet. Damals hatte er ein prunkvolles Gewand getragen, doch heute, in seinem braunen Lederwams und den schlammverspritzten Stiefeln, erschien er ihr noch anziehender.

Als Zeichen der Ehrerbietung legte Adalberto seinen Gürtel mitsamt dem Schwert ab und hängte ihn über den Sattel seines Pferdes. Dann bedeutete er seinen Soldaten, sich zu entfernen. Livia tat es ihm nach. Adalberto warf den beiden Hofdamen einen kurzen Blick zu. »Verehrte Dame, ich bitte um ein Gespräch unter vier Augen.«

Nach kurzem Zögern schickte Donna Livia auch ihre Begleiterinnen fort. Als sie wieder zu Adalberto aufblickte, bemerkte sie den ernsten Ausdruck in seinem Gesicht, der ihn zwar älter, jedoch kein Jota weniger interessant erscheinen ließ. »Sprecht, mein Herr.«

Adalberto kam ohne Umschweife zum Punkt. Für Höflichkeiten fehlte die Zeit. »Verehrte Dame, ich bin hier, um Euch meine Dienste anzubieten. Im Schloss lauern tödliche Gefahren auf Euch. Dass Ihr Donna Orinzia zur Seite stehen sollt, ist nur ein Vorwand. In Wirklichkeit plant Pompeo ein Attentat auf Euch. Mehr kann ich Euch nicht sagen, aber Ihr solltet Euch in Sicherheit bringen.«

Livia schlug die Augen nieder. Nicht aus Angst noch aus Verwunderung, sondern aus Kummer. Die Vergangenheit hatte sie eingeholt. Sie konnte ihr nicht entfliehen. Als sie den Kopf wieder hob, lagen ein Stolz und eine Entschlossenheit in ihrem Blick, die Adalberto verblüfften: »Ich danke Euch, aber ich habe Begleiter, die mich schützen, und weiß mich zu wehren.« Dabei strich sie mit den behandschuhten Fingern unwillkürlich über den Ring mit dem großen roten Stein, der das Gift der Hexe von Fondi enthielt.

»Aber Don Pompeo ist ein Schlächter, grausam und ohne jede Moral. Zu jeder Schandtat bereit. Eure Soldaten und Eure Dienerschaft können Euch nicht vor ihm schützen, Signora«, entgegnete Adalberto mit harter Stimme. Diesen Ton schlug er sonst nicht an, wenn er mit Damen ihres Standes sprach.

Livia wollte etwas entgegnen, doch Adalberto ließ sie nicht zu Wort kommen: »Ihr könnt über meine Männer verfügen, jederzeit. Erlaubt mir, an Eurer Seite zu sein. Nehmt Euch in Acht vor der Hexe. Sie würde für Pompeo durch die Hölle gehen. Wenn sie nicht schon längst dort ist.« Der Gedanke an Donna Beatrice durchfuhr ihn und erfüllte ihn mit Wut und Trauer. »Im Schloss herrscht ein Teufel in Menschengestalt, der auch vor Unschuldigen nicht haltmacht. Vergesst das nie!« Erst jetzt bemerkte er Donna Livias Blick. Ein Blick, der ihr Innerstes offenbarte. Zum allerersten Mal fühlte er sich wehrlos. Er spürte einen Stich in der Brust. War es Schmerz oder Glück? Sie schwiegen betroffen, und Adalberto begriff: Einen solchen Moment würde es nicht noch einmal geben. Er verabschiedete sich mit einer tiefen Verbeugung, bestieg sein Pferd und galoppierte davon. Besessen von dem Wunsch, die einzige Frau, bei der er sich jemals so verletzbar gefühlt hatte, zu beschützen.

18

Die Schlangen. Mein Gott, wie war das möglich? Sie bewegten sich. Chiara hatte vor Entsetzen den silbernen Kelch mit den ineinander verschlungenen Reptilien auf den Boden fallen lassen, war zurückgewichen und gegen den Türrahmen gestoßen. Wie kam dieser Kelch in ihre Hände? Unterdessen waren die Schlangen aus der silbernen Oberfläche herausgekrochen und glitten nun über den Schlafzimmerfußboden. Dabei wanden sie sich wie im Kampf zischend umeinander. Chiaras Herz klopfte wie wild. Sie wollte fliehen, verharrte aber starr vor Schreck auf der Türschwelle, nur einen Schritt von der Rettung entfernt. Sie war wie gelähmt. Trotz aller Absurdität wirkte die Situation für Chiara logisch, auch wenn sie nicht wusste, in welchem Maße und warum. Plötzlich hob eine der Schlangen den Kopf, blickte ihr in die Augen und flehte: »Rette mich!«

Erst jetzt wurde Chiara klar, dass sie träumte. Ein Alptraum. »Ich wache jetzt auf, ich wache jetzt auf«, beschwor sie sich, bis sie mit schweißnasser Hand den Schalter der Nachttischlampe ertastet und das Licht angeknipst hatte. Sorgenvoll schaute sie auf den Wecker. Drei Uhr. Wenn sie jetzt wieder einschlafen könnte, hätte sie immerhin noch vier Stunden Schlaf vor sich. Leichter gesagt als getan. Wenn sie nach ein Uhr morgens aufwachte, war normalerweise an Schlaf nicht mehr zu denken. Sie schaute zum Fenster. Trotz Doppelverglasung konnte man den Straßenverkehr hören, wenn auch ganz leise, wie ein wehmütiges, an- und abschwellendes Echo. Sie dachte an Danka. Die Karten hatten eine klare Sprache gesprochen. Eine Frau war in Gefahr. Genau wie es die Dame aus Zagarolo ihr zugerufen hatte.

Doch die Karten hatten nicht verraten, wer diese Frau war. »Werde ich sie retten können?«, hatte Chiara gefragt.

»Man kann nur jemanden retten, der auch gerettet werden will«, hatte Danka geantwortet.

Sie dachte an den Alptraum, an die Schlange, die ihr zurief: »Rette mich!« und fühlte sich erschöpft. Es lag auf der Hand, dass die Ereignisse der letzten Tage sie überforderten und in ihren Angstträumen Realität und Phantasie durcheinandergerieten. Sie fühlte sich in ihre Kindheit zurückversetzt. Ihre Eltern hatten sich gerade getrennt. Um über dieses Trauma hinwegzukommen, hatte man sie zu einer Psychologin geschickt. Sie hatte ihr erklärt, dass Alpträume immer dann einen realistischen Hintergrund hatten, wenn man selbst in einer akuten Krise steckte. »Je weiter ein Traum von unserer Lebenswirklichkeit entfernt ist, desto stabiler ist die Psyche. Wenn aber die Realität in den Träumen die Oberhand gewinnt, ist das ein schlechtes Zeichen. Dann sollten wir uns bemühen, Ordnung in unser Leben zu bringen.« Besorgt fragte Chiara sich, ob es für sie nicht vielleicht höchste Zeit sei, dem Rat der Psychologin zu folgen? Ihr Leben war ein einziges Chaos, ohne ein erkennbares Ziel. Viele ihrer Freundinnen und Kolleginnen waren bereits verheiratet, einige hatten Kinder, einige Ehen waren gescheitert. Aber sie hatten ihrem Leben immerhin einen Sinn gegeben. Paolo fiel ihr ein. War er wirklich nur ein guter Freund? Worauf wartete sie noch? Sie dachte an ihre Wohnung. Es gab so viel zu tun. Die Wände mussten gestrichen, die Möbel aufgearbeitet werden, insbesondere die barocke Wohnzimmerkommode, ihr heißgeliebter »Zausel«. Auch dem Jordaens-Gemälde täte eine Restaurierung gut. Vor allem aber musste sie sich entscheiden, was mit der Wohnung in Venedig passieren sollte, die ihr Tante Edy vererbt hatte. Wie lange war sie nicht mehr dort gewesen? Ein konkretes Projekt zu realisieren würde ihr bestimmt guttun. Als sie sich nach langem Grübeln endlich durchgerungen hatte, der Wohnung in der Calle Venier einen Besuch abzustatten, graute schon der Morgen. Doch danach war sie voller Energie, machte sich einen Kaffee und sprang unter die Dusche. Wie konnte sie ihre guten Vorsätze am besten in die Tat umsetzen? Mit klopfendem Herzen wählte sie Paolos Handynummer, aber der Anschluss war vorübergehend nicht erreichbar.

Luca war wütend. Er hätte den Kerl am liebsten umgebracht. Ein völlig neues Gefühl. Eine Woche lang hatte ihn der Rausschmeißer des Xilos mit dämlichen Ausreden hingehalten: »Tut mir leid, nur für Paare heute Abend.« – »Heute Frauenabend.« – »Heute keine Jeans.« – »Punks bleiben heute draußen.« Das war zu viel. »Keine Punks? Die beiden Freaks, die du eben reingelassen hast, hatten mehr Nieten als sonst was am Leib!«, hatte er wütend protestiert und versucht, sich an dem Zerberus vorbeizudrängeln. »Du nicht, habe ich gesagt.« Der Türsteher hatte ihn an der Jacke gepackt. Wenn er gewollt hätte, hätte er ihn mühelos hochheben und ein paar Meter weiter wie einen Müllsack auf den Boden schleudern können. Luca gab auf und ging in Richtung Parkplatz. Ihm war klar, dass ihn der Kerl so lange nicht aus den Augen lassen würde, bis er aus seinem Sichtfeld verschwunden war.

Er war sich jetzt absolut sicher, dass Tes in die Sache verwickelt war. Wieder und wieder hatte er ihre letzte E-Mail gelesen, aber er verstand nicht, was sie ihm sagen wollte. Warum war sie verschwunden? Nach allem, was sie miteinander erlebt hatten? So hemmungslos war er mit keiner anderen Frau gewesen. Er versteckte sich in einer düsteren Ecke des Parkplatzes, hinter einem Volvo. Von hier aus konnte er den Eingang der Disko unbemerkt beobachten. Es war erst elf, um vier Uhr morgens würde das Xilos schließen. Eine lange, eine sehr lange Zeit. Er zündete sich eine Zigarette an. Immer mehr Gäste trafen ein, solo oder zu zweit. Auch Typen im Nieten-Look. Der Türsteher ließ sie rein, nachdem er sie mit seinem Röntgenblick abgecheckt hatte. »Arschloch!«, fluchte Luca.

War sie etwa schon da? Unwahrscheinlich. Ein Typ, der an ihr klebte wie Kaugummi, hatte ihm erzählt, Tes käme nie vor Mitternacht ins Xilos. Er öffnete das zweite Päckchen Zigaretten. Dreimal hätte er schwören können, sie gesehen zu haben, und war in den Lichtkegel der Parkplatzlaterne getreten, auch auf die Gefahr hin, erkannt zu werden. Aber sie war es nicht. Nur eine Frau, die ihr ähnlich sah. Gegen zwei kam ein Pärchen auf sein Versteck zu. »Mist, der Volvo«, schimpfte er und flüchtete sich ins Gebüsch, das den Parkplatz umgab. Gerade noch mal gutgegangen. Als der Volvo davongefahren war, wagte sich Luca kurz ins Freie. Er hielt den Atem an: Da war Tes, kein Zweifel. Sie unterhielt sich mit dem Türsteher. Scharfer Mini, endlos lange Beine in hochhackigen Schuhen. Sie ging leichtfüßig zu einem grauen BMW hinüber. Adrenalin schoss durch seinen Körper. Sein Verstand setzte aus, und er rannte auf sie zu. Das wütende Gebrüll des Türstehers, der seinen Posten nicht verlassen durfte, war ihm egal. »Hey du, bleib stehen!« Luca rannte weiter.

Tes blendete die Scheinwerfer auf. Einen Augenblick fürchtete Luca, sie würde ihn anfahren. Doch sie drosselte das Tempo und fuhr ganz langsam weiter. Außerhalb des Parkplatzes stellte sie den Motor ab und stieg aus. Gelassen, ein spöttisches Lächeln auf dem Gesicht. Luca fiel auf, dass sie dieses Mal keinen Schmetterling, sondern eine Rose auf die Schulter tätowiert hatte.

»Was willst du?« Tes ging auf ihn zu. Ihre Stimme klang so anders. Sonst hatte sie stets diesen warmen, schmeichelnden Unterton gehabt, wie die Mädchen in den Call-Centern. Mit ihren hochhackigen Schuhen überragte sie ihn um einige Zentimeter. Luca wurde unsicher. »Warum bist du einfach so verschwunden?« Seine Wut war wie weggeblasen. Jetzt wollte er nur noch eins: sie küssen.

»Weil du ein Schlappschwanz bist, deshalb!« Tes stieß ihn so heftig zurück, dass er fast das Gleichgewicht verlor. »Du ekelst mich an, Schlappschwanz«, zischte sie ganz nah an seinem Gesicht und betonte dabei jede Silbe. Ihre Verachtung erschien Luca völlig fehl am Platz. Er wollte sich der Sekte nicht anschließen, na und? Aber doch nicht, weil er sie nicht liebte, sondern weil ... er Angst hatte. Sie hatte recht, er war ein Schlappschwanz. Die Wut wallte erneut in ihm auf. »Was glaubst du eigentlich, wer du bist?« Er versetzte ihr einen Stoß. Mit ihren hohen Absätzen war sie zwar größer, aber er war bestimmt der Stärkere. »Ich habe vor nichts Angst. Für mich seid ihr nichts als ein jämmerlicher Haufen Perverser.«

Tes brach in höhnisches Gelächter aus, aber Luca erschien sie nicht mehr ganz so selbstsicher.

»Und wenn du mir nicht verrätst, wo Andrea ist, dann gehe ich zur Polizei. Die suchen ihn bestimmt sowieso schon. Gestern hatte ich Besuch von einer gewissen Chiara ...«

Weiter kam er nicht. Er wurde am Hals gepackt und zu Boden gerissen. Er konnte zwar nichts sehen oder hören, aber dieser Klammergriff kam ihm merkwürdig vertraut vor. Der Geruch erinnerte ihn an Tes. Aber sie konnte es nicht sein, sie hatte eben ja noch vor ihm gestanden. Jemand trat ihm in den

Bauch, er kippte nach vorne. Tes, dachte er. Der Mensch über ihm war stark und kannte keine Gnade. Zusammen mit Tes würde er ihn locker fertigmachen.

Als Luca wieder zu sich kam, steckte sein Kopf unter einer schwarzen Kapuze. Die Hände waren hinter dem Rücken zusammengebunden. In seinem Kopf drehte sich alles, seine Beine waren schwer wie Blei, und er hatte einen metallenen Geschmack im Mund. Über ihm eine Stimme: »Wer ist Chiara? Raus mit der Sprache, oder willst du enden wie Andrea?« In diesen Worten schien eine gewisse Ironie zu liegen. Luca versuchte zu sprechen, aber es ging nicht. Aus seinem Mund kam nur ein Krächzen. Er versuchte es ein zweites Mal und brachte mit kaum hörbarer Stimme einen Bericht von Chiaras Besuch heraus. Sie habe nach einem gewissen Marco Lunieri gefragt. Ihre Telefonnummer stecke in seiner Hosentasche. Jemand zog ihm die Kapuze vom Kopf. Tes stand vor ihm. Und eine weitere Frau. Beide nackt. »Rose und Schmetterling«, flüsterte er, dann verlor er erneut die Besinnung.

Die Calle Venier war immer noch genau das paradiesische Fleckchen, das sie in Erinnerung hatte. Chiara hatte die kleine Wohnung von Tante Edy geerbt. Früher, während der Schulferien, war sie öfter zum Filmfestival in Venedig gewesen. Sie erinnerte sich an das Plätschern des Wassers unter dem Balkon des Schlafzimmers, das sie mit ihrer Tante geteilt hatte, und an all die leckeren Gerichte, die Edy liebevoll für sie zubereitet hatte. Sie war glücklich, wenn sie auf dem Vorderdeck des Vaporetto saß, in freudiger Erwartung, schon bald denselben Boden betreten zu dürfen, über den auch ihre Idole geschritten waren. Chiara war immer am Lido ausgestiegen und ein bisschen spazieren gegangen, natürlich in der Hoffnung,

Richard Gere, John Travolta, Jack Nicholson oder Kurt Russell zu treffen. Es spielte keine Rolle, dass ihr Traum nie wahr wurde. Sie hatte sich unter die Cineasten gemischt, die riesigen Plakate betrachtet, auf denen die Filme angekündigt wurden, und sich ausgemalt, dass sie später auch einmal ein Teil dieser wunderbaren Welt sein würde.

Während sie die kleine Wohnung betrat, dachte sie wieder an ihre Kindheitsträume zurück. Zum Teil hatten sie sich erfüllt. Bei Telestella durfte sie Stars und Sternchen interviewen. Gut, es waren nicht gerade Filmgrößen aus Hollywood, aber immerhin Persönlichkeiten aus dem Showbiz, die von ihren Fans verehrt wurden.

Als Erstes riss sie die Fenster auf. Die Wohnung stand seit langem leer, kein Wunder, dass es nach Staub und Moder roch. Doch bereits nach kurzer Zeit hatten Sonne und Wind die abgestandene Luft vertrieben. Es war ein schöner Tag. Koffer auspacken hatte noch Zeit. Zuerst gönnte sich Chiara ein bisschen Entspannung auf dem kleinen Balkon mit Blick auf den Kanal. Nichts wirkte so beruhigend auf sie wie das sich kräuselnde Wasser. Der Alptraum mit den Schlangen kam ihr wieder in den Sinn, aber das Wasser unter ihr spülte die aufkommende Angst einfach weg. Hier war die Welt noch in Ordnung, hier konnte ihr nichts passieren. Das ruhige Wasser der Kanäle, die pittoresken kleinen Plätze, eine Vaporetto-Fahrt auf dem Canale Grande: Schon das genügte, um in eine andere Dimension einzutauchen, in ihr kleines Paradies. Sie drehte das Gas auf und schaltete den Heißwasserboiler ein, dann warf sie einen kurzen Blick in die anderen Räume. Wohnzimmer, Schlafzimmer, ein weiteres Zimmerchen, Küche und Bad. Sie nahm sich vor, morgen alles gründlich sauber zu machen. Den Boden putzen, die Möbel abstauben, vor allem das hölzerne Bücherregal, das eine ganze Wohnzimmerwand einnahm. Viel Arbeit. Jetzt aber erst einmal eine heiße Dusche und dann essen gehen. Sie hatte Hunger.

Als sie gerade ins Bad gehen wollte, summte ihr Handy. Eine SMS. Sie löste die Tastensperre und las den Absender. Paolo. Sie war überrascht und erfreut zugleich. CIAO, WIE GEHT'S? UND DEINE ERMITTLUNGEN? BIN IN CROTONE BEI MEINEM VATER. D.A.D. P.

Chiara las die Nachricht ein zweites Mal. Sie genoss den Augenblick und träumte von der Zukunft: Sie war mit Paolo verheiratet, sie genossen ihr Glück in der Calle Venier, saßen händchenhaltend in einer Gondel. Nicht besonders originell, ein kitschiges Postkartenmotiv, aber das war ihr egal. Hauptsache, es funktionierte.

DIE SUCHE STOCKT. BIN IN VENEDIG. TOLLES WETTER. WÜNSCHTE, DU WÄRST HIER, schrieb sie zurück. Kurz bevor sie auf »Senden« drückte, kamen ihr Zweifel. Vielleicht war der letzte Satz zu direkt? Ach was! Da sie schon einmal beschlossen hatte, das Eis zu brechen, konnte sie auch gleich damit anfangen. Und per SMS war es immer noch einfacher, als wenn sie ihm dabei ins Gesicht sehen müsste. Mit klopfendem Herzen drückte sie auf die Sendetaste. Für einen kurzen Augenblick schämte sie sich. Danach allerdings schämte sie sich für ihre Komplexe.

Nach der Dusche lief sie nackt ins Wohnzimmer hinüber. Zeit, den Koffer auszupacken. Sie liebte es, die kalte Luft auf ihrer Haut zu spüren. Sie zitterte ein bisschen, aber sie fühlte sich frei. Frei von allem Ballast. Schon lange war sie nicht mehr so glücklich gewesen. Während sie sich auf den Boden kniete, um den Koffer zu öffnen, bewegte sich etwas hinter ihr. Es kam ihr jedenfalls so vor, doch als sie sich umdrehte, war nichts zu sehen. Ein Kälteschauer überlief ihren Körper. Wieder eine Bewegung. Ein Luftzug, dachte sie. Aber die Vorhänge hingen schlaff herunter. »Chiara, du siehst Gespenster. Du bist wie ein Kind, das Angst vor seinem eigenen Schatten hat, schimpfte sie mit sich. Dann öffnete sie den Koffer und nahm ein blauweiß geblümtes Baumwollkleid heraus. Ein bisschen eng zwar, aber es war ihr Lieblingskleid. Sie genoss die Blicke der Männer, wenn sie es trug. Vorsichtig zog sie das Kleid über den Kopf, ganz langsam, um die Seitennähte nicht zu sprengen. Einen Augenblick lang konnte sie nichts sehen, als würde ihr eine Kapuze über den Kopf gestülpt. Das war immer so, doch diesmal hatte Chiara das Gefühl, zu ersticken, und wurde von Panik erfasst. Bei dem Versuch, sich aus der misslichen Situation zu befreien, verlor sie den Halt und fiel gegen das Bücherregal. Als sie das Kleid endlich wieder abgestreift hatte, schnappte sie nach Luft, das Blut pochte ungestüm in ihren Schläfen. Wie magisch angezogen, fiel ihr Blick auf ein Buch mit schwarzem Ledereinband, das einige Zentimeter aus dem Regal ragte: *Über die Hexerei* von Cyprianus von Antiochia. Jenes berühmte Zauberbuch, das Giona Sufurino von Luzifer persönlich bekommen haben sollte, wie Silvia Giorgini ihr erzählt hatte, die selbst eine Kopie davon besaß. Das Original allerdings, so hatte die Kommissarin ebenfalls zu berichten gewusst, war verschollen. Chiaras Knie zitterten. »Keine Angst, es ist nur ein Buch«, machte sie sich Mut. Sie streckte die Hand aus und zog das Buch aus dem Regal. Entsetzt ließ sie es sogleich wieder fallen: Hinter dem Buch war ein silberner Kelch versteckt – mit zwei ineinander verschlungenen Schlangen.

Seitdem sie vor ungefähr einer halben Stunde den Hörer aufgelegt hatte, kauerte Maria Lunieri im Sessel und wiegte sich vor und zurück, die Arme um den Oberkörper geschlungen. Wie ein kleines Kind, das Angst vor dem Gewitter hat und sich zu trösten versucht. Marco ging es gut. Das hatte er ihr jedenfalls am Telefon gesagt. Aber auf keinen Fall dürfe sie zur Polizei gehen oder weiter nach ihm suchen.

»Wo bist du? Wann kommst du zurück?«, hatte sie immer wieder schluchzend gefragt. Er sprach abgehackt und schnell, wie ein Automat. Auch wenn er noch so sehr betonte, es gehe ihm gut, wusste sie doch genau, dass er log.

»Ich komme zurück, hab keine Angst. Aber jetzt noch nicht. Du darfst auf keinen Fall nach mir suchen.«

»Gut, aber sag mir wenigstens, wo du bist. Ich flehe dich an.«

»Nein.«

»Wie soll ich keine Angst haben, wenn ich nicht einmal weiß, wo du steckst?«

Und dann hatte er etwas hinzugefügt, was ihr den Atem stocken ließ: »Ich habe es dir schon gesagt, Mama. Wenn du mich lebend wiedersehen willst, dann hör auf, mich zu suchen. Versprich es mir, sonst …«

Dann hatte Marco aufgelegt, und sie war in Tränen ausgebrochen. Sie war überglücklich, dass ihr Sohn lebte, aber auch voller Angst. Denn es bestand kein Zweifel: Er schwebte in Gefahr. Sie musste ihn finden, doch dabei konnte ihr niemand helfen. Auch Chiara nicht.

Nachdem sie sich rasch Jeans und Pulli übergestreift hatte, stopfte Chiara das Buch und den Silberkelch in einen Müllsack und verließ Hals über Kopf die Wohnung. Es kümmerte sie nicht, dass die Menschen sie befremdet ansahen. Nur weg damit, so weit und so schnell wie möglich. Mit Tante Edy konnte das alles nichts zu tun haben. Sie war eine einfache Frau gewesen, herzensgut, fast schon naiv. Sie liebte Fernsehserien und Soaps, versäumte keinen Gottesdienst und sprach jeden Abend ein Gebet. Aber: Wie kamen dieses Buch und dieser Kelch in ihre Wohnung? Chiara bog in eine Gasse, in eine zweite, eine dritte. Plötzlich hatte sie das Gefühl, durch ein Labyrinth zu irren. Das war nicht mehr die sonnendurchflutete Calle Venier. Eingeengt von hohen Hauswänden rechts und links, fühlte sie sich wie in eine Schachtel gesperrt. Überall waren Schatten. Irgendwann ging es nicht mehr weiter, nur noch das Echo ihrer eigenen Schritte auf dem Pflaster war zu hören. Panik ergriff sie. Sie schleuderte den Müllsack in eine Ecke und rannte, bis sie nicht mehr wusste, wo sie war. Ziellos hastete sie weiter, ihre Füße bewegten sich wie von selbst. Leicht und schwerelos. Einen Moment lang schien es ihr, als würde sie fliegen.

Sie hatte jegliches Gefühl für Raum und Zeit verloren. Irgendwann fand sie sich nassgeschwitzt am Rio Cabbalà wieder. Sie fühlte sich wie zerschlagen, die Beine schwer wie Blei. Nachdem sie wieder zu Atem gekommen war, betrat sie die Chiesa della Salute. Seit Jahren war sie nicht mehr dort gewesen. In der Kirche waren nur einige wenige Gläubige. Ein Mönch schritt würdevoll durch das Kirchenschiff und traf letzte Vorbereitungen für den Gottesdienst. Chiara tauchte ihre Finger ins Weihwasserbecken, schlug das Kreuzzeichen und setzte sich in die letzte Reihe. Hier fühlte sie sich sicher. Sie sprach ein Gebet für Livia Colonna. Und für die Unbekannte, die sie retten sollte.

Anna Maria wartete darauf, dass sich der Internet-Explorer endlich öffnete. Ein Geduldspiel. Früher oder später musste sie sich einen neuen Computer zulegen. Während sie auf den Monitor starrte, dachte sie über die Situation nach, in die sie sich hineinmanövriert hatte. Ihr Leben steckte in der Krise. Wenn sie an Federico dachte, kam es manchmal vor, dass statt seinem Cesare Persellas Gesicht vor ihrem inneren Auge auftauchte. Bei dieser Vorstellung überkamen sie Unbehagen und Scham.

Anna Maria klickte erneut auf den Internet-Explorer. Nichts. Er startete einfach nicht. Federico hatte immer geunkt: »Typisch PC. Mit einem Mac wäre das nicht passiert.« Für ihn kam nur ein Mac in Frage. »Mit dem Kauf eines Mac entscheidet man sich nicht nur für einen Computer, sondern für eine Lebensphilosophie«, hatte er gesagt. Apple-Käufer seien Idealisten, vereint im Glauben an das Schöne, an Kameradschaft, Ehrlichkeit und Moral: »Wir verurteilen die Piraterie im Netz.« Anna Maria hatte damals ehrfürchtig seinen Worten gelauscht, als sei er ein Held oder ein politischer Führer. Niemals wäre sie auf die Idee gekommen, er könne sie belügen oder gar eine Ehefrau verheimlichen.

Plötzlich fühlte sie einen Stich in der Brust. Schlagartig wurde ihr klar, dass ihre Liebe zu Federico größer war als die Enttäuschung über seine Doppelmoral. Auch die Trennung hatte ihre Leidenschaft nicht abgekühlt. Im Gegenteil. Je länger sie dauerte, desto stärker litt sie darunter. Mehr als einmal war sie versucht gewesen, Federicos Nichte Mony anzurufen. Sie brauchte den Kontakt zu einem Menschen, der den »anderen« Federico kannte. Sie tippte die Nummer in ihr Handy und drückte die Anruf-Taste. Plötzlich war sie nervös, sie kam sich kindisch vor. Was sollte sie sagen? Sie brach die Verbindung ab.

Sie hatte mit Federico vereinbart, dass sie jeden zweiten Tag telefonieren würden. Mehr war nicht gestattet, auch keine SMS. Nur einige Worte am späten Nachmittag, um sich gegenseitig ihre Liebe zu versichern. Federico mied sogar das Fitnessstudio, in dem sie sich kennengelernt hatten. Anna Maria jedoch war jedes Mal in Gedanken bei ihm, wenn sie dort trainierte. Schon früher hatte sie ihn heimlich beobachtet, auf dem Laufband oder auf dem Crosstrainer: Ein Athlet, der seinem Körper alles abverlangte. Ein richtiger Mann, der wusste, was er wollte. Wie sehr hatte sie ihn begehrt! Dann die zufällige Begegnung an der Bar, der Karottensaft, ihr gemeinsames Lieblingsgetränk. Ihre Seelenverwandtschaft. Diese selbstauferlegte Distanz musste ein Ende haben. Sie würde ihn anrufen und ihm sagen, dass sie ohne ihn nicht leben konnte, ihm trotz allem vertraute und an seine Liebe glaubte. Auch wenn er verheiratet war.

Dann tauchten andere Bilder auf. Sie sah Federico Hand in Hand mit einem Fotomodell. Und sie sah, wie sie gemeinsam in seine Wohnung gingen. Sein Zuhause, das zu betreten sie sich immer geweigert hatte. Oder sie stellte sich vor, wie er im Flugzeug saß, neben einer frustrierten Ehefrau, die nur darauf zu warten schien, von ihm verführt zu werden. Ihre Gedanken machten selbst vor seinem Büro nicht halt. Dort sah sie ihn im Kreis karrieregeiler Jung-Managerinnen, die für beruflichen Erfolg zu allem bereit waren. Seine eigene Frau aber blieb bei diesen Bildern stets im Dunkeln. Danach gewannen Wut und Stolz wieder die Oberhand. Nein, sie würde nicht einlenken, auf keinen Fall. Distanz war das Gebot der Stunde. Wenn Federico sie wirklich liebte, würde er den ersten Schritt tun. Er würde sich von seiner Frau scheiden lassen, um mit ihr zusammenleben zu können.

Sie machte den Computer aus, in der Hoffnung, damit auch die Gedanken an Federico abzustellen. Es klopfte.

»Anna Maria, kommst du bitte, das Essen ist fertig.«

Sie wunderte sich. Normalerweise klopfte ihre Mutter nicht an, bevor sie ins Zimmer kam.

»Ich habe keinen Hunger.«

Sie hörte ihre Mutter seufzen. Wahrscheinlich machte sie sich Sorgen. Gut so.

»Anna Maria, bitte ...« Mehr brachte Lucetta nicht heraus. Dabei wollte sie ihrer Tochter doch so vieles sagen. Aber ihr war klar, dass einzig und allein der Satz: »Es war alles gelogen. Bitte verzeih mir, ich habe mir das alles nur ausgedacht«, den Familienfrieden wiederherstellen könnte. Aber auch das würde Anna Maria ihr nun nicht mehr glauben, ganz bestimmt nicht. Selbst wenn sie es sich als Mutter noch so sehr wünschte.

»Ich habe doch gesagt, ich habe keinen Hunger. Geh und lass mich endlich in Ruhe!«

Erst als sie hörte, wie sich die Schritte ihrer Mutter entfernten, ließ Anna Maria ihren Tränen freien Lauf. Sie nahm einen zusammengefalteten Illustriertenausschnitt aus der Schreibtischschublade. Das war ihre Zukunft. Was hatte sie schon zu verlieren? Sie biss sich auf die Lippen. Die Wut, die sie eben noch hatte weinen lassen, verwandelte sich in wilde Entschlossenheit. Sie faltete den Artikel auseinander und begann zu lesen.

»Rom. Auf dem Weg zu einer exklusiven Party in der Via Tre Orologi. Geschützt von Bodyguards, steigt der Multimillionär Cesare Persella aus seinem Maserati, begleitet von seiner wunderschönen Frau Maité, einem Ex-Topmodel.« Anna Maria las die Bildunterschrift wieder und wieder. Es war kein gutes Foto, sogar etwas unscharf. Trotzdem würde sie es zu den anderen Artikeln über das Ehepaar Persella einsortieren, die sie in den letzten Tagen gesammelt und in einem Ordner unter der Matratze versteckt hatte. Um sich die Hochglanzmagazine leisten zu können, sparte sie beim Mittagessen und rauchte weniger. Wann immer sie ein Foto ihres Vaters sah, suchte sie verzweifelt nach Ähnlichkeiten. Hatte er vielleicht die gleichen Augen wie sie? Das würde ihr Mut machen, Kontakt zu ihm aufzunehmen. Die weltgewandte, elegante Maité dagegen schien wie von einem anderen Stern.

Und was es auf der Party zu essen gab! »Tatar von Zahnbrasse und Wildlachs mit Soja-Kokos-Sauce.« Wie das wohl schmeckte? Sie las weiter: »Marinierter Wolfsbarsch an Blutorangen mit Meeräschenrogen und Baldriansalat.« Davon hatte sie noch nie etwas gehört. Trotzdem, während sie den Ausschnitt in den Ordner steckte, ertappte sie sich bei einem kühnen Gedanken: Mit dem vielen Geld, das er hat, könnte Persella ruhig mal eine Diät machen und ins Fitnesscenter gehen, um neben seiner attraktiven Frau einigermaßen zu bestehen.

Dieser Gedanke erinnerte sie wieder an Federico. Sie verzehrte sich vor Sehnsucht nach ihm, aber sie hatte Prioritäten gesetzt. »Eins nach dem anderen«, sagte sie laut zu sich, »zuerst treffe ich mich mit meinem Vater, und dann rufe ich Federico an.« Jetzt konnte sie ihren Phantasien freien Lauf lassen: Vielleicht wäre Maité gerührt von ihrem Schicksal und würde sie in ihre Arme schließen. Immerhin galt sie als Inbegriff der Wohltätigkeit. Aber diesen Gedanken verwarf sie sofort wieder. Das Auftauchen einer unehelichen Tochter wäre peinlich und würde dem untadeligen Ruf Cesare Persellas schaden. Auch Maité wäre betroffen, ihre guten Kontakte zu hohen Würdenträgern in Politik und Kirche könnten Schaden nehmen. Anna Maria war klar: Sie musste den Stier bei den Hörnern packen. Wenn ihr Vater erst wüsste, dass sie seine Tochter war, würde er sie bestimmt nicht zurückweisen. Blut ist dicker als Wasser. Dieses Sprichwort machte sie zu ihrem Mantra.

Wiederholt versuchte sie, einen Termin mit dem Präsidenten der Persella-Holding zu bekommen. Vergeblich. Jedes Mal weigerte sich eine seiner Sekretärinnen, sie durchzustellen, am Ende wurde ihr sogar mit der Polizei gedroht. Anna Maria musste sich eingestehen, dass ihr Herzenswunsch schon im Vorfeld zu scheitern drohte. Sie musste ihre Strategie ändern und ihrem Vater »zufällig« über den Weg laufen. Aber wie und wo?

Sie bezog vor dem Gebäude der Persella-Holding Stellung. Als eines Tages der Maserati ihres Vaters vorbeikam, versuchte sie am Zebrastreifen vor das Auto zu laufen. »Bist du verrückt? Der fährt dich über den Haufen!« Eine Hand hatte sie am Arm gepackt und zurückgerissen. Mist. Anna Maria musterte den Mann, der ihr höchstwahrscheinlich das Leben gerettet hatte. »Vielen Dank«, brachte sie noch heraus, während der Maserati hinter der nächsten Ecke verschwand. »Hast du das gesehen? Fährt einfach weiter!« Der Mann schüttelte den Kopf, dann war er verschwunden.

An den beiden folgenden Tagen stand Anna Maria wieder vor dem Eingang des Konzerns an der Via Sicilia, aber ihr Vater tauchte nicht auf. Wahrscheinlich war er unterwegs. Am dritten Tag allerdings, als sie gerade resigniert aufgeben wollte, sah sie Maité aus einem Mercedes steigen. Ihr Herz schlug wie wild. Maité war wie immer ein Blickfang. Sie trug ein schwarzes Chanel-Kostüm, High Heels und eine schlichte Perlenkette. In natura war sie noch schöner als auf den Fotos. Anna Maria war wie gebannt. Sollte sie diese Frau ansprechen? Undenkbar. Doch dann kochte wieder die Wut in ihr hoch. Die Wut, dass man sie seit ihrer Kindheit belogen hatte. Sie würde diesen Kampf ausfechten, mit aller Konsequenz. Und sie würde ihn gewinnen.

19

Kein Lüftchen regte sich. Livia schaute gedankenverloren aus dem Fenster der Kutsche, unruhig verschränkte und löste sie in einem fort die behandschuhten Hände. Einige Meter vor ihr fuhr die Kutsche mit ihrem Gefolge. Wenn sie die Ohren spitzte, konnte sie die Hofdamen scherzen hören. Für einen kurzen Moment beneidete sie sie um ihre Unbekümmertheit. Eigentlich müsste sie sich doch darauf freuen, Orinzia wieder in die Arme schließen zu können. Aber der Gedanke, Pompeo Colonna sehen zu müssen, erstickte jedes Glücksgefühl.

Je näher sie dem Schloss kamen, desto größer wurde ihre Angst. Sie atmete schwer, das enggeschnürte schwere Samtkleid mit den goldenen Stickereien schien ihr die Luft abzudrücken. Obwohl zum Reisen denkbar ungeeignet, hatte sie es mit Bedacht gewählt. Es war ihr Lieblingskleid: Auf den bauschigen Ärmeln verbanden sich in einer preziösen Arabeske ihre Initialen mit denen ihres verstorbenen Ehemannes Marzio Colonna. Der Gedanke daran, wie viele Stunden die Stickerinnen an diesem Meisterwerk gearbeitet hatten und wie sehr sie es begehrt hatte, ließ sie ihren Unmut von eben schamvoll vergessen.

Die Kutsche nahm wieder Fahrt auf, denn die Straße war jetzt breiter und besser befahrbar. Am Horizont konnte man bereits die Zinnen der Ringmauer erkennen, die die Burg nahezu uneinnehmbar machte. Livia war klar, dass eine Flucht kaum möglich sein würde. Sie schloss die ledernen Vorhänge des Kutschenfensters. Nur nichts sehen müssen. Sie dachte an ihre Begegnung mit Adalberto. Daran, wie er sie angeblickt hatte, als sie in die Kutsche gestiegen war, und dass sie die Vorhänge nur halb zugezogen hatte, um noch sehen zu können, wie er davonritt. Ob es ein Fehler gewesen war, seine Hilfe abzulehnen? »Don Pompeo ist ein Schlächter, grausam und ohne jede Moral«, hatte er gesagt und sie dabei angesehen, als könne er nur mit seinem Blick jede Gefahr von ihr fernhalten.

Sie errötete. Solche Gedanken waren unziemlich. Und gefährlich. Adalberto war von niederem Rang, und das Gesetz bestrafte solch einen nicht standesgemäßen Umgang hart. Ohne es zu merken, hatte sie sich beim krampfhaften Verschränken ihrer Hände am rechten Zeigefinger verletzt. Genau an der Stelle, wo sie den Ring mit dem großen roten Stein trug, in dem sich das Gift der Hexe von Fondi verbarg. Sie strich mit dem linken Zeigefinger darüber und fühlte sich getröstet, musste aber gleichzeitig an die Worte der Alten denken: *Nehmt Euch in Acht vor der Wolfsfrau*. Als die Kutsche hielt, wurde sie jäh aus ihren Erinnerungen gerissen. Ihr Ziel war erreicht, doch sie blieb noch sitzen und lauschte. Der Stallknecht des Fürsten unterhielt sich angeregt mit ihrem Kutscher. Livia rief sich den Grund ihres Besuches in Erinnerung: Orinzia. Sie gab sich einen Ruck. Als der Kutscher die Tür öffnete und ihr die Hand reichte, sprang sie leichtfüßig heraus und ließ sich zum Eingang geleiten, wo ihr Gefolge bereits auf sie wartete. Sie betraten das Schloss, Donna Livia an der Spitze. Hoch aufgerichtet und mit stolzem Blick. Hofdamen eilten herbei, um sie gebührend zu empfangen. Livia fiel eine großgewachsene junge Frau mit dunklem Haar auf, die sich nicht wie alle anderen verneigt hatte und sie mit einem raubtierhaften Lächeln anblickte. Nehmt Euch in Acht vor der Wolfsfrau, dachte sie und streichelte den Ring.

Antonios Hütte war nicht mehr sicher. Deshalb hatte Adalberto für sein Stelldichein mit Checchina den Heuschober auf der Lichtung außerhalb des Dorfes gewählt. Die hatte seine Beschreibung sofort verstanden: Hier hatte sie sich schon einmal mit einem anderen Geliebten getroffen. Checchina war aufgewühlt, sie zitterte am ganzen Körper, aber nicht vor Erregung, sondern aus Angst. Über dem Schloss musste ein Fluch liegen. Die Wölfe waren zurückgekehrt. Sie selbst hatte noch nie einen gesehen, außer in ihren Alpträumen, aber es hieß, ihr Großvater sei von einem Wolf angegriffen und zerfleischt worden. Checchina erzählte Adalberto, dass die Dienerschaft sogar ausgestopfte Wolfsköpfe an die Türen ihrer Hütten genagelt hatten, um den Bestien zu zeigen, wer hier der Herr im Haus war. In den Körpern der Wölfe versteckte sich der Teufel.

»Beatrices Tod beweist es. Der Teufel kann die Menschen in Mäuse verwandeln und sie den Katzen zum Fraß vorwerfen«, stieß Checchina verstört hervor, doch Adalberto war nicht abergläubisch. Er packte sie und warf sie ins Heu. Die Magd starrte ihn mit weit aufgerissenen Augen an. In einer Mischung aus Angst und aufkeimender Lust sah sie, wie er sich die Kleider vom Leib riss und gegen die Wand der Scheune schleuderte, als wolle er jemanden damit treffen. Instinktiv rollte sie sich zur Seite, als er sich auf sie stürzte und ihr das Korsett zerriss. Er war wie ein wildes Tier. Jedes Mal, wenn sie etwas sagen wollte, erstickte er ihre Worte mit ungestümen Küssen und biss ihr sogar die Lippen blutig. Sie stöhnte, erregt, aber auch verängstigt. Adalberto wusste, was im Schloss passiert war, alles andere interessierte ihn nicht. In diesem Moment wollte er nichts hören, nichts mehr sehen: Er wollte nur ihren Körper spüren. In seinen Alpträumen gab es keine Wölfe. Er wusste genau, wie Donna Beatrice zu Tode gekommen war. Wenn das ein Teufel gewesen war, dann einer mit menschlichem Antlitz.

Am nächsten Tag ritt Adalberto zu seinen Männern in den Wald zurück. Das Versteck auf einem Hügel war strategisch geschickt gewählt. Abgeschirmt von hohen Bäumen, bot es Schutz vor unliebsamen Blicken. Gleichzeitig aber konnte man jede Bewegung im Schloss beobachten. Adalberto wollte über alles informiert sein, was dort geschah. Checchina konnte er in Zukunft nicht mehr trauen. Sie hatte schreckliche Angst, das gleiche Schicksal wie Donna Beatrice zu erleiden. Er wollte jedes Risiko vermeiden, brauchte aber unbedingt einen Spion im Schloss. So wählte er vier seiner besten Männer aus und beauftragte sie, Donna Livia auf Schritt und Tritt zu überwachen, Tag und Nacht. Er selbst würde sich um Astrellina kümmern.

Noch in der gleichen Nacht beobachtete Adalberto, wie Astrellina sich aus dem Schloss stahl. Sie war allein und verschwand im Wald. Adalberto verfolgte sie mit gebührendem Abstand, achtete aber darauf, sie nicht aus den Augen zu verlieren. Der Nachthimmel war mit Sternen übersät, wie von Künstlerhand gemalt. Der Vollmond stand ungewöhnlich tief am Firmament. Er kannte dieses Waldstück genau, überall lauerten Gefahren. Die Bäume standen hier besonders eng, Buchen, Eichen und Pinien, deren Stämme so dick waren, dass die Arme von fünf Männern nicht ausreichten, sie zu umfassen. Nur ein schmaler Pfad schlängelte sich durch den dichten Wald, das Dickicht rechts und links war undurchdringlich. Noch nie hatte hier ein Sonnenstrahl oder das Mondlicht den Boden berührt. Die Nacht war voller Geräusche: Blätterrascheln, Vogelgezwitscher, Tiergeheul. Adalberto hoffte, dass man ihn dazwischen nicht hören würde. Wo das Licht den Boden nicht erreichte, war der Untergrund moosig weich, Verwesungsgeruch lag in der Luft. Checchina kam ihm in den Sinn. Sie hätte hier Todesängste ausgestanden. »Im Wald regiert der Teufel, besonders nachts«, hatte sie ihm eines Tages mit zitternder Stimme erzählt.

Plötzlich kreuzte etwas seinen Weg. Instinktiv zog er den Zügel an. Ein Eichhörnchen vielleicht, oder ein Fuchs? Adalbertos Blick versuchte die Dunkelheit zu durchdringen, aber das Tier war ebenso schnell verschwunden, wie es aufgetaucht war. Wie ein Gespenst. Als er wieder aufsah, war Astrellina wie vom Erdboden verschluckt.

Vorsichtig ritt er weiter, doch in der Finsternis bot der gewundene Pfad mit seinen zahlreichen Verzweigungen keinerlei Anhaltspunkte, denen er hätte folgen können. Er blickte nach oben. Die Pinien waren so hoch, dass sich ihre Spitzen gegenseitig zu berühren schienen und die Sicht auf den Himmel verdeckten. Es blieb ihm nichts anderes übrig, als sich auf seinen Instinkt zu verlassen. Er ließ sein Pferd Schritt gehen und lauschte äußerst wachsam auf jedes Geräusch. Schließlich kam er auf einen etwas breiteren Weg, der Mond war wieder zu sehen. Hier war er richtig, da war er sich sicher. Und tatsächlich, nach einer Weile gelangte er an ein halbverfallenes Häuschen am Ende einer breiten Lichtung, aus dessen winzigen Fenstern ein matter rötlicher Schimmer drang. Am Zaun waren sieben Pferde festgemacht, unter ihnen Astrellinas Vollblut.

Adrenalin schoss durch seinen Körper. Da war er seinem Vater ähnlich: Wenn Gefahr im Verzug war, durchflutete ihn eine Welle der Erregung. Er war jedoch fest entschlossen, sich nicht von seinen Trieben leiten zu lassen, um ganz Herr seiner Sinne zu bleiben. Er stieg ab und band sein Pferd an einen Baum. Dann ging er durch das niedrige Gestrüpp in Richtung der Hütte. Er bewegte sich geschmeidig wie ein Tier, und wie ein Tier hatte er gelernt, seine Beute zu überraschen. An der Hütte angekommen, kauerte er sich unter ein Fenster. Mit äußerster Vorsicht hob er den Kopf, um zu sehen, was drinnen vor sich ging.

Adalberto zählte fünf Ordensbrüder, die einen Kreis bildeten, jeder hielt eine große Kerze in der Hand. In ihrer Mitte der Mönch. Sein Gesicht war durch eine Kapuze verdeckt, man sah nur das lodernde Feuer in seinen Augen. Er hielt den reglosen Körper eines Neugeborenen über ein Kupferbecken. Astrellina stand neben dem Mönch. Ihre riesigen entblößten Brüste ragten obszön aus dem Wolfsfell hervor. In ihrer linken Hand hielt sie einen blitzenden, aus einem Stück geschmiedeten Dolch, bereit, mit der geweihten Klinge das Menschenopfer darzubringen.

Der Mönch nickte mit dem Kopf. Die Brüder stimmten einen religiösen Singsang an und wiegten ihre Oberkörper wie in Trance. Außer einem kahlköpfigen Jüngling, der mit flammendem Blick auf die Hexe zuschritt. Aus der Tasche seines weit geschnittenen Talars nahm er eine kleine Wachsfigur. Von seinem Beobachtungsposten aus konnte Adalberto keine Einzelheiten erkennen, aber er hatte eine düstere Ahnung: Diese zartgliedrige Gestalt, das feine Oval des Gesichtes, umrahmt von sanften Wellen, die das Haar symbolisierten, kam ihm schmerzhaft bekannt vor. Nachdem der Jüngling die Puppe ins Weihwasserbecken getaucht hatte, reichte er sie dem Mönch. In diesem Moment begann Astrellina die Geister anzurufen: «Ihr Geister der Unterwelt, ich beschwöre und befehle Euch, verleiht mir all Eure Kräfte, um Livia Colonna della Rovere zu verführen, zu quälen und zu zerstören. Ihr ist diese Statuette geweiht. Für Eure Dienste empfangt nun das Blut dieses unschuldigen Neugeborenen.«

Ein einziger Schnitt, und das Blut des Säuglings rann in das Kupferbecken. Einen Augenblick später warf der Mönch auch die Wachsfigur hinein.

Adalberto hatte genug. Ihm war übel. Aber es war nicht der Anblick des enthaupteten Körpers, der ihn bis ins Mark erschütterte. Das Leben eines Kindes war für einen erwachsenen Mann weniger wert als das eines Pferdes. O nein! Es war die Wachsfigur, die man in das Blut eines Unschuldigen getaucht hatte. Ein Simulakrum der Frau, die er liebte und verehrte. Hals über Kopf ergriff er die Flucht und übergab sich am Rande der Lichtung. Im Krieg war ihm keine Form der Grausamkeit erspart geblieben, und doch hatte ihn nichts je so erschüttert wie das eben Erlebte.

Er ritt, als sei der Teufel hinter ihm her. Blind und taub gegen alles, außer dem Heulen des Windes, das mit dem hämmernden Pochen seines Herzens wetteiferte. Er verlangsamte sein Tempo erst, als er im fahlen Schein des Tagesanbruchs das Lager erkannte und ohne jede Erleichterung begriff, dass der Teufel ihm nicht gefolgt, sondern vorausgeeilt war.

20

Zurück in Rom, hatte Chiara sich sofort wieder in die Arbeit gestürzt und versucht, den Vorfall in der Calle Venier zu vergessen. Schon von Venedig aus hatte sie Danka angerufen. Ihr Medium hatte ihr erklärt, dass die Materialisierung von Gegenständen zwar möglich, aber ein sehr seltenes Phänomen sei. Nur wenige große Meister hatten bisher dieses Wunder bewirkt. Vielleicht war es eine weitere Vision gewesen oder einfach eine Sinnestäuschung. »Doch sei auf der Hut, Chiara. Visionen können realer sein als die Realität. Es sind Warnungen des Unbewussten, wenn nicht sogar Weissagungen«, hatte Danka betont. Aber Chiara zweifelte noch. Nach ihrem Telefonat war sie in die düstere Gasse zurückgegangen, in der sie den Plastiksack gelassen hatte. Es waren kaum mehr als zwei Stunden vergangen, die Müllabfuhr konnte ihn noch nicht abgeholt haben. Sie fand das Gässchen wieder, leichter als erwartet. Der Sack war noch da, an eine feuchte Hauswand gelehnt. Mit zitternden Händen öffnete sie ihn. Er war leer. Ob Danka doch recht hatte?

Am nächsten Tag rief Chiara Ermanno Forte an. Sie musste unbedingt wieder arbeiten. Ihr Chef beauftragte sie, Laura Ferri zu interviewen, eine international bekannte Stylistin. Laura Ferri residierte in einem Palazzo aus dem 16. Jahrhundert im Alto Lazio, den sie von dem renommierten Architekten Piero Pinto aufwendig hatte renovieren lassen. Chiara willigte ein. Mehr als einmal hatte sie in Lifestyle-Magazinen

Fotos der mit Fresken geschmückten Salons bewundert und war neugierig darauf, diese Pracht in natura zu erleben. Anlass des Interviews war die Markteinführung der neuen Parfüm-Kreation »Femmina«: ein sinnlicher Duft auf Patschuli-Basis. Leider musste sich Telestella in die Schlange überregionaler und regionaler Sender einreihen. Aber das Warten lohnte sich. Das Parfüm wurde vom englischen Filmstar Elizabeth Hurley präsentiert, Exfreundin von Hugh Grant, jetzt mit dem indischen Millionär Arun Nayar verheiratet. Neben den italienischen Medien waren auch Journalisten aus Deutschland, Frankreich und den USA vor Ort.

Doch Verspätungen im Flugverkehr sorgten dafür, dass das Programm geändert werden musste. Aperitif und Abendessen entfielen, auch Interviews wurden gestrichen, unter anderem das mit Telestella. Forte würde rasen vor Wut. Chiara war verzweifelt: Einen zweiten Flop konnte sie sich nicht leisten. Rita Godi, die PR-Frau von Laura Ferri, hatte Mitleid mit ihr. Sie versprach, das Interview am nächsten Morgen nachzuholen, und bot ihr sogar an, die Nacht im Gästetrakt des Palazzo zu verbringen.

Ihr Zimmer war gemütlich eingerichtet: Himmelbett, bequemes Sofa, antike Spiegel. Chiara stand noch immer unter Strom. Obwohl sie todmüde war, fand sie einfach keine Ruhe, wie so häufig, wenn sie auswärts übernachtete. Sie war gerade eingenickt, als das Handy klingelte. Wer rief sie mitten in der Nacht an? Das Display zeigte einen »unbekannten Teilnehmer« an.

»Chiara, entschuldige …« Die Stimme klang vertraut, aber nicht vertraut genug, um sie sofort zu erkennen.

»Chiara, ich bin's, Maria.«

Chiara fuhr hoch. Maria Lunieri. »Ciao, Maria. Ist etwas passiert?« Langes Schweigen. Chiara konnte hören, wie ihre Kollegin um Fassung rang.

»Entschuldige, dass ich dich um diese Zeit störe ...«

»Kein Problem.« Chiara versuchte sich ihre Beunruhigung nicht anmerken zu lassen.

»Du wirst es nicht glauben, aber Marco hat angerufen.«

»Marco?«

»Ja. Er ist in Kuba. Es geht ihm gut.«

»In Kuba?«

»Ja, und es geht ihm gut. Wir brauchen nicht mehr nach ihm zu suchen. Hast du verstanden?«

Chiara war ratlos. Marias zitternde Stimme, der Zeitpunkt des Anrufs, da stimmte etwas nicht.

»Hast du das verstanden?«, wiederholte sie.

»Ja, schon. Wann hat Marco angerufen?«

Die Antwort war ein Klick. Maria Lunieri hatte aufgelegt.

Am nächsten Morgen zeigte sich Laura Ferri von ihrer besten Seite. Das Interview lief wie von selbst. Bevor Chiara ins Auto stieg, bedankte sie sich nochmals bei Rita Godi für die Gastfreundschaft. Auf der Rückfahrt nach Rom dachte sie über vieles nach. Sie sehnte sich danach, wieder ein ganz normales Leben führen zu können. Wäre sie damals nicht zu den Aufnahmen nach Zagarolo gefahren, wäre ihr wahrscheinlich auch die beängstigende Vision über Lucetta Felisi in Torpignattara erspart geblieben. Aber diese Gedanken waren sinnlos. Krampfhaft eine Verbindung zwischen beiden Ereignissen herstellen zu wollen, war verlorene Zeit. Eine von Dankas Lieblingsmaximen kam ihr in den Sinn: »Es nutzt nichts, die Dinge erzwingen zu wollen, sie zu rufen oder sich gegen sie zu wehren. Man muss im Fluss mitschwimmen, bewusst, aber sich führen lassen. Dann werden sich die Wünsche erfüllen.«

Die Wünsche werden sich erfüllen. Vielleicht hatten sich ihre Wünsche bisher nur nicht erfüllt, weil sie alles erzwingen wollte, oder war gerade das Gegenteil der Fall, fehlte es ihr an Entschlossenheit? Ach, das Gleichgewicht finden! Was für ein schwer erreichbares Ziel. Und doch war es der Schlüssel zum Glück, wie Danka nicht müde wurde zu wiederholen.

Als sie gegen halb eins zu Hause ankam, war sie topfit. Der Erfolg hatte ihr Flügel verliehen, wie jedes Mal. Nach dem Duschen wollte sie sich umziehen und dann kurz in der Redaktion vorbeischauen. Plötzlich summte ihr Handy. Eine SMS von Paolo.

UM 13.30 AUF EINEN SNACK IM PARK DER VILLA BORGHESE? ÜBLICHER TREFFPUNKT? Chiara las die Nachricht zwei Mal, dann sah sie auf die Uhr. Noch eine Stunde. Was meinte Paolo mit »üblicher Treffpunkt«? Nach kurzem Nachdenken fiel es ihr ein: Der Hotdog-Stand, an dem sie sich im Sommer vor zwei Jahren ab und zu getroffen hatten. Meistens mittwochs, direkt neben der großen Eiche, in deren Stamm so viele Liebespaare ihre Initialen eingeritzt hatten. Sie ging unter die Dusche, schminkte sich und zog sich mit klopfendem Herzen an. Wie ein junges Mädchen, das sich für sein erstes Rendezvous fertigmachte. Ein kritischer Blick in den Spiegel bestätigte ihre Wahl: Sie hatte sich für den knielangen, leicht asymmetrisch geschnittenen Plisseerock entschieden, den sie in einer kleinen Boutique in Positano gekauft hatte und der, wie ihr die Verkäuferin mit einem Augenzwinkern versichert hatte, ihr »Hinterteil« besonders gut zur Geltung brachte. Darüber trug sie einen dunklen Pullover mit V-Ausschnitt und dazu ein Paar flache Lederstiefel. Sie drehte sich ausgiebig vor dem Spiegel hin und her, kontrollierte das Make-up. Komisch, der Gedanke an das bevorstehende Date mit Paolo hatte sie alles andere vergessen lassen. Schnell noch einen Hauch Mascara. Das Handy, das sie auf den Waschbeckenrand gelegt hatte, summte erneut. Hoffentlich nicht

Paolo, der absagen wollte. CIAO, WIE GEHT'S? ICH WÜRDE SIE GERNE TREFFEN. SILVIA. Ein gutes Zeichen? Sie musste an Andrea und Marco denken und an das merkwürdige Telefonat mit Maria, die aufgesetzt frohe Stimme, die einen hysterischen Beiklang hatte. Schon hatten die Bilder, Träume und Ängste der vergangenen Tage sie wieder eingeholt und die Freude, Paolo zu treffen, in den Hintergrund treten lassen. »Die Wünsche werden sich erfüllen«, sagte sie sarkastisch und schrieb eine SMS an Silvia. Sie würde am Nachmittag im Kommissariat vorbeischauen. Ob ihr das recht wäre? Die Antwort kam sofort: ICH ERWARTE SIE.

Paolo erschien ihr noch größer und braungebrannter als sonst. Er erwartete sie schon unter der großen Eiche, zwei riesige Sandwiches in der Hand und sein strahlendstes Lächeln auf dem Gesicht.

»Ciao Chiara, gut siehst du aus«, er gab ihr einen Kuss auf die Wange.

Chiara lief ein wohliger Schauer über den Nacken. »Du auch«, war die einzige, nicht sehr originelle Antwort, die ihr einfiel.

»Setzen wir uns in die Sonne? Was gibt's Neues?«

Diese Frage hatte sie befürchtet. Wie sollte sie reagieren. Entweder sie sagte »Nichts« und genoss den Moment mit Paolo. Oder sie erzählte von Luca Soavi, von Venedig und von Maria Lunieris Anruf. Dann würde ihr Treffen einen ganz anderen Verlauf nehmen.

»Dünn bist du geworden, los, greif zu«, sagte Paolo und reichte ihr ein Sandwich.

Chiara nahm einen großen Bissen. »Was gibt's bei dir? Wie geht es deinem Vater?«

»Dem geht's blendend. Er fühlt sich auf seinem herrlichen

Fleckchen Erde wie im Paradies«, gab Paolo lachend zurück. »Und deine Ermittlungen? Wie geht es voran?« Er ließ nicht locker.

Chiara sprudelte los. Sie musste einfach mit irgendjemandem sprechen und die quälende Last teilen, die auf ihr lag. Es würde noch andere Gelegenheiten unbekümmerter Zweisamkeit mit Paolo geben. Allerdings verschwieg sie ihm den Traum mit dem Silberkelch, den sie dann in der Calle Venier tatsächlich gesehen hatte. Selbst ein toleranter Mensch wie Paolo würde an ihr zweifeln, so absurd war das Ganze.

»Fassen wir zusammen«, sagte Paolo, als Chiara ihren Bericht beendet hatte. »Livia Colonna hat es wirklich gegeben. Und sie ist im Jahre 1554 vom damals regierenden Fürsten umgebracht worden.« Chiara nickte, und er fuhr fort. »Offen bleiben das Wie und das Warum des Verbrechens. Wir wissen weiterhin nicht, warum gerade du diese Vision hattest und dazu aufgefordert wurdest, die Frau zu retten. Gibt es einen Zusammenhang zwischen damals und heute? Wenn ja, welchen? Und schließlich: Wer ist diese Unbekannte, die du retten sollst?«

Chiara seufzte. Sie erzählte von Maria Lunieri und wie merkwürdig sie am Telefon gewesen war. »Ich glaube, sie hat gelogen. Sie hatte Angst, Paolo, da bin ich ganz sicher. Es gibt ein Verbindungsglied zwischen dem Verschwinden von Andrea und dem von Marco: die Diskothek in den Albaner Bergen.«

»Was sagt Silvia dazu?«

»Ich treffe sie heute Nachmittag.«

»Ich finde, du solltest noch mal mit Maria sprechen. Stell ihr ganz konkrete Fragen zu Marco.«

»Und wenn ich mir das alles nur einbilde?«, Chiara versuchte ihre Zweifel mit Ironie zu überspielen.

Paolo nahm ihre Hände, drückte sie sanft und sah ihr tief in die Augen. »Ich habe es schon immer geahnt. Du bist eine begehrenswerte Frau, aber leider komplett verrückt.« Er lachte und zog sie an sich.

Chiara wehrte sich halbherzig, eher überrascht als abweisend. Und dann, ohne darüber nachzudenken, schloss sie die Augen und lehnte ihren Kopf an Paolos Brust. So verharrten sie eine Weile, ehe er sanft ihren Kopf anhob und sie küsste. Die Wünsche werden sich erfüllen, dachte Chiara. Jetzt endlich konnte sie das Rendezvous mit Paolo genießen.

21

Die breite Treppe schien endlos. Livia erklomm sie Stufe für Stufe. Sie hatte ihre Röcke leicht angehoben und lauschte bei jedem Schritt ihrem keuchenden Atem. Als sie den Audienzsaal betrat, wurde sie von Pompeo bereits erwartet. Er stand aufrecht, in einem enganliegenden schwarzen Festgewand, das seine muskulösen Beine betonte. An seiner Seite Matteo de' Salvemini, sein Vertrauter und Berater. Livia deutete einen Knicks an und senkte den Blick. Wie ein Kaninchen vor der Schlange. Sie spürte die Gefahr, in der sie schwebte.

»Ich fühle mich zutiefst geehrt, Fürst Pompeo«, sagte sie mit fester Stimme.

Er schenkte ihr ein falsches Lächeln. »Willkommen, geliebte Mutter.«

Livia wollte nur noch eins: Dem Blick dieser höhnischen Augen entfliehen und ihre Tochter in die Arme schließen. Auf ihre Bitte, deren ungebührliche Eile sie hinter mütterlicher Fürsorge zu verbergen suchte, entließ Pompeo sie mit einem hoheitsvollen Nicken.

Livia betrat auf Zehenspitzen Orinzias Zimmer. Ihre Tochter lag im Bett, Daria war bei ihr. Livia legte den Zeigefinger auf die Lippen, sie wollte ihre Tochter nicht stören. Obwohl riesengroß, wirkte der Raum beklemmend düster. Die übertrieben prunkvolle, wie von einer manischen Gier zeugende Einrichtung erschlug den Betrachter regelrecht. Auch das

Ehebett war riesig, Orinzias schmales Gesicht verschwand fast zwischen den hohen Kissen. Beim Anblick ihrer Tochter war Livia tief gerührt. Mutterliebe, Mitleid und schlechtes Gewissen schwollen in ihrer Brust und nahmen ihr beinahe den Atem. Daria hatte ihr mit einem tiefen Knicks ihren Platz überlassen. Als sich Livia auf die Bettkante setzte, erwachte Orinzia vom Rascheln ihrer schweren Gewänder.

»Mutter! Geliebte Mutter!«, Orinzia umarmte Livia mit aller Kraft. »Endlich seid Ihr da. Ihr könnt Euch nicht vorstellen, wie oft ich vergebens Euren Namen angerufen habe. Mir war, als zerrisse mein Leib, und ich gebar Blut.«

»Nun ist es gut, mein Kind, ich bin bei dir, und dein Leiden hat ein Ende, das verspreche ich.« Livia drückte sie fest an ihre Brust, wie sie es getan hatte, als Orinzia noch ganz klein war und sie gehofft hatte, auf diese Weise mit ihr zu verschmelzen, um immer bei ihr bleiben zu können.

»Ist Euch kalt, Mutter?«, fragte Orinzia und nahm besorgt die Hände ihrer Mutter in die ihren.

»Nein, meine Tochter, es geht mir gut.«

»Auch mir geht es gut, jetzt, da ich Euch sehe.«

»Die Krise ist überwunden, Donna Livia«, unterbrach die Amme sie und fühlte Orinzia die Stirn. »Sie hat das Kind nicht verloren.«

Darias mütterliche Geste versetzte Livia einen Stich. »Orinzia, mein Ein und Alles, auch wenn ich fern von dir bin, in meinem Herzen bin ich immer bei dir. Und als ich deine Nachricht bekam, bin ich sofort zu dir geeilt.«

Daria nickte gerührt. Dann sagte sie: »Die junge Fürstin ist ihren Pflichten nachgekommen, Herrin, sie hat einer Audienz des Fürsten beigewohnt, wie er es von ihr verlangt hat, aber …« Ihre Stimme senkte sich zu einem Flüstern, und sie blickte ängstlich um sich, als könnte Don Pompeo plötzlich hinter ihr auftauchen. »Ihr Gatte nimmt keine Rücksicht, er respektiert … ihren Zustand nicht.«

Livias Gesicht war wie versteinert. Ein einziges Wort hallte in ihrem Kopf wider: Verrat! Sie hatte ihre Tochter verraten. Das war unverzeihlich. Mit einem Ruck hob sie den Kopf, genau wie es ihre Mutter Lucrezia immer getan hatte, wenn sie den Name der della Rovere aussprach. Mit fester Stimme sagte sie: »Mein Kind, ich werde dich vor Pompeo schützen und deine Ehre retten, das verspreche ich dir. Und wenn es das Letzte ist, was ich in diesem Leben tue.«

Während Orinzia unter Darias Obhut selig schlummerte, fand Livia keinen Schlaf. Als sie schließlich doch in einen unruhigen Dämmerzustand gefallen war, quälte sie ein schrecklicher Alptraum. Ein Schrei ließ sie hochfahren. Sie öffnete die Augen. Durch das schmale Fenster sickerte das Morgenlicht. War der Schrei ein Teil ihres Traumes gewesen? Nein. Der Schrei kam von einem schwarzen Vogel, der auf dem schmalen Fenstersims saß. Livia schob die schwere Samtdecke zurück und setzte sich auf. Der Vogel bewegte sich nicht. Sie betrachtete ihn aufmerksam. Ruckartig wandte er seinen Kopf hin und her, bis er sie schließlich anblickte. Ein Rabe. Schwarz wie die Nacht, mit scharfem Schnabel. Livia war wie gebannt. »Ein Rabe«, hatte sie gedacht, als sie Pierluigi Farnese zum ersten Mal begegnet war. Dieser Spitzbart und der grausame Blick aus schwarzen, gefühllosen Augen. Sie hatte schon geglaubt, sein Gesicht vergessen zu haben. Genau wie die der anderen Männer, die sie als junges Mädchen verschleppt und ihre Amme getötet hatten. Sie dachte auch an ihre Mutter Donna Lucrezia, an deren noble Züge, ihren stolzen Charakter, Erbe der Adelsfamilie della Rovere. Wie hatte ihre sonst so starke Mutter geweint, als sie ihre von Fieberkrämpfen geschüttelte

Tochter im Schloss von Sulmona gesehen hatte, in dem Marzio Colonna sie nach der Entführung zu ihrem eigenen Schutz verborgen hielt. Damals hatte sie ihrer Mutter gestanden, dass Pierluigi Farnese sie auf halbem Weg in eine Kate gesperrt und einem Mann überlassen hatte, der sie brutal vergewaltigte.

Die Mutter hatte schlagartig aufgehört zu weinen, und ein seltsames Leuchten war in ihre Augen getreten. »Wer war das?«, wollte sie wissen. Noch heute wunderte sich Livia, wenn sie an diese Szene dachte. Was war damals in ihrer Mutter vorgegangen? Donna Lucrezia Gara della Rovere war nicht nur für ihren Mut, sondern auch für ihr pragmatisches Denken und Handeln bekannt. »Schau mich an, Livia, und hör mir zu. Du wirst mit niemandem darüber sprechen, dass man dir Gewalt angetan hat. Du wirst Marzio Colonna heiraten, den Mann, der dich liebt. Dann ist diese Schmach getilgt. Aber du musst dein Geheimnis bewahren, um jeden Preis. Marzio wird erst davon erfahren, wenn die Zeit reif ist.« Und dann hatte sie mit leiser Stimme hinzugefügt: »Ich werde dich rächen, bei meiner Ehre.«

Livia kam ein weiteres Gespräch mit ihrer Mutter in den Sinn. »Warum hat Marzio mir das angetan, warum hat er mich entführen lassen? Du sagtest doch, er liebt mich?«

»Natürlich liebt er dich. Er wollte dich heiraten, doch dein Onkel Ascanio war gegen die Hochzeit. Seit dem Tod deines Vaters Marcantonio ist er dein Vormund und kann über dich und dein Erbe bestimmen.«

Livia erinnerte sich auch genau an den Gesichtsausdruck ihrer Mutter, als sie ihr zuflüsterte, dass sie das Bündnis, das Marzio mit dem Farneser Papst Paul III. eingegangen war, missbilligte. »Meine Vertrauten haben mir zugetragen, dass es der Papst auf deine Ländereien abgesehen hat. Nur deshalb hat sich sein unehelicher Sohn Pierluigi mit Marzio verbündet, um dich zu entführen.«

Die Erinnerungen verschwammen. Livia dachte an die Hochzeitsnacht mit Marzio. Als er festgestellt hatte, dass sie keine Jungfrau mehr war, hatte er ihr gelobt, ihren Namen nicht zu entehren. Er hatte sein Versprechen gehalten. Er hatte auch geschworen, sich an Pompeo zu rächen, selbst wenn er sich dadurch dessen Vater Camillo und seinen Alliierten Ascanio zu Todfeinden machen würde. Heute wusste sie, dass Pompeos Vater einen Vertrag mit Marzio geschlossen und ihm eine hohe Mitgift bezahlt hatte, um die Schande von seiner Familie abzuwenden.

Viele Jahre später hatte Livia erfahren, dass der Salzkrieg, auch Guerra di Paliano genannt, nicht zuletzt wegen der Rivalität zwischen ihrem Vormund Ascanio und ihrem Ehemann Marzio ausgebrochen war. Neben deren Streitereien um die Ländereien von Paliano war das Aufbegehren der Fürsten des Latiums gegen die hohe Salzsteuer Papst Pauls III. Ursache für den blutigen Krieg, der Tausende unschuldige Menschen das Leben kostete. Einige Jahre später, die kleine Orinzia war inzwischen zur Welt gekommen, starb Marzio den Heldentod im Kampf um Mailand. Von der Trauer um den geliebten Mann geschwächt, war Livia zum Spielball des machtbesessenen Don Camillo von Zagarolo geworden. Als Papst Paul III. im Jahr 1549 starb, hatte Pompeos Vater die Ländereien von Paliano zurückerobert und an Ascanio zurückgegeben. Im Gegenzug für das Versprechen, der Hochzeit seines Sohnes mit Orinzia zuzustimmen.

Livia hatte damals nicht die Kraft, sich dagegen zu wehren. Noch heute zerbrach sie sich den Kopf, wie sie das Unglück ihrer Tochter hätte abwenden können. Es hatte ihr wenig geholfen, dass Pierluigi Farnese, der auch für die barbarische

Ermordung des jungen Bischofs von Fano, Cosimo Gheri, verantwortlich war, auf Geheiß des Gouverneurs von Mailand hingerichtet worden war. Man hatte ihn aus einem Fenster seines eigenen Schlosses hängend verbluten lassen.

Livia bemerkte, dass ihr Tränen die Wangen herunterliefen. Leise, voll ohnmächtiger Wut. Sie rief sich die Tapferkeit ihrer Mutter in Erinnerung und wischte sich die Tränen aus dem Gesicht. Einen Funken ihrer Willensstärke musste sie doch geerbt haben. Als sie sich schließlich wieder gefasst hatte, stand sie auf, ging zum Fenster und klatschte kräftig in die Hände. Der Rabe sah sie einen Augenblick lang an, dann flog er davon.

22

Die Tage rasten nur so dahin. Chiara und Gianni hatten bestimmt dreißig Interviews geführt. Nicht alle waren brauchbar, aber es reichte, um eine gute Reportage zusammenzustellen. Unter den Interviewten waren auch die Eltern von Adriana Mori und Giovanni Scalera. Dank der Vermittlung von Commissario Giorgini hatte Chiara auch einige Spezialisten der Polizei befragen können. Dabei hatte sie erfahren, dass die meisten Anhänger satanischer Sekten über das Internet rekrutiert wurden. Auch in Heavy-Metal-Lokalen werde intensiv geworben. Die größte Gefahr ging nach Ansicht der Ermittler von den sogenannten »wilden Hunden« aus, geschätzten zwei- bis fünftausend Personen, die völlig unauffällig blieben, bis es zu einem wirklichen Verbrechen kam.

Ihr letzter Interviewpartner war Antonio Parini, der Staatsanwalt, der im Jahr 2000 gegen pädophile Satanisten in der Gegend von Modena ermittelt hatte. Während Chiara im Vorzimmer seines Büros auf ihn warteten, hatte sie reichlich Zeit zum Nachdenken. Die letzte Begegnung mit Commissario Giorgini kam ihr in den Sinn. Silvia schien um Jahre gealtert. Das Gesicht einer Frau, die die ganze Nacht durchgearbeitet hatte. Aber Chiara war klar, dass mehr dahinterstecken musste, Schlafmangel allein konnte nicht die Ursache sein. Silvia hatte sie in ihr Büro gebeten, die Tür hinter sich geschlossen und ihr dann alles erzählt. Man hatte Luca Soavi mit einer Kugel im Kopf auf einer Mülldeponie gefunden. Chiara war entsetzt. Die Kommissarin hatte hinzugefügt, dass es für einen Ritualmord keine Anhaltspunkte gäbe. Als Motiv komme eher Rache in Frage. Sie hatten sich lange angesehen, davon überzeugt, dass zwischen Lucas Tod und dem spurlosen Verschwinden von Andrea Monti und von Marco Lunieri eine Verbindung bestand. Und ohne es auszusprechen, fürchteten sie, dass die beiden ebenso enden könnten wie Luca Soavi.

Silvia hatte sie anschließend über den aktuellen Stand der Ermittlungen in Kenntnis gesetzt. Eigentlich waren die Informationen noch nicht für die Öffentlichkeit freigegeben, aber bei Chiara machte die Kommissarin eine Ausnahme, allerdings unter der Auflage, weder Lucas Tod noch Andreas Verschwinden in ihrem Bericht zu erwähnen. Dann hatte sie ihr den Kontakt zu Parini vermittelt. Beim Abschied hatten sie einander versprochen, sich gegenseitig auf dem Laufenden zu halten. Nach anfänglichem Zögern hatte Silvia auch zugestimmt, als Interviewpartner in Chiaras Reportage weitere Details preiszugeben. Zum Beispiel Hintergrundinformationen zu den verschiedenen Satanssekten, deren kriminellen Machenschaften und dem von ihnen ausgehenden Gefahrenpotential.

Chiara sah auf die Uhr. Die Warterei schien kein Ende zu nehmen. »Halb zwölf«, brummelte Gianni und gähnte, womit er den tadelnden Blick der Vorzimmerdame auf sich zog. »Jetzt warten wir schon seit einer Stunde, ich kann nicht mehr.« Chiara versuchte ihn zu beschwichtigen. In diesem Augenblick trat Staatsanwalt Parini aus seinem Büro. Ein attraktiver, sportlicher Mann mit angegrautem schwarzen Haar, ein gewinnendes Lächeln auf dem jungenhaften Gesicht. Er sah aus, als würde er viel Zeit an der frischen Luft verbringen.

»Es tut mir leid, dass Sie warten mussten«, er schüttelte Chiara die Hand und bat sie ins Büro. Parini und Silvia hatten gemeinsam den Fall in Modena gelöst und waren gut befreundet. Chiara erinnerte sich gut an die Ereignisse im Sommer 2000. Dabei hatten auch Eltern der Opfer eine mehr als zweifelhafte Rolle gespielt. Es bestand der Verdacht, dass sie ihre Kinder an Pädophile »vermietet« hatten, die sie für Orgien und Satansrituale missbrauchten. Im Lauf der Ermittlungen hatte man acht Verdächtige festnehmen können, aber das war nur die Spitze des Eisbergs. Die Haupttäter blieben auf freiem Fuß, geschützt durch die hohen Ämter, die sie bekleideten. Während sie den Fall rekapitulierten, berichtete der Staatsanwalt von Aussagen der Kinder, die Orgien seien mit Kameras aufgezeichnet worden. Diese Aussagen hatten die Polizei zu der Erkenntnis geführt, dass es weniger um Satansrituale als um Inszenierungen für Pornofilme ging. »Sehen Sie, in diesem Umfeld aus Sex, Drogen und Kriminalität fällt oft der Begriff ›Satan‹, aber meistens geht es dabei nicht um wirre Glaubensvorstellungen, sondern um handfeste Geschäftsinteressen. Leichtgläubige Menschen werden hier für kriminelle Machenschaften missbraucht.«

Chiara hörte interessiert zu. Jetzt hatte sie, was sie für ihren Bericht brauchte.

Am folgenden Tag traf sie Maria Lunieri im Schneideraum. Die Cutterin wirkte angespannt. Wiederholt fragte sie nach Chiaras Befinden und bekundete Interesse an dem Material, das sie gesammelt hatte. Gegen drei Uhr müsse sie Schluss machen, da sie dann einen Termin mit Federica Cuomo habe. Es gehe um Trash-TV-Serien. Sie wirkte fahrig, fast hysterisch. Anders als sonst war sie nachlässig gekleidet, sogar eine Laufmasche in ihrer Strumpfhose schien ihr entgangen zu sein.

Chiara tat, als bemerke sie es nicht, und fragte sofort nach Marco. »Also Maria, heraus mit der Sprache. Was ist das für eine Geschichte mit Kuba?«

Maria stockte. Immer wieder hatte sie überlegt, was sie Chiara auf diese Frage antworten würde. Trotzdem wusste sie jetzt nicht recht, was sie sagen sollte. »Du weißt doch, dass Marco immer von diesem Mädchen erzählt hat …«

»Monica, wenn ich mich recht erinnere?«

»Ja, genau die. Tja, sie sind zusammen abgehauen.«

»Was?«

»Eine Flucht aus Liebe!« Maria hielt die Augen gesenkt. Chiara war sofort klar, dass sie log.

»So ein Quatsch! Du machst mir doch was vor.«

Marias Augen blitzten. »Es ist die Wahrheit, ich schwöre. Bitte frag nicht weiter. Gehen wir an die Arbeit, du weißt doch, dass ich nur bis drei Zeit habe.«

Aber Chiara ließ nicht locker. »Und Marco geht es gut?«

»Ja, ja, es geht ihm gut«, antwortete Maria knapp und fuhr den Computer hoch. «Komm, lass uns anfangen.«

Anna Maria fühlte sich zu Hause mehr und mehr isoliert, wie eine Fremde. Ihre Mutter und ihr Großvater behandelten sie mit übertriebener Höflichkeit und Fürsorge, als sei sie tatsächlich nur ein Gast. Anna Maria spürte ihre Unsicherheit, ihre verzweifelten Versuche, den Familienfrieden wiederherzustellen. Lucetta hatte sogar das Wohnzimmer umgeräumt und etliches Gerümpel entsorgt. Doch eine Veränderung traf Anna Maria wie ein Keulenschlag: Der Schreibtisch war leer. Gestern noch hatte ihr von dort ihr Ersatzvater entgegengelächelt. Ihr Schutzengel. Als sie das Fehlen des Fotos bemerkte, überkam sie das Gefühl, ihren Vater ein zweites Mal verloren zu haben.

Zu Hause hielt sie sich nur noch auf, wenn es unbedingt sein musste. Nach der Uni fuhr sie jetzt oft zur Persella-Holding. Sie hatte einen Platz gefunden, von dem aus sie ungestört das Kommen und Gehen dort beobachten konnte. Wenn sie keine Vorlesungen hatte, nahm sie bereits um halb acht ihren Posten ein, an manchen Tagen blieb sie bis abends um zehn. Zweimal hatte sie versucht, dem schwarzen Mercedes zu folgen. Aber im römischen Verkehrschaos hatte sie ihn schnell aus den Augen verloren. Doch sie gab sich nicht geschlagen. Eines Tages würde es klappen, ganz bestimmt. An diesem Nachmittag war es etwas ruhiger auf der zweispurigen Straße. Der Mercedes reihte sich in den fließenden Verkehr ein, Anna Maria folgte ihm. Dieses Mal würde sie sich nicht abhängen lassen. Eine halbe Stunde später verschwand der Wagen hinter dem Gittertor einer imposanten Villa, die von einem traumhaften Park umgeben war. Als sie die Kamera am Eingang bemerkte, fuhr sie weiter. Jetzt kannte sie Persellas Privatadresse. Auch wenn sie ihm noch nicht von Angesicht zu Angesicht gegenübergestanden hatte: Sie war wieder ein Stück weiter in sein Leben eingedrungen. Ein gutes Gefühl.

Von nun an postierte sie sich vor der Villa. Montags bis freitags verließ Cesare Persella gegen acht Uhr das Haus und kehrte manchmal erst gegen Mitternacht zurück, vor allem donnerstags. So lange hielt es selbst Anna Maria kaum aus. Eines Morgens verließ Maité die Villa ungewöhnlich früh. Anna Maria verfolgte sie bis zur Autobahn. Doch dann war ein Motorrad nach einem gewagten Überholmanöver kurz vor ihr eingeschert. Sie musste so stark bremsen, dass sie fast ins Schleudern gekommen wäre. Maité war verschwunden.

Am nächsten Tag hatte sie mehr Glück. Wie immer war sie dem schweren Wagen bis zur Konzernzentrale gefolgt.

Persella war schon vorher ausgestiegen und das letzte Stück zu Fuß gegangen. Sein eleganter beigefarbener Wollmantel und der edle Lederkoffer verliehen ihm ein seriöses Aussehen. Nicht schlecht, dachte Anna Maria, besser als auf den Fotos. Auch wenn er nicht gerade ein Adonis war, hatte er doch Stil. Zum ersten Mal spürte sie einen gewissen Stolz, seine Tochter zu sein.

Nachdem sie am folgenden Donnerstag bis zwei Uhr nachts vergeblich darauf gewartet hatte, dass Cesare oder Maité in die Villa zurückkehrten, fuhr sie nach Hause zurück. Im Zimmer ihrer Mutter brannte noch Licht. Sie schlich auf Zehenspitzen durch den Flur, um keinen Lärm zu machen. Aber Lucetta hatte sie trotzdem gehört.

»Wo kommst du her? Weißt du eigentlich, wie spät es ist?« Ihr Tonfall war vorwurfsvoll, nicht mehr so sanft, fast unterwürfig wie in den vergangenen Tagen. Anna Maria senkte den Blick.

»Schau mich bitte an, wenn ich mit dir rede! Ich habe es satt, Anna Maria. Ich habe Fehler begangen, große Fehler, daran gibt es keinen Zweifel, aber das berechtigt dich nicht dazu, dich so aufzuführen.«

Anna Maria blickte sie provozierend an und sagte dann: »Ich war bei Francesca, wir haben gelernt.«

Lucetta verlor die Geduld: »Du warst bei diesem Kerl, habe ich recht?«

Anna Maria zuckte zusammen. Auf wen spielte ihre Mutter an? Federico? Oder Cesare Persella? Wortlos ging sie in ihr Zimmer.

»Nächste Woche hast du deine Prüfung in Kunstgeschichte! Ich bin gespannt, wie du das auf die Reihe bekommen willst!«, schrie ihr Lucetta hinterher. Als Antwort knallte nur die Tür.

Das brachte das Fass zum Überlaufen. Wie eine Furie schoss Lucetta in das Zimmer ihrer Tochter:

»Nie wieder schlägst du mir die Tür vor der Nase zu, hörst du? Nie wieder!«

Anna Maria schwieg.

»Was denkst du dir eigentlich? Ohne Abschluss hast du keine Chance! Das höchste Gut einer Frau ist ihre Unabhängigkeit, vergiss das nicht. Wer sich auf die Männer verlässt, hat schon verloren.«

»Du sprichst wohl aus Erfahrung«, gab Anna Maria sarkastisch zurück.

»Glaubst du, bei dir wird das anders sein? Du wirst sehen, *dieser Kerl* wird dich sitzenlassen, wenn er genug von dir hat. Vielleicht sogar wegen einer Jüngeren.«

Anna Maria konnte sich nicht mehr beherrschen: »Du bist nichts als eine frustrierte alte Hexe! Und wenn du es genau wissen willst, Federico und ich sehen uns im Augenblick gar nicht. Hör endlich auf, dich in mein Leben einzumischen. Du hast mich nie verstanden und wirst mich auch nie verstehen, sonst hättest du mich nicht all die Jahre belogen. Und deine Schüler verstehst du auch nicht, so alt, einsam und gefühllos, wie du bist.«

Lucetta ließ sich von den Worten ihrer Tochter nicht provozieren. Auch sie konnte austeilen, wenn es darauf ankam. »Ich dachte immer, du stehst auf Alte? Federico ist wohl auch nicht mehr der Jüngste.«

»Was hat das denn damit zu tun? Federico ist einfach jung geblieben, er ist gerne mit Jüngeren zusammen, er versteht sie, und sie verstehen ihn. Das beste Verhältnis hat er zu seinen Nichten, und die sind zufällig genau in meinem Alter.«

»Nichten? Was für ein Quatsch!«

Anna Maria biss sich auf die Zunge. Und wenn ihre Mutter

recht hatte? Außer kurzen Telefonaten hatte sie keinen Kontakt mehr zu Federico. Sie widersprach ihrer Mutter nicht, der Streit war für sie beendet.

Lucetta lenkte ein. »Gut, schlaf jetzt, es ist schon spät. Und morgen solltest du besser etwas für dein Examen tun. Ach übrigens, bevor ich es vergesse: Heute hat Francesca zweimal hier angerufen und nach dir gefragt.«

Nachdem Lucetta das Zimmer verlassen hatte, trommelte Anna Maria auf ihr Kopfkissen. Um nichts in der Welt hätte sie ihrer Mutter verraten, dass sie Cesare Persella ins Gesicht gesehen hatte.

23

In ihrem Zimmer unter dem Dach des Turmes stank es gottserbärmlich. Der Verwesungsgeruch stammte von Katzenknochen, Schlangen- und Krötenkadavern, die in einer Ecke lagen. Doch Astrellina war daran gewöhnt, sie nahm ihn gar nicht mehr wahr. Aus den Eingeweiden von Tieren mixte sie ihre wirksamsten Zaubertränke.

Heute war ein besonderer Tag. Astrellina kniete vor einem Destillierkolben, in dem eine Flüssigkeit von undefinierbarer Farbe aufwallte. Der Mönch hatte ihr beigebracht, dass bei der Zubereitung eines Zaubertranks die geistige Energie besonders wichtig war. »Wenn du einen Liebestrank braust, so darfst du nur an die Liebe denken. Und bei einen Gifttrank lasse dich von Bösartigkeit und Hass leiten.«

Heute fiel es ihr leicht. Astrellina musste ihre Gedanken nur auf die Ankunft Donna Livias im Schloss lenken. Auf die Huldigungen der Hofdamen und der Dienerschaft. Wie sie das hasste! Was für eine Provokation! Eine Herausforderung an sie und ihre Zauberkunst. Wie konnte Livia es wagen, ihr, der Hexe, der mächtigen Dienerin des Bösen, die Stirn zu bieten? Sie mischte die verschiedenen Ingredienzien in einem Gefäß, hielt es über das Feuer und goss einige Tropfen in den Destillierkolben. Dann wurde plötzlich die Tür aufgerissen, und Pompeo stand auf der Schwelle. Vor Schreck wäre Astrellina fast der Behälter aus der Hand gefallen. Pompeos mächtige Gestalt füllte den gesamten Türrahmen aus. Bei seinem

Anblick geriet ihr Blut in Wallung, ein Kribbeln durchfuhr ihren Körper. Noch nie war der Fürst persönlich bei ihr erschienen. Er hatte sie immer von Bagatella in seine Gemächer rufen lassen. Ein gieriges Lächeln malte sich auf ihr erhitztes Gesicht. Doch der Fürst starrte sie nur geringschätzig an. Er war betrunken.

»Hexe, ich brauche deine Dienste.«

Astrellina senkte ergeben den Kopf. »Wofür, mein Herr und Gebieter?«

»Ein Zaubertrank für einen besonderen Anlass. Eine Frau soll sich erinnern und vergessen.«

»Ich verstehe nicht …«

»Du verstehst nicht, du Närrin? Und so was will die Zukunft voraussagen können?« Pompeos mächtige Faust krachte auf den Tisch, Tiegel und Gläser klirrten. »Ein Trank, der diese unter der Obhut des Papstes stehende Hure in meinem Bett zum Vulkan werden und sie danach bitter bereuen lässt.«

Pompeo sprach mit schwerer Zunge, aber hinter seiner Trunkenheit loderte ein lüsternes Feuer. Glühende Leidenschaft für Donna Livia. Astrellina spürte, wie ihr die Knie weich wurden, für einen Augenblick schien sich ihr Wunschtraum in nichts aufzulösen. Auf dem Tisch stand die Fiole mit dem Betäubungsgift aus Eidechsenblut. Ohne sich dessen bewusst zu sein, griff sie danach und umklammerte das Gefäß, als wäre es der schmale Hals ihrer Rivalin. Donna Livia. »Stets zu Diensten, mein Herr und Gebieter«, Astrellina senkte erneut den Kopf, während der Fürst die Tür hinter sich zuschlug.

24

Eskortiert von einem ihrer Reiter, erreichte Livia die große Eiche. Sie wusste, welches Risiko sie einging. Die Küchenmagd hatte ihr in aller Heimlichkeit eine Nachricht zukommen lassen, aber in diesem Schloss schienen die Mauern Augen und Ohren zu haben.

Adalberto erwartete sie bereits. Schon als sie ihn aus der Ferne sah, klopfte ihr Herz zum Zerspringen. Mit festem Griff nahm er den Zügel und half ihr beim Absteigen. Dabei kam er Livia ganz nah. Ihren Haaren entströmte der betörende Duft blühenden Jasmins. Er sog ihn tief ein. Livia erschauderte unter seinem eindringlichen Blick, irritiert und beglückt zugleich. Wie lange würde er sie noch festhalten? Schließlich entließ er Livia sanft aus seinem Griff und hauchte einen Kuss auf ihre behandschuhte Rechte. Sie lächelte huldvoll, um ihre Verlegenheit zu überspielen. Doch dann kam ihr die Gefahr, in der sie schwebte, wieder in den Sinn. »Sagt mir, mein Herr, warum habt Ihr mich hergebeten?«

Adalberto runzelte die Stirn. »Erinnert Ihr Euch? Als wir uns das letzte Mal sahen, hatte ich Euch vor tödlichen Gefahren gewarnt, die im Schloss auf Euch lauern würden. Jetzt habe ich Gewissheit. Letzte Nacht bin ich der Hofdame Astrellina in den Wald gefolgt und habe Schreckliches gesehen. Sie flehen den Teufel um Hilfe an, und es geht gegen Euch, werte Dame.« Wieder stand ihm das Opferritual vor Augen. Er sah die Wachsfigur aus der Hand des Mönchs in das blutgefüllte Kupferbecken gleiten. »Ihr seid im Schloss nicht mehr sicher. Flieht, und nehmt Eure Tochter mit! Ich werde Euch Geleit geben. Ihr habt keine Zeit zu verlieren.«

Livia konnte das Schloss unter einem Vorwand jederzeit verlassen. Aber Orinzia? Sie streichelte über den Ring. Das letzte Mittel. Würde sie den Mut aufbringen? Sie, eine Giftmörderin? »Nein«, sagte sie und bedachte Adalberto mit einem stolzen Blick, »wir werden nicht fliehen. Ich werde allein in die Heimat zurückkehren, Verbündete suchen und mit einem Heer zurückkehren, um Orinzia zu befreien.«

Adalberto nahm zärtlich ihre Hand und deutete einen Kuss an. »Ich würde mein Leben geben, um Euch zu helfen, Euch glücklich zu machen. Ohne Euch hat mein Leben keinen Sinn.«

Inmitten all ihrer Sorgen und Nöte, all ihrer Ängste um Orinzia waren Adalbertos Worte Trost und Hoffnung zugleich. Sie hauchten ihr neues Leben ein. Schon lange war sie nicht mehr so glücklich gewesen. Sie ritt zum Schloss zurück. Adalbertos stattliche Gestalt ging ihr nicht aus dem Sinn. Livia hing weiter ihren Gedanken nach, als ihr ein berittener Schäfer auffiel, der ihr mit seiner kleinen Herde über die Wiesen gefolgt war. Immer in sicherem Abstand, den Hut tief ins Gesicht gezogen. Livia gab ihrem Pferd die Sporen, um zu sehen, ob der Schäfer es ihr nachtun würde. Doch der ritt in eine andere Richtung davon.

25

Nach der Beerdigung besuchte Chiara Lucas Eltern. Sie gab sich als Freundin ihres Sohnes aus. Die Soavis hofften, dass die wahren Umstände seines Todes aufgeklärt würden, und waren dankbar für jede noch so kleine Information. Sie bewohnten ein liebevoll eingerichtetes Häuschen. Einfache Leute, die den Rest ihres Lebens um ihren einzigen Sohn trauern würden. Ende dieses Jahres wäre er mit der Uni fertig gewesen.

»Luca kam nicht oft nach Hause. Das letzte Mal war an einem Sonntag. Er war abgemagert und wirkte angespannt und erschöpft.« Signora Soavi war kurz davor, in Tränen auszubrechen. Sie sah müde aus. Ihr Mann nahm ihre Hand und nickte, auch er konnte sich nur mühsam beherrschen. »An Drogen haben wir nicht gedacht, die hat er strikt abgelehnt, selbst Medikamente nahm er kaum. Vielleicht eine Liebesgeschichte …« Er brach ab und sah zu seiner Frau hinüber. Sie nickte. »Als wir in seiner Wohnung seine Sachen zusammengesucht haben, haben wir das hier gefunden …«, fuhr er fort und zog den Ausdruck einer E-Mail aus einer Schublade. Chiara las:

Original Message
From: tes@yahoo.it
To: Lucaluke@libero.it
Subject: Re: Ich werde noch verrückt

Ich habe dir doch gesagt, du sollst mich in Ruhe lassen. Ich dachte immer, du wärst anders als die anderen, aber du hast mich enttäuscht. Mehr habe ich dir nicht zu sagen. Außer vielleicht, dass du eine echte Chance verpasst hast. Auf Loser habe ich keinen Bock.

Tes

Luca Soavi Lucaluke@libero.it wrote:

Ich flehe dich an, meine Rose oder mein Schmetterling, gib mir noch einen letzten Versuch. Ich muss dich sehen. Du hast dich auf ein gefährliches Spiel eingelassen, aber du bemerkst es nicht, weil du mitten drinsteckst.

Lass mich dir helfen, Tes, ich liebe dich. Ich meine es ernst. Ich will dich nicht verlieren. Nicht so wie Andrea.

Luca

Du hast dich auf ein gefährliches Spiel eingelassen … Ich will dich nicht verlieren. Nicht so wie Andrea. Chiara fragte die Soavis, ob sie die E-Mail der Polizei gezeigt hätten. Nein, dazu hätten sie noch keine Zeit gefunden.

Meine Rose oder mein Schmetterling … Was das wohl zu bedeuten hatte? Jedenfalls kannte sie jetzt die E-Mail-Adresse von Tes. Vielleicht könnte ein Spezialist sie bis zur Registrierung zurückverfolgen. Gerade als sie Silvia Giorginis Nummer wählen wollte, klingelte ihr Handy. Ein unbekannter Teilnehmer.

»Chiara?«

Die Stimme einer jungen Frau.

»Ja. Mit wem spreche ich?«

»Ich weiß nicht, ob du dich noch an mich erinnerst. Ich bin Anna Maria, Lucetta Felisis Tochter.«

»Natürlich erinnere ich mich. Wie geht es dir?«

»Gut, danke. Ich möchte dich um einen Gefallen bitten.«

26

Wie auf eine Zukunft hoffen,
Wenn nach heldenhaftem Kampf
Uns're Erde hat verlassen
der über alles geliebte Mann?
Oh Tod! Die letzte Hoffnung nahmst du mir.
So lasse denn auch mich jetzt sterben!
Dann hat mein Leiden ein Ende, denn
im Tod bin ich mit dem Geliebten vereint.
Livia Colonna, zu Ehren Marzio Colonnas

Seine Späher hatten Fürst Pompeo über jeden Schritt Donna Livias unterrichtet. Nur zwei Mal hatte sie das Zimmer ihrer Tochter verlassen. Ein Mal hatte sie sich ins Nähzimmer zurückgezogen. Eine von Orinzias Dienerinnen wollte Livia nach ihren Wünschen fragen. Sie traute ihren Augen nicht: Donna Livia schrieb ein Gedicht. Das tat sie oft, besonders wenn sie an ihren verstorbenen Mann dachte und die Trauer sie überwältigte.

Das zweite Mal war Livia aus dem Schloss geritten, um sich mit Adalberto zu treffen. Pompeos Blut geriet in Wallung. Dieser Bastard, der vorgab, sein Sohn zu sein, wurde immer lästiger. Schlimmer als sein schlimmster Feind. Wenn er sich wirklich mit Livia getroffen hatte, dann plante er ein Komplott gegen ihn. Er musste ihn stoppen. Er entlohnte die Späher und schickte einen Boten ins Zimmer seiner Frau, um sie und ihre Mutter zu einem Bankett einzuladen. Ein Fest zu Ehren seiner jungen Frau, zum Ausdruck seiner Dankbarkeit über ihre Genesung.

»Donna Livia vertreibt sich also die Zeit mit Dichten …« Matteo de Salvemini seufzte vielsagend und tippte sich mit zwei

Fingern seiner rechten Hand ans Kinn. Matteo war der älteste und verlässlichste unter Pompeos Ratgebern. An ihn wandte sich der Fürst, wenn es um besonders delikate Fragen ging.

»Nicht nur das, mein Freund. Jetzt hat sich meine Schwiegermutter auch noch in den Kopf gesetzt, dass Orinzia Latein und Griechisch lernen soll.«

»Das schickt sich nun wirklich nicht, in der Tat.« Matteo de Salvemini lächelte maliziös. Aber so ungewöhnlich sei das nicht. Auch andere adlige Damen würden Gedichte schreiben. Zum Beispiel Vittoria Colonna und Giulia Gonzaga, enge Vertraute dieses aufmüpfigen Franziskaners Bernardino Ochino, eines glühenden Anhängers von Johannes Calvin. Schreibende Frauen gerieten leicht in den Verdacht der Häresie. Giulia Gonzaga machte aus ihrer Verehrung für den waldensischen Märtyrer Pietro Carneschi keinen Hehl. So weit hatte Pompeo noch gar nicht gedacht. Da eröffneten sich ungeahnte Möglichkeiten …

»Ich sehe, Ihr habt mich verstanden«, Matteo de Salvemini lächelte zufrieden. »Wenn es wegen der Erbschaft Schwierigkeiten geben sollte, genügt es, Eure Schwiegermutter bei der Inquisition anzuzeigen. Mutter Kirche sieht es gar nicht gerne, wenn Frauen lesen oder schreiben können.«

Don Pompeos Gedanken schweiften zu dem prächtigen Familiensitz an der Piazza Santissimi Apostoli in Rom, der noch Donna Livia gehörte. Eine schöne Dreingabe zu Orinzias Mitgift. Doch der Weg, den ihm sein Ratgeber aufgezeigt hatte, war lang und steinig. Armer alter Mann, dachte er und sah ihn mit gespieltem Mitgefühl an. Dass man auch mit Gewalt zum Ziel kommen konnte, hatte Matteo wohl vergessen.

27

»Es tut mir leid, aber die sind alle weg«, sagte der Zeitungsverkäufer und sah, wie Anna Maria enttäuscht davonging. Kurz darauf rief er ihr nach: »Halt, Signorina, ich habe noch eine gefunden, die letzte.« Anna Maria kam zurück, ihre Augen leuchteten. Sie zahlte und griff nach der Zeitschrift. Auf der Titelseite ein Foto von Maité Persella und die Schlagzeile: »Maité – die wahre Geschichte«. Francesca hatte ihr erzählt, dass in der letzten Ausgabe von *Celebrity* ein groß aufgemachter Bericht über die Frau des Baulöwen zu lesen war. Auf dem Heimweg dachte sie wieder an das Telefonat mit Chiara Bonelli. Sie war nicht gerade stolz auf sich. Lügen waren ihr zuwider, auch wenn sich damit so manches Problem leichter lösen ließ. Was soll's? Schließlich hatte Chiara im Gegenzug um einen Gefallen gebeten, den sie ihr leicht erweisen konnte. Sie kam zu Hause an. Ihre Mutter und ihr Großvater waren nicht da. Gut. Sie schloss sich in ihrem Zimmer ein und begann zu lesen.

Maria Teresa Pellegrini, wie Maité mit bürgerlichem Namen hieß, war im Alter von fünfzehn Jahren ins Rampenlicht der Öffentlichkeit getreten. Fast über Nacht war aus dem unscheinbaren Mädchen mit Zahnspange eine gazellenhafte Schönheit geworden. Das Gesicht war nicht makellos schön, aber faszinierend: grüne Augen, sinnlicher Mund, strahlend weiße Zähne.

In dem Artikel hieß es, ein Talentscout der Modelagentur Elle habe sie auf der Straße entdeckt. Die Probeaufnahmen waren ein Flop, aber Maria Teresa hatte nicht aufgegeben und sich mit Haut und Haaren der Kinoszene verschrieben. Umgeben von erfolglosen Drehbuchautoren, gescheiterten Filmsternchen und Möchtegernregisseuren, in einer bizarren Halbwelt aus Alkohol, Drogen und freizügigem Sex.

Mit siebzehn wendete sich das Blatt. Maria Teresa verwandelte sich in die einzigartige Maité, die schönste Frau der Welt. Gepuscht von der gleichen Agentur, die sie noch vor zwei Jahren abgelehnt hatte. Ihre sinnliche Ausstrahlung öffnete ihr die Türen zu den führenden Marken der Kosmetikbranche. Maité avancierte zum Werbestar, Stammgast auf den Titelseiten der Klatschpresse. Mit fünfundzwanzig eine Nasenkorrektur. Ihr erster Ehemann war ein adliger Multimillionär aus Deutschland, der sich nach einem Jahr Ehe als schwul outete. Gerüchte, Maité sei lesbisch und habe deshalb einen Homosexuellen geheiratet, machten die Runde und wurden nie dementiert. Ein gefundenes Fressen für die Regenbogenpresse. Mit fünfunddreißig ließ sie sich die Lippen aufspritzen. In dieser Zeit hatte sie Cesare Persella kennengelernt, dessen Ehe mit der reichen Bauunternehmertochter Anna gerade gescheitert war. Die Hochzeit der beiden schillernden Figuren war ein internationales Medienereignis.

Anna Maria übersprang die Einzelheiten der Folgejahre, die ihr ohnehin bestens bekannt waren. Etwas weiter unten las sie, dass sich Maité mit vierundvierzig hatte liften und die zu üppig gewordenen Brüste hatte verkleinern lassen. Nach diesen Korrekturen gab sie ihr Alter mit dreiunddreißig an. Es schien, als habe sie einen Pakt mit dem Teufel geschlossen, der ihr ewige Jugend sicherte.

Anna Maria war fasziniert. Was für ein Glück, so schön und begehrenswert zu sein wie Maité. Bewunderung, aber auch ein bisschen Neid sprachen aus ihren Gedanken. Sie betrachtete sich im Spiegel, strich sich die Haare aus der Stirn, hob das Kinn und drehte den Kopf hin und her. Wenn man ein wenig nachhelfen würde, wäre ihre Nase genau wie die von Maité. Die Augenpartie könnte man strecken und die Lippen aufspritzen, dann das Jochbein etwas höher. Ein paar Kilo abnehmen, ein wenig Fett an den Oberschenkeln absaugen … all das kostete natürlich. Ihre Stimmung verfinsterte sich, aber nur einen kurzen Moment lang, dann vibrierte ihr Handy. Sie blickte auf das Display. SCHATZ. Es traf sie wie ein Schlag. Wie lange war es her, dass sie das letzte Mal miteinander gesprochen hatten? Sie hatte aufgehört, die Tage zu zählen, um nicht immer an ihn denken zu müssen. Sie war so aufgeregt, dass sie beinahe nicht wagte ranzugehen.

»Amore mio, wie geht es dir?« Federicos Stimme klang ruhig und entspannt.

»Gut, das heißt, schlecht. Es ist unerträglich ohne dich. Wir müssen uns wiedersehen. Ich glaube dir, ich vertraue dir. Ich schwöre. Lass uns aufhören …«

»Nein, Anna Maria, noch nicht. Du kennst mich doch. Wenn ich mich für etwas entscheide, dann ziehe ich es auch durch. Wenn wir jetzt aufgeben, haben wir unser Ziel nicht erreicht.«

»Du hast ja recht, aber ich halte es kaum noch aus.«

»Auch mir fällt es schwer.« Federico schwieg einen Moment lang und fragte dann: »Hast du meine Nichten angerufen?«

»Nein. Ich will deine Stimme hören … Ich sitze hier ganz allein, während du …« Anna Maria bedauerte ihre Worte noch im gleichen Moment.

»Während ich was?«

»Sag mir die Wahrheit. Bist du wieder mit deiner Frau zusammen?«

»Siehst du? Es hat sich nichts geändert, du fängst schon wieder damit an.«

»Entschuldige.«

»Nein. Du vertraust mir einfach nicht.«

»Ich will nur wissen, wann du dich scheiden lässt.«

»Ich will nichts mehr davon hören. Du scheinst dich ja nur noch für meine Scheidung zu interessieren. Ich frage mich, ob du nicht Liebe mit Besitzanspruch verwechselst.«

»Nein, Federico, das stimmt nicht. Ich liebe dich«, Anna Maria geriet in Panik, konnte keinen klaren Gedanken mehr fassen. »Ich mache gerade eine schwere Zeit durch, verstehst du, das hat aber nichts mit dir zu tun.«

»Was ist passiert?«

Anna Maria antwortete nicht.

»Anna Maria? Bist du noch dran? Was ist passiert?«

Federicos Ton klang jetzt alarmiert, wie der eines Vaters, der sich Sorgen um seine Tochter macht. Anna Maria brach in Tränen aus. »Nichts«, sagte sie und legte auf.

Es war dunkel geworden. Sie sah auf die Uhr. Halb acht. Mit tränenblinden Augen packte sie ihren Rucksack: Jeans, Pulli, Zahnbürste und ein Buch über Kunstgeschichte. Die Zeitschrift ließ sie auf dem Bett liegen. Es war ihr egal, ob ihre Mutter sie finden würde. Als sie gerade die Wohnung verlassen wollte, ging die Tür auf, und ihre Mutter stand vor ihr. »Wo willst du denn hin?«, fragte sie erstaunt.

»Zu Francesca, ich esse bei ihr. Und morgen wird es spät.« Anna Maria ging, ohne sich noch einmal umzudrehen.

Lucetta hörte, wie sich die Schritte ihrer Tochter rasch entfernten. Hinter ihr lag ein rabenschwarzer Tag. Der Rektor hatte sie zu sich gerufen, weil sich einige Schüler über sie beschwert hatten. Während des Unterrichts hatte sie wiederholt den Faden verloren oder erschöpfte sich in langatmigen Wiederholungen. »Du siehst müde und abgespannt aus«, hatte der Rektor gesagt. Das wusste sie selbst, aber sie wollte sich nicht krankmelden. Zu Hause würde sie nur noch mehr grübeln, das tat sie ohnehin schon Nacht für Nacht. Sie würde sich schon wieder in den Griff bekommen.

Lucetta ging in die Küche, um das Abendessen zuzubereiten. Wenn Amerigo aus seiner Werkstatt kam, wäre er bestimmt hungrig.

Beim Essen verfolgten sie die Fernsehnachrichten. Als sie den Tisch abräumten, erzählte Amerigo, Anna Maria habe ihn in der Werkstatt besucht und um einen Gefallen gebeten. Ob er eine alte Kommode und ein Gemälde für die Journalistin von Telestella restaurieren könne? Lucetta sah ihn erstaunt an. Der Gedanke an Chiara Bonelli verunsicherte sie. Aber sie sagte nur: »Das musst du entscheiden.« Und fügte seufzend hinzu: »Ich weiß wirklich nicht mehr, was ich mit Anna Maria machen soll …«

Amerigo hatte ihr fürsorglich die Hand auf die Schulter gelegt und aufmunternd gelächelt: »Gib ihr etwas Zeit.« Für einen kurzen Augenblick hatte die zärtliche Geste ihres Vaters sie getröstet. Vielleicht würde doch noch alles gut werden.

28

Es war halb zehn. Lucetta klappte das Heft zu, in dem sie alle wichtigen Informationen über Machiavelli notiert hatte. Jetzt war sie vorbereitet. Sie war noch nicht müde und entschied sich, Anna Marias Zimmer aufzuräumen. Sie wollte nicht schon wieder bis spät in die Nacht vor dem Fernseher sitzen. Vielleicht würde die körperliche Anstrengung sie entspannen. Als sie das Kopfkissen aufschüttelte, fiel ihr Blick auf die *Celebrity*-Ausgabe mit Maité Persella auf dem Titelbild. Sie blätterte darin. Ein Artikel über die »Hochzeit des Jahres« erregte ihr Interesse. Hochglanzfotos von Cesare Persella und Maité. Das war zu viel. Wütend warf Lucetta die Zeitschrift in den Papierkorb.

Sie setzte sich auf die Bettkante und dachte an die unzähligen Versuche, Persella zur Rechenschaft zu ziehen. An die durchweinten Nächte. An das Gesicht von Cesares Mutter, die nur Verachtung für sie übrig hatte. Und sie erinnerte sich noch genau an die furchtbaren Drohungen dieser Frau.

Als sie das Zimmer verließ, fühlte sie sich elend: verraten als Mutter und als Frau. Ab heute würde sie keinen Fuß mehr in Anna Marias Zimmer setzen. Ihr Problem. Sie ging in die Küche, um einen Löffel Baldrian zu nehmen. In diesem Moment klingelte das Telefon.

»Hallo?«

»Buonasera, hier spricht Chiara Bonelli. Die Journalistin, die …«

Lucetta unterbrach sie: »Ich weiß, wer Sie sind. Wenn Sie meinen Vater sprechen wollen, er schläft schon.«

»Nein, ich suche Anna Maria.«

»Anna Maria? Warum?«

Chiara spürte die Angst in Lucettas Stimme und versuchte sie zu beruhigen. »Sie hat mich gestern angerufen. Es geht um ein Projekt im Rahmen ihres Studiums.«

Lucetta konnte ihre Verwunderung nicht verbergen: »Was für ein Projekt?«

»Soviel ich weiß, geht es um die italienische Großindustrie. Sie hat mich gebeten, ihr einen Gesprächstermin mit Cesare Persella zu verschaffen, aber das ist nahezu unmöglich. Deshalb haben wir vereinbart, dass ich sie anrufe, wenn sich eine Gelegenheit ergibt. Nun soll ich am Freitag auf einem Galaabend im Hotel De Russie einige prominente Gäste interviewen. Da könnte ich sie mitnehmen.«

Lucetta verschlug es den Atem. »Im De Russie?«, flüsterte sie.

»Hallo? Ich kann Sie kaum verstehen.«

»Ist es jetzt besser?«, Lucetta bemühte sich, lauter zu sprechen.

»Ja. Alles in Ordnung mit Ihnen?« Chiara spürte, dass Lucetta etwas bedrückte, mochte sie aber nicht bedrängen. Sie wollte sich gerade verabschieden, als Lucetta plötzlich sagte: »Ich muss mit Ihnen sprechen. Unter vier Augen.«

Am nächsten Morgen erwachte Lucetta schon gegen sechs, blieb aber noch liegen, um Anna Maria aus dem Weg zu gehen. Sie hörte, wie sie aufstand, in ihrem Zimmer auf und ab ging und in der Küche werkelte. Dann klappte die Badezimmertür, Schritte im Flur, die Autoschlüssel wurden von der Kommode genommen. Lucetta konnte sich nicht erinnern, dass ihre

Tochter sie um Erlaubnis gefragt hatte. Dann die Haustür. Der Schlüssel drehte sich zweimal im Schloss. Plötzlich spürte Lucetta eine unendliche Leere. Am Nachmittag würde sie Chiara treffen. Ein Teil in ihr weigerte sich, der Journalistin zu glauben. Anna Maria hätte ihr das bestimmt erzählt. Aber Anna Maria war auch die Tochter Cesare Persellas. Was mochte sie noch alles vor ihr verbergen? Voller Panik stürzte sie in ihr Zimmer und durchsuchte jeden Winkel, wobei sie sorgfältig darauf achtete, alles wieder an den richtigen Platz zurückzulegen. Sie durchwühlte die Schubladen, den Kleiderschrank, die Kisten unter dem Bett, filzte Hosen- und Jackentaschen, blätterte Bücher und Hefte durch. Nichts. Gerade als sie aufgeben wollte, fiel ihr Blick auf eine Vase auf dem Fensterbrett, die halb vom Vorhang verdeckt wurde. Manchmal stellte Anna Maria Blumen hinein. Sie nahm die Vase in die Hand und entdeckte darin ein zusammengefaltetes Stück Papier. Sie entfaltete es: zwei Handynummern. Und zwei Namen, Mony und Terry. Es war nicht Anna Marias Schrift.

»Sag mal, hörst du mir überhaupt zu?«, Francesca wedelte mit der Hand vor dem Gesicht ihrer Freundin herum. Es war Mittagszeit, und die Bar vor der Universität füllte sich. Junge Leute drängelten sich an ihrem Tisch vorbei, einer stieß versehentlich gegen Anna Marias Stuhl. Sie schien das gar nicht zu registrieren. »Hallo, hallo? Ist da jemand?«, Francesca verlor allmählich die Geduld. Anna Maria zuckte zusammen: »Entschuldige, was hast du gesagt?«

»In Rom trifft sich die Prominenz des internationalen Films. Schau nur«, sie hielt ihr den *Messaggero* unter die Nase. »Gestern die große Tom-Cruise-Gala und heute Abend der feierliche Abschluss der Dreharbeiten von *Sphynx* im Hotel De Russie. Und rate, wer da sein wird?«

»Wie bitte? Wo? Wer?«

»George Clooney, Bruce Willis, Brad Pitt, Angelina Jolie und Julia Roberts. Schau doch mal, hier.«

»Glaubst du etwa, dass du da reinkommst? Das ist doch alles hermetisch abgeriegelt.« Aber Anna Marias Interesse war geweckt, sie begann den Artikel zu überfliegen. »Es geben sich die Ehre Monica Bellucci, Valeria Golino und Riccardo Scamarcio, die auch Spitzen der Finanzwelt zu ihren Gästen zählen, darunter Luca Cordero di Montezemolo und Cesare Persella mit seiner Frau Maité.«

Ihr stockte der Atem. Warum hatte Chiara nicht angerufen?

»Was ist heute eigentlich mit dir los, könnte man das mal erfahren?«, Francesca wollte nach der Zeitung greifen, aber Anna Maria hatte sie schon in ihren Rucksack gestopft.

»Entschuldige, aber ich muss weg.«

»Aber wir haben doch noch gar nichts gegessen. Außerdem ist das meine Zeitung!«

»Du bekommst sie morgen zurück, versprochen.«

Warum hatte Chiara sie nicht angerufen?« Sie zermarterte sich das Hirn. Wahrscheinlich hatte sie schon einen anderen Termin. Ich werde es auch ohne Chiara schaffen, ermutigte sie sich.

Es war schon sechs, die Zeit wurde knapp. Anna Maria entschied sich für eine schwarze Hose und ein weit ausgeschnittenes Top. »Zu viel Ausschnitt«, bemerkte sie, als sie sich im Spiegel betrachtete, und zog noch eine schwarze Jacke darüber. »Besser.« Die Visitenkarte! Chiara hatte ihr doch in der Pizzeria ihre Visitenkarte gegeben. Sie steckte sie in ihre Brieftasche.

Eigentlich wollte sie hochhackige Schuhe tragen, aber als

Assistentin einer TV-Journalistin wären wohl eher Ballerinas angebracht. Sie hatte sich erst kürzlich welche gekauft, doch die passten nicht zu ihrem Outfit. Also doch hohe Schuhe. Noch etwas Make-up und die Haare zum Pferdeschwanz gebunden. Das brachte ihr Profil gut zur Geltung. Ein letzter prüfender Blick in den Spiegel, dann griff sie nach dem Autoschlüssel. Sie hatte Glück: Ihre Mutter war noch in der Schule und Amerigo in der Werkstatt.

Als sie vor dem De Russie ankam, stauten sich dort bereits die schwarzen Luxuslimousinen. Auch die Polizei war vor Ort. Ein Blitzlichtgewitter der Fotografen, die seit Stunden links und rechts des roten Teppichs Stellung bezogen hatten. Im Hintergrund erkannte Anna Maria zwei Fernsehteams. Eine riesige Traube dicht gedrängter Neugieriger machte es unmöglich, auch nur einen Blick auf die ankommenden Gäste zu erhaschen. Begeisterte Fans versuchten die Spaliere der Bodyguards zu durchbrechen. Anna Maria schwand der Mut. Wie sollte sie hier durchkommen?

Sie drängelte und drückte und hoffte dabei inständig, dass ihr niemand auf die Füße treten würde. Das würden ihre Schuhe nicht überleben. Am Eingang stoppte sie ein ganz in Schwarz gekleideter, ziemlich gestresster Wachmann und wollte ihre Einladung sehen. Von der nachdrängenden Menge geschoben, fiel Anna Maria dem jungen Mann regelrecht in die Arme. Erst jetzt schien er sie richtig wahrzunehmen. Er lächelte überrascht, und Anna Maria wusste: das war ihre Chance.

»Mein Name ist Anna Maria Felisi, ich bin die Assistentin von Chiara Bonelli von Telestella«, sie reichte ihm die Visitenkarte. Der Wachmann blickte erst prüfend auf die Karte, dann in ihren Ausschnitt. Schließlich kontrollierte er die Gästeliste.

Eine Chiara Bonelli gab es. Aber seine Anweisungen waren unmissverständlich. »Das reicht leider nicht«, er gab ihr die Visitenkarte zurück. »Es tut mir leid, aber ohne Ausweis kann ich Sie nicht reinlassen.« Anna Maria machte auf Häschen – bei ihrem Großvater wirkte das immer: »Natürlich, einen Augenblick …« Sie wühlte in ihrer Handtasche, dann in den Jackentaschen, während die wartenden Menschen hinter ihr langsam unruhig wurden. »So ein Mist! Ich kann ihn nicht finden. Ich verstehe das nicht, eben hatte ich ihn doch noch.« Dann bedachte sie den Wachmann mit einem ängstlichen Blick: »Was mache ich jetzt nur? Das kostet mich meinen Job!«

Der Mann zögerte, dann ließ er sie durch. Anna Maria schenkte ihm ihr schönstes Lächeln und schlich sich an den Hostessen vorbei, die den Gästen ihre Plätze zuwiesen. Am Eingang der Salons boten livrierte Kellner Champagner an, ein Streichquartett sorgte für die musikalische Untermalung, die bald ganz von dem anschwellenden Stimmengewirr übertönt wurde. Anna Maria hatte ein ruhiges Plätzchen ergattert und schaute sich begeistert um. Wen sie hier wohl alles treffen würde? Die im *Messaggero* angekündigten Megastars hatte sie allerdings noch nicht ausgemacht. Immerhin erkannte sie Ornella Muti, Claudio Amendola, Chiara Mastroianni und weitere bekannte Gesichter, deren Namen ihr entfallen waren. In Wahrheit aber scannten ihre Blicke die Menschenmenge nur nach einer einzigen Person.

»Und jetzt? Was für ein Chaos! Hier kommen wir nie rein.« Gianni nahm Chiara am Arm, dieses Mal wollte er sie nicht verlieren, wie damals im Xilos.

»Aber ich habe einen Presseausweis«, Chiara war sauer.

»Ich fürchte, den haben hier alle, oder? Bleib hinter mir.« Gianni drängte sich durch die wartende Menge, Chiara im

Schlepptau. Sie ließ sich mitziehen. Selbst als sich eine ihrer Haarsträhnen im Jackettknopf eines Unbekannten verfing und ihr ein Büschel Haare ausgerissen wurde, sagte sie kein Wort. Es war schließlich alles ihre Schuld, sie war mal wieder zu spät gekommen.

»Telestella«, rief Gianni dem Wachmann entgegen.

»Kommen Sie.«

»Er hat nicht einmal auf die Liste geschaut«, wunderte sich Chiara.

»Wir sind ja auch nicht irgendwer ...«

Mario Dandin, der Regisseur, dem sie die Eintrittskarte zu verdanken hatte, kam ihnen lächelnd entgegen und küsste Chiara auf die Wange. Dann begrüßte er Gianni. »Und? Aufgeregt, weil du George Clooney und Brad Pitt treffen wirst?«

»Was willst du denn mit denen?«, scherzte Gianni.

Chiara lächelte gezwungen. Natürlich war sie hier, um die Hollywoodstars zu interviewen, aber mit den Gedanken war sie ganz woanders. Sie hatte eine Sensation in petto. Was dieser Knüller ihrem Chef wohl wert wäre? Ihre Kollegin Cuomo hätte bestimmt weniger Skrupel, Anna Maria und Lucetta ins Licht der Öffentlichkeit zu zerren. Aber sie? Sie dachte an den Wirbel in den Medien und an die Konsequenzen, die ein solcher Enthüllungsbericht für alle Beteiligten hätte. Cesare Persella – ein brutaler Vergewaltiger, der eine junge Frau geschwängert und dann sitzengelassen hatte.

Was für ein widerlicher Kerl. Gut, dass sie Anna Maria nicht angerufen hatte. Aber wie sollte sie ihr erklären, dass sie ihr Versprechen nicht gehalten hatte?

»Unsere Freundin ist heute wohl etwas abwesend«, spöttelte Mario Dandin. Doch bevor Chiara reagieren konnte, war der Regisseur schon verschwunden, um Simona Izzo und Ricky Tognazzi zu begrüßen.

»Schau mal, George Clooney!« Wie ein geölter Blitz hatte sich Gianni dem amerikanischen Superstar an die Fersen geheftet. Chiara hastete ihm hinterher und begrüßte auf dem Weg jeden, den sie kannte, mit einem herzlichen Lächeln. Auch die, die sie nicht kannte.

Der Salon Animalier war bis auf den letzten Platz gefüllt. Anna Maria hoffte auf einen glücklichen Zufall. Die einzelnen Tische trugen Raubtiernamen: Tiger, Panther, Löwe, Jaguar. Eine pfiffige Idee, denn viele der Anwesenden waren Raubtieren nicht unähnlich – nur die Käfige fehlten. Sie erkannte Valeria Marini mit extravaganter schwarzer Perücke. Und Harvey Weinstein. Der amerikanische Produzent hatte den linken Arm um die strahlend lächelnde Nancy Brilli und den rechten um Monica Bellucci gelegt. Fürst Giovanelli durfte natürlich auch nicht fehlen, hier ein Küsschen, dort ein Küsschen, er war ganz in seinem Element. Plötzlich spürte sie einen heftigen Schlag an der Schulter. Sie fuhr herum. Ein Kameramann hatte sie beim Schwenk übersehen: »Sorry, Schätzchen. Habe ich dir weh getan?«

Anna Maria schüttelte den Kopf. Sie hatte sich nur erschreckt. »Nein, alles in Ordnung«, sie lächelte ihn an. Ein interessanter Typ.

»Gianni«, stellte er sich vor.

»Anna Maria.«

»Darf ich dir ein Kompliment machen?«

Anna Maria wurde rot.

»Du bist die Schönste von allen.«

Sie blickte sich um. Eine Frau attraktiver als die andere. Auch wenn Gianni natürlich gelogen hatte, schmeichelte ihr das Kompliment.

»Trinken wir später ein Glas zusammen?«

Anna Maria gab sich reserviert. Ihr Ziel war ein anderes. Sie wechselte von den Raubtieren in den Blumensalon: Orchidee, Magnolie, Gardenie, Lilie. Sie erkannte den Modedesigner Valentino, umringt von einem Pulk überschlanker Models, die seine extravaganten Kreationen präsentierten. In dieser Umgebung fühlte sich Anna Maria wie ein hässliches Entlein. Wahrscheinlich hatte sie der Kameramann auf den Arm genommen. Sie wandte sich um. Der Boden unter ihr schien plötzlich nachzugeben, als sich ihr Blick an einer einzigen Person festsaugte: Maité. Ihr makelloser Körper mit den nicht enden wollenden Beinen in einem bodenlangen grünen Seidenkleid, das sie wie eine zweite Haut umschmeichelte. Das Smaragdcollier um ihren schlanken Hals wetteiferte mit dem Grün ihrer Augen.

Anna Maria atmete tief durch, ein wenig unsicher, aber glücklich. Nach einer Weile wagte sie einen zweiten Blick auf Maité, die ihr wie eine Göttin erschien. *Sie* drehte ihr jetzt jedoch den Rücken zu und sprach mit einer Frau, die Anna Maria nicht kannte. Sie zog sich hinter eine Säule zurück, von wo aus sie die Situation unauffällig beobachten konnte. Jetzt erkannte sie auch *ihn*. In seinem eleganten Smoking wirkte er größer und schlanker als sonst. Aber vielleicht lag das auch an seinem Gesprächspartner, Valentino war ja wirklich kein Riese. Dann ging Cesare zu Maité hinüber. Mit zitternden Händen fuhr sich Anna Maria durchs Haar und atmete tief durch. *Jetzt oder nie!*

»Hey, Chiara!« Gianni tippte seiner Kollegin leicht auf die Schulter, die immer noch ganz in den Anblick von George Clooney versunken war, obwohl ihr Interview längst vorbei war. »Ich habe gehört, dass die Persellas im Blumensaal nebenan sind.«

Chiara wandte sich um. Sie war sich gar nicht so sicher, ob sie den Bauunternehmer überhaupt sehen wollte, aber Job ist Job.

Es soll Menschen geben, die schier unvorstellbare Katastrophen überlebt und übermenschliche Kräfte entwickelt haben, um Unglaubliches zu leisten. Menschen, die über sich hinausgewachsen sind. »Es war, als sei ich nicht mehr ich selbst«, waren die von solchen Helden im Nachhinein am häufigsten gebrauchten Worte.

Anna Maria hatte sich darunter nie etwas vorstellen können. Aber jetzt, als sie Cesare und Maité Persella von Angesicht zu Angesicht gegenüberstand, wusste sie plötzlich, was damit gemeint war. Hoch erhobenen Hauptes und mit stolzem Blick bewegte sie sich ohne Zögern auf die beiden zu. Und was noch unglaublicher war: Sie formulierte mit fester Stimme zwei Worte: »Dottor Persella?«

Unwirsch drehte der Mann sich um, aber Anna Maria ließ sich nicht beirren. »Ich bin die Assistentin von Chiara Bonelli, der Moderatorin von *Stars' Boulevard* auf Telestella.«

»Ich gebe keine Interviews, schon gar nicht in Promimagazinen«, blaffte Persella, dreht sich um und ließ sie stehen. Anna Maria gab nicht auf. »Dottor Persella, ich bitte Sie, nur zehn Minuten, vielleicht fünfzehn. Lassen Sie mich das Konzept der Sendung erklären, danach können Sie immer noch entscheiden, ob Sie mit Chiara Bonelli sprechen wollen oder nicht.«

»Danke, kein Interesse.«

Anna Marias Traum schien wie eine Seifenblase zu zerplatzen. Ihre Hände begannen zu zittern, die Unsicherheit war zurückgekehrt. Die übermenschlichen Kräfte waren verpufft.

»Was gibt es, Cesare?«

Anna Maria drehte sich um. Ihr schwanden die Sinne. Hinter ihr stand Maité, ihr verführerisches Lächeln auf den Lippen. Cesare Persella war sichtlich verärgert: »Diese junge Frau da kommt von Telestella.« Eine seltsame Antwort auf ihre Frage. Anna Maria erinnerte sich daran, was sie über Maité alles gelesen hatte. »Ich bin nicht wegen Klatsch, Tratsch und Sensationen hier. Es soll ein Beitrag über Wohltätigkeitsinitiativen werden.«

Maités feingliedrige Hand legte sich auf Cesares Schulter.

»Nur zu, meine Liebe, ich bin sicher, mein Mann macht für Sie eine Ausnahme. Besonders notleidende Kinder liegen ihm am Herzen.« Anna Maria hielt den Atem an. Sie stammelte: »Wir würden das Interview im Rahmen einer abendfüllenden Benefizsendung ausstrahlen.«

»Eine blendende Idee«, flötete Maité. Cesare gab ein undefinierbares Grunzen von sich, was Anna Maria als Zeichen der Zustimmung deutete. Sie bedankte sich und ging, stolz und zufrieden. Sie hatte das Gefühl, etwas Besonderes geleistet zu haben. Ganz in Gedanken versunken übersah sie, wie Chiara und Gianni im gleichen Moment den Blumensalon betraten.

29

»Kalabrien ist ein Traum. Begleite mich, Chiara! Mein Vater wird dir gefallen, du wirst sehen. Vielleicht können wir ihn überreden, mit nach Rom zu kommen und einige Tage zu bleiben.« Paolos Augen funkelten vor Stolz, wie bei einem Kind, das seinen Eltern zeigt, was es gebastelt hat. Chiara war gerührt. Wie es wohl wäre, mit ihm zusammenzuleben? Nach Jahren selbstgewählter Einsamkeit konnte sie sich endlich vorstellen, ihr Leben mit einem Mann zu teilen. Sollte sie seinen Vorschlag annehmen?

»Wir könnten Donnerstagabend starten und am Sonntag gegen Mittag wieder zurück sein, dann sind die Autobahnen nicht so voll. Was meinst du?« Paolo nahm ihre Hände in die seinen. Die Frau auf der Parkbank nebenan blickte von ihrer Zeitung auf.

»Donnerstag kann ich nicht.« Chiara befreite sich sanft aus seinem Griff. Es tat ihr wirklich leid, aber ausgerechnet an diesem Tag war sie mit Amerigo verabredet, der sich ihre Möbel ansehen wollte. Paolo war enttäuscht, das sah sie ihm an. Sie suchte nach einem Ausweg. »Lass mich nachdenken. Vielleicht kann ich den Termin auf heute Nachmittag verlegen.«

»Du würdest mir eine große Freude machen. Wir fahren über Cosenza nach Copanello und dann nach Crotone. Mein Vater hat dort einen kleinen Hof. Zum Verlieben! Die Landschaft natürlich, nicht mein Vater. Es wird dir bestimmt gefallen.« Paolo küsste sie. Chiara ließ es geschehen, die Frau auf der Nachbarbank war ihr jetzt egal.

Ein bisschen Erholung würde ihr guttun. Als sie aufstehen wollte, zog Paolo sie an sich, und dieses Mal erwiderte Chiara seinen Kuss.

Amerigo untersuchte jeden Millimeter der antiken Kommode mit höchster Sorgfalt, wie ein Chirurg vor der Operation. Die Schubladen, das Gehäuse, die Füße und die Qualität der verwendeten Hölzer. Chiara wartete gespannt und auch ein bisschen amüsiert auf sein Urteil. »Dazu brauche ich spezielles Werkzeug, ich muss noch mal wiederkommen«, sagte der alte Herr schließlich. »Und wo ist das Bild?«

Chiara zeigte auf das Gemälde über dem Sofa: »Dort hängt es. Es stammt aus der Schule von Jacob Jordaens.«

»Ja, ein sehr schönes Stück«, mehr sagte er nicht. Amerigo war zwar kein ausgewiesener Experte, aber doch im Laufe seines Berufslebens häufig genug mit Kunstgegenständen in Berührung gekommen, um sich ein Urteil bilden zu können. Das Gemälde schien tatsächlich wertvoll zu sein, wenn ihn auch ein Detail stutzig machte, das offenbar Ergebnis einer Restaurierung war. »Auch dafür brauche ich meine Ausrüstung. Am besten wäre es natürlich, ich könnte beide Stücke mit in die Werkstatt nehmen.«

Das hatte Chiara nicht erwartet. »Mir wäre es lieber, wenn Sie hier arbeiteten. Ich gebe Ihnen einen Wohnungsschlüssel und räume vorher auf, damit Sie Platz haben.« Amerigo hatte keine Einwände. Wenn Chiara am Donnerstag mit Paolo nach Kalabrien fahren würde, käme er wieder. Dann könne er ungestört arbeiten. Bevor sie sich verabschiedeten, fragte Chiara nach Lucetta. Einen Moment lang verdüsterte sich Amerigos Miene: »Es ist nicht leicht für sie im Moment. Anna Maria ist in einem kritischen Alter, aber Lucetta ist eine starke Frau.« Chiara nickte und versicherte ihm, sie könnten immer auf ihre Hilfe zählen, Lucetta könne sie jederzeit anrufen.

»Ciao, Bellissima«, Paolo gab Chiara einen Kuss, nahm ihr die Tasche ab und verstaute sie im Kofferraum. Dann öffnete er ihr galant die Wagentür. Es war ein herrlicher Tag, ungewöhnlich warm für die Jahreszeit. Chiara war glücklich, sie fühlte sich wie befreit.

Schon während der Fahrt vertraute sie Paolo an, wie sehr sie unter der Trennung ihrer Eltern gelitten habe. Lange Zeit habe sie ihre Schwierigkeiten damit nicht wahrhaben wollen. Noch heute fühle sie sich bisweilen schrecklich einsam, besonders in Stresssituationen. »Und dann kamen die Visionen. Anfangs wehrte ich mich dagegen, hatte Angst, aber nach und nach gewöhnte ich mich an die Bilder.« Paolo wollte wissen, ob ihr die Dame aus Zagarolo noch einmal erschienen sei. »In letzter Zeit nicht«, antwortete Chiara, wobei sie an den Kelch mit den zwei ineinander verschlungenen Schlangen dachte.

»Hast du mit deinem inneren Auge jemals etwas gesehen, das dir später weitergeholfen hat?«

Chiara wusste, dass Paolo, anders als die meisten Menschen, sie und ihre Erscheinungen ernst nahm und gerne mehr darüber wissen wollte. »Einmal habe ich im Keller eines sehr alten Hauses eine Tür ›gesehen‹, die zu einem unterirdischen Gangsystem führte. In Wirklichkeit gab es die Tür aber nicht. Ich überzeugte den Hausbesitzer, sich den alten Bauplan anzusehen. Dabei stellte sich heraus, dass diese Tür wirklich existiert hatte, aber später zugemauert worden war.«

»Und wohin führte sie?«

»Zu einem unterirdischen Gang und weiter zu einem Fluss. Ich hatte recht, aber genutzt hat es niemandem.«

»Wer weiß, vielleicht wird es in der Zukunft von Nutzen sein, wenn man durch Wände sehen kann«, wagte Paolo einen kleinen Scherz. Das Landschaftsbild veränderte sich. Es wurde immer grüner, immer heiterer.

»Weißt du, woher der Name Crotone kommt?«

Chiara schüttelte den Kopf.

»Der griechische Held Kroton war ein Freund des Herakles. Eines Nachts wurden sie in ihrem Lager von einem Geräusch geweckt. Herakles sah, wie sich hinter einem Busch etwas Verdächtiges bewegte, und schlug mit seinem Schwert zu. Es war Kroton, den er tödlich traf. Ihm zu Ehren wurde an dieser Stelle eine Stadt mit seinem Namen gegründet. Pythagoras und der olympische Ringkämpfer Milon haben die Stadt berühmt gemacht. In Crotone gibt es ein wunderbares Archäologisches Museum, das ich dir zeigen möchte. Aber zuerst fahren wir zu meinem Vater. Ach übrigens, vergiss nicht, ihn Venzy zu nennen.«

»Venzy?«

»Ja, eine kleine Spinnerei von ihm. Mit diesem Spitznamen fühlt er sich nicht so alt, auch wenn er das gar nicht nötig hat. Er wirkt ohnehin wie ein junger Mann, die Frauen liegen ihm zu Füßen.«

»Fürchtest du, auch ich könnte seinem Charme erliegen?«

»Das will ich nicht hoffen«, antwortete Paolo lachend. Doch sofort wurde er wieder ernst.

»Woran denkst du?«

Paolo fuhr jetzt langsamer. Nach einer Weile erzählte er von seiner sorglosen Kindheit in Kalabrien. Eine unendlich glückliche Zeit, die ihn noch heute mit Wehmut erfüllte und die jäh endete, als seine Mutter plötzlich starb. Ein schwerer Schlag, der ihn entscheidend geprägt hatte. Frauen gegenüber war er lange gehemmt gewesen, wie blockiert, unfähig, eine Beziehung einzugehen. Er vertraute ihr auch an, dass Venzy wirtschaftliche Probleme hatte. Der Hof florierte nicht gerade.

»Aber Venzy könnte es niemals ertragen, woanders zu leben«, fügte er hinzu und nahm Chiaras Hand. »Komisch, so habe ich noch nie mit einer Frau gesprochen …«

Chiara küsste ihn auf die Wange, glücklich wie seit Jahren nicht mehr.

Wie sich herausstellte, war der Hof ein Landgut, das mit seinen zwei Türmen und seiner zinnen- und schießschartenbewehrten Mauer an ein Jagdschloss erinnerte. Chiara war sofort das kunstvolle, in Stein gehauene Wappen neben dem Eingangstor aufgefallen. »Ein herrliches Fleckchen Erde«, sagte sie zu Venzy, nachdem Paolo sie einander vorgestellt hatte.

»Danke. Ich freue mich darauf, dir alles zu zeigen«, hatte er lächelnd geantwortet. Er war in der Tat ein attraktiver Mann. Hochgewachsen, wenn auch etwas kleiner als sein Sohn, athletische Figur, graumelierte Haare, wettergegerbte Haut. Wie fünfundfünfzig sah er wirklich nicht aus. Beim Lächeln entblößte er etwas unregelmäßige, aber strahlend weiße Zähne. Als ehemaliger Fallschirmspringer hielt er sich jetzt mit Reiten fit. Mit dem angenehmen Nebeneffekt, dass er zu Pferd den weitläufigen Besitz im Auge behalten konnte. »Irgendwo brennt es immer, da muss man ständig auf der Hut sein«, erklärte er, als sie das Gelände besichtigten. Chiara war restlos begeistert, sie genoss jeden Augenblick: die Sonne auf der Haut, die würzige Luft, Paolos Gesellschaft, Venzys ruhige, warmherzige Art. Es schien ihr alles so paradiesisch, dass sie sich sogar vorstellen konnte, eines Tages mit Paolo hier zu leben. Unterdessen schwärmte sein Vater von Bäumen und Sträuchern. Mit jedem einzelnen schien ihn eine besondere

Freundschaft zu verbinden, und Chiara dachte, dass es wirklich ein Jammer wäre, wenn die De Felices den Familienbesitz aufgeben müssten.

»Komm, ich zeige dir den Lieblingsplatz meiner Kindheit!« Paolo zog sie von seinem Vater weg in den Pferdestall, wo ihnen feuchtwarme, nach Heu und Stroh duftende Luft entgegenschlug. Die beiden Pferde glichen sich aufs Haar, zumindest in Chiaras Augen. Aber das lag wohl daran, dass sie keine Erfahrung mit diesen Tieren hatte. »Pferde sind ebenso dickköpfig wie Frauen«, scherzte Paolo und tätschelte ihre Hand. »Wie schon das Sprichwort sagt: Wer ein Pferd beherrscht, dem gehorcht auch die Frau.«

Chiara gab ihm einen zärtlichen Klaps. »Da verwechselst du etwas, mein Schatz. Dickköpfig sind Esel, Ziegenböcke und Männer.«

Venzy hatte unterdessen ein köstliches Abendessen zubereitet, das von einem ebenso köstlichen Wein begleitet wurde. Es gefiel ihm gar nicht, dass Paolo und Chiara nicht länger bleiben konnten. Er nahm ihnen das Versprechen ab, dass dieser Besuch nicht der letzte bleiben würde, und versprach seinerseits hoch und heilig, sie bald in Rom zu besuchen. Darauf wollten sie anstoßen. Chiara erhob ihr Glas. Plötzlich entglitt es ihr, und der Wein ergoss sich über das Tischtuch.

»Das macht überhaupt nichts«, sagte Venzy sofort.

»Alles in Ordnung, Chiara?«, fragte Paolo besorgt. Ihr Gesichtsausdruck gefiel ihm gar nicht. »Ja, alles in Ordnung. Es tut mir leid, ich weiß gar nicht, wie das passieren konnte.« Ihre rechte Hand war völlig gefühllos, wie gelähmt. So was kann passieren, beschwichtigte Venzy noch einmal und goss Wein nach.

»Ja, so was kann passieren«, wiederholte Chiara, nahm ihr Glas aber mit der linken Hand.

»Auf unser Wiedersehen in Rom!«, schlug Venzy vor.

»Auf uns!«, entgegnete Paolo.

Anna Maria fühlte sich wie im siebten Himmel. Ihr Ziel war zum Greifen nah. Maité war sehr nett zu ihr gewesen, vielleicht sogar ein bisschen zu nett. Der maliziöse Blick des Ex-Models war ihr unter die Haut gegangen. Wenn sie daran zurückdachte, errötete sie. Sie begann zu träumen, zwang sich aber in die Realität zurück. Es gab viel zu tun. Wie sollte sie Telestella über das verabredete Interview mit Cesare Persella informieren? Ob sie Chiara anrufen sollte? Warum eigentlich nicht? Sie würde ihr bestimmt helfen, vielleicht als kleines Dankeschön für den Termin mit dem sonst so unnahbaren Baulöwen.

Sie überlegte noch, was sie Chiara sagen sollte, als das Handy vibrierte. SCHATZ. Wollte sie überhaupt mit ihm sprechen? Sie überlegte kurz, dann nahm sie das Gespräch an, sagte aber nichts.

»Anna Maria?«

»Ja«, antwortete sie nach langem Zögern.

»Du scheinst nicht gerade glücklich darüber zu sein, von mir zu hören.«

Anna Maria antwortete nicht.

»Das hätte ich mir denken können«, Federico klang bitter.

Dieses Mal konnte sich Anna Maria nicht zurückhalten. »Was meinst du damit?«

»Dass du genug von mir hast, mich vergessen hast. Wahrscheinlich hast du an der Uni einen anderen kennengelernt.«

»Hör auf damit. Das ist ungerecht und gemein. Du weißt genau, wie es mir geht.«

»Du bist so weit weg.«

»Es war nicht meine Idee.«

»Ich meine das nicht räumlich, zumindest nicht nur.«

Anna Maria überlegte. Da war was dran. Ihre Begegnung mit Cesare Persella hatte wirklich Abstand zu Federico geschaffen. Aber sie hatte nicht erwartet, dass er das nach wenigen Worten am Telefon spüren würde. »Nein, das stimmt nicht«, sagte sie sanft.

»Dann liebst du mich noch?«, hauchte Federico. Er wusste genau, wie er sie um den Finger wickeln konnte. Wenn er ihr etwas ins Ohr flüsterte, konnte er alles von ihr haben.

Anna Maria biss sich auf die Lippen. »Wie lange noch?«

»Höchstens zwei Wochen, mehr nicht. Dann kann uns nichts mehr trennen, das verspreche ich dir. Nie mehr. Und weißt du, was wir als Erstes machen werden?«

»Sag es mir ...«

»Wir hauen einfach ab. Eine Flucht aus Liebe, ganz romantisch. Ein Freund von mir muss nach Paris und gibt mir die Schlüssel zu seiner Villa.«

Anna Maria wollte etwas sagen, aber Federico kam ihr zuvor: »Es wird traumhaft, du wirst sehen. Dort gibt es sogar einen Pool. Du gehst schwimmen und räkelst dich nackt in der Sonne. Und nachts holen wir alles nach, was wir jetzt versäumen. Ich werde dich nicht mehr zu Atem kommen lassen, du wirst mich anflehen ...«

Anna Maria ließ sich von seiner Stimme in ein Traumland entführen, und einen Augenblick lang waren alle Zweifel vergessen. »Du fehlst mir so sehr«, seufzte sie sehnsuchtsvoll. Erst als Federico andeutete, er müsse jetzt Schluss machen, holte sie die Realität wieder ein. »Ich rufe bald wieder an, mein Schatz.«

Anna Maria hörte es klicken und legte auf. Ernüchtert. Desillusioniert. Eifersucht und Misstrauen gewannen wieder die Oberhand. Die Geschichte mit der selbstauferlegten Prüfung erschien ihr oberfaul. Bestimmt steckte seine Ehefrau dahinter. Würde er sich je von ihr trennen, um mit ihr eine neue Zukunft aufzubauen?

Die Gedanken an Federico ließen sie nicht los. Seine Kraft, seine Zärtlichkeit. Wie sie es hasste, sich den geliebten Mann mit seiner Frau im Bett vorzustellen. Plötzlich fielen ihr Mony und Terry ein. Der Zettel mit ihren Handynummern lag bestimmt noch in der Vase auf dem Fensterbrett. Vielleicht könnten ihr Federicos Nichten mehr über seine Frau erzählen und warum es ihm so schwer fiel, sie zu verlassen.

Chiara ließ den Trolley im Flur stehen, das hatte Zeit bis morgen. Sie war todmüde, aber glücklich. Die Tage in Kalabrien hatten ihr gutgetan. Seitdem hatte sie keine Schwindelanfälle und keine Visionen mehr gehabt. Nur diese kurze Lähmung der rechten Hand, aber das war schnell vorübergegangen. Auf der Rückfahrt hatte sie Paolo alles erzählt: über den Fortgang der Ermittlungen, die satanischen Sekten und ihre Erschütterung über Lucas Tod. Auch die E-Mail, die Lucas Eltern ihr gezeigt hatten, hatte sie erwähnt. Paolo war kein Computerexperte, er wusste auch nicht, ob und wie man eine E-Mail-Adresse zurückverfolgen konnte. »Warum fragst du Silvia nicht danach?«, hatte er vorgeschlagen.

Chiara sah auf die Uhr. Schon zehn. Sie würde die Kommissarin morgen anrufen. Dann ging sie ins Wohnzimmer. Wie weit war Amerigo mit der Restaurierung? Als sie die Tür öffnete, drang ihr der stechende Geruch nach frischer Farbe und Lösungsmittel in die Nase. Ein unangenehmer Geruch, der sie an ihre Kindheit erinnerte, an das Waschbenzin, mit dem ihre Mutter Flecken auf der Kleidung entfernt hatte. »Nicht, Chiara, das ist giftig!«, hatte sie immer geschimpft, wenn sie daran gerochen hatte, und ihr das Fläschchen aus der Hand gerissen. Aber sie hatte es immer wieder probiert.

Sie knipste das Licht an und schaute auf die Kommode. Die Oberfläche glänzte und wirkte glatter. Dann warf sie einen Blick auf das Bild, aber sie erkannte sofort, dass Amerigo noch nicht dazu gekommen war. Sie verließ sich auf sein Geschick, er würde bestimmt gute Arbeit leisten. Dann löschte sie das Licht, genoss ein ausgiebiges Bad mit Lindenblüten- und Ringelblumen-Essenzen und brühte sich anschließend einen Kamillentee auf.

Der heiße Tee tat gut, und sie entspannte sich. Erst jetzt fiel ihr auf, wie müde sie war. Sie konnte sich nicht mehr rühren. Schwindel überfiel sie, dumpfe Benommenheit kroch in jeden Muskel, in jede Faser ihres Körpers. Ein Gefühl, als würde sie ins Bodenlose stürzen. Ihr Bewusstsein blieb hellwach, sie sah alles glasklar, auch wenn ihre Augen ihr nicht mehr gehorchten. Angst hatte sie keine, sie kannte das Gefühl, besonders in ihrer Studienzeit war das öfter passiert. »Ein Lähmungssyndrom, ausgelöst durch Erschöpfung oder starke Unruhe, das ist eine normale Körperreaktion, nichts Paranormales. Öffne die Augen, und das Gefühl verschwindet«, hatte Danka erklärt. Aber jetzt waren ihre Augen offen, und trotzdem verschwand die Lähmung nicht.

Plötzlich war sie weit weg. Nicht mehr in ihrer Küche, sondern in einem weitläufigen Saal, dessen überbordende Pracht erdrückend wirkte. Der Raum war finster, nur schwach erhellt durch ein flackerndes Kaminfeuer. In der Mitte des Saales stand ein ausladendes Himmelbett mit zerwühlten Laken. Es war leer. Die Samtvorhänge waren um die vier Säulen des Bettes geschlungen, als würden Schlangen daran hochkriechen. Vor dem Bett zwei Truhen. Zwei Stühle. Zwei runde Spiegel. Zwei identische Wandteppiche mit bacchanalen Motiven, ähnlich ihrem Jordaens-Gemälde. Darauf, zwischen den Bäumen, ein silbern leuchtender Mond. Chiara fragte sich, ob auf ihrem

Jordaens auch ein Mond zu sehen war. Als sie den Saal betrat, waren alle anderen Gedanken verschwunden. Da war sie wieder: die Dame im karmesinroten Brokatkleid. Sie strahlte eine unendliche Liebe und Güte aus, auf Chiara wirkte sie wie eine Heilige.

»Hüte dich vor allem, was es zweimal gibt«, warnte die vornehme Erscheinung. Chiara streckte ihre Hand aus, um sie zu berühren, aber da war nichts, nichts als Luft.

Kurze Zeit später konnte sie sich wieder bewegen. Ihre Teetasse war auf den Boden gefallen. Chiara erhob sich, sammelte die Scherben auf und wischte den Boden sauber. Ich bin bestimmt eingeschlafen und habe geträumt, dachte sie auf ihrem Weg ins Schlafzimmer. Aber irgendetwas stimmte nicht. Aus dem Wohnzimmer drang Licht, obwohl sie sicher war, die Lampe ausgeknipst zu haben. Sie ging hinein. Die Lampe brannte, ihr Schein fiel auf das Bild. Chiara erkannte einen silbern leuchtenden Mond hinter den Bäumen. Sie trat näher heran. Sah sie den Mond heute wirklich zum ersten Mal?

30

Das Fest zu Ehren Orinzias und des zukünftigen Erben sollte das prächtigste werden, das je im Schloss gefeiert worden war. Heerscharen von Dienern waren mit den Vorbereitungen beschäftigt und schmückten die Räume mit Blumengirlanden und frischen Früchten. Pompeo hatte genaue Anweisungen gegeben. Die Festtafel sollte mit goldfädendurchwirkten Damasttüchern gedeckt werden, das Geschirr sollte glänzen wie nie zuvor. Alle im Schloss fieberten dem Fest entgegen. Überall herrschte geschäftiges Treiben. Die Herdfeuer in der Küche brannten ohne Unterlass, der verlockende Geruch von gebratenem Wild und Fisch drang in jeden Winkel des Schlosses.

Nur Astrellina beteiligte sich nicht an den Vorbereitungen. Sie hatte sich in ihren Turm eingeschlossen und beobachtete die Wachen, die auf den Festungsmauern rund um das Schloss postiert waren. Auch wenn Frieden herrschte, rechnete der Fürst jeden Augenblick damit, dass bewaffnete Bauern einen Angriff wagen könnten. Aber Astrellina wusste, dass es nicht die Bauern waren, die Pompeo fürchtete. Er hatte Angst vor Adalberto. Wenn sie nur daran dachte, was den Fürsten so zornig auf seinen Bastard machte, packte sie die Wut. Er war *eifersüchtig*. Wegen Donna Livia. Einmal mehr drang der Hass auf diese Frau wie ein schleichendes Gift in ihre Gedanken. Der Mönch hatte sie es gelehrt: Je schwerer eine Prüfung war, desto wichtiger war es, sie mit Ruhe und Beharrlichkeit anzugehen und den dunklen Mächten zu vertrauen. Die Gunst der

Stunde nutzen. »Die Vergangenheit ruhen lassen, sich nicht mit der Zukunft belasten. Es zählt nur das Hier und Jetzt.« Das waren seine Worte gewesen. Doch ihre Geduld war zu Ende. Sie schickte nach Orsina und Rubina. Sie musste einen Blick in die Zukunft wagen. Den Rat des Mönchs schlug sie in den Wind.

»Mutter, Ihr wollt mich wirklich allein lassen, gerade jetzt? Ich flehe Euch an, bleibt noch!« Orinzia umklammerte die Hände ihrer Mutter.

»Es muss sein, mein Kind. Aber ich kehre zurück.«

»Muss es wirklich sein?«

»Ja. Noch bevor ich hierherkam, hatte ich dem Herzog von Urbino einen Besuch angekündigt. Du weißt doch, wie wichtig er für unsere Familie ist. Ich darf ihn uns nicht zum Feind machen.« Livia drückte ihre Tochter fest an sich. »Dir geht es wieder gut, dem Herrn sei Dank. Dein Sohn, den du unter dem Herzen trägst, ist außer Gefahr. Er wird stark und glücklich sein, du wirst sehen.«

Orinzia schlug die Augen nieder. Sie wusste, dass sie ihre Mutter nicht umstimmen konnte. »Werdet Ihr bald zurück sein?«

»So bald als möglich.«

»Versprecht Ihr mir das?«

Livia küsste sie. »Ich verspreche es. Wenn du mir dafür versprichst, dass du gut auf dich achtest. Bald wirst du ein Kind haben. Die Verantwortung wiegt schwer.«

Orinzia nickte. Seit ihre Mutter gekommen war, hatte sie wieder Zuversicht gefasst. Auch das Verhalten des Fürsten hatte sich verändert. Letzte Nacht war er im Bett nicht so brutal wie sonst gewesen. Die Geburt seines Sohnes schien ihn mit Stolz zu erfüllen. Ja, Orinzia glaubte sogar Rührung in seinen Augen erkannt zu haben, als er von der Zukunft des Erben sprach. »Er wird ein tapferer Krieger sein«, hatte er gesagt und ihr einen Kuss auf den Handrücken gehaucht.

»Vielleicht ändert er sich«, in Orinzias Stimme schwang Hoffnung mit.

Livia musste nicht fragen, wen sie damit meinte. »Ich fürchte nein, mein Kind.«

»Aber ich werde ihm einen Jungen schenken, da bin ich sicher.« Wie gerne hätte Orinzia ihrer Mutter von der letzten Nacht mit Pompeo erzählt, doch der Anstand verbot es ihr.

»So gib denn gut auf dich acht und denke immer daran, dass du es für deinen Sohn tust.«

»Ihr könnt ganz beruhigt sein, Mutter.«

»Das bin ich auch«, log Donna Livia, um ihre Tochter nicht zu ängstigen.

Astrellina empfing die Zwillinge in ihrem Zimmer. Es war finster, bis auf ein Feuer, das im Kamin flackerte und über dem ein rauchgeschwärzter Eisenkessel hing. Darin brodelte eine stinkende rote Brühe. Astrellina zündete eine Fackel an und befestigte sie über dem großen, die ganze Wand einnehmenden Arbeitstisch, auf dem in einem wahllosen Durcheinander Kupfertöpfe, Flaschen, Gläser, ausgestopfte Tiere, in Harz gegossene Insekten und vieles andere mehr standen. Orsina und Rubina verbeugten sich tief. Sosehr sie die Hexe auch hassten, so genau wussten sie, dass ihr Schicksal allein von ihr und ihren Zaubertränken abhing. Auf Astrellinas Zeichen legten sie ihre Umhänge ab. Voller Neid betrachtete Astrellina ihre knabenhaft schlanken und dennoch sinnlichen Körper. Sie zog den Kessel vom Feuer, stellte ihn auf einen Gitterrost und wedelte mit den Händen über dem kochenden Gebräu. Der heiße Dampf verbreitete sich schnell in dem kleinen Zimmer und rötete ihre Wangen. Angewidert vom ekelhaften Geruch und wie betäubt von der Hitze, wichen die Zwillinge einen Schritt zurück. Unter den schweißnassen Gewändern zeichneten sich ihre aufreizenden Körper noch deutlicher ab, was Astrellinas brennenden Hass weiter vertiefte. Wenn sie ihre jugendliche Kraft nicht noch brauchen würde, hätte sie die beiden längst aus dem Weg geräumt.

»Ich habe gesagt, Ihr sollt näher kommen, Ihr dummen Dinger. Erst wollt Ihr Hexen sein wie ich, und dann wagt Ihr es nicht einmal, in einen Kessel zu schauen.« Sie packte Orsina am Arm und zerrte sie zu sich heran, dabei gruben sich ihre Fingernägel ins Fleisch der jungen Frau. Orsina schrie auf, aber sie ließ die Hexe gewähren. Wenn sie sich wehrte, würde sie nur Astrellinas sadistische Lust steigern, das wusste sie genau. Astrellina zwang sie, ein Gebräu aus Eufrasia und schwarzem Bilsenkraut zu trinken, denn es stand geschrieben, dass diese Kräuter beim Weissagen hilfreich seien. Auch sie nahm einen tiefen Schluck. »Und jetzt rufe mit mir die fünf Wassergeister an. Sprich mir nach: Aniel, Vehuel, Vevahlia, Haamia, Jelahia, Danaiel, omnes occurrite.«

Orsina tat, wie ihr geheißen.

»Gut, und jetzt sage mir, was du siehst.« Astrellina drückte ihren Kopf über den Kessel. Orsina erstarrte. Der Kessel war voller Blut, voller Blut eines Unschuldigen. Denn im Blut Unschuldiger sagt die Schwarze Magie die Zukunft voraus, und die Blutweissagung galt als unfehlbar. Orsina und Rubina wussten das. Einmal hatten sie heimlich im Wald einen verstoßenen Jünger des Mönchs dabei beobachtet, wie er die Wassergeister anrief.

»Nichts. Ich sehe nichts«, Orsina starrte in die Flüssigkeit. Astrellina stieß sie zur Seite. »Jetzt du«, herrschte sie Rubina an. »Sprich mir nach: Aniel, Vehuel, Vevahlia, Haamia, Jelahia,

Danaiel, omnes occurrite.« Nachdem sie die Litanei wiederholt hatte, sah Rubina ihre Schwester an, aber Orsina senkte den Kopf. »Du bist dran, Rubina. Was siehst du?« Astrellina drückte sie so unsanft nach unten, dass sich Rubina die Nase am glühend heißen Kesselrand verbrannte.

Sie schrie gellend auf. Die Flüssigkeit hatte ihre Oberfläche verändert.

»Eine Hand«, sagte sie.

Astrellina beugte sich ebenfalls vor. Auf dem kochenden Blut hatte sich ein öliger Fleck gebildet. Ein Bild. Zwar verschwommen, aber man konnte fünf längliche Schatten erkennen. Rubina versuchte, sich noch stärker zu konzentrieren, selbst Orsina kam neugierig näher. »Eine Blume«, rief sie und zeigte auf den Fleck. Er hatte seine Form verändert, andeutungsweise erinnerte er jetzt an eine Rose. Astrellina war wütend. »Irgendjemand verhindert die Weissagung. Dieses verfluchte Weib hat einen mächtigen Beschützer. Geht jetzt. Und sprecht mit niemandem über das, was Ihr gesehen habt.«

Pompeo saß auf einem hochlehnigen Stuhl, unter der Jacke ein kunstvoll geschnürtes Hemd. Sein Festgewand war noch für einige Korrekturen bei den Näherinnen. Es sollte vollkommen sein, der prunkvollen Feier angemessen, die er bis ins Letzte geplant hatte. Zu seinen Füßen kniete ein Bote und wartete darauf, sein Anliegen vorbringen zu dürfen. »Sprich«, befahl Pompeo mit einer ungeduldigen Handbewegung.

»Euer Durchlaucht, Donna Livia bittet dringend um eine Audienz.«

Pompeo kratzte sich den schwarzen Bart. Der Bote kannte diese Geste. Sein Herr war nervös.

»Sag ihr, ich empfange sie sogleich.«

Der Bote erhob sich und verschwand.

Wenig später bat Donna Livia in Begleitung von zwei Hofdamen und zwei in würdevoller Schlichtheit gekleideten Männern um Einlass. Die Wachposten musterten sie kritisch, dann durfte sie samt Gefolge den Saal betreten. Auch wenn er um die Schönheit seiner Schwiegermutter wusste, war Pompeo jedes Mal wie geblendet, wenn er sie sah. Als ob sie seine Gedanken lesen könnte, senkte Livia den Kopf, um diesem verhassten Menschen nicht in die Augen sehen zu müssen.

»Was führt Euch zu mir?«

»Ich bin untröstlich, mein Fürst, aber ich kann morgen nicht Euer Gast sein. Eine dringende Angelegenheit zwingt mich, Zagarolo noch heute zu verlassen.«

Pompeo konnte seinen Ärger nur mit Mühe verbergen. Das Fernbleiben seiner Schwiegermutter kam einer Demütigung gleich. Donna Livia wusste genau, wie viel ihm an diesem Fest lag. Auch wenn sie natürlich nicht ahnte, welche Überraschung er für sie bereithielt. Er bemühte sich, seinen Groll zu zügeln, und sagte mit gezwungenem Lächeln: »Das macht doch nichts. Wir verschieben das Fest einfach bis zu Eurer Rückkehr. Orinzia könnte es nicht ertragen, das Fest zu Ehren unseres Sohnes ohne ihre Mutter zu feiern.«

Livia nickte. Pompeos heuchlerischer Ton bereitete ihr Übelkeit. Dieser Mann würde sich nie ändern.

31

Ermanno Forte war begeistert. Die Sondersendung über Satanismus war ein großer Erfolg gewesen. Seinen Plan, eine zweite Sendung folgen zu lassen, vernahm Chiara jedoch mit gemischten Gefühlen. Natürlich war sie stolz, hatte aber trotzdem kein gutes Gefühl dabei. Obwohl genügend Filmmaterial für weitere sechzig Minuten vorhanden war, und es mit Maria Lunieris Hilfe kein Problem wäre, noch eine Reportage daraus zusammenzuschneiden. Der Gedanke an ihre Kollegin brachte ihr Marco wieder in den Sinn. Ob er wirklich in Kuba war? Maria wollte ganz offenkundig nicht über ihren Sohn sprechen, beim letzten Mal hatte sie das Thema sofort abgewürgt. Chiara machte sich einen starken Kaffee, duschte und zog sich an. Um neun rief sie Silvia Giorgini an, erreichte aber nur ihren Assistenten. Die Kommissarin war weder im Büro noch ging sie an ihr Handy. Chiara hinterließ eine Nachricht und informierte sie über die E-Mail von Tes, die Lucas Eltern ihr gezeigt hatten. Dann schickte sie ihr noch eine SMS mit Tes' E-Mail-Adresse.

Das ist ein gefährliches Spiel … Ich will dich nicht verlieren. Nicht so wie Andrea. Lucas Antwort. Chiara erschauderte, als sie die Sätze wieder las. Sie beschloss, selbst die Initiative zu ergreifen. Sie wollte nicht warten, bis Silvia zurückrief.

Draußen blies ein heftiger Wind, ungewöhnlich für die Jahreszeit. Sie schlug den Kragen ihrer Jacke hoch und hastete zu ihrem Micra hinüber, den sie in einer Seitenstraße geparkt hatte. »Wenn ich dich nicht hätte«, flüsterte sie zärtlich. Sie liebte ihr Auto. Chiara schnallte sich an, setzte den Blinker, und nach einem kurzen Blick in den Rückspiegel fuhr sie los. Richtung Via Mondello. Sie trug abgewetzte Jeans und einen Rollkragenpullover. Gothic-Look war diesmal fehl am Platz. Da fiel ihr ein, dass sie noch etwas zu erledigen hatte. Sie aktivierte die Freisprecheinrichtung und wählte Amerigos Nummer.

Er nahm sofort ab. Obwohl er ihre Komplimente für die gelungene Restaurierung der Kommode abwehrte, spürte sie seine Freude. Als Chiara das Gemälde ansprach, zögerte er. Er habe ja noch gar nicht damit angefangen. Es sei ein wertvolles Stück und verlange besondere Sorgfalt, selbst für einen erfahrenen Restaurator wie ihn.

»Haben Sie zufällig einen Mond auf dem Bild entdeckt?«

»Daran erinnere ich mich nicht. Aber ich werde darauf achten. Warum fragen Sie?«

Chiara wusste nicht recht, was sie antworten sollte. Es sei ein besonders schönes Detail, meinte sie schließlich. Amerigo wiederholte sein Versprechen, das nächste Mal darauf zu achten.

Das Haus war noch genauso verwahrlost, wie sie es in Erinnerung hatte. Auch der penetrante Essens- und Modergeruch hing wieder im Treppenhaus. Als sie die Stufen hochstieg, fragte sie sich, ob ihr wohl wieder der blonde Gitarrist über den Weg laufen würde. Aber auf dem Flur war niemand zu sehen. Das Licht war aus. Sie klingelte. Ein kläglicher Ton. Wer sollte das hören? Doch bereits nach kurzer Zeit wurde die Tür geöffnet. Die junge Frau von neulich. Die Rollläden waren heruntergelassen, in der Wohnung war es stockfinster, das Mädchen schien im Stehen zu schlafen. Vielleicht der Grund, warum sie nicht einmal nach ihrem Namen fragte.

»Ich bin Chiara, eine Freundin von Luca. Erinnerst du dich noch an mich?«

Die Frau kniff die Augen zusammen und knipste die Stehlampe neben dem Sofa an, um besser sehen zu können. »Nein«, antwortet sie, »außerdem ist Luca tot.«

Chiara spürte einen Kloß im Hals. Noch vor einigen Tagen hatte sie mit Luca gesprochen, hier in dieser Wohnung. »Ich weiß.« Chiara sah sich um. Auf dem Sofa stand ein randvoller Aschenbecher.

»Seitdem er nicht mehr da ist, rauche ich doppelt so viel.« Es ging ihr offensichtlich nicht gut. Chiara nickte. »Kannst du mir sagen, wo ich Tes finde? Luca hat mir ein Buch für sie gegeben, mit Widmung«, log sie.

»Tes?«

»Seine Freundin.«

»Ich wusste gar nicht, dass er eine Freundin hatte. Wir haben nicht viel miteinander geredet.«

»Hat er nie eine Frau mitgebracht?«

»Das schon. Sogar mehr als eine, aber er hat sie mir nie vorgestellt.«

»Tes wäre dir bestimmt aufgefallen. Sie sieht umwerfend aus.« Sie runzelte die Stirn. »Na ja, einmal war eine da, die sah wirklich nicht schlecht aus.«

»Kannst du sie mir beschreiben?«

»So genau habe ich sie mir nicht angesehen. Ich dachte nur, die passt nicht zu ihm.«

»Und warum?«

»Weil sie irgendwie übertrieben aussah. Zu groß, zu dünn, zu schön. Luca war eher normal, verstehst du?«

Chiara nickte.

»Die sah aus wie eine aus dem Fernsehen, das war nicht sein Typ.«

»Erinnerst du dich an noch etwas?«

»Nein, ich habe sie nur einmal gesehen. Tut mir leid.«

»Blond oder dunkel?«

»Dunkel.«

»Die Augen?«

Sie lachte: »Keine Ahnung. Rauchst du?« Sie hielt ihr ein Päckchen Zigaretten hin. Chiara schüttelte den Kopf, bedankte sich und ging.

32

Nach einem kurzen Halt zu Hause in Fondi reiste Donna Livia weiter nach Urbino, um Guidobaldo della Rovere zu besuchen, den Sohn von Francesco Maria della Rovere und Eleonora de Gonzaga. In ihm würde sie mit Sicherheit einen Verbündeten finden. Auch Guidobaldo hatte die Macht von Papst Paul III., dem leiblichen Vater von Pierluigi Farnese, schmerzlich zu spüren bekommen, nachdem er durch seine Vermählung mit Giulia da Varano Herzog von Urbino geworden war: Der Papst hatte ihn exkommuniziert und sich seiner Ländereien bemächtigt. Nach dem Tod seiner ersten Frau hatte Guidobaldo zwar Vittoria Farnese, die Enkelin des Papstes, geheiratet und sich durch diese Verbindung scheinbar mit ihm ausgesöhnt. Das erlittene Unrecht hatte er aber dennoch nicht vergessen.

Livia wurde in Urbino herzlich empfangen. Guidobaldos Gesicht verdüsterte sich allerdings, als sie vom Schicksal ihrer Tochter berichtete. Obwohl er ihre Sorgen teilte, riet der Herzog Livia zur Vorsicht. Pompeo war als gnadenloser Despot bekannt, niemandem würde es gelingen, seine Frau aus dem Schloss zu befreien. »Gebt den Fluchtplan auf, er würde in einem Blutbad enden«, riet er und schlug ihr vor, einige Tage in Urbino zu bleiben. Aber Livia musste seine Einladung schweren Herzens ausschlagen. Sie wurde schon in Pistoia erwartet, um mit Don Pier Antonio Guasconi den Geburtstag seiner Frau Ginevra Torrigiani zu feiern. Donna Ginevra hatte sie eingeladen. Aus Freude darüber, dass Livia ihr in einem Brief gratuliert hatte, in Lodovico Domenichis erst kürzlich erschienenem Buch *Die Würde der Frauen* erwähnt worden zu sein. Domenichi hatte in seinem Werk ein Loblied auf Ginevras Schönheit gesungen.

Livia erreichte mit ihrem kleinen Gefolge die Grenze Pistoias. Es war ein milder Herbsttag. Die Sonne strahlte über dem Grün der Landschaft und dem Blau der Gewässer. Hin und wieder trug der Wind den Duft reifer Früchte zu ihnen herüber, in den sich herber Erdgeruch mischte. Wären da nicht ihre quälenden Erinnerungen und düsteren Vorahnungen gewesen, es hätte ein herrlicher Tag sein können. Kurze Zeit später erreichte sie ein Bote mit der Nachricht, Orinzia gehe es gut und die Schwangerschaft verlaufe ohne Schwierigkeiten. Trotzdem wurde Livia das Gefühl nicht los, dass ihre Tochter in großer Gefahr schwebte. Deshalb entschied sie sich, sofort nach Ende der Festlichkeiten nach Zagarolo aufzubrechen, auch wenn es ihr bis dahin noch nicht gelungen wäre, ein Bündnis gegen Pompeo zu schmieden. Was sie entlang der staubigen Straße sah, erfüllte sie mit Freude. Bauern, die mit ächzenden Karren die überreiche Ernte einbrachten, und fahrende Händler, die mit ihren Kundinnen um die Preise feilschten. Livia lauschte amüsiert einem Wortgefecht zwischen einem Tuchhändler und einer alten Frau, die ihm wild gestikulierend versicherte, ein anderer Händler böte den gleichen Stoff zum halben Preis feil. Als sie an einer kleinen Bäckerei vorbeikamen, atmete sie tief den würzigen Duft nach frischem Brot ein. Etwas weiter vermischte sich das kräftige Aroma der Käselaibe, die auf Holzregalen reiften, mit dem Ledergeruch der benachbarten Schusterwerkstatt.

Wie jedes Mal, wenn sie unterwegs war, schwelgte Livia in

den spezifischen Aromen der Region, durch die sie reiste. Für einen Augenblick war sie eins mit der Umgebung, eins mit den hier lebenden Menschen. Sie hatte die Kutsche gegen ihr Pferd getauscht und mischte sich unter die einfachen Leute, fiel aber sofort auf. Man bewunderte ihre Anmut und ihre prächtigen Kleider. Livia lächelte den Menschen freundlich zu und fragte sich, welches Schicksal sie erwartet hätte, wenn sie nicht als Tochter adliger Eltern geboren worden wäre. Mit Sicherheit hätte sie weniger Privilegien genossen, aber ihr Leben wäre wohl auch in ruhigeren Bahnen verlaufen. Während sie ihren Träumereien nachhing, bemerkte sie, wie ihr Pferd nervös wurde. Livia zog sofort den Zügel an und versuchte es zu beruhigen. Was hatte das Tier so erschreckt? Sie sah, wie ein wilder Hund ein noch lebendes Kaninchen zerfleischte. Der Hund hatte die zuckende Beute gepackt und schleuderte sie wild hin und her. Schaudernd wandte Livia sich ab. Das Gemetzel hatte in ihr wieder die düstere Vorahnung wachgerufen, dass etwas Schreckliches bevorstand.

Zu Ehren Donna Ginevras war ein großes Bankett geplant, bei dem die besten Schauspieler der Gegend ihre Künste darbieten sollten. Alles, was Rang und Namen hatte, war eingeladen. Während Donna Livia darauf wartete, von Don Pier Antonio empfangen zu werden, schweiften ihre Gedanken zu den Feierlichkeiten in Zagarolo ab.

»Donna Livia, endlich!« Zwei quirlige Mädchen, etwa in Orinzias Alter, hatten sie erkannt und mussten an sich halten, um nicht auf sie zuzustürzen. Es waren Ginevras Töchter. Seit ihrem letzten Besuch waren sie zu jungen Damen geworden. Sie begrüßten sich herzlich. »Oh, Donna Livia, was würde ich dafür geben, so wunderschön zu sein wie Ihr«, sagte die Jüngere.

»Aber Ihr seid wunderschön, mein Kind.« Während Livia ihr zärtlich über das Gesicht strich, wurde ihr schwer ums Herz. Würde sie ein besseres Schicksal erwarten als Orinzia?

»Bald wird uns unsere Mutter einen Ehemann suchen«, sagte die Ältere, als hätte sie Livias Gedanken gelesen. »Beim Bankett morgen sollen wir uns unter den Adligen der Umgebung umschauen. Ich bin sicher, die Auserwählten werden unter den Gästen sein«, sie zwinkerte ihrer Schwester zu.

»Ich möchte aber lieber einen Lombarden heiraten, am besten einen aus Mailand.«

»Wen? Etwa einen Sforza?«, neckte sie die Jüngere.

»Warum nicht?« Bevor sie weitersprechen konnte, erschien ihre Amme in der Tür und klatschte in die Hände. »Eure Mutter erwartet Euch«, sagte sie und verbeugte sich tief vor Livia.

Die Mädchen verabschiedeten sich und folgten ihrer Amme, während ein Diener Livia mitteilte, dass Don Pier Antonio sie nun empfangen werde.

Das Bankett war überreich, wie es die Tradition verlangte. Die Tische bogen sich unter schweren Zinnplatten, auf denen mit Früchten und Kräutern garnierter Wildschweinbraten den Gästen das Wasser im Mund zusammenlaufen ließ. Die Küche hatte ihr Bestes gegeben. Auch der Wein floss in Strömen, von eilfertigen Dienern aus Silberkrügen ausgeschenkt, die Livia der Gastgeberin zum Geschenk gemacht hatte. Wie erwartet, hatten die adligen Gäste ihre Söhne und Töchter im heiratsfähigen Alter mitgebracht. Das junge Völkchen amüsierte sich prächtig, sehr zur Freude von Donna Ginevra, die natürlich besonders ihre Töchter im Auge behielt. Donna Livia wirkte gelöst. Ihr Tischnachbar Don Pier Antonio hatte versprochen, bereits morgen einen Boten mit einem Brief loszuschicken, in dem er den Herzog von Urbino um seinen

Schutz für Livia und Orinzia bitten wollte. Im gleichen Brief wolle er Guidobaldo eine Allianz gegen Pompeo vorschlagen. Zuletzt hatte er die guten Beziehungen seiner Familie zum Heiligen Stuhl erwähnt. Das ließ hoffen, und endlich konnte auch Livia das Fest genießen.

Nach dem Essen betraten Jongleure und Gaukler die Bühne, die von den Gästen mit tosendem Beifall und Gelächter bedacht wurden. Schließlich begann eine Schauspieltruppe mit ihrer Vorstellung. Der Vorhang hob sich, die Vorstellung begann. Während eines bewegenden Dialogs zweier Liebenden überraschte sich Livia dabei, wie sie an Adalberto dachte. Dieses Mal jedoch ganz ohne Scham und mit einer Intensität, die die tiefen Gefühle verriet, die sie für ihn hegte. Dem Dialog folgte das Duell zweier Ritter, die um die Gunst einer Jungfer stritten. Der Schweiß rann den Schauspielern über die weiß geschminkten Gesichter und verwischte die schwarzen Augenränder. Die umschwärmte Jungfer war nicht mehr die Jüngste, ein wenig rundlich, womöglich sogar schwanger. Livia lächelte. Doch dann kam ihr das Bankett wieder in den Sinn, das Pompeo zu Ehren Orinzias vorbereitete, und ihr Lächeln erlosch. Einmal mehr vertrieb die Sorge um ihre Tochter jedes Glücksgefühl. Was konnte sie nur tun, um sie zu befreien? Auf der Bühne kam es zu einem dramatischen Höhepunkt: Tödlich getroffen sank der eine Ritter zu Boden. Und plötzlich hatte Livia eine Idee.

Am folgenden Tag suchte Livia den Leiter der Schauspieltruppe auf. Livia erkannte in ihm sofort einen der beiden Duellanten. Francesco Scarani war nicht sehr groß, seine muskulösen Beine steckten in einer grünen Strumpfhose, die an den Waden geflickt war. Mit seinem kurzen Bart, der breiten Nase und den üppigen schwarzen Brauen sah er aus wie ein Kobold.

Livia lobte seine Schauspielkunst, auch die Jungfer habe ihr gut gefallen. Scarani erklärte ihr, das sei seine Frau Violante gewesen, die ein Kind erwartete. »Aus Liebe zu mir hat sie ihre Heimat verlassen, für immer von ihrer Familie verstoßen. Unser Beruf ist hart, besonders für eine Frau, verehrte Dame. Reich wird man damit nicht, aber wir lieben unsere Arbeit und beklagen uns nicht.«

»Ich habe einen Auftrag für Euch«, sagte Livia lächelnd und zog einen prall gefüllten Beutel aus der Rocktasche. Die Augen des Schauspielers begannen zu leuchten, als er die goldenen Scudi zählte, die Livia ihm gereicht hatte.

»Die zweite Hälfte bekommt Ihr, wenn Eure Arbeit getan ist.«

»Aber, Herrin …«, der Mann wusste nicht, wie ihm geschah. Noch nie in seinem Leben hatte er so viel Geld gesehen, und er sollte noch einmal so viel bekommen.

»Nehmt es! Aber Ihr müsst mir versprechen, dass …«

Scarani ließ sie ihren Satz nicht beenden: »Dafür verspreche ich Euch alles.«

33

Der Gedanke an eine zweite Sendung zum Thema Satanismus erfüllte Maria Lunieri mit Panik. Ein zweites Mal die verzweifelten Aussagen der Eltern und Freunde hören zu müssen: das überstieg ihre Kräfte. Sie hatte sich mit Chiara für den frühen Nachmittag verabredet, aber sie hätte alles dafür gegeben, den Auftrag ablehnen oder zumindest den Termin verschieben zu können. Ihre Angst war durch das Gespräch mit einer ehemaligen Schulfreundin von Marco wieder angefacht worden. Diana war vorbeigekommen, um sich nach Marco zu erkundigen. Aus ihrem verlegenen Blick und ihrer Körpersprache schloss Maria, dass sie mehr gewesen war als nur eine Schulkameradin. Sie hatte ihr erzählt, Marco sei in Kuba und es gehe ihm gut, doch Diana schien gar nicht hinzuhören.

»Mit ihm stimmt etwas nicht, da bin ich sicher«, hatte sie gesagt. »Seit er diese Frau in der Disko kennengelernt hat …«

»Welche Frau?«

»Ich glaube, sie hieß Monica. Einmal hat sie ihn von der Schule abgeholt. Wir waren alle geplättet, als wir sie gesehen haben.«

»Geplättet?«

»Ja, alle haben sie angestarrt, als wäre sie die Heilige Mutter Gottes persönlich.«

Maria hatte versucht, noch mehr aus ihr herauszubekommen, aber ohne Erfolg. Mehr wusste Diana nicht. Während sie sich umzog, versuchte sie Bilanz zu ziehen: Ihr Sohn war zwar nicht in Kuba, aber es ging ihm gut, jedenfalls hatte er am Telefon normal geklungen. Das war nun aber auch schon eine Weile her. Sie dachte lieber nicht darüber nach, wie lange. Er hatte ihr doch versprochen, sich bald wieder zu melden. Doch es kam kein Lebenszeichen, nichts. Sie bereute, dass sie sich Chiara nicht gleich anvertraut hatte, und beschloss, ihr jetzt alles zu sagen. Sie warf einen letzten prüfenden Blick in ihre Handtasche und beeilte sich, in den Schneideraum zu kommen.

»Was hat dir diese Diana noch erzählt?« Chiara bemühte sich, ruhig zu bleiben. Sie wollte ihre Kollegin nicht noch mehr beunruhigen.

»Dass sie sehr groß war, dunkle Haare hatte und außergewöhnlich gut aussah.«

Zu groß, zu dünn, zu schön. »Tes!«, entfuhr es Chiara.

Erst vor einer halben Stunde hatte sie einen Anruf von Silvia Giorgini erhalten. Man hatte den Computer aufgespürt, von dem Tes' E-Mail abgeschickt worden war: Er stand in der Universität La Sapienza.

»Wer?«, fragte Maria Lunieri verwundert.

»Nichts, nichts von Bedeutung.«

»Nein, Chiara, du verschweigst mir doch etwas.« Maria griff nach ihrer Hand und drückte sie so fest, als ob ihr Leben von der Antwort ihrer Kollegin abhinge.

Chiara schüttelte nur den Kopf. »Warum hast du mir nicht gleich die Wahrheit gesagt?«

Maria seufzte: »Ich hatte Angst. Nach so langer Zeit seine Stimme zu hören … nachdem ich schon dachte, er sei tot.« Dann brach sie in Tränen aus. Chiara nahm sie in den Arm.

»Mach dir keine Sorgen. Wir werden ihn finden, immerhin wissen wir jetzt, dass er noch am Leben ist.«

Maria Lunieri sah sie nur schweigend an.

Chiara öffnete die Wohnungstür. Der Geruch nach Farbe hatte sich immer noch nicht vollständig verflüchtigt. Sie streifte sich die Schuhe ab und zog Uhr und Ohrringe aus. Die fünf Stunden im Schneideraum hatten sie erschöpft, und auch der Gedanke an Marco ließ sie nicht mehr los. Wie hatte sie Marias Lügen nur hinnehmen können? War es vielleicht die Angst, die Last der Verantwortung könnte sie erdrücken? »Die Gabe des Zweiten Gesichts verpflichtet auch dazu, Verantwortung zu übernehmen«, sagte Danka immer.

Sie ging in die Küche und warf einen Blick in den Kühlschrank. Wie üblich gähnende Leere. Ihre Gedanken wanderten zu Paolo. Ob sie eine gute Ehefrau wäre? Sie nahm sich vor, ab sofort regelmäßig einkaufen zu gehen, das war immerhin ein Anfang. Zum Glück fand sie noch einen Rest Minestrone vom Vortag. Während sie die Suppe in der Mikrowelle aufwärmte, schaute sie auf ihr Handy, das sie eben erst wieder eingeschaltet hatte. Paolo hatte ihr eine SMS geschickt.

DIE ZEIT KRIECHT DAHIN, WENN DU NICHT BEI MIR BIST. ICH MÖCHTE IMMER MIT DIR ZUSAMMEN SEIN, TAG UND NACHT. VOR ALLEM IN DER NACHT. WENN MEINE BLITZREPORTERIN VERSTEHT, WAS ICH MEINE …

Chiara wurde rot. Für sie war die körperliche Anziehung zwischen Mann und Frau bisher etwas gewesen, was das Leben versüßte, aber meist nicht von langer Dauer war. Und überhaupt: Ein Happy End gab es nur in romantischen Filmen. Mit Paolo jedoch war alles anders. Bei ihm fühlte sie, dass sich auch ihre Seelen vereinten. Wie eine alles mit sich reißende Welle erschütterte ihre Leidenschaft Körper und Geist, um dann sanft in einem tiefen Glücksgefühl zu verklingen. Keine Momentaufnahme, sondern etwas für die Ewigkeit. Fühlte sich so die wahre Liebe an?

DAS GEHT MIR GENAUSO. HABE ABER ZU VIEL ZU TUN. ICH MUSS DICH SOGAR UM EINEN GEFALLEN BITTEN.

Beim Schreiben musste Chiara plötzlich lächeln. Ihr war wieder eingefallen, was Paolo über ihren hektischen Beruf gesagt hatte: »Du kennst doch das Sprichwort: ›Die Arbeit adelt den Menschen.‹ Das gilt aber nur für Männer. Frauen reiben sich auf.«

Paolo antwortete, für sie würde er fast alles tun. Im Moment sei er leider gerade bei einem Geschäftsessen, aber morgen werde er sofort anrufen.

Merklich entspannter ging Chiara ins Wohnzimmer. Amerigo war bestimmt ein gutes Stück vorangekommen. Sie war ein bisschen enttäuscht, als sie feststellte, dass er noch immer nicht mit dem Gemälde begonnen hatte. Aber: Der Mond war tatsächlich da. Wahrscheinlich hatte sie ihn, wie so viele andere Dinge im Leben, bisher einfach übersehen.

Das Handy vibrierte. Sicher Paolo, dachte sie und nahm das Gespräch an.

»Chiara?«

Es war Amerigo.

»Buonasera, Amerigo, wie geht es Ihnen?«

»Hören Sie, Chiara, ich kann den Jordaens leider nicht restaurieren. Dafür brauchen Sie einen Spezialisten, aber einen ohne Seele.«

»Ohne Seele? Wie meinen Sie das?«

Amerigo wollte nicht zugeben, dass es ihm jedes Mal schwindlig geworden war, wenn er mit der Arbeit begonnen hatte. Bestimmt würde sie ihn für verrückt halten oder, noch schlimmer, für zu alt, um seiner Aufgabe noch gewachsen zu sein. »Schauen Sie, Chiara, ein guter Restaurator muss ein Meister sein, was handwerkliches Geschick angeht. Aber er muss seine Seele ausblenden, sonst schlüpft der Restaurator in die Rolle des Schöpfers.«

Chiara lächelte. Das klang fast so, als wollte er sich herausreden, aber damit konnte sie leben. Sie löschte das Licht. Bevor sie einkaufen ging, warf sie noch einen letzten Blick auf das Gemälde. Sie wollte sicher sein, dass der Mond nicht leuchtete. Erleichtert stellte sie fest, dass alles dunkel war.

34

Die Musik war unerträglich laut, selbst im Nebenraum. Stefano Dini sah Piergiorgio mit flehendem Blick an, doch der lachte nur und hielt ihm einen Cuba Libre unter die Nase.

»Nur Mut, Stefano, trink erst mal was. Das ist eine Disko, kein Nachtclub, die Lautstärke gehört hier einfach dazu. Entspann dich!«

Dini schüttelte den Kopf und nippte an seinem Cocktail. Er wusste nicht recht, ob er sich das antun sollte. Er fühlte sich unbehaglich, wenngleich einige der anwesenden Männer durchaus attraktiv waren, wie er mit verstohlenen Blicken festgestellt hatte. Neben schrillen Typen erkannte er auch seriös gekleidete Männer mittleren Alters, bei denen erst nach näherem Hinsehen ihre sexuelle Orientierung deutlich wurde. Dem Anlass entsprechend hatte sich Stefano ganz in Schwarz gekleidet. Enganliegende Hose, Seidenhemd. Zu mehr war er nicht bereit. Piergiorgio meinte zwar auch etwas dunklen Lidschatten und einen Hauch Lipgloss zu bemerken, doch das stritt Stefano vehement ab. »Na, was wär denn schon dabei …«, zog Piergiorgio ihn auf. Auch er hatte sich in Schale geworfen. Veilchenblaues Muskelshirt und einen Brilli im Ohr. Seine provokante Bemerkung fand Dini allerdings gar nicht komisch.

Die Tische waren meist mit Pärchen besetzt, die sich wenig um neugierige Blicke kümmerten. Sie küssten und streichelten sich ohne Hemmungen. Die Singles dagegen begutachteten über den Rand ihres Cocktailglases hinweg das Angebot. Lohnte sich ein Versuch? Die Methoden waren unterschiedlich, teils offensiv, teils schüchtern. Man wartete auf ein Signal, bevor der direkte Kontakt gesucht wurde.

Auch einige Transvestiten waren unter den Gästen. Grell geschminkt, kreischend bunte Kleidung, High Heels, affektierte Gestik und Mimik. Schrecklich, diese Transen, dachte Dini. Einerseits hatte er Mitleid mit ihnen, andererseits stießen sie ihn ab. Als Piergiorgio das leere Glas seines Freundes bemerkte, reichte er ihm seine Margarita. »Trink!«, forderte er Stefano augenzwinkernd auf. Der zögerte nicht. Der Cuba Libre zeigte bereits Wirkung, er war jetzt völlig entspannt. Und nach der Margarita wäre er zu allem bereit.

Während Stefano das Glas abstellte, fiel ihm ein distinguiert wirkender Mann auf: Kahlköpfig, durchdringende schwarze Augen, dunkler Business-Anzug, T-Shirt und Turnschuhe. Ihre Blicke kreuzten sich. Er stand etwa einen Meter entfernt und lächelte ihm über sein Glas hinweg zu, in dem kaum noch Flüssigkeit, aber viel Eis zu sehen war. Ein sympathisches Lächeln. Dinis Herz klopfte. Er hatte nicht den Mut, noch einen zweiten Blick zu riskieren, und drehte sich zur Seite. Hoffentlich hatte Piergiorgio nichts bemerkt.

»Schau mal da«, sagte sein Freund.

Dini hielt den Atem an, als er Piergiorgios Blick folgte. Erst als ihm klar wurde, dass er nicht den Mann im dunklen Anzug meinte, entspannte er sich wieder. Zwei Pärchen mittleren Alters hatten den Raum betreten. Auf den ersten Blick schien sie nichts von den anderen Gästen zu unterscheiden. »Bestimmt Gruppensex«, flüsterte Piergiorgio mit vielsagendem Blick und beugte sich zu Stefano hinüber. Der sah sich das Grüppchen jetzt genauer an, nicht ohne vorher noch einen flüchtigen Blick zu dem Mann im dunklen Anzug geworfen zu haben. Die vier waren teuer, aber geschmacklos gekleidet, vor allem die Frauen wirkten ordinär.

»Unerträglich«, schimpfte Piergiorgio, »was wollen die denn hier? Die stören doch nur.«

Dini nickte. Er erinnerte sich an einen Zeitungsartikel, in dem von einem Swingerclub ganz in der Nähe die Rede war. Ein Treff mit Partnertausch, Gruppensex und Drogen. Als er gerade antworten wollte, war Piergiorgio verschwunden. Er sah sich suchend um, leise Panik ergriff ihn.

»Darf ich?«, fragte eine höfliche Stimme hinter ihm.

Dini zögerte ein wenig, bevor er sich umdrehte. Auf Piergiorgios Barhocker saß der Mann im dunklen Anzug. Stefano Dini war verunsichert. »Bitte«, flüsterte er verlegen.

Der Mann lächelte und reichte ihm die Hand. »Alex.«

»Stefano.«

»Ciao.«

»Ciao.«

In seiner Aufregung bemerkte Stefano nicht einmal, wie Piergiorgio die Situation von der anderen Seite des Lokals aus beobachtete. Und noch weniger fiel ihm auf, dass sein Freund einige Zeit später allein die Disko verließ. Piergiorgio wusste ihn in guter Gesellschaft.

Die Sekretärin war freundlich, aber bestimmt. Nein, in dieser und wahrscheinlich auch in der folgenden Woche sei kein Termin mit Dottor Persella möglich. Sie solle es in etwa zehn Tagen wieder versuchen, aber versprechen könne sie nichts. Anna Maria blieb hartnäckig und wollte direkt mit Maité sprechen, aber die gleichbleibend freundliche Sekretärin zeigte sich unerbittlich. »Rufen Sie bitte in zehn Tagen noch einmal an. Arrivederci.« Dann hatte sie aufgelegt.

Anna Maria war frustriert. Diese Woche ging alles schief.

Federicos Nichte Mony hatte ihr um sieben Uhr morgens eine SMS geschickt, dass sie den vorgeschlagenen Termin leider absagen müsse. In dieser Stimmung hatte es keinen Sinn, in die Uni zu gehen. Anna Maria beschloss deshalb, weiter hinter Cesare Persella herzuspionieren. Auch eine Art, sich zu beschäftigen. Ein Arzt hätte allerdings eher eine psychopathologische Zwangshandlung diagnostiziert. Und in der Tat: immer wenn sie ihren Beobachtungsposten bezog, schien die Zeit stillzustehen. Sie hätte ewig dort warten können. So ähnlich stellte sie sich den Zustand der absoluten Leere vor, den ein Yogameister durch Meditation erreichen konnte. An diesem Morgen hatte Lucetta früher als gewöhnlich das Haus verlassen. Die Autoschlüssel lagen wie immer im Aschenbecher in der Küche. Ohne zu zögern, griff Anna Maria danach, obwohl sie ihrer Mutter versprochen hatte, das Auto nur mit ihrer ausdrücklichen Erlaubnis zu benutzen. Es war kurz vor acht. Eine gute Zeit. Gegen halb neun wäre sie vor der Villa, und wenn sie Glück hatte, würde der Maserati gerade aus dem Gittertor kommen.

Sie kam einige Minuten später als geplant, aber ihr Gefühl sagte ihr, dass ihr Vater noch im Haus war. Sie hatte ihren üblichen Beobachtungsposten bezogen und den Motor abgestellt. Die Augen fest auf den Rückspiegel geheftet. Aufgeregt tippte sie mit den Fingern auf das Lenkrad, als sich wenige Minuten später das Gittertor öffnete. »Ich wusste es!« Sie drehte den Zündschlüssel. Ihre Handflächen waren mit kaltem Schweiß bedeckt, aber glücklicherweise zitterten sie nicht. Sie zuckte zusammen: Am Steuer des Maserati saß nicht ihr Vater, sondern Maité, an ihrer Seite eine elegante blonde Frau. Sicher auch ein ehemaliges Mannequin, dachte Anna Maria, als sie anfuhr. Sie würden bestimmt ins Zentrum fahren.

Aber sie hatte sich geirrt. Nach kurzer Zeit bog der Maserati von der Via Appia Nuova auf eine Nebenstraße ab, Richtung Albaner Berge. Maité fuhr nicht besonders schnell, Anna Maria hatte keine Schwierigkeiten, ihr zu folgen. Während der Fahrt dachte sie voller Hass an Lucetta und Amerigo. Sie hatten sie hintergangen. Warum hatten sie ihr nicht die Wahrheit gesagt? Heutzutage war ein uneheliches Kind doch kein Skandal mehr. Francesca fand Männer ohnehin überflüssig. »Für die Erziehung braucht man sie sowieso nicht«, hatte sie festgestellt. Francescas Eltern waren geschieden. Sie hatte bei ihrer Mutter gelebt, ihren Vater sah sie selten, höchstens an Geburtstagen und Feiertagen. Anna Maria wollte davon nichts wissen. Auch sie war ohne Vater aufgewachsen, hatte ihn aber sehr vermisst.

Fünfundvierzig Minuten später bog der Maserati in einen Feldweg ein. Anna Maria blieb in gebührendem Abstand stehen und tat so, als würde sie eine Karte studieren. Dabei beobachtete sie die Situation. Maités Wagen kam vor dem Gittertor eines imposanten Anwesens zum Stehen, das auf beiden Seiten durch Überwachungskameras gesichert war. Von der Villa hinter der hohen Mauer war nur das obere Stockwerk zu sehen. Bestimmt gehörte sie jemandem aus dem Jetset. Anna Maria hörte einen Hund bellen, dann öffnete sich das Tor. Der Maserati glitt lautlos hinein, das Hundegebell wurde leiser, bis es schließlich ganz verstummte. Während sich das automatische Gittertor wieder schloss, klingelte ihr Handy. Anna Maria zuckte zusammen.

»Hallo?«

»Wo bist du?«, fragte Lucetta wütend. »Ich brauche das Auto. Ich habe doch …«

»Ich komme sofort.« Anna Maria beendete das Gespräch und fuhr nach Rom zurück.

»Sie ist uns den ganzen Weg hinterhergefahren …« Ein dunkel gekleideter Mann reichte Maité die Hand. Sie glitt elegant aus dem Wagen. Dann ging er auf die Beifahrerseite, um der blonden Begleiterin die Tür zu öffnen. »Wahrscheinlich eine Klatschreporterin«, meinte diese.

»Aber eine von der naiven Sorte, wenn sie wirklich meint, wir hätten sie nicht bemerkt.« Maité fixierte den Mann, als ob sie eine Bestätigung erwartete. Eilfertig versicherte er: »Keine Sorge, gnädige Frau. Nach Ihrem Anruf habe ich Alfonso beauftragt, ihr nachzufahren und die Autonummer zu notieren.«

Lucetta war allein zu Hause. Sie ging ins Bad und knipste die Leuchtstrahler über dem Spiegel an. Zeit für eine Bestandsaufnahme. Hatte Dini recht? Machte sie zu wenig aus sich? Da waren zum Beispiel die Haare. Eine leichte Tönung vielleicht? Wieso nicht das Naturbraun auffrischen, das würde auch ihrem Gesicht gleich mehr Frische verleihen. »Ausgerechnet du musst das sagen …«, hatte sie Stefano aufgezogen, als er ihr die Telefonnummer eines befreundeten Friseurs gegeben hatte. Man konnte wirklich nicht sagen, dass ihr Kollege sich immer durch den perfekten Look hervortat. Auch wenn er Lucetta an diesem Morgen im Lehrerzimmer verändert vorkam. Doch das lag weniger an seinem Äußeren – er war wie immer im Dienst unauffällig gekleidet – als an der Selbstsicherheit, die von ihm ausging. Seine Augen leuchteten, statt der üblichen Melancholie strahlte er heute fast kindliche Freude aus. Insgesamt erschien er Lucetta jünger und glücklicher.

Bei dem Gedanken, Stefano könne verliebt sein, lächelte sie sich selbst im Spiegel an. Unglaublich, aber wahr. Wie ein Blitz aus heiterem Himmel. Dieser Alex, den er zufällig in der Disko kennengelernt hatte, schien ein echter Glückstreffer zu sein: amüsant, gebildet wie er, Historiker, leidenschaftlicher Sammler alter Bücher, und vor allem: kein Hallodri. Jedenfalls hatte der Kollege ihn so geschildert. Das ließ hoffen, auch für sie.

Sie zog den Zettel mit der Telefonnummer des Friseurs aus der Tasche. Der Salon war am anderen Ende der Stadt, deshalb brauchte sie unbedingt das Auto. Wann kam Anna Maria endlich zurück? Langsam wurde sie richtig sauer. Nicht, weil Anna Maria wieder einmal die Absprache ignoriert hatte, sondern weil sie nicht wusste, wohin ihre Tochter gefahren war. Die Vorstellung, das Ziel könnte ihr Vater oder dieser Federico gewesen sein, machte sie rasend.

Aber Grübeln half ihr auch nicht weiter. Sie fuhr sich durch die Haare und versuchte sich vorzustellen, wie sie wohl ohne die grauen Strähnen aussehen würde. »Eine freche Kurzhaarfrisur«, hatte Dini vorgeschlagen, »ein radikaler Schnitt mit der Vergangenheit.«

»Aber ich bin fast vierzig«, hatte sie protestiert.

»Ganz genau, das ist doch heute kein Alter mehr für eine Frau!«

»Ciao Mama!« Die Stimme ihrer Tochter ließ sie zusammenzucken. Sie hatte sie nicht kommen hören. Sofort ließ sie ihre Haare los, als hätte ihre Tochter sie bei etwas Verbotenem erwischt.

»Wo bist du gewesen?« Lucetta versuchte ihr den Weg zu verstellen, doch Anna Maria wich aus und verschwand in ihrem Zimmer. »Ich habe Francesca Bücher zurückgebracht, und jetzt muss ich mich beeilen, sonst komme ich zu spät zur Uni.«

Lucetta blieb in der Tür stehen. Sie war besorgt. Ihre Tochter machte einen völlig verwirrten Eindruck. Anna Maria stand vor ihrem Rucksack, packte Bücher ein und im gleichen

Moment wieder aus. »Ach ja, die Schlüssel«, sie drehte sich zu ihrer Mutter um, dabei wühlte sie nervös in ihrer Handtasche. »Verdammt, ich weiß genau, dass ich sie eingesteckt habe.« Voller Panik schüttete sie den Inhalt der Tasche aufs Bett. »Da sind sie ja«, seufzte sie erleichtert, »jetzt muss ich wirklich los, tut mir leid. Ich bin schon zu spät.« Sie stopfte den ganzen Krimskrams wieder in die Handtasche zurück, setzte den Rucksack auf und stürzte Hals über Kopf aus dem Zimmer. Lucetta sah Anna Marias Handy auf dem Bett liegen und wollte ihr hinterherlaufen, doch dann überlegte sie es sich anders. »Ciao, wir sehen uns zum Abendessen«, hörte sie ihre Tochter noch rufen.

»Gut. Bis später!« Anna Maria hörte sie schon nicht mehr.

Lucetta wartete, bis die Tür ins Schloss gefallen war. Ihr Herz raste. Was sie da vorhatte, war falsch, das wusste sie. Auch sie war einmal jung gewesen und erinnerte sich gut, wie verletzend es war, wenn ein Erwachsener unerlaubt in die Privatsphäre seines Kindes eindrang. Dabei tat sie es in letzter Zeit ständig. Für ihren Vater war so etwas tabu gewesen, auch wenn es ihn bestimmt manchmal in den Fingern gejuckt hatte. Sie betrachtete Anna Marias Handy. Ein unschuldiges kleines Kästchen, das in wenigen Sekunden alle ihre Sorgen bestätigen oder aus dem Weg räumen konnte. Sie schüttelte den Kopf: Nein, sie würde dieses blöde Ding nicht anfassen. Sie stand auf und verließ das Zimmer. Vielleicht sollte sie zum Friseur gehen. Ein kluger Entschluss. Als sie in der Tür stand, klingelte das Handy, einmal, zweimal. Lucetta hoffte, es würde aufhören, aber der durchdringende Ton schien immer lauter zu werden. Andererseits: Warum sollte sie nicht rangehen? Im umgekehrten Fall wäre Anna Maria sicher nicht so zimperlich gewesen.

»Hallo?« Sie war überrascht, wie sehr ihre Stimme zitterte.

»Anna Maria? Hier ist Mony, Federicos Nichte.« Lucetta setzte sich aufs Bett. Alle Alarmglocken begannen zu läuten.

»Hallo? Anna Maria?«

»Ja.«

»Es tut mir leid wegen heute, aber Terry und ich mussten unbedingt nach Sabaudia und sind schon früh losgefahren. Wenn du willst, können wir uns morgen treffen, im Caffè della Pace, Terry kommt auch.«

»Ich weiß nicht … na gut, in Ordnung.«

»Okay, dann um sieben, da beginnt die Happy Hour. Schön, dass wir uns endlich persönlich kennenlernen.«

»Gut. Aber …«, ihr Mund war staubtrocken. Mony wartete. Lucetta nahm all ihren Mut zusammen und sprach weiter: »Wie erkenne ich euch? Da wimmelt es von Leuten.«

Mony lachte. »Meine Schwester und ich gleichen uns aufs Haar. Außerdem haben wir die gleichen Klamotten an. Du kannst uns gar nicht verfehlen.«

Lucetta lachte gezwungen: »Gut, dann bis morgen.«

»Bis morgen. Halt, stopp: Und wie erkennen wir dich?«

»Ich trage eine dunkle Jeans und einen Kapuzenpulli und habe eine rote Ledertasche dabei.«

Als Mony das Gespräch beendet hatte, legte Lucetta das Handy aufs Bett zurück, genau an die Stelle, wo sie es gefunden hatte, und verließ das Zimmer. Sie hatte schreckliche Schuldgefühle. Den ganzen Tag lang versuchte sie sich einzureden, dass es für Anna Maria so das Beste war.

35

Alles, bloß keine Pinienkerne. Er hatte den ekelerregenden Geschmack von Pinienkernen im Mund, die glatten weißen Kerne vor Augen. Oder waren es glatte Steine? Nein. Es war sein Gehirn: Glatt und weiß, wie der Stein, den er voller Abscheu weggeschleudert hatte. Unter dem Stein hatte es von Würmern gewimmelt. Genau so sah es jetzt in seinem Kopf aus. Er hatte geschrien, seine Eltern kamen angelaufen. Im Traum war ihm auch Diana zu Hilfe gekommen, seine beste Freundin, bevor er mit Monica zusammengekommen war. Und jetzt? Für einen Moment fühlte er sich in seine Kindheit zurückversetzt. In den Pinienhain von Ostia. Voller Wonne zermalmte er die Pinienkerne unter seinen Füßen. Und da war auch der glatte weiße Stein. Ein schwerer Stein. Und darunter die ekelhaften Würmer. Angewidert warf er den Stein weg und hörte, wie er auf einen anderen Stein aufprallte.

Marco schüttelte sich. Er durfte nicht schlafen. Zu gefährlich. Er hielt sich schützend die Hand vor die Augen, um nicht von dem gleißend hellen Licht geblendet zu werden. Die Initiation der Novizen rückte näher. Bevor er die weiße Tunika übergestreift hatte, hatte er sich gründlich gewaschen und am ganzen Körper rasiert, wie es die Regel vorsah. Er sah sich um. Die Novizen mit den Nummern 1 bis 11 waren in Reih und Glied angetreten, mit hängenden Armen und leeren Augen, wie eine Truppe von Zombies. Selbst die kräftige Dusche hatte sie nicht aus ihrem Dämmerzustand erwecken können. Bewacht wurden sie von mit Gummiknüppeln bewaffneten Brüdern in schwarzen Uniformen. Ein Wächter ließ ihn nicht aus den Augen, als ahnte er, dass sein Wille noch nicht gebrochen war, dass er noch wusste, dass er mehr war als eine bloße Nummer in einem weißen Gewand. Er war noch immer Marco.

Ein weiterer Bruder betrat den Raum, der Kreis um die Novizen war geschlossen. »Los, Beeilung. Lasst die Hohepriesterin nicht warten. Es ist Zeit für das rituelle Mahl.« Die Stimme schien von weit her zu kommen. Der Schlafmangel benebelte Marcos Sinne. Aber er musste wachsam bleiben. Immer wieder hämmerte er sich ein: Bloß nichts essen! Das ist voller Drogen, um die Novizen willenlos zu machen. Auf dem Weg zum Speisesaal wurde Marco zufällig Zeuge eines Gesprächs zwischen zwei Aufsehern: »Speculum ist stinksauer, Ahishtar ist zu spät gekommen, noch dazu in Begleitung dieser Blonden, die er nicht ausstehen kann. Er ist eifersüchtig.«

»Da werden wir bei der heutigen Prüfung besonderen Spaß haben. Du weißt, wie gerne er seine Wut an den Novizen auslässt«, sagte der andere voller Stolz, besser über die Vorlieben und Launen der Hohepriester Bescheid zu wissen als die anderen. Marco konnte sich nicht beherrschen und drehte sich um. Ein Bruder bohrte ihm den Gummiknüppel in die Rippen. »Was gibt's da zu glotzen? Willst du etwa im Garten enden?«

Marco senkte den Kopf, ein Angstschauer lief ihm über den Rücken. Der Garten. Damit war kein grünes Paradies gemeint, sondern ein grausamer Tod. Im Garten hinter der Villa wurden die Reste der Novizen verscharrt, die auf der Flucht von den Pitbulls zerfleischt worden waren. Für einen Augenblick blitzten die Erinnerungen an den Wald bei Ostia wieder auf. Um ihn zu beruhigen, hatte ihn seine Mutter damals fest in den Arm genommen. »Da sind keine Würmer mehr, sie sind alle weg. Schau doch, Marco.« Dann hatte sie ihm den glatten weißen Stein gezeigt, aber er wollte nicht hinsehen, hielt den Kopf in ihren Schoss gepresst. Plötzlich schoss ihm ein Gedanke durch den Kopf: War seine Mutter in Gefahr? Er wusste genau: Keiner, der das Geheimnis der Sekte kannte, war vor ihr sicher. Und ihn hatten sie vor einiger Zeit gezwungen, seine Mutter anzurufen und ihr zu erzählen, er sei in Kuba und es gehe ihm blendend. Warum, wusste er nicht. Womöglich hatte sie ihn gesucht und war der Sekte dabei gefährlich nahe gekommen. Er musste unbedingt fliehen.

»Also, Nummer 12, bewegst du dich jetzt oder nicht?« Der Bruder schlug ihm den Knüppel ins Genick.

Marco schlurfte weiter, den Blick fest auf den Boden geheftet. Während er den Saal betrat, in dem das Ritual stattfinden sollte, tat er etwas, was er schon lange nicht mehr getan hatte und eigentlich nie wieder tun wollte: Er betete.

Wieder befand sich Chiara in den Katakomben des antiken Palazzo. Doch dieses Mal wirkte alles ganz anders als damals, als sie die Dame zum ersten Mal gesehen hatte. Die schöne Frau mit dem traurigen Blick und dem blassen, von einem Kranz blonder Haare umrahmten Gesicht. Durchscheinend und doch so real. *Rette sie!*

Chiara zuckte zusammen. Was wollte ihr die Dame sagen? Kannte sie die Frau, die sie retten sollte? Sie versuchte diesen Gedanken festzuhalten, tiefer in ihn einzudringen, aber es wollte ihr nicht gelingen.

Sie blickte sich suchend um. Wo war die Dame? Sie konnte sie nicht finden. Auch der gepflasterte Boden war verschwunden. Der Gang war jetzt niedrig und eng, gespickt mit spitzen Gesteinsbrocken und wuchernden Flechten, als habe sich die Natur zurückgeholt, was ihr gehörte. Chiara ging weiter, besser gesagt, sie bildete es sich ein, als die Szenerie wechselte. Aus einer dunklen Höhle trat ein diffuser Schatten, der sich langsam in einen schwarzbärtigen Mann verwandelte. Ein Hüne an der Spitze einer bewaffneten Truppe.

Chiara kannte den Mann nicht, aber es kam ihr vor, als hätte er auf sie gewartet. *Gefahr*. Plötzlich hatte sie das Gefühl zu ersticken. *Ich muss ihn aufhalten!* Sie streckte abwehrend den rechten Arm vor. Bis hierhin und nicht weiter.

Überrascht stellte sie fest, dass er innehielt. Er war noch einige Schritte entfernt, und doch ergriff er blitzschnell ihre erhobene Hand und zückte sein Schwert.

»Nein!«, schrie sie und schlug wild um sich. Plötzlich wurde um sie herum alles dunkel. Sie hatte irgendetwas getroffen, das scheppernd zu Boden fiel. Als sie die Augen öffnete, fand sie sich im Halbdunkel ihres Schlafzimmers wieder. Die rote Nachttischlampe war umgestürzt. Als sie die Lampe wieder aufheben wollte, bemerkte sie, dass ihre rechte Hand völlig taub war. Es dauerte ein bisschen, bis die Hand wieder durchblutet war, erst ein Jucken, dann ein Piksen wie tausend Nadelstiche auf der Haut. Ganz langsam kehrte das Gefühl zurück. Chiara stellte die Lampe auf den Nachttisch zurück. Dabei sah sie auf die Uhr. Sie war erleichtert: schon sechs. Sie blieb noch im Bett liegen und versuchte sich das Gesicht des Mannes aus ihrem Traum ins Gedächtnis zurückzurufen. Kantig, markante Nase, schwarzer Bart, blitzende Augen, da war sie sich sicher. Sie war jetzt hellwach und wusste, dass es diesen Mann wirklich gab oder zumindest gegeben hatte.

Aber wie konnte sie jemanden kennen, ohne zu wissen, wer er war?

Sie stand auf. Obwohl sie keinen Hunger hatte, machte sie etwas zu essen. Der Traum ließ sie nicht los. Ein realistischer Traum, fast wie eine Vision. Sie dachte wieder an den Kelch mit den ineinander verschlungenen Schlangen, den sie in der Calle Venier »gesehen« hatte. Und an das Buch über Dämonologie von Cyprianus von Antiochia, das ihr Silvia Giorgini gegeben hatte. Seit ihrer Rückkehr aus Venedig hatte sie nicht mehr an das Buch gedacht. Der Traum hatte es ihr wieder in Erinnerung gerufen. Sie war sicher: Der schwarzbärtige Mann war ein Dämon, etwas Böses, genau wie der Kelch. Sie griff nach dem Buch, schlug wahllos eine Seite auf und begann zu lesen. Das Kapitel beschäftigte sich mit den Dämonen in der christlichen Tradition. Sicher kein Zufall, dass ihr Blick ausgerechnet auf diese Seite gefallen war, als hätte eine geheimnisvolle Kraft sie dort hingelenkt.

Als sie das Buch zuschlug, war sie klüger. Sie hatte erfahren, dass man böse Geister herbeirufen konnte, dass sie einen mit Vorspiegelungen narren, Dinge bewegen und ein menschliches Aussehen annehmen konnten. Sie wusste auch, dass diejenigen von ihnen, die sich unter den Menschen bewegten, meist die Geister von Ermordeten oder Vergewaltigungsopfern waren, die, auf Rache sinnend, dieser Welt verhaftet blieben.

Mit Schaudern dachte sie an die Dame aus Zagarolo. Sie war ihr überhaupt nicht rachedurstig vorgekommen, im Gegenteil. Aber im Buch stand, dass die guten Seelen für immer aus der Welt verschwanden. Der Schwarzbärtige hingegen … Mit aller Macht versuchte sie sich an sein Gesicht zu erinnern, doch jedes Mal verschwammen seine Züge wieder. Beklommen wurde sie sich bewusst, dass sie an einem Scheideweg stand: Entweder sie akzeptierte ihre Visionen, versuchte ihrem Ursprung und ihrer Bedeutung auf den Grund zu gehen. Oder sie ignorierte die inneren Bilder und wandte sich voll und ganz dem Alltag zu. Sie musste sich entscheiden, sonst würde sie verrückt.

Sie duschte und zog sich an. Umso besser, wenn sie heute

Morgen früher fertig war. Vielleicht musste sie ihre Kollegin in einem Bericht über die Dreharbeiten zu *Notaufnahme* ersetzen. Sie wartete noch auf die Bestätigung durch Ermanno Forte, der die Angewohnheit hatte, seine Entscheidungen erst im letzten Moment zu treffen. Als um acht ihr Handy klingelte, schaute sie nicht einmal auf das Display, sondern sagte sofort: »Ja, ich komme.«

»Oho, jetzt weiß ich endlich, dass du mich wirklich liebst.«

Chiara erschrak. *Ihn* hatte sie nicht erwartet.

»Du?«

Paolo tat, als wäre er enttäuscht. »Soll das etwa heißen, dieses spontane ›Ja, ich komme‹ galt gar nicht mir?«

Chiara musste lachen. Paolo gelang es immer wieder, sie mit seiner guten Laune anzustecken und von ihren Alpträumen und Visionen abzulenken.

»Ehrlich gesagt, ich dachte, es wäre mein Chef. Ich muss vielleicht eine Sendung machen, aber in Anbetracht der fortgeschrittenen Uhrzeit habe ich womöglich Glück.«

»Wunderbar. Ich habe auch eine gute Nachricht. Mein Vater kommt übers Wochenende nach Rom. Halte dir also bitte die Tage frei, er würde dich gerne sehen.«

»O wie schön, das freut mich!« Chiara war glücklich. Venzy war ihr sympathisch, er strahlte Herzenswärme und Zuversicht aus, genau wie Paolo. Sie gaben ihr das Gefühl, zur Familie zu gehören. Während sie noch überlegte, was sie alles zusammen unternehmen könnten, rutschte ihr das Telefon aus der Hand. Sie hatte es nicht fallen lassen, es war ihr einfach entglitten. Wieder diese Taubheit in der rechten Hand. Ein Zeichen. Ich kann die Visionen nicht ignorieren. Ich muss der Sache auf den Grund gehen, bis zum bitteren Ende. Bei diesem Gedanken kehrte das Gefühl in ihre Hand zurück.

Wieder sah Lucetta Felisi in den Spiegel. Sie versuchte, auch ihre Vernunft von dem Plan zu überzeugen. Doch ihr Spiegelbild blickte finster drein. Sie hatte sich sorgfältig auf das Treffen vorbereitet. Mit offenen Haaren, geschminkten Augen und ein wenig Make-up sah sie tatsächlich wesentlich jünger aus. Vielleicht hatte Dini ja recht? Mit etwas mehr Pep hätte sie womöglich doch noch Chancen bei Männern. Aber reichten eine abgewetzte Jeans, ein Kapuzenpulli aus Anna Marias Schrank und ein bisschen Mascara aus, zwei hellwache junge Frauen hinters Licht zu führen? Die gleichen Zweifel schienen auch das Spiegelbild zu plagen. Bevor sie das Badezimmer verließ, gab sie sich ein Versprechen. Wenn sie sich in Federico getäuscht hatte und ihm unrecht tat, würde sie sich nie wieder in Anna Marias Privatsphäre einmischen.

Das Caffè della Pace war proppenvoll, wie immer um diese Uhrzeit. Lucetta fand nur mit Mühe einen freien Tisch. Sie setzte sich und versuchte ihre Angst im Zaum zu halten.

»Anna Maria?«

Eine lebhafte Stimme ließ sie zusammenfahren. Sie erinnerte sich an das, was sie Mony am Telefon gesagt hatte: »Ich trage eine dunkle Jeans und einen Kapuzenpulli und habe eine rote Ledertasche dabei.«

Sie drehte sich um. Hinter ihr stand eine mehr als gut aussehende junge Frau. Hoch gewachsen, atemberaubende Figur, tief gebräunt – sie erinnerte Lucetta an eines der Showgirls aus dem Fernsehen. Über den tief sitzenden Jeans trug sie ein hautenges bauchfreies Top, das ihre Brüste aufreizend betonte. Lucetta war so fasziniert, dass ihr die Verblüffung im Blick der jungen Frau entging.

»Ciao«, Lucetta stand auf, um ihr die Hand zu geben. Eine ungewöhnliche Geste für eine junge Frau, aber in diesem Moment hatte sie ganz vergessen, dass sie Anna Marias Rolle spielte.

»Ciao, ich bin Terry. Aber du bist nicht Anna Maria, oder?«, fragte sie lächelnd.

Verlegen blickte Lucetta zur Seite und bemerkte, dass die Blicke der anwesenden Männer an der Tür klebten, durch die gerade die exakte Kopie von Terry hereingekommen war.

»Das ist Mony«, stellte Terry sie vor.

»Ciao.« Auch ihre Stimmen waren nicht zu unterscheiden.

»Ich bin Lucetta, Anna Marias Mutter.«

Mony und Terry tauschten einen kurzen Blick, dann setzten sie sich an Lucettas Tisch. »Eure Ähnlichkeit ist wirklich verblüffend!« Lucetta fühlte sich etwas besser, seit die Wahrheit heraus war.

Beide nickten lächelnd. »Warum ist Anna Maria nicht da? Ist etwas passiert?«, fragte Terry.

Lucetta schüttelte verlegen den Kopf. Sie schämte sich. »Nein, nein. Anna Maria geht es gut. Ich bin es, der die Situation zu schaffen macht.«

Wieder wechselten die Zwillinge einen raschen Blick. Sie sahen wirklich besorgt aus. Lucetta beschloss, mit offenen Karten zu spielen. Vielleicht konnten sie ihr helfen.

36

Auf ihrem Weg zu Danka hatte Chiara eine SMS von Piergiorgio Sperelli bekommen: ICH BIN EINEM BUCH MIT INFOS ÜBER DEN TOD DER DAME AUF DER SPUR VON EINEM GEWISSEN VALPERGA. SEHR SELTEN, ABER ICH FINDE ES. GRÜSSE, PIER.

Chiara legte das Handy auf den Beifahrersitz. Sie hatte sich vorgenommen, optimistischer in die Zukunft zu blicken. Und das war eine gute Nachricht. Vielleicht konnte ihr das Buch weiterhelfen.

Chiara kannte Carmela Caputo nur aus dem Fernsehen. Das Medium aus Neapel hatte versucht, ungläubigen Journalisten zu erklären, worin ihre übersinnlichen Fähigkeiten bestanden. Wenn sie einen Gegenstand anfasse, könne sie etwas über die Menschen sagen, die ihn einmal besessen hatten. Man nenne das Psychometrie. Die Gabe, wie sie es nannte, habe sich nach einem schweren Autounfall gezeigt, nach einer qualvollen Woche zwischen Leben und Tod. »Ich bin zurückgekehrt«, kommentierte sie schlicht.

Die feinsinnige, neapolitanische Antiquitätenhändlerin mit dem offenen Lächeln einer Bauersfrau betrieb eine Kunstgalerie in Rom und eine zweite in Positano. Sie strahlte Kraft und Ursprünglichkeit aus. Ihre mediale Fähigkeit sei, wie viele vergleichbare Phänomene auch, nicht nur eine subjektive, spirituelle Wahrnehmung, sondern wissenschaftlich messbar. »Eines Tages wird es Instrumente geben, die diese Energieströme erfassen können wie Elektrizität oder Ultraschall«, wurde sie in ihren Interviews nicht müde zu erklären.

Trotz ihres seriösen Auftretens war es Carmela Caputo letztendlich nicht gelungen, die Skeptiker zu überzeugen. Selbst Chiara hatte Zweifel, ob das Ganze nicht ein riesiger Bluff war. Im Fernsehen wusste man nie, was Wahrheit war und was nicht. Deshalb hatte sie anfangs auch ein ungutes Gefühl, als Danka ein Treffen mit dem Medium vorgeschlagen hatte. Nach kurzem Zögern hatte sie zugestimmt. Sie wollte ein für alle Mal Klarheit über ihre Visionen, möglichst noch vor dem Wochenende mit Paolo und Venzy. Danka war von Carmelas Fähigkeiten überzeugt, sie hatte ihre Auftritte kritisch verfolgt. Carmelas inneres Auge »sah« einen Strom von Bildern, die aus dem Nichts auftauchten und wieder verschwanden. Dabei gab es auch viel »Ausschuss«, wie das Medium die lästigen Begleitinformationen nannte, die ihre Visionen verwässerten. »Aber niemand ist perfekt«, hatte Danka gesagt. »Ich bin von Carmela überzeugt, sie wird alles versuchen, um dir zu helfen.«

Das Treffen fand in Dankas Wohnung statt. Chiara sah sich zwei Frauen gegenüber, wie sie unterschiedlicher nicht sein konnten. An eine »Hexe« erinnerte keine. Danka wirkte eher wie eine Topmanagerin, Carmela dagegen wie eine bodenständige Frau vom Land. Sie strahlte Herzensgüte und jene moralische Stärke aus, die manche Menschen aus schwerer körperlicher Arbeit zu ziehen vermögen. Nach einer kurzen Begrüßung kam Chiara sofort auf den Punkt. Sie wollte endlich wissen, was hinter ihren Visionen steckte. Das Buch über Dämonologie hatte sie verwirrt. Wenn nur die bösen, nach Rache dürstenden Seelen auf die Erde zurückkamen, wieso war ihr dann in Zagarolo diese Dame erschienen? Nach ihren bisherigen Recherchen war Donna Livia Colonna della Rovere eine gütige und äußerst beliebte Frau gewesen. Über die näheren Umstände ihres Todes hatte sie jedoch bis jetzt noch nichts herausfinden können, aber Piergiorgio Sperelli arbeitete daran.

Carmela hatte aufmerksam zugehört. Chiaras Gemütszustand war ihr natürlich nicht verborgen geblieben. »Was du erlebst, Chiara, hat nichts mit finsteren Mächten zu tun«, sagte sie beruhigend und griff nach ihrer Hand. »Es stimmt nicht ganz, dass nur die bösen Seelen zurückkehren. Manchmal sind es auch gepeinigte Seelen, Opfer brutaler Vergewaltiger oder grausamer Folterungen. Sie kommen nicht, um sich zu rächen, sondern um wichtige Botschaften zu übermitteln. Um jenen Menschen zu helfen, die in höchster Gefahr schweben, der gleichen Gefahr, der sie selbst damals wehrlos ausgesetzt waren.«

Chiara überlief ein Schauer. Sie bemerkte, dass sie eine Gänsehaut hatte, trotz der Wärme, die von Carmelas Hand ausging.

»Jemand aus jener anderen Welt versucht dir etwas Wichtiges mitzuteilen, dir zu sagen, dass es da eine Frau gibt, eine Frau wie sie, die es zu retten gilt.«

»Maria Lunieri!«, stieß Chiara hervor, wie zur Antwort auf eine Frage, die gar nicht gestellt worden war. Aber ging es wirklich um Maria? Sie erzählte Carmela von Marco und ihrem Verdacht, er sei in die Hände einer satanistischen Sekte gefallen. Dabei blickte sie in Carmelas dunkle Augen, als ob sie darin eine Antwort finden würde. Aber das Medium lächelte nur.

»Wir könnten versuchen, tiefer in die Vision einzutauchen«, sagte sie nach einem kurzen Seitenblick zu Danka. »Aber nur, wenn du es willst.«

Chiara nickte. Sie hatte Angst, aber sie war entschlossen. Vor der Meditation wollte sie noch wissen, was ihre Vision mit dem Schlangenkelch und der Dämonenbeschwörung zu bedeuten hatte. »Sind auch das Botschaften gequälter Seelen?«, fragte sie und erwähnte auch die Lähmungserscheinungen in der rechten Hand.

»Nein, das sind Bewusstseinsfragmente, die sich in der symbolischen Sprache der Träume, aber auch als reale Bilder manifestieren können. Signale aus einer anderen Zeit oder einem anderen Raum.« Als Carmela die Enttäuschung in Chiaras Blick wahrnahm, fügte sie hinzu: »Es kommt nicht darauf an, was man sieht, sondern auf die Nachricht, die dahintersteckt.«

»Lasst uns beginnen.« Auf Carmelas Zeichen löschte Danka die Deckenlampe. Einzige Lichtquelle in dem von dichten Vorhängen verdunkelten Raum war jetzt eine kleine Tischleuchte.

»Entspanne dich, Chiara, und öffne dich deiner Gabe, mit dem inneren Auge sehen zu können. Du bist gerade in einer kritischen Phase, weil die Angst überwiegt und nicht die Freude, anderen Menschen helfen zu können.« Danka stimmte Chiara auf das Kommende ein. Im Halbdunkel schienen sich Carmelas Gesichtszüge zu verwandeln. Das Medium versuchte mit der jenseitigen Welt Kontakt aufzunehmen.

»Jetzt. Wir schließen jetzt den Kreis.«

Sie fassten sich an den Händen, der Kreis war geschlossen. Das Medium fuhr fort: »Ich danke euch für eure Güte, für die Botschaft, die ihr mir jetzt übermitteln werdet …« Ihre Worte waren nur noch ein Flüstern. Chiara bemerkte, dass auch Danka die Augen geschlossen hatte. Sie spürte, wie ihr Blut schneller floss, ihre Beine nachgaben. Sie fürchtete, ohnmächtig zu werden, als Carmelas Stimme sie plötzlich aus ihrer

Benommenheit riss: »Sprecht zu mir! Muss eine Frau um ihr Leben fürchten?«

»Ja«, antwortete eine tiefe Stimme. Sie kam aus Carmelas Mund.

»Wer? Wie ist ihr Name?«

Chiara schrie auf. Plötzlich schien sie ganz woanders zu sein. Ein gleißender Blitz. Schemenhaft tauchte ein Gesicht vor ihr auf. »Sie ist es! Die Dame aus Zagarolo!« Die ebenmäßigen Züge, das goldblonde Haar. Und doch war etwas anders. Ihr Lächeln war nicht mehr freundlich, sondern fast boshaft, in ihren Zügen lag ein Hauch Grausamkeit. Chiara spürte, dass Danka und Carmela den Druck ihrer Hände verstärkten. Als wollten sie ihr helfen. Aber ihre Kraft war erschöpft. Ihr war schwindlig, sie fror, ihre Beine waren wie taub.

»Halte durch!«, Carmela umklammerte ihre Hand.

Chiara riss sich zusammen und versuchte sich weiter zu konzentrieren. Die Dame war noch immer da, in jenem irrealen Raum aus Licht und Schatten. Aber ihre Haare waren nicht mehr blond. Sie waren schwarz. Die Augen hatten ihren warmen Glanz verloren. Sie glitzerten grün und kalt, die Augen eines Raubtiers. Der sanft geschwungene Mund hatte sich zu einer hässlichen Fratze verzogen. Voller Entsetzen schrie Chiara ein zweites Mal auf. Sie musste den Kreis verlassen. Völlig entkräftet sank sie auf ihrem Stuhl zusammen. Die Trance war beendet. Danka stand auf und schaltete die Deckenlampe wieder an.

»Alles in Ordnung?«, fragte Danka besorgt.

Chiara keuchte. »Könnte ich bitte ein Glas Wasser …« Sie war verstört. Nachdem sie wieder zu Atem gekommen war, fragte Carmela: »Was hast du gesehen? Jede Einzelheit ist wichtig!« Chiara berichtete, wie die Dame sich in eine Hexe verwandelt hatte. Hexe? Ein passenderes Wort hatte sie nicht gefunden. »Und doch …«

»Und doch?«

Chiara seufzte: »Und doch hatte ich einen Moment lang den Eindruck, die Frau zu kennen. Als ob …« Sie brach ab und fuhr sich mit der Hand übers Gesicht.

»Glaubst du, sie kommt aus der Vergangenheit?«

»Nein … Obwohl, ich weiß nicht, ich …« Sie dachte an den schwarzbärtigen Mann mit dem kantigen Gesicht, der ihr in der Nacht zuvor erschienen war. Und auch wenn sie nicht erklären konnte, inwiefern, war sie sich doch sicher: Das war eine andere Vision. Die Frau mit den schwarzen Haaren und den grünen Augen war … Sie versuchte einen passenden Ausdruck dafür zu finden, fand aber keinen, bis ihr ein »näher« über die Lippen kam. Die Frau war ihr *näher* erschienen.

»Gut, das genügt erst einmal.« Danka goss Wasser nach, fügte dieses Mal aber etwas Zucker hinzu. »Es wird dir gleich bessergehen.«

Chiara nickte. Sie fühlte sich wehrlos und verletzlich wie ein kleines Kind.

»Danke, Signora, vielen Dank. Ich werde pünktlich sein.« Anna Maria legte auf. So glücklich war sie lange nicht mehr gewesen. Sie jauchzte vor Freude und begann wie ein Tiger im Käfig in ihrem Zimmer hin und her zu laufen. Cesare Persellas Sekretärin hatte ihr gerade mitgeteilt, dass der Bauunternehmer morgen zu einem Interview bereit wäre.

Ihr Traum würde Wirklichkeit werden.

»Anna Maria?«, erklang die Stimme ihrer Mutter aus der Küche. »Geht es dir gut?«

Anna Maria ging zu ihr. »Ja«, sie versuchte ihre Euphorie zu unterdrücken und nahm sich ein Brötchen.

Lucetta musterte sie kritisch. Dass ihre Tochter in Hochstimmung war, erkannte sie auf den ersten Blick, auch wenn diese es mit allen Mitteln zu verbergen suchte.

»Wenn du jetzt ein Brötchen isst, hast du später keine Lust mehr auf meine Frittata«, scherzte Lucetta. Sie hätte sich eher auf die Zunge gebissen, als nach dem Grund für Anna Marias guter Laune zu fragen.

»Frittata mit Zucchini?«

Lucetta nickte zufrieden, Zucchiniomelett war Anna Marias Lieblingsessen. Auch wenn sie natürlich wusste, dass hinter dem glückseligen Lächeln ihrer Tochter etwas anderes steckte, keimte Hoffnung in ihr auf: Vielleicht würde doch alles wieder wie früher werden.

»Geh ruhig in dein Zimmer, ich rufe dich dann. Aber vorher hätte ich gerne einen Kuss.«

Anna Maria versteifte sich. Zwar wollte sie ihre Mutter nicht küssen, den schönsten Tag ihres Lebens wollte sie sich aber auch nicht vermiesen. Deshalb hauchte sie ihr ein Küsschen auf die Wange und ging. »Sag mir Bescheid, wenn das Essen fertig ist!«

Lucetta war zufrieden. Sie würde die beste Frittata ihres Lebens machen. Eigentlich war ihr egal, was im Kopf ihrer Tochter vorging, das Gespräch mit Terry und Mony hatte sie beruhigt. Sie hatte den beiden ihr Herz ausgeschüttet. Dass ihre Tochter Federico wirklich liebte, damit hatte sie sich abgefunden. Was ihr allerdings immer noch zu schaffen machte, war die Tatsache, dass Federico verheiratet war. Aber Terry und Mony hatten in den höchsten Tönen von ihrem Onkel geschwärmt: »Federico weiß, was er will. Für seine Frau empfindet er schon lange nichts mehr, und er hat längst die Scheidung eingereicht. Aber wenn wir Ihnen einen Rat geben dürfen: Mischen Sie sich nicht ein. Wer weiß, wozu Anna Maria dann fähig wäre.«

Als Lucetta diese Warnung gehört hatte, war sie wie vor den Kopf geschlagen. Aber nur für einen Moment. Anna Maria war eine selbständige junge Frau, das hatte sie jetzt begriffen. Sie würde sie für immer verlieren, wenn sie weiterhin versuchte, sie zu beeinflussen. Die Zwillinge hatten ihr versprochen, das Gespräch für sich zu behalten. Unter der Bedingung, dass sie sich ab sofort aus dem Leben ihrer Tochter heraushielte.

Der Duft aus der Küche zog durch die Wohnung. »Essen ist fertig!«

Der Erste am Tisch war Amerigo. »Oh, Frittata mit Zucchini, das sieht ja köstlich aus.«

»Ja, heute ist sie besonders gut gelungen«, Lucetta drehte sich stolz in Richtung Tür. »Anna Maria?«

»Hier bin ich.« Ihre Tochter erschien, das erste Mal seit langer Zeit ohne beleidigten Gesichtsausdruck.

»Was sind wir gut gelaunt heute, Signorina!«, sagte ihr Großvater. Anna Marias Stimmungsumschwung war auch Amerigo nicht verborgen geblieben. Was wohl dahintersteckte? Anna Maria ignorierte seine Bemerkung und lud sich eine großzügige Portion Frittata auf den Teller. »Super«, lobte sie nach dem ersten Bissen. Lucetta tauschte einen Blick mit ihrem Vater. Endlich wieder einmal Ruhe und Harmonie am Tisch. Sie sprachen über die Uni und über Amerigos Restaurierungsarbeiten. Chiara habe wiederholt nach ihr gefragt, sagte er seiner Tochter. Lucetta versprach, die Journalistin anzurufen. Dann kommentierten sie die Nachrichten im Fernsehen. Es war wie in alten Zeiten. Lucetta kam es vor wie ein Wunder.

Endlich war der große Tag da. Anna Maria hatte sich bis um sechs im Bett hin und her gewälzt. An Schlaf war nicht zu denken. Sie fühlte sich hellwach, voller Tatendrang, aber auch voller Angst. Während sie sich einen Kaffee machte, dachte sie über ihre Strategie nach. Wie sollte sie Cesare Persella gegenübertreten? Wie führte man ein Interview? Sollte sie Chiara Bonelli anrufen? Aber mit welcher Begründung? Außerdem hatte sie sich im De Russie als Mitarbeiterin von Telestella ausgegeben, nicht gerade die feine Art. Wenn sie jetzt Chiara anriefe, setzte sie womöglich ihr Treffen mit Persella aufs Spiel.

Sie bemühte sich, keinen Lärm zu machen, Lucetta und Amerigo schliefen noch. Sie versuchte, eine Scheibe Toast zu essen, aber sie brachte keinen Bissen herunter. Wie würde Persella reagieren? Betroffen? Gerührt? Was sonst konnte ein Vater sein, angesichts einer Tochter, die zu ihm fand, obwohl er sich nie um sie gekümmert hatte. Was zog eine Journalistin für ein Interview an? Ihre Gedanken überschlugen sich. Spielte das in dieser Situation eine Rolle? Wohl eher nicht, aber Anna Maria wollte die große Gelegenheit auf keinen Fall vermasseln. Schließlich wählte sie Jeans, einen dunklen Rollkragenpullover und eine Lederjacke, ihre Vorstellung von legerem Schick. Dazu die Perlenohrringe, die ihr Amerigo zum Abitur geschenkt hatte. Eine Spur Lippenstift und etwas Rouge, um die Blässe zu verdecken. Perfekt. Als sie eine halbe Stunde später die Autoschlüssel aus dem Aschenbecher in der Küche nahm, hatte sie ein schlechtes Gewissen. Einmal mehr hielt sie sich nicht an die Abmachung, aber vielleicht war ihre Mutter dieses Mal verständnisvoller.

Sie hatte einen Termin um zehn. Um Viertel vor hielt sie vor der Eingangshalle der Persella-Holding, machte den Motor aus und zog den Schlüssel aus dem Zündschloss. Aber noch war sie zu aufgeregt, um auszusteigen. Dieser Termin konnte ihr Schicksal sein, so oder so. Sie versuchte sich zu entspannen und beobachtete die Menschen, die das Gebäude betraten oder verließen. Sie kamen ihr alle so normal vor. Wie war das möglich? Sie war dabei, ihr Leben radikal zu verändern, und kein Mensch schien Notiz davon zu nehmen. Um zehn vor zehn stieg sie aus und durchquerte die sich automatisch öffnende Glastür. Mit klopfendem Herzen gab sie an der Rezeption ihre Personalien an und erklärte, sie habe einen Interviewtermin mit Cesare Persella. Die Sekretärin kopierte ihren Personalausweis und rief eine Kollegin an, die den Termin bestätigte. »Sie werden erwartet, Signorina Felisi, dritter Stock.« Anna Maria rang sich ein Lächeln ab und dankte.

Der verspiegelte Aufzug katapultierte sie nach oben. Anna Maria bemühte sich krampfhaft, nicht in den Spiegel zu sehen, aus Angst, ihr Ebenbild könne ihr nicht gefallen. Das würde sie noch mehr verunsichern.

Im dritten Stock wurde sie von einer Sekretärin empfangen, die mit dünnem Lächeln nach ihrem Namen fragte und sie in ein Vorzimmer bat. Alles hier war großzügig und elegant. Hochwertiger Parkettfußboden, edler Teppich mit geometrischem Muster, an den Wänden Werke zeitgenössischer Künstler. Die Bilder gefielen ihr, auch wenn sie wenig von Malerei verstand. Blickfang war jedoch eine Lithographie, die den Persella-Firmensitz in den sechziger Jahren zeigte. Anna Maria nahm in einem der hellen Ledersessel Platz, die um einen Kristalltisch gruppiert waren. Sie nahm sich eine der ausliegenden Zeitschriften und blätterte darin, ohne wirklich etwas zu lesen. Konzentrieren konnte sie sich ohnehin nicht.

Eine halbe Stunde später tauchte die Sekretärin wieder auf. »Signorina Felisi, wenn Sie mir bitte folgen wollen.«

Anna Maria erhob sich. Sie hoffte nur, die Aufregung stünde ihr nicht ins Gesicht geschrieben, wenn sie gleich vor Cesare Persella trat.

»Bitte sehr«, die Sekretärin deutete auf die halb geöffnete Tür, die ins Büro des Präsidenten führte. Ins Allerheiligste. Anna Maria trat ein, sie hörte, wie sich die Tür hinter ihr schloss und die Schritte der Sekretärin verhallten. Jetzt war sie allein mit Cesare Persella, der hinter seinem monströsen Schreibtisch thronte und hochkonzentriert in einem Terminkalender aus dunkelrotem Leder blätterte. Er schien sie noch gar nicht bemerkt zu haben. Unbehagen stieg in Anna Maria auf. Sie wollte sich räuspern, aber aus ihrer Kehle drang nur ein Röcheln. Bei dem Versuch, es zu unterdrücken, verschluckte sie sich und musste husten. Cesare Persella blickte nicht einmal auf. Ungerührt brummelte er: »Buongiorno, Signorina, machen Sie es bitte kurz. Sie wissen ja, Zeit ist Geld. Bildmaterial haben Sie ja sicher in Ihrem Archiv. Und noch etwas ... Ich werde mich ausschließlich zu unserem sozialen Engagement äußern.« Er klappte den Terminkalender zu und sah Anna Maria erstmals ins Gesicht. Ihr Hustenanfall war vorbei, aber sie war puterrot und hatte Tränen in den Augen.

»Warum setzen Sie sich nicht?«, fragte Persella beinahe unwirsch.

Anna Maria nahm auf einem Stuhl vor dem Schreibtisch Platz. Ungeschickt nestelte sie in ihrer Handtasche nach Block und Kugelschreiber. Was für eine Enttäuschung! Diesem Mann in die Augen zu sehen war so ganz anders, als sie es sich erträumt hatte. In seinem Blick lag keinerlei väterliche Fürsorge, sondern nur die professionelle Kälte eines Geschäftsmannes, der keine Zeit mit Gefühlen verschwendete. Wie konnte sich ein solcher Mensch als Wohltäter aufspielen? Sich für Notleidende engagieren?

»Ich höre.« Persella wurde zunehmend ungeduldig und trommelte mit den Fingern nervös auf die Schreibtischplatte. Aber Anna Maria bekam kein Wort heraus. Sie war wie paralysiert. Sie hatte einen Kloß im Hals, doch es waren keine Tränen, sondern irgendetwas viel Größeres, das sie niederschmetterte. Was hätte sie darum gegeben, einfach davonlaufen zu können, weit, weit fort, doch sie war sich sicher, dass ihre Beine sie nicht tragen würden. Die lähmende Stille schien eine Ewigkeit anzudauern. Cesare Persella seufzte vernehmlich.

»Ich bin Anna Maria Felisi«, stieß sie hervor. *»Fe-li-si!«*

Endlich wich die arrogante Gleichgültigkeit aus Persellas Blick. Anna Maria glaubte einen Hauch von Überraschung, beinahe Neugier zu erkennen. Wahrscheinlich Einbildung. Sie nutzte den Augenblick und fuhr fort: »Sagt Ihnen dieser Name gar nichts?«

Persellas Finger hatten aufgehört zu trommeln. Langsam schüttelte er den Kopf. »Nein. Und wenn Sie mir meine Zeit stehlen wollen, verschwinden Sie lieber gleich.« Er erhob sich. Anna Maria überraschte sich dabei, wie sie ebenfalls aufstand. Persella fixierte sie. Sein Blick war eiskalt. Er wollte gerade seine Sekretärin anwählen, als Anna Maria weitersprach, dieses Mal zu allem entschlossen. »*Felisi* ist der Name der Frau, die mich vor einundzwanzig Jahren auf die Welt gebracht hat und die Sie sehr gut kennen müssten, Signor Persella.«

Wieder hatte er den Finger auf der Sprechtaste. »Tun Sie das nicht!« Anna Maria bat nicht, sie befahl.

Cesare Persella lachte, doch es klang nervös.

Anna Maria blitzte ihn herausfordernd an. »Ich bin Ihre Tochter. Ich bin Anna Maria Felisi, die Tochter von Lucetta Felisi. Und Ihnen.«

»Sie sind ja verrückt.«

»Das bin ich ganz sicher nicht, und das wissen Sie auch.«

»Wenn Sie so weitermachen, sehe ich mich gezwungen, die Polizei zu rufen.«

»Lassen Sie mich ausreden. Sie haben meine Mutter vergewaltigt, als sie gerade siebzehn war …«

Anna Maria traute ihren Ohren nicht. Dass sie so mit ihrem Vater reden konnte!

»Nein, verrückt sind Sie nicht, Sie sind eine verdammte Erpresserin. Erzählen mir irgendwelche Schauermärchen, damit ich Ihnen Geld gebe. Wie die Mutter, so die Tochter.«

»Dann erinnern Sie sich also an sie …«

»Wenn Sie die Lucetta Felisi meinen, die es mit jedem getrieben hat, dann ja. Wie sollte ich dieses Flittchen vergessen, das mir ein Balg unterschieben wollte, das von jedem anderen hätte sein können?«

Anna Marias Mut schwand. Die Brutalität und die Verachtung, die aus diesen Worten sprachen, waren so demütigend, dass ihr die Tränen in die Augen stiegen. Sie sah ihre Mutter und ihren Großvater vor sich, die alles getan hatten, um ihr eine glückliche und geborgene Kindheit zu geben. In diesem Moment fiel es ihr wie Schuppen von den Augen: Das Lügengebilde um ihren angeblichen Vater Federico hatte nur zum Ziel, das kleine Mädchen Anna Maria zu schützen.

»Du willst mich erpressen, was?« Persella packte Anna Maria unsanft am Handgelenk. »Gut. Wie viel willst du? Sagen wir …«

»Ich will dein Geld nicht.« Aus Anna Marias Worten sprach Abscheu.

»Spar dir den sentimentalen Blödsinn!« Wütend zog Persella sein Scheckheft aus der Tasche. »Los, wie viel?«, höhnte er, riss einen Scheck heraus und wedelte damit vor ihrer Nase herum. Anna Maria schüttelte den Kopf und sah ihn mitleidig an. »Ich will meinen Vater, sonst nichts.« Ihre Stimme zitterte.

Dieses Mal zögerte Persella nicht. Er rief seine Sekretärin: »Barbara, kommen Sie sofort in mein Büro!«

Die Sekretärin stürzte ins Zimmer. Sie schien von der Situation überrascht und zögerte.

»Schaffen Sie diese Person sofort hinaus und achten Sie darauf, dass sie unsere Firma nie wieder betritt.« Persellas Ton duldete keinen Widerspruch. Doch anders als sonst war Barbara unfähig, die Order auszuführen. Wie gebannt starrte sie auf das Szenario: Mit flammend roten Wangen stand die junge Frau vor ihrem Chef und blitzte ihn herausfordernd an, ohne jede Spur von Angst. In den fünf endlos langen Jahren, die sie schon hier arbeitete, hatte sie noch nie jemanden gesehen, der ihrem Chef auf diese Weise gegenübergetreten war. Ja, es schien undenkbar, diesem Mann etwas anderes als angstvolle Unterwerfung oder geheuchelte Bewunderung entgegenzubringen.

»Na los, worauf warten Sie noch?«, herrschte Cesare Persella seine Sekretärin an, die erschrocken zurückwich.

»Bitte folgen Sie mir, Signorina.«

Anna Maria lachte nur, genauso höhnisch, wie ihr Vater kurz zuvor gelacht hatte. Sein Gesicht war zornesrot, seine Augen waren nur noch Schlitze. Anna Maria sah ihm in die Augen: »Wir sehen uns wieder.«

Dann verließ sie das Büro. Cesare Persella ließ sich in den Sessel fallen. Sein Herz raste, sein Kopf schien in einem Schraubstock zu stecken. Womöglich ein Herzinfarkt?, dachte er in panischer Angst, obwohl er die Symptome nicht genau kannte. Er war außer sich: Er fühlte sich furchtbar, und zum ersten Mal in seinem Leben gelang es ihm nicht, einen klaren Gedanken zu fassen. Er, der Mann der Tat, der an die Vergangenheit nicht einen Gedanken verschwendete, von glorreichen Erfolgen einmal abgesehen. Was damals im Pinienhain von Fregene geschehen war, hatte er längst aus seiner Erinnerung gestrichen. Maité warf ihm diese Bulldozermentalität immer wieder vor: »Du bist ein Narzisst. Du betrachtest die Dinge immer nur von deinem Standpunkt aus. Früher oder später wird dir dein Egoismus das Genick brechen.« Ein Standardsatz in ihren zahllosen Streitereien und gegenseitigen Schuldzuweisungen, aus denen derjenige als Gewinner hervorging, der verbal am schnellsten und brutalsten zuschlagen konnte. Wenn seine Frau ihn mit solchen Vorhaltungen attackierte, zahlte er mit gleicher Münze zurück. Er spielte auf ihre Bisexualität und ihre Vergangenheit an, dabei nahm er kein Blatt vor den Mund. Doch jetzt war er froh, diese Frau an seiner Seite zu haben. Jetzt, wo er in der Klemme steckte, hoffte er, dass Maité die Initiative übernehmen würde. Eines war klar: In Krisenzeiten konnten sie sich aufeinander verlassen, auch wenn sie manchmal wie Hund und Katz waren. So etwas wie Liebe gab es zwischen ihnen schon lange nicht mehr, aber ihre Ehe funktionierte trotzdem gut, denn sie waren ein Team. Er hatte keinen Zweifel, dass Maité ihm helfen würde, die Sache mit seiner angeblichen Tochter so schnell wie möglich aus der Welt zu schaffen. Er wusste nur noch nicht, ob er ihr die Wahrheit sagen oder Anna Maria als eine geldgierige Verrückte hinstellen sollte, die ihn mit einer Lüge erpressen wollte. Keine Seltenheit in der Welt der Reichen. Mit dem Rest an klarem Verstand, der ihm geblieben war, beschloss er, erst gründlich darüber nachzudenken, bevor er Maité mit dem Problem konfrontierte.

Unter diesen Umständen hatte es keinen Sinn, noch länger im Büro zu bleiben. Er wies seine Sekretärin an, alle Termine am Nachmittag abzusagen und schärfte ihr ein, ihn nur in Notfällen auf dem Handy anzurufen. Barbara konnte sich denken, dass zwischen dem Besuch Anna Maria Felisis und seiner spontanen Entscheidung, das Büro zu verlassen, eine Verbindung bestand. Aber fürs Denken wurde sie nicht bezahlt, wie ihr Chef immer sagte, und deshalb schob sie die Ahnung sogleich beiseite. Sie wollte ihren Job nicht verlieren.

Die riesige, leere Villa trug noch zu Cesare Persellas Unruhe bei. Er rief nach der Haushälterin, ging sogar in ihr Zimmer, wahrscheinlich war sie einkaufen gegangen. Wo war eigentlich Maité? War sie vielleicht zum Mittagessen verabredet? Gesagt hatte sie nichts, er konnte sich zumindest nicht daran erinnern. Als er morgens ins Büro gefahren war, lag sie noch im Bett. Er ging ins Wohnzimmer und schaltete den Fernseher ein. Auf Fox Crime lief seine Lieblingsserie: *Law & Order*. Vergeblich versuchte er, sich auf die Handlung zu konzentrieren. Erst nach geraumer Zeit merkte er, dass er diese Folge bereits gesehen hatte.

Anna Maria Felisi. Die junge Frau ging ihm nicht aus dem Kopf. Er sah wieder ihre Augen vor sich, anfangs schüchtern und voller Angst, später aber so kalt und unverschämt, als gehörten sie einer anderen Person. *Eine Tochter*. Verrückt.

Er und Maité hatten nie Kinder gewollt. Zu viel Verantwortung, da waren sie sich einig. Freunden gegenüber bekundeten sie immer, wichtiger als eigene Kinder sei für sie, kranken und verlassenen Kindern auf der ganzen Welt zu helfen. Die Persellas verstanden es meisterhaft, sich als selbstlose Wohltäter darzustellen, obwohl sie in Wirklichkeit lupenreine Egoisten waren. Und das wussten beide nur zu gut.

Nein. Da spielte er nicht mit. Wer garantierte ihm überhaupt, dass sie wirklich seine Tochter war? Vielleicht war diese Lucetta gar nicht von ihm, sondern von einem anderen geschwängert worden. Erneut kochte Wut in ihm hoch, auch die Beklemmung kehrte zurück.

»Cesare!«

Er fuhr herum und erbleichte. Als hätte er ein Gespenst gesehen.

»Cesare, alles in Ordnung?« Maité stand vor ihm, den Armani-Mantel noch zugeknöpft, Prada- und Gucci-Tüten in der Hand. Er nickte. Er hatte sie nicht kommen hören, war aber froh, dass sie da war. »Ich habe leichte Kopfschmerzen, und da heute im Büro ohnehin nicht viel los war, bin ich nach Hause gefahren, um mich ein bisschen auszuruhen.«

Maité schnitt eine Grimasse. Was wollte sie damit sagen? Sie war überrascht, das war klar, ob positiv oder negativ, konnte Cesare nicht deuten.

»Gut, das heißt, du bleibst zum Mittagessen?«

»Ja, falls Costanza endlich wieder auftaucht …«

»Heute ist ihr freier Tag. Aber es gibt noch einen Rest Braten von gestern und Salat. Mattia kümmert sich darum.«

»Ach, der ist da?«

»Ja, im Garten. Hast du ihn nicht gesehen?«

»Nein.«

»Bist du heute mit dem falschen Fuß aufgestanden? Ich lege nur rasch ab, dann können wir essen. Sag doch Mattia schon Bescheid.«

Eine halbe Stunde später saßen sie am Tisch. Cesare hatte keinen Appetit. Er stocherte in seinem Teller herum, wie er es schon als kleines Kind getan hatte, um seine Mutter zu ärgern.

»Darf man erfahren, was heute mit dir los ist?«, fragte Maité. Cesare schob sich ein Stück Braten in den Mund und kaute lustlos darauf herum, als sei es eine Schuhsohle. Dann schluckte er es widerwillig herunter und legte die Gabel zur Seite.

»Es ist etwas passiert, oder? Ich kenne dich doch.« Maité strich ihm über das Handgelenk, eine bewährte Technik, ihn zum Reden zu bringen. Besser, wenn sie Bescheid wusste. Besonders, wenn es etwas mit ihr zu tun hatte. Cesare kannte ihre Tricks und reagierte aggressiv: »Alles deine Schuld.« Er zog seine Hand weg.

»Was redest du denn da?«

»Heute kam eine Verrückte in mein Büro gestürzt und behauptete, sie sei meine Tochter. In Wirklichkeit wollte sie mich erpressen.«

»Und was habe ich damit zu tun?«, schnappte Maité zurück. Ihre Augen sprühten Funken. Sie ließ sich von ihrem Mann nicht einschüchtern. Auch sie konnte austeilen, und das nicht zu knapp.

»Weil es die angebliche Journalistin von diesem Wald-und-Wiesen-Sender war, die wir im De Russie getroffen haben. Du hast mich zu diesem Interview doch quasi gezwungen, erinnerst du dich?«

Maité wandte einen Moment ihren Blick ab. Sie versuchte sich die Situation ins Gedächtnis zurückzurufen. Ja, jetzt erinnerte sie sich wieder an die hübsche junge Frau, die ihren Mann an diesem Abend angesprochen hatte.

»Gut, dann erzähl mal genau, was passiert ist. Und beruhige dich, so schlimm ist das auch wieder nicht«, versuchte sie ihn zu besänftigen.

»Das habe ich doch schon gesagt, aber du scheinst es nicht begriffen zu haben. Wir müssen einen Anwalt einschalten, der sie aufhält, bevor es einen Skandal gibt.«

»Ist sie wirklich beim Fernsehen?«

»Was weiß denn ich? In jedem Fall scheint sie zu allem entschlossen. Erst schmuggelt sie sich ins De Russie ein, und dann überfällt sie mich in meinem Büro.«

»Glaubst du, es stimmt?«

»Was stimmt?« Cesare hatte unbewusst nach dem Messer gegriffen und umklammerte es wie eine Waffe. Maité tat, als bemerke sie es nicht, und ließ einige Sekunden verstreichen, ehe sie antwortete. Sie wählte ihre Worte ganz bewusst.

»Was ich meine, mein Lieber, ist Folgendes: Könntest du tatsächlich ihr Vater sein?«

»Bist du verrückt?« Cesare sprang auf und fuchtelte mit

dem Messer. »Das ist eine dreiste Lüge, sie will nur Geld. Du behauptest doch immer, eine Menschenkennerin zu sein! Und da fragst du mich so was?«

»Schon gut. Beruhige dich. Und leg bitte das Messer hin. Wie heißt sie denn?«

»Anna Maria Felisi«, seufzte Persella und legte das Messer auf den Tisch.

»Felisi?«

»Ja, und?«

»Nichts, ich wollte nur sichergehen, dass ich den Namen richtig verstanden habe.« Maité erinnerte sich plötzlich an die junge Frau, die ihr vor kurzem nachgefahren war und von der sie geglaubt hatte, sie sei von der Regenbogenpresse. Allerdings stimmte der Vorname nicht überein. Die Halterin des Wagens hieß Lucia Maria, das hatte Alfonso recherchiert. Unternommen hatte sie in dieser Sache noch nichts. Paparazzi wurde man üblicherweise leicht los, indem man das Doppelte des üblichen Tarifs zahlte. Aber dieses Mal hatte sie kein gutes Gefühl.

»Gut, setz dich wieder hin.« Ihre Stimme war jetzt ganz sanft. »Wir lassen einfach einen DNA-Test machen, dann haben wir Gewissheit.«

»DNA-Test? Bloß das nicht! Das ruft doch nur die Presse auf den Plan. Und das kann ich im Augenblick ganz und gar nicht brauchen, bei meinen brisanten Geschäften.«

»Schon gut, Cesare, ich kümmere mich um die Angelegenheit. Niemand wird je etwas davon erfahren. Du weißt doch, dass du dich auf mich verlassen kannst.«

Maités Stimme hatte jetzt nichts Sanftes mehr, ebenso wie ihr Blick. Cesare Persella kannte diesen Ausdruck. Er gab ihm endlich wieder das Gefühl, in Sicherheit zu sein, auch wenn er nicht wusste, was jetzt im Kopf seiner Frau vorging. Und er wollte es gar nicht wissen. Auf ihr Anraten nahm er eine Tablette und legte sich hin. Dass sie sich anschließend in ihrem Büro einschloss, beunruhigte ihn nicht. Bevor sie zum Hörer griff, versicherte sich Maité, dass ihr Mann fest schlief. »Bist du's? Hör mal …«, ihre Stimme klang gereizt. Sie wartete, bis ihr Gesprächspartner geantwortet hatte, und sagte dann: »Deine Probleme interessieren mich nicht, hier brennt die Luft.« Dann legte sie einfach auf. Sie war mit dem Lauf der Dinge ganz und gar nicht zufrieden, und diese Sache mit Anna Maria machte es nicht besser. Es sei denn … Sie musste lächeln. Cesares anerkennende Worte kamen ihr in den Sinn: »Du bist ja ein richtiges Teufelchen, *ma chérie*.«

37

Venzy kam erst mit dem letzten Zug am Freitagnachmittag und war ziemlich erschöpft. Deshalb hatte Paolo ein Treffen am nächsten Morgen vorgeschlagen.

»Oder hast du etwas dagegen, Chiara?«

»Aber nein. Dann kann ich früh schlafen gehen und bin morgen früh topfit. Du weißt doch sicher noch, was wir morgen vorhaben, oder?«

Natürlich hatte Paolo sein Versprechen nicht vergessen.

»Na klar. Allerdings tut es mir ein bisschen leid, dass ich dann meinen Vater allein lassen muss. Er hat mir schon gesagt, dass er sich wie das fünfte Rad am Wagen vorkommt.«

»Warum denn das? Er kommt einfach mit. Vertrau mir, ich habe schon einen Plan.«

»Einen Plan?«, fragte Paolo amüsiert.

»Allerdings, und ich freue mich sehr, Venzy wiederzusehen. Sag ihm das und gib ihm einen dicken Kuss von mir.«

»Mach ich. Und was ist mit mir?«

Chiara lachte, spitzte die Lippen und imitierte einen geräuschvollen Kuss. Wie ein Teenager, dachte sie.

»Jetzt fühle ich mich schon viel besser«, Paolo hauchte ein Küsschen zurück.

In Wahrheit bedauerte Chiara es ein wenig, dass sie sich an diesem Abend nicht treffen würden. Sie war total ausgelaugt und hatte sich auf ein gemütliches Abendessen gefreut. Etwas Abwechslung in netter Gesellschaft hätte ihr sicher gutgetan.

Als sie unter der Dusche stand, klingelte das Telefon erneut. Vielleicht wieder Paolo? Sie trocknete sich kurz ab und lief mit bloßen Füßen ins Wohnzimmer hinüber.

»Pronto, Chiara? Ich bin's, Maria.«

»Ciao, Maria.« Um Chiaras Füße bildete sich eine kleine Pfütze.

»Es ist etwas Furchtbares passiert. Marcos Schulfreundin Diana, die mich vor kurzem besucht hat …«

»Ja, ich erinnere mich …«

»Sie ist tot, Überdosis. Offensichtlich gestrecktes Heroin. Es kam gerade im Fernsehen.«

Chiara schaltete den Fernseher ein. Sie war wie vor den Kopf geschlagen. »Drogen?«, fragte sie, während sie den Teletext aufrief.

»Offensichtlich ja, obwohl es ziemlich merkwürdig ist. In den Nachrichten haben sie gesagt, Diana wäre Stammgast in dieser Diskothek in den Albaner Bergen gewesen. Es scheint, als hätte sie sich das Zeug dort besorgt. Die gleiche Disko, in die auch Marco gegangen ist.«

Im Teletext war nichts zu finden. Chiara sah auf die Uhr, die Nachrichten in den Regionalsendern waren schon fast vorbei, trotzdem versuchte sie es und zappte sich durch die Kanäle. Dann fiel ihr ein, dass sie auch im Internet suchen könnte.

»Ein komischer Zufall, findest du nicht auch? Erst dieser arme Junge, der sich in der Schule erhängt hat, und jetzt sie …«

»Da hast du recht. Morgen rufe ich Commissario Giorgini an, um Details zu erfahren. Beruhige dich und versuche zu schlafen. Du wirst sehen, wir werden Marco finden.«

»Bist du sicher?« Maria klang wie ein Kind, das um jeden Preis getröstet werden wollte.

»Ja. Ich verspreche es dir.« Maria begann zu weinen. Chiara versuchte tröstende Worte zu finden. Argumente hatte sie keine, aber Maria sollte nicht das Gefühl haben, allein gelassen zu werden.

Von ihrem Plan, mit Paolo das Xilos zu besuchen, erzählte Chiara lieber nichts. Auch ihre Meinung über Dianas Tod behielt sie für sich. Ein Zufall war das sicher nicht.

38

Bindo Altoviti war aufgebracht, das sah man ihm an. Die Nachrichten der letzten Stunden hatten ihm den Tag verdorben. Die Macht des Tyrannen von Florenz war ungebrochen. Er hatte Unsummen investiert, um den Widerstand zu unterstützen, hatte Revolten angezettelt, aber alles ohne Erfolg. Ein Attentat, ein gedungener Mörder, der den Machthaber aus dem Weg räumte: Nur das konnte die Demokratie nach Florenz zurückbringen.

Nachdenklich strich er sich über den Bart. Er war eine geheime Allianz mit Pompeo Colonna eingegangen, seinem treuen Waffenbruder und Saufkumpan. Allerdings stand zu befürchten, dass dem sadistischen Pompeo Gewalt und Zerstörung wichtiger waren als die Interessen seines Geldgebers. Natürlich war die Aussicht auf die versprochenen Gold-Scudi verlockend, aber Altoviti kannte den Fürsten gut genug, um zu wissen, dass er auch nur um des Tötens willen töten würde. Nur aus Lust, Blut fließen zu sehen.

Ausgerechnet für heute hatte Pompeo seinen Verbündeten in die Thermen vom Campo de' Fiori eingeladen, er hätte eine Überraschung für ihn. Doch der Bankier war mit Memma verabredet, einer venezianischen Hure, der er regelrecht verfallen war. Kein Wunder! Memma la Veneziana galt als die begehrteste Liebesdienerin weit und breit. Ihre blonden Locken, die üppigen schneeweißen Brüste, die das enggeschnürte Mieder zu sprengen drohten, ihre vollen sinnlichen Lippen: ein prachtvoller Anblick. Sie wetteiferte mit Anna la Greca, Näna und Ludovica um die Gunst der großzügigsten Freier. Diese drei galten als die berühmtesten Kurtisanen ihrer Zeit. Wenn sich Memma auf dem Balkon ihres Hauses an der Piazza San Simeone zeigte, gab es keinen Mann, dessen Blut nicht in Wallung geriet. Dank ihrer sinnlichen Ausstrahlung war sie schon früh dem Elend ihrer Herkunft entronnen, doch mit der Zeit wurde sie leichtsinnig und begann sich allerhand herauszunehmen. So war sie unangenehmen Freiern nur dann zu Diensten, wenn sie sich über alle Maßen großzügig zeigten. Altoviti dagegen gehörte offensichtlich zu ihren Lieblingskunden. Er war eine angenehme Gesellschaft und noch dazu ein guter Liebhaber. Trotzdem machte er sich Sorgen, dass der dreiste Übermut seiner Gespielin ihr irgendwann zum Verhängnis werden könnte. Mehr als einmal hatte er sie vor skrupellosen Freiern gewarnt, die sich für ihre Demütigungen bei passender Gelegenheit an ihr rächen würden. Aber Memma schien sich der Gefahr nicht bewusst zu sein. »Damit habe ich alle Männer, selbst die grausamsten, unter Kontrolle«, hatte sie stets geantwortet und sich zwischen die Beine gegriffen. Und wirklich: All seine Sorgen waren vergessen, wenn Memma ihn auf ihrem luxuriösen Lager verwöhnte. Noch aus einem zweiten Grund nahm Memma Altovitis Warnungen nicht ernst. Unter dem Schutz ihrer einflussreichen Gönner fühlte sie sich sicher. In ihrem Salon trafen sich Politiker, Intellektuelle, aber auch subversive Elemente, die hier, in Sicherheit vor den Spionen des Papstes, ihre Hetzschriften gegen die Obrigkeit verfassen konnten. »Dieses Leben wird bald vorbei sein, mein Lieber«, hatte sie Altoviti anvertraut, »ich bin nicht mehr die Jüngste, und mit all dem Geld, das ich auf die Seite gelegt habe, kann ich mich guten Gewissens zur Ruhe setzen. Und wer weiß? Vielleicht widme ich mich den schönen Künsten oder mache mich durch großzügige Spenden bei den Frömmlerinnen beliebt?« Dann hatte sie gelacht. Altoviti hatte den rebellischen Unterton wohl gehört: Diese Frau war nicht zu bändigen. Er hoffte nur, dass sie nicht doch einmal einen Fehler machen würde, der ihr das Genick brach.

Doch diesen Fehler hatte sie schon gemacht. Und schlimmer noch: Alle wussten davon. Memma hatte Don Olimpio de' Cristoforis ihre Dienste verweigert. Sie hatte den Freund des mächtigen Augusto Lancellotti verhöhnt und vor die Tür gesetzt. Statt mit einem Schwächling wolle sie die Nacht lieber mit einem potenten Liebhaber verbringen. Die delikate Neuigkeit hatte sich wie ein Lauffeuer verbreitet. Memmas neidische Konkurrenz schürte die Glut, in der Hoffnung, Don Olimpios Rache würde nicht lange auf sich warten lassen. Memma würde aus dem Luxus der Piazza San Simeone in das Elend der Gosse zurückgeworfen werden, dorthin, woher sie gekommen war.

Die ständigen Sticheleien machten Bindo Altoviti wütend, erfüllten ihn aber auch mit Sorge. Er wusste um die Rachsucht des in seiner Ehre gekränkten Don Olimpio und beschloss, gleich am nächsten Morgen Wachen an der Piazza San Simeone zu postieren, obwohl sich Memma nach wie vor unbekümmert gab.

Während er noch darüber nachdachte, ob er die Nacht bei seiner Geliebten verbringen sollte, kam ein Bote mit der Nachricht: »Don Pompeo erwartet Euch in den Thermen vom Campo de' Fiori, Herr.«

»Nun denn.« Altoviti ließ sein Pferd satteln, Memma konnte warten.

Der Eingang zu den Thermen war dunkel, ein strenger Geruch lag in der Luft. Altoviti eilte die Treppen hinauf. Neben den Badewannen mit wohlig warmem Thermalwasser gab es die Kaltwasserbecken, in denen sich die Gäste entspannten und nicht nur Rheumatismus und Gicht, sondern auch andere Krankheiten, wie die Syphilis, kurierten. Die »französische Krankheit«, wie sie genannt wurde, nachdem die Soldaten Karls VIII. verdächtigt worden waren, die Seuche aus Frankreich nach Italien eingeschleppt zu haben. Er durchquerte den Eingangsraum und warf einen Blick in einen Saal, wo sich vom Wein berauschte Männer unter den kundigen Händen der Huren nackt auf den schweißdurchtränkten, fleckigen Kissen wälzten: ein ekelerregender Anblick. Einige der Huren waren fast noch Kinder, mit karmesinrot geschminkten Brustwarzen, während manche der älteren große Ähnlichkeit mit Hexen hatten. Seltsamerweise erregte ihn dieses Spektakel nicht. Im Gegenteil, es stieß ihn ab. Ein Gefühl von Elend und Düsterheit überkam ihn.

Obwohl er öfters hierherkam, hatte sich Bindo Altoviti noch immer nicht an den Gestank gewöhnt, der ihm entgegenschlug. Ein widerliches Gemisch aus Essensresten, Schweiß und Exkrementen betrunkener Gäste, die jede Beherrschung verloren hatten. Während er das Schauspiel beobachtete, dachte er mit Erleichterung daran, dass Memma dieses Schicksal erspart geblieben war. Er hielt sich ein Taschentuch vor Mund und Nase und durchquerte raschen Schrittes den Saal. Über eine weitere Treppe erreichte er einen von Fackeln erleuchteten Gang. Auf dem Boden kauerte eine reglose Gestalt, in einen weiten Mantel gehüllt, das Gesicht von einem Schleier verdeckt. In der Hand hielt sie ein Glasfläschchen, das, nach den Resten am Boden zu urteilen, einmal eine rötliche Flüssigkeit enthalten haben musste.

Altoviti klopfte dreimal, kurz darauf öffnete sich die Tür. Er betrat das Zimmer, ohne zu ahnen, dass ihn die Augen hinter dem Schleier verfolgten. Als sich die Tür wieder schloss, empfing ihn höhnisches Gelächter.

»Willkommen, Don Bindo, Bankier von Gottes Gnaden.« Pompeo hob den Kelch, den er kaum noch halten konnte, so betrunken war er. »Kommt, genießt mit mir diesen Zaubertrank. Er wird dir die Kraft eines Zwanzigjährigen verleihen, du wirst diese beiden Schönheiten zum Winseln bringen.« Er ließ ein dreckiges Lachen hören und räkelte sich nackt auf einem verschlissenen Teppich, flankiert von zwei jungen Frauen, die bis auf einen Seidenschleier vor dem Gesicht ebenfalls nackt waren. Pompeo riss einer den Schleier herunter. »Nur Mut«, forderte er Altoviti auf. Überrascht erkannte der Bankier die Hofdame Orsina. Zwischen den Beinen hielt sie einen mit roter Flüssigkeit gefüllten Kelch. »Lass meinen Freund etwas von deinem Nektar kosten«, befahl Pompeo und zog sie brutal an den Brüsten. Orsina stöhnte auf und hielt Altoviti den Kelch entgegen, der jedoch mit einem kurzen Kopfschütteln ablehnte. Die zweite Frau kam auf ihn zu und begann ihn zärtlich, aber bestimmt zu entkleiden. Es war Rubina. Als sie merkte, dass Altoviti seinen Widerstand aufgegeben hatte, drückte sie ihn nach unten, setzte sich rittlings auf ihn und flößte ihm die rote Flüssigkeit ein. Pompeo begann hysterisch zu lachen. »Oh, Ihr müsstet Euer Gesicht sehen können, mein Freund.«

Altoviti wusste nicht, wie ihm geschah. Er leerte den Kelch bis zur Neige und wischte sich mit dem Handrücken über den grauen Bart. »Aber das ist ja gar kein Wein.« Nach kurzer Zeit stieg ein wohliges Prickeln in ihm auf, ausgehend von den Fingerspitzen strömte es durch den ganzen Körper, um sich schließlich in den Lenden zu konzentrieren. Die Zungen der Zwillinge waren überall, sie stritten um jeden Zentimeter seiner Haut wie Hyänen um die Beute. Durch das Fenster fiel kaltes Vollmondlicht, aber Altoviti konnte es nicht sehen. Der Rausch der Sinne hatte seinen Blick vernebelt. Seine Erregung hatte eine nie gekannte Intensität erreicht, die fast weh tat. Er hörte, wie die Tür geöffnet wurde und Pompeo etwas flüsterte, die Worte aber konnte er nicht verstehen. Ätzender Geruch lag in der Luft. Dann spürte er eine Bewegung. Ein warmer Körper schmiegte sich an ihn, schwere Brüste, die nicht den Zwillingen gehören konnten. Er streckte die Hände aus, doch als er den Körper berührte, war er entsetzt. Das war nicht die warme weiche Haut einer Frau – er spürte das borstige Fell eines Tieres. Er schrie auf und hörte Pompeos Lachen. Grausam und böse. Altoviti riss die Augen auf, konnte aber außer Schatten noch immer nichts erkennen. Das raue Fell rieb sich an seiner Haut. Doch er spürte es kaum, da sich im gleichen Moment eine der Zwillinge zwischen seinen Beinen zu schaffen machte.

Er schien zu explodieren, als er etwas Schleimiges auf seinem Gesicht spürte. »Astrellina«, brachte er noch heraus, bevor sich ihre nackten Oberschenkel wie eine Schraubzwinge um seinen Kopf pressten. Pompeo lachte haltlos und entlud sich in wilden Zuckungen.

Es dauerte lange, bis Pompeo und sein Freund wieder einigermaßen nüchtern waren. Dann konnten sie endlich ungestört über ihre Geschäfte sprechen. Die Zwillinge und ihre Meisterin Astrellina hatten die Thermen längst verlassen.

»Wir haben schon genug Zeit verschwendet. In Florenz muss endlich etwas geschehen, ich brauche deine Hilfe.« Altoviti stieg aus dem Kaltwasserbecken. Noch etwas unsicher auf den Beinen, aber bei klarem Verstand.

»Du hast recht, mein Freund.« Pompeo räkelte sich noch immer im wohlig warmen Wasser. Die Benommenheit war ihm nicht mehr anzumerken. »Ich habe dir schon immer gesagt, dass Diplomatie etwas für Schwächlinge ist. Ich bin ein Kämpfer und kein Schlappschwanz, der sich unter den Röcken seines Frauchens versteckt. Jetzt habe ich Hunger«, er stieg ebenfalls aus dem Wasser. »Wir werden einen genauen Plan ausarbeiten, allerdings unter einer Bedingung.« Seine Stimme klang ernst.

Bindo Altoviti wandte sich Pompeo zu. Eine Bedingung? Es musste etwas Wichtiges sein.

»Als Gegenleistung will ich Zagarolo.«

»Aber das gehört dir doch schon, mein treuer Freund.«

»Zagarolo soll zum Herzogtum erhoben werden. Du musst den Papst überzeugen, mich zum Herzog von Zagarolo zu machen.«

Altoviti seufzte. Er war verärgert, diesen anmaßenden Ton schätzte er gar nicht. Mehr noch: Insgeheim hasste er Pompeo. Aber eines war klar: Er brauchte ihn. Vor allem bei seinen Umsturzplänen in Florenz.

»Ich werde natürlich tun, was ich kann«, sagte er. »Ich hoffe nur, dass dein schlechter Ruf unserem Pontifex nicht zu Ohren kommt.« Noch bevor Pompeo reagieren konnte, fügte er hinzu: »Zum Glück ist Seine Heiligkeit schlecht informiert, auch seine Spione sind leicht zu bestechen. Ich werde alles tun, was in meiner Macht steht. Aber …«

»Aber?«

»Auch ich stelle eine Bedingung.«

Pompeo lächelte kalt.

»Und zwar?«

»Du schwörst mir bedingungslose Treue. Ohne Wenn und Aber. Du musst mir helfen, Florenz zurückzuerobern. Für mich und meine Freunde. Meine Pläne dulden keinen Aufschub.«

Pompeo war erleichtert. Er erhob sein Glas und stieß mit

seinem Verbündeten auf gegenseitiges Vertrauen an, dieses Mal allerdings war nur Wein in den Gläsern.

»Kommt schnell! Don Olimpio ist sturzbetrunken, er schlägt alles kurz und klein.« Der Kuppler war, ohne anzuklopfen, ins Zimmer gestürzt und hatte Pompeo nackt mit einer Liebesdienerin überrascht. Altoviti war längst gegangen. Für die Verabredung mit Memma war es jedoch schon zu spät, er hatte auch keine Lust mehr dazu.

»Was willst du hier? Ich bin beschäftigt, siehst du das nicht? Raus!« Pompeo machte sich nicht einmal die Mühe, sich etwas überzuziehen. Er packte den Mann am Arm und drängte ihn aus dem Zimmer.

»Aber er hat Checca ins Gesicht geschlagen, sie hat einen Zahn verloren. Meine beste Hure! Ich bin ruiniert. Wer weiß, zu was dieser Verrückte noch imstande ist!«, schnaubte der Mann und sah Pompeo hilfesuchend an.

»Nun gut.« Pompeo zog sich eilig Hemd und Hose über. Gürtel und Waffen ließ er auf dem Stuhl liegen. »Wärm dich schon mal auf«, sagte er zu seiner Gespielin, bevor er das Zimmer verließ.

Sie eilten zum großen Bordell, wo sich tumultartige Szenen abspielten. Zwei halbnackte Männer versuchten verzweifelt, Don Olimpio zu bändigen, der um sich schlug wie ein verletztes Raubtier. Sein wirrer Blick war an die Decke gerichtet. »Das wirst du mir büßen, du verfluchtes Flittchen! Das wirst du noch bereuen, wart's nur ab!« Checca kauerte in einer Ecke und weinte. Sie presste ein Taschentuch vor den Mund. Ihre Haare waren völlig zerzaust, aus dem Mund rann Blut. Pompeo ging achtlos an ihr vorbei. Was kümmerte ihn schon eine Hure, noch dazu älter als zwanzig! Aber die Geschichte mit Don Olimpio machte ihn neugierig. »Was ist passiert?«, fragte er den Kuppler.

»Wie es scheint, hat ihm Memma ein zweites Mal ihre Gunst verweigert und ihm einen vollen Nachttopf übergeschüttet.« Pompeo konnte sich das Lachen kaum verkneifen. Er blickte zu Olimpio, der noch immer versuchte, sich aus dem Klammergriff zu befreien. Seine Kräfte schienen nicht nachzulassen.

»Schluss jetzt!« Pompeo packte den Rasenden am Arm. Mit der anderen Hand ergriff er sein Kinn und zwang ihn, ihm in die Augen zu sehen. »Hört mir genau zu!« Der entschiedene Ton wirkte. Olimpio zuckte zusammen, Geifer troff aus seinen Mundwinkeln. »Ich habe Euch einen Vorschlag zu machen.« Dann befahl er dem Kuppler: »Bringt mir Wein, den besten, den Ihr habt.«

»Nein!« Olimpios Arm schoss nach vorne. »Ich will keinen Wein, ich will Rache!«

»Ihr werdet Eure Rache bekommen, auf einem Silbertablett serviert.«

Olimpio war mit einem Schlag still. Die beiden Männer jedoch trauten dem Frieden nicht und hielten ihn weiter fest. Pompeo befahl, ihn loszulassen.

»Jetzt alle raus hier, lasst uns allein.« Er nahm den Krug mit Wein und die beiden Kelche.

»Bringt sie weg«, befahl er und wies auf Checca. Der Kuppler packte die Hure und schleifte sie nach draußen, dann schloss er die Tür.

Als sie allein waren, begann Pompeo: »Ein Freund, gerade aus Venedig zurückgekehrt, hat mir von der ›Stretta‹, erzählt, einer Strafe für widerspenstige Huren, man nennt sie auch ›Trentuno‹. Wisst Ihr, was ich meine?« Don Olimpio nickte verwirrt. Er kannte die Geschichte von Angela del Moro, genannt »La Zaffetta«, vom Hörensagen. Ihren Spitznamen hatte sie von ihrem Stiefvater Borrino, einem »Zoffo«, einem

Spion. Die Zaffetta war eine venezianische Kurtisane, von der es hieß, sie stünde unter dem besonderen Schutz des Kardinals Ippolito de' Medici. Eines Tages beleidigte sie einen reichen Freier namens Venier, der sich auf schreckliche Weise an ihr rächte. Venier hatte sie mit einer List nach Malmocco gelockt und mit ebenjenem »Trentuno« bestraft, benannt nach dem Jahr 1531, in dem sich die brutale Tat zugetragen hatte. Olimpio erinnerte sich gut daran, weil ein Freund die Schilderung dieser Gräueltat stets mit den Worten begann: »Es geschah am 6. April 1531 …«

»Aber für den ›Trentuno‹ braucht es mindestens zwanzig Männer, wenn ich mich nicht irre«, sagte er zögernd.

Pompeo füllte sein Glas. »Trinkt, mein Freund, und kümmert Euch nicht um Zahlen. Memma, dieses hochmütige Weib, wird die Strafe bekommen, die sie verdient. Die Strafe, die alle hochmütigen Huren bekommen, egal, ob sie ihren Körper in den Thermen oder in einer luxuriösen Villa feilbieten.« Seine Finger umklammerten den Kelch so fest, dass er fast zersplittert wäre. Während er das Glas in einem Zug leerte, spielte ihm seine Phantasie einen Streich: Das Antlitz Livia Colonnas schob sich vor Memmas Gesicht. Pompeo durchströmte ein rauschhaftes Glücksgefühl. Der Tag der Rache war nah.

»Schaut nur, wie schön! Es glänzt wie Gold!« Memmas treue Dienerin Marietta reichte ihrer Herrin einen Spiegel. Sie sollte sich selbst von Orbettas Meisterwerk überzeugen. In Rom war Orbetta die erste Adresse in Sachen Schönheit. Sie bot ihre Dienste auch in den Thermen vom Campo de' Fiori an, ihre geheimnisvollen Kräutermischungen ließ sie sich teuer bezahlen. Das Rezept für seidig glänzende Haare hatte sie speziell für Memma zusammengestellt. Eine Mixtur aus Jungfrauenurin, Taubenexkrementen und gelben Blütenblättern.

Memma war hochzufrieden. »Sehr schön, aber der Geruch ist wirklich unerträglich.«

»Wir tragen jetzt noch eine zweite Paste auf, und dann müssen die Haare an der Luft einige Minuten trocknen.«

»Nein, dafür ist keine Zeit. Nimm ein wenig Parfüm.«

Marietta hielt das für keine gute Idee, aber sie gehorchte und träufelte Rosenessenz über den Kopf ihrer Herrin. Dann befestigte sie den künstlichen Zopf mit perlenbesetzten Haarklämmerchen, genau passend zu den Perlenbändern, mit denen das Korsett geschnürt wurde.

»Eure Schönheit ist unbeschreiblich. Man wird Euch umschwärmen.«

Das wollte Memma hören. Wie viel sie wohl heute Abend verdienen würde? Ihr avisierter Kunde, ein steinreicher Kaufmann aus Bologna, würde sich eine unvergessliche Nacht mit der berühmten Memma, der Kurtisane mit der Alabasterhaut, ein hübsches Sümmchen kosten lassen.

»Ach, Signora, der Diener des hochherrschaftlichen Fremden hat unserer Giulietta anvertraut, dass zu Ihren Ehren heute Abend das größte Wildschwein gebraten wird, das er je gesehen hat, man wird es sogar mit Rebhühnern füllen! Wie ich Euch beneide … Wenn mich Mutter Natur mit Eurer Schönheit bedacht hätte …«

»Meine liebe Marietta, glaub bloß nicht, dass mein Leben nur eitel Sonnenschein ist«, seufzte Memma und blickte ein letztes Mal in den Spiegel, »Schönheit ist vergänglich.«

Ja, sicher, aber in der Zwischenzeit verdient Ihr damit viel Geld, hätte Marietta gerne geantwortet. Aber sie schwieg, denn der Diener kam mit der Nachricht herein, dass die Kutsche eingetroffen war.

»Herrin, es ist Zeit«, Marietta legte ihr den Hermelinmantel um die Schultern.

»Ja, lass uns gehen.« Zum Diener gewandt, fügte Memma hinzu: »Ach, falls Signor Altoviti kommen sollte, sage ihm, dass sich deine Herrin morgen den ganzen Tag nur ihm widmen wird.«

Der Diener nickte, half den beiden Frauen in die Kutsche und ging ins Haus zurück. Dabei achtete er darauf, dass er die Tür doppelt verriegelte.

Etwa eine Stunde später hielten sie vor einem bescheidenen Gebäude, das eher an eine Spelunke als an ein vornehmes Landhaus erinnerte.

»Da hatte ich mir aber etwas anderes vorgestellt«, seufzte Memma enttäuscht, als sie aus dem Kutschenfenster sah. »Wo sind die Fackeln? Was ist das für ein Bankett?«

Der Kutscher ließ sie aussteigen, wendete die Pferde und jagte davon.

»Halt, nicht so schnell!«, rief Marietta der Kutsche hinterher.

»Nun gut«, seufzte Memma, »es wird nicht lange dauern, bringen wir es hinter uns.«

»Aber diesen Kerl kenne ich doch, das war kein Kutscher! Den habe ich in den Thermen gesehen, als ich bei Orbetta die Mixtur gekauft habe.«

»Red keinen Unfug. Du witterst überall Intrigen.« Memma lächelte amüsiert. Aber die Dienerin blieb misstrauisch. Sie wollte gerade nachhaken, als ihr die Veränderung im Gesichtsausdruck ihrer Herrin auffiel. Memma erbleichte. Was war geschehen? Bevor sie weiter darüber nachdenken konnte, wurde Marietta schlagartig klar, was die bewaffneten Männer vorhatten, die plötzlich aus dem Haus gestürmt kamen und sie umzingelten. Instinktiv stellte sie sich schützend vor ihre Herrin, doch vergebens: Der Kreis wurde immer enger. Mariettas Schrei erstickte in einem Blutschwall, der ihr aus dem Hals schoss. Der Mann, der sie mit dem Schwert getroffen hatte, brach in grausames Lachen aus.

»Buonasera, Donna Memma. Ja, ich bin's. Ich hoffe, Ihr erkennt mich wieder!«

Memma erstarrte: Vor ihr stand Don Olimpio. Aggressiv. Bedrohlich. In seiner Stimme lag Genugtuung. »Erinnert Ihr Euch an den Abend, an dem Ihr mich Stunden vor Eurem Haus an der Piazza Simeone habt warten lassen?« Er verbeugte sich theatralisch. Memma spürte Panik in sich aufsteigen, ihr Herz raste. Sie ballte die Fäuste so fest, dass sich die Fingernägel ins Fleisch gruben. Ihr Hals war wie zugeschnürt. »Da ich offenbar nicht genug Manneskraft besitze, um Euren Ansprüchen gerecht zu werden, dachte ich, ich nehme meine Freunde zu Hilfe.« Mit einer herrischen Geste winkte Olimpio einige Männer zu sich. Bevor Memma reagieren konnte, wurde sie von starken Armen gepackt und ins Haus geschleift. Dabei riss ihr künstlicher Zopf ab. Sie sah noch, wie er in einer schmutzigen Pfütze landete. Dort würde auch sie enden, bis zur Unkenntlichkeit entstellt.

»Herzlich willkommen, du Dreckshure.« Jemand versetzte ihr einen Stoß, dass sie ins Straucheln kam, aber die Männer fingen sie auf. Für diese Riesen war sie leicht wie eine Puppe. Verzweifelt hastete Memmas Blick durch die Spelunke, vielleicht gab es noch einen Fluchtweg. Der verdreckte Raum war nur spärlich erleuchtet. Schemenhaft erkannte sie weitere Männer, halbnackt und betrunken, voller Gier. Olimpio lachte triumphierend, als er in ihre schreckgeweiteten Augen sah. »Zählt ruhig durch, meine Liebe. Meint Ihr, sie werden ausreichen, um Euch zu befriedigen?«

Auch wenn sie es gewollt hätte, es wäre ihr nicht gelungen. Sie blickte auf eine Mauer Männer, die ihre animalische Lust kaum noch zügeln konnten. »Zwanzig, es sind genau zwanzig!« Olimpio verkündete die Zahl, als sei es ihr Todesurteil.

Vergeblich versuchte Memma, sich zu befreien. Sie erntete nur rüde Fußtritte. Eine leere Weinkaraffe kreiste. Wer darf der Erste sein? Memma schloss die Augen. Eine Hand zerfetzte ihren Rock und zerkratzte ihre Haut. Sie stürzte zu Boden. Weitere Schläge prasselten auf sie ein, noch härter, noch brutaler. Die Tränen in ihren Augen mischten sich mit Blut.

»Verdammtes Flittchen!« Olimpios Stiefel trafen sie in den Bauch, immer und immer wieder. »Haltet sie fest!« Vier Männer, zwei an den Armen, zwei an den Beinen, kamen dem Befehl nach. Olimpio riss ihr Korsett auseinander, setzte sich rittlings auf ihren Oberkörper und schlug ihr mit seiner ringgeschmückten Hand ins Gesicht. Einer der Männer stürzte sich wie ein Tier auf sie. Kaum hatte er seine Lust gestillt, rollte sich der nächste über sie, einer nach dem anderen. Bis zum Schluss nur noch Olimpio übrig blieb. Als sich der junge Adlige über sie hermachte, war Memma nur noch ein zitterndes Bündel. Mit jedem Atemzug musste sie würgen, in ihrem Mund mischten sich Erbrochenes und Blut. Sie hustete.

»Ekelhaft.« Olimpio wischte sich angewidert über das Gesicht. Memmas Augen waren starr wie die einer Toten, dann schlossen sie sich. Ob sie wirklich tot war? So hatte sich Olimpio seine Rache nicht vorgestellt. Er hatte sich gewünscht, den prächtigen Körper der Frau seiner Träume zu besitzen und nicht ein willenloses Stück Fleisch. Aber er musste zu Ende bringen, was er angefangen hatte. Angestachelt von den Anfeuerungsrufen seiner Helfershelfer, flammte die Wut auf die Kurtisane wieder auf. Schließlich entlud er sich in ihr, lang und schmerzhaft. Plötzlich spürte er etwas Feuchtes im Gesicht. Memma hatte ihn angespuckt, mit der letzten Kraft, die ihr geblieben war.

Außer sich vor Wut drosch Olimpio erneut auf sie ein. Ihr einstmals so ebenmäßiges Gesicht war eine einzige breiige Masse, nur die blutunterlaufenen Augen waren zu erkennen. Wie ein Besessener schlug er immer wieder zu, bis ihn schließlich eine Stimme hinter ihm bremste: »Schluss! Überlasst sie mir!«

Olimpio drehte sich um. Er wusste, wem die Stimme gehörte. Lächelnd machte er ihm Platz. Er sah zu, wie der Mann Memmas Körper auf den Bauch drehte. Die Frau wollte sich wehren, sie wand sich wie eine Schlange in einer Lache aus Urin und Blut. Ihr Körper wurde von Krämpfen geschüttelt. Das qualvolle Spektakel erregte den Mann nur noch mehr. Er bestieg Memma von hinten, dabei zog er an ihren Haaren, als ob es ein Zügel wäre. Sein Triumphgeschrei ging durch Mark und Bein. Das war selbst Olimpio zu viel. Fluchtartig verließ er die Spelunke.

Eine Stunde später lag Memmas gemarterter Körper in einer Schlammpfütze auf der Piazza San Simeone. Wie eines leeren, zerrissenen Sackes hatte man sich ihrer entledigt. Giulietta entdeckte sie als Erste, dann rannten auch die anderen Frauen herbei. Sie starrten wie gebannt auf den Leichnam, voller Entsetzen und Mitleid für die gepeinigte Seele. »Holt Signor Altoviti, schnell!«, schrie Giulietta einem Diener zu, der aus dem Haus gegenüber gerannt kam. Als der Bankier später Memmas Schlafgemach betrat, ahnte er nicht, was ihn erwartete, obwohl der Diener ihn vorgewarnt hatte. Zum Glück sorgte das diffuse Kerzenlicht dafür, dass ihm das Allerschlimmste erspart blieb. Bei ihrem Anblick musste er brechen, so lange, bis sich der Geschmack von Blut mit Galle vermischte. Giulietta und der Diener wollten ihm zu Hilfe eilen, aber er stieß sie zurück. »Wascht sie und macht sie zurecht. Und zu niemandem ein Wort«, befahl er und reichte ihnen ein Geldstück.

Als die beiden den Raum verlassen hatten, gab es kein Halten mehr, er ließ seinen Tränen freien Lauf. Dann schlug er die Hände vors Gesicht, er konnte Memmas Anblick nicht länger ertragen. »Ich werde Euch rächen, meine Geliebte«, schluchzte er. Dann fiel er vor der Lagerstatt auf die Knie und fuhr Memma zärtlich über die Stirn. Er zuckte zurück. Hatte sich ihr Gesicht unter der Berührung bewegt, ein allerletztes Mal? Doch seine tränenverhangenen Augen hatten ihn getäuscht. In diesem geschundenen Körper war kein Leben mehr.

»Ich werde Euch rächen, und wenn es das Letzte ist, was ich tun werde.« Dieses Versprechen war ein heiliger Schwur. Er konnte der geliebten Frau das Leben nicht zurückgeben und schon gar nicht ihre Schönheit. Aber ihre Würde. Dafür war er sogar bereit zu sterben.

Jeder Mann, der an dieser frevelhaften Tat beteiligt war, würde durch sein Schwert fallen. Einer nach dem anderen. Nein, das wäre ein zu gnädiger Tod. Sie sollten vergiftet dahinsiechen. Oder vor ein päpstliches Gericht gestellt und wie Schweine abgeschlachtet werden. Doch zuerst musste er den Rädelsführer finden. Und der beste Ort, um Nachforschungen anzustellen, waren die Thermen auf dem Campo de' Fiori. Seine Spione würden ihm den Mörder auf dem Silbertablett servieren, dafür würde schon die fürstliche Belohnung sorgen. Die Jagd war eröffnet.

39

Silvia Giorgini hatte Chiara unmissverständlich klargemacht, dass sie unter keinen Umständen allein ins Xilos gehen durfte. Dort liefen alle Fäden zusammen: Das Rauschgift, an dem Diana gestorben war, stammte von einem Dealer, der regelmäßig in der Diskothek verkehrte. Auch Marco, Andrea und Luca waren mindestens einmal dort gewesen. Zwei von ihnen waren verschwunden, einer tot. Das Xilos war Dreh- und Angelpunkt in diesem Fall, da hatte Silvia keinen Zweifel. Nach der aktuellen Entwicklung würde man dort mit Sicherheit auf der Hut sein. Aber Chiara war überzeugt, dass ein Grüppchen mit Paolo, Venzy, Lucetta und ihr nicht auffallen würde. Bei der Überlegung, auch Venzy mitzunehmen, war ihr Lucetta eingefallen, und zu ihrer Überraschung hatte sie die Einladung angenommen. Auch wenn die Kommissarin Bedenken hatte, sie musste der Sache auf den Grund gehen.

»Anna Maria, ich bleibe hier. Ich rufe jetzt an und sage ab.« Lucetta trug ein figurbetontes schwarzes Kleid, das seit fünfzehn Jahren unbenutzt im Schrank hing, ihr aber immer noch gut stand. Dazu hochhackige Lackschuhe und Krokotasche. Doch sie brachte es einfach nicht übers Herz, ihre Tochter alleine zu lassen.

»Mama, ich bitte dich. Amerigo ist doch da. Wenn ich dich brauche, rufe ich dich an, versprochen.«

»Aber du hast hohes Fieber.«

»Ach was, 37,5 und eine leichte Erkältung. Du suchst doch

nur nach einer Ausrede, um nicht gehen zu müssen.« Anna Maria sah sie eindringlich an. In Wahrheit ging es ihr hundeelend. Sie fühlte sich furchtbar, was aber nichts mit der Erkältung zu tun hatte.

Lucetta zog die Schultern hoch. Anna Maria hatte recht. Ausgehen machte ihr tatsächlich Angst. Am Telefon hatte Chiara erzählt, dass auch Paolos Vater Venzy mit von der Partie sein würde. Ein faszinierender Mann, hatte sie hinzugefügt. Aber war sie bereit, sich auf ein Abenteuer einzulassen?

»Los, geh schon, sonst kommst du noch zu spät. Mach dir keine Sorgen um mich.« Anna Maria griff nach ihrer Hand und sah sie ungewohnt zärtlich an. Nach dem Zusammentreffen mit Cesare Persella sah sie manches anders. Was musste ihre Mutter mit diesem skrupellosen Mann durchgemacht haben!

»Bist du dir ganz sicher, Anna Maria?« Lucetta war gerührt.

»Ja.«

Lucetta beugte sich hinunter und küsste ihre Tochter auf die Stirn. Dann ging sie, aber erst nachdem Amerigo versprochen hatte, sie im Notfall sofort anzurufen.

Um halb zwölf kamen sie im Xilos an. Es war noch nicht viel los. Auf der Fahrt hatten sich Lucetta und Venzy auf dem Rücksitz angeregt unterhalten, sie schienen sich sympathisch zu sein. »Siehst du, mein Plan funktioniert«, hatte Chiara Paolo ins Ohr geflüstert, als sie die Disko betraten.

»Ja, meine kleine Kupplerin«, er hatte sie um die Taille gefasst und sanft geküsst.

»Du weißt noch, was du sagen sollst?«

»Warte …« Paolo runzelte die Stirn und kratzte sich am Kinn, als ob er angestrengt nachdenken würde. Natürlich wusste er es noch, Chiara hatte ihn ja gerade erst in ihren Plan eingeweiht.

»Mist, ich habe alles vergessen, glaube ich«, sagte er mit gespielter Verzweiflung.

»Tu doch nicht so«, sie gab ihm einen Knuff.

»Das ist die Liebe, da vergisst man alles andere!«

Chiara stockte. Ein Gast hatte ihre Aufmerksamkeit erregt. »Los, diesen Typen musst du fragen«, flüsterte sie und zeigte auf einen schwarz gekleideten jungen Mann mit rasiertem Schädel.

»Entschuldigen Sie«, Paolo versuchte, möglichst cool zu wirken. Der Kahlköpfige fixierte ihn mit unbeweglicher Miene. »Wo ist das Séparée? Wissen Sie, wir tanzen nicht gerne, wir schauen lieber zu.« Der junge Mann brachte sie in einen kleinen Nebenraum. »Ist es hier immer so leer?«, fragte ihn Lucetta, aber er reagierte nicht und gab dem Barkeeper ein Zeichen.

»Ein geselliger Typ, ohne jeden Zweifel«, frotzelte Venzy leise.

»Ich nehme an, dass die Leute später kommen«, Chiara blickte sich um. Aber vielleicht hing es auch mit der negativen Presse zusammen, dass so wenig los war. Paolo bestellte eine Runde Cuba Libre. Er wollte gerade »und einen bitte ohne Eis« hinzufügen, als ihm Chiara mit der Fußspitze gegen den Knöchel tippte. Ja, er kannte seinen Text.

»Hier soll es phantastische Showtänzerinnen geben, habe ich gehört.«

»Es gab sie«, korrigierte ihn der Kellner, der ebenfalls kahlrasiert war. Der sprach wenigstens. »Sie waren sensationell, wenn die loslegten, schlugen die Hormone Purzelbäume.«

»Und warum sind sie nicht mehr da?«

»Die Zeiten ändern sich«, der Kellner zuckte mit den Schultern. »Manchmal kommt noch eine der beiden vorbei, als Gast. Aber ich weiß nie, welche es ist. Die beiden kann keiner auseinanderhalten.«

»Antonio!«, rief eine männliche Stimme an der Theke.

»Wie meinen Sie das?«, fragte Paolo.

»Entschuldigen Sie, aber ich habe zu tun«, sagte der Kellner und ging rasch zur Theke. Dort stand der schwarz gekleidete junge Mann von vorhin. »Vielleicht wollte er damit sagen, dass sie sich sehr ähnlich sehen«, warf Lucetta ein.

»Du meinst, es sind Zwillinge?«

»Warum nicht?«, antwortete Lucetta und dachte an Mony und Terry.

Chiara überlegte einen Augenblick. »Stimmt, das wäre möglich. Möglich ist alles.«

Gegen Mitternacht wurde es voller, die Musik tat in den Ohren weh, man musste schreien, um sich zu verstehen. Auch der Nebenraum hatte sich gefüllt. Chiara beobachtete aufmerksam die neuen Gäste. Vor allem Paare, aber auch einige Singles. Meist nicht mehr ganz junge Männer, die mit ihren weit geöffneten Seidenhemden und protzigen Goldketten oder geschmacklosen Ethnoanhängern aus den Siebzigern ziemlich provinziell aussahen. Als der Kellner mit den Getränken kam, brach es aus Chiara heraus: »Eine von beiden heißt Monica, oder?«

Der Kellner stellte das Tablett auf dem Tisch ab und sah sie an: »Wie bitte?«

»Eine der beiden Tänzerinnen heißt Monica, habe ich recht?«

»Fast: Sie heißt Mony. Entschuldigen Sie jetzt bitte«, er eilte weiter, um die Bestellungen an einem anderen Tisch aufzunehmen.

Lucetta war zusammengezuckt. »Was hat er gesagt, wie sie heißt?«

Chiara wunderte sich über Lucettas betroffene Miene. »Mony.«

»Mony?«

»Ja.«

»O mein Gott.«

»Lucetta, was ist los?« Chiara hatte unwillkürlich nach ihren Händen gegriffen. Lucetta lachte ungläubig. »Wahrscheinlich ist es nur ein ganz banaler Zufall, aber es ist unglaublich.« Sie sah Chiara eindringlich an, als erwarte sie eine Bestätigung.

»Was, Lucetta?«

»Ach, wahrscheinlich ist es gar nichts, ein banaler Zufall, wie gesagt. Aber vor einigen Tagen habe ich ein äußerst attraktives Zwillingspärchen kennengelernt, die eine hieß Mony, die andere Terry.«

»Und wie hast du sie kennengelernt?«

Lucettas Gesichtsausdruck verdüsterte sich. »Nun ja, das ist eine lange Geschichte. Sie sind die Nichten eines jungen, sagen wir besser, eines nicht mehr ganz so jungen Mannes, den meine Tochter sehr sympathisch findet, und ...« Mehr konnte sie nicht sagen, denn über Federico zu sprechen, fiel ihr schwer. Dass seine Nichten Showtänzerinnen in einer Disko sein könnten, war auch nicht gerade ein beruhigender Gedanke. Und Anna Maria? Wer weiß, wozu Federico fähig war. Ihre Zweifel kehrten zurück, was Chiara nicht verborgen blieb. So etwas spürte sie sofort, wie ein Seismograph ein fernes Erdbeben. Die Vision mit der zerrissenen Bluse und das schockierende Geständnis ihrer Vergewaltigung kamen ihr in den Sinn. Auch Venzy musste etwas bemerkt haben. Er beugte sich zu Lucetta hinüber und fragte besorgt: »Alles in Ordnung?«

Lucetta wollte den Abend nicht verderben. »Ja, alles bestens.« Sie nahm einen tiefen Schluck.

Eine Stunde später war die Hölle los. Um auf die Toilette zu kommen, hätte man einen Kompass gebraucht. Lucetta wurde immer unruhiger. Der Name der Tänzerin war ein

Schock gewesen, sie wollte nur noch nach Hause. Doch vorher wollte Chiara noch etwas wissen. Paolo musste einen zweiten Vorstoß wagen.

»Entschuldigung«, Paolo gab dem Kellner ein Zeichen. Keine Reaktion. Der zweite Versuch war erfolgreicher. Der Kellner kam an ihren Tisch. »Ja, bitte?«

»Hören Sie, wenn wir uns noch ein bisschen amüsieren wollen …?«

Der Kellner starrte ihn an und tat verständnislos. Paolo versuchte, noch etwas deutlicher zu werden: »Na ja, wir suchen ein bisschen Abwechslung …« Das schien das Zauberwort zu sein, denn der Kellner nickte. »Warten Sie einen Moment«, sagte er und ging. Chiara sah ihm nach. Er ging zu einem elegant gekleideten Mann hinüber, flüsterte ihm etwas ins Ohr und deutete zu ihrem Tisch. Kurze Zeit später stellte er sich als Besitzer der Diskothek vor. Er schlug ihnen vor, in die Villa zu gehen, dort würden ihre Wünsche erfüllt.

Chiara wollte gerade nachhaken, als sie eine Hand auf ihrem Arm spürte. Lucetta. Sie war leichenblass. »Es geht mir nicht gut.« Sie sah aus, als würde sie jeden Moment umkippen. Bevor Chiara reagieren konnte, hatte Venzy schon die Initiative ergriffen. Er würde sich um Lucetta kümmern.

»Brauchen Sie einen Arzt?«, der Diskobesitzer schien plötzlich sehr besorgt.

»Nein, nein, nur ein bisschen frische Luft.«

»Sicher?«, fragte Chiara zweifelnd.

»Ja. Ich vertrage einfach nichts mehr. Aber das geht schnell vorbei, keine Sorge.« Der Besitzer beharrte dennoch darauf, sie zum Ausgang zu begleiten. Die Rechnung gehe aufs Haus.

Auf der Rückfahrt sagte Lucetta kein Wort. Die Übelkeit war verflogen, aber ihr gingen tausend Fragen durch den

Kopf. Mony und Terry in diesem zweifelhaften Umfeld? Traf Anna Maria sich noch mit Federico?

»Lasst mich hier raus, dann müsst ihr nicht noch einmal um den Block fahren. Ich gehe hier über den Zebrastreifen«, sagte sie. Aber Paolo war schon abgebogen. »Auf keinen Fall.«

Lucetta widersprach nicht. Beim Aussteigen versuchte sie die anderen zu beruhigen. Es gehe ihr wieder besser. Nein, sie sei nicht betrunken, und nein, niemand müsse sie zur Tür begleiten. Aber Venzy ließ sich nicht umstimmen. An der Haustür musste sie ihm versprechen, dass sie sich so schnell wie möglich wiedersehen würden.

In der Wohnung war es still. Aus dem Spalt unter Anna Marias Zimmertür drang ein schwacher Lichtschein. Lucetta schlich auf Zehenspitzen durch den Flur, drückte vorsichtig die Klinke herunter und öffnete langsam die Tür. Nur die Nachttischlampe brannte.

Anna Maria schlief, aber der angespannte Gesichtsausdruck und das schweißnasse Gesicht verrieten ihre innere Unruhe. Lucetta legte ihr die Hand auf die Stirn. Sie war heiß. Ganz leise nahm sie das Fieberthermometer aus der Schublade und schob es ihrer Tochter behutsam unter die Achsel. Anna Maria hatte es bemerkt und drehte sich auf die Seite. Als Lucetta das Thermometer nach einigen Minuten kontrollieren und sie wieder zudecken wollte, begann Anna Maria im Schlaf wütend zu protestieren: »Nein! Du kannst nicht mein Vater sein! Niemals!« Dann zog sie sich die Decke über den Kopf.

Lucetta zuckte zurück, ihr blieb fast das Herz stehen. Ein schlimmer Verdacht keimte in ihr auf. Sollte ihre Tochter etwa …? Das Fieberthermometer zeigte wieder nur 37,5. Normalerweise ein Anzeichen für eine leichte Erkältung. Aber jetzt? Lucetta wusste genau: Die erhöhte Körpertemperatur und der unruhige Schlaf hatten eine andere Ursache. Da steckte mehr dahinter. Sollte es ihre Tochter tatsächlich gewagt haben?

»Hallo, mein Herzblatt, weißt du noch, wer ich bin?« Eine warme und sinnliche Stimme. Anna Maria konnte einen Freudenschrei nicht unterdrücken. Sie presste das Handy fest ans Ohr, aus Angst, ihre Mutter könnte hellhörig werden. Es ging ihr deutlich besser, sie hatte kein Fieber mehr und wieder Appetit. Lucetta hatte Frühstück gemacht und spülte jetzt das Geschirr. Voller Sorge grübelte sie vor sich hin. Wie könnte sie ihre Tochter zum Reden bringen? Anna Marias Jauchzer traf sie wie ein Keulenschlag. Sie fuhr herum.

»Ciao«, Anna Maria gab sich unbeteiligt, doch ihr Herz raste, das Blut schoss ihr ins Gesicht. Ihre Mutter sollte auf keinen Fall Verdacht schöpfen, deshalb stand sie auf und ging in ihr Zimmer.

»Der Kaffee wird kalt ... Anna Maria!« Lucetta ging ihr nach, stand aber vor verschlossener Tür. Selbst wenn sie das Ohr an die Tür gepresst hätte, gehört hätte sie nichts. Anna Marias Stimme war nur ein Flüstern.

»Endlich, ich habe mich so nach dir gesehnt. Hast du nicht gehört, wie ich in Gedanken nach dir gerufen habe?«

»Aber ja. Und du, hast du mich auch gehört?«

»O ja!« Anna Maria konnte die Tränen nicht zurückhalten. Federico war der einzige Mensch auf der Welt, der sie Cesare Persella wenigstens für den Moment vergessen lassen konnte. »Ich habe die schlimmste Zeit meines Lebens hinter mir, ich brauche dich so sehr.«

»Ich weiß, Liebste. Es tut mir leid. Erst jetzt ist mir klargeworden, wie dumm diese Idee mit dem Liebesbeweis war. Mony und Terry haben mir erzählt, dass sie sich mit deiner Mutter getroffen haben und wie schlecht es dir geht.«

»Wie bitte? Mit wem?« Von jetzt auf gleich hörte Anna Maria auf zu weinen.

»Mit deiner Mutter …«, wiederholte Federico mit leicht zweifelndem Unterton. Ihm war die Verwunderung in Anna Marias Stimme nicht entgangen. Unsicher fuhr er fort: »Sie haben sich im Caffè della Pace getroffen. Deine Mutter hat sich solche Sorgen um dich gemacht. Sie glaubt, dass ich dir weh tue. Aber das ist absurd. Ich bin so gut wie geschieden, Anna Maria. Mit meiner Frau verbindet mich nichts mehr. Ich schwöre. Ich liebe nur dich.«

Anna Maria konnte es immer noch nicht glauben. Sie war hin- und hergerissen. Wie konnte ihre Mutter es wagen? Sie fühlte sich wie der einsamste Mensch der Welt. Ihr Vater war ein Scheusal, und ihre Mutter hatte sie verraten. Nur Federico verstand sie, nur er konnte ihr helfen.

»Ich liebe dich mit jeder Faser meines Herzens«, sie unterdrückte die erneut aufsteigenden Tränen. Wie gerne wäre sie jetzt mit ihm zusammen, egal wo. Hauptsache, sie könnte in seinen starken Armen liegen. Fern aller Lügen. Voller Sehnsucht dachte sie an seinen Körper, an seinen warmen Atem ganz dicht an ihrem Ohr. Aber nicht aus sexuellem Verlangen, sondern aus einem überwältigenden Bedürfnis nach Zuwendung und Schutz. Federico war der Vater, den sie nie gehabt hatte, und die Mutter, die sie gerade verloren hatte.

»Auch ich liebe dich mit jeder Faser meines Körpers. Ich war auf Geschäftsreise in London und bin gerade in Rom gelandet. Und glaube mir, das Erste, woran ich gedacht habe, warst du. Von nun an werden wir für immer zusammen sein, gegen alles und jeden, ohne Wenn und Aber.«

Alle Zweifel waren verflogen. Anna Maria überlegte bereits, was sie alles in den Koffer packen würde, um für immer bei ihm zu leben.

40

Eine Villa an der Via Appia Antica. Die Wohltätigkeitsveranstaltung ging ihrem Ende entgegen. Livrierte Kellner mit weißen Handschuhen räumten die Teller und Silberschüsseln des Hauptgangs ab. Graziös wie Balletttänzer huschten sie zwischen den Tischen hin und her, die man zu einer Blüte angeordnet hatte. Das ganze Arrangement trug eine eindeutig weibliche Handschrift. Lucilla Benedici, die Schirmherrin, hatte wirklich an alles gedacht: Tischdecken aus blassroter Muschelseide, edle Vasen mit betörend duftenden Rosen, die Servietten der Damen von einem Satinband zusammengehalten, an dessen Ende ein winziger goldener Anhänger baumelte. Nach dem Dessert bat die Hausherrin um Gehör. Es dauerte eine Weile, bis der Geräuschpegel abgeebbt war. Sich bei diesen gesellschaftlichen Highlights in der Via Appia Antica Gehör zu verschaffen, war nicht leicht. Auch dieses Mal war es Lucilla Benedici gelungen, illustre Persönlichkeiten aus Politik, Wirtschaft, Medien, Showbiz und der Modebranche um sich zu scharen.

»Meine lieben Freunde, ich danke euch für euer Kommen und für eure großzügigen Spenden. Ein erneuter Beweis eurer Solidarität mit den Armen und Benachteiligten dieser Welt.«

Höflicher Beifall. Mit einer leichten Verbeugung fuhr Lucilla fort: »Ich möchte jetzt eine der großherzigsten Gönnerinnen unserer gemeinsamen Sache an meine Seite bitten. Auch heute hat sie es sich nicht nehmen lassen, persönlich hier zu sein.« Die Gäste tuschelten und blickten erwartungsvoll in die Runde »Ich bitte meine Freundin Maité Persella zu mir.« Die Gäste applaudierten erneut, die einen mehr, die anderen weniger enthusiastisch. Maité Persella hatte sich erhoben und schritt auf Lucilla Benedici zu. In ihrem eleganten hellbeigefarbenen Valentino-Kostüm war sie selbst in diesem Kreis ein Blickfang. Bewundernde, aber auch neidische Kommentare wurden laut.

»Sie hat sich von Paolo die Haare stylen lassen.« Pupa Marchetti, die schöne Gattin eines bekannten römischen Weinhändlers, beugte sich zu ihrer Freundin Mirella Levi hinüber, die ein Juweliergeschäft in Mailand besaß.

»Paolo wer?«, fragte Mirella, ohne die Augen von Maité zu lassen.

»Was heißt da Paolo wer? Der Paolo! Der Visagist überhaupt!«

»Ach *der* … Sein Sohn soll sogar noch genialer sein.«

»Aber meine Damen!« Lucilla Benedici ergriff erneut das Wort, freundlich im Ton, aber unmissverständlich. Die Gespräche verstummten.

»Liebste Maité, ein größeres Geschenk hättest du uns und unserem gemeinsamen Anliegen nicht machen können. Deine überaus großzügige Spende wird die Fertigstellung unseres Bauprojektes vor den Toren Roms vorantreiben. Du bist ein leuchtendes Vorbild für uns alle.« Zustimmendes Murmeln.

»Sie sieht noch gut aus für ihr Alter«, flüsterte Mirella Levi ihrer Freundin zu. »Wie alt wird sie wohl sein? Dreißig, fünfunddreißig?«

»Ach was, sie geht schon auf die fünfzig zu. Bei ihr scheint die Zeit stehengeblieben zu sein. Anders als bei uns …« Ohne es zu merken, hatte Pupa die Stimme erhoben, was die Aufmerksamkeit einer anderen Tischnachbarin erregte.

»Die ist sogar schon über fünfzig! Ein Produkt der plastischen Chirurgie, quasi runderneuert. Seht euch mal die Brüste an, prall wie zwei Fußbälle. Und die aufgespritzten Lippen …«

»Bei dem vielen Geld kann sie sich das leisten«, mischte sich eine weitere Dame ein, von Adel zwar, aber arm wie eine Kirchenmaus: Wir sind zwar nicht reich, aber wir tragen einen guten Namen. »Habt ihr übrigens schon das Neueste gehört?«

Mirella und Pupa hingen an ihren Lippen.

»Nein, was?«

»Ihr wisst ja, dass mein Sohn bei Mediaset arbeitet und natürlich bestens über die High Society informiert ist. Er hat mir erzählt, dass Maité alle Hebel in Bewegung gesetzt hat, um die Ausstrahlung einer Ausgabe von *Stars' Boulevard* zu verhindern. Über die Hintergründe weiß man nichts, aber mein Sohn meinte, sie hätte es sich etwas kosten lassen.«

»Vielleicht ging es um den kometenhaften Aufstieg ihres Ehemanns?«, spekulierte Mirella.

»Papperlapapp!« Die Adlige zuckte mit den Schultern und winkte ab. »Da steckt mehr dahinter. Wer weiß, wie viele Leichen die beiden im Keller haben. Wer in so kurzer Zeit so viel Geld macht …«

Während Maité sich bei der Schirmherrin für die Chance bedankte, helfen zu dürfen, lästerte Pupa weiter: »Höchstwahrscheinlich mit den gleichen verbrecherischen Methoden wie alle Multimillionäre.«

»Ganz bestimmt. Aber aller Schönheit zum Trotz: Sie hat einfach keine Klasse.«

»Und reden kann sie auch nicht. Aber trotzdem zieht sie alle in ihren Bann, schaut nur, wie sie sich in Pose setzt, die große Diva.«

»Psst, sie kommt!« Pupa verstummte augenblicklich und

begrüßte Maité mit einem falschen Lächeln. Auch ihre Tischnachbarinnen lächelten jetzt.

»Du bist einfach wunderbar! Und deine Rede, mein Kompliment!« Pupa erhob sich, um sie zu umarmen. Auch ohne ihr angeborenes Misstrauen hätte Maité die Stimmung am Tisch sofort erfasst. Sie warf ihnen ein professionelles Lächeln zu und bedankte sich. Was für eine Katastrophe, wenn diese Giftspritzen in ihren Armani-Kostümen Wind von den Schwierigkeiten ihres Ehemannes bekämen. Sie musste die Angelegenheit so schnell wie möglich aus dem Weg räumen. Aber: Vor Pupa, Mirella und ihresgleichen einen Skandal zu verheimlichen, war genauso schwer, wie einen Aasgeier von einem Tierkadaver fernzuhalten.

Der Zeremoniensaal wirkte düster und beklemmend, obwohl das grelle Neonlicht in jeden Winkel drang. Marco war zusammen mit Nummer 18 zum Saubermachen eingeteilt worden. Sie hatte ihm in einem unbeobachteten Moment zugeraunt, ihr Name sei Magda. Den beiden schauderte vor der Tortur, wussten sie doch, in welchem Zustand sie den Raum vorfinden würden, nach dem Opferritual der vergangenen Nacht. Auf dem Altar klebte geronnenes Blut, der zerfetzte Hahnenkadaver begann bereits zu verwesen. Auf dem Boden Berge von Dreck, Glasscherben und aufgeschlitzte Federkissen, daneben Pfützen von Erbrochenem und Exkremente. Nummer 18 musste würgen.

»Wer Dreck macht, muss ihn auch wegmachen«, höhnte einer der beiden Wächter, die sie von der Türschwelle aus beobachteten, Gummiknüppel und Elektroschocker im Anschlag.

»Nicht atmen!«, flüsterte Marco. Er wollte Magda gerade zeigen, wie man am besten die Luft anhielt, als ihm etwas Hartes in die Rippen gestoßen wurde.

»Du! Halt die Schnauze, sonst puste ich dir das Hirn aus dem Kopf!« Der Wächter tippte Marco mit dem Lauf des Elektroschockers an die Schläfe und wich nicht von seiner Seite, bis er anfing, den Unrat in einen Müllsack zu werfen. Um hier richtig sauberzumachen, bräuchte man noch mindestens vier Leute, dachte Marco. Nummer 18 hatte neben dem Altar die verkohlten Überreste einer ursprünglich weißen Kutte gefunden. Sie musste einem Adepten gehört haben. Die Brüder trugen schwarze Kleidung. Marco überlegte, wem die Kutte gehört haben könnte. Insgesamt gab es ungefähr zehn Adepten, soweit er wusste. Er versuchte, sich ihre Gesichter in Erinnerung zu rufen, was ihm aber nicht gelang. Die Droge hatte seine Sinne benebelt, so dass er seine Umgebung nicht mehr klar wahrnehmen konnte. Er erinnerte sich nur an das, was ihm ohnehin bekannt war: Nach dem Aufnahmeritual mussten sich die Adepten ausziehen und ihre weißen Kutten in einem offenen Feuer in der Mitte des Raumes verbrennen. Dann mussten sie sich in einen Bottich voller Tierblut setzen, dem auch einige Tropfen Blut aller Anwesenden beigemischt waren. Durch diese Zeremonie sollten Körper und Geist gereinigt werden. Er wusste, dass die feierliche Handlung von zwei Kameras aufgezeichnet wurde, die an der Decke befestigt waren. Die meisten Adepten waren bisexuell und verkehrten vor ihrem Eintritt in die Bruderschaft regelmäßig in einschlägigen Lokalen. Die Identität der Zeremonienmeister blieb geheim. Besonders fasziniert war Marco von der Hohepriesterin. In gewisser Weise erinnerte sie ihn an Monica. An die Tänzerin aus der Disko, die ihn mit Drogen und Sex gefügig gemacht und dann hierhergelockt hatte. Aber die Hohepriesterin war reifer, sinnlicher. Marcos Gefühle für sie waren zwiespältig, genau wie für Monica. Einerseits fühlte er sich zu ihr hingezogen, andererseits stieß sie ihn ab. Hinter ihrer

Maske konnte man ein ebenmäßiges Gesicht erahnen, das in harmonischem Einklang mit ihrem wohlproportionierten Körper und den nicht enden wollenden Beinen stand. Er hätte ihr am liebsten die lächerliche Maske vom Gesicht gerissen, um ihr endlich in die Augen schauen zu können. Da war noch eine Rechnung zu begleichen: Die Hohepriesterin hatte ihn während der rituellen Buße am schlimmsten von allen gequält. Aber der Wunsch, endlich Klarheit zu haben, wer sich hinter der Maske verbarg, war sogar größer als alle Ängste und Rachegelüste. Beim Opferritual war ihm aufgefallen, dass die Hohepriesterin sich die Schamhaare rasiert hatte, so dass es nicht einmal möglich war, ihre natürliche Haarfarbe zu erahnen. Ihre Frisur war jeden Abend anders: mal blond, mal schwarz, mal kupferfarben. Wahrscheinlich Echthaarperücken. Letzte Nacht trug sie Blond. An ihrer Seite eine zierliche Frau in einer schwarzen Tunika, mit der sie von Zeit zu Zeit leidenschaftliche Küsse ausgetauscht hatte. Marco beobachtete mit Argusaugen jede Bewegung, in der Hoffnung, dass die Maske verrutschen würde. Aber ohne Erfolg. Wie üblich verschwand die Hohepriesterin gegen eins. »Warum so früh? Bevor die Orgie richtig begann?« Diese Frau blieb ein Rätsel.

Eine glitschige Masse in der Ecke hinter der Tür erregte seine Aufmerksamkeit: verwesende Hühner-Innereien. Angeekelt hob er sie auf und warf sie in den Müllsack. Die Wächter ließ er dabei nicht aus den Augen. Hatte er nicht eben seinen Namen gehört? *Lunieri*? Aber das konnte nicht sein, er hatte sich bestimmt verhört. Brüder, Novizen und Adepten durften sich untereinander nur mit Nummern ansprechen, sonst wartete die Folter auf sie.

Und trotzdem ... Unter dem Vorwand, den Boden zu wischen, rückte Marco näher an die Männer heran. Aber sie hatten ihr Gespräch beendet, Spott lag auf ihren Gesichtern. Nur ein einziges Mal hatte er erlebt, dass die Wachen einen Namen genannt hatten. In der folgenden Nacht war der Novize ums Leben gekommen. Man hatte ihn geopfert. Ein eiskalter Schauer überlief seinen Körper, Schweiß brach ihm aus allen Poren. Das war nicht nur Angst. Eine düstere Vorahnung überfiel ihn. Das nächste Opfer würde er sein: gefoltert, ermordet, im Garten verscharrt oder den Hunden zum Fraß vorgeworfen. Qualvolles Sterben vor laufender Kamera. Perverser Dreck zum Aufgeilen kranker Hirne rund um den Globus. Es lag auf der Hand: Die Schwarzen Messen waren nichts anderes als ein Filmset für Snuff-Movies.

Marco musste wieder an Monica denken, auch wenn er sich geschworen hatte, sie aus seinem Kopf zu verbannen, ihr Gesicht ein für alle Mal zu vergessen. Er musste unbedingt wissen, was aus ihr geworden war. Verbarg sie sich vielleicht doch hinter der Maske oder unter einer der Kutten? Er suchte verzweifelt nach ihrem Erkennungszeichen. Aber gesehen hatte er das Tattoo noch bei niemandem. Monica spukte auch durch seine Träume. Sie war wie ein Chamäleon, mal verführerisch und begehrenswert, mal unschuldig und warmherzig, mal hochmütig und grausam. Manchmal erschien sie ihm in der Maske der Hohepriesterin, die mit ihm spielte, mit ihren vollen Lippen sein erigiertes Glied umschloss und ihn fast zum Wahnsinn trieb. Und wenn er die Augen wieder aufriss, aus dem Traum wieder in die neonbeleuchtete Realität zurückkehrte, kamen die Schuldgefühle. Er hätte nie von zu Hause weggehen dürfen. Verzweiflung und Scham übermannten ihn, er weinte lautlos. Dann ballte er die Fäuste so fest, dass sich die Nägel ins Fleisch bohrten. Inbrünstig betete er darum, noch ein einziges Mal seine Mutter sehen zu dürfen, bevor er starb.

Nachdem sie den Saal gesäubert hatten, wurden sie zurückgebracht. Dabei schnappte Marco ein paar Gesprächsfetzen zwischen den Wächtern auf: Die Nahrungsmittelvorräte gingen zur Neige, jemand müsse beim Einkauf helfen. Der ursprünglich dafür eingeteilte Novize sei zu schwach.

»Hey du, Nummer 12!« Marco spürte, wie man ihn festhielt. Er drehte sich ganz langsam um, genau wie man es ihm beigebracht hatte. Schnelle Bewegungen konnten bei den Aufsehern Kurzschlussreaktionen auslösen.

»Du kommst mit zum Einkaufen, du auch, Nummer 18!«, befahl der Wärter mit den hervorstehenden Augen. Marco nickte. Das war ihre Chance. Er wusste natürlich, dass sie unter ständiger Kontrolle stehen würden. Ihm war auch klar, dass sich unter den Jacken der Aufseher Waffen verbargen und sie abgerichtete Kampfhunde an der Leine führten, die ihnen beim kleinsten Zeichen an die Gurgel gehen würden.

Normalerweise trugen Wächter und Novizen Zivilkleidung, wenn sie das Haus verließen, um nicht unnötig aufzufallen. Auch wenn es überflüssig schien, wurden Nummer 12 und Nummer 18 nach dem Umziehen durchsucht. Es musste unter allen Umständen verhindert werden, dass sie Kontakt mit der Außenwelt aufnehmen konnten. Schon einmal war ein Novize erwischt worden, er hatte einen Bleistift hinausschmuggeln wollen. Seit diesem Tag war er verschwunden.

Trotz Bewachung und drohender Sanktionen: Der Gedanke an frische Luft und andere Menschen machte Marco glücklich. Er hatte schon alle Hoffnung aufgegeben, jemals wieder das Tageslicht zu sehen. Manchmal erschien es ihm unmöglich, dass es da draußen noch eine andere Welt gab, dann wiederum erschien es ihm unfassbar, dass so etwas wie der Bunker oder der Zeremoniensaal überhaupt existierte.

Der Supermarkt war einige Kilometer von der Villa entfernt. Die Fenster des Geländewagens waren verdunkelt, auch hier war Marco von der Außenwelt abgeschlossen. Hinter den Sitzen, mit einem Eisengitter abgetrennt, warteten zwei Pitbulls nur auf das Zeichen, sich auf sie zu stürzen.

Als sie gegen acht Uhr morgens den Supermarkt betraten, waren sie fast die einzigen Kunden. Dicht gefolgt von den Aufsehern, schoben Marco und Magda ihre Einkaufswagen zwischen den Regalreihen hindurch. Was sie zu kaufen hatten, stand auf einer Liste. Man hatte ihnen unmissverständlich klargemacht, dass sie niemandem ins Gesicht sehen und mit niemandem sprechen durften. Durch einen Supermarkt zu gehen und normale Menschen zu treffen, war ein eigenartiges Gefühl. Als erlebe er das zum ersten Mal. Als habe er im Bunker jeden Bezug zu Raum und Zeit verloren. Selbst die Sonnenstrahlen waren irgendwie störend. Tränen schossen ihm in die Augen und vernebelten seinen Blick. Er hatte panische Angst. Mit den Aufsehern im Nacken war eine Flucht undenkbar. Während er abgepacktes Brot in seinen Einkaufswagen lud, der letzte Posten auf seiner Liste, fiel ihm auf, dass auch Magdas Wagen bereits bis oben hin gefüllt war und sich einer der Wächter an der Kasse angestellt hatte. Voller Panik wurde ihm bewusst, dass ihm die Zeit davonlief. Dafür brauchte er keine Uhr. Er musste handeln. Jetzt.

»Los, stell dich an!«, blaffte der Aufseher und schenkte einer älteren Dame, die höflich Platz gemacht hatte, ein falsches Lächeln. Als Marco gerade weitergehen wollte, kam ihm eine Idee. Er griff nach einer Ölflasche und ließ sie in einem unbeobachteten Moment auf den Boden fallen. Glassplitter spritzten nach allen Seiten, haargenau in dem Moment, als Magda mit ihrem Wagen vorbeikam.

»Vorsicht, Nummer 18!«, entfuhr es dem Wächter. Er sah sich suchend um, hoffentlich hatte ihn niemand gehört. Sein Blick fiel auf eine Frau, die die Szene mit misstrauischen Blicken beobachtete. Auch Magda bemerkte ihr Erstaunen, glitt aber einen Sekundenbruchteil später auf der Öllache aus, die sich auf dem Boden gebildet hatte. Sie stürzte und verletzte sich die Hand an einer Glasscherbe. Blut lief aus der Wunde, befleckte ihre Kleidung und tropfte auf die weißen Bodenfliesen.

»O Gott«, rief die Frau, »Hilfe, wir brauchen Hilfe, hier hat sich jemand verletzt.«

»Verdammt!«, der Aufseher versuchte, Magda hochzuziehen. Doch sie war starr vor Schreck und bewegte sich nicht.

»Nicht anfassen!«, schrie die Frau, »vielleicht hat sie sich etwas gebrochen.« Dem Wächter blieb nichts anderes übrig, als Magda loszulassen, während der Marktleiter mit einem Erste-Hilfe-Kasten herbeigeeilt kam. Bevor dieser den Ort des Geschehens erreicht hatte, warf der zweite Wächter Marco einen warnenden Blick zu. Inzwischen waren auch andere Kunden dazugekommen und bildeten einen Kreis um Magda. Marco war wie elektrisiert. Der Moment war da: Jetzt oder nie. Die Aufseher mussten zähneknirschend beiseite treten und gute Miene machen zum bösen Spiel: Magda brauchte Hilfe. Sie konnten nichts tun, außer vielsagend die Hand in die Jackentasche zu stecken, ein unmissverständlicher Hinweis, dass dort eine geladene Waffe steckte.

Währenddessen hatte sich der Marktleiter über Magda gebeugt und ihre Wunden mit Alkohol desinfiziert. Dann teilte er den Umstehenden mit, dass es sich glücklicherweise nur um oberflächliche Verletzungen handele. Marco nutzte die Chance und flüsterte dem Mann zu: »Mein Name ist Marco Lunieri, man hat mich entführt. Bitte helfen Sie mir!« Der Mann sah ihn entgeistert an. Die Wächter schöpften Verdacht, die plötzliche Veränderung im Gesichtsausdruck des Mannes war ihnen nicht entgangen. Einer zog Marco am Ärmel. »Auf geht's, Mama wartet sicher schon auf uns.«

Der Marktleiter war einen Moment lang unschlüssig und wollte etwas sagen. Aber ein Blick in Marcos schreckgeweitete Augen überzeugte ihn, dass es besser war, die Sache auf sich beruhen zu lassen. Er wandte sich wieder Magda zu, die ängstlich versicherte, es gehe ihr gut. »Ich kann aufstehen, vielen Dank.« Sie ließ sich von einem der Wächter auf die Beine helfen.

»Aber Sie können doch nicht einfach so verschwinden!« Der Marktleiter war verwirrt. »Ich muss den Geschäftsführer verständigen, wir haben für solche Fälle eine Versicherung … Bitte geben Sie mir doch bitte Ihre Daten, Signorina.«

Magda geriet in Panik und sah die Wächter hilfesuchend an.

»Das ist leider unmöglich«, beeilte sich einer zu sagen, »sie ist Diabetikerin und muss schleunigst nach Hause, um sich Insulin zu spritzen. Es ist alles in Ordnung.« Dann zog er Magda in Richtung Ausgang, während der andere Marco untergehakt hatte. Ihre vollen Einkaufswagen ließen sie einfach an der Kasse stehen.

Bevor sie die automatische Tür passierten, hörte Marco noch, wie eine der Kundinnen raunte: »Das sind Drogenabhängige, das sieht man doch.« Plötzlich fühlte er sich leer, die Hoffnung war erloschen. Der Marktleiter würde bestimmt nichts unternehmen. Die Chance war verspielt.

»Das wirst du büßen, du Arsch.« Marco wurde brutal in den Geländewagen gestoßen. Ein Pitbull begann, wütend zu bellen. Um ihn ruhigzustellen, verpasste der Wächter ihm einen Schlag mit dem Elektroschocker.

Den ganzen langen Arbeitstag hatte sich Giuseppe Scarinzi darauf gefreut. Auf seine Freundin Vera, eine leckere Pizza und einen gemütlichen Fernsehabend mit seiner Lieblingsserie *Den Tätern auf der Spur* auf Italia 1. Er wollte gerade den

Schlüssel ins Schloss stecken, als er erfreut feststellte, dass Vera schon zu Hause war. Er klingelte. Eine hübsche junge Frau öffnete: blonder Pagenkopf, hautenge Jeans und ein figurnahes T-Shirt. Sie küsste ihn auf den Mund.

Giuseppe und Vera lebten schon seit drei Jahren zusammen, aber ihre Leidenschaft füreinander war immer noch so glühend wie am ersten Tag. Auch wenn die selbsternannten Sex-Experten aus dem Fernsehen etwas anderes behaupteten. »Ciao, Amore!« Giuseppe umfasste ihre Taille und hob sie hoch, wie er es jeden Abend tat. »Was für ein Tag!«

»Erzähl mir nichts. Bei mir im Laden war heute der Teufel los, alle wollten hundert Sachen anprobieren, aber gekauft hat keiner was.« Sie zog ihn ins Wohnzimmer. Der Fernseher lief, der Tisch war gedeckt, die Kerzen brannten, und verlockender Pizzaduft zog durch die Wohnung.

»Du bist ein Schatz! Du glaubst gar nicht, was ich für einen Hunger habe! Ich habe den ganzen Tag so gut wie nichts gegessen.«

»Warum das denn?«

»Wie gesagt, mein Tag war die Hölle. Du kannst dir nicht vorstellen, was im Supermarkt passiert ist. Gleich frühmorgens sind vier komische Typen aufgetaucht. Zwei so um die vierzig und zwei junge Leute, ein Junge und ein Mädchen. Die waren vielleicht achtzehn, oder so. Sie waren ganz blass im Gesicht und wirkten irgendwie verängstigt. Ich dachte sofort an Drogen.«

»Verängstigt?«, fragte Vera beiläufig, ihr Interesse galt dem Bildschirm, wo gerade ihr Lieblingscomedian seine Späßchen machte.

»Ja, ich weiß nicht, wie ich es sonst beschreiben soll. Und dann hat sich das Mädchen auch noch die Hand an einer Glasscherbe aufgeschnitten.«

»Oje, aber ihr seid doch versichert«, kommentierte Vera abwesend.

»Ja schon, aber das hat die Typen nicht interessiert. Doch darum geht's gar nicht. Als ich das Mädchen verarztet habe, hat mir der Junge ins Ohr geflüstert, er sei entführt worden.«

»Was?« Veras Interesse war geweckt.

»Ja, er hat mir sogar seinen Namen genannt, aber den habe ich vergessen. Mario, oder so ähnlich.«

»Erinnerst du dich wirklich nicht mehr?«

»Verdammt, nein. Es liegt mir auf der Zunge. Wenn es mir einfällt, dann ...«

»Warum hast du dir den Namen nicht sofort notiert?«

»Ich habe einfach nicht dran gedacht, wie gesagt, sie sahen wie Fixer aus ...«

»Und die Älteren?«

»Na ja, die trugen Lederjacken und Jeans. Einer schien der Vater des Jungen zu sein, er hat ihm gesagt, dass seine Mutter zu Hause schon auf ihn warten würde.«

»Du hättest dir wirklich den Namen aufschreiben sollen«, Vera wechselte auf Italia 1, »aber egal, vielleicht waren es wirklich Drogenabhängige. Würdest du noch einen Espresso machen? Ich will den Anfang nicht verpassen.«

»Ja sicher.« Giuseppe stand auf, machte einen Schritt und blieb dann abrupt stehen. Er drehte sich um, die Augen weit aufgerissen, als hätte er ein Gespenst gesehen. »Was ist los?«, fragte seine Freundin erschrocken.

»Lunieri!«

»Was sagst du?«

»Er heißt Mario oder Marco Lunieri. Genau, Lunieri.«

Vera wurde blass. »Bist du sicher?«

»Absolut.«

»Du musst sofort die Polizei anrufen.«

»Nein, ich will keinen Ärger. Vielleicht hat das was mit der Mafia zu tun. Da halte ich mich lieber raus, das verstehst du doch.«

»Hör zu, wenn du nicht anrufst, dann mach ich es.«

41

Als sie in die Redaktion kam, sah sich Chiara verwundert um. Es war fast noch niemand da. Sie sah auf die Uhr. Eine Stunde zu früh! Wo hatte sie nur ihren Kopf? Aber im Grunde fand sie es gar nicht schlecht, ein bisschen mehr Zeit zu haben. Sie konnte Telefonate erledigen und im Internet surfen, bevor sie zu arbeiten begann. »Unsere Bonelli ist unter die Frühaufsteherinnen gegangen«, spöttelte Forte, als er aus seinem Büro kam, die obligatorische Zigarre im Mund, und das um acht Uhr morgens. »Ich gehe frühstücken, wir sehen uns später.«

Chiara hustete demonstrativ, auch wenn sie die Hoffnung längst aufgegeben hatte, dass der Chef Rücksicht auf die Gesundheit seiner Mitarbeiter nehmen würde. Immerhin war er guter Laune. Ein Wunder.

Sie schaltete den Computer an und warf einen Blick auf die Online-Nachrichten. Der Tod der Schülerin Diana war immer noch Thema. Sie hatte gar nicht gezielt nach einem Artikel über das tragische Ereignis gesucht, sondern war durch Zufall auf eine Pressenotiz gestoßen. Sie schloss die Seite und öffnete das Word-Programm. Bevor sie zu schreiben begann, rief sie Piergiorgio Sperelli an. Sie wollte wissen, ob er mit seinen Recherchen über die Dame von Zagarolo weitergekommen war. Leider erreichte sie nur die Mailbox. Danach versuchte sie es bei Lucetta, um sich zu erkundigen, wie sie den Abend in der Disko überstanden hatte. Und natürlich, ob sie sich mit Venzy verabredet hatte. Dass sich die beiden sympathisch waren, war nicht zu übersehen gewesen. Mit Paolo hatte sie bereits Witzchen über eine zweite Verlobung in der Familie gemacht.

Lucetta schien überrascht. Es gehe ihr gut, wiederholte sie immer wieder, aber Chiara blieb nicht verborgen, wie angespannt ihre Stimme klang. »Bist du sicher, dass alles in Ordnung ist?«, hakte sie nach.

Lucetta schwieg. Sie war ein introvertierter Typ, jemand, der sich anderen gegenüber nicht gerne öffnete. Besonders über ihre Ängste sprach sie nur ungern. Mit Chiara war es anders: Sie konnte in ihr lesen wie in einem offenen Buch. Aber Chiara hatte sie nie bedrängt, war immer verständnisvoll gewesen. Sie hörte zu und fand immer die richtigen Worte. Anfangs war Lucetta verunsichert, galt es doch unter allen Umständen, den wundesten Punkt in ihrem Leben zu verheimlichen. Doch inzwischen kannte die Journalistin auch dieses Geheimnis. Zu Chiara hatte Lucetta grenzenloses Vertrauen. Deshalb zögerte sie nur kurz, bevor sie ihr offenbarte, dass sie sich Sorgen um Anna Maria machte. Ihre Tochter war über Nacht nicht zu Hause gewesen, das Handy hatte sie ausgeschaltet. Chiara umklammerte den Hörer so fest, dass es weh tat. »Ist irgendetwas zwischen euch vorgefallen? Gab es Streit?«

Seufzend berichtete Lucetta, dass sie sich hinter Anna Marias Rücken mit Federicos Nichten getroffen hatte. Wieder einmal hatte sie sich in das Leben ihrer Tochter eingemischt. Wer weiß, vielleicht hatte Anna Maria doch davon erfahren, auch wenn die Zwillinge versprochen hatten, es für sich zu behalten? Zwei wildfremden Menschen konnte man nicht trauen.

Chiara versuchte sie zu beruhigen. Dass sie eine ähnliche Situation schon mit Maria Lunieri erlebt hatte, ließ sie nichts Gutes ahnen. Sie musste sich beherrschen, ihre Sorge nicht herauszuschreien und weiter ruhig und optimistisch zu klingen. Schließlich empfahl sie Lucetta, noch den Abend abzuwarten und inzwischen alle Freunde und Kommilitonen von Anna Maria anzurufen, die sie kannte. Und wenn bis dahin ihre Tochter nicht wieder aufgetaucht sei, dann solle sie Silvia Giorgini verständigen.

Nachdem sie aufgelegt hatte, fühlte sie sich zerschlagen, als hätte sie eine schwere körperliche Anstrengung hinter sich. Noch gab es keinen triftigen Grund zur Sorge, versuchte sie sich selbst zu überzeugen. Anna Maria hatte sich bestimmt mit ihrem Freund getroffen. Sie versuchte sich abzulenken und griff nach einem schmalen Ordner, um ihre nächste Sendung vorzubereiten. Thema: Die Wohltätigkeit der Superreichen. Beim Durchblättern kam ihr ein Gedanke, und sie musste lächeln. Im Mittelalter hatten Huren, die zu Wohlstand gekommen waren, großzügige Schenkungen an die Kirche geleistet, um sich zu rehabilitieren und in die Gesellschaft einzukaufen. Kaum jemand ahnte, wie viele der großen Kunstwerke, die alle Welt ehrfürchtig bestaunte, von dem Geld dieser Frauen bezahlt worden waren. Chiara fragte sich, ob sich die Zustände im Laufe der Jahrhunderte wirklich so sehr verändert hatten. Auch eine Frau wie Maité Persella, die heute als Wohltäterin gefeiert wurde, hatte eine nicht gerade glanzvolle Vergangenheit. »Manche Dinge ändern sich nie«, seufzte Chiara und griff nach einem roten Stift, um die wichtigsten Passagen zu markieren.

»Chiara!«

Sie fuhr herum. »Serena! Hast du mich erschreckt!«

»Entschuldige bitte. Du hast nicht richtig aufgelegt. Siehst du?« Die Sekretärin legte den Hörer auf die Gabel. Dann fügte sie hinzu: »Ein Anruf für dich, eine gewisse Silvia.«

Es war schon Jahre her, seit sie das Fotoalbum das letzte Mal betrachtet hatte. Es lag gut versteckt unter einem Haufen bezahlter Rechnungen in der untersten Schublade des Schlafzimmerschranks. Jedes Mal, wenn sie es in die Hand nahm, überkam sie Wehmut. In diesem Album steckte die schönste Zeit ihres Lebens: die gerade neugeborene Anna Maria in der Wiege, die Augen geschlossen, die Hände zu Fäustchen geballt, auf dem Gesicht ein glückliches Lächeln. Sie sah aus wie eine Puppe, nicht ahnend, wie grausam das Leben einem mitspielen konnte. Auf einem anderen Bild die dreijährige Anna Maria im hellblauen Trägerrock, den ihr Amerigo geschenkt hatte. Ein Schnappschuss: Anna Maria bläst die Kerzen der Geburtstagstorte aus. Auf der folgenden Seite Anna Maria auf einem Pony. Auf diesem Foto war sie selbst zu sehen, sie hielt den Zügel und lächelte, der Wind strich ihr durchs Haar. Lucetta sah genauer hin. Damals war sie eine andere gewesen, ein glücklicher Mensch, trotz allem. Diese Aufnahmen rührten sie jedes Mal zutiefst in einer bittersüßen Mischung aus Freude und Schmerz. Heute überwog der Schmerz. Sie klappte das Album zu und wollte es gerade in die Schublade zurücklegen, als etwas zu Boden fiel. Ein Umschlag. Ihr Herzschlag setzte aus. Sie wusste genau, was dort am Boden lag. *Der Brief*. Wie oft schon hatte sie ihn wegwerfen wollen! Und dann hatte sie ihn einfach aus dem Gedächtnis gestrichen. Sie hatte den Brief zwischen zwei Seiten des Albums gelegt und ihn dort vergessen, unschlüssig, ob sie ihn ihrer Tochter je zeigen würde. Plötzlich kam die Erinnerung zurück. Wie sie in einem Anflug naiven Gottvertrauens vor *dieser Frau* stand und ihr anvertraute, was ihr Sohn ihr angetan hatte. Wie hatte sie nur so dumm sein können? Hatte sie etwa geglaubt, Signora Persella könne Mitleid mit ihr haben?

Sie erinnerte sich daran, als wäre es gestern gewesen. Signora

Persella hatte sie aufs übelste beschimpft und vor die Tür gesetzt. Schmutziges Flittchen, das waren ihre Worte, und genauso hatte sie sich damals auch gefühlt. Und dann das dunkle Loch, Monate der Angst und der inneren Zerrissenheit. Sie kapselte sich ab, konnte nicht mehr schlafen, verlor jede Freude am Leben. Und als Anna Maria schließlich auf der Welt war, begann das nächste Martyrium. Sie litt unter dem Zwang, sich ständig die Hände waschen zu müssen, bis ihre Haut aufplatzte. Vielleicht hoffte sie unbewusst, dadurch den ganzen Schmutz loswerden zu können. Ein Glück, dass sie Dottor Aronica gefunden hatte, wer weiß, ob sie ohne seine Hilfe von ihren Zwangshandlungen losgekommen wäre.

Aber auch dieser Brief hatte zu ihrer Genesung beigetragen. Der Brief der inzwischen todkranken Signora Persella. Nach zwei endlos langen Jahren des Schweigens bat sie um Verzeihung. Sie bettelte fast darum, ihre Enkelin wenigstens ein einziges Mal sehen zu dürfen, bevor sie starb. Lucetta hatte auf diesen Brief nie geantwortet. Nur wenn sie Trost brauchte, zog sie ihn aus dem Versteck, um sich davon zu überzeugen, dass sie kein schlechter Mensch, sondern einfach nur ein Opfer war.

Sie beugte sich nach unten, um den Umschlag aufzuheben, widerstand aber der Versuchung, ihn zu öffnen. Zusammen mit dem Album legte sie ihn wieder in die Schublade zurück. Sie spürte, dass ihre Liebe zu Anna Maria stärker war als alles andere auf der Welt. Und wieder machte sie sich Vorwürfe, ihre Tochter mit diesem schrecklichen Geheimnis belastet zu haben. »Mein Schatz, wo bist du nur?« Sie hatte furchtbare Angst.

Als sie später auf ihr Handy blickte und bemerkte, dass sie einen Anruf versäumt hatte, blieb ihr fast das Herz stehen. Aber es war nicht Anna Maria. »Venzy« stand auf dem Display. Unter anderen Umständen wäre sie glücklich gewesen, diesen Namen zu lesen. Paolo De Felices Vater hatte längst vergessen geglaubte Gefühle in ihr geweckt, die sie aber nicht zulassen konnte. Noch nicht. Neben Amerigo und ihrem Kollegen Dini war Venzy aber der erste Mann, den sie nicht sofort ablehnte. Mehr noch, wenn sie die Augen schloss und an Venzy dachte, durchlief sie ein Schauer. Trotzdem hatte sie Angst. Angst vor seinem Händedruck, seinem gewinnenden Lächeln, dem sinnlichen Timbre seiner Stimme. Es war besser, ihn im Augenblick nicht zurückzurufen.

Chiara versuchte zum wiederholten Male, Paolo zu erreichen. Die Nachricht, dass Marco Lunieri möglicherweise gesehen worden war, hatte sie völlig aus der Bahn geworfen. Sie musste jetzt unbedingt mit einem Menschen sprechen, dem sie vertrauen konnte. Silvia hatte ihr von dem anonymen Anruf eines Mannes erzählt. Er sei einem gewissen Marco Lunieri begegnet. Dieser habe behauptet, entführt worden zu sein. Die Kommissarin ließ den Anruf gerade zurückverfolgen.

»Es wurde aber auch Zeit!«, rief Chiara, als endlich das Freizeichen ertönte.

»Paolo? Ich bin's, Chiara.«

»Buongiorno, Chiara, hier spricht Irene, Paolos Assistentin. Er hat im Augenblick einen wichtigen Termin.«

Chiara war enttäuscht. »Schade!«

»Kann ich ihm etwas ausrichten?«

»Ja, er möchte mich bitte so schnell wie möglich zurückrufen, danke.«

Chiara fühlte sich plötzlich unendlich einsam. Der Mann, mit dem sie gerne ihre Gefühle geteilt hätte, hatte keine Zeit für sie. Schlagartig wurde ihr bewusst, dass sie die letzten Jahre nur für ihre Arbeit gelebt hatte. Aber zum Glück gab es noch jemanden, dem sie sich anvertrauen konnte: Paolos Vater Venzy.

42

Als Maité erwachte, hatte sie hämmernde Kopfschmerzen und einen pelzigen Geschmack im Mund. Komisch, es war gestern doch gar nicht später geworden als sonst? Vielleicht waren diese Abende doch zu anstrengend. Sie läutete. Kurz darauf erschien ein Dienstmädchen mit dem Frühstück.

»Buongiorno, Signora.« Sie stellte das Tablett auf den kleinen Tisch und zog die schweren Damastvorhänge zur Seite. Das Sonnenlicht flutete ins Zimmer. Maité hielt sich schützend die Hände vor die Augen.

»Anita, bitte, schließen Sie sofort die Vorhänge wieder und bringen Sie mir das Telefon. Ich habe es zum Aufladen hier irgendwo hingelegt.«

Das Dienstmädchen zog die Vorhänge wieder zu, ließ aber einen Spalt offen. Ein wenig Licht brauchte sie schon, sonst würde sie das Handy nicht finden. Es lag in der Nähe des Fernsehers.

»Sie können jetzt gehen, schließen Sie bitte die Tür.« Maité stand auf und stellte sich als Erstes auf die elektronische Waage. O Gott, vierhundert Gramm zugenommen! Spontan warf sie die Brioche in den Papierkorb. Nach einem Schluck schwarzen Kaffee kam sie zum zweiten Punkt ihres morgendlichen Programms. Sie knipste das Licht über dem Spiegel an und begutachtete ihr Gesicht.

An den Augenrändern entdeckte sie kleine Krähenfüße, die Lider waren geschwollen und schwer. Höchste Zeit für eine erneute Hyaluron- und Botoxunterspritzung. Oder sollte sie gleich über eine Lid-OP nachdenken? Nein, so weit war es noch nicht.

Was stand heute auf dem Plan? Zunächst einmal die Sache mit Cesares unehelicher Tochter. Zu klären war die Frage, ob es eine Verbindung zur Halterin des Wagens gab, der sie verfolgt hatte. War es nur Zufall, dass beide den gleichen Nachnamen trugen? Da könnte eine Lawine ins Rollen kommen, ein Skandal, der ihr Lebenswerk gefährden würde. Sie hatte keine Zeit zu verlieren. Sie griff nach dem Handy und wählte eine Nummer, die nicht in ihrem Adressbuch stand.

»Wie weit bist du? Was heißt, du arbeitest daran? Die Angelegenheit hat höchste Priorität! Ich muss dich bestimmt nicht daran erinnern, wer hier das Sagen hat und seine Unterschrift unter die Verträge setzt, oder?« Maité beendete das Telefonat, die Antwort ihres Gesprächspartners interessierte sie nicht. Sie kam zum nächsten Punkt auf ihrer Tagesordnung: das Abendessen im katalanischen Stil im Garten ihrer Villa. Die Einladungen waren bereits verschickt, unmöglich, jetzt noch abzusagen. Widerwillig wählte sie die Nummer des El Bulli in Barcelona und ließ sich mit dem Chefkoch verbinden.

»Deine Frau hat mir schon alles erklärt.« Rechtsanwalt De Andreis saß im Sessel und hatte die Hände vor seinem stattlichen Bauch verschränkt. Er strahlte Souveränität aus: Ein Mann, der alles unter Kontrolle hatte, ungemein beruhigend für seine Klienten.

Cesare Persella nicke ungeduldig. Er hatte mit Absicht diesen Gesprächstermin vereinbart, am Sonntagmorgen waren sie ungestört. Doch plötzlich fühlte er sich unwohl.

»Das Einzige, was mich wundert, ist, wie es die Kleine

geschafft hat, bis in dein Büro vorzudringen! Egal. Mach dir keine Sorgen, Cesare. Das bekommen wir in den Griff.«

»Das will ich auch schwer hoffen, bei dem Honorar, das ich dir zahle!« Cesare Persella verzog den Mund zu einem sarkastischen Lächeln. Auch wenn De Andreis diesen Gesichtsausdruck zur Genüge kannte, irritierte er ihn zutiefst. Doch er blieb stumm, er wollte seinen besten Klienten auf keinen Fall verärgern. Denn ohne Persellas großzügige Schecks hätte er heute keine Luxusvilla in Punta Lada auf Sardinien.

»Ich regle das, aber dazu muss ich die ganze Wahrheit kennen. Auch das, was du Maité vielleicht verschwiegen hast.«

Cesare schien ihn mit Blicken zu durchbohren. Aber der Anwalt ließ sich nicht einschüchtern. »Reden wir Klartext. Bist du sicher, dass das Mädchen lügt?«

»Alles aus der Luft gegriffen«, polterte Persella und sprang auf.

»Reg dich nicht auf, Cesare. Ich bin Anwalt, ich bin da, um dir zu helfen. Und ich bin der Einzige, der dazu in der Lage ist.«

Seine Worte schienen Persella zu beruhigen. Er setzte sich wieder. »Gut. Ich weiß nur noch, dass ich irgendwann mal mit meiner Clique so ein kleines Flittchen abgeschleppt habe, das jeden gern ranließ, eine richtige Nutte.«

»Du warst also mit ihr im Bett?«

»Mehr oder weniger.«

»Soll das heißen, du musstest etwas nachhelfen?«

Cesare Persella nickte.

»Wie alt war sie damals?«

»Sie war noch minderjährig, falls es das ist, was du wissen willst, Signor Avvocato. Und das war's. Ich habe ihr kein Kind gemacht. Die Schlampe will doch nur Geld.«

De Andreis kannte seinen Klienten gut genug, um zu wissen, dass er im Augenblick nicht mehr erfahren würde. Die größte Gefahr drohte, wenn Anna Maria einen DNA-Test verlangen würde. Dem musste er zuvorkommen und Druck auf die Familie Felisi ausüben. Außerdem brauchte er Beweise, dass Mutter und Tochter nicht vertrauenswürdig waren. Oder zumindest Indizien. Getreu seinem Motto: »Vorbeugen ist besser als heilen.«

»Cesare und Maité Persella geben sich die Ehre, Signor und Signora Marchetti zum Diner zu bitten. U.A.w.g. Abendgarderobe erwünscht.«

Das formvollendete Einladungsschreiben war bereits drei Wochen vor dem großen Ereignis eingetroffen. Ein festliches Essen für wenige handverlesene Freunde in exklusivem Rahmen.

Pupa Marchetti war nicht gerade begeistert, als sie im letzten Moment erfuhr, dass ihr Mann geschäftlich verhindert war. Aber um nichts in der Welt hätte sie das Diner in der Villa auf dem Aventinhügel abgesagt. Wusste sie doch, dass auch Lucilla Benedici und Mirella Levi eingeladen waren. Gab es eine bessere Gelegenheit, sich zu zeigen und den neusten Klatsch und Tratsch mit ihren Freundinnen auszutauschen?

Ein Abendessen bei den Persellas war in Rom immer ein Ereignis. Illustre Gäste, exklusive Speisen und Getränke. Und dann natürlich die brodelnde Gerüchteküche.

Auch dieses Mal hatte sich Maité nicht lumpen lassen. Die Gäste wurden von einer spektakulären Lasershow empfangen, eigens für dieses Event von einem britischen Lichtkünstler kreiert. Die Küchenbrigade wurde von Ferran Adrià angeführt, dem Drei-Sterne-Koch des El Bulli.

Nach und nach trafen die Gäste ein. Als Aperitif wurde von livrierten Kellnern ein Brut Cuvée Nicolas Billecart 95 angeboten, der erst kürzlich im *Wine Advocate* als bester Champagner der Welt eingestuft worden war.

»Du bist wie immer eine Augenweide.« Pupa hauchte Maité ein Küsschen auf die Wange. Das Kompliment war durchaus ernst gemeint, denn die Hausherrin sah in ihrem hautengen Designerkleid wirklich phantastisch aus. Allerdings hatte sie das Make-up um die Augenpartie etwas zu dick aufgetragen. Auch das war Pupa nicht entgangen.

Maité spielte das Spielchen mit. »Meinst du wirklich? In letzter Zeit fühle ich mich so was von erschöpft ...«

Auf Pupas Gesicht erschien ein scheinheiliges Lächeln. »Aber nein, du bist perfekt wie immer. Gut, vielleicht wirkst du ein wenig ... sagen wir, angespannt. Macht dir etwas Sorgen?«, flötete sie und nippte an ihrem Champagner.

»Du kümmerst dich immer so rührend um mich, meine Liebe. Aber es ist alles in Ordnung, ich bin nur ein wenig müde. Mein Engagement für die Stiftung nimmt mich doch sehr in Anspruch, weißt du.«

»Du bist doch der großherzigste Mensch auf Erden, da sind wir uns alle einig! Und Cesare, was macht unser großer Meister? Heute Abend erscheint er mir noch schweigsamer als sonst, oder irre ich mich?«

Maité sah einen Hauch von Bosheit in Pupas Augen aufblitzen. Diese Frage stellte sie garantiert nicht ohne Hintergedanken. Sollte das Gerücht schon die Runde gemacht haben? Sie hatte alles getan, die Angelegenheit geheim zu halten. Vor einigen Tagen war es ihr sogar gelungen, Lucilla Benedici umzustimmen und keine Journalisten zu deren Wohltätigkeitsgala einzuladen. Das war nicht leicht gewesen, denn auf der Gästeliste hatten ursprünglich alle namhaften Vertreter der Regenbogenpresse und Boulevardmagazine gestanden, darunter eine gewisse Chiara Bonelli von *Stars' Boulevard*.

Sie versuchte die aufkommende Unruhe zu überspielen. »Ach, du kennst doch Cesare, er kann diese gesellschaftlichen Verpflichtungen einfach nicht ausstehen, auch wenn er euch alle wirklich schätzt.« Maité wandte sich ab, um einem neu angekommenen Paar die Hand zu drücken. Die Frau hielt ihr ein in Goldpapier gewickeltes Päckchen entgegen. »Mario, Antonietta, aber das wäre doch nicht nötig gewesen!« Weitere Besucher trafen ein. Maité war die Liebenswürdigkeit in Person, blieb aber wachsam.

Später am Tisch verstummten die Gäste in gespannter Erwartung des kulinarischen Feuerwerks, das der katalanische Kochkünstler für sie abbrennen würde. Nach einem Moment allgemeiner Verblüffung über seine extravaganten Suppen-Kreationen und das revolutionäre Parmesaneis waren sich alle einig: ein Gaumenschmaus. Und diejenigen, denen es nicht schmeckte, ließen es sich zumindest nicht anmerken.

Pupa Marchetti und Mirella Levi saßen nebeneinander, weit genug von der Gastgeberin entfernt, um ungestört lästern zu können.

»Man braucht nur eins und eins zusammenzuzählen ...« Mirella beugte sich zu ihrer Freundin hinüber, die Wangen vor Aufregung und vom Wein gerötet. »Eine von Persellas Sekretärinnen ist mit der Vermieterin von Ronaldo Rocchi befreundet, du weißt doch, dem Modefotografen, bei dem Maria, die Verlobte meines Sohnes, ein Praktikum macht.«

Pupa riss die Augen auf: »Klingt ziemlich kompliziert, aber egal. Und weiter?«

»Maria hat also gehört, wie die Vermieterin Rocchi erzählt hat, dass vor ein paar Tagen eine junge Frau unseren guten Cesarone besucht hat. Du wirst es nicht glauben: Sie wollte ihn erpressen! Seine Geliebte? Oder schlimmer noch, seine Tochter? Was meinst du?«

»Das ist nicht dein Ernst!«

»Doch, du hast richtig gehört.«

»Da wundert es mich nicht, dass Maité sich Sorgen macht. Wenn es eine uneheliche Tochter ist, dann muss sie das Erbe mit ihr teilen … vorausgesetzt, sie bringt sie nicht vorher um oder lässt sich von ihm scheiden.« Dann hob sie ihr Glas und prostete Maité am anderen Ende des Tisches zu. Ihre Schadenfreude war nicht zu übersehen.

43

Zehn Uhr morgens. In der Redaktion von *Stars' Boulevard* wurde auf Hochtouren gearbeitet. Die Geräusche, die trotz geschlossener Tür in Ermanno Fortes Büro drangen, waren Musik in seinen Ohren. Das Klappern der Computertasten, das Klingeln der Telefone und das hektische Stimmengewirr: für ihn die pure Harmonie. Er konnte seine Redakteure am Stakkato ihrer Tastatur erkennen, eine Fähigkeit, auf die er besonders stolz war. Jetzt zum Beispiel saß er gemütlich in seinem Sessel und rauchte die vierte Zigarre des Tages. Er lauschte. Im Orchester seiner Redaktion fehlte eine Stimme: Chiara. Aber hatte er sie nicht schon an ihrem Platz sitzen sehen? Seit einiger Zeit kam ihm seine Lieblingsredakteurin irgendwie verändert vor. Wiederholt hatte er sie erwischt, wie sie gedankenverloren ins Leere starrte oder hysterisch auf den Schreibtisch trommelte. Verhaltensweisen, die so gar nicht zu der Bonelli passten, wie er sie kannte. Auch wenn er im Allgemeinen nicht gerade durch Empathie glänzte – eine Sekretärin hatte ihn bei ihrer Kündigung einen »gefühllosen Klotz« genannt –, so mochte er doch auf seine Weise jedes einzelne Mitglied der Redaktion. Und wenn jemand plötzlich nicht mehr die gewohnte Leistung brachte, machte er sich Sorgen, denn dann wusste er, dass etwas nicht stimmte.

Er drückte seine halb aufgerauchte Zigarre aus und ging hinaus in das Großraumbüro, »das Reich der Schreiberlinge«, wie er zu sagen pflegte. Schlagartig sank der Geräuschpegel, aber nur für kurze Zeit. Aufgeregt kam die Produktionssekretärin auf ihn zugerannt, eine prall gefüllte Unterschriftenmappe unter dem Arm. Es sei brandeilig. Forte gab ihr zu verstehen, dass sie sich noch einen Moment gedulden müsse, und setzte sich neben Chiara an den Schreibtisch.

»Wie geht es voran?«, fragte er. Wie ein Vater, der sich Sorgen um sein Kind macht, aber nicht genau weiß, wie er es ihm sagen soll. Chiara fuhr hoch, sie hatte ihn nicht kommen sehen. Instinktiv schloss sie die gerade geöffnete Internetseite.

»Gut.« Sie lächelte. Aber Forte ließ sich nicht täuschen.

»Diese Satanismusgeschichte ist dir ziemlich an die Nieren gegangen, oder?«

Chiara war baff. Dass ihm das aufgefallen war, hätte sie nicht erwartet.

»Nimm dir ein paar Tage frei und spann mal aus. Und dann will ich wieder Leistung sehen, sonst muss ich dich entlassen.« Er zwinkerte ihr zu und ging.

Chiara war verblüfft. Man lernt nie aus, dachte sie erleichtert. Gut zu wissen, dass hinter der rauen Schale Ermanno Fortes ein weicher Kern steckte. Als sie sich umdrehte, war das Explorer-Fenster wieder geöffnet, sogar vergrößert. Komisch, sie hatte keine einzige Taste gedrückt. Es ging um den Tod von Diana. Sie zuckte zurück. Das war nicht die Internetseite, die sie vor Fortes Auftauchen besucht hatte. Das Blut begann in ihren Adern zu pulsieren und versorgte ihren Körper mit einer Extraration Adrenalin. Ihr war, als überwache ein stummer Zeuge all ihre Handlungen und versuche sie zu steuern. Wahrscheinlich war sie einfach nur überarbeitet und erinnerte sich nicht, dass sie die Webseite angeklickt hatte. Oder vielleicht war das, was sie sah, gar nicht real. Ja, so musste es sein. Schließ die Augen, sagte sie sich. Aber als sie die Augen wieder öffnete, war die Seite immer noch da. Dann klingelte das Handy und riss sie aus ihrem tranceartigen Zustand. Ohne auf das Display zu schauen, wusste sie, wer der Anrufer war. Ihre Gabe, auf die sie gerne verzichtet hätte, war zurückgekehrt.

»Wir haben ihn. Die Videokamera im Supermarkt hat alles aufgezeichnet. Und rate mal, wo der Supermarkt liegt: in den Albaner Bergen.«

Chiara atmete tief durch. »Sehr gut, das schränkt das Gebiet, in dem wir suchen müssen, ziemlich ein, oder?«

Commissario Giorgini zögerte: »Vermutlich. Aber um das mit Sicherheit sagen zu können, ist es noch zu früh.«

»Wir müssen uns beeilen, uns bleibt nicht mehr viel Zeit.« Chiara war verblüfft über ihre eigenen Worte. Sie waren einfach aus ihr herausgesprudelt.

»Wir tun unser Bestes. Aber du unternimmst nichts, ohne mir vorher Bescheid zu sagen. Es könnte gefährlich werden. Ist das klar?«

»Ja!« Im Hinterkopf hatte sie aber nur einen Gedanken: Ich muss handeln. Und zwar schnell.

44

Den Palazzo an der Piazza dei Santissimi Apostoli hatte Livia immer schon geliebt. Der Garten führte in Terrassen bis hinauf zum Quirinal. Immer wenn sie dort spazieren ging, weitete sich ihr Herz. Er war ein einziges Blütenmeer, egal zu welcher Jahreszeit. An den Mauern der Villa rankten sich Wildrosen empor, die im späten Frühjahr überreich blühten. Sie wetteiferten mit üppigen, herrlich duftenden Jasminsträuchern. Die Obstbäume hingen voller Früchte, sehr zur Freude der Bewohner des Palazzo Colonna. Die Terrassengärten waren umrahmt von Pinien, Zypressen und prachtvollen Königspalmen. Seit dem Tod ihres Mannes verbrachte Livia viel Zeit in dieser grünen Oase, hier fand sie Trost. Um nach einem langen Spaziergang wieder zu Atem zu kommen, hatte sie sich gegen eine der römischen Säulen gelehnt, die zusammen mit den Überresten von Tempeln und anderen Monumenten von der reichen Geschichte dieses Ortes zeugten. Es war Winter, und der Januar versprach dieses Jahr besonders streng zu werden. Aber Livia spürte die Kälte nicht, sie konnte die Sorge ihrer spanischen Dienerin Cornelia gar nicht verstehen, die ihr einen schweren, mit Fuchsfell gefütterten Samtmantel brachte.

»Zieht ihn an, Herrin, ich bitte Euch.« Sie verbeugte sich und legte den Mantel über Livias Schultern. Erst jetzt bemerkte Cornelia, dass Livia ins Leere starrte. »Die lange Reise hat Euch ermüdet.« Dann nahm sie Livia behutsam am Arm und führte sie zum Haus. Livia ließ es geschehen. Sie war mit ihren Gedanken ganz woanders. Zum tausendsten Mal ging sie den Fluchtplan durch. Der Leiter der Schauspieltruppe hatte ihr versichert, dass es keine Schwierigkeiten geben und die Wagenkolonne die Wachen Pompeos ungehindert passieren würden.

Die scharfen Schwerter würden im doppelten Boden der Wagen zwischen den Theaterwaffen versteckt werden. Die Soldaten würden Kostüme tragen und sich unter die Schauspieler mischen, jederzeit kampfbereit. Jenseits der Palastmauern stünden weitere Kämpfer bereit, die als Händler verkleidet wären. Ihre schnellen Pferde würden zwischen den Marktständen vor neugierigen Augen geschützt sein.

Als Livia später in ihrem Arbeitszimmer saß, ließ sie sich die Rechnungsbücher bringen. Es war bereits eine Weile her, dass sie die Eintragungen zum letzten Mal kontrolliert hatte. Auch wenn sie sich auf ihren Verwalter Federico Consacchi verlassen konnte, prüfte sie die Einnahmen und Ausgaben lieber selbst noch einmal nach. Livia war unermesslich reich. Neben dem Palazzo an der Piazza dei Santissimi Apostoli gehörten auch das Erbe ihres Vaters Marcantonio und das Erbe ihres Mannes Marzio zu ihrem Vermögen. So zum Beispiel Besitztümer im Umland der Städte Manieri und Olevano, das Gut Palazzetto bei Frascati, dazu weite Ackerflächen rund um Rom, in den Abruzzen und in Kampanien. Nicht zu vergessen die riesigen Rinder-, Schaf- und Pferdeherden.

Während Livias Augen über die Seiten schweiften, musste sie daran denken, wie verlockend ihr Reichtum für Don Pompeo sein musste. Um die sprichwörtliche Gier des Fürsten zufriedenzustellen, brauchte es weit mehr als die viertausend Scudi Mitgift, die Orinzia mit in die Ehe gebracht hatte. Danach konnte sie sich nicht mehr konzentrieren, und die aufkeimende Unruhe zwang sie, ihre Arbeit zu unterbrechen. Obwohl der Palazzo vom Stimmengewirr der Dienstboten erfüllt war, fühlte sie sich einsam und allein.

Sie floh in die Kirche. In der Erhabenheit des Gotteshauses fühlte sie sich sicher und geborgen. Die Menschen auf den Bildern und Deckenfresken schienen sie verstohlen anzusehen. Eine Frau kam aus dem Beichtstuhl und lächelte sie an. Wie beneidete sie diese einfache Frau! Sie schien so heiter, so unbeschwert. Livia schloss einen Augenblick die Augen und versuchte sich zu entspannen. Dann ging sie in die dritte Bankreihe, kniete nieder und begann zu beten.

Aus dem hinteren Teil des Kirchenschiffs war das Rascheln eines Kleides zu hören. Wahrscheinlich die lächelnde Frau von eben. Sie drehte sich um. Eine Frau kam auf sie zu, aber es war nicht die, die eben gebeichtet hatte. Sie trug einen Schleier in leuchtendem Gelb, offenkundig eine Kurtisane. Nur der Respekt vor der heiligen Stätte verbot es Livia, sich zu erheben und hinauszugehen. Solche Frauen in der Kirche zu sehen, war gar nicht so selten. Reich gewordene Kurtisanen entdeckten ihr wohltätiges Herz und erflehten die Gnade Gottes, erkauften sich so aber auch einen Platz in der Gesellschaft. Als Livia den Blick abwandte und wieder zu beten begann, kniete sich die Unbekannte neben sie und flüsterte: »Ich bin Beatrice und habe Ihnen eine geheime Botschaft von Bindo Altoviti zu überbringen, dem Bankier des Papstes.«

Livia nickte kaum merklich.

»Signor Altoviti bittet um eine Audienz im Palazzo Colonna. Die Angelegenheit sei ebenso heikel wie dringend.«

Livia schwieg.

»Ich bitte Euch inständig. Es geht um Leben und Tod. Könnte das Treffen schon heute Abend stattfinden?«

Aus einer Kapelle näherte sich eine vornehme Dame mit

zwei Begleiterinnen, die entrüstete Blicke auf die beiden Knienden warfen.

»Sagt ihm, ich empfange ihn«, entgegnete Livia kaum hörbar. Beatrice stand auf, bekreuzigte sich und schritt zum Ausgang.

Die Kerzen des Leuchters erhellten Bindo Altovitis markantes Gesicht, ein faszinierender, aber auch furchteinflößender Anblick. Der Bankier war ganz in Schwarz gekleidet, seine Haltung verriet, dass er es gewohnt war, Macht auszuüben.

Livia, die auf einem hohen Stuhl am anderen Ende des Tisches saß, konnte in den Zügen des reifen Mannes noch die Schönheit erahnen, für die er in jungen Jahren berühmt gewesen war. Sie hatte seine Eleganz und seine Großherzigkeit gegenüber Künstlern und Schauspielern schon immer bewundert und war froh, ihn endlich persönlich kennenzulernen.

»Donna Livia, ich habe mir erlaubt, auf diese Art und Weise mit Euch in Kontakt zu treten, weil ich fürchte, verfolgt zu werden, und Ihr vielleicht meine Bitte um ein Treffen zurückgewiesen hättet. Was ich Euch mitzuteilen habe, ist von großer Bedeutung.« Sein Blick hatte sich verfinstert.

Livia sah ihn schweigend an. Sie fürchtete bereits zu wissen, was nun folgen würde.

»Die Wahrheit ist, dass ich um Euer Leben und um das Leben Eurer Tochter Orinzia fürchte.«

Livia seufzte. Sie kannte ihre Situation nur zu gut. Altoviti sah ihr direkt in die Augen: eine überwältigend schöne Frau. Das Lob der Künstler, die sie besangen, war nicht übertrieben. Er kannte die Geschichte ihrer Ehe mit Marzio Colonna, der nach heldenhaftem Kampf auf dem Schlachtfeld gefallen war. Auch die Finanzkraft und die wirtschaftliche Bedeutung der Fürstin imponierten ihm, war er als Bankier doch gewohnt, mit großen Summen umzugehen. Aber heute erschien ihm diese schöne und einflussreiche Frau hilflos und zerbrechlich. Er spürte den Wunsch, sie zu beschützen.

»Ich habe mit Fürst Pompeo so manche politische Schlacht geschlagen und glaubte bisher, einen verlässlichen Kämpfer an meiner Seite zu haben. Wenngleich mir sein schlechter Charakter und seine noch schlechteren Manieren natürlich nicht verborgen geblieben sind. Aber jetzt habe ich Beweise, dass er vor keiner Freveltat zurückschreckt. Selbst den Zorn Gottes scheint er nicht zu fürchten. Ich muss Euch von meinen Nachforschungen über Pompeo erzählen und bitte schon jetzt um Vergebung, verehrte Donna Livia, dass dabei auch von einer Kurtisane die Rede sein wird.«

Livia senkte schamhaft den Kopf, um ihn kurz darauf wieder zu heben und Altoviti in die Augen zu sehen. Sein Gesicht wirkte angespannt und gequält, als würde er einen inneren Kampf ausfechten. Livia spürte seine Zerrissenheit.

Dann erzählte Bindo Altoviti die Geschichte von Memma la Veneziana. Livia hörte gebannt zu, dabei durchlebte sie noch einmal das am eigenen Körper erlittene Leid. Als er geendet hatte, stellte Altoviti bewegt fest, dass Livias Hände zitterten. Dann berichtete er, wie es ihm gelungen war, die Vollstrecker der Missetat zu ermitteln. »Sie wurden bestraft«, fügte er knapp hinzu, Details verschwieg er. Tatsächlich wurden die Vergewaltiger grausam zur Strecke gebracht. Von wilden Hunden zerfleischt oder völlig ausgehungerten Wildschweinen zum Fraß vorgeworfen. Die Verbrechen hatten Gerüchten Tür und Tor geöffnet. Es hieß sogar, die Taten seien von betrogenen Ehefrauen oder Geliebten in Auftrag gegeben und von einer Hexe ausgeführt worden.

Außer Bindo Altoviti kannten nur drei Menschen die Wahrheit und behielten sie wohlweislich für sich. Einer war der Kuppler der Thermen am Campo de' Fiori, der ihm den Namen des Anstifters verraten hatte, nachdem man ihn gut bezahlt hatte. Dann Antonia, die »Astrologin«, die das Gespräch zwischen Pompeo und dem wütenden Edelmann in den Thermen belauscht hatte. Und schließlich, Altoviti machte eine kurze Pause, natürlich Don Pompeo selbst.

Als sie den Namen hörte, zuckte Livia zusammen.

»Aber Rache will mit kühlem Kopf geplant sein«, der Bankier verzog seine Lippen zu einem grausamen Lächeln. Wie recht er hatte. Bindo Altoviti hatte sich nichts anmerken lassen, hatte dem Fürsten weiter Geld geliehen und die gemeinsamen Pläne gegen die florentinische Regierung vorangetrieben.

»Ihr könnt Euch nicht vorstellen, wie viel Überwindung es mich gekostet hat, ihm in die Augen zu sehen, mit ihm zu trinken, den Klang seiner Stimme zu ertragen. Aber jetzt ist seine Stunde gekommen. Er soll büßen, aber bei vollem Bewusstsein. Der Tod wäre nur eine Erlösung für ihn.«

Livia Colonna sah ihn verunsichert an. In Altovitis Stimme lag wilde Entschlossenheit, die sie zwar nachempfinden konnte, sie gleichzeitig aber auch tief erschütterte. Sie bekundete ihm, dass sie die Enthüllungen über ihren Schwiegersohn nicht wirklich überraschten. Sie kannte diesen Mann schließlich gut genug, um zu wissen, zu welchen Taten er in seiner unstillbaren Gier fähig war. Sie habe bereits die Zusage von Pier Antonio Guasconi und Donna Ginevra Torrigiani, sie zu unterstützen und sich beim Papst für ihr Anliegen einzusetzen. Altoviti schien beruhigt.

»Gut, ich werde alles in meiner Macht Stehende für Sie tun. Ich werde persönlich an den Pontifex schreiben und ihm die Anschuldigungen gegen Pompeo bis ins kleinste Detail darlegen. Dieser Mann wird im Kerker enden, die Sinnenfreuden des Lebens werden ihm auf ewig versagt bleiben. Was könnte es Schlimmeres geben für einen Menschen wie ihn?«

Livia war tief beeindruckt. Bevor der Bankier sich verabschiedete, erzählte sie ihm noch von ihrem Plan, Orinzia aus den Fängen Pompeos zu befreien. Sie habe bereits einen Boten losgeschickt, um ihren Schwiegersohn von ihrer baldigen Ankunft und der Verpflichtung einer berühmten Schauspieltruppe in Kenntnis zu setzen. Die Theateraufführung solle der Feier zur bevorstehenden Geburt des Erben einen würdigen Rahmen geben. Altoviti mahnte Livia nochmals zur Vorsicht und versicherte ihr, dass er sie in Rom erwarten und ihr und ihrer Tochter jedweden Schutz gewähren würde.

45

»Die Visionen sind fast immer wirr und schemenhaft, wie im Drogenrausch.« Chiara saß am runden Jugendstiltisch in ihrem Wohnzimmer, eingerahmt von Danka und Carmela. »Ich versuche, den roten Faden zu finden, aber es gelingt mir nicht. Danach fühle ich mich erschöpft und frustriert.«

Carmela griff nach ihrer Hand: »Deine rationale Seite will es einfach nicht zulassen, was du mit dem geistigen Auge siehst. Aber das ist ein Widerspruch in sich, als ob du eine Tür gleichzeitig öffnen und schließen willst. Es ist ein weitverbreiteter Irrglaube, der Vorhang zum Übersinnlichen würde sich heben, wenn man sich an den Händen fasst, ein paar Zauberformeln murmelt oder in eine Kristallkugel blickt. Aber das reicht nicht, Chiara.«

»So ist es!«, bekräftigte Danka mit einem Lächeln, »versuche dich jetzt zu entspannen.«

Chiara heftete ihren Blick auf den Jordaens. Wie gerne hätte sie Danka und Carmela von dem silbern glänzenden Mond erzählt und gewusst, ob sie den Mond auch sehen konnten. Aber es gab Dringenderes: Marco Lunieri.

»Ich bin sicher, dass Dianas Tod mit Marcos Verschwinden zu tun hat und dass zwischen den beiden mehr war als nur Freundschaft. Jedes Mal, wenn ...«, Chiara seufzte. Sie war entmutigt, hatte plötzlich das Gefühl, nur dummes Zeug zu erzählen. Aber Danka drängte sie weiterzusprechen.

»Jedes Mal, wenn ich zum Beispiel ins Internet gehe, öffnet

sich wie von selbst eine Seite, in der es um Diana geht. Ich weiß, das klingt verrückt und dumm …«

»Das ist nicht dumm.«

»Doch, wie sollte ich meinen PC beeinflussen können? Wie kann ich dafür verantwortlich sein, dass sich immer wieder diese eine Seite öffnet?«

»Das ist eine Frage von Energieströmen. Stell dir ein Netz aus hauchdünnen Fäden vor. Alle sind miteinander verbunden, überall fließt Energie. Das ist Physik, kein Hokuspokus.«

Chiara nickte. »Gut, nehmen wir an, dass alles sei wissenschaftlich erklärbar. Aber was bringt es mir dann, immer und immer wieder die gleichen Informationen zu lesen?«

Carmela sah ihr tief in die Augen. Wie oft schon hatte sie diesen zweifelnden Fragen gegenübergestanden. »Du hast Angst, dich diesen Erfahrungen zu stellen. Und damit meine ich nicht nur diese Form des Erlebens. In dir ist etwas, das dich bremst, dich davon abhält, aus jeder gemachten Erfahrung zu lernen und damit deinem Ziel näher zu kommen. Du musst dich deinen Visionen vorbehaltlos und ohne Angst stellen, Chiara«, schloss sie lächelnd. »Und jetzt räum Marcos Schachtel aus und nimm dann sein Foto in die Hand.«

Chiara legte den Totenkopfring, den schwarzen Kerzenstummel und den Knochen auf den Tisch, während Danka die Vorhänge zuzog. »Ich will keine Geister anlocken, im Dunkeln kannst du dich nur besser entspannen.« Sie zwinkerte Chiara zu. »Jetzt fassen wir uns an den Händen. Spür die Energie, die Wärme. Schalte alle Gedanken aus. Konzentriere dich erst auf deine Hände, dann auf deinen Körper, aber ganz, ganz langsam. Genau so, ganz langsam.«

Chiara ließ sich von Dankas Stimme tragen. Sie hatte das Gefühl, als würden ihre Füße von wohlig warmem Wasser umspült. Die Wärme stieg in Wellen ihren Körper hoch. Ein gutes Gefühl. Im Halbdunkel des Raumes begann alles um sie herum zu schwanken, die Wände leuchteten. Die Deckenbalken ächzten, der große Spiegel auf der Kommode schien sie verstohlen zu beobachten. Alles im Raum schien mit Leben erfüllt. Eines jedoch erregte ihre besondere Aufmerksamkeit: Der Mond auf dem Gemälde strahlte ein phosphoreszierendes Licht aus. Die Blätter der Bäume bewegten sich kaum merklich, die üppigen Haare der Waldnymphen umwehten ihre nackten, durchscheinenden Körper. Das Bild schien auf einmal dreidimensional zu sein, Chiara hatte den Eindruck, als könne sie in es hineingehen. Sie hörte den Schrei eines Nachtvogels und wollte ihm ins Dunkel des dichten Waldes folgen. Dann hörte sie Carmelas Stimme: »Chiara, wo bist du?«

Chiara kehrte in die Realität zurück, während Danka und Carmela den Druck ihrer Hände verstärkten. »Versuche Kontakt aufzunehmen«, Carmela lockerte ihren Griff. Ein kalter Schauer überlief Chiara, als sie den Totenkopfring, den schwarzen Kerzenstummel und den Knochen berührte.

»Überwinde die Angst und vertraue dem, was du siehst«, mahnte Carmela, als hätte sie Chiaras Gedanken gelesen. Chiara griff nach dem Ring. Er war kalt und heiß zugleich. Sie konzentrierte sich auf diese Empfindungen, aber irgendetwas in ihr wehrte sich. Der Verkehrslärm auf der Straße lenkte sie für einen Moment ab, dann tauchte sie wieder in einen dunklen Tunnel ein, bis sie Carmela erneut rufen hörte: »Chiara, wo bist du? Komm zurück!«

Schlagartig wurde es still. Sie hörte nur noch ihren eigenen Atem. Er klang wie ein Trommelwirbel, wurde lauter und lauter. Das Geräusch schmerzte in den Ohren, pochte in den Schläfen. Stechend. Quälend. Wie ein Hilferuf. Chiara neigte den Kopf und schloss die Augen. Hinter einer weit geöffneten

Tür erstreckte sich ein in grelles Licht getauchter Korridor. Sie hatte den Eindruck, durch die Tür hindurchgehen zu können, das gleiche Gefühl wie kurz zuvor beim Betrachten des Gemäldes. Sie wusste, dass Carmela sie dieses Mal nicht zurückrufen würde. Sie schritt durch die Tür ins Licht, durchquerte den blendend weißen Korridor, bis sie in einen großen Saal kam. Dort sah sie mehrere Gestalten, einige in weißen, andere in schwarzen Gewändern. Sie standen im Kreis und schienen auf etwas zu warten. Ihre Konturen waren verwischt, wie bei einem verwackelten Foto. Und während Chiara dieses Gewirr aus Licht und Schatten betrachtete, schob sich plötzlich eine Gestalt in den Vordergrund, noch dunkler als die anderen.

»Eine Frau«, rief Chiara, und ein heftiges Zittern überlief ihren Körper. Danka und Carmela sahen sich kurz an. »Die Dame?«, fragte das Medium hoffnungsvoll.

Auf Chiaras Gesicht malte sich nun Mutlosigkeit. »Nein, nur eine Freundin, an die ich vor unserer Sitzung gedacht habe. Sie macht sich Sorgen um ihre Tochter, die über Nacht nicht nach Hause gekommen ist …«

»Interferenzen«, seufzte Danka und ließ ihre Hand los.

Carmela versuchte Chiara zu trösten. »Vielleicht … Vergiss eines nicht: Aus jeder Erfahrung, aber auch aus jeder Enttäuschung kann man lernen. Daraus schöpfst du neue Kraft, du wirst sehen.«

Chiara nickte. Die einfühlsame Begleitung auf ihrer Reise in unbekannte Dimensionen hatte ihr gutgetan. Sie hätte mit Danka und Carmela gerne noch darüber gesprochen, was sie empfunden hatte, als sie Lucetta sah, aber sie konnte das Erlebte nicht in Worte fassen. Da war eine große Nähe und Vertrautheit gewesen, weit mehr als das bloße Wiedererkennen einer bekannten Person. Sie versuchte diesen unausgegorenen

Gedanken beiseitezuschieben und lächelte den beiden Frauen dankbar zu. Sie hatten ihr sehr geholfen.

»Chiara, das ist ja Telepathie! Ich wollte dich gerade anrufen.« Lucettas Stimme klang heiter. Chiara fiel ein Stein vom Herzen.

»Das passiert schon mal, wie geht es dir?«

»Sehr gut. Anna Maria ist zurück. Du hattest recht. Sie war bei einer Freundin, sagt sie zumindest. Das habe ich natürlich nicht geglaubt, aber Hauptsache, sie ist wieder zu Hause. Vielleicht bin ich wirklich zu vereinnahmend, wie mein Vater immer sagt. Es ist nicht leicht, Mutter zu sein.«

»Ich weiß, oder besser gesagt, ich kann es mir vorstellen. Aber manchmal ist es auch nicht einfach, Tochter zu sein.«

Lucetta stutzte: Chiara klang bekümmert. Noch nie hatte sie daran gedacht, dass die taffe Journalistin, die ihr in letzter Zeit so viel geholfen hatte, auch ihre schwachen Momente haben könnte. Lucetta hatte ein schlechtes Gewissen, und das erste Mal seit vielen Jahren ergriff sie die Initiative: »Was hältst du davon, wenn wir alle zusammen Pizza essen gehen?« Dieses *alle zusammen* schloss natürlich eine Person mit ein: Venzy. Paolos Vater hatte sich entschieden, seinen Aufenthalt in Rom um einige Tage zu verlängern. Chiara war begeistert. Auf diese Weise würde sie Dini und Piergiorgio Sperelli wiedersehen. Natürlich freute sie sich auch auf Paolo, Venzy und Lucetta.

»Gehst du weg?« Anna Maria blickte auf die hochhackigen Schuhe ihrer Mutter. Das war nun schon das zweite Mal, dass sie sie trug.

»Ja«, Lucetta wurde rot, »aber wenn du willst, bleibe ich natürlich bei dir zu Hause.«

»Auf gar keinen Fall!«, antwortete Anna Maria genervt und ging in ihr Zimmer. Lucetta sah ihr versonnen nach.

»Ich habe Fenchelquiche im Kühlschrank, und ein bisschen Käse ist auch noch da.«

»Ich habe keinen Hunger.« Anna Maria schlug die Tür hinter sich zu. Irgendetwas stimmte nicht mit ihr. Lucetta machte sich Sorgen und klopfte vorsichtig an die Tür.

»Was gibt's?« Obwohl Anna Marias Stimme abweisend klang, erwartete sie wohl eine Antwort. Unsicher öffnete Lucetta die Tür. Ihre Tochter lag auf dem Bett, die Hände hinter dem Kopf verschränkt, und sah sie herausfordernd an.

»Ich weiß, dass du gerade eine schwere Zeit durchmachst, und ich weiß auch, dass ich daran nicht unschuldig bin.« Lucetta setzte sich auf den Bettrand. Wie gerne hätte sie ihre Tochter in den Arm genommen und geküsst, aber sie strich ihr nur zärtlich über das Bein.

»Ich bin nur wieder hier, weil er mich darum gebeten hat.«

Lucetta schluckte. Sie wusste, dass ihre Tochter gelogen hatte, aber dass sie glattweg zugeben würde, bei Federico gewesen zu sein, hätte sie nicht erwartet.

»Das überrascht dich, was? Federico ist nämlich nicht so egoistisch, wie du denkst! Er wollte nicht, dass du dir Sorgen machst, und hat mich praktisch gezwungen, wieder nach Hause zu gehen. Nach Hause zu dir.«

Lucetta wusste nicht, was sie sagen sollte. Die Wut ihrer Tochter verletzte sie, auch wenn sie Anna Maria lieber wütend sah als traurig. Vielleicht sollte sie sich jetzt wirklich aus dem Leben ihrer Tochter zurückziehen. Auch das gehörte zum Muttersein dazu.

»In Ordnung.« Lucetta erhob sich. »Du kannst tun und lassen, was du willst. Du bist schließlich kein Kind mehr.«

»Endlich. Ich dachte, du würdest es nie merken.«

»Bitte nicht in diesem Ton. Und vergiss nicht, dass wir feste Zeiten ausgemacht haben.«

»Okay.« Anna Maria setzte sich auf. Und dann, kurz bevor ihre Mutter das Zimmer verließ, murmelte sie kaum wahrnehmbar: »Danke.«

Lucetta war zu verwirrt, um zu reagieren. Sie wusste nicht, ob sie erleichtert oder noch mehr in Sorge sein sollte als zuvor. Trotzdem entschied sie sich, den Abend zu genießen und ihre Sorgen zu vergessen. Ihre Tochter war wieder zu Hause, und schon bald würde sie Venzy wiedersehen.

Dieses Mal hatten sie sich für das »Il Mangia e Ridi« entschieden. Dort gab es die beste Pizza Napoletana der Stadt. »Ein sympathischer Name«, hatte Lucetta beim Hineingehen zu Venzy gesagt.

Paolo und Chiara hatten sich zugeblinzelt. »Stimmt. Und der Name passt wirklich. Die Pizzen sind so lecker, dass man alle Sorgen vergisst«, scherzte Paolo. Dann sah er eine rundliche Frau auf sie zukommen, winkte und rief durch den ganzen Saal: »Tes, Tes!«

Die Wirtin umarmte Paolo herzlich und küsste ihn auf beide Wangen. »Wie schön, dich zu sehen!« Tes lächelte in die Runde. »Du bist in guter Gesellschaft, wie ich sehe.«

Paolo stellte seine Begleiter vor. Als er Chiara als seine Verlobte bezeichnete, zwinkerte ihm Tes zu: »Ich werde Pasquale Bescheid sagen. Er soll sich besonders ins Zeug legen und euch eine Pizza Amore backen, das ist seine Spezialität.«

Alle lachten. Dann winkte sie einem blassen jungen Mann: »Anto, ein Tisch für die Herrschaften, den besten natürlich.« Zufrieden verschwand sie in der Küche.

»Wie hast du sie genannt?« Chiara schoss ein verrückter Gedanke durch den Kopf.

»Tes. Eigentlich heißt sie Teresa, genannt Terry, oder kurz Tes. Sie kommt aus Positano. Sie hat dort lange in der »Taverna del Leone« gearbeitet. Eine tolle Frau, wirklich.«

In Chiaras Kopf legte sich ein Schalter um. Den letzen Teil von Paolos Worten hatte sie gar nicht mehr registriert. Währenddessen betraten Stefano Dini und Piergiorgio Sperelli in Begleitung eines weiteren Mannes das Lokal. Kahlköpfig, fein gestreiftes Hemd, passende Krawatte, Gucci-Schuhe. Elegant und schlicht, bis auf die knallroten Socken.

»Buonasera«, grüßte Stefano in die Runde. »Ich hoffe, es stört euch nicht, dass ich einen Freund mitgebracht habe.«

»Ganz und gar nicht. Vorausgesetzt, du verrätst uns, wer er ist«, entgegnete Paolo scherzhaft.

»Aber natürlich, wie dumm von mir.« Stefanos Gesicht nahm die Farbe der Socken seines Freundes an, »das ist Alex Carboni.«

Piergiorgio Sperelli lächelte und dachte daran, wie er Alex das erste Mal gesehen hatte. Im Nebenraum einer Disko in den Albaner Bergen. Dass sich Stefano und Alex auf Anhieb sympathisch waren, hatte er sofort erkannt. Doch mehr als ein »Abwarten und Tee trinken« war Stefano nicht zu entlocken.

»Pizza Amore für alle!« Tes stellte sieben dampfende Pizzen in Herzform auf den Tisch. Im Weggehen blinzelte sie den beiden anderen Pärchen zu: Lucetta und Venzy sowie Stefano Dini und seinem kahlrasierten Freund.

»Tja, Tes entgeht nichts, was?«, flüsterte Paolo Chiara ins Ohr. In Chiaras Kopf arbeitete es. Tes, Teresa, Terry: Konnten sich alle diese Namen auf ein und dieselbe Person beziehen? Sie dachte an die Verfasserin der E-Mail an Luca Soavi, Tes. Und dann an Federicos Nichte Terry, die möglicherweise Tänzerin im Xilos war. Wie hieß der andere Zwilling noch? Ach ja, Mony. Irgendein entscheidendes Detail entging ihr. Sie biss sich auf die Lippen und versuchte krampfhaft, dieses fehlende Puzzleteil zu finden. Doch Venzys Stimme unterbrach ihre Überlegungen.

»Und was machst du so, Alex?«

»Ich habe ein Antiquitätengeschäft, spezialisiert auf alte Bücher.«

»Apropos alte Bücher«, warf Piergiorgio ein, der seine Pizza schon halb vertilgt hatte. »Ich suche verzweifelt nach einem ganz bestimmten Titel.«

Alex Carbonis Augen leuchteten auf. »Welchen? Es gibt kein Buch, das ich nicht finde.«

Piergiorgio gefiel die forsche Art von Stefanos Freund. Genau das brauchte Dini: einen selbstsicheren, optimistischen Partner. »Eine Anthologie von Tommaso Valperga, ich weiß nicht, ob dir der Autor ein Begriff ist?«

»Aber sicher kenne ich Valperga! Das Buch habe ich zwar nicht auf Lager, aber wenn du mir einige Tage Zeit lässt, dann besorge ich es dir.«

Lucetta war angenehm überrascht, dass sich ein moderner, junger Mensch wie Piergiorgio Sperelli so sehr für Geschichte interessierte. Ihre eigenen Schüler, die ja nur wenige Jahre jünger waren, schienen gerade gegen solche Fächer eine besondere Abneigung zu haben.

»Ich habe auch ein Faible für Philosophie.« Sperelli machte sich über die zweite Pizzahälfte her.

»Wie schön! Ich unterrichte Philosophie!«

»Philosophie ist wie keine andere Disziplin dazu geeignet, den geistigen Horizont zu erweitern. Im Augenblick beschäftige ich mich mit Schopenhauer.«

»Tatsächlich? Schopenhauer ist nächste Woche Thema meines Unterrichts! Übernimm doch meine Stunde! Dir hören meine Schüler bestimmt lieber zu als mir!«

»Gute Idee. Hier ist meine Handynummer, ruf mich einfach an.«

Venzy gab vor, ein wenig eifersüchtig zu sein: »Das Leben

schwingt, gleich einem Pendel, hin und her zwischen dem Schmerz und der Langeweile. Ein ewiges Leid, die Liebe ist nur eine Illusion.«

Lucetta war begeistert. Venzy kannte Schopenhauer! »Ich wusste gar nicht …«

Venzy, der noch immer den Beleidigten mimte, ergänzte: »Dass ich ein so gebildeter Mensch bin?«

»Aber nein, das meinte ich wirklich nicht.«

»Du dachtest, einer wie ich, der sich durch die TV-Kanäle zappt, der kennt Schopenhauer nicht. Los, gib's zu.« Venzy war wild entschlossen, die Komödie weiterzuspielen.

»Quatsch, das ist doch Blödsinn. Man sieht doch, dass du ein, ein … wunderbarer Mensch bist.« Lucetta musste lachen. Chiara und Paolo sahen sich in stummem Einverständnis an, Paolo griff unter dem Tisch nach ihrer Hand. So gelöst hatten sie Lucetta selten erlebt.

»Ich allerdings kann Schopenhauer nicht zustimmen«, sagte Paolo, »die Liebe ist nur dann eine Illusion, wenn man nicht liebt!« Alle am Tisch klatschten.

Als Lucetta gegen eins nach Hause kam, brannte in der Küche Licht. Sie sah ihren Vater am Tisch sitzen.

»Geht es dir nicht gut?«, fragte sie beunruhigt und legte ihm die Hand auf die Schulter.

»Nein, alles in Ordnung, ich habe mir nur einen Kamillentee gemacht.« Amerigo hielt die Tasse hoch. »Anna Maria ist noch mal weggegangen«, setzte er beiläufig hinzu.

»Wie, weggegangen?«

»Hör endlich auf, sie wie ein Kind zu behandeln, Lucetta. Wenn du so weitermachst, treibst du sie noch ganz aus dem Haus.«

»Sag so was nicht.«

»Ich sage das, weil ich dich liebe. Und weil ich meine Enkelin liebe.«

»Aber wohin?«

»Glaubst du, sie hätte es mir gesagt, wenn ich gefragt hätte?«

»Das heißt, du hast sie nicht gefragt?« Lucetta verlor die Geduld, doch Amerigo ließ sich nicht beirren und zuckte mit den Schultern.

»Nein, ich habe sie nicht gefragt. Aber sie hat mir versprochen, morgen früh um neun zurück zu sein. Und ich vertraue ihr.« Dann strich er seiner Tochter zärtlich über die Hand. »Trink doch auch einen Kamillentee. Ich kann ja verstehen, dass du dir Sorgen machst. Aber du darfst es nicht übertreiben.«

Lucetta seufzte tief und ließ sich auf den Stuhl neben ihrem Vater fallen. Sie fühlte sich erschöpft. Es war ein wunderschöner Abend gewesen, und beim Abschied hatte Venzy sie ganz zart geküsst. Auch mit Piergiorgio hatte sie sich lange unterhalten und ihm ihre Sorgen wegen Anna Maria anvertraut. Er war ein guter Zuhörer und hatte genau die richtigen Worte gefunden, um ihr die Angst zu nehmen. Ein rundum gelungener Abend. Aber kaum zu Hause, war ihre Hochstimmung verflogen. Anna Maria war nicht da. Einmal mehr fühlte sie sich ausgelaugt und nutzlos.

»Nimm's nicht so schwer, Lucetta.« Ihr Vater nahm sie in den Arm. »Die Liebe ist eine Krankheit, von der man sich nur selbst heilen kann. Wir können ihr nicht helfen.«

»Wahrscheinlich hast du recht.«

»Willst du nun einen Tee?«

»Nein danke, ich bin todmüde. Ich gehe ins Bett.« Lucetta stand auf, gab ihrem Vater einen Kuss auf die Wange und verließ die Küche. Die Tür zu Anna Marias Zimmer war nur angelehnt. Lucetta konnte nicht anders. Sie knipste das Licht an. Das Bett sah passabel aus, die Bücher waren auf dem Schreibtisch gestapelt, einige Kleidungsstücke lagen zusammengefaltet auf einem Stuhl. Unter dem Schreibtisch lagen ein Paar hochhackige Schuhe. Nichts Ungewöhnliches. Lucetta sah sich noch einmal um. Sie hatte diesen starken inneren Drang gespürt, das Zimmer ihrer Tochter zu betreten. Warum? Wahrscheinlich nur Einbildung. Sie wollte gerade hinausgehen, als ihr Blick durch die offene Tür des Wandschranks auf den großen Reisekoffer fiel. Sie öffnete ihn. Ordentlich gefaltete Kleider, Schuhe in Plastiktüten, ein Beautycase und Bücher. Anna Maria hatte gepackt, war aber nicht fertig geworden. Wollte sie etwa ausziehen? Lucettas Herz begann zu rasen. Alle Ratschläge waren vergessen. Sie war außer sich. Anna Maria wollte ausziehen. Und wenn sie ihre Tochter schon nicht davon abhalten konnte, musste sie wenigstens herausfinden, wohin sie wollte.

An Schlaf war nicht zu denken. Ungeduldig erwartete sie den Morgen. Sie musste heute nicht in die Schule, deshalb blieb sie im Bett liegen. Alle fünf Minuten blickte sie auf die Uhr. Als es Viertel vor neun war, suchte sie Piergiorgios Nummer heraus und wählte. Unter anderen Umständen wäre so etwas für sie undenkbar gewesen. Einen wildfremden Mann anzurufen, noch dazu um diese Zeit. Aber sie wusste nicht, was sie sonst tun sollte. Sobald sie Piergiorgios verschlafene Stimme hörte, sprudelten die Worte aus ihr heraus.

Der Abend war ein großer Erfolg gewesen. Doch Maité Persella war die spannungsgeladene Atmosphäre unter ihren Gästen nicht entgangen. An Tratsch war sie gewöhnt, aber hier ging es um einen handfesten Skandal. Und das machte sie nervös. Sie wartete, bis Cesare gegangen war, glitt aus dem Bett und bereitete sich ein Bad mit ätherischen Ölen. Nachdem sie sich ausgezogen hatte, betrachtete sie sich wohlwollend im Spiegel. Der Bauch flach, die Brüste rund und straff, schlanke Beine, schmale Hüften: Die Schönheitschirurgie hatte ganze Arbeit geleistet. Schließlich warf sie noch einen Blick auf ihre rasierte Scham und ließ sich dann mit einem zufriedenen Seufzer ins warme Wasser gleiten. Nur ihre rosigen Brustwarzen ragten noch heraus, vom flackernden Schein der Kerzen aufreizend in Szene gesetzt. Maité fand es erregend, ihre stolz aufgerichteten Brustwarzen zwischen ihren Fingern zu zwirbeln. Ihre Hand wanderte zwischen ihre Schenkel. Schon nach wenigen Augenblicken kam sie mit einem tiefen Stöhnen zum Höhepunkt. Alles verschwamm vor ihren Augen.

Erst nachdem sie sich kalt abgeduscht und den Körper trocken gerubbelt hatte, sah sie wieder klar. Sie war jetzt ruhiger. Aber bevor sie endlich schlafen gehen konnte, musste sie noch etwas tun. Noch nackt, beugte sie sich nach unten zu einem Holzkästchen, das in den goldenen Spiegelrahmen eingelassen war. Sie klopfte leicht an den Rahmen, und das Kästchen sprang auf. Darin lag ein winziger Schlüssel. Maité nahm ihn heraus und ging in ihr Zimmer. Eine der Wände war als Trompe-l'œil bemalt. Ein Garten als täuschend echte Fortsetzung des herrlichen Parks vor ihrem Fenster. Ein Lustgarten en miniature. Eine Ecke des Bildes zierte ein Pavillon mit einer kleinen Tür. Strich man an dieser Stelle mit dem Finger über das Bild, spürte man eine sanfte Wölbung: ein winziges Türschloss. Maité steckte das Schlüsselchen hinein und drehte es um. Die Tür öffnete sich lautlos. Dahinter verbarg sich ein düsterer Raum, in dessen Zentrum ein kleiner Altar mit einem keltischen Kreuz stand. Erst jetzt kam Maité ganz zur Ruhe. Sie versank in Stille und Dunkelheit. Dieser sakrale Ort war die Quelle, aus der sie die Kraft für ihre vielfältigen Aktivitäten schöpfte. Sie betete inbrünstig.

46

»Ich muss mit Adalberto sprechen. Sofort.« Giacomino keuchte, die Hände auf die Knie gestützt. Er war völlig außer Atem, so schnell war er gerannt.

Der Wächter, der es sich auf dem Boden bequem gemacht hatte, brach in lautes Gelächter aus. Dann stand er auf, den fast leeren Bierhumpen in der Hand. »So einfach geht das nicht, da könnte ja jeder kommen.« Dann wurde er ernst, packte Giacomino an den Schultern und schüttelte ihn kräftig. »Glaub ja nicht, dass du mehr Rechte hast als alle anderen, nur weil er dir wohlgesinnt ist!« Dann nahm er den letzten Schluck und wischte sich über den Mund.

Giacomino richtete sich auf. »Aber es ist wichtig, sehr wichtig sogar!«, rief er und schlüpfte behände zwischen den angepflockten Pferden hindurch ins Lager. Der Wächter versuchte ihn aufzuhalten, aber das Bier hatte ihn träge gemacht. Giacomino war verschwunden. Der Soldat fragte seine Kameraden, ob sie ihn gesehen hätten, aber auch sie hatten dem Bier schon reichlich zugesprochen und schüttelten nur mit dem Kopf. Einer lästerte: »Riccardo, Riccardo, der Kleine schafft es immer wieder, dich reinzulegen.« Der Mann fluchte und machte eine unflätige Geste. Aber wer war der Junge denn schon? Adalberto würde schon mit ihm fertig werden.

»Ich habe Riccardos Erlaubnis. Lasst mich vorbei.« Giacomino blieb vor dem Zelt stehen und sah der Wache direkt in die Augen, ohne jedoch arrogant zu wirken. Genau, wie Adalberto es ihm beigebracht hatte. »Vergiss nie: Ein Mann, der seinem Gegenüber nicht in die Augen sehen kann, ist kein richtiger Mann.« Die Wache betrachtete ihn unschlüssig. Der Mann trug nur ein Messer am Gürtel und sah verschlafen aus. Aber Giacomino wusste, dass der Schein trog: Adalberto hatte eine starke Truppe um sich geschart, nicht weniger gefährlich als Fürst Colonnas Soldaten. Er bemühte sich um Geduld und wartete, dabei blickte er dem Mann unentwegt in die Augen. »Du kannst passieren«, sagte der Wachposten schließlich, die Hand am Griff seines Messers.

Adalberto stand nackt in einem hölzernen Waschbottich und schüttete kaltes Wasser über seinen muskulösen Körper. Ein Zeichen, dass er auch in Friedenszeiten nicht träge wurde. Giacomino musterte ihn bewundernd.

»Treib's nicht zu weit, sonst wird es kein gutes Ende mit dir nehmen«, fuhr ihn Adalberto an, aber Giacomino wusste, dass sein Herr nicht wirklich wütend war. Immerhin war der Kleine ein sehr nützlicher Spion in Don Pompeos Palazzo. »Was willst du?« Adalberto schüttete sich wieder einen Schwall Wasser über den Kopf. Einige Spritzer trafen auch Giacomino, der entsetzt einen Schritt nach hinten machte.

»Donna Livia wird bald in Zagarolo eintreffen. Ihr habt mir befohlen, Euch Bescheid zu sagen, wenn es so weit ist.« In Adalbertos Augen trat ein Ausdruck tiefer Glückseligkeit, ganz anders als die trunkene Freude nach einer gewonnenen Schlacht. Für einen kurzen Moment schien er ein anderer Mensch zu sein.

»Gut, ich habe verstanden. Und du glotz nicht so.« Adalberto stieg aus dem Bottich und drehte dem Jungen den Rücken zu. Er war selig, wollte aber nicht, dass Giacomino ihn so sah. Endlich würde er die Frau seiner Träume wiedersehen. Seit sie sich das erste Mal begegnet waren, waren ihm alle anderen

Frauen gleichgültig, selbst seine Geliebten, die ihm zuvor lustvolle Stunden bereitet hatten. Heute genügte es ihm, still an Livia zu denken, an ihre helle, fast durchscheinende Haut, an ihre wohlgeformten Brüste. Auch jetzt wieder ließ die Sehnsucht Erregung in ihm aufsteigen. Rasch zog er sich an, während Giacomino auf seine Anweisungen wartete.

»An der großen Eiche. Bei Einbruch der Dämmerung. Und jetzt geh!«

Giacomino ließ sich das nicht zweimal sagen. Er fühlte sich als Mitwisser eines Geheimnisses, von dem niemand sonst Kenntnis erlangen durfte.

Erst als er hörte, wie sich die Schritte des Jungen rasch entfernten, drehte sich Adalberto wieder um und wies die Wache an, niemanden zu ihm vorzulassen. Dann zog er sich die Hosen wieder herunter. Seine Erregung war übermächtig, er musste sich Erleichterung verschaffen. Doch plötzlich schoss ihm ein düsterer Gedanke durch den Kopf. Der Standesunterschied zwischen einer adligen Dame und ihm, dem Bastard einer Dienstmagd, war unüberwindbar. Ihre Liebe würde immer ein Geheimnis bleiben müssen. Tiefe Enttäuschung, aber auch Zorn wallten in ihm auf. Seufzend brachte er es zu Ende. Dann zog er sich wieder an. Nur ein Gefühl war quälender als die Hoffnungslosigkeit seiner Liebe zu Donna Livia: Die Angst, sie könnte den Intrigen des Prinzen zum Opfer fallen. Vor seinem inneren Auge sah er wieder die grausame Szene in der Waldhütte vor sich. Der Mönch, der die Wachspuppe in den blutgefüllten Kessel warf.

Das Warten bis zu ihrem Wiedersehen erschien ihm wie eine Ewigkeit. Die Luft war schwül und wehte die Gerüche aus dem Lager zu ihm herüber. Männerschweiß und Essensdüfte. Adalberto blickte nach oben. Es begann schon dunkel zu werden, der Himmel war grau, schwere Regenwolken, die ihre Fracht jeden Augenblick entladen konnten. Es kam ihm vor, als hätten Erde und Himmel den Platz getauscht, der Himmel wirkte wie ein nicht enden wollendes Straßenpflaster. Er bestieg sein Pferd und galoppierte davon, der großen Eiche entgegen. Hin und wieder zerteilte ein Blitz die Wolken, gefolgt von fernem Donnergrollen. Eine spannungsgeladene Atmosphäre, die Mensch und Tier gleichermaßen zusetzte.

Als er die große Eiche erreichte, war Livia gerade aus der Kutsche gestiegen. Ihre Unruhe war unübersehbar. Als Adalberto sie erblickte, machte sein Herz vor Freude einen Sprung. Er stieg vom Pferd. Seine Hände zitterten, auch die Beine schienen ihre sonstige Kraft und Geschmeidigkeit verloren zu haben. Während er auf sie zuschritt, war er sich sicher, dass Livia seine Gefühle teilte. Er konnte es in ihren Augen lesen. Das düstere Leuchten des Gewitterhimmels malte ein tiefes Rot auf ihre Wangen, so als hätte sie Fieber. »Verehrte Dame, ich stehe zu Ihren Diensten.« Adalberto verbeugte sich tief. »Ich weiß, Ihr seid unterwegs nach Zagarolo, erlaubt mir, Euch in gebührendem Abstand zu begleiten.«

Livia zögerte und sah ihn an, als wünschte sie, er würde noch etwas anderes hinzufügen. Aber nur einen Moment, dann hatte sie ihre Distanz wiedergefunden. »Wenn das der Grund für dieses Treffen war … dann danke ich Euch, aber das ist nicht nötig.« Sie hoffte, dass er die Enttäuschung nicht bemerkte, die in diesen Worten mitschwang. Adalberto wusste nicht, wie ihm geschah. *Was konnte sie sonst von ihm erwarten, außer Schutz?*

»Auf Wiedersehen, edler Herr.« Livia bemühte sich, ihren Schmerz über diesen Abschied zu verbergen. Denn die Gedanken an Adalberto hatten ihr Kraft gegeben, wenn sie in qualvollen Nächten schreiend aus dem Schlaf geschreckt war, aus Angst, Orinzia für immer zu verlieren. Die Gedanken an

Adalberto waren es auch, die ihr selbst in schwerer Zeit ab und zu ein Lächeln auf die Lippen gelockt hatten. Dann begannen ihre Augen zu leuchten, und die Wangen röteten sich wie bei einem jungen Mädchen.

»Wartet!« Adalberto umfasste ihr Handgelenk, kraftvoll und doch unendlich zärtlich. Livia sehnte sich danach, diesem verlockenden Druck nachgeben zu dürfen. Eine Welle des Glücks durchströmte ihren Körper. In diesem Moment hatte sie nur einen Wunsch: ein einfaches Leben an der Seite des geliebten Mannes. Was sind schon Macht und Reichtum gegen das Glück, von Herzen geliebt zu werden. Aber eine Verbindung zwischen einer Adligen und einem Mann von niederem Rang verstieß gegen jede Regel und wurde mit unbarmherziger Strenge geahndet: den unstandesgemäß Liebenden drohte Enteignung, Verbannung ins Kloster und schlimmstenfalls sogar die Todesstrafe.

»Nehmt das!« Adalberto reichte ihr ein Messer, das er in einer Scheide am Gürtel getragen hatte. Livia schüttelte den Kopf. »Das ist nicht nötig, ich habe …«

»Aber dieses Messer besitzt magische Kräfte.« Adalberto lächelte. Ein fürsorgliches Lächeln, das Lächeln eines Vaters, der seinen widerspenstigen Sohn liebevoll von etwas Bedeutendem überzeugen möchte.

Livia konnte gar nicht anders: Sie erwiderte sein Lächeln. Doch rasch wurde ihr Blick wieder traurig. »Magie wird mir nicht helfen.« In ihren Augen standen Tränen. Dann wandte sie sich ab und ging zur Kutsche.

»Verehrte Dame! Ich bitte Euch, seid auf der Hut!«, rief Adalberto laut, obwohl Livia nur wenige Schritte entfernt war. »Ich bitte Euch, nehmt es.«

Livia drehte sich genau in dem Moment zu Adalberto um, als der Regen einsetzte. Ein sanfter Regen, begleitet von einer leichten Brise, die durch Pinien und Birken strich. Sie zog sich die Kapuze über den Kopf. So geschützt, schenkte sie dem geliebten Mann einen letzten Blick, so intensiv, als wolle sie die Zeit anhalten. Einen Blick, der sagte: »Für immer.« Für immer. Adalberto war tief bewegt. Er wollte etwas sagen, aber er fand keine Worte. Er ließ sie gehen, durch den stärker werdenden Regen, der sich wie ein grauer Schleier über Himmel und Erde legte. Das Bild der in die Kutsche steigenden Livia brannte sich ihm ins Gedächtnis. Ihre behandschuhte Rechte griff nach dem letzten Zipfel ihres Mantels und zog ihn hinein. Dann schloss sich die Tür. Das Klappern der Pferdehufe verlor sich im tobenden Gewittersturm.

Nur wenige Schritte von der Eiche entfernt hatten zwei Hirten ihre Herde verlassen und beeilten sich, zum Schloss zu kommen. Adalberto, der ihre Anwesenheit zuerst gar nicht bemerkt hatte, konnte sie durch den prasselnden Regen kaum erkennen. Die Blitze zuckten jetzt bedrohlich nah, und der Donner wurde lauter. Auch er sollte besser Schutz suchen, doch er blieb einfach stehen und überließ sich dem Toben der Naturgewalten, das allein seinen eigenen Schmerz zu dämpfen, die bösen Vorahnungen zurückzudrängen vermochte. Das Messer hielt er fest umklammert. Wer weiß, vielleicht hätte er sie retten können.

»Herr, sie haben sich unter der großen Eiche getroffen.« Der Bote kniete vor Pompeo, die Augen krampfhaft auf den Boden gerichtet. Der Fürst von Zagarolo verlor immer öfter die Geduld, seine Zornesausbrüche versetzten alle in Angst und Schrecken. Den Diener Tonietto hatte er fast zu Tode geprügelt. Man munkelte, schuld daran seien die Zaubertränke, die ihm Astrellina verabreichte. Ihre Mittelchen waren wahres Teufelszeug, sie heilten die Syphilis, konnten Menschen aber auch um den Verstand bringen. Nicht gleich natürlich, aber wer ihnen verfiel, war rettungslos verloren.

»Bist du sicher?« Pompeo kochte vor Wut. Sie brodelte in seinen Eingeweiden und umnebelte sein Gehirn.

»O ja, mein Herr, ganz sicher.« Der Bote warf sich zu Boden und hoffte auf Milde. Aber als er Pompeos Stiefel auf seinem Rücken spürte, wusste er, dass es keine Gnade geben würde.

»Verfluchter Bastard!« Wieder trat der Fürst zu. Der Bote krümmte sich zusammen und legte schützend die Arme vors Gesicht. »Ich flehe Euch an, lasst mich gehen.« Er streckte die Hand nach seinem Herrn aus, doch die Angst in seinen Augen stachelte Pompeos Wut nur noch mehr an. »Wiederhole, was du gesagt hast«, sagte er und trat erneut brutal zu. Der Bote stammelte: »Sie haben sich ... b-bei ... der großen ... Ei-Eiche getroffen ...«

»Und dann?«

»Nichts. Es ... war nur ... kurz.«

Erst als ihm der Fuß schmerzte, ließ Pompeo von dem Hirten ab. »Verschwinde!« Er weidete sich daran, den Boten wie ein verwundetes Tier zum Ausgang kriechen zu sehen. Unterdessen hatte Astrellina den Raum betreten. Sie hielt einen Kelch in der Hand.

»Trinkt das, mein Herr, das wird Euch beruhigen.« Pompeo leerte den Kelch. Der Gedanke, Donna Livia und der Bastard könnten ein Paar sein, machte ihn rasend, erfüllte ihn gleichzeitig aber auch mit einer perversen Befriedigung. Die heimliche Liebe der beiden wäre der entscheidende Trumpf in seiner Intrige. »Diese Hure ist eine Schande für mein Haus und beschmutzt die Ehre meiner Gemahlin!«, schrie er, während er Astrellina den Kelch zurückgab. »Eine Schande, die nur mit Blut getilgt werden kann. Und dieses Schwein von Adalberto! Willst du wissen, was ich mit dem anstellen werde? Ich lasse ihn vierteilen und den Kadaver auf dem Marktplatz zur Schau stellen!«

Astrellina schwieg. Ihr Gesicht war ausdruckslos, in ihre grünen Augen jedoch trat ein verschlagenes Leuchten.

»Was glotzt du so?«

»Diese Frau ist bewaffnet, mein Herr, und sie will Euch Eure Gemahlin rauben. Ich hatte eine Vision ...«

»Du hast wohl den Verstand verloren, Hexe!« Pompeo grölte und schlug ihr ins Gesicht. »Wozu habe ich meine Wachen, du dämliches Weib.« Dann stürmte er aus dem Saal, der Boden bebte unter seinen Schritten.

Die Schauspieltruppe hatte den Innenhof des Palazzo erreicht, allen voran Francesco Scaranis Maultiergespann. Neben dem Leiter der Truppe saß seine hochschwangere Frau Violante, erschöpft von der langen Reise. Dann folgten die Wagen der Schauspieler und die Fuhrwerke mit großen Holzkisten, in denen das Bühnenbild, Werkzeug und die Kostüme transportiert wurden. Zur Truppe gehörten auch ein dickbäuchiger Koch und ein vom Alter gebeugter weißhaariger Riese. Ein grell geschminkter Jüngling setzte sich sehr zum Vergnügen der Zuschauer mit übertriebenen Gesten eine gelockte Perücke auf und ab, als wäre sie ein Hut. Die Wachen hatten am Tor den Passierschein geprüft, versehen mit einem Vermerk, dass Donna Livia die Schauspieler anlässlich des Banketts zu Ehren ihrer Tochter eingeladen hatte. Trotzdem wurde alles genau kontrolliert. Als ein Soldat auf Scaranis Karren stieg, umklammerte Violante die Hand ihres Ehemanns. »Mir ist ganz schlecht vor Angst. Und wenn sie die Waffen finden?«

»Ganz ruhig, mein Schatz, es wird alles gutgehen. Wir sind schließlich Schauspieler.«

»Ein Wunder, wenn jetzt nicht die Wehen einsetzen.« Sorgenvoll presste sie ihre schweißnassen Hände auf den prallen Bauch. Sie hatte von den Zauberkünsten einer Hexe gehört, die im Palast leben sollte.

Zur gleichen Zeit schlug Federico Consacchis bewaffnete Truppe außerhalb der Festungsmauern ihr Lager auf. Die Söldner im Dienste Donna Livias waren als Kaufleute verkleidet, die mit Stoffen, Früchten, Mehl und anderen Waren handelten.

»Seid willkommen, Donna Livia.« Die Hofdamen begrüßten den hohen Gast mit einer tiefen Verbeugung, eine nach der anderen, wie aufgezogen. Livia nickte ihnen flüchtig zu und eilte zu ihrer Tochter. Schon auf den ersten Blick erkannte sie, dass es Orinzia gutging. Die Wangen waren rosig, der Bauch wohlgerundet.

»Geliebte Mutter!« Orinzia lief auf sie zu, umarmte und küsste sie innig. Livia war von diesem Gefühlsausbruch überrascht. Als sie sich von ihr löste, bemerkte Livia, dass sich ihre Tochter verändert hatte. Sie war nicht mehr das blasse Kind mit dem verängstigten Blick, das bei jeder Gelegenheit in Tränen ausbrach. Sie war aufgeblüht, ihr Gesicht hatte reifere Züge angenommen. Diese Erkenntnis löste bei Livia widersprüchliche Gefühle aus: Mütterlicher Stolz und Bedauern hielten sich die Waage. Bedauern, dass Orinzia nicht mehr das schutzbedürftige Wesen war, das sie zurückgelassen hatte. Dann wäre es leichter gewesen, ihren Plan umzusetzen. »Setzt Euch neben mich aufs Bett, geliebte Mutter. Ich musste so lange auf Euch warten.« Orinzia nahm sie bei der Hand und zog sie zum Himmelbett. »Seit Ihr mich verlassen habt, schienen die Stunden einfach nicht vergehen zu wollen.«

»Auch mir kam die Zeit ohne dich wie eine Ewigkeit vor. Aber jetzt bin ich ja hier.« Livias senkte die Stimme: »Und ich werde nicht ohne dich von hier weggehen. Alles ist sorgfältig geplant.«

Orinzia wusste nicht, wie ihr geschah. »Mutter, was sagt Ihr da?«

»Bleib ganz ruhig, ich habe an alles gedacht, es besteht kein Risiko.«

»Aber Mutter …«

»Still. Ich werde Pompeo bitten, dass du für ein paar Wochen mit mir nach Rom oder Fondi kommen darfst. Doch wenn er es nicht gestattet, wie ich annehme …«

Orinzia legte ihr sanft die Hand auf den Mund. »O Mutter, Ihr seid zu freundlich«, seufzte sie und strich ihr über das Gesicht, dann küsste sie ihr ehrerbietig die Hand.

Livia hielt inne. Was wollte ihre Tochter damit sagen?

»Geliebte Mutter, Ihr habt mir unendlich gefehlt, aber ich habe nie daran gezweifelt, dass Ihr rechtzeitig zur Geburt Eures Enkels zurück sein würdet. Und Ihr macht Euch unnötig Sorgen.«

»Orinzia, ich denke nicht, dass …«

»Mutter, ich bitte Euch, lasst mich ausreden. Ich habe ein Versprechen gegeben, und dazu stehe ich. So wie Ihr es mich gelehrt habt.« Orinzia stockte. Hatte ihre Mutter verstanden, was sie damit sagen wollte? Voller Ernst sah sie ihr in die Augen und fragte in einem Ton, der keinen Zweifel daran ließ, wie viel ihr die Antwort bedeutete: »Mutter, Ihr vertraut mir doch?«

Livia fand keine Worte, sie war wie gelähmt. War das noch ihre Tochter?

»Ihr habt mich gelehrt, und dafür bin ich Euch dankbar, die Ehre unseres Hauses über alles zu achten. Bis vor kurzem, das gebe ich zu, war ich noch ein verängstigtes kleines Mädchen, dem der eigene Mann wie ein furchteinflößender Oger erschien. Aber nun bin ich eine Frau, kurz davor, selbst Mutter zu werden. Mein Platz ist jetzt an der Seite meines Gatten.« Ein schüchternes Lächeln malte sich auf ihrem Gesicht.

»Mein Kind, Fürst Pompeo ist …«

»Nein Mutter, Ihr irrt! Ihr kennt ihn nicht so, wie ich ihn kenne.«

Livia bemerkte, dass Orinzia errötete. Eine dunkle Ahnung überkam sie. Sie hatte verloren.

»Macht nicht so ein Gesicht, Mutter, ich bitte Euch. Ich gehöre nun hierher, zu ihm. Ich werde eine gute Ehefrau und Mutter sein und meine Kinder so erziehen, dass sie sich des Namens, den sie tragen, und ihres Standes als würdig erweisen. Ich bin nun stark genug dafür, das versichere ich Euch.«

Livia sah sie voller Zärtlichkeit an. Unmöglich, ihr Pompeos Grausamkeiten zu offenbaren. Orinzia sprach weiter. »Wenn es ein Junge wird, und da bin ich mir sicher, werde ich ihn Marzio nennen, zu Ehren meines tapferen, ehrenhaften und stolzen Vaters, Eures Gatten.«

»Aber …« Livia versuchte es erneut. Nein, das konnte sie ihrer Tochter nicht antun.

»Ja, ich weiß, Mutter. Pompeo möchte unseren Sohn gerne Camillo nennen, wie sein Vater. Aber wie immer sein Name auch sein wird: Mein Sohn wird für den Heiligen Vater kämpfen, und sein Schwert wird ohne Makel sein. Das schwöre ich Euch.«

Wie im Zeitraffer zog vor ihrem inneren Auge ihr ganzes Leben vorbei. Die Entführung, die Vergewaltigung, der blutige Salzkrieg, der geheime Bund zwischen den mächtigen Familien Colonna und della Rovere. Als Livia wieder auf ihre Tochter blickte, schien sie ihr erneut hilflos und schutzbedürftig wie ein Welpe. Wenn sie die Wahrheit über Pompeo enthüllte, würde sie Orinzia nur in noch größere Gefahr bringen und sie zudem in unüberwindbare Gewissenskonflikte stürzen. Alles, was sie jetzt noch tun konnte, war, für sie da zu sein. Sie strich ihr übers Haar und küsste sie sanft in den Nacken. »Du bist wirklich sicher, dass du in Zagarolo bleiben willst? Es ist alles vorbereitet. Nach dem Bankett wird eine Schauspieltruppe auftreten und …«

»Nein, Mutter, ich bleibe. Ich habe zur heiligen Madonna dell'Annunziata gebetet. Sie wird über mich wachen. Tut es mir nach, ich bitte Euch. Betet für mich, für Euch und auch für ihn.« Orinzia strich sich über den gewölbten Bauch. Dann erhob sie sich, nahm ihre Mutter bei den Händen und lud sie ein, es ihr gleichzutun.

Später bereitete sich Livia auf das Fest vor. Eine Hofdame hatte ihr einen goldenen Krug mit Wasser gebracht. Sie machte sich frisch und trocknete sich mit einem Leinentuch ab. Dann setzte sie sich auf den samtbezogenen Hocker, um sich kämmen zu lassen. Das an einem Gürtel unter ihrem Festgewand versteckte Messer und der Giftring gaben ihr Sicherheit. Livia betrachtete sich im Spiegel. Die Sorgen der letzten Zeit hatten Spuren in ihrem Gesicht hinterlassen, besonders um die Augen und an den Mundwinkeln. Hatte Adalberto es bemerkt? Seufzend schickte sie die Hofdame hinaus. Sie wollte beten und wie ihre Tochter den Segen der heiligen Madonna dell'Annunziata erbitten. Auf Reisen trug sie stets ein Bild der Heiligen bei sich, geborgen zwischen zwei Seiten ihres Stundenbuches. Sie griff nach dem Bild, kniete nieder und begann inbrünstig für den Schutz ihrer Tochter zu beten. Gerade als sie sich erhoben hatte, klopfte ein Diener an die Tür, um ihr mitzuteilen, dass das Bankett nun beginnen würde.

Die Schauspieltruppe war Astrellina ein Dorn im Auge. Für die Unterhaltung der Gäste sorgten doch bereits Musiker, Gaukler und Jongleure! Violante Scarani und ihr gewölbter Bauch allerdings hatten ihre Aufmerksamkeit erregt. Wenn die Frau wirklich schwanger war, dann würde es bald frisches Blut für den Mönch geben. Um sich Gewissheit zu verschaffen, schickte sie umgehend eine Küchenmagd los, die kurz darauf wiederkam und die Schwangerschaft bestätigte. Die Aussicht auf das Blut eines Neugeborenen ließ Astrellina ihren Unmut auf die Truppe vergessen. Die Helfer waren gerade dabei, letzte Hand an das Bühnenbild zu legen. Der weißhaarige Riese, der grell geschminkte Jüngling und der dicke Koch hatten den Auftrag bekommen, die versteckten Waffen aus den Wagen zu holen. Violante hatte dem Drängen ihres Mannes nachgegeben und sich durch Sara ersetzen lassen. Francesco befürchtete, der Trubel könne sie zu sehr anstrengen. Sara sah Violante zum Verwechseln ähnlich. Mit Hilfe einer Lage Stoff um ihre Hüften und der richtigen Schminke würde niemand den Unterschied bemerken. Der Rollentausch machte den beiden Frauen Spaß. Sara zog Violantes Kostüm an. Dann schwärzte ihr Violante die Augenpartie mit einem angerußten Korken, schminkte ihr die Wangen rot und betrachtete zufrieden ihr Werk. Francesco würde zufrieden sein.

Als Sara aus dem Wagen trat, um zu den anderen Schauspielern auf die Bühne zu gehen, wurde sie plötzlich von hinten gepackt, eine Hand presste sich auf ihren Mund. Sie wehrte sich und trat nach dem Angreifer, vergebens. Ein zweiter Mann kam hinzu. Doch Sara gab nicht auf. Sie nutzte die Unaufmerksamkeit eines Entführers und biss ihm in die Hand. Dann schrie sie aus Leibeskräften: »Hilfe! Hilfe! Sie wollen mich töten!« Sofort wurde ihr ein Sack über den Kopf gestülpt, dann schleppten die Entführer sie aus dem Lager.

»Kommt schnell! Man hat Violante entführt!« Paolo, ein weiterer Schauspieler, war gerade aus seinem Wagen geklettert und hatte alles beobachtet. Scarani hatte ihn gehört und kam verzweifelt angerannt. »Wo ist sie?«, schrie er.

»Dort entlang!« Paolo zeigte auf die Festungsmauer.

»Ruf die Soldaten, beeil dich!«

Binnen kurzer Zeit verwandelte sich der Schlosshof in einen Hexenkessel.

Auch Livia hatte das Geschrei gehört. Vergeblich versuchten ihre Hofdamen, sie zurückzuhalten. Sie musste wissen, was geschehen war. Als Livia das große Tor erreichte, stellten sich ihr zwei grobschlächtige Wächter mit gekreuzten Lanzen in den Weg. Offensichtlich Zwillinge. Ihr angriffslustiger Blick ließ Livias Mut sinken. Was sie jenseits des Tores auf dem Vorplatz sah, übertraf ihre schlimmsten Befürchtungen. Tote und Schwerverletzte, die blutüberströmt im Staub lagen. Livia erkannte den einst so lustigen Jüngling. Ein Schwerthieb hatte ihm das Gesicht gespalten. Mit aller Kraft warf sich Livia gegen Pompeos Schergen. »Scarani! Scarani! Violante!«, schrie sie und versuchte auf den Hof zu gelangen. Die beiden Hünen hielten sie ohne Mühe zurück, ein amüsiertes Lächeln auf den Lippen. Livia versuchte ein weiteres Mal, sich an ihnen vorbeizudrängen. Vergebens.

Auf dem Hof ging das Gemetzel weiter. Pompeos Männer töteten alle, die sich ihnen in den Weg stellten. Fast alle Schauspieler waren tot. Die wenigen Überlebenden krümmten sich mit schreckgeweiteten Augen auf dem Boden. Eine Frau kroch auf Livia zu. Das zerschundene Gesicht dreckverkrustet, das blutbefleckte Kleid zerfetzt. Nur noch wenige Meter von Livia entfernt, begann sie zu schreien, aber man konnte sie nicht verstehen. Livia wollte der Frau unbedingt helfen und reichte ihr die Hand, aber ein Soldat war schneller. Er schlug zu.

»Nein!« Livia presste die Hand vor den Mund. Das unbeschreibliche Grauen überstieg ihre Kräfte. Mit einem Mal schien alles verloren. Da erinnerte sie sich an das Messer. Um die Wächter in Sicherheit zu wiegen, tat sie so, als wolle sie ins

Haus zurückgehen. Wie erhofft, wandten sich die beiden von ihr ab und richteten ihre Aufmerksamkeit auf einen flüchtenden Mann, der versuchte, sich vor den Schwerthieben seiner Verfolger in Sicherheit zu bringen.

In diesem Augenblick zückte Livia das Messer, drehte sich um und traf einen der Wächter an der Schulter. Er schrie vor Schmerz. Sofort beugte sich sein Zwillingsbruder über ihn, ohne sich um Livia zu kümmern, die die Flucht ergriff.

Während sie rannte, fühlte Livia, wie das Blut in ihren Adern pochte. Ein Dornbusch zerriss ihr Kleid, Stacheln bohrten sich in ihr Fleisch, aber sie rannte immer weiter, das Messer fest umklammert. Den Schmerz spürte sie kaum. Erst als sie Scaranis Stimme hörte, blieb sie abrupt stehen. »Gnade! Wir sind unschuldig!« Sie blickte sich suchend um, als wie aus dem Nichts vier schwerbewaffnete Soldaten aus dem Kampfgetümmel auftauchten und sich auf sie stürzten.

Livia geriet in Panik und versuchte zu fliehen, verfing sich aber im Saum ihres Kleides und stürzte zu Boden. Ein heftiger Schmerz durchfuhr ihren Körper, für einen Moment schwanden ihr die Sinne. War das das Ende? Die Männer kamen näher, sie erwartete den tödlichen Hieb. In einem letzten Aufbäumen tastete sie mit der Hand nach dem Messer, das bei ihrem Sturz zu Boden gefallen war. Die Angst lähmte ihren Körper, benebelte ihre Sinne.

»Meine Dame, schnell, steht auf!«

Sie traute ihren Ohren nicht. Einer der Soldaten hatte sie »Dame« genannt. »Wir sind auf Eurer Seite!«

Sie spürte, wie sie um die Taille gefasst und über die Schulter eines kräftigen Mannes gelegt wurde, der nach Schweiß und Blut roch. Der Mann rannte los und hob sie auf den Rücken eines Pferdes. »Haltet Euch fest, die Soldaten des Fürsten sind uns auf den Fersen!«

Sie galoppierten davon, Livia umklammerte mit aller Kraft den Sattelknauf. Andere Männer zu Pferd folgten.

»Sie schließen das Tor! Beeilt Euch!«

Trotz aller Qual und Pein hatte Livia nur einen Gedanken: Adalberto, wo bist du?

»Nichts zu machen, Capitano! Das Tor ist geschlossen!« Ein Reitertrupp galoppierte heran und kam vor Adalbertos Pferd zum Stehen. Der Soldat, der die Nachricht überbracht hatte, wartete auf Anweisungen, aber Adalberto schwieg. Wütend presste er die Lippen aufeinander, ein Gesichtsausdruck, den seine Männer zur Genüge kannten. Keine Macht der Welt konnte ihm jetzt noch Einhalt gebieten.

»Capitano, wir sind sofort nach Eurem Befehl losgeritten, aber da war es bereits zu spät.« Adalberto rührte sich nicht, er zerrte so fest am Zügel, dass sich sein Pferd wiehernd aufbäumte.

»Zwei von Euch bleiben hier und halten Wache. Die anderen kommen mit mir!«

Er gab seinem Pferd die Sporen und galoppierte einen steilen bewaldeten Abhang auf der westlichen Seite des Schlosses hinan. Wie besessen trieb Adalberto sein Pferd in Richtung Schloss, seine Männer hatten Mühe, ihm zu folgen. Unvermittelt tauchte ein schmaler Pfad vor ihnen auf. Adalberto hob den Arm. »Bindet Eure Pferde an. Wir gehen zu Fuß weiter.« Er stieg ab, zückte das Schwert und bahnte sich einen Weg durch das dichte Unterholz. Seine Männer folgten ihm. Je näher sie ihrem Ziel kamen, desto karger wurde das Gelände. »Das ist der Weg der Toten, die des Nachts über das Schloss fliegen und die Lebenden mit ihren Klagerufen quälen«, unkte einer der Männer.

Adalberto wandte sich um: »Weichlinge haben in meiner

Truppe nichts zu suchen.« Der Mann senkte die Augen, bekreuzigte sich aber trotzdem, als er weiterging. Adalberto blieb vor einem dichten Busch stehen, hinter dem eine steile Felswand aufragte. »Von hier geht es direkt ins Schloss, ein geheimer Gang, der nur den Fürsten bekannt ist«, erklärte er und musste dabei an seinen Großvater Camillo denken, der ihm den Weg gezeigt hatte, als er noch ein Kind war.

Auch einige Stunden nach dem Gemetzel herrschte im Versammlungssaal immer noch Aufruhr. Die einzige Frau im Raum hielt sich in einer Ecke verborgen, das Gesicht halb von einem Schleier verhüllt. Pompeo war aufgewühlt. Der Blutgeruch gab ihm das erregende Gefühl, Herr über Leben und Tod zu sein, das er in Friedenszeiten so sehr vermisste. Sein Vertrauter Matteo de' Salvemini hatte ihn über den Verlauf des Kampfes zwischen seinen Soldaten und den Schauspielern genauestens informiert. »Man hat die schwangere Frau des Leiters der Theatertruppe verschleppt, und dann brach die Hölle los.«

Pompeo unterbrach ihn barsch: »Lass die Überlebenden hinrichten. Und sorge dafür, dass der Hof gereinigt wird. Wo ist eigentlich Donna Livia?«

»Mein Fürst, sie ist während des Kampfes verschwunden. Jemand sah sie tödlich verletzt zu Boden sinken, aber ihr Leichnam wurde nicht gefunden.« Pompeo verschlug es die Sprache. Ihm wurde schwarz vor Augen. Es dauerte eine Weile, bis er sich wieder gefangen hatte.

»Mein Herr, fühlt Ihr Euch wohl?« Matteo de' Salvemini sah ihn besorgt an.

»Ja, es geht mir gut. Schickt nach Capitano Paciacca und Filippo di Matelica und sagt ihnen, sie sollen sich bereithalten.«

Dieser Befehl ließ alle im Saal verstummen. Nur Astrellina lächelte unter ihrem Schleier.

Adalberto ging vorsichtig durch den schmalen Gang, der in die Felsen gehauen worden war. Seine Männer folgten ihm. Es war kaum etwas zu sehen, von außen drang nur wenig Licht herein. An einer Weggabelung lagen Fackeln. Sie waren so feucht, dass Adalberto Mühe hatte, auch nur eine davon anzuzünden. Danach wurde der Gang etwas breiter, die Männer kamen schneller voran. Der Gestank nach Moder, Exkrementen und verwesendem Fleisch nahm ihnen fast den Atem. Der Schein der Fackeln schien den gewundenen Gang zu vergrößern und warf ein flackerndes Licht auf Häufchen von Gebeinen, die an den Seiten lagen. Ein gespenstisches Bild.

»Menschenknochen«, flüsterte einer der Männer. Adalberto kümmerte sich nicht darum und blieb vor einer weiteren Abzweigung stehen. Welche Richtung mussten sie einschlagen? Es gab zwei Geheimgänge. Einen breiteren und höheren, durch den man im Kriegsfall die Burg unbemerkt zu Pferde verlassen konnte, und einen sehr schmalen, der direkt in den Gewölbekeller unter der Küche führte. Wo sie sich gabelten, waren die beiden Tunnel jedoch nicht voneinander zu unterscheiden. Adalberto wählte instinktiv den linken Gang. Die Felswände schienen die Männer fast zu erdrücken, so eng wurde es. Er hatte die richtige Entscheidung getroffen. Er befahl seinen Männern zu warten. Erst auf sein Signal sollten sie ihm folgen. Dann ging er alleine weiter. Er musste sich ducken, die Decke des Gangs war so niedrig, dass die Fackel immer wieder erlosch. Nach einer Weile versperrte ihm ein großer Stein den Weg, der sich aber leicht zur Seite rollen ließ. Jetzt wusste Adalberto, wo er war: Von hier aus gelangte man über eine schmale Eisentreppe direkt in die Küche.

»Adalberto, was machst du denn hier?« Checchina fuhr herum, als sich die kleine Tür hinter ihr plötzlich öffnete. »Du hast mich zu Tode erschreckt!« Doch ihr Entsetzen wich rasch überschäumender Freude. Sie warf sich in Adalbertos Arme und bedeckte sein Gesicht mit Küssen. »Oh, mein Liebster, wo hast du dich nur versteckt? Warum hast du nicht mehr nach mir geschickt?«

Adalberto stieß sie brüsk zurück. »Deshalb bin ich nicht hier!«

»Aber Adalberto! Was ist denn? Bin ich dir etwa nicht mehr gut genug?« Sie versuchte ihn wieder an sich zu ziehen.

»Lass das. Sag mir lieber, wo Donna Livia ist.«

»Sie ist verschwunden.«

»Verschwunden? Was soll das heißen?« Adalberto packte Checchina an den Schultern und schüttelte sie.

»Hör auf, du tust mir weh! Sie ist einfach verschwunden, mehr weiß ich auch nicht. Niemand hat sie mehr gesehen, weder tot noch lebendig. Aber eines ist sicher: Im Schloss ist sie nicht mehr.«

»Und Don Pompeo?«

»Er ist wie ein Verrückter aus der Burg gestürmt, zusammen mit Paciacca und Matelica.«

»Verflucht!«

Checchina versuchte, sein Gesicht zwischen ihre Hände zu nehmen. Aber wieder wies Adalberto sie ab.

»Du hast dich doch wohl nicht mit der eingelassen?« Sie musterte ihn mit einer Mischung aus Angst und Abscheu, als wäre er ein ekelhaftes Insekt.

Ihre Unverschämtheit machte Adalberto nur noch wütender. Er drehte sich um und gab ihr eine schallende Ohrfeige. »Wage es nicht noch einmal, in diesem Ton von Donna Livia zu sprechen, Küchenmagd«, drohte er und verschwand hinter der kleinen Tür zum Geheimgang. Während er den Stein davorrollte, hatte er noch immer Checchinas Worte im Ohr: »Sie ist einfach verschwunden … Niemand hat sie mehr gesehen, weder tot noch lebendig.«

Als er wieder bei seinen Männern war, erfüllte eine dunkle Vorahnung seine Brust: Der Abschied unter der großen Eiche war ein Abschied für immer gewesen.

47

Lerne aus jeder Erfahrung … und vertraue auf das, was du siehst.

Chiara gingen Carmelas Worte nicht mehr aus dem Kopf. Welche Erfahrung? Was sollte sie daraus lernen? Im Moment konnte sie keinen Sinn in diesen Ratschlägen erkennen. Alles, was ihr passiert war, brachte sie nicht weiter, hatte sie nur noch mehr verwirrt. Ihre rationale Seite suchte verbissen eine Verbindung zur Realität. Und je mehr sie sich darauf versteifte, desto weniger konnte sie mit ihrem inneren Auge sehen. Seit einigen Tagen war ihr nicht einmal mehr die Dame erschienen, was ihre Angst um Marco verstärkte.

Sie rief Silvia Giorgini an. Der Marktleiter hatte den Geländewagen, in den die Männer mit Marco Lunieri und der jungen Frau eingestiegen waren, ziemlich genau beschreiben können. Die Ermittlungen liefen auf Hochtouren, Marcos möglicher Aufenthaltsort war inzwischen eng eingegrenzt worden. Wahrscheinlich wurde er in einer der zahlreichen Villen in den Albaner Bergen gefangen gehalten. Die Polizei war gerade dabei, eine nach der anderen zu durchkämmen. Dass die meisten Häuser angesehenen Mitgliedern der römischen Gesellschaft gehörten, beeindruckte die Kommissarin dabei wenig. Doch die Villen waren zahlreich, und die Suche zog sich in die Länge.

Chiara hatte Silvia zwar versprochen, die Ergebnisse der Ermittlungen abzuwarten, aber in Wirklichkeit hatte sie längst beschlossen: Sie würde selbst die Initiative ergreifen. Um ihr schlechtes Gewissen zu beruhigen, rief sie Paolo an und erzählte ihm alles. Sie sprach auch über ihren Plan, auf eigene Faust nach Marco zu suchen, und über ihre Sitzung mit Carmela und Danka.

Paolo hörte aufmerksam zu. Er glaubte ihr, auch wenn vieles für den gesunden Menschenverstand merkwürdig klang und auch seiner nüchternen Denkweise widersprach. Aber er spürte, wie ernst es Chiara war, und versprach, sie nicht zu verraten. Allerdings nur unter einer Bedingung: Er wollte mit von der Partie sein. Chiara stimmte zu. Dann zog sie sich Jeans, Turnschuhe und Lederjacke an. Nach kurzem Zögern legte sie sich noch die Kette mit dem in der Kirche Pieve Santo Stefano geweihten Kreuz um, ein Geschenk ihrer Mutter zum 18. Geburtstag.

Piergiorgio schluckte. »Ich helfe dir natürlich gerne, Lucetta. Aber … bist du dir wirklich sicher mit dem, was du da vorhast?« Er blickte auf das Weinglas in seiner Hand. Es war schon das zweite. Wenn er noch fahren musste, sollte er sich jetzt besser zurückhalten.

Lucetta war froh über seine Unterstützung und dankte ihm überschwänglich. Diese Sache sei für sie lebenswichtig, und sie habe nicht gewusst, an wen sie sich sonst hätte wenden können.

»Gut. In einer Stunde bin ich bei dir. Aber zuerst muss ich noch etwas bei Chiara vorbeibringen.« Piergiorgio legte auf und stellte das volle Weinglas auf den Küchentisch. Er lächelte. Vielleicht war er doch zum Detektiv geboren.

Zwanzig Minuten später klingelte er bei Chiara. Er platzte fast vor Stolz. »Dreimal darfst du raten!« Seine Augen leuchteten, als er etwas hinter seinem Rücken hervorzauberte.

»Der Valperga! Alex hat sich von einer Bibliothek in Florenz eine Kopie schicken lassen.«

Chiara nahm das Buch in die Hand. Noch bevor sie die Frage stellen konnte, las sie in Piergiorgios Augen bereits die Antwort.

»Es handelt tatsächlich von Livia«, sagte er. Sein Gesicht verdüsterte sich. »Nun, ich denke, du willst alleine herausfinden, welches Ende deine Dame nimmt.«

Chiara nickte. »Danke, du hast mir wirklich sehr geholfen.« Dann beugte sie sich vor und küsste ihn auf die Wange. Piergiorgio wurde rot. »Es war mir ein Vergnügen, Chefin, und wenn immer du Hilfe brauchst, ruf mich an! Ich habe Blut geleckt.«

Chiara lächelte und brachte ihn zur Tür. Dann setzte sie sich ins Wohnzimmer. Sie strich sanft über den Einband. Es fühlte sich an wie jedes andere Buch. Sie war zwar aufgeregt, aber etwas Außergewöhnliches spürte sie nicht. Beim Blättern entdeckte sie etwa in der Mitte ein gelbes Post-it. Piergiorgio hatte die entsprechende Seite markiert. Sie öffnete das Buch an dieser Stelle und las das Zeugnis eines gewissen Lorenzo Dardano. Ein Abt, der in der Mitte des 16. Jahrhunderts gelebt und das wechselvolle Schicksal der hochwohlgeborenen Römerin beschrieben hatte. Er gab auch einige Donna Livia gewidmete Verse wieder, die im Jahr 1555 von einem gewissen Francesco Christiani gesammelt und niedergeschrieben worden waren. Chiara spürte, wie ihr eng ums Herz wurde, als sie den altertümlichen Text las. Eine Träne rollte ihre Wange herunter und tropfte auf eine der Strophen.

Oh weh, er hat es enthüllt,
Mein zerbrochen' Herz,
Das verborgen ich trug unterm weißen Schleier.

Die Hand, die er mir abgetrennt,
Die zerriss'ne Brust,
Ein grausames Bild!
Kein Aug' ohne Tränen ich seh.
Sehet her!
Dies ist meine Barmherzigkeit.

Dann stand sie vor ihr. Die Dame aus Zagarolo. In einem langen Nachtgewand aus weißem Leinen, die Haare offen, als wäre sie gerade aus unruhigem Schlaf erwacht. Bereit, Chiara ihr Geheimnis zu enthüllen.

48

Livia versuchte aufzuwachen, aber jedes Mal, wenn sie sich fast aus ihrem wirren Traum befreit hatte, hielt irgendetwas Schweres sie zurück. Als ob sie aus dem Wasser auftauchen wollte, eine starke Hand ihren Kopf aber immer wieder herunterdrückte. Endlich ließ eine zuschlagende Tür sie hochschrecken. Vielleicht eine Windbö, dachte sie und blickte sich um. Sie lag in ihrem Bett, in ihrem Zimmer. In Sicherheit. Und trotzdem war ihr Brustkorb vor Angst wie zugeschnürt, sie konnte kaum atmen. Vorsichtig versuchte sie ihren Arm zu heben, hatte aber noch immer große Schmerzen in der linken Schulter. Doch der körperliche Schmerz war nichts im Vergleich zu dem, was sie empfand, wenn sie an das Massaker dachte, das Pompeos Männer im und um den Palast angerichtet hatten.

Doch ihre größte Sorge galt immer noch Orinzia und dem Kind, das sie unter dem Herzen trug. Wie würde ihr Leben an der Seite dieses Teufels aussehen? Sie verschränkte die Hände über der Bettdecke aus rosa Brokat. An der rechten Hand trug sie noch alle Ringe, die ihr etwas bedeuteten: am Ringfinger den Siegelring der della Rovere, ein Erbe ihrer Mutter. Am Mittelfinger ein Geschenk Marzios, eine Amorette auf einem Wagen, der von zwei Windhunden gezogen wurde. Diese beiden Ringe sollten sie vor dem bösen Blick schützen. Am Zeigefinger trug sie den Ring, der ihr beim Sterben helfen würde, wenn sie in Gefahr geriet. Ein bitteres Lächeln malte sich auf ihrem Gesicht, in ihren Augen standen Tränen. Sie wusste, dass letztendlich kein Ring der Welt etwas gegen das Schicksal ausrichten konnte, das ihr bestimmt war.

Unterdessen hatte sich die Tür geöffnet. Eine dunkle Gestalt verharrte auf der Schwelle. Doch Livias tränengetrübter Blick konnte nicht erkennen, wer es war.

»Endlich! Ich hatte schon Angst, Ihr würdet nie wieder aufwachen.« Cornelia lief zur Bettstatt ihrer Herrin und legte ihr sanft die Hand auf die Stirn.

»Das dachte ich auch«, kommentierte Livia lakonisch und sah aus dem Fenster. Ihr Blick fiel auf die knorrigen Äste einer uralten Eiche, die sich gegen den azurblauen Himmel abhoben. Einen Augenblick lang gab sie sich der Vorstellung hin, es sei »ihre« Eiche, unter der Adalberto auf sie warten würde. Jetzt würde Livia seine Hilfe ohne Zögern annehmen und, falls er um sie werben würde, sogar seine Liebe.

»Ihr habt noch Fieber.« Cornelia griff nach ihrer Hand und sah ihre Herrin fürsorglich an. »Ihr braucht ein erquickendes Solebad. Stützt Euch auf mich.«

Cornelia half Livia aufzustehen und umfasste ihre Taille. Sie geleitete sie ins Nebenzimmer, in dessen Mitte eine große Bronzewanne stand, die bereits bis zur Hälfte mit Wasser gefüllt war. »Wartet hier auf mich«, sagte die spanische Dienerin und kam wenig später mit zwei Krügen heißen Salzwassers zurück, deren Inhalt sie in die Wanne entleerte. Vorsichtig half sie Livia aus ihrem Nachtgewand.

»Ich habe getrocknete Rosenblätter und Jasminöl ins Wasser gegeben, wie Ihr es gerne habt«, dabei goss Cornelia Wasser über Livias Haar. Tief atmete sie den betörenden Duft ein. Welch eine Wohltat, sich im warmen Wasser zu entspannen und sich den sanften und zugleich energischen Berührungen ihrer Dienerin zu überlassen. Die treue Cornelia würde für sie ihr Leben geben, das wusste sie.

»Wie wunderschön Ihr seid! Euch scheinen die Jahre überhaupt nichts anhaben zu können«, schwärmte Cornelia und ließ ihre Augen über die Alabasterhaut ihrer Herrin gleiten. Die langen, schlanken Beine waren die einer jungen Frau, genau wie ihre straffen, wohlgeformten Brüste. Regelrecht vernarrt war Cornelia aber in Donna Livias Füße, die wie bei den Engeln auf einem Deckenfresko in der Kirche aussahen. Nach einer Massage mit Ringelblumenessenz schäumte sie ihr die Haare ein und spülte sie ab. Dann rief sie nach Tina und ließ sich Rosenöl, einen Mohnsamenaufguss und ein frisches weißes Leinennachthemd bringen. Die beiden Dienerinnen trockneten Livia ab, massierten sie und kleideten sie an. Sie blieb stumm, obwohl Cornelia sie mehrmals ansprach. Im Kamin brannte ein Feuer und erfüllte den Raum mit heimeliger Wärme. Vielleicht konnte dies das Grauen der Vergangenheit lindern. Doch Livia fühlte sich zu schwach, um sich auf die Kaminbank zu setzen.

»Soll ich Euch etwas zu essen bringen, Herrin?«

Livia schüttelte den Kopf. Sie verspürte eine leichte Übelkeit, erneut überkam sie bleierne Müdigkeit. »Ich denke, ich gehe wieder zu Bett.« Sie bot Tina den Arm, damit sie ihr aufhelfen konnte. Als Cornelia die Kissen aufschüttelte, entdeckte sie das Messer. Sie ließ es an seinem Platz. Arme Frau, wie groß muss deine Angst immer noch sein, dachte sie, als sie Livia die Tasse mit dem Mohnsamenaufguss an die Lippen hielt.

»Trinkt, das wird Euch helfen, Euch zu entspannen.«

Livia nahm nur wenige Schlucke. »Schickt nach Monsignore Altoviti.«

Cornelia nickte und lief nach draußen, um den Auftrag auszuführen.

Wenig später fiel Livia erneut in einen unruhigen Halbschlaf. Die feinmaschigen Vorhänge ihres Bettes erschienen ihr wie ein Spinnennetz. Sie wälzte sich hin und her. In ihrem Traum bewegte sie die Arme, um das Netz zu zerreißen. Doch obwohl es so zart wirkte, gelang es ihr nicht. Sie konnte zwar die Fäden entwirren, sie teilen, doch vergebens: Am Ende war das Netz wieder so undurchdringlich wie zuvor. Es war nur ein Traum. Ein Traum in einem Traum. Ein Teil ihres Bewusstseins erkannte dies, dennoch versank sie immer wieder im Treibsand des Schlafes. Sie fühlte, wie ihre Füße zu Stein wurden und sich jeder Teil ihres Körpers versteifte, als ob ihre Nerven gelähmt wären. Verzerrt hörte sie Cornelias Stimme im Gang hinter der Tür. Sie glaubte sogar, die Dienerin schreien zu hören. Sie war zwar wach, oder zumindest meinte sie es zu sein, doch sie vermochte sich nicht aus dem verwirrenden Strudel der Benommenheit zu befreien. Obwohl ihre Augen geschlossen blieben, konnte sie erkennen, was jenseits der Wand geschah. Sie sah die Männer. Sie kamen näher. Sie waren bewaffnet, ihre Schritte hallten im Korridor wider. Cornelia und Tina rannten hinter ihnen her, um sie aufzuhalten, aber sie erreichten sie nicht. Hatte sie vorhin nicht Cornelias Schrei gehört?

Dann öffnete sich die Tür. Adalberto stand auf der Schwelle. Imposant. Er betrachtete sie, wie man eine Tote betrachtet, mit großer Zärtlichkeit und Resignation.

Ich bin hier. Komm her, Liebster. Livia streckte die Arme nach ihm aus, aber er bewegte sich nicht. Irgendetwas an seiner Kleidung war anders als sonst. Er war für den Krieg gerüstet. Livia kannte diese Rüstung. Genau so hatte Marzio ausgesehen, als er zu seinem letzten Kampf aufgebrochen war. Sie wollte ihn fragen, wo er die Rüstung gefunden hatte, als ein silbriges Glitzern durch die Luft fuhr und das Spinnennetz zerriss.

Plötzlich war der Nebel wie weggeblasen. Alles stand klar und deutlich vor ihr und war doch keinen Deut weniger sonderbar und furchteinflößend. Starr vor Entsetzen lag sie in ihrem Bett. Vor ihr stand ein Mann. Ein Mann aus Fleisch und Blut. Und dieser Mann war nicht Adalberto.

»Ich grüße Euch, verehrte Mutter.« Obwohl der Mann vor ihr niederkniete, hatte Livia den grausamen Ausdruck in seinen Augen erkannt. Er war nicht gekommen, um ihr seine Ehre zu erweisen, und, was noch schlimmer war, er war nicht allein. Wie zwei unheilvolle Schatten tauchten Paciacca und di Matelica neben ihm auf. Todbringend und grausam.

Livia starrte sie an, sie zitterte unter der warmen Decke, ihr Herz schlug wie verrückt. Die drei Männer verschmolzen vor ihren Augen zu einem riesenhaften Schemen, der den ganzen Raum einzunehmen schien. Sie wollte etwas sagen, brachte aber kein Wort heraus. Sie hatte Angst, nackte Angst. Auf Pompeos Gesicht lag ein Lächeln, das ihr das Blut in den Adern gefrieren ließ. Das Messer unter ihrem Kopfkissen fiel ihr ein. Sie müsste es mit der rechten Hand hervorziehen, die linke Schulter schmerzte immer noch. Gleichzeitig zückten die drei ihre Waffen. Livia wusste genau, dass es zu spät war, das Messer würde sie nicht retten. Doch sie handelte instinktiv, wie ein in die Enge getriebenes Tier, geleitet vom reinen Überlebenstrieb. Als die Männer noch näher kamen, glitt ihr rechter Arm unter das Kopfkissen, dann schoss er nach vorne, das Messer fest umklammert.

Mit einem einzigen Hieb trennte Pompeos Klinge ihre Hand vom Körper. In Livias Kopf schien etwas zu explodieren. Ihrer Kehle entrang sich ein entsetzlicher Schrei, der ihren ganzen Körper erzittern ließ: »Nein!« Die noch zuckende Hand fiel auf die blutgetränkte Bettdecke. Sie konnte die Hand noch fühlen. Ja, sie konnte sie fühlen. Aber gehorchte sie ihr auch noch? Sie stellte sich vor, wie ihre Hand an ihren gottgegebenen Platz zurückkehrte, trotz des Blutes, das aus der Wunde strömte und ihr Leben mit sich nahm. Und dann, während Filippo di Matelica ihr seinen Dolch in die Brust stieß, einmal, zweimal, da endlich tauchte Adalberto auf der Schwelle auf und kam auf sie zu. Das markante Gesicht, die leuchtenden Augen, der wilde Bart. Endlich war er da, stolz und schön. Alles andere war ihr egal. »Hilf mir zu lächeln«, bat sie der Ritter und reichte ihr den Arm. Dabei wurde ihr bewusst, dass sie ihre Finger noch bewegen, sie mit Albertos Fingern verschränken konnte. In einer Woge grenzenlosen Glücks begriff sie, dass sie von nun an seine Hand für immer würde halten dürfen, in diesem Nirgendwo der Schönheit und Vollkommenheit. Dann wurde es dunkel. Paciaccas Klinge traf sie in Arme und Beine, durchbohrte ihren Bauch. Vierunddreißig Mal stach er zu. Bis ihr di Matelica endlich den Hals durchschnitt.

Bindo Altoviti hatte gewusst, dass dieser Moment kommen würde. Doch als Fonzo, der jüngste Diener aus dem Palazzo Colonna, außer Atem und schweißüberströmt in sein Haus gestürzt kam, mit der Nachricht, er möge sich umgehend zu Donna Livia begeben, weigerte er sich noch, den Gedanken an das Schlimmste zuzulassen. Ohne eine Sekunde zu zögern, hatte er seine Männer und eine Handvoll päpstliche Soldaten zusammengerufen und war zum Palazzo an der Piazza dei Santissimi Apostoli galoppiert.

Als er dort ankam, war der Platz verwaist. Doch an den Fenstern der umliegenden Häuser standen die Neugierigen, voller Erwartung, was nun geschehen würde. Bindo Altoviti kümmerte sich nicht darum, er hämmerte mit den Fäusten ans Tor und forderte Einlass. Keine Antwort. Als er seinen

Männern gerade befehlen wollte, das Tor gewaltsam zu öffnen, tauchte der Koch Mariolino völlig verstört am Fenster auf. »Ich komme sofort!« Wenige Augenblicke stand der junge Mann am ganzen Körper zitternd vor ihnen. »Sie bringen Donna Livia um! Sie töten sie! Alle Diener sind geflohen. Es ist niemand mehr im Haus!«

Altoviti stieß ihn zur Seite und eilte in Donna Livias Schlafgemach. Er ahnte, was ihn erwarten würde. Livia war bis zur Unkenntlichkeit entstellt, wie Memma, nach ihrem furchtbaren Martyrium. Und wieder hatte er das Gefühl, mit offenen Augen einen Alptraum zu erleben. Das war nicht die Wirklichkeit. Undenkbar, dass eine Frau, die von allen bewundert und deren Schönheit von Dichtern besungen worden war, jetzt hier zermalmt in einer ekelerregenden Lache aus Blut und Exkrementen lag. Aber etwas anderes brachte ihn in die Realität zurück.

Der Mörder von Livia und Memma war noch im Raum. Nur wenige Meter von ihm entfernt stand er da, hoch aufgerichtet, wie eingefroren in seiner Grausamkeit. Das Messer noch in der rechten Hand. Die Klinge blutverschmiert.

Das Ganze dauerte nur wenige Augenblicke, doch Altoviti kam es vor wie eine Ewigkeit. »Neein!«, brach es aus ihm heraus, als er sich auf Pompeo stürzte. Er wollte ihn mit seinen eigenen Händen töten, ihm die Augen auskratzen, sein Gesicht zerfleischen, das Messer in sein Herz stoßen und seinen Körper in Stücke reißen. So wie dieser Unmensch es mit Livia und Memma getan hatte. Aber seine Männer hielten ihn gewaltsam zurück. Die päpstlichen Soldaten machten mit Paciacca und di Matelica kurzen Prozess, dann entwaffneten und fesselten sie den Fürsten.

Außer sich vor Hass und Schmerz schleuderte Altoviti ihm entgegen: »Du feiger Frauenmörder! Der Papst wird dich exkommunizieren und zum Tode verurteilen. Du wirst auf ewig in der Hölle schmoren!«

Erst jetzt kam Bewegung in Pompeos maskenhafte Starre. In seinen Augen glühte sadistische Befriedigung, jenseits jeglichen menschlichen Vorstellungsvermögens. »Ich fürchte weder den Papst noch die Hölle«, gab er kalt zurück. Und einen Augenblick lang waren selbst die päpstlichen Soldaten wie versteinert, als ob der Leibhaftige aus seinem Munde gesprochen hätte. Man schrieb den 25. Januar 1554.

49

Piergiorgio Sperelli hatte seinen Panda auf der anderen Straßenseite geparkt. Er schaute auf die Uhr. Halb fünf, noch etwas zu früh. Er schaltete das Radio ein. *Could it be magic* von Take That erinnerte ihn daran, dass er eine ähnliche Situation schon einmal erlebt hatte. Als er sich das erste Mal in einen Mann verliebt hatte, gab es ein böses Erwachen. Der Mann war verheiratet. Piergiorgio war damals bis ins Mark getroffen. Selbst als er schon Bescheid wusste, hatte er ihm stundenlang nachspioniert, bis vor die Haustür. Er fühlte nur noch Schmerz und Enttäuschung, konnte an nichts anderes mehr denken als an den Mann, der ihn betrogen, ihm vorgegaukelt hatte, eine gemeinsame Zukunft aufbauen zu wollen. War sein Verhalten heute eigentlich moralischer als damals? War die Verzweiflung einer Mutter legitimer als der Schmerz eines betrogenen Liebhabers? Er wusste es nicht, vielleicht wollte er es aber auch gar nicht wissen.

Nach einer halben Stunde öffnete sich auf der anderen Straßenseite eine Tür. Anna Maria. Piergiorgio hatte sie zwar nur ein einziges Mal gesehen, in der Pizzeria damals, zusammen mit Stefano, Chiara und Maria Lunieri, aber er erinnerte sich noch gut an die junge Frau. Außerdem lag ja ihr Foto neben ihm auf dem Beifahrersitz, das Lucetta ihm gegeben hatte, als sie den Plan durchsprachen. Er sollte sich gegen vier vor ihrem Haus postieren, da sie mitgehört hatte, wie sich Anna Maria für halb fünf mit Federico verabredet hatte.

Piergiorgio betrachtete sie. Sie trug Jeans, Weste und Turnschuhe. Mit ihrem Pferdeschwanz erinnerte sie an das nette Mädchen von nebenan aus dem Werbefernsehen. Anna Maria sah sich immer wieder um und blickte ungeduldig auf die Uhr. Um diese Zeit herrschte kaum Verkehr. Fünf Minuten später hielt vor dem Haus ein metallicblauer BMW. Das musste Federico sein. Anna Marias Reaktion ließ keinen anderen Schluss zu.

»Liebster, endlich!« Anna Maria stieg ins Auto, beugte sich zu Federico und küsste ihn leidenschaftlich. »Es fällt mir von Mal zu Mal schwerer, von dir getrennt zu sein.«

Federico hielt sie fest im Arm. »Ich weiß, aber wir haben doch schon darüber gesprochen. Hast du deiner Mutter erzählt, dass du dich mit mir triffst?«

»Bist du verrückt? Natürlich nicht.«

Federico ließ noch einen Golf vorbei, dann fuhr er los.

»Habe ich dir gefehlt?« Anna Maria lächelte ihn verliebt an und streichelte seine Hand.

»Natürlich.«

»Sag mir etwas Nettes, bitte.«

»Ich liebe dich.« Federico warf ihr einen flüchtigen Seitenblick zu. Anna Maria konnte diese Worte gar nicht oft genug hören, doch sie war enttäuscht. War das alles? Dieser lahme Satz?

Federico schien ihre Gedanken gelesen zu haben, er griff nach ihrer Hand und küsste die Fingerspitzen. »Du wirst schon sehen, der Tag wird kommen, wo mir deine Mutter vertraut und wir als eine große Familie zusammenleben.«

Auch bei diesen schönen Worten vermisste Anna Maria Wärme und Gefühl. Was war nur mit ihm los? »Ist alles in Ordnung, Liebster?«

»Alles bestens!« Federicos Stimme hatte einen ulkigen kleinen Hüpfer gemacht. Anna Maria musste lachen. Es war doch alles in Ordnung, dachte sie, während sie sich zu ihm beugte und ihn auf den Mund küsste.

»Anschnallen, Liebling. Abfahrt ins Paradies!« Federico war wieder ganz der Alte. Anna Maria lächelte und versuchte die Enttäuschung zu unterdrücken, die sie eben noch gespürt hatte. Federico war ein großartiger Liebhaber, der sie zu ungeahnten Höhepunkten trieb. Aber jetzt brauchte sie etwas anderes: Wärme und das Gefühl von Geborgenheit. Obwohl Federico ihr immer wieder seine Liebe geschworen hatte, blieb sie verunsichert. Mit einem Mal genügten Anna Maria seine Worte allein nicht mehr, im Gegenteil, sie fachten ihre Unruhe und ihre Zweifel noch an.

Verstohlen betrachtete sie den Mann neben sich. Sie kannte jeden Winkel seines Körpers, jedes Fältchen in seinem Gesicht, und doch kam es ihr vor, als sähe sie ihn heute das erste Mal. Im Grunde war er ihr fremd.

»Warum siehst du mich so an?«

Plötzlich schämte sich Anna Maria. Sie küsste ihn auf die Wange. »Ich kann immer noch nicht fassen, dass ich so etwas Wunderbares erleben darf. Immer wenn wir zusammen sind, habe ich das Gefühl, ein Stück vom Paradies zu stibitzen«, entgegnete sie. Was für ein Kitsch! Gerade in diesem Moment klangen ihre Worte verlogen.

Federico runzelte die Stirn. »Ich zeige dir jetzt etwas, das dir bestimmt gefallen wird. Das Haus gehört einem Freund von mir. Er ist gerade beruflich in Paris. Ein Haus? Was sage ich – eine riesige Villa mit Swimmingpool und Park. Dort können wir tun und lassen, was wir wollen. Wie wäre es mit Sex im Pool? Niemand wird uns sehen, die Bäume und Sträucher sind so dicht, dass man vor neugierigen Blicken geschützt ist.«

Anna Maria lächelte gequält. Natürlich tat es gut, von einem attraktiven Mann begehrt zu werden, aber sie wollte etwas anderes. Ein Abendessen bei Kerzenschein, Hand in Hand durch den Park spazieren, Zärtlichkeit und Romantik. Sie kuschelte sich in ihren Sitz und lehnte den Kopf ans Fenster. Die vorbeistreifende Landschaft lullte sie ein.

»Schlaf ruhig, mein Schatz, ich wecke dich, wenn wir da sind.« Als Federico ihr durchs Haar strich, überlief sie ein wohliger Schauer.

50

Die Seite über Livia war noch immer aufgeschlagen. Zwei Stunden waren vergangen, seit Chiara die Zeilen gelesen hatte. Wo war nur die Zeit geblieben? Die Reise in die andere Dimension hatte sie erschöpft. Die Worte in Valpergas Anthologie hatten sie dorthin geführt. Und so hatte sie »gesehen«, was ihre eigenen Erlebnisse erklärte: den seltsamen Schmerz in der rechten Hand, den Mann in Schwarz, die Messerklinge im Dunklen.

Er hat mich umgebracht.

Er, das war der Herrscher über Zagarolo. Fürst Pompeo Colonna. Was sie vorher mit ihrem inneren Auge gesehen hatte, besaß Chiara jetzt schwarz auf weiß. In allen historischen Quellen, in denen sie bis jetzt recherchiert hatte, war er immer als glorreicher Held und großzügiger Mäzen beschrieben worden, nicht als blutrünstiger Mörder. In einigen Dokumenten hatte sie gelesen, dass das Fürstentum Zagarolo 1569 von Papst Pius V. zum Herzogtum erhoben worden war, als Belohnung für die treuen Dienste, die Pompeo Colonna der Heiligen Kirche geleistet hatte. Außerdem habe er den Bau von Denkmälern und anderen Bauwerken finanziert. Der Mord an Livia wurde mit keiner Zeile erwähnt. Die Tatsache, dass die Geschichtsschreibung einen solch infamen Verbrecher mit Ruhm überschüttete, erfüllte Chiara mit Wut. Wenn Donna Livia sie, Chiara Bonelli, Journalistin bei *Stars' Boulevard*, dazu auserkoren hatte, die Wahrheit ans Licht zu bringen, war sie verpflichtet, die Rolle des Fürsten in der Geschichte zurechtzurücken. Allerdings musste sie noch einige Recherchen anstellen, damit ihre Schlussfolgerungen hieb- und stichfest waren, auf der Basis von Visionen konnte sie die Geschichte schließlich nicht umschreiben. Dazu bedurfte es handfester Beweise. Aber zumindest wusste sie jetzt, wonach sie suchen musste. Sie würde Piergiorgio und wenn nötig auch Alex Carboni um Hilfe bitten. Aber zuerst hatte sie noch etwas Wichtigeres zu erledigen.

Rette sie!

Auch wenn die Dame ihr die Identität ihres Mörders offenbart hatte, der Name der Frau, die sie retten sollte, war im Dunkeln geblieben. Aber Chiara fühlte, dass sie der Lösung ganz nahe war. Sie klappte den Valperga zu und rief Silvia Giorgini an. Sie musste etwas überprüfen.

»Dottor De Andreis hat angerufen. Er wird in zehn Minuten hier sein.« Barbara stand auf der Schwelle zu Cesare Persellas Büro. Die Tür stand offen, aber sie hatte trotzdem angeklopft, um ihr Kommen anzukündigen.

»Sehr gut. Bitten Sie ihn dann sofort herein. Danach will ich unter keinen Umständen gestört werden.«

»Sehr wohl.«

Als die Angestellte das Zimmer verlassen hatte, stieß Persella einen tiefen Seufzer aus. Er war entschlossen, seinem Anwalt die Karten auf den Tisch zu legen. Diese Entscheidung hatte ihn eine schlaflose Nacht gekostet. Eine Nacht, in der die verdrängten Geschehnisse der Vergangenheit wieder hochgekommen waren, besonders die qualvollen Erinnerungen an seine Mutter. Noch heute tat es weh, wenn er an sie dachte. An die Krankheit, an der sie elend zugrunde gegangen war. An den stechenden Geruch der Medikamente. An das ständige Kommen und Gehen der Pflegerinnen, die sich Tag und Nacht mit der Betreuung abwechselten. Ein Alptraum. In seinen Erinnerungen trug seine Mutter immer eine Sauerstoffmaske. Wie sie im Bett lag und mit brüchiger Stimme bettelte, wenigstens ein einziges Mal ihre Enkeltochter sehen zu dürfen. Sie hatte einen Privatdetektiv beauftragt und wusste Bescheid. Cesare hatte noch ihre bitteren Vorwürfe im Ohr, sie kam einfach nicht darüber hinweg, einen Feigling zum Sohn zu haben. Und wieder kochte die Wut auf Lucetta Felisi in ihm hoch. Wie konnte sie es wagen, seine Mutter in ihren letzten Tagen so zu quälen?

»Buongiorno, Cesare. Entschuldige die Verspätung, aber ich musste noch eine Klageschrift ins Gericht bringen.« Persella fuhr aus seinen Gedanken gerissen hoch.

»Verzeihung, ich wollte dich nicht erschrecken.«

»Schließ die Tür und setz dich.«

Der Anwalt spürte, dass sein wichtigster Mandant etwas auf dem Herzen hatte, was auszusprechen ihm sichtlich Mühe bereitete.

»Ich denke, du solltest etwas wissen. Aber …«, Persellas Augen verengten sich zu Schlitzen, »kein Wort, zu niemandem. Nicht einmal zu Maité.«

»Cesare, du kennst mich. Als Anwalt unterliege ich der Schweigepflicht, betrachte mich einfach als deinen Beichtvater.«

Persella zog die Augenbrauen hoch, der Vergleich erschien ihm gewagt, ja unabsichtlich ironisch, aber er sagte nichts. »Ich war damals nicht alleine«, er setzte sich in seinem Sessel zurecht und räusperte sich. »Ein paar Freunde waren dabei. Grassi zum Beispiel, vom Gestüt Soledad, wo die Jockeys trainieren.«

De Andreis nickte, er kannte das Gestüt, seine Frau ritt seit Jahren dort.

»Außerdem Stefano Carriero, der Sohn von General Carriero, der später in den Korruptionsskandal verwickelt war, und Peppe Pulvirenti …«

»Der Anwalt? Der Sohn des Juweliers?«

»Ja, genau der.«

»Also alles Söhne aus gutem Hause, wie ich sehe …«, bemerkte De Andreis mit leicht ironischem Unterton. Persella fiel ihm ins Wort: »Auf unpassende Kommentare kann ich verzichten.«

Der Anwalt wurde sofort wieder ernst. »Cesare, du weißt, ich würde mir nie erlauben … Es ist jedenfalls gut, dass du mir das alles erzählst. Hast du noch Kontakt zu deinen Freunden von damals?«

»Grassi sehe ich regelmäßig, wir golfen sonntags zusammen. Von den anderen habe ich seit Jahren nichts mehr gehört. Du weißt, der Job, die Familie … aber wir sind nicht im Streit auseinandergegangen.«

»Wenn die Sache ans Licht kommt, wird das auch deinen damaligen Freunden nicht gefallen.«

»Meinst du, sie würden gegen Lucetta Felisi aussagen? Gegen ein angemessenes ›Honorar‹ natürlich.«

»Ich denke, das würden sie sogar freiwillig machen. Letztendlich hängen sie doch alle in dieser Geschichte mit drin. Und wenn Lucetta Felisi ihre Tochter nicht in den Schmutz ziehen will, wird sie mit Sicherheit auf einen DNA-Test verzichten. Man soll zwar den Tag nicht vor dem Abend loben, aber ich denke, du hast nichts zu befürchten.« Bei diesen Worten trat ein entspanntes Lächeln auf Cesare Persellas Gesicht.

Chiara war schockiert, wie elend Marco Lunieri aussah. Trotzdem fiel ihr ein Stein vom Herzen. »Er ist es!« Sie starrte auf den Monitor.

Silvia Giorgini hatte den Film der Überwachungskamera bei der einzigen Großaufnahme des Jungen angehalten. »Wir haben Augenzeugen befragt. Einer will in dem Geländewagen, der vor dem Supermarkt abgestellt war, Pitbulls bemerkt haben.«

»Pitbulls?« Chiara überlief ein Schauer.

»Ja. Wir sind schon dabei, die Umgebung abzusuchen. Die Hunde könnten den Radius noch einmal eingrenzen, vorausgesetzt, die Information stimmt …«

»Da gibt es keinen Zweifel«, sagte Chiara spontan.

Silvia Giorgini fuhr überrascht herum. Sie wusste, dass sie sich auf das Bauchgefühl der Journalistin verlassen konnte. Sie hatte es am eigenen Leib erlebt. Doch in ihrem Beruf galten nur Fakten. Die Kommissarin informierte Chiara noch darüber, dass sie einen Generaldurchsuchungsbefehl für alle potentiell verdächtigen Villen beantragen wollte.

»So viel Zeit haben wir nicht«, antwortete Chiara und wartete auf die übliche Belehrung, nichts ohne vorherige Zustimmung der Polizei zu unternehmen.

Aber dieses Mal war es anders. Nach kurzem Zögern fragte Silvia, wie sie an ihrer Stelle vorgehen würde.

»Wir können ihn nur retten, wenn wir rasch handeln. Das Gebäude, das wir suchen, muss mehrere Kellerräume haben. Und dort haben sie Marco versteckt.«

Die Kommissarin nickte zustimmend. Sie fragte nicht, woher Chiara das wusste. Sie blickte nur auf den Monitor. Einen Augenblick lang hatte sie den Eindruck, Marcos Augen würden sie um Hilfe anflehen.

Kurz nachdem sie die Nationalstraße verlasen hatten, nahm der Verkehr ab. Federico blickte auf die Uhr, sie würden pünktlich sein. Anna Maria döste immer noch, den Kopf gegen das Fenster gelehnt, die Hände locker im Schoss. Als plötzlich die Melodie von *Mission Impossible* ertönte, schreckte sie hoch. Was war das für ein Klingelton? Federico versuchte unauffällig auf die Stummtaste seines Handys zu drücken, doch zu spät. Anna Maria hatte es bemerkt.

»Hallo?« Er presste das Handy ans Ohr und blickte starr geradeaus. »Alles klar. Wir werden pünktlich sein. Bis später.« Er lächelte Anna Maria zu, die ihn fragend anblickte.

»Das war mein Freund, du weißt schon, der Freund, in dessen Haus wir fahren.«

»Ich dachte, der wäre in Paris …«

»Nein, er fährt erst heute. Er wartet, damit er uns die Schlüssel geben kann.«

»Hast du einen neuen Klingelton?«

»Ja, das muss zufällig passiert sein. Ich kenne mich mit diesem Modell noch nicht richtig aus. Es hat zwar ein tolles Design, aber die Bedienung ist wirklich kompliziert. Findest du nicht auch?«

Anna Maria nickte halbherzig und kuschelte sich wieder im Sitz zurecht. Die Landschaft, die an ihnen vorbeizog, kam ihr irgendwie bekannt vor. »Du bist irgendwie … anders«, sagte sie und versuchte sich zu orientieren.

»Anders? Wie meinst du das?«

»Ich weiß nicht … Wir haben die Klingeltöne unserer Handys gemeinsam ausgesucht, als Erkennungszeichen. Ich würde meinen nie ändern, einfach deshalb, weil du ihn mir ausgesucht hast.«

»Aber ich hab dir doch schon erklärt, dass es keine Absicht war. Keine Ahnung, wie das passiert ist.« Federico streckte die Hand aus, um sie zu streicheln, aber Anna Maria entzog sich seiner Berührung.

»Was ist denn, meine Schatz?«

»Ach, nichts.«

»Sag schon. Ich kenne dich doch.«

Anna Maria zuckte mit den Schultern. »Ich muss an meine Mutter denken. Vielleicht war es doch keine gute Idee, einfach abzuhauen.«

»Sie hätte dich bestimmt nicht gehen lassen, wenn du ihr die Wahrheit gesagt hättest. Aber wenn du willst ...«, Federico sah sie aus den Augenwinkeln an, »wenn du willst, ruf sie doch einfach an. Hier, nimm mein Handy.«

Anna Maria nahm das Motorola, gab es dann aber mit einem resignierten Lächeln zurück. »Du hast recht, sie hätte mich nie gehen lassen. Und ich will für immer mit dir zusammen sein.«

Federico drosselte das Tempo und beugte sich zu ihr, um sie zu küssen. Dieses Mal würde sie sich nicht entziehen. »Entspann dich einfach, ich wecke dich, wenn wir da sind«, sagte er in diesem samtenen Ton, den Anna Maria über alles liebte.

Maité legte ihr neues Motorola K1 neben die beiden Nokias. Jetzt fühlte sie sich besser. Sie blickte in den Spiegel und tupfte sich ein wenig Grundierung ab. Sie hatte sie etwas zu großzügig aufgetragen. Danach legte sie eine Spur kastanienbraunen Lidschatten und rosa Lipgloss auf und band die Haare zu einem strengen Knoten. Für diesen Anlass hatte sie ein anthrazitfarbenes Designerkostüm und eine schlichte weiße Bluse gewählt, dazu Mokassins von Tod's. Auch beim Schmuck war sie zurückhaltend, sie trug nur ein Paar unauffällige Diamantohrringe. Ein letzter prüfender Blick in den großen Schlafzimmerspiegel. »Perfekt!« Das ideale Outfit für eine Wohltätigkeitsveranstaltung.

In ihre geräumige Hermès-Tasche steckte sie die drei Handys, ein Schminktäschchen, ein Paar goldglitzernde hochhackige Sandalen, einen hochgeschlitzten Unterrock und eine feuerrote Perücke, die sie aus der untersten Schublade ihres Kleiderschranks gekramt hatte.

Außerhalb der Stadt war nicht viel Verkehr. Piergiorgio musste sich etwas zurückfallen lassen und lief Gefahr, den blauen BMW aus den Augen zu verlieren, aber das Risiko, entdeckt zu werden, wäre sonst einfach zu groß gewesen.

Die Straße gabelte sich. Er fuhr noch langsamer und wartete, welche Richtung der BMW einschlagen würde. Er bog in eine schmale Nebenstraße ab, die an einer Seite durch eine hohe Mauer begrenzt war. Piergiorgio folgte in gebührendem Abstand.

»Diese Reichen leben in ständiger Angst, beklaut zu werden, da lassen sie sich lieber gleich einmauern.« Als er bemerkte, wie das Auto vor ihm langsamer wurde und nach einem geeigneten Parkplatz suchte, kehrte er um und fuhr ein Stück zurück. Die beiden wollten sicherlich ungestört sein.

»Aber das Haus kenne ich!« Anna Maria war hochgeschreckt. »Hier war ich schon mal, da bin ich mir sicher.«

»Ach wirklich?« Federicos Stimme hatte jede Spur von Zärtlichkeit verloren.

Anna Maria verstummte. In dieser Villa hatte sie Maité Persella mit ihrer Freundin verschwinden sehen, damals, als sie Cesares Frau im Polo ihrer Mutter verfolgt hatte. Aber was zum Teufel hatte Maité mit Federico zu tun? Sie hütete sich davor, diese Frage laut zu stellen.

»Wir sind da«, sagte Federico, ohne sie anzusehen.

Plötzlich bekam sie Angst. »Nein, ich will nicht mehr.«

»Was willst du nicht mehr?« Federico zwang sich zu einem dünnen Lächeln.

»Ich will nicht mit. Ich will da nicht rein, das sind wildfremde Leute. Bring mich nach Hause.«

»Komm, sei nicht albern!« Federico packte sie unsanft im Nacken.

Anna Maria schrie auf.

»Du darfst mich jetzt nicht alleine lassen. Ich liebe dich doch.« Federicos Stimme war wieder ganz sanft. Aber dieses Mal fiel Anna Maria nicht darauf herein. Dieser Mann neben ihr war tatsächlich ein Fremder.

Lucetta Felisi war im Moment nicht erreichbar. Piergiorgio ließ es eine halbe Ewigkeit klingeln, aber offenbar war ihr Anrufbeantworter ausgeschaltet. Deshalb rief er Stefano an und erzählte ihm, er habe Lucettas Tochter und ihren Liebhaber bis in die Albaner Berge verfolgt. »Sie sind dann in ein einsames Sträßchen abgebogen, du weißt schon, wo eine dieser protzigen Villen steht, mit hohen Mauern drumherum. Ich nehme an, der Typ wohnt dort. Er muss stinkreich sein. Irgendetwas mache ich falsch.«

Stefano Dini wusste nicht, was er sagen sollte. Insgeheim fragte er sich, was ihn mehr schockierte: die Tatsache, dass seine Kollegin ihrer Tochter hinterherspionieren ließ, oder die, dass sein Freund der Spitzel war.

Anna Marias Hand zuckte zurück, als hätte sie einen elektrischen Schlag bekommen. Noch bevor sie die Tür öffnen konnte, hatte er die Zentralverriegelung zuschnappen lassen. Ungläubig blickte sie zu Federico hinüber, der mit versteinertem Gesicht hinter dem Steuer saß. Er rollte noch bis zum Gittertor, dann hielt er an.

Anna Marias Angst wuchs.

»Lass mich raus!«

»Und wohin willst du? Außer diesem Häuschen und der Landschaft gibt es hier weit und breit nichts.« Federicos Hand beschrieb einen Halbkreis. »Also?«, fragte er höhnisch.

»Warum tust du mir das an?«, Anna Maria packte ihn am Arm.

»Du wolltest doch mit mir zusammen sein, oder?« Federico schüttelte ihre Hand ab. Seine Augen waren eiskalt.

Anna Maria geriet in Panik. Alles war so unwirklich. Das war nicht Federico. Ihr Federico. Das musste ein Alptraum sein oder ein schlechter Scherz. Sie war bereit, auch die verrückteste Erklärung zu akzeptieren. »Das ist ein Scherz, oder?«, fragte sie mit Tränen in den Augen. Dann hörte sie Schritte auf dem Kies. Als sie aus dem Fenster sah, erkannte sie zwei schwarz gekleidete Männer, die auf das Auto zukamen. Einer hatte einen Pitbull an der Leine.

»Was soll das?« Anna Maria war jetzt völlig verwirrt. In diesem Moment ging das Tor ganz auf. Einer der Männer packte sie am Arm und zerrte sie aus dem Auto, während Federico ihr das Handy aus der Tasche zog. Sobald der Pitbull sie gewittert hatte, begann er wild zu bellen und an seiner Leine zu zerren. Aber der Mann war stark genug, den Hund unter Kontrolle zu halten. Anna Maria wehrte sich und schrie, doch der Unbekannte schlug ihr brutal ins Gesicht. Sie hatte keine Chance.

»Rein mit ihr.« Federico wartete, bis die Männer Anna Maria ins Haus gebracht hatten, dann startete er den Motor und fuhr langsam auf den Hof.

Ihre Sorgen waren berechtigt gewesen, sie hatte es gewusst. Piergiorgio versuchte vergeblich, sie zu beschwichtigen. »Ich spüre, dass etwas nicht stimmt, schließlich bin ich ihre Mutter«, hatte Lucetta am Telefon gesagt. Er hatte ihr genau beschrieben, wo er das Auto das letzte Mal gesehen hatte. Kurz darauf hatte Chiara angerufen, um sich zu erkundigen, wie es ihr ging. Lucetta erzählte ihr alles.

»Du rührst dich nicht von der Stelle! Paolo und ich kümmern uns um Anna Maria«, sagte Chiara und ließ sich noch mal erklären, wo sich die Villa befand. Außerdem nahm sie Lucetta das Versprechen ab, zu Hause zu warten. Aber je mehr Zeit verstrich, desto schwerer wurde es für Lucetta, sich daran zu halten. Die Sorge in Chiaras Stimme bestätigte ihren Verdacht. In aller Eile bereitete sie für Amerigo etwas zu essen vor, deckte es mit Alufolie ab und legte einen Zettel daneben. »Bin unterwegs zu Anna Maria. Warte nicht auf uns. Wir sind bald zurück.« Dann nahm sie den Autoschlüssel und verließ die Wohnung.

Chiara konnte sich nicht erinnern, jemals so aufgewühlt gewesen zu sein. Sie schwitzte, und ihre Hände zitterten. Sie rief Carmela an: »Ich glaube, ich weiß jetzt, welche Frau ich retten muss.« Carmela hatte ihr Bestes getan, sie zu beruhigen. »Hab keine Angst und vertraue deinem inneren Auge.«

Während sie auf Paolo wartete, dachte sie noch einmal über Lucettas Worte nach. Federico hatte Anna Maria in eine Villa in den Albaner Bergen gebracht. In dieser Gegend liefen alle Fäden zusammen. Federicos Nichten Mony und Terry, das Xilos, die Diskothek, die Andrea Monti, Luca Soavi und Marco Lunieri besucht hatten. Schon lange vermutete Chiara, dass Terry die »Tes« aus Luca Soavis E-Mail war. Und wahrscheinlich steckte hinter der geheimnisvollen Monica, die Marco Lunieri verführt hatte, bevor er verschwunden war, niemand anderes als Mony.

Als es klingelte, stürzte Chiara Hals über Kopf aus der Wohnung, musste aber noch mal zurück, weil sie die Tasche mit dem Handy vergessen hatte. Dann rannte sie die Treppe hinunter.

»Chiara!« Paolo war aus seinem Landrover gestiegen, um sie zu umarmen. »Was ist los? Du bist so blass, du zitterst ja! Geht es dir nicht gut?«

Chiara schüttelte den Kopf. »Doch, doch. Es geht mir gut. Wir dürfen keine Zeit verlieren, vertrau mir einfach.« Sie ging zum Wagen und stutzte: »Was macht denn dein Vater hier?«

»Er wollte uns nicht alleine fahren lassen. Du hast doch nichts dagegen, oder?«

»Das war keine gute Idee, du hättest mich vorher fragen sollen. Das wird kein Spaziergang, Paolo.«

Paolo wich zurück: »Ich weiß, wir suchen nach einer Villa und …« Er verstummte, plötzlich wirkte er unsicher, ja fast ängstlich.

»Wir suchen keine Villa. Wir suchen einen entführten Jungen, und jede Minute zählt.« Chiara stieg entnervt in den Landrover. Venzy hatte den Disput durch das Fenster verfolgt. Obwohl er kein Wort verstanden hatte, spürte er die Anspannung der beiden.

»Ciao, Venzy«, sagte Chiara.

»Chiara, wenn es ein Problem ist, dass ich …«

»Nein, Venzy, ist schon gut.« Als sich Paolo endlich wieder hinter das Steuer gesetzt hatte, drängte sie: »Fahr los!«

Cesare Persellas Chefsekretärin blickte von ihrem Bildschirm auf. »Buongiorno, Signora, ich werde sofort nachsehen, ob der Herr Direktor frei ist.«

Maité lächelte ihr gönnerhaft zu. Es war nicht zu übersehen, dass sie die Situation genoss.

»So früh?« Cesare thronte hinter seinem Schreibtisch und musterte seine Frau von Kopf bis Fuß. »Und warum trägst du ein Kostüm?« Maité beugte sich vor und küsste ihn auf die Wange. »Ich gehe zu einer Wohltätigkeitsveranstaltung, vielleicht bleibe ich auch zum Abendessen. Ich bin nur vorbeigekommen, um dir zu sagen, dass du nicht auf mich zu warten brauchst. Es kann spät werden. Was ist das?« Sie zog einen gelben Umschlag aus dem Terminkalender ihres Mannes.

Cesare wurde nervös. Er wusste genau, dass seine Frau über Nacht nicht nach Hause kommen würde. Aber sie hatten vereinbart, sich über persönliche Dinge keine Fragen zu stellen. Inzwischen hatte Maité den Umschlag geöffnet. »Wer ist das?«

Cesare riss ihr die Fotos aus der Hand und stopfte sie in den Umschlag zurück. »Lucetta Felisi. Ein Privatdetektiv hat sie aufgenommen, im Auftrag von De Andreis.«

»Gar nicht übel, wenn sie sich ein bisschen mehr zurechtmachen würde. Und hat er etwas Interessantes herausgefunden?« Sie griff erneut nach dem Umschlag, doch Cesare war schneller und ließ ihn in einer Schublade verschwinden.

»Bis jetzt nicht. Du gehst also auf eine Wohltätigkeitsveranstaltung?« Er konnte seinen Ärger nicht verbergen.

»Cesare, du weißt doch, dass das zu meinen Aufgaben gehört.« Maité setzte sich auf seinen Schoß, und bevor er noch etwas sagen konnte, küsste sie ihn auf den Mund und griff ihm zwischen die Beine. Cesare stöhnte, presste sie an sich und streichelte ihren Po. Doch als er begann, ihre Bluse aufzuknöpfen, sprang Maité leichtfüßig auf. »Nicht doch, mein böser Cesare«, sie drohte ihm scherzhaft mit dem Finger. Dann ging sie zur Tür. Auf der Schwelle drehte sie sich noch einmal um und warf ihm eine Kusshand zu. »Arbeite nicht zu viel und warte nicht auf mich.«

Persella sah ihr nach. Seine Frau hatte noch immer den süßesten Knackarsch der Welt.

51

Der Park der Villa war völlig verwildert. Überall Dornengestrüpp und Brennnesseln im Schatten jahrhundertealter Bäume. Er sah genauso traurig aus, wie das verrottete Schwimmbad, das in seiner Mitte gähnte. Während sich Anna Maria umsah, erinnerte sie sich an Federicos Worte: »Dort können wir tun und lassen, was wir wollen. Wie wäre es mit Sex im Pool? Niemand wird uns sehen, die Bäume und Sträucher sind so dicht, dass man vor neugierigen Blicken geschützt ist.« Noch immer konnte sie es kaum fassen. Aus ihrem Wunschtraum war ein Alptraum geworden.

Ihre Bewacher schleppten sie die Stufen der breiten Eingangstreppe hinauf. Federico folgte ihnen. Sie betraten einen riesigen Salon. Luxuriös eingerichtet, an den Wänden Gemälde alter Meister. Auf allem schien der Staub von Jahrhunderten zu liegen, als sei die Zeit stehengeblieben. Von dem Salon gingen vier Türen ab, an jeder Seite eine, alle waren geschlossen. Federico, der inzwischen vorneweg ging, öffnete die nach Osten führende Tür: »Gehen wir.« Anna Marias Angst steigerte sich noch, als sie sich in einem zweiten Salon wiederfand, der dem ersten aufs Haar glich. Der Gedanke, dass sich hinter den anderen Türen ebenfalls identische Räume befinden könnten, erfüllte sie mit Panik. Sie kam sich vor wie in einem Computerspiel. Auch dieser Salon hatte vier Türen, aber dieses Mal ging Federico nicht weiter. Er blieb vor einem schwarzen Ledersofa stehen und befahl: »Verbindet ihr die Augen!«

Anna Maria schrie.

»Schrei nur, mein Täubchen, hier hört dich sowieso niemand«, höhnte einer der Männer, während der andere ihr mit einem dunklen Tuch die Augen verband. Federico sah zu, Anna Marias Schreie gingen ihm auf die Nerven. »Stopft ihr das Maul!« Dann rückten sie das Sofa zur Seite und hoben den Teppich hoch. Eine Falltür kam zum Vorschein.

Anna Maria fühlte, wie einer der Männer sie packte und sich über die Schulter legte. Ihr Herz klopfte bis zum Hals. Wieder versuchte sie sich zu befreien.

»Halt still, sonst fällst du runter und tust dir weh.« Der Mann schleppte sie über eine Wendeltreppe in den Keller. Dort setzte er sie ab.

Kälte und Feuchtigkeit schlugen ihr entgegen, wie in einer Gruft. »Geh schon!« Sie wurde brutal nach vorne gestoßen. Plötzlich hörte sie, dass ihnen jemand entgegenkam. Federico nickte dem Aufseher zu, der eine Gruppe Novizen in die Küche führte. Sie bewegten sich wie Zombies, die Augen auf den Boden geheftet. Nur einer hatte kurz den Kopf gehoben, was sofort die Aufmerksamkeit des Wächters erregte. »Weitergehen und Augen auf den Boden, Nummer 12!«

Marco gehorchte, aber der Gummiknüppel des Aufsehers sauste trotzdem auf ihn nieder. Um ein Haar wäre er gestürzt. Marco wusste, welches Schicksal die Frau mit den verbundenen Augen erwartete. Sie würde während des bevorstehenden Reinigungsrituals geopfert werden.

Lucetta Felisi probierte es erneut. Nichts. Anna Marias Handy war immer noch abgeschaltet. Sie versuchte ihre Gedanken zu ordnen. Sie war von der Via Appia Nuova abgebogen und fuhr jetzt in Richtung Albaner Berge. Wenn sie erst einmal bei der Villa wäre, würde sich alles andere schon finden. Vielleicht würde ein persönliches Gespräch mit Federico die Situation bereinigen. Aber wie war Chiaras Verhalten am Telefon zu erklären? Warum hatte sie ihr quasi befohlen, das Haus auf keinen Fall zu verlassen? Wusste die Journalistin etwa doch mehr? Die Angst raubte ihr den Verstand. Sie trat aufs Gas und setzte zum Überholen an.

Anna Maria hatte keine Ahnung, wo sie sich befand. An Händen und Füßen gefesselt, kauerte sie mit verbundenen Augen auf dem Boden, an eine nackte Steinmauer gelehnt. Mutterseelenallein in der feuchten Kälte. »Schön stillhalten, Kleines!«, hatte einer der Wächter beim Gehen gesagt und ihr über die Wange gestrichen. Anna Maria hatte sich angewidert abgewandt. Kurz darauf war ihr, als hörte sie ein metallisches Geräusch, wie ein sich schließendes Gitter. Jetzt galt es kühlen Kopf zu bewahren. Sie musste sich konzentrieren, jedes Geräusch konnte ihr wichtige Fingerzeige geben. Aber die Stimmen, die sie zu hören glaubte, waren zu leise und wurden von ihrem keuchenden Atem überdeckt. Voller Verzweiflung weinte sie sich in den Schlaf.

Im Halbschlaf hatte sie weder das sich öffnende Gitter noch die Schritte gehört. Erst als jemand sie brutal in die Höhe riss, wachte sie auf. Sie wehrte sich instinktiv, gab aber nach, als sie bemerkte, dass man ihr die Handfesseln löste. Sie lassen mich frei, dachte sie. Weit gefehlt. Sie erstarrte, als sie spürte, wie eine weitere Person begann, sie auszuziehen. Einer zerrte ihr den Pulli über den Kopf, während der andere sie zwang, die Arme hochzuhalten. Anna Maria ließ sich schlaff zu Boden sinken. Mehr konnte sie nicht tun. Doch die Männer zogen sie sofort wieder hoch. »Jetzt haben wir ein bisschen Spaß«! Er riss ihr den BH herunter. Mit letzter Kraft versuchte Anna Maria ihn von sich zu stoßen, aber der Mann lachte nur. »Nicht übel«, er wog ihre Brüste in den Händen. Unterdessen hatte sein Komplize ihr die Jeans heruntergezogen. Sobald ihre Beine frei waren, begann Anna Maria wild um sich zu treten, bis ein dritter Mann sie festhielt.

»Es reicht!« Jemand schlug ihr ins Gesicht. Anna Maria gab auf, sie zitterte am ganzen Körper. Sie werden mich vergewaltigen, dachte sie, gefühllos vor Angst. Doch gerade als sie jegliche Hoffnung aufgab, verschont zu werden, zog ihr jemand eine knöchellange Tunika über und fesselte sie erneut.

»Nur Geduld, in die Hölle kommst du noch früh genug, Lämmchen«, lästerte einer der Wächter und fügte hinzu: »Gehen wir, gönnen wir ihr das letzte Stündchen.«

Im Monitorraum war Franco damit beschäftigt, sich Fernsehserien aus dem Internet herunterzuziehen. Den Tipp hatte er von einem anderen Wächter. Er wollte unbedingt die neue Folge der zweiten Staffel von *Numbers* sehen. Franco konnte sich ein bisschen Ablenkung erlauben, seinem trainierten Blick entging nichts von dem Geschehen auf den Überwachungsmonitoren. Er nannte es sein »drittes Auge«. Als er plötzlich einen Polo auf dem Schirm hatte, der auf das Sträßchen zur Villa einbog, reagierte er sofort und überprüfte, ob die Autonummer registriert war und passieren durfte. Das war nicht der Fall, und er schlug Alarm.

Inzwischen war Lucetta vor dem Tor angekommen, stieg aus und lugte ängstlich durch das Gitter. In dem weitläufigen Park wirkte selbst die riesige Villa ein wenig verloren. An der Mauer neben dem Tor entdeckte sie eine Klingel. Sie drückte den Knopf und wartete. Aus einem Nebeneingang sah sie drei schwarz gekleidete Männer auf sich zukommen, einer hatte einen Pitbull an der Leine. Instinktiv wich sie einen Schritt zurück. Sie drehte sich um und sah ein Auto heranfahren. Zwei

Frauen. Als sie Maité Persella am Steuer sitzen saß, blieb ihr fast das Herz stehen. Die beiden Frauen lächelten sie an. Unterdessen hatten die Männer in Schwarz das Tor geöffnet, Lucetta am Arm gepackt und ihr den Mund verklebt.

»Buonasera, Lucetta«, flötete Maité mit aufgesetztem Lächeln. Ein Lächeln, das normalerweise gesellschaftlichen Anlässen vorbehalten war. Lucettas Augen wanderten zwischen Maité und den Männern hin und her. Was ging hier vor? Doch ehe sie wusste, wie ihr geschah, wurden ihr die Augen verbunden.

Amerigo war spät aus der Werkstatt gekommen und rief nach Lucetta und Anna Maria. Keine Antwort. Niemand zu Hause. In der Küche fand er neben seinem Abendessen Lucettas Nachricht. Er war beruhigt, aß genüsslich zu Abend und setzte sich vor den Fernseher.

Gegen zehn begann er sich Sorgen zu machen. Seltsam, dass Lucetta nicht Bescheid gesagt hatte. Er versuchte es auf ihrem Handy. Mailbox. Er hasste es, auf Band zu sprechen, und legte auf. Dann probierte er es bei Anna Maria. Ausgeschaltet. Nach einer Stunde versuchte er es erneut. Ohne Erfolg. Beide Handys waren nicht erreichbar. Seltsam. Da er nicht wusste, an wen er sich sonst wenden sollte, rief er Chiara Bonelli an.

»Das ist er«, Chiara deutete aufgeregt auf einen Toyota Land Cruiser, der etwa fünfzig Meter vor ihnen herfuhr. Sie hatten ihr Ziel fast erreicht, und Chiara spürte, dass sie auf dem richtigen Weg waren.

»Was?«, fragte Paolo verblüfft.

»Der Geländewagen, in dem Marco Lunieri weggebracht worden ist.«

»Bist du sicher?«

»Absolut!«

»Wenn das so ist, dann musst du jetzt die Polizei einschalten. Auf eigene Faust ist es viel zu gefährlich.«

Chiara zögerte, aber Paolo blieb hart. »Wenn du es nicht tust, dann mache ich es.« Er griff nach seinem Handy.

Chiara stoppte ihn. »Gut, gut, ich werde Silvia anrufen, aber zuerst …«

»Nein, Chiara, sofort!« Paolos Blick ließ keinen Widerspruch zu.

Chiara gehorchte, rief Silvia an und beschrieb den Land Cruiser. Die Kommissarin bestätigte, dass die Beschreibung haargenau zu dem Geländewagen passte, der vor dem Supermarkt gesehen worden war. Sie hatte es gewusst. Sie wunderte sich nur, dass Silvia ihr keine Gardinenpredigt wegen ihres Alleingangs hielt. Stattdessen hatte sie noch eine gute Nachricht für sie. In Grottaferrata waren zwei junge Männer wegen Grabschändung angezeigt worden. Man hatte sie auf frischer Tat ertappt und gesehen, wie sie in die Villa flüchteten, die Piergiorgio Sperelli beschrieben hatte. Ihr Kollege Paci Barbera war gerade auf dem Weg dorthin. Mit einem Durchsuchungsbefehl.

Chiara beendete das Gespräch.

»Die Polizei wird gleich da sein.«

Paolo sah sie mit jener Mischung aus Bangen und Zweifel an, die Chiara immer wieder in den Gesichtern jener gewahrte, die sie um einen »speziellen Gefallen« baten. Sie tätschelte ihm beruhigend die Hand. »Alles wird gut.« Kurz darauf klingelte ihr Handy. Als sie Amerigos Nummer auf dem Display erkannte, begann ihr Herz wie wild zu klopfen. Sie ahnte bereits, was er ihr sagen wollte: Lucetta war auf eigene Faust losgefahren.

Maité konnte ihr Glück noch gar nicht fassen. Das war sie also, die Frau, die Cesare wegen einer angeblichen Vergewaltigung erpresste. Maité kannte ihren Mann gut genug, um zu wissen, dass diese Frau die Wahrheit sagte, auch wenn er das Gegenteil beteuerte. Aber das war jetzt unwichtig. Lucetta Felisi kam wie gerufen. Allerdings in einem ganz anderen Zusammenhang. Ein japanischer Kunde hatte Maité heute Morgen am Telefon ein verlockendes Angebot gemacht: Zwanzigtausend Dollar für ein Snuff-Movie, Liefertermin in zwei Tagen. Als Opfer schwebte ihm eine Frau mittleren Alters vor, mit dunklen Haaren und von eher unauffälligem Äußeren. Lucetta war die Idealbesetzung für diese Rolle.

Und Anna Maria? Die würden sie »überzeugen« und als Adeptin hierbehalten. Maité würde sie zu ihrer persönlichen Sklavin machen. Ihre etwas herbe Sinnlichkeit hatte sie schon auf dem Fest im De Russie fasziniert, und immer wieder hatte sie sich lustvoll ausgemalt, wie sie wohl im Bett wäre. Sie würde ihre Sklavin mit Geschenken überschütten, ihr jeden Wunsch von den Augen ablesen. Maité wusste sehr genau, wie man junge Frauen wie Anna Maria gefügig machte.

»Alles zu seiner Zeit«, sagte sie sich und nahm die feuerrote Perücke aus ihrer Handtasche. Mit dem kostbaren Schmuck, den goldenen Sandalen und der weißen Maske hatte Maité Persella sich verwandelt. Sie war nicht mehr die wohltätige Gattin eines geachteten römischen Bauunternehmers, sondern Ahishtar, die Hohepriesterin.

Schließlich legte sie sich einen weiten Mantel um und befahl ihrem Leibwächter, Speculum zu holen.

Federico trug sein Zeremoniengewand. »Sie ist im Bunker, wir mussten ihr eine Beruhigungsspritze geben. Sie hat sich wie verrückt gewehrt und immer wieder den Namen ihrer Tochter geschrien.« Er sah Ahishtar an, die heute hochhackige goldene Sandalen trug. Er wunderte sich immer wieder, wie man auf solchen Pfennigabsätzen überhaupt laufen konnte. »Franco hat sich erkundigt. In der Familie gibt es noch einen alten Mann, Lucettas Vater, einen gewissen Amerigo. Wenn nötig, kümmern wir uns um ihn. Franco hat das hier gefunden«, Federico reichte Ahishtar ein Bündel Papiere.

Sie nahm die Blätter und legte sie achtlos auf ihren Toilettentisch, direkt neben ein dickes Buch mit schwarzem Ledereinband. Sie lächelte maliziös: »Weißt du, was mir an dir so gut gefällt, Speculum? Du verkomplizierst die Dinge nicht. Und ich mag es, wenn man mir das Leben leichtmacht.« Sie küsste ihn auf die Wange.

Speculum ließ es geschehen. »Ich habe den Japaner angerufen und ihm gesagt, dass er seinen Film rechtzeitig bekommt. Wusstest du, dass er einer Satanssekte angehört, so was wie die Manson-Family auf Japanisch?«

»Manson war ein Idiot, kein Geschäftsmann«, entgegnete Speculum, »deshalb ist er auch im Gefängnis gelandet.«

Ahishtar amüsierte sich, als sie Speculums verkniffenen Gesichtsausdruck sah. »Entspann dich, alles wird gut. Anna Maria erzählen wir irgendeine Geschichte, genau wie bei ihren Vorgängerinnen. Und Lucetta wird nur eine Randnotiz sein, eine weitere einsame Frau, die in Rom verschwindet.«

Speculum zögerte: »Ich weiß nicht …«

Ahishtar wurde ungeduldig. »Jetzt komm schon. Das ist nicht das erste Mal, und nie ist etwas schiefgegangen.«

»Schon, aber jetzt …«

»Du hast dich doch nicht etwa verliebt?«

»Nein, aber ich habe kein gutes Gefühl.«

Ahishtar nahm das ledergebundene Buch vom Tisch. »Giona Sufurino wird seine schützende Hand über dich legen, *mein Mönch, mein Herr und Gebieter*«, spottete sie und hielt das Buch in die Höhe.

52

Chiara blickte aus dem Fenster. Es war eine klare Vollmondnacht. »Die Polizei«, sie zeigte auf den schwarzen Mazda am Straßenrand, etwa hundert Meter von der Einfahrt zur Villa entfernt.

Paolo parkte dahinter.

Chiara öffnete die Tür. »Venzy, du bleibst im Auto.«

»Ich denke nicht daran.« Chiara blickte hilfesuchend zu Paolo. Aber der schüttelte nur den Kopf. »Ich kenne keinen schlimmeren Sturkopf als ihn.«

Chiara musste lächeln. »Gut, ich gebe auf.«

Aus dem Mazda waren drei Männer ausgestiegen und kamen auf sie zu. »Chiara Bonelli?«, fragte einer. Er war braungebrannt, hatte blaue Augen und trug Jeans und Blouson.

»Ja.« Chiara reichte ihm die Hand.

»Ich habe gerade mit Commissario Giorgini gesprochen. Sie hat mir gesagt, dass ich hier auf Sie warten soll. Ich bin Vicecommissario Paci Barbera, und das sind meine Kollegen Sacchi und De Martino.«

Chiara wies auf ihre Begleiter: »Dottor Paolo De Felice und sein Vater Venanzio.«

»Ich sehe Sie manchmal auf Telestella. Wenn ich mir erlauben darf: in natura sind Sie noch attraktiver als im Fernsehen.«

Chiara wollte gerade antworten, als Paolo ungeduldig einwarf: »Sollten wir nicht endlich gehen?«

Sie machten sich auf den Weg. Das schmale Sträßchen wirkte verlassen. Von wenigen vorbeifahrenden Autos abgesehen, hörten sie nur ihre Schritte und das Zirpen der Grillen.

»Eine wundervolle Nacht«, schwärmte De Martino und sah in den Himmel.

Ein fernes Bellen erinnerte Chiara an den Pitbull, von dem die Zeugen im Supermarkt berichtet hatten. Sie wollte gerade Paolo darauf aufmerksam machen, als ihr plötzlich schwarz vor Augen wurde.

»Chiara?« Paolo war sofort bei ihr.

Auch die anderen Männer waren stehen geblieben. »Fühlen Sie sich nicht wohl?«, fragte Vicecommissario Barbera besorgt.

Chiara schüttelte den Kopf. »Schon vorbei«, wiegelte sie ab, ohne selbst daran zu glauben. Die Vision kündigte sich an, sie fühlte es. Ihr Körper erstarrte. »Nur fünf Minuten.«

Paolo blickte besorgt zu seinem Vater. »Du bringst sie besser ins Auto.«

»Nein, bitte nicht«, Chiara umklammerte seinen Arm. Paolo wollte etwas entgegnen, aber Chiaras entschlossener Blick ließ ihn schweigen.

»Mist!« Franco hatte zum dritten Mal das System wieder hochgefahren. Alles weg. Windows hatte eine Fehlermeldung angezeigt und wollte die fehlerhafte Datei überschreiben. Er prüfte noch mal den Ordner »Documents and Settings«. Nichts. Vielleicht hatte er sich beim Herunterladen einen Virus eingefangen, und der hatte jetzt alles gelöscht. Ihm wurde heiß und kalt. Er musste unbedingt die Daten wiederfinden, bevor es jemand merkte. In seinem Auto hatte er eine CD mit speziellen Tools, da war auch ein Wiederherstellungsprogramm dabei. Eigentlich durfte er seinen Posten nicht verlassen, nicht einmal, um aufs Klo zu gehen, aber er wusste, dass ihn um diese Uhrzeit niemand kontrollieren würde. Höchstens der Wächter, aber der war sein Freund und schuldete ihm noch einen Gefallen. Trotzdem durfte er kein Risiko eingehen. Er warf noch einen letzten Blick auf die Monitore. Alles ruhig. Dann eilte er schnurstracks zum Parkplatz auf der Rückseite des Parks.

Chiara setzte sich an den Straßenrand. Sie wäre jetzt lieber allein gewesen, aber sie hatte keine Wahl. Eine Vision ließ sich nicht aufhalten. Sie hoffte nur, dass ihr Zittern nicht auffiel. Sie wollte den anderen keine Angst machen. Paolo und Venzy saßen neben ihr, während die Polizisten sich unterhielten. Ihre Beine waren wie gelähmt, ein stechender Kopfschmerz quälte sie. Wieder einmal spürte sie den Drang, die Vision abzuwehren.

Hab keine Angst! Vertraue auf dich!

Das war ihr noch nie gelungen, doch in diesem Moment wusste sie, dass sie es zum ersten Mal schaffen würde: Sie würde sich ihrer Vision anvertrauen.

Das Licht war gleißend hell, blendete sie aber nicht. Ein schmaler unterirdischer Gang. Niedrig. Bedrückend. Ein weiterer Gang, etwas breiter. Wieder an der Erdoberfläche. Ein großer Raum, vier Türen. Alle verschlossen. Sie kam aus östlicher Richtung. Plötzlich befand sie sich in einem riesigen Salon voller antiker Möbel, Gemälde alter Meister an den Wänden. Sie riss die Augen auf.

Livia.

Die Dame war hier. Sie trug ein weißes Gewand und deutete auf den Boden.

Chiara ging näher, um besser sehen zu können.

Eine Falltür.

Sie hob sie an und stieg ins Dunkel hinab. Sie ging durch einen hellen Korridor und kam in einen Raum, dessen Wände mit schwarzer Leinwand bespannt waren. Dort sah sie eine Frau. Gefesselt und geknebelt vor einem Altar, auf dem ein umgekehrtes Kreuz thronte.

Rette sie!

Sie hatte sie schon einmal gesehen. In einer früheren Vision. Die Frau im grauen Regenmantel an der Bushaltestelle. Warum hatte sie sie nicht gleich erkannt? Sie konnte ihren Aufschrei gerade noch unterdrücken und öffnete die Augen.

Die Kopfschmerzen waren wie weggeblasen.

»Chiara?« Paolo drückte ihre Hand, die er die ganze Zeit nicht losgelassen hatte.

»Alles okay«, sagte sie noch etwas benommen.

»Du hast uns vielleicht einen Schrecken eingejagt, wir haben mit dir gesprochen, aber du warst wie weggetreten.«

»Wie lange hat es gedauert?«

»Eine Minute, vielleicht zwei. Bist du sicher, dass es dir gutgeht?«

Chiara nickte. Ihrem Gefühl nach war viel mehr Zeit vergangen. »Ja. Alles in Ordnung.« Sie ließ sich auf die Beine helfen.

»Hast du etwas gesehen?«

Chiara blickte zu Boden. »Nein, leider nicht.«

Paolo schien einen Moment verunsichert, dann hakte er sie unter. »Wir können gehen.« Er gab dem Vicecommissario ein Zeichen. Vor dem Gittertor blieben sie stehen. De Martino bemerkte die Klingelanlage als Erster. »Soll ich, Chef?«

»Warte, es kommt jemand.« Er zeigte auf das Tor, hinter dem ein kräftiger Mann in einem verschmierten Overall auftauchte. Er sah müde aus.

»Was wollen Sie?«

Barbera wollte gerade antworten, als Chiara ihn an der Jacke zupfte.

»Wir werden erwartet«, sagte sie mit vielsagendem Augenaufschlag.

Paolo, Venzy und Barbera warfen ihr fragende Blicke zu, die der Mann aber nicht bemerkte.

»Und von wem bitte? Hier ist niemand. Die Villa steht schon lange zum Verkauf, es findet sich einfach kein Käufer.«

Wieder Hundegebell. Dieses Mal ganz in der Nähe.

»Gibt es hier Hunde?« Chiara blickte auf die Schuhe des Mannes. Elegante Schuhe, die so gar nicht zum Overall passten.

»Ja, das sind meine.«

»Sie sind hier der Hausmeister?«

»Ja. Und wenn es Ihnen nichts ausmacht, dann gehe ich jetzt ins Bett.«

»Das glaube ich kaum. Polizei! Machen Sie das Tor auf.« Barbera hielt ihm seinen Dienstausweis unter die Nase.

Der Mann musterte den Ausweis kritisch, dann blaffte er: »Ist mir doch egal. Ohne Durchsuchungsbefehl kommen Sie hier nicht rein.« Er drehte sich um, aber Barbera war schneller: Er griff durch das Gitter und bekam ihn am Ärmel zu fassen.

»Nicht so hastig. Wir haben einen Durchsuchungsbefehl. Hier!« Er wedelte mit einem Blatt Papier. Der Mann stutzte.

»Machst du jetzt auf, oder müssen wir Gewalt anwenden?« De Martino und Sacchi hatten ihre Waffen gezückt.

»Schon gut. Nur die Ruhe.« Er betätigte den automatischen Türöffner.

Barbera befahl Sacchi: »Du bleibst bei ihm.«

»Gut, Chef.« Er wandte sich um. »Papiere?«

Der Hausmeister zog seinen Ausweis aus der Tasche. »Und die Schlüssel für das Haus«, setzte Barbera nach.

»Die habe ich nicht.«

»Dann brechen wir die Tür auf.«

»Das ist völlig sinnlos, das habe ich Ihnen doch schon gesagt. Da ist niemand.«

Die Polizisten ignorierten seinen Einwand und gingen auf den Eingang der Villa zu.

»Ein gespenstischer Ort«, meinte De Martino.

Chiara wirkte hochkonzentriert, gleichzeitig aber irgendwie abwesend. Als sei sie ganz woanders.

»Ist wirklich alles in Ordnung?«, fragte Paolo besorgt.

»Ja.« Chiara lächelte. Die Tür ließ sich problemlos öffnen.

Modergestank schlug ihnen entgegen. Im nächsten Raum versuchte De Martino, das Licht anzumachen. Er drückte auf den Schalter. Nichts.

Barbera knipste eine Taschenlampe an und reichte sie seinem Kollegen. »Richtig idyllisch hier«, knurrte er.

Sie standen in einem riesigen, mit Möbeln vollgestopften Salon. Alles war von einer dicken Staubschicht bedeckt. De Martino lachte: »Um diese Hütte zu durchsuchen, brauchen wir mindestens eine Woche. Wer weiß, was uns noch erwartet.« Dabei leuchtete er nach und nach auf die vier Türen, die von dem Raum abgingen.

»Wir verständigen jetzt besser Commissario Giorgini.« Barbera zog das Handy aus der Tasche. »Silvia, wir sind drin, aber wir brauchen Unterstützung, das ist ein Labyrinth hier.« Dann informierte er die anderen. »Die Chefin wird in Kürze vor Ort sein, sie bringt Verstärkung mit. Bis dahin warten wir.«

»Nein«, Chiara protestierte, »wir dürfen keine Zeit verlieren.« Bevor Barbera reagieren konnte, ging sie zielstrebig auf eine der Türen zu und öffnete sie.

»Wo will sie denn hin?«, Barbera sah Paolo fragend an.

»Keine Ahnung.« Paolo eilte hinter Chiara her. Die anderen folgten nach kurzem Zögern. Der Raum sah haargenau so aus wie der erste, nur dass er so gut wie leer war und kein bisschen staubig. Chiara ging auf ein Ledersofa zu, das in der Mitte des Raumes auf einem großen Teppich stand.

»Helft mir, das Sofa zur Seite zu rücken.«

Paolo und Venzy waren die Ersten, die Hand anlegten, die anderen trauten der Sache immer noch nicht. Danach hob Chiara eine Ecke des Teppichs an.

»Was ist das?«, wollte De Martino wissen.

»Die Falltür«, antwortete Chiara.

Die Männer schleiften sie über den Flur. Das breite Klebeband schmerzte auf ihren Lippen, der ekelhafte Geschmack verursachte ihr Übelkeit. Man hatte ihr die Augenbinde abgenommen, doch geblendet vom weißen Neonlicht, konnte sie dennoch nichts erkennen. Sie konnte keinen klaren Gedanken fassen. Wo war Anna Maria?

So umnebelt ihr Geist war, ihr Körper war hellwach. Die gierigen Hände, die ihr brutal die Haut zerkratzten. Die zerrissene Bluse. Und der Geruch der Nacht, der harzige Duft der Pinien. Sie war wieder im Pineta di Fregene, ihren Vergewaltigern schutzlos ausgeliefert. Im Jahr 1985.

Eine so schöne Nacht, und du willst schon gehen? Komm, Lucetta, wir fahren ans Meer, es ist nicht weit. Was ist schon eine halbe Stunde? Komm doch mit …

Sie kannte sie alle. Alles junge Männer aus gutem Hause, deren Namen sie auch heute noch in der Zeitung lesen konnte. Sie hatte sie bewundert, auch wenn sie wusste, dass sie, die Tochter eines einfachen Schreiners, niemals richtig dazugehören würde.

Jetzt hatten ihre Peiniger kein Gesicht. Aber Anna Maria

hatte sie vielleicht erkannt. Sie dachte an Federico und wie sehr ihre Tochter ihn liebte. Auch sie war damals dem Mann verfallen, der ihr Leben zerstören sollte

Mit dem Mut der Verzweiflung begann sie wild um sich zu treten und sich zu winden wie eine Schlange, um dem Griff ihres Wächters zu entrinnen. Doch ein Schlag mit dem Gummiknüppel ließ sie zu Boden gehen. Sie krümmte sich vor Schmerzen.

»Immer das Gleiche«, schimpfte der Mann.

Schließlich erreichten sie ein fensterloses Verlies.

»Du wartest hier. Wir sind bald zurück.«

Lucetta sah sich um. Eine Zelle mit gepolsterten Wänden, keine zwei Quadratmeter groß. Nachdem sich die Wächter versichert hatten, dass ihre Hände und Füße sorgfältig gefesselt waren, ließen sie sie allein. Lucetta hörte, wie der Schlüssel im Schloss umgedreht wurde.

Danach Totenstille.

Nur ihr keuchender Atem war zu hören. Wie der eines gehetzten Tieres. Voller Verzweiflung stieß sie ihren Kopf wieder und wieder gegen die Zellenwand.

Silvia Giorgini war mit sechs Mann Verstärkung in der Villa eingetroffen, vier weitere Polizisten überwachten den Außenbereich.

»Wie macht man die auf?« Die Kommissarin kniete neben Chiara auf dem Boden und tastete die Ränder der Falltür ab.

»Die Falltür ist aus Metall, nur die Verkleidung ist aus Holz.« Silvia stand wieder auf. »Es muss irgendwo einen Öffnungsmechanismus geben. Man könnte sprengen, aber das halte ich für keine gute Idee.«

»Vom Salon gehen noch drei andere Türen ab, vielleicht gibt es dort einen weiteren Zugang«, schlug De Martino vor.

»Nein«, sagte Chiara bestimmt, »wir müssen hier hinunter.« Ihr Blick schweifte in die Runde. Außer Silvia Giorgini hielt ihm keiner stand. Die Männer senkten die Köpfe, allerdings nicht, ohne sich vorher vielsagend zugeblinzelt zu haben.

Venzy war neben Paolo getreten.

»Kannst du mir das erklären?«, fragte er leise.

»Sie weiß, was sie tut, Papa. Es gibt Situationen, da funktioniert ihr Gehirn einfach anders.«

Chiara hatte mitgehört. Venzys skeptisches Gesicht kränkte sie. Zweifelte er an ihrem Verstand? Sie hätte ihm gerne einiges erklärt. Aber dazu war jetzt keine Zeit. Es genügte ihr, dass Paolo ihr vertraute und sie verteidigt hatte.

Die Kommissarin schüttelte den Kopf. »Und wie sollen wir das anstellen?«

Barbera fragte ungeduldig: »Wie geht es weiter? Sollen wir die anderen Räume unter die Lupe nehmen?«

»Nein. Wir finden bestimmt einen Weg, diese verfluchte Falltür zu öffnen.«

»Habt ihr gehört? An die Arbeit, irgendwo gibt es hier garantiert einen geheimen Schalter ...« Silvia überhörte den ironischen Unterton ihres Kollegen. Sie vertraute Chiaras sechstem Sinn. Während die Polizisten jeden Winkel absuchten und ihre Taschenlampen bizarre Lichtspiele an die Wände zauberten, musste sie an ihren Bruder Raffaele denken. Sie hatte ihn nicht retten können. Nicht einmal die Anführer der Sekte, die für seinen Tod verantwortlich waren, hatte sie dingfest machen können. Ihr einziger Erfolg war, weitere Opfer gefunden zu haben. Zur Untätigkeit verdammt zu sein, machte sie wahnsinnig. Ohnmacht und Schuldgefühle legten sich wie ein schwerer Schatten auf ihre Seele.

Chiara spürte das Martyrium dieser sonst so starken Frau

und wollte ihr unbedingt helfen. Und deshalb tat sie etwas, was sie noch nie zuvor getan hatte: Sie versuchte ihr inneres Auge zu öffnen.

Sie schloss die Lider. Als sie sie erneut öffnete, fand sie sich in einer anderen Bewusstseinsebene wieder. Sie konzentrierte sich. Die Oberfläche war glatt und aus Metall.

Der Öffnungsmechanismus.

Das Bild verblasste. Einen Moment gewann ihre Angst die Oberhand, und sie musste alle Kräfte mobilisieren, um wieder die Kontrolle über die Vision zu gewinnen.

Der Öffnungsmechanismus.

Die Polizisten hatten ihre Suche abgeschlossen. Sie kamen näher, richteten den Strahl ihrer Taschenlampen auf Chiara und tuschelten miteinander. Chiara nahm sie gar nicht wahr, sie tastete jeden Zentimeter des Fußbodens ab. Dann widmete sie sich dem Sofa. In der Polsterung fand sie schließlich ein ledernes Etui.

Als ihre Hand in den Lichtkreis der Taschenlampen kam, wurde es schlagartig still. Die Polizisten trauten ihren Augen nicht. In Chiaras Hand lag ein schmales Rechteck mit einem roten Knopf: eine Fernbedienung.

Paolo nahm sie in den Arm. »Alles klar?«

Chiara nickte und reichte Silvia die Fernbedienung. Die Kommissarin richtete sie auf die Falltür und drückte auf den Knopf. Im nächsten Moment klappte die Tür auf, von unten drang gleißend helles Licht ins Zimmer.

Als sich ihre Augen an das Licht gewöhnt hatten, bemerkte Silvia eine eiserne Wendeltreppe, die nach unten führte. »Ich gehe vor«, sagte sie und verschwand.

Die Vorbereitungen waren abgeschlossen. Das Ritual konnte beginnen. Die Wände des Saales waren schwarz verhüllt, der

Altar mit den hohepriesterlichen Insignien und dem umgekehrten Kreuz geschmückt.

Acht ausgewählte Gäste im Nebenzimmer waren gerade dabei, den roten Kapuzenmantel und die Halbmaske anzulegen.

Mony und Terry, in enggeschnürten Lacklederkorsetts, hüfthohen Latexstiefeln und mit Lederpeitschen, flankierten den Eingang zum Zeremoniensaal. Sie kontrollierten die Gäste und hakten die Namen auf einer Liste ab.

»Rose und Schmetterling«, provozierte ein Betrunkener mit lüsterner Stimme. Er konnte die Augen nicht von den Tätowierungen auf den nackten Schultern der Zwillinge lösen. »Schmetterling und Rose«, sinnierte er weiter. »Wer ist Mony? Wer ist Terry? Wer ist Terry, wer Mony?«, lallte er und torkelte gegen Terry. Die junge Frau stieß ihn brüsk zurück. Der Mann strauchelte, fing sich dann aber wieder und lachte anzüglich.

Eine junge Frau mit einem Tablett kam hinzu. Bis auf hochhackige silberne Sandalen und eine rote Gesichtsmaske war sie nackt. Er nahm sich ein Glas.

Nachdem er seinen Cocktail hinuntergeschüttet hatte, stellte er das leere Glas auf das Tablett zurück und nahm sich das nächste. Dann gesellte er sich zu drei anderen Gästen, die ineinander verschlungen auf einer Tatamimatte zur Sache gingen. Das übliche Prozedere: Kommen, saufen, Sex. Nicht alle wussten, dass ihre Drinks mit synthetischen Drogen versetzt waren, aber das schien ohnehin niemand zu stören. Im Gegenteil.

Die Novizen durften während der Zeremonie nichts trinken, ihre Körper mussten für den Übergang von Materie in Geist makellos rein sein. Dieser Reinigungsprozess wurde durch das Blut des auserwählten Opfers ermöglicht. Die Novizen standen in ihren weißen Gewändern aufgereiht rechts und links vom Altar, wie die Flügel eines Riesenvogels.

Als etwa eine halbe Stunde später die ersten machtvollen

Töne von Carmina Burana aus den Lautsprechern tönten, begannen sich die Novizen rhythmisch hin und her zu wiegen. Ein kleines rotes Lämpchen in einer Ecke der Zimmerdecke zeigte, dass die Zeremonie aufgezeichnet wurde.

»Wen haben wir denn da?« Mony hatte einen Novizen untergehakt, der von einem Bruder gestützt in den Saal wankte. Er sah sie verwirrt an. Dann blitzte Erkennen in seinen Augen auf. »Monica?«

Mony lachte anzüglich. Der junge Mann traute seinen Augen nicht. Er starrte auf die tätowierte Rose, und plötzlich erinnerte er sich an den Geschmack ihrer Lippen. Nie hätte er gedacht, sie noch einmal wiederzusehen.

»Los, beweg dich, Nummer 12! Du darfst heute dem großen Speculum assistieren, ich hoffe, du weißt das zu würdigen.« Der Bruder schubste ihn nach vorne. Marco verlor das Gleichgewicht und klammerte sich an einen der Gäste. Dann drehte er sich noch einmal um, doch Mony beachtete ihn nicht mehr.

»Wer ist diese Frau?«, fragte er.

»Welche Frau? Ich sehe niemanden«, spottete der Bruder und blickte zur Tür.

Marco gab auf, er war einfach zu schwach. Aus Angst vor den beigemischten Drogen hatte er seit zwei Tagen nichts gegessen. Sein Tischnachbar Nummer 24 freute sich, der hatte immer Hunger.

Marco machte sich keine Illusionen. Nach dem Vorfall im Supermarkt hatte die Hohepriesterin ihn zur Strafe für vierundzwanzig Stunden an allen vieren auf dem Fußboden der Zelle festketten lassen. Und nun war er »auserkoren«, Speculum beim Ritus zu assistieren. Das hieß, er war dem Tod geweiht, genau wie das Opfer selbst. Sein letzter Gang. Jetzt war er an der Reihe.

Während der Bruder ihm die weiße Tunika überstreifte, fiel sein Blick auf die Kamera. Dass es menschliche Kreaturen gab, die sich am Anblick Sterbender aufgeilten, war einfach unfassbar. Doch er fühlte sich zu schwach, um noch aufzubegehren, selbst die Angst war verschwunden. Lethargisch lehnte er sich an die Wand, verlor sogar kurz das Bewusstsein. Als er wieder zu sich kam, war es still geworden. Alle blickten fasziniert zum Eingang. Ahishtar und Speculum betraten den Raum und schritten gemeinsam auf den Altar zu. Speculum, im dunklen Samtmantel, bereitete die rituellen Gerätschaften vor: Skalpell, Drudenfuß und Kelch. Die Hohepriesterin trug eine Kette aus Brillanten, die sich wie eine Schlange um ihren Körper wand, und eine feuerrote Perücke. Ansonsten war sie nackt. Gespannt wartete sie auf das Opfer.

Die Musik schmerzte in den Ohren. Eine junge Frau wankte in den Saal. Man musste sie stützen. Sie wurde auf den Stuhl mit den verschlungenen Hörnern gesetzt und festgebunden. Sie war mit Drogen vollgepumpt und so kraftlos, dass ihr Kopf zur Seite kippte. Kurz darauf schleppten zwei Brüder eine Frau mittleren Alters vor den Altar. Sie wehrte sich verbissen. Nach einem kurzen Blickkontakt mit den Männern in Schwarz sah Speculum zunächst in die Kamera und dann zu Ahishtar. Er schien zu zögern. Dann mussten die Gäste den Raum verlassen. Für sie war die Zeremonie zu Ende. Nur die Brüder und die Novizen durften bleiben.

Der unterirdische Gang war beklemmend eng, Fluchtmöglichkeiten gab es keine. Auch keinen Weg zurück. Grelles Neonlicht blendete die Augen. Silvia Giorgini führte die Gruppe an. Die Pistole im Anschlag. Bereit, bei der kleinsten Bewegung oder dem leisesten Geräusch zu reagieren. Hinter ihr der

Vicecommissario, in der Mitte Chiara, Paolo und Venzy, dann die anderen Polizisten. De Martino ganz am Schluss.

Nach etwa hundert Metern stoppte Commissario Giorgini. Der Gang gabelte sich, in der Mitte befand sich ein Aufzug.

Wie weiter?

»Ob der nach oben führt?« Silvia sah Chiara fragend an.

Aber die Journalistin wusste es auch nicht. In ihrer Vision war kein Aufzug vorgekommen. Sie hatte einen weißen Korridor gesehen, ganz ähnlich dem, in dem sie sich befanden, war durch ein Labyrinth von verschieden großen Räumen gegangen, bis sie sich schließlich in einem Saal wiedergefunden hatte. Ob über oder unter der Erde, wusste sie nicht. Nur, dass die Wände mit schwarzer Leinwand bespannt waren. Deswegen konnte sie auch nicht sagen, ob der Saal Fenster hatte.

Silvia ging zum Aufzug und drückte den Knopf. Die Tür öffnete sich. Beim Einsteigen griff Chiara nach Silvias Arm. »Warte. Hört ihr nichts?« Sie blickte erst die Kommissarin, dann die anderen an.

Silvia lauschte und schüttelte den Kopf. »Nein, nichts.«

»Lasst es uns hier versuchen«, Chiara wandte sich nach links. Plötzlich hatte sie ein Bild im Kopf. Barbera versuchte zu widersprechen: »Ich denke, wir sollten besser den Aufzug nehmen.«

»Nein, wir gehen hier lang«, Silvia folgte Chiara. »Was hast du eben gehört?«

»Musik, aber vielleicht …«

Plötzlich ertönte ein Schuss. Die Polizisten konnten Chiara, Paolo und Venzy gerade noch zurückdrängen, in Richtung Aufzug. Bewaffnete Brüder in schwarzen Kutten waren im

Gang aufgetaucht und schossen wild um sich, die Polizisten erwiderten das Feuer. Genau in diesem Moment schlossen sich die Türen des Aufzugs, und er glitt nach oben.

»Runter«, schrie Silvia. Eine Kugel zischte wenige Zentimeter an Chiaras rechtem Ohr vorbei. Sie hatte sich instinktiv in die Richtung umgedreht, aus der der Schuss kam. Sie stürzte zu Boden, Paolo und Venzy warfen sich schützend über sie. Dabei fiel Chiara auf den Ellenbogen. Ein fürchterlicher Schmerz durchfuhr sie wie ein elektrischer Schlag. Einen Augenblick lang wurde ihr schwarz vor Augen. Paolo lag über ihr, ihren Kopf mit der Schulter schützend. Markerschütternde Schreie waren zu hören, dann wieder Musik.

Dieses Mal hatte sie keinen Zweifel. Chiara hob den Kopf. Drei Männer in schwarzen Lederuniformen lagen blutend am Boden. Ein vierter flehte mit schreckgeweiteten Augen um Gnade. »Nicht schießen! Nicht schießen!« Er deutete auf eine geschlossene Tür hinter sich. »Sie sind alle da drin.« Barbera packte ihn am Arm und legte ihm Handschellen an.

Wieder ein Surren, der Aufzug kam zurück.

Was würde geschehen?

»Weg hier, schnell.« De Martino schob Chiara, Paolo und Venzy in den Gang zurück, durch den sie gekommen waren, während Silvia und Barbera neben dem Aufzug Deckung suchten, die Pistolen entsichert auf die Tür gerichtet.

Als sich die Tür öffnete, blickten sie in vier Pistolenmündungen. »Nicht schießen!« Gerade noch rechtzeitig erkannte Barbera seinen Kollegen Sacchi und drei weitere Polizisten in Zivil.

»Es gibt einen Zugang von einem Nebengebäude im Park«, Sacchi zeigte nach oben. Dann fiel sein Blick auf die in ihrem Blut liegenden Männer. Er wollte gerade weitersprechen, als Silvia Giorgini nach links in den Gang zeigte. »Hier lang«, befahl sie, dann schob sie den gefesselten Mann vorwärts. »Du kommst mit uns.«

Marco ließ Ahishtar nicht aus den Augen. Die Hohepriesterin bereitete gerade das Becken vor, in dem das Blut des Opfers aufgefangen werden sollte. Unterdessen hatte Speculum den Drudenfuß hochgehoben und ihn mit den Worten aus dem *Großen Buch der Zauberei* geweiht, das vor ihm auf dem Altar lag.

Plötzlich meinte Marco im Korridor Geräusche zu hören. Als sich auch die Hohepriesterin und Speculum zum Eingang wandten, wusste er, dass es keine Einbildung war.

Die Tür wurde aufgestoßen. Speculum zog eine Beretta Kaliber 9 unter dem Altar hervor. Noch bevor der Hohepriester die Situation erfasst hatte, löste sich ein Schuss. Er traf Marco, der sich auf ihn geworfen hatte und ihn mit zu Boden riss.

»Keine Bewegung, Polizei!« Silvia Giorgini und ihre Truppe stürzten in den Saal. Einige Brüder versuchten noch zu fliehen, aber die Polizei hatte alle Ausgänge versperrt.

Während Barbera Speculum Handschellen anlegte, bückte sich Ahishtar und griff nach einem Skalpell. Als sie sich wieder aufrichtete, stand De Martino hinter ihr. Sie fuhr herum und rammte ihm das Skalpell in den Arm. Der Polizist schrie gellend auf, doch es gelang ihm, die Hohepriesterin zu Fall zu bringen. Er drückte ihr sein Knie in den Rücken und riss ihr Maske und Perücke herunter. Die Frau schlug wie eine Furie um sich, aber De Martino war stärker.

Wieder klickten die Handschellen.

»Mal sehen, wen wir hier haben«, sagte De Martino mit zusammengebissenen Zähnen und zog sie hoch. Was er sah, verschlug ihm die Sprache.

In diesem Augenblick stürzten Chiara, Paolo und Venzy in den Raum.

»Maité Persella«, flüsterte Chiara. Nackt bis auf ihre Kette und die goldenen Sandalen, mit irrem Blick, war die Frau des Bauunternehmers kaum wiederzuerkennen.

Paolo war fassungslos. »Mein Gott«, stammelte er und umklammerte Chiaras Hand, die sich jedoch sofort losriss und zu Anna Maria hinüberrannte. Hektisch löste sie ihre Fesseln. Die junge Frau sank ihr leblos in die Arme.

»Einen Notarzt, schnell!«

Sacchi kam ihr zu Hilfe. »Ist schon unterwegs, zusammen mit der Verstärkung.« Er legte Anna Maria einen Finger an die Halsschlagader. »Sie ist nur ohnmächtig. Ich kümmere mich um sie.«

Chiara atmete auf. Aber wo war Lucetta? Dann sah sie, wie die Kommissarin sich über einen jungen Mann beugte, dem Blut aus einer Wunde an der Schulter lief.

Marco.

Silvia untersuchte die Schussverletzung. Man konnte den Austritt der Kugel deutlich erkennen. Sie tätschelte seine Wange, um ihn wach zu halten. »Nur Mut, Marco, alles wird gut. Nicht einschlafen!« Als sie Chiara bemerkte, lächelte sie ihr beruhigend zu: »Er wird es schaffen.«

Endlich hatte Chiara Lucetta entdeckt. Ein Polizist kümmerte sich um sie, auch Venzy war bei ihr. Sie stand unter Schock, zitterte und weinte. »Es ist alles in Ordnung, Lucetta. Anna Maria ist in Sicherheit. Es geht ihr gut. Es geht ihr gut, hörst du?« Sie gab dem Polizisten und Venzy ein Zeichen, sie mit Lucetta alleine zu lassen, dann nahm sie die hysterisch schluchzende Frau fest in die Arme. Ganz allmählich beruhigte sich Lucetta, das Zittern hörte auf. Chiara nahm ihr Gesicht in beide Hände und flüsterte ihr zu: »Du bist in Sicherheit.«

Sie blickte nach oben in die Kamera, dann sah sie sich um. War da nicht eben eine Frau gewesen? Ihr Herz machte einen kleinen Sprung, doch diesmal war es nicht aus Angst. Das Gesicht der Dame war ein heller Schimmer in der Dunkelheit.

Schließ die Augen!

EPILOG

Anna Maria schreckte aus dem Schlaf. Sie blickte auf das Handydisplay. Acht Uhr.

Seit ihrer Entlassung aus dem Krankenhaus war erst eine Woche vergangen, aber es kam ihr vor wie eine Ewigkeit. Bisher war sie von Alpträumen verschont geblieben. Doch Dottor Rumolo, der Klinikpsychiater, hatte ihr prophezeit, dass sie früher oder später kommen würden. Und das war gut so. Nach einer gemeinsamen Analyse würden ihr die Träume helfen, das erlebte Martyrium zu überwinden. Sie müsse nur Vertrauen haben.

Sie blickte aus dem Fenster. Sie schlief bei hochgezogenen Rollläden, dunkle Räume konnte sie nicht mehr ertragen. Auch die Stille machte ihr Angst. Selbst wenn sie das Kopfkissen vor dem Gesicht hatte, wachte sie sofort auf und geriet in Panik. Erst wenn sie sich vergewissert hatte, dass sie in Sicherheit war, wurde sie ruhiger. Sie war zu Hause: Die Bücherstapel für die Uni, die wahllos hingeworfenen Kleider auf dem Stuhl, der chaotische Schreibtisch, ihre geliebte Holzkatze Artemus, die Plüschtiere. Und die vertrauten Fotos an den Wänden: Sie mit Francesca, mit Lucetta, mit Amerigo. In die Kamera lächelnd. Erst wenn sie diese glücklichen Stunden aus der Erinnerung hervorgekramt hatte, beruhigte sie sich und schlief wieder ein.

Erleichtert stellte sie fest, dass es ein schöner Frühlingstag werden würde. Sie könnten nach Ostia fahren, alle zusammen.

Diese Jahreszeit hatte sie immer geliebt. Meer und Strand haftete noch die Erinnerung an den Winter an, aber alles atmete schon den Neubeginn. Die seidenweiche Luft und die Sonnenstrahlen auf den Wellenkronen, die wie Diamanten glitzerten.

Zuvor jedoch musste sie noch etwas erledigen. Sie schloss die Zimmertür ab. Ein Geräusch ließ sie zusammenzucken. Sie horchte, aber alles blieb ruhig.

Mama und Großvater schliefen bestimmt noch. Auf Zehenspitzen schlich sie zum Schrank. Sie zog eine Schachtel hervor, die unter einem Stapel Pullis versteckt war.

Darin hatte sie alle Artikel aufbewahrt, die sie seit ihrer Therapie bei Dottor Rumolo in den einschlägigen Zeitungen gefunden hatte. Sie hatte sie unter ihrem Shirt versteckt in ihr Zimmer geschmuggelt. Dottor Rumolo hatte sie immer wieder um Geduld gebeten. Gemeinsam würden sie Anna Marias Trauma verarbeiten, Stück für Stück. Jeden Tag ein bisschen mehr. Aber nur, wenn sie dazu bereit wäre. Doch jetzt war sie entschlossen, sie wollte nicht mehr warten.

Ihr Herz klopfte zum Zerspringen, als sie den Deckel der Schachtel anhob.

Il Messaggero, Il Tempo, Il Corriere della Sera, Libero, Il Mattino, La Repubblica.

Sie hatte alle Tageszeitungen gekauft, die im kleinen Kiosk neben der Praxis des Psychiaters zu finden waren. Der Besitzer hatte ihr auch die älteren Exemplare überlassen. Sie griff nach dem *Messaggero*. Ein Kästchen rechts unten auf der ersten Seite:

»Villa des Grauens. Ein Schauplatz für Snuff-Movies?«

Sie blätterte weiter, bis sie zu dem entsprechenden Bericht kam. Die Schlagzeile lautete:

»Die Abgründe einer Wohltätigkeitslady! Alles über die unglaublichen Hintergründe.«

Ihre Augen flogen über die Zusammenfassung der Fakten.

»Kriminelle Satanistenbande zerschlagen. Die Sekte war nur der Deckmantel für ein lukratives Geschäft mit Snuff-Movies.«

Dann las sie den Artikel.

»Dem Ex-Model Maria Teresa (»Maité«) Pellegrini (49) und ihrem Komplizen, dem Buchhalter Federico Cini (47), drohen hohe Gefängnisstrafen. Der römische Bauunternehmer Cesare Persella (45) geht auf Distanz zu seiner Ehefrau: ›Diese Frau ist eine Fremde für mich.‹ Allerdings hat die Staatsanwaltschaft im Zuge der Ermittlungen gegen Maria Teresa Pellegrini auch Hinweise auf Steuerhintererziehung in der Persella-Holding gefunden. Die Sekte der Frau des Konzernchefs fungierte dabei als Geldwaschanlage.«

Einige Zeilen später.

»Nach der Entdeckung mehrerer menschlicher Skelette im Park der Villa des Grauens gehen die Grabungsarbeiten weiter. Die Polizei vermutet einen Zusammenhang zwischen dem unerklärlichen Verschwinden einer Reihe von Jugendlichen aus der Umgebung von Rom und den Satanisten.«

Anna Maria hörte auf zu lesen. Wieder einmal schnürte ihr der Gedanke daran, dass Federico, Cesare Persella und seine Frau, ihre Mutter und sie selbst in diese schrecklichen Ereignisse verwickelt waren, die Kehle zu. Ihr Magen rebellierte. Es war alles so verrückt. So irreal. So weit weg.

Sie kroch auf allen vieren zum Bett, kauerte sich zusammen und versuchte ihre Atmung zu kontrollieren. Dottor Rumolo hatte recht, sie war noch nicht so weit. Sie legte die Zeitung in die Schachtel zurück und versteckte sie wieder im Schrank. Aber die Gedanken an Cesare Persella ließen sich nicht einfach so wegschieben. Ihr Vater.

Am Vortag hatte sie mit Francesca gesprochen. Nur mit ihr

konnte sie über gewisse Dinge reden. Zu ihrer Mutter sagte sie lieber nichts. Sie hatte Angst. Angst, ihr weh zu tun. Lucetta sollte ihr Leben endlich genießen, jede Minute mit Venzy auskosten. Endlich hatte ihre Mutter den Richtigen gefunden, da war sie sich sicher.

»Wie soll es jetzt weitergehen?«, hatte Francesca gefragt.

Sie hatte geschwiegen. Sie wusste sehr genau, was ihre Freundin oder ihre Mutter getan hätten. Sie hätten die Sache auf sich beruhen lassen. Auf den DNA-Test verzichtet.

Aber das war nicht ihr Weg.

»Anna Maria, bist du schon wach?« Lucetta klopfte behutsam an die Tür.

Anna Maria schreckte hoch und starrte auf die sich öffnende Tür. Die sorgenvolle Miene ihrer Mutter.

»Was machst du auf dem Boden? Geht es dir gut?«

»Ja, alles in Ordnung, Mama.« Sie stand auf und umarmte sie. Sie wollte ihr nicht noch mehr Kummer bereiten. Nicht jetzt.

Lucetta drückte sie fest an sich und sog tief den Duft ihrer Haare ein. Sie konnte ihr Herz klopfen hören.

»Hast du schon gesehen, wie schön es draußen ist?«

»O ja. Was würdest du heute gerne machen?«

Anna Maria zögerte einen Moment, dann glitt ein Lächeln über ihr Gesicht.

»Ans Meer gehen.«

NACHWORT

Pompeos Ende

Rom, 25. Januar 1554: Pompeo Colonna tötet seine Schwiegermutter Livia Colonna della Rovere in ihrem Palazzo an der Piazza dei Santissimi Apostoli.

16. März 1554: Festgenommen und in die Engelsburg gebracht, wird Pompeo der Prozess gemacht. Er wird exkommuniziert und zu einer Strafe von zehntausend Dukaten und anschließend zum Tode verurteilt. Doch das Urteil wird nie vollstreckt. Pompeo kämpft an der Seite seines Vaters Camillo und seines Bruders Marcantonio im Krieg von Siena (1552–1559).

18. August 1559: Der plötzliche Tod des Papstes Paul IV. (1555–1559) ermöglicht es Pompeo Colonna, sich der Todesstrafe zu entziehen. In der Nacht vom 25. zum 26. Dezember des gleichen Jahres wird Giovanni Angelo de' Medici als Pius IV. (1559–1565) zum Papst gewählt. Kardinal Guido Ascanio Sforza di Santa Fiora, ein Freund Camillo Colonnas, wirft sich dem neuen Papst zu Füßen und fleht um Gnade für Pompeo. Aber Pius IV. lehnt ab. Er will sein Pontifikat nicht mit der Amnestie für einen Frauenmörder beginnen.

7. August 1560: Auf Vorschlag von Phillip II. ernennt Pius IV. Marcantonio Colonna zum Erzbischof von Taranto. Pompeos Strafe wird umgewandelt in drei Jahre Gefängnishaft.

1562: Fürstin Vittoria Colonna macht ihre Söhne Pompeo, Prospero und Marcantonio zu Herren über Zagarolo und Colonna.

Rom, 1565: Papst Pius IV. ernennt Marcantonio Colonna zum Kardinal und begnadigt dessen Bruder Pompeo. Er schickt Pompeo an der Spitze von sechs Infanterieregimentern los, um Malta beizustehen, das von den Türken belagert wird. Auch sein jüngerer Bruder Prospero begleitet ihn. Die Kunde der noblen Geste der Familie Colonna verbreitet sich in ganz Rom.

Rom, 17. Juni 1569: Der neue Papst Pius V. (1566–1572, mit bürgerlichem Namen Antonio Michele Ghislieri) erhebt Zagarolo zum Herzogtum und ernennt Pompeo Colonna zum Herzog von Zagarolo.

Lepanto, 7. Oktober 1571: Pompeo Colonna erhält erneut den Befehl, gegen die Türken zu kämpfen. In seiner Abwesenheit wird das Herzogtum Zagarolo, zu dem auch die Gebiete von Colonna, Gallicano, Passerano, San Cesareo, Camporazio und Gabio gehören, von seiner Mutter Vittoria und seinem Bruder Marcantonio verwaltet. Pompeo kehrt siegreich aus der Schlacht zurück. Dann wird er als Botschafter zu König Philipp II. nach Spanien entsandt, um Admiral Gian Andrea Doria anzuklagen, der sich während der Seeschlacht von Lepanto dem Kampfgeschehen entzogen haben soll, um seine eigenen Schiffe zu retten.

1577: Marcantonio Colonna wird von Philipp II. zum Vizekönig von Sizilien ernannt. Pompeo wird sein Generalvikar. Danach geht Pompeo nach Malta, um die Revolte der Malteserritter gegen den Großmeister niederzuschlagen.

La Valletta, Malta, 1581: Pompeo Colonna wird angeklagt, im Auftrag seines Bruders Baron Calcerano Corbera ermordet zu haben, den Ehemann von Marcantonios Geliebter. Der Landvogt Gregorio Barvo macht ihm fünfmal den Prozess.

1584: Pompeo schifft sich ein, um an seinem fünften Prozess teilzunehmen, stirbt aber unter mysteriösen Umständen auf der Überfahrt von Catania nach Messina. Seine Frau Orinzia, die Tochter Livia Colonnas und Gräfin von Cicoli und Marieri, verwaltet die Güter ihres Mannes mit großer Umsicht bis zu ihrem Tod im Jahr 1594. Ihre vier Kinder Camillo, Marzio, Camilla und Laura versorgt sie mit einer großzügigen Mitgift. Orinzia ist die Errichtung zahlreicher öffentlicher Bauten und Einrichtungen in Zagarolo zu verdanken, wie die Chiesa dell' Annunziata, die 1580 auch im Namen von Pompeo und Marcantonio Colonna gebaut wurde.

DANK

Besonderen Dank schulde ich Enzo D'Elia und Manuela »Manu« Mancini, die mir bei meiner langen Reise durch die Zeit mit ihrem Wissen und ihrer Anteilnahme beigestanden haben.

DEON
MEYER
DAS HERZ
DES JÄGERS
Deutscher
KRIMI-
PREIS
aufbau
Thriller

Fred Vargas
Der vierzehnte Stein
Kriminalroman
Aus dem Französischen von Julia Schoch
479 Seiten
ISBN 978-3-7466-2275-1

Vargas macht süchtig

Nach sieben erfolgreichen Kriminalromanen, unter anderem ausgezeichnet mit dem Deutschen Krimipreis, nun der nächste große Wurf der Bestsellerautorin: Durch Zufall stößt Adamsberg auf einen grässlichen Mord. In einem Dorf wird ein Mädchen mit drei blutigen roten Malen gefunden, erstochen mit einem Dreizack. Eines ähnlichen Verbrechens wurde einst sein jüngerer Bruder Raphaël verdächtigt. Doch seitdem sind 30 Jahre vergangen, der wirkliche Mörder ist längst begraben. Wer also mordet weiter mit gleicher Waffe? Für Adamsberg beginnt ein atemloser, einsamer Lauf gegen die Zeit und er wird selbst zum Gejagten.

»Ein Krimi, so atemlos wie fesselnd.« ELLE

Mehr von Fred Vargas (Auswahl):
Der vierzehnte Stein. Lesung. DAV 978-3-89813-515-2
Fliehe weit und schnell. AtV 2115
Die schöne Diva von Saint-Jacques. AtV 1510
Als Kriminalhörspiel. DAV 978-3-89813-180-3
Es geht noch ein Zug von der Gare du Nord. AtV 1512
Als Kriminalhörspiel. DAV 978-3-89813-312-8

Mehr Informationen erhalten Sie unter
www.aufbau-verlag.de oder in Ihrer Buchhandlung

aufbau taschenbuch

Laura Lippman: »Gefährlich viel Spannung«

Bild

Laura Lippman wurde 1952 in Atlanta, Georgia, geboren. Sie war viele Jahre Redakteurin der »Baltimore Sun« und arbeitet heute als freie Schriftstellerin. Für ihre Kriminalromane um die Kommissarin Tess Monaghan wurde sie bereits mit allen wichtigen Preisen des Genres ausgezeichnet, u. a. dem Agatha Award, dem Shamus Award und dem Edgar Allan Poe Award.

Gefährliche Engel
Ein kleines Mädchen verschwindet fast spurlos. Zurück bleiben nur ein blutiges Hemd und ein abgeschnittener Haarschopf. Die Polizei steht vor einem Rätsel – bis man herausfindet, dass zwei junge Frauen in der Nähe des Tatorts waren, die schon einmal ein Kind entführt und getötet haben. Eine dramatische Suche beginnt.
»Ein starker Thriller!« The Guardian
Thriller. Aus dem Amerikanischen von Ursula Walther. 400 Seiten. AtV 2435

Baltimore Blues
Tess Monaghan ist froh, einen Job zu haben, auch wenn sie dafür im Privatleben der Verlobten ihres Freundes Rock herumschnüffeln muss. Als ehemalige Reporterin kennt sie alle Winkel ihres Heimatorts und weiß, dass in einer Stadt, in der fast täglich ein Mord geschieht, solche Ermittlungen niemals ungefährlich sind. Als Rock in Verdacht gerät, den Liebhaber seiner Verlobten getötet zu haben, versucht Tess ihm zu hefen und gerät selbst in Lebensgefahr.
»Eine Heldin, die statt Waffen ihren Verstand einsetzt: witzig, cool und total spannend.« Freundin
Kriminalroman. Aus dem Amerikanischen von Gerhard Falkner und Nora Matocza. 384 Seiten. AtV 2140

Charm City
Sport-Tycoon Wink Wynkowski will seiner Heimatstadt Baltimore ein Profi-Basketballteam schenken. Dass sein Lebensweg mit Straftaten gepflastert ist, scheint niemanden zu stören. Als in der Zeitung ein Arti-kel über seine Machenschaften erscheint, wird Privatdetektivin Tess Monaghan angeheuert, um herauszufinden, wer dahinter steckt. Doch der edle Gönner begeht auf dubiose Weise Selbstmord, und im Verlauf von Tess' Recherche gerät eine Todeslawine ins Rollen.
»Charm City bietet alles, was gute Kriminalgeschichten auszeichnet.« Spiegel Spezial
Kriminalroman. Aus dem Amerikanischen von Ulrich Hoffmann. 339 Seiten. AtV 2230

Mehr Informationen über Laura Lippman erhalten Sie unter www.aufbau-verlag.de oder bei Ihrem Buchhändler

Lisa Gardner: Thriller mit Gänsehaut-Garantie

Lisa Gardner, geboren 1971, gehört zu den erfolgreichsten Thrillerautorinnen Amerikas und steht in einer Reihe mit Kathy Reichs, Karin Slaughter und Nora Roberts. Sie lebt mit ihrem Mann in New England. »Lisa Gardner nimmt den Leser mit auf eine halsbrecherische, atemberaubende Fahrt.«
PUBLISHERS WEEKLY

Lauf, wenn du kannst
Eine Frau, die ihren schrecklichsten Alptraum nach 25 Jahren noch einmal durchleben muss. Ein Polizist, dessen Leben aus den Fugen gerät. Ein sadistischer Mörder, der auf Rache sinnt. Und ein einziger entsetzlicher Augenblick. Während sich in der sogenannten besseren Gesellschaft von Boston das Grauen breit macht, sucht Catherine Rose Gagnon verzweifelt nach einer Möglichkeit, diesem Alptraum zu entrinnen.
»Spannend und komplex.«
SUNDAY JOURNAL
Thriller. Aus dem Amerikanischen von Karin Dufner. 430 Seiten. AtV 2373

Schrei, wenn die Nacht kommt
Lorraine Conner, eine ehemalige FBI-Agentin, ist verschwunden. Ihr Wagen steht mit laufendem Motor auf einer gottverlassenen Straße in Oregon. Die Handtasche liegt auf dem Fahrersitz, doch von Lorraine fehlt jede Spur. Bald meldet sich der Entführer und beginnt ein übles Spiel mit Polizei, Presse und ihrem Ehemann, einem FBI-Profiler. Um seinen Forderungen Nachdruck zu verleihen, kidnappt er auch noch die kleine Dougie, um die sich Lorraine zuletzt gekümmert hat – und der Fall erhält eine noch viel größere Dimension. Ein Thriller mit Gänsehaut-Garantie.
»Ein brillantes Buch, das man nicht verpassen sollte.« THE INDEPENDENT
Thriller. Aus dem Amerikanischen von Manuela Thurner 448 Seiten. AtV 2423

Mehr Informationen über Lisa Gardner erhalten Sie unter www.aufbau-verlag.de oder bei Ihrem Buchhändler